*Das Buch*

Im Stadtpark von Flint City wird die geschändete Leiche eines elf-jährigen Jungen gefunden. Augenzeugenberichte und Tatortspuren deuten unmissverständlich auf einen unbescholtenen Bürger: Terry Maitland, ein allseits beliebter Englischlehrer, zudem Coach der Jugendbaseballmannschaft, verheiratet, zwei kleine Töchter. Detective Ralph Anderson, dessen Sohn von Maitland trainiert wurde, ordnet eine sofortige Festnahme an, die in aller Öffentlich-keit stattfindet. Der Verdächtige kann zwar ein Alibi vorweisen, aber Anderson und der Staatsanwalt verfügen nach der Obduktion über eindeutige DNA-Beweise für das Verbrechen – ein wasser-dichter Fall also?

Bei den andauernden Ermittlungen kommen weitere schreckliche Einzelheiten zutage, aber auch immer mehr Ungereimtheiten. Hat der nette Maitland wirklich zwei Gesichter und ist zu solch unmenschlichen Schandtaten fähig? Wie erklärt es sich, dass er an zwei Orten zugleich war? Mit der wahren, schrecklichen Antwort rechnet schließlich niemand.

»Im Erschaffen von Monstern unterschiedlichster Art ist Stephen King einfach der Beste. Das in *Der Outsider* ist wahrlich nicht von schlechten Eltern.« *The New York Times*

*Der Autor*

Stephen King, 1947 in Portland, Maine, geboren, ist einer der erfolgreichsten amerikanischen Schriftsteller. Für sein Werk bekam er zahlreiche Preise, darunter 2003 den Sonderpreis der National Book Foundation für sein Lebenswerk. 2015 ehrte Präsident Barack Obama ihn mit der National Medal of Arts. 2018 erhielt er den PEN America Literary Service Award für sein Wirken, gegen jed-wede Art von Unterdrückung aufzubegehren und die hohen Werte der Humanität zu verteidigen. Seine Werke erscheinen im Heyne-Verlag, zuletzt der Spiegel-Bestseller *Kein Zurück*.

STEPHEN
# KING

# DER
# OUTSIDER

ROMAN

Aus dem Amerikanischen
von Bernhard Kleinschmidt

WILHELM HEYNE VERLAG
MÜNCHEN

Die Originalausgabe erschien unter dem Titel
THE OUTSIDER
bei Scribner, New York


Der Verlag behält sich die Verwertung der urheberrechtlich
geschützten Inhalte dieses Werkes für Zwecke des Text-
und Data-Minings nach § 44b UrhG ausdrücklich vor.
Jegliche unbefugte Nutzung ist hiermit ausgeschlossen.

Penguin Random House Verlagsgruppe FSC® N001967


9. Auflage
Vollständige deutsche Taschenbuchausgabe 12/2019
Copyright © 2018 by Stephen King
Copyright © der deutschsprachigen Ausgabe
by Wilhelm Heyne Verlag, München,
in der Penguin Random House Verlagsgruppe GmbH,
Neumarkter Straße 28, 81673 München
produktsicherheit@penguinrandomhouse.de
(Vorstehende Angaben sind zugleich Pflichtinformationen nach GPSR.)

Umschlaggestaltung und Motiv: Hauptmann & Kompanie
Werbeagentur, Zürich
Satz: Leingärtner, Nabburg
Druck und Bindung: GGP Media GmbH, Pößneck
Printed in Germany

ISBN 978-3-453-43984-9

*Für Rand und Judy Holston*

Das Denken verleiht der Welt einen dürftigen Anschein von Ordnung, falls man so schwach ist, sich von seinem Schauspiel überzeugen zu lassen.

Colin Wilson, »Das Reich der Blinden«

# Die Festnahme

## 14. JULI

# I

Das Zivilfahrzeug war ein unauffälliger, schon etwas älterer Pkw, aber die breiten schwarzen Reifen und die drei Insassen verrieten, worum es sich handelte. Die beiden auf den Vordersitzen waren blau uniformiert. Der Kleiderschrank hinten trug einen Anzug. Die zwei jungen Schwarzen auf dem Bürgersteig – einer mit dem Fuß auf einem ramponierten orangefarbenen Skateboard, der andere mit einem neongrünen Brett unter dem Arm – beobachteten, wie der Wagen auf den Parkplatz der nach Estelle Barga benannten Grünanlage einbog, dann sahen sie sich an.

»Eindeutig Bullen«, sagte der eine.

»Echt jetzt?«, sagte der andere.

Worauf sie sich wortlos auf ihre Bretter schwangen und schleunigst davonrollten. Die Regel war einfach: Wenn Bullen auftauchten, machte man sich vom Acker. *Black lives matter,* das hatten ihnen ihre Eltern zwar beigebracht, aber für die Bullen galt das nicht immer. Auf dem Baseballplatz brach das Publikum in Jubel und rhythmisches Klatschen aus, weil die Flint City Golden Dragons in der zweiten Hälfte des neunten Innings an den Schlag kamen. Sie lagen nur einen Run zurück.

Den beiden Jungen war das egal.

# 2

*Aussage von Mr. Jonathan Ritz (10. Juli, 21.30 Uhr, aufgenommen von Detective Ralph Anderson)*

DETECTIVE ANDERSON Ich weiß, dass Sie ziemlich durcheinander sind, Mr. Ritz. Das ist verständlich, aber ich muss genau wissen, was Sie heute Abend gesehen haben.

RITZ Das werde ich nie aus dem Kopf kriegen. Nie im Leben. Ich glaube, ich könnte 'ne Tablette vertragen. Eine Valium vielleicht. So Zeug hab ich bisher nie genommen, aber jetzt könnte ich's eindeutig brauchen. Hab immer noch das Gefühl, dass mir das Herz bis zum Hals schlägt. Wenn die Spurensicherung am Tatort Kotze finden sollte, was ziemlich sicher der Fall ist, dann stammt die von mir. Dafür schäme ich mich nicht. Wenn man so was sieht, kommt es jedem hoch.

DETECTIVE ANDERSON Sie können sich etwas zur Beruhigung verschreiben lassen, sobald wir fertig sind. Das kann ich dann gern beim Doktor veranlassen, aber zunächst mal müssen Sie einen klaren Kopf behalten. Das verstehen Sie doch, oder?

RITZ Ja. Natürlich.

DETECTIVE ANDERSON Erzählen Sie mir einfach alles, was Sie gesehen haben, dann können wir für heute Abend Schluss machen. Schaffen Sie das, Sir?

RITZ Also gut. Heute Abend bin ich ziemlich genau um sechs rausgegangen, um mit Dave Gassi zu gehen. Dave ist unser Beagle. Um fünf kriegt der sein Abendessen. Meine Frau und ich essen um halb sechs. Um sechs ist Dave dann bereit, sein Geschäft zu machen – das große und das kleine, meine ich. Also gehe ich mit ihm raus, während Sandy –

also meine Frau – das Geschirr einräumt. Das ist eine faire Arbeitsteilung. In der Ehe ist eine faire Arbeitsteilung unheimlich wichtig, vor allem wenn die Kinder schon aus dem Haus sind, so sehen wir das jedenfalls. Ich komme vom Hundertsten ins Tausendste, was?

DETECTIVE ANDERSON Schon in Ordnung, Mr. Ritz. Erzählen Sie alles so, wie Sie es wollen.

RITZ Ach, sagen Sie ruhig Jon zu mir. Mr. Ritz kann ich nicht ausstehen. Da komme ich mir wie ein Cracker vor. So haben mich die anderen nämlich in der Schule immer genannt, Ritz Cracker.

DETECTIVE ANDERSON Mhm. Sie sind also mit Ihrem Hund rausgegangen ...

RITZ Genau. Und als der einen starken Geruch gewittert hat – den Geruch von Tod, nehme ich an –, musste ich ihn mit beiden Händen an der Leine zurückhalten, obwohl Dave bloß ein kleiner Hund ist. Er wollte zu dem hin, was er da gerochen hat. Der ...

DETECTIVE ANDERSON Moment, gehen wir einen Schritt zurück. Sie haben Ihr Haus in der Mulberry Avenue 249 um achtzehn Uhr verlassen ...

RITZ Eventuell war es schon ein bisschen vorher. Dave und ich sind den Hang runter zu Gerald's gegangen, dem Feinkostladen an der Ecke, wo sie das ganze Gourmetzeug verkaufen, dann die Barnum Street hoch und schließlich in den Figgis-Park. Die Kids nennen ihn Fickdich-Park. Meinen, dass die Erwachsenen das nicht mitkriegen, weil die eh nie zuhören, aber das tun wir durchaus. Zumindest manche von uns.

DETECTIVE ANDERSON War das Ihr üblicher Abendspaziergang?

RITZ Ach, manchmal ändern wir die Route auch ein bisschen

ab, damit es nicht langweilig wird, aber am Park landen wir praktisch immer, bevor wir wieder nach Hause gehen. Weil es für Dave da viel zu schnuppern gibt. Der Parkplatz dort ist zu der Zeit fast immer leer, falls nicht gerade ein paar Highschool-Kids auf den Tennisplätzen sind. An dem Abend waren allerdings keine da. Es sind ja Sandplätze, und vorher hatte es geregnet. Der einzige Wagen, der da stand, war so ein weißer Kastenwagen.

DETECTIVE ANDERSON Also ein Lieferwagen?

RITZ Genau. Hinten keine Fenster, bloß eine geteilte Hecktür. So ein Ding, mit dem kleine Firmen irgendwelches Zeug durch die Gegend karren. Eventuell war es ein Econoline, aber da bin ich mir nicht völlig sicher.

DETECTIVE ANDERSON Stand denn ein Firmenname drauf? Sam's Air Conditioning oder Bob's Custom Windows vielleicht? Irgendwas in der Richtung?

RITZ Nein, m-mh. Überhaupt nichts. Der Wagen war allerdings ganz schön schmutzig, kann ich Ihnen sagen. War schon 'ne ganze Weile nicht gewaschen worden. Auch an den Reifen war Dreck, wahrscheinlich vom Spritzwasser. Dave hat an den Reifen geschnüffelt, bevor wir auf einem von den Kieswegen durch die Bäume gegangen sind. Nach einer Weile hat Dave gebellt und ist in die Sträucher rechts gerannt. In dem Moment hat er diesen Geruch gewittert. Er hat mir fast die Leine aus der Hand gerissen. Ich hab versucht, ihn zurückzuziehen, aber er hat sich geweigert, hat sich einfach hingeschmissen, mit den Pfoten am Boden gescharrt und weitergebellt. Deshalb hab ich ihn nah zu mir rangeholt – ich hab so eine einziehbare Leine, die ist für so was gut geeignet – und bin hinter ihm her. Seit er ausgewachsen ist, kümmert er sich nicht mehr besonders um Eichhörnchen und Streifenhörnchen, daher hab ich gedacht, er hat vielleicht 'nen Waschbär gewittert. Ich wollte ihn zu mir her zerren, ob ihm das nun passt oder nicht; einem Hund muss klar sein, wer das Sagen hat, bloß da hab ich schon die ersten Blutstropfen gesehen. Die waren auf einem Birkenblatt, in etwa auf meiner Brusthöhe, das heißt so eineinhalb Meter vom Boden entfernt. Ein kleines Stück weiter war auf einem anderen Blatt wieder ein Tropfen, und noch etwas weiter waren ein paar Sträucher richtig damit bespritzt. Noch rot und feucht. Daran hat Dave geschnuppert, aber er wollte weiter. Ach ja, bevor ich's vergesse, genau da hab ich hinter mir gehört, wie ein Motor angesprungen ist. Wahrscheinlich wär mir das gar nicht aufgefallen, wenn es nicht so laut gewesen wär, wie bei 'nem kaputten Auspuff. So ein Knattern, wissen Sie, was ich meine?

DETECTIVE ANDERSON Mhm, weiß ich.

RITZ Ich kann zwar nicht beschwören, dass es der weiße Lieferwagen war, und ich bin nicht auf demselben Weg zurückgegangen, deshalb weiß ich nicht, ob der Wagen nachher weg war, aber ich würde wetten, dass er's war. Und wissen Sie, was das bedeutet?

DETECTIVE ANDERSON Sagen Sie mir, was es Ihrer Meinung nach bedeutet, Jon.

RITZ Dass er mich eventuell beobachtet hat. Der Mörder. Dass er zwischen den Bäumen gestanden und mich beobachtet hat. Mir läuft es kalt den Rücken runter, wenn ich mir das bloß vorstelle. Jetzt im Nachhinein, meine ich. In dem Moment war ich allerdings auf das Blut fixiert. Und darauf, dass Dave mir nicht den Arm ausreißt. Allmählich hab ich's mit der Angst bekommen, das gebe ich gerne zu. Schließlich bin ich nicht besonders groß, und ich versuche zwar, einigermaßen in Form zu bleiben, aber ich bin schon über sechzig. Selbst als junger Mann war ich nicht gerade ein Raufbold. Trotzdem musste ich mir die Sache ansehen. Falls da jemand verletzt war.

DETECTIVE ANDERSON Das ist sehr lobenswert. Wie spät war es wohl, als Sie die Blutspuren zum ersten Mal bemerkt haben?

RITZ Ich hab zwar nicht auf die Uhr gesehen, aber ich würde sagen, zwanzig nach sechs. Vielleicht auch fünf vor halb sieben. Ich hab Dave vorangehen lassen, ihn aber eng an der Leine gehalten, um mich unter den Zweigen durchzuducken, wo er mit seinen Beinchen einfach drunter durchschlüpfen konnte. Sie wissen ja, was man über den Beagle sagt – er hat hohe Ansprüche, aber kurze Beine. Er hat wie verrückt gebellt. Wir sind dann an eine Lichtung gekommen, so etwa wie ... na ja, so wie ein stilles Plätzchen, wo sich Liebespaare gern niederlassen, um ein bisschen zu schmusen. Die steinerne Bank in der Mitte war mit Blut bedeckt. Über und über. Drunter war noch mehr Blut. Daneben auf dem Rasen die Leiche. Der arme Junge. Der Kopf hat in meine Richtung gezeigt, und die Augen standen offen, aber von der Kehle war nichts mehr da. Da war bloß noch ein rotes Loch. Bluejeans und Unterhose waren bis zu den Knöcheln runtergezogen, und ich hab gesehen, dass da etwas ... ein dürrer Ast, glaube ich ... aus ihm rausgeragt hat. Aus seinem ... seinem ... Na, Sie wissen schon.

DETECTIVE ANDERSON Das tue ich, aber Sie müssen es aussprechen, Mr. Ritz. Fürs Protokoll.

RITZ Er lag auf dem Bauch, und der Ast hat in seinem Hintern gesteckt. Der war auch blutig. Der Ast, meine ich. Die Rinde war teilweise abgeschabt, und es war ein Handabdruck drauf. Den habe ich ganz deutlich gesehen. Inzwischen hat Dave nicht mehr gebellt, sondern gejault, das arme Tier, und ich weiß einfach nicht, wer so etwas tut. Das muss ein Geisteskranker gewesen sein. Werden Sie ihn erwischen, Detective Anderson?

DETECTIVE ANDERSON O ja. Das werden wir.

# 3

Der Parkplatz am Estelle-Barga-Freizeitgelände war beinahe so groß wie der vor dem Kroger's, wo Ralph Anderson und seine Frau am Samstagnachmittag ihre Einkäufe machten, und an diesem Juliabend war er bis auf den letzten Platz gefüllt. Auf vielen Stoßstangen klebten Sticker mit dem Logo der Golden Dragons, und einige Rückfenster waren mit überschwänglichen Sprüchen bemalt: WIR MACHEN EUCH PLATT; AUF GEHT'S DRAGONS; ENDSPIEL IN SICHT; DIESMAL SIND *WIR* DRAN. Vom Baseballplatz her, wo man das Flutlicht eingeschaltet hatte (obwohl es noch eine ganze Weile hell sein würde), hörte man Jubel und rhythmisches Klatschen.

Am Lenkrad des Zivilfahrzeugs saß Troy Ramage, der schon seit zwanzig Jahren dabei war. Während er eine vollgeparkte Reihe nach der anderen abfuhr, sagte er: »Immer wenn ich hier bin, frage ich mich, wer zum Teufel eigentlich diese Estelle Barga war.«

Ralph reagierte nicht. Seine Muskeln waren angespannt, seine Haut war heiß, und sein Puls fühlte sich an, als wäre er im roten Bereich. Im Lauf der Jahre hatte er schon viele Straftäter festgenommen, aber das hier war etwas anderes. Es war besonders scheußlich. Und persönlich. Das war das Schlimmste daran – es war persönlich. Im Grunde hatte er bei der Festnahme nichts zu suchen und wusste das auch, doch seit den letzten Sparmaßnahmen verfügte die Polizei von Flint City nur noch über drei hauptberufliche Kriminalbeamte. Jack Hoskins war im Urlaub und ging irgendwo in der Pampa angeln, was kein großer Verlust war. Und Betsy Riggins, die eigentlich im Mutterschaftsurlaub sein sollte, unterstützte die Highway Patrol bei einem anderen Aspekt des aktuellen Einsatzes.

Er hoffte inständig, dass das Ganze nicht übereilt war. Die Befürchtung hatte er noch am Nachmittag gegenüber Bill Samuels, dem Bezirksstaatsanwalt von Flint County, bei der Lagebesprechung geäußert. Samuels war ein bisschen jung für sein Amt, gerade mal fünfunddreißig, gehörte aber der richtigen politischen Partei an und war sehr von sich selbst überzeugt. Nicht anmaßend, das musste man ihm lassen, aber einen gewissen Übereifer legte er zweifellos an den Tag.

»Es gibt noch ein paar Ungereimtheiten, die ich gerne aufklären würde«, hatte Ralph gesagt. »Wir kennen den Hintergrund nicht vollständig. Außerdem wird er behaupten, dass er ein Alibi hat. Falls er nicht einfach gesteht, müssen wir damit rechnen.«

»Wenn er das tut, dann pflücken wir es auseinander«, hatte Samuels erwidert. »Das wissen Sie so gut wie ich.«

Daran zweifelte Ralph zwar nicht – sie hatten ganz bestimmt den Richtigen –, aber er hätte vor dem Zuschlagen lieber trotzdem noch ein bisschen länger ermittelt. Um die Lücken im Alibi von dem Dreckskerl zu finden und sie so zu verbreitern, dass man mit einem Lastwagen hindurchfahren könnte, und ihn *dann* einzukassieren. In den meisten Fällen wäre das die korrekte Verfahrensweise gewesen. In diesem jedoch nicht.

»Drei Dinge«, hatte Samuels gesagt. »Sind Sie bereit?«

Ralph hatte genickt. Schließlich musste er mit dem Kerl zusammenarbeiten.

»Erstens: Die Bürger, vor allem Eltern mit kleineren Kindern, sind aufgebracht und verängstigt. Sie wollen, dass schnell jemand festgenommen wird, damit sie sich wieder sicher fühlen können. Zweitens: Die Indizien sind einwandfrei. Ich habe noch nie einen derart wasserdichten Fall erlebt. Sind wir da einer Meinung?«

»Ja.«

»Gut, also zu Nummer drei. Dem Knackpunkt.« Samuels hatte sich vorgebeugt. »Wir wissen nicht, ob er sich schon einmal zu einer solchen Tat hat hinreißen lassen – wenn das so sein sollte, bekommen wir das bestimmt heraus –, aber er hat sie todsicher jetzt begangen. Er hat sich von seinen Fesseln befreit. Hat seine Jungfräulichkeit verloren. Und sobald so etwas geschieht …«

»Könnte er es wieder tun«, hatte Ralph ergänzt.

»Genau. Sehr wahrscheinlich ist das direkt nach der Sache mit Peterson zwar nicht, aber durchaus möglich. Schließlich hat er ständig mit Kindern zu tun. Mit kleinen Jungs. Wenn er einen von denen umbringt, ist es egal, ob wir unseren Job verlieren oder nicht – wir würden es uns nie vergeben.«

Ralph hatte jetzt schon Probleme damit, es sich zu vergeben, weil er es nicht früher bemerkt hatte. Das war zwar irrational, denn wenn man jemand bei einem Grillfest zum Abschluss der Little-League-Saison in die Augen sah, konnte man nicht erkennen, dass er über ein derart entsetzliches Vorhaben nachdachte – dass er es streichelte und fütterte und wachsen sah. Nur änderte das nichts daran, wie Ralph sich fühlte.

Jetzt beugte er sich vor und reckte den Zeigefinger. »Da

drüben«, sagte er. »Versuchen Sie's doch mal bei den Behindertenparkplätzen.«

Officer Tom Yates auf dem Beifahrersitz sagte: »Das gibt 'nen Strafzettel über zweihundert Dollar, Chef.«

»Ich glaube, diesmal lässt man es uns durchgehen«, sagte Ralph.

»War bloß ein Scherz.«

Ralph, der nicht in der Stimmung für ein kollegiales Geplänkel war, erwiderte nichts.

»Krüppelplätze in Sicht!«, sagte Ramage. »Da sind glatt zwei frei.«

Er lenkte den Wagen auf einen der Plätze, und die drei Männer stiegen aus. Als Ralph sah, wie Yates den Riemen über dem Griff seiner Glock löste, schüttelte er den Kopf. »Sind Sie nicht recht bei Trost? Beim Spiel sind bestimmt fünfzehnhundert Zuschauer.«

»Was, wenn er wegrennt?«

»Dann fangt ihr ihn ein.«

Ralph lehnte sich an die Kühlerhaube und sah zu, wie die beiden Beamten auf das Stadion zugingen, zu den Lichtern und den bis zum letzten Platz gefüllten Tribünen, wo das Klatschen und Rufen immer lauter und intensiver wurde. Den Mörder von Peterson unverzüglich dingfest zu machen, hatte er mit Samuels gemeinsam beschlossen (wenn auch ungern). Die Festnahme direkt beim Spiel durchzuführen war einzig und allein seine Entscheidung gewesen.

Ramage drehte sich zu ihm um. »Kommen Sie denn nicht mit?«

»Nein. Ihr greift ihn euch, belehrt ihn ordnungsgemäß und schön laut über seine Rechte und schafft ihn dann hierher. Tom, wenn wir losfahren, setzen Sie sich mit ihm nach hinten. Ich sitze vorne neben Troy. Bill Samuels erwartet meinen Anruf und kommt sofort zur Zentrale. Die ganze Sache ist extrem heikel, aber die Festnahme ist euer Job.«

»Sie haben doch ermittelt«, sagte Yates. »Warum wollen Sie da nicht auch der sein, der das Arschloch einkassiert?«

Ralph verschränkte die Arme. »Weil der Mann, der Frankie Peterson mit einem Ast vergewaltigt und ihm dann die Kehle aufgeschlitzt hat, vier Jahre lang der Trainer von meinem Sohn war, zwei Jahre bei den ganz Kleinen und zwei in der Little League. Dabei hat er ihn nicht selten angefasst, um ihm zu zeigen, wie man den Schläger richtig hält, und deshalb weiß ich nicht, ob ich mich im Zaum halten kann.«

»Schon kapiert«, sagte Troy Ramage und wendete sich mit Yates zum Weitergehen.

»Ach, hört mal, ihr zwei.«

Sie drehten sich noch einmal um.

»Legt ihm gleich an Ort und Stelle Handschellen an. Und zwar vor dem Bauch.«

»Das entspricht nicht den Vorschriften, Chef«, sagte Ramage.

»Ich weiß, und es ist mir schnuppe. Ich will, dass alle sehen, wie er in Handschellen weggeführt wird. Alles klar?«

Als die beiden nun weitergingen, nahm Ralph sein Handy vom Gürtel. Die Nummer von Betsy Riggins hatte er auf Kurzwahl. »Bist du auf dem Posten?«

»Klar doch. Wir parken direkt vor seinem Haus. Ich und vier State Trooper.«

»Durchsuchungsbeschluss?«

»In meiner heißen kleinen Hand.«

»Gut.« Er wollte das Gespräch schon beenden, als ihm noch etwas einfiel. »Für wann wird das Baby denn erwartet?«

»Für gestern«, sagte sie. »Also beeil dich gefälligst.« Womit sie selbst auflegte.

# 4

*Aussage von Mrs. Arlene Stanhope (12. Juli, 13.00 Uhr, aufgenommen von Detective Ralph Anderson)*

STANHOPE Wird es lange dauern, Detective?

DETECTIVE ANDERSON Ganz bestimmt nicht. Erzählen Sie mir einfach nur, was Sie am Dienstag, dem 10. Juli, nachmittags gesehen haben, dann sind wir fertig.

STANHOPE Gut. Also, ich bin da gerade aus dem Feinkostladen Gerald's gekommen. Da gehe ich am Dienstag immer einkaufen. Der ist zwar teurer, aber seit ich nicht mehr Auto fahre, komme ich nicht mehr zum Kroger's. Ich habe in dem Jahr, in dem mein Mann gestorben ist, meinen Führerschein abgegeben, weil ich meinen Reflexen nicht mehr getraut habe. Es ist nämlich ein paarmal was passiert. Also bloß Auffahrunfälle, aber das hat mir gereicht. Der Laden ist nur zwei Straßen von der Wohnung entfernt, die ich seit dem Verkauf von unsrem Haus habe, und der Arzt meint sowieso, dass es mir guttut, wenn ich ein bisschen zu Fuß gehe. Gut für mein Herz, Sie wissen schon. Jedenfalls komme ich gerade mit drei Einkaufstüten in meinem Wägelchen heraus – mehr als drei Tüten kann ich mir nicht mehr leisten, alles ist so furchtbar teuer geworden, besonders das Fleisch, ich weiß gar nicht, wann ich das letzte Mal Bacon gegessen habe –, und da sehe ich den kleinen Peterson.

DETECTIVE ANDERSON Sie sind sich ganz sicher, dass das Frank Peterson war?

STANHOPE Aber ja doch, das war Frank. Der arme Junge, es tut mir so leid, was ihm zugestoßen ist, aber jetzt ist er im Himmel, und seine Schmerzen sind vorbei. Was ein Trost.

Die Petersons haben zwei Jungs, wissen Sie, beides Rotschöpfe, so dieses furchtbare Karottenrot, aber der andere – Oliver heißt er – ist mindestens fünf Jahre älter. Früher hat er bei uns die Zeitung ausgetragen. Frank hat ein Fahrrad, eins von den Dingern mit diesem hohen Lenker und so einem langen, schmalen Sattel ...

DETECTIVE ANDERSON Den nennt man Bananensattel.

STANHOPE Von so was habe ich keine Ahnung, aber ich weiß, dass das Rad in knalligem Hellgrün lackiert war, wirklich eine furchtbare Farbe, und auf dem Sitz war ein Aufkleber. Von der Flint City High. Allerdings wird er nun nie auf die Highschool gehen, nicht wahr? Der arme, arme Junge!

DETECTIVE ANDERSON Brauchen Sie vielleicht eine kurze Pause, Mrs. Stanhope?

STANHOPE Nein, ich will fertig werden. Ich muss nach Hause und meine Katze füttern. Die füttere ich sonst immer gegen drei, da wird sie hungrig sein. Außerdem wird sie sich fragen, wo ich bleibe. Aber wenn ich ein Papiertaschentuch haben könnte? Bestimmt sehe ich furchtbar aus. Danke.

DETECTIVE ANDERSON Den Aufkleber auf dem Sitz von Frank Petersons Fahrrad konnten Sie sehen, weil ...?

STANHOPE Ach, weil er nicht drauf gesessen hat. Er hat das Rad über den Parkplatz geschoben. Die Kette war kaputt und hat über den Asphalt geschleift.

DETECTIVE ANDERSON Erinnern Sie sich, was er anhatte?

STANHOPE Ein T-Shirt mit dem Namen von irgendeiner Rockand-Roll-Band drauf. Mit Bands kenne ich mich nicht aus, daher kann ich nicht sagen, welche es war. Wenn das wichtig ist, tut es mir leid. Außerdem hatte er eine Rangers-Mütze auf. Die war nach hinten geschoben, sodass ich die ganzen roten Haare sehen konnte. Leute mit karottenrotem Haar bekommen übrigens sehr früh eine Glatze.

Aber darüber wird er sich nun nie Sorgen machen müssen, nicht wahr? Ach, es ist ja so traurig. Na, jedenfalls hat am anderen Ende vom Parkplatz ein schmutziger weißer Lieferwagen gestanden, aus dem ein Mann gestiegen und auf Frank zugegangen ist. Der Mann ...

DETECTIVE ANDERSON  Dazu kommen wir gleich, zuerst möchte ich noch mehr über den Lieferwagen erfahren. War es so einer ohne Fenster an den Seiten?

STANHOPE  Ja.

DETECTIVE ANDERSON  Und ohne Aufschrift? Kein Firmenname oder so was in der Art?

STANHOPE  Soweit ich gesehen habe, nein.

DETECTIVE ANDERSON  Gut, dann sprechen wir jetzt über den Mann, den Sie gesehen haben. Ist er Ihnen bekannt, Mrs. Stanhope?

STANHOPE  Aber natürlich. Das war Terry Maitland. Bei uns im Westen kennt ihn jeder als Coach T. So nennt man ihn sogar auf der Highschool. Da unterrichtet er nämlich Englisch. Bevor mein Mann in Rente gegangen ist, war er ein Kollege von ihm. Coach T nennt man ihn, weil er die Jungs in der Little League trainiert und dann, wenn die Saison zu Ende ist, das Baseballteam in der City League. Im Herbst trainiert er außerdem kleine Jungs, die gern Football spielen wollen. Die Liga hat auch einen Namen, aber der fällt mir gerade nicht ein.

DETECTIVE ANDERSON  Könnten wir bitte darauf zurückkommen, was Sie am Dienstagnachmittag gesehen haben ...

STANHOPE  Viel mehr gibt es nicht zu erzählen. Frank hat mit Coach T gesprochen und dabei auf seine kaputte Fahrradkette gezeigt. Coach T hat genickt und die Hecktür von dem weißen Lieferwagen geöffnet, der ihm aber offensichtlich nicht gehört ...

DETECTIVE ANDERSON Wie kommen Sie darauf, Mrs. Stanhope?

STANHOPE Weil er ein orangefarbenes Nummernschild hatte. Ich weiß zwar nicht, was für ein Staat so Schilder hat, und wenn etwas weiter weg ist, sehe ich es nicht mehr so gut wie früher, aber ich weiß, dass unsere Schilder hier in Oklahoma blau-weiß sind. Hinten in dem Wagen habe ich jedenfalls nichts außer einem langen, grünen Ding gesehen, so was wie einen Werkzeugkasten. War das wirklich ein Werkzeugkasten, Detective?

DETECTIVE ANDERSON Was ist dann passiert?

STANHOPE Na ja, Coach T hat das Fahrrad von Frank hinten reingestellt und die Klappen zugemacht. Er hat Frank auf den Rücken geklopft. Dann ist er zur Fahrertür gegangen und Frank zur Beifahrertür. Beide sind sie eingestiegen, und der Lieferwagen ist auf die Mulberry Avenue eingebogen. Ich dachte, Coach T fährt den Jungen nach Hause. Natürlich habe ich das gedacht. Was sollte ich sonst denken? Terry Maitland wohnt schon seit zwanzig Jahren bei uns im Westen, er hat eine sehr nette Familie, eine Frau und zwei Töchter ... Kann ich noch ein Taschentuch bekommen, bitte? Vielen Dank. Sind wir jetzt bald durch?

DETECTIVE ANDERSON Ja, und Sie haben uns sehr geholfen. Bevor ich mit der Aufzeichnung begonnen habe, haben Sie – wenn ich mich recht entsinne – gesagt, das wäre gegen fünfzehn Uhr gewesen?

STANHOPE Um Punkt drei. Als ich mit meinem Wägelchen aus dem Laden gekommen bin, habe ich die Glocke vom Rathaus schlagen hören. Da wollte ich schnell nach Hause, um meine Katze zu füttern.

DETECTIVE ANDERSON Der Junge, den Sie gesehen haben, der mit den roten Haaren, war Frank Peterson.

STANHOPE Ja. Die Petersons wohnen bei mir gleich um die Ecke. Ollie hat mir wie gesagt früher die Zeitung gebracht. Ich sehe die beiden Jungs ständig.

DETECTIVE ANDERSON Und der Mann, der das Fahrrad in den Laderaum von dem weißen Lieferwagen gestellt hat und mit Frank Peterson weggefahren ist, das war Terence Maitland, auch als Coach Terry oder Coach T bekannt.

STANHOPE Ja.

DETECTIVE ANDERSON Da sind Sie sich ganz sicher.

STANHOPE Aber ja.

DETECTIVE ANDERSON Danke, Mrs. Stanhope.

STANHOPE Wer hätte wohl geglaubt, dass Terry so etwas tut? Meinen Sie, dass es noch andere Opfer gegeben hat?

DETECTIVE ANDERSON Das werden wir im Verlauf der Ermittlungen bestimmt herausbekommen.

5

Da alle Turnierspiele der City League auf dem Estelle-Barga-Baseballplatz ausgetragen wurden – dem besten in der County und dem einzigen mit Flutlicht für Abendspiele –, wurde ohne Rücksicht auf das Heimrecht per Münzwurf bestimmt, welche Mannschaft zuerst den Ballbesitz bekam. Vor dem Spiel hatte Terry Maitland auf Zahl gesetzt, wie er es immer tat – ein Aberglaube, den er von seinem ehemaligen City-League-Trainer übernommen hatte, damals vor langer Zeit –, und die Münze hatte Zahl gezeigt. »Eigentlich ist es mir egal, wo wir spielen, Hauptsache, wir haben den letzten Schlag«, erklärte er seinen Jungs immer.

Heute ging es tatsächlich um den letzten Schlag. Es war die zweite Hälfte des neunten Innings, und die Bears führten in diesem Halbfinale mit einem einzelnen Run. Die Golden Dragons waren vor ihrem letzten Out, hatten aber immerhin alle Bases besetzt. Bei einem Walk, einem Wild Pitch, einem Error oder einem Infield Single würde es unentschieden stehen, bei einem ins Gap geschlagenen Ball hätten sie praktisch gewonnen. Das Publikum klatschte im Takt und stampfte dazu auf den Metallboden der Tribüne. Als nun der kleine Trevor Michaels seinen Posten als Schlagmann einnahm, erscholl lauter Jubel. Sein Helm war der kleinste, den sie hatten, er rutschte Trevor aber trotzdem über die Augen, weshalb er ihn ständig hochschieben musste. Nervös schwenkte er den Schläger hin und her.

Terry hatte überlegt, jemand anderes rauszuschicken, doch obwohl Trevor nur knapp über eins fünfzig war, erzielte er immer eine Menge Walks. Ein Homerun war von ihm zwar nicht zu erwarten, aber manchmal schaffte er es immerhin, den Ball zu treffen. Nicht oft, aber gelegentlich eben doch. Hätte Terry ihn durch jemand anderes ersetzt, so hätte der arme Junge das ganze nächste Schuljahr über mit dieser Schande leben müssen. Wenn ihm jedoch ein Single gelang, dann würde er sein Leben lang bei jeder Grillparty mit einem Bier in der Hand davon erzählen können. Das war Terry nur zu bewusst. Er hatte sich selbst einmal in dieser Lage befunden, in der guten alten Zeit, als man noch nicht mit Aluminiumschlägern gespielt hatte.

Der Pitcher der Bears – der Kerl, den sie immer zum Abschluss einsetzten, ein echtes Talent – holte aus und warf den Ball direkt durch die Mitte. Mit bestürzter Miene sah Trevor das Geschoss vorbeisausen. Der Schiedsrichter bestätigte den ersten Strike. Das Publikum stöhnte auf.

Gavin Frick, der Kotrainer von Terry, schritt vor den Jungen auf der Bank auf und ab und hielt sein Scoresheet fest zusammengerollt in der Hand (wie oft hatte Terry ihn eigentlich gebeten, das zu unterlassen?). Sein T-Shirt mit dem Logo der Golden Dragons, Größe XXL, spannte sich über einen Bauch, der mindestens Größe XXXL hatte. »Hoffentlich war es kein Fehler, Trevor schlagen zu lassen, Terry«, sagte er. Der Schweiß rann ihm die Wangen herab. »Sieht ganz so aus, als hätte der 'ne Heidenangst, und ich glaube, selbst mit 'nem Tennisschläger würde er 'nen Speedball von dem Kerl da nicht erwischen.«

»Sehen wir mal, wie's läuft«, sagte Terry. »Ich hab bei der Sache ein ganz gutes Gefühl.« Was eigentlich nicht so ganz stimmte.

Der gegnerische Pitcher holte aus und ließ eine weitere Rakete los, nur landete sie diesmal im Dreck vor dem Schlagmal. Das Publikum erhob sich, weil Baibir Patel, der an der dritten Base lauerte, sich einige Schritte weit zur Seite wagte. Als der Ball dann in den Handschuh des Catchers sprang, setzte er sich stöhnend wieder auf den Hintern. Der Catcher wandte sich der dritten Base zu, und trotz der Maske konnte Terry seinen Gesichtsausdruck erkennen: *Versuch es bloß, Kumpel!* Baibir ließ es bleiben.

Der nächste Wurf ging daneben, aber Trevor schlug trotzdem danach.

»Mach ihn fertig, Fritz!«, brüllte jemand mit kräftiger Stimme hoch oben auf der Tribüne – bestimmt der Vater des Pitchers, so wie der jetzt den Kopf ruckhaft in die betreffende Richtung drehte. »Mach ihn *richtig fertig!*«

Trevor regte sich beim nächsten Wurf nicht, der ziemlich

knapp kam – eigentlich zu knapp, ihn zu nehmen, aber der Schiedsrichter entschied dann sowieso auf Ball, weshalb jetzt die Fans der Bears mit Stöhnen an der Reihe waren. Jemand brüllte, dass der Schiedsrichter wohl eine stärkere Brille brauche; ein anderer Fan riet zur Anschaffung eines Blindenhundes.

Nun stand es unentschieden, und jedem war klar, dass die gesamte Saison der Dragons vom nächsten Wurf abhing. Entweder würden sie danach auf die nächsthöhere Ebene vorrücken und gegen die Panthers um die Stadtmeisterschaft spielen – die tatsächlich vom Fernsehen übertragen wurde –, oder sie schieden aus und kamen nur noch ein einziges Mal zusammen, nämlich beim Grillfest im Garten der Familie Maitland, das traditionell am Saisonende stattfand.

Terry drehte sich um und warf einen Blick zu Marcy und den Mädchen hinüber, die hinter dem schützenden Maschendraht am selben Platz wie immer auf ihren Gartenstühlen saßen. Seine Töchter flankierten seine Frau wie hübsche Buchstützen. Alle drei winkten ihm mit gekreuzten Fingern zu. Terry zwinkerte, grinste und hob beide Daumen, obwohl er immer noch kein gutes Gefühl hatte. Was irgendwie nicht nur am Spiel lag. Er hatte schon eine ganze Weile kein gutes Gefühl mehr. Kein richtig gutes jedenfalls.

Nun lächelte Marcy nicht mehr, sondern verzog verwirrt das Gesicht. Sie blickte nach links und deutete mit dem Daumen in die Richtung. Als Terry sich dorthin drehte, sah er zwei Polizeibeamte im Gleichschritt an der dritten Grundlinie entlangmarschieren, an Barry Houlihan vorüber, dem Coach der gegnerischen Mannschaft.

»*Time, time!*«, brüllte der Schiedsrichter am Schlagmal, um den Pitcher der Bears zu stoppen, der bereits ausholte. Trevor Michaels verließ seinen Posten – mit erleichterter

Miene, wie es Terry vorkam. Das Publikum war verstummt und beobachtete die beiden Cops. Einer der beiden fasste sich hinten an den Gürtel. Der andere hatte die Hand am Griff seiner im Holster steckenden Dienstwaffe.

»*Runter vom Spielfeld!*«, brüllte der Schiedsrichter. »*Runter da!*«

Troy Ramage und Tom Yates beachteten ihn nicht. Sie marschierten an der Bank der Dragons vorüber – einem Provisorium, bestehend aus einer langen Sitzbank, drei Körben mit Ausrüstung und einem Eimer mit schmutzigen Übungsbällen – direkt auf Terry zu. Ramage löste ein Paar Handschellen von seinem Gürtel. Als das Publikum die sah, erhob sich ein Gemurmel, das zu zwei Dritteln Verwirrung und zu einem Drittel Erregung ausdrückte: *Uuuuuh.*

»He, ihr beiden!«, rief Gavin, während er herbeieilte (und dabei beinahe über den abgelegten Fanghandschuh von Richie Gallant gestolpert wäre). »Hier läuft gerade ein Spiel!«

Yates schob ihn mit einem Kopfschütteln zurück. Inzwischen war das Publikum totenstill geworden. Die Bears hatten ihre angespannte Körperhaltung aufgegeben und betrachteten mit herabhängenden Handschuhen das Geschehen. Der Catcher trottete zu seinem Pitcher hinüber, bis die zwei gemeinsam auf halbem Wege zwischen dem Mound und der Home Plate standen.

Den Cop mit den Handschellen kannte Terry flüchtig; er kam manchmal im Herbst mit seinem Bruder, um sich die Footballspiele der Jugendliga anzuschauen. »Troy? Was soll das Ganze? Worum geht es hier?«

Im Gesicht seines Gegenübers sah Ramage nichts, was nicht wie aufrichtige Verblüffung wirkte, allerdings war er schon seit den Neunzigerjahren bei der Polizei und wusste, dass die wirklich schlimmen Kandidaten den perfekten Unschuldslämmerblick draufhatten. Und der Kerl hier gehörte zu den allerschlimmsten. Im Einklang mit den Anweisungen, die er von Ralph Anderson erhalten (und gegen die er nicht das Mindeste einzuwenden) hatte, erhob er die Stimme, damit ihn das gesamte Publikum hören konnte, das am nächsten Tag in der Zeitung auf 1588 Personen beziffert werden würde.

»Terence Maitland, ich verhafte Sie wegen Mordes an Frank Peterson.«

Ein weiteres *Uuuuuh* von den Tribünen, diesmal lauter. Es hörte sich an wie eine anschwellende Windbö.

Terry sah Ramage stirnrunzelnd an. Oberflächlich begriff er das Gesagte; es handelte sich um simple Wörter, die einen simplen Aussagesatz bildeten; er wusste, wer Frankie Peterson war und was man ihm angetan hatte, doch die *Bedeutung* des Gesagten begriff er nicht. »Was? Soll das ein Witz sein?« Das war alles, was er herausbrachte, und just in dem Augenblick nahm der Sportfotograf von der Lokalzeitung das Bild auf, das am nächsten Tag auf der Titelseite zu sehen sein würde. Der Mund von Terry stand offen, die Augen hatte er weit aufgerissen, unter dem Rand seiner Golden-Dragons-Mütze ragten Haarzotteln hervor. Auf dem Foto sah er gleichermaßen entkräftet und schuldig aus.

»*Was* haben Sie da gesagt?«

»Halten Sie mir bitte die Handgelenke hin.«

Terry sah zu Marcy und seinen Töchtern hinüber, die immer noch hinter dem Maschendraht auf ihren Stühlen saßen und ihn mit einem identischen Ausdruck stummer Verblüffung anstarrten. Das Entsetzen würde sie erst später überkommen. Baibir Patel verließ seinen Posten und kam auf die Bank zu. Dabei nahm er den Helm ab, sodass sein verschwitzter schwarzer Haarschopf sichtbar wurde, und Terry sah, wie er in Tränen ausbrach.

»Zurück da!«, brüllte Gavin den Jungen an. »Das Spiel ist noch nicht vorüber!«

Baibir blieb nur mitten im Foul Territory stehen, starrte Terry an und plärrte. Terry erwiderte seinen Blick, davon überzeugt (*beinahe* überzeugt), dass er das alles nur träumte, aber da packte ihn Tom Yates und riss ihm so gewaltsam die Arme hoch, dass er vorwärts taumelte. Ramage ließ die Handschellen zuschnappen. Es waren richtige aus Metall, nicht diese Plastikfesseln; groß und schwer glänzten sie in der tief stehenden Sonne. Mit derselben hallenden Stimme wie zuvor verkündete er: »Sie haben das Recht zu schweigen und sich zu weigern, Fragen zu beantworten, aber wenn Sie sich zu sprechen entscheiden, kann alles, was Sie sagen, vor Gericht gegen Sie verwendet werden. Sie haben das Recht, zur Vernehmung jetzt und zukünftig einen Anwalt hinzuzuziehen. Haben Sie das verstanden?«

»Troy?« Terry hörte die eigene Stimme kaum. Er rang nach Luft, als hätte man ihm in den Magen geschlagen. »Was in Gottes Namen soll das?«

Ramage ging nicht darauf ein. »Haben Sie das verstanden?«

Marcy kam an den Maschendraht, hakte die Finger hinein und rüttelte daran. Sarah und Grace hinter ihr flossen die Tränen. Grace lag neben Sarahs Gartenstuhl auf den Knien, ihr eigener war umgestürzt und lag im Dreck. »Was tut ihr denn da?«, rief Marcy. »Was in Gottes Namen tut ihr da bloß? Und weshalb tut ihr es ausgerechnet *hier*?«

»Haben Sie das verstanden?«

Terry verstand nur, dass man ihm Handschellen angelegt hatte und ihn nun vor beinahe sechzehnhundert gaffenden Leuten, zu denen seine Frau und seine beiden Töchter gehörten, über seine Rechte belehrte. Es war kein Traum, und es war auch keine schlichte Festnahme; aus Gründen, die er nicht begreifen konnte, wurde er vor aller Augen an den Pranger gestellt. Da war es am besten, alles möglichst schnell hinter sich zu bringen und die Sache später zu klären. Allerdings wusste er trotz Schock und Verwirrung, dass sein Leben über lange Zeit hinweg nicht mehr in normalen Bahnen verlaufen würde.

»Ja, ich habe verstanden«, sagte er und dann: »Coach Frick, lassen Sie das bleiben.«

Gavin, der mit geballten Fäusten und hektisch geröteten Hängebacken auf die beiden Cops zugegangen war, ließ die Arme sinken und wich einen Schritt zurück. Er blickte durch den Maschendraht hindurch auf Marcy, zuckte die gewaltigen Schultern und hob seine Metzgerhände.

Im gleichen dröhnenden Ton wie zuvor fuhr Troy Ramage fort wie ein Ausrufer, der auf einem neuenglischen Marktplatz die Neuigkeiten der Woche verkündete. Ralph Anderson, der draußen weiterhin an dem Zivilfahrzeug lehnte, konnte ihn hören. Troy machte seine Sache gut. Es war eine hässliche Inszenierung, für die Ralph wahrscheinlich kritisiert werden würde, wenn auch nicht von Frankie Petersons Eltern. Nein, von denen nicht.

»Wenn Sie sich keinen Anwalt leisten können, wird Ihnen vor der Vernehmung von Amts wegen einer zur Verfügung gestellt, sofern Sie das wünschen. Haben Sie das verstanden?«

»Ja«, sagte Terry. »Und mir dämmert so langsam was.« Er wandte sich ans Publikum. »*Ich habe keine Ahnung, weshalb ich festgenommen werde! Gavin Frick wird das Spiel zu Ende coachen!*« Und dann, wie etwas, was ihm nachträglich einfiel: »Baibir, zurück auf die dritte Base, und zwar sofort!«

Die Leute klatschten daraufhin, aber nur spärlich. Der Mann mit der kräftigen Stimme brüllte: »*Was hat der Mann denn getan?*« Worauf das Publikum die Frage beantwortete, indem es zwei Wörter raunte, die sich bald nicht nur in den westlichen Vierteln, sondern in der ganzen Stadt verbreiten würden: den Namen von Frank Peterson.

Yates packte Terry am Arm, um ihn auf die Imbissbude und den dahinter befindlichen Parkplatz zuzuschieben. »Ihre Predigt an die Menge können Sie später halten, Maitland. Jetzt kommen Sie erst mal ins Gefängnis. Und wissen Sie, was? Wir halten es in unserem Staat mit der Todesstrafe, und die vollstrecken wir auch. Aber Sie sind ja Lehrer, oder? Dann haben Sie's wahrscheinlich schon gewusst.«

Sie hatten sich erst zwanzig Schritte von der Bank entfernt, als Marcy Maitland sie einholte und Tom Yates am Arm fasste. »Was in Gottes Namen tun Sie da eigentlich?«

Yates schüttelte sie ab, und als sie Anstalten machte, sich an ihren Mann zu klammern, schob Troy Ramage sie sanft, aber entschieden weg. Daraufhin blieb sie einen Moment lang benommen an Ort und Stelle stehen, bis sie sah, wie Ralph Anderson seinen Kollegen entgegenkam. Sie kannte ihn von der Little League her, in der Derek Anderson für Terrys Mannschaft gespielt hatte, die Gerald's Fine Groceries Lions. Natürlich hatte Ralph nicht zu allen Spielen kommen können, aber er war so oft wie möglich dabei gewesen. Damals hatte er noch Uniform getragen; zu seiner Beförderung zum Detective hatte Terry ihm sogar per E-Mail gratuliert. Jetzt rannte Marcy über den Rasen auf ihn zu, in ihren alten Tennisschuhen, die sie immer zu den Spielen von Terry trug, weil sie behauptete, die würden ihm Glück bringen.

»Ralph!«, rief sie. »Was soll das alles? Das muss ein Irrtum sein!«

»Leider ist das nicht so«, sagte Ralph.

Der jetzige Teil der Inszenierung gefiel ihm ganz und gar nicht, weil er Marcy nämlich mochte. Allerdings hatte er auch Terry immer gemocht – schließlich hatte der das Leben von Derek ein klein wenig verändert, indem er dem Jungen ein bisschen mehr Selbstvertrauen vermittelt hatte, und wenn man erst elf Jahre alt war, machte ein bisschen mehr Selbstvertrauen eine Menge aus. Aber das war nicht alles. Womöglich wusste Marcy, was ihr Mann war, selbst wenn sie es sich auf einer bewussten Ebene nicht eingestand. Die Maitlands waren schon lange verheiratet, und so grauenhafte Dinge wie der Mord an dem kleinen Peterson ereigneten sich nicht einfach aus dem Nichts heraus. Eine solche Tat baute sich allmählich auf.

»Sie müssen jetzt nach Hause fahren, Marcy. Sofort. Ihre Töchter sollten Sie vorher vielleicht bei einer Freundin abgeben, weil die Polizei Sie erwarten wird.«

Sie sah ihn nur verständnislos an.

Hinter sich hörten sie das Klirren eines Aluminiumschlägers; jemand musste den Ball gut erwischt haben. Gejubelt wurde jedoch kaum; das Publikum war immer noch geschockt und weniger am Spielgeschehen interessiert als daran, was es gerade mitbekommen hatte. Was irgendwie ausgesprochen schade war. Trevor Michaels hatte den Ball gerade härter getroffen als je zuvor in seinem Leben, noch härter als dann, wenn Coach T ihm beim Training leichte Bälle zuwarf. Leider flog das Geschoss direkt auf den Shortstop der Bears zu, der nicht einmal hochspringen musste, um es zu fangen.

Das Spiel war aus.

# 6

*Aussage von June Morris (12. Juli, 17.45 Uhr, aufgenommen von Detective Ralph Anderson in Anwesenheit von Mrs. Francine Morris)*

DETECTIVE ANDERSON Danke, dass Sie mit Ihrer Tochter zu uns gekommen sind, Mrs. Morris. Und, June? Schmeckt die Limo?

JUNE MORRIS Ja klar. Habe ich irgendwas angestellt?

DETECTIVE ANDERSON Ganz im Gegenteil. Ich will dir bloß ein paar Fragen zu dem stellen, was du vorgestern am Abend mitbekommen hast.

JUNE MORRIS Als ich Coach Terry gesehen hab?

DETECTIVE ANDERSON Genau, als du Coach Terry gesehen hast.

FRANCINE MORRIS Seit ihrem neunten Geburtstag haben wir sie alleine die Straße runter zu ihrer Freundin Helen gehen lassen. Solange es hell war. Wir halten nämlich nichts davon, uns wie Helikopter-Eltern zu verhalten. Nach der Sache jetzt ist es damit natürlich vorbei, da können Sie sich drauf verlassen.

DETECTIVE ANDERSON Du hast ihn gesehen, nachdem du mit dem Abendessen fertig warst, June? Stimmt das?

JUNE MORRIS Ja. Es gab Hackbraten. Gestern gab's übrigens Fisch. Den mag ich überhaupt nicht, aber mach was.

FRANCINE MORRIS Sie muss nicht mal die Straße überqueren oder sonst was. Wir dachten, es wäre schon in Ordnung, weil wir ja in so einem guten Viertel wohnen. Wenigstens habe ich das immer gedacht.

DETECTIVE ANDERSON Es ist immer schwer zu entscheiden, wann man Kindern mehr Verantwortung übertragen sollte.

Also, June – du bist die Straße runtergegangen und dann direkt am Parkplatz vom Figgis-Park vorbeigekommen, stimmt das?

JUNE MORRIS Ja. Ich und Helen ...

FRANCINE MORRIS Helen und ich ...

JUNE MORRIS Helen und ich wollten unsere Karte von Südamerika fertig machen. Die ist für unser Ferienprojekt. Wir nehmen verschiedene Farben für die ganzen Länder, und wir waren fast schon fertig, aber wir hatten Paraguay vergessen, drum mussten wir noch mal ganz von vorne anfangen. Da konnte man auch nichts machen. Danach wollten wir auf dem I-Pad von Helen *Angry Birds* und *Corgi Hop* spielen, bis mein Papa kommt und mich nach Hause abholt. Weil es dann vielleicht schon dunkel sein würde.

DETECTIVE ANDERSON Das wäre dann um wie viel Uhr gewesen, Mrs. Morris?

FRANCINE MORRIS Als Junie gegangen ist, liefen gerade die Lokalnachrichten. Norm hat sie angesehen, während ich die Spülmaschine eingeräumt habe. Also zwischen sechs und halb sieben. Wahrscheinlich Viertel nach. Ich glaube, dass gerade der Wetterbericht kam.

DETECTIVE ANDERSON Erzähl mir jetzt, was du gesehen hast, June. Also als du am Parkplatz vorbeigegangen bist.

JUNE MORRIS Coach Terry, das hab ich Ihnen doch schon gesagt. Der wohnt in unserer Straße, und als unser Hund sich mal verlaufen hat, hat Coach T ihn zurückgebracht. Manchmal spiele ich auch mit Gracie Maitland, aber nicht sehr oft. Die ist ein Jahr älter als ich und mag Jungs. Er war ganz blutig. Wegen seiner Nase.

DETECTIVE ANDERSON Mhm. Was hat er denn getan, als du ihn gesehen hast?

JUNE MORRIS Er ist zwischen den Bäumen durchgekommen. Als er gesehen hat, dass ich ihn angucke, hat er gewinkt. Da hab ich auch gewinkt und gesagt: »Ui, Coach Terry, was ist denn Ihnen passiert?« Er hat gesagt, dass ihn ein Zweig erwischt hat. Im Gesicht. »Hab keine Angst«, hat er gesagt. »Ich hab bloß Nasenbluten, das kommt bei mir ständig vor.« Da hab ich gesagt: »Ich hab ja gar keine Angst, aber das Hemd da können Sie bestimmt nicht mehr anziehen. Meine Mama sagt immer, dass man Blut nicht rauswaschen kann.« Er hat gegrinst und gesagt: »Gut, dass ich so viele Hemden habe.« Aber es war auch auf seiner Hose. Und auf seinen Händen.

FRANCINE MORRIS Sie war so nah an ihm dran. Das geht mir ständig im Kopf herum.

JUNE MORRIS Wieso? Wegen dem Nasenbluten? Das hat Rolf Jacobs letztes Jahr auch mal gekriegt, wo er auf dem Schulhof hingefallen ist, und mir hat das keine Angst gemacht. Ich wollte ihm mein Taschentuch geben, aber Mrs. Grisha hat ihn vorher zur Schulschwester gebracht.

DETECTIVE ANDERSON Wie nah ist er dir gekommen?

JUNE MORRIS Puh, keine Ahnung. Coach Terry war auf dem Parkplatz, und ich war auf dem Gehweg. Wie viele Meter sind das?

DETECTIVE ANDERSON Das weiß ich auch nicht, aber ich bekomme das bestimmt heraus. Schmeckt dir die Limo?

JUNE MORRIS Das haben Sie mich vorhin schon gefragt.

DETECTIVE ANDERSON Ach ja, stimmt.

JUNE MORRIS Alte Leute werden vergesslich, sagt jedenfalls mein Opa.

FRANCINE MORRIS Junie, das ist unhöflich.

DETECTIVE ANDERSON Ist schon okay. Dein Opa ist offenbar ein kluger Mann, June. Was ist dann passiert?

JUNE MORRIS Nichts. Coach Terry ist in seinen Lieferwagen gestiegen und weggefahren.

DETECTIVE ANDERSON Was für eine Farbe hatte der Lieferwagen?

JUNE MORRIS Also, wenn er sauber gewesen wäre, dann wahrscheinlich Weiß, aber der war ziemlich dreckig. Außerdem war er total laut und hat lauter blauen Rauch rausgeblasen. Puh.

DETECTIVE ANDERSON Stand irgendwas auf der Seite? Der Name von einer Firma zum Beispiel?

JUNE MORRIS Nee. Es war bloß ein weißer Lieferwagen.

DETECTIVE ANDERSON Hast du das Nummernschild gesehen?

JUNE MORRIS Nee.

DETECTIVE ANDERSON In welche Richtung ist der Wagen denn losgefahren?

JUNE MORRIS Die Barnum Street runter.

DETECTIVE ANDERSON Und du bist dir sicher, dass der Mann mit dem Nasenbluten Terry Maitland war?

JUNE MORRIS Ja klar, Coach Terry, Coach T. Den sehe ich ja ständig. Ist was mit ihm? Hat er was falsch gemacht? Meine Mama sagt, ich darf nicht in die Zeitung schauen, und die Nachrichten im Fernsehen darf ich auch nicht sehen, dabei bin ich mir ziemlich sicher, dass im Park was Schlimmes passiert ist. Wenn jetzt keine Ferien wären, tät ich Bescheid wissen, weil in der Schule alle über solche Sachen reden. Hat Coach Terry vielleicht mit einem bösen Mann gekämpft? Hat der ihm etwa auf die Nase gehauen und ...

FRANCINE MORRIS Sind wir jetzt bald durch, Detective? Natürlich brauchen Sie alle Einzelheiten, aber bedenken Sie bitte, dass ich diejenige bin, die June heute Abend zu Bett bringen muss.

JUNE MORRIS Ich kann allein ins Bett!

DETECTIVE ANDERSON Ja, wir sind wirklich gleich fertig. Pass auf, June, bevor du gehst, möchte ich noch ein kleines Spiel mit dir spielen. Du magst doch Spiele?

JUNE MORRIS Normal schon. Wenn sie halt nicht langweilig sind.

DETECTIVE ANDERSON Ich lege jetzt sechs Fotos von sechs verschiedenen Leuten auf den Tisch ... so ... und die sehen alle ein bisschen wie Coach Terry aus. Ich will, dass du mir sagst ...

JUNE MORRIS Der da. Nummer vier. Das ist Coach Terry.

## 7

Troy Ramage öffnete die linke Hintertür des Zivilfahrzeugs. Als Terry über die Schulter blickte, sah er Marcy mit einem Ausdruck qualvoller Verwirrung auf dem Gesicht am Rand des Parkplatzes stehen. Hinter ihr kam der Fotograf der Lokalzeitung über den Rasen gelaufen, wobei er ständig auf den Auslöser drückte. *Die Bilder taugen bestimmt nichts,* dachte Terry mit einer gewissen Genugtuung. »Ruf Howie Gold an!«, rief er Marcy zu. »Sag ihm, dass man mich verhaftet hat! Sag ihm ...«

Dann hatte Yates ihm die Hand auf den Kopf gelegt, um ihn nach unten in den Wagen zu drücken. »Los, rutschen Sie rüber! Und lassen Sie die Hände im Schoß, während ich Sie anschnalle.«

Terry rutschte auf die andere Seite. Er legte die Hände in

den Schoß. Durch die Windschutzscheibe sah er die große elektronische Anzeigetafel auf dem Baseballplatz. Vor zwei Jahren hatte seine Frau die Spendensammlung dafür organisiert. Den Ausdruck auf ihrem Gesicht, während sie so dagestanden hatte, würde er nie vergessen. Es war die Miene einer Frau in einem Entwicklungsland gewesen, die ihr Dorf brennen sah.

Dann saß Ramage am Steuer, Ralph Anderson auf dem Beifahrersitz, und noch bevor der seine Tür zugeschlagen hatte, fuhr der Wagen mit quietschenden Reifen rückwärts aus dem Behindertenparkplatz. Ramage drehte das Lenkrad mit dem Handballen, um einen engen Bogen zu fahren, und steuerte dann die Tinsley Avenue an. Sie fuhren ohne Sirene, aber das auf dem Armaturenbrett befestigte Blaulicht blitzte auf. Im Wagen roch es nach mexikanischem Essen. Merkwürdig, fand Terry, was einem so auffiel, wenn dein Tag – ja dein *Leben* – urplötzlich über eine Klippe stürzte, von der man nicht einmal geahnt hatte, dass sie da war. Er beugte sich vor.

»Ralph, hören Sie mich an.«

Ralph Anderson blickte ungerührt geradeaus. Er hatte die Hände geballt. »In der Zentrale können Sie so viel erzählen, wie Sie wollen.«

»Ach, lassen Sie ihn doch reden«, sagte Ramage. »Erspart uns allen 'ne Menge Zeit.«

»Klappe, Troy«, sagte Anderson, ohne den Blick von der Straße abzuwenden. An seinem Nacken sah Terry zwei Sehnen so hervorstehen, dass sie die Zahl II bildeten.

»Ralph, ich weiß nicht, was Sie auf mich gebracht hat und wieso Sie mich vor der halben Stadt festnehmen wollten, aber Sie irren sich gewaltig.«

»Das behaupten sie alle«, bemerkte Tom Yates neben ihm

wie beiläufig. »Lassen Sie die Hände im Schoß, Maitland. Wehe, Sie kratzen sich auch nur an der Nase.«

Terry bekam nun allmählich einen klareren Kopf – ein bisschen wenigstens – und achtete sorgfältig darauf, sich so zu verhalten, wie Officer Yates (dessen Namensschild am Uniformhemd steckte) ihn angewiesen hatte. Yates machte den Eindruck, als würde er nach einem Vorwand gieren, seinem Gefangenen eine zu verpassen, Handschellen hin oder her.

In dem Wagen hatte jemand Enchiladas gegessen, da war sich Terry sicher. Wahrscheinlich welche von Señor Joe's. Da gingen seine Töchter auch liebend gern hin. Beim Essen lachten die beiden immer viel – Mensch, das tat die ganze Familie –, um sich dann bei der Heimfahrt gegenseitig des Furzens zu beschuldigen. »Hören Sie mich an, Ralph. Bitte.«

Anderson seufzte. »Okay, ich höre.«

»Das tun wir alle«, sagte Ramage. »Mit offenen Ohren, Kumpel, mit offenen Ohren.«

»Frank Peterson wurde am Dienstag umgebracht. Am Dienstagnachmittag. Das stand in der Zeitung und kam auch in den Nachrichten. Am Dienstag war ich in Cap City, über Nacht und großteils auch am Mittwoch. Bin erst am Mittwochabend um neun oder halb zehn zurückgekommen. An beiden Tagen haben Gavin Frick, Barry Houlihan und Lukesh Patel, der Vater von Baibir, das Training mit den Jungs übernommen.«

Eine kleine Weile herrschte im Wagen eine Stille, die nicht einmal vom Funkgerät unterbrochen wurde, da man es zuvor ausgeschaltet hatte. Terry erlebte einen wunderbaren Moment, in dem er glaubte – und zwar ganz und gar –, dass Ralph Anderson den massigen Cop am Lenkrad nun anweisen würde, an den Straßenrand zu fahren. Dann würde er

Terry peinlich berührt anblicken und sagen: *Ach du lieber Himmel, das haben wir wirklich vermasselt, was?*

Stattdessen sagte Anderson, ohne sich umzudrehen: »Aha. Jetzt kommt das berühmte Alibi.«

»Wie bitte? Was soll das heißen?«

»Sie sind ein cleverer Kerl, Terry. Das habe ich schon gemerkt, als ich Sie kennengelernt habe, damals, wo Sie Derek in der Little League trainiert haben. Deshalb war ich mir auch ziemlich sicher, dass Sie mit irgendeinem Alibi ankommen werden, wenn Sie nicht gleich gestehen – was ich zwar gehofft, aber eigentlich nicht erwartet habe.« Anderson drehte sich endlich um, aber das Gesicht, in das Terry blickte, war das eines völlig Fremden. »Und ich bin mir ebenso sicher, dass wir das Alibi platzen lassen werden. Wir haben Sie am Wickel. Fester geht's nicht.«

»Was haben Sie eigentlich in Cap City gemacht, Coach?«, fragte Yates, und urplötzlich klang der Mann, der Terry gerade verboten hatte, sich auch nur an der Nase zu kratzen, äußerst interessiert. Beinahe hätte Terry ihm tatsächlich gesagt, wozu er dort gewesen war, aber dann entschied er sich dagegen. Das Denken ersetzte allmählich das bloße Reagieren im Schockzustand, und ihm wurde klar, dass es sich bei diesem Wagen mit seinem abflauenden Geruch nach Enchiladas um feindliches Territorium handelte. Es war jetzt angebracht, den Mund zu halten, bis Howie Gold in der Polizeistation eintraf. Gemeinsam mit ihm konnte er den ganzen Schlamassel dann aus der Welt schaffen. Lange würde das bestimmt nicht dauern.

Und ihm wurde noch etwas anderes klar. Er war wütend, wahrscheinlich wütender als je zuvor im Leben, und während sie in die Main Street einbogen und auf die Polizeistation von Flint City zufuhren, schwor er sich etwas: Spätestens im Herbst, vielleicht auch früher, würde der Mann auf dem Beifahrersitz, den er einmal für einen Freund gehalten hatte, sich nach einem neuen Job umsehen. Zum Beispiel als Wachmann einer Bankfiliale in Tulsa oder Amarillo.

## 8

*Aussage von Mr. Carlton Scowcroft (12. Juli, 21.30 Uhr, aufgenommen von Detective Ralph Anderson)*

SCOWCROFT Dauert es lange, Detective? Normalerweise gehe ich nämlich früh ins Bett. Ich arbeite im Betriebswerk von der Bahn, und wenn ich da nicht um sieben aufkreuze, staucht man mich zusammen.

DETECTIVE ANDERSON Ich mach so schnell, wie's nur geht, Mr. Scowcroft. Wir haben es hier halt mit einer ernsten Angelegenheit zu tun.

SCOWCROFT Weiß schon. Ich helfe Ihnen auch gern, so gut ich kann. Es ist bloß so, dass ich nicht viel zu erzählen habe, und außerdem will ich nach Hause. Wie gut ich heute schlafen kann, weiß ich allerdings nicht. Seit ich mich mal mit siebzehn auf ein Besäufnis eingelassen habe, war ich nicht mehr hier auf dem Revier. Damals war Charlie Borton Polizeichef. Unsere Väter haben uns losgeeist, aber ich durfte den ganzen Sommer lang abends nicht mehr raus.

DETECTIVE ANDERSON Tja, wir sind sehr dankbar, dass Sie hergekommen sind. Erzählen Sie mir bitte, wo Sie am 10. Juli um 19 Uhr waren.

SCOWCROFT Wie ich vorhin schon dem Mädel am Empfang gesagt habe, ich war im Shorty's. Und da hab ich den weißen Lieferwagen gesehen und auch den Typen, der drüben im Westen die Jungs im Baseball und Football trainiert. Seinen Namen weiß ich nicht mehr, aber in der Zeitung bringen sie ständig ein Foto von ihm, weil sein Team dieses Jahr in der City League ordentlich was auf die Beine stellt. In der Zeitung stand, dass die vielleicht sogar das Endspiel gewinnen. Heißt er nicht Moreland oder so? Jedenfalls war er überall voller Blut.

DETECTIVE ANDERSON Wie kam es dazu, dass Sie ihn zu Gesicht bekommen haben?

SCOWCROFT Na ja, nach der Arbeit hab ich so meine Gewohnheiten, weil zu Hause keine Frau auf mich wartet und ich kein großer Koch bin, wenn Sie wissen, was ich meine. Montags und mittwochs gehe ich in den Flint City Diner. Am Freitag esse ich im Bonanza Steakhouse, und am Dienstag und Donnerstag gehe ich normalerweise zum Shorty's, um mir in dem Pub einen Teller Spareribs und ein Bier zu gönnen. Vorgestern bin ich also, na, ich würde sagen, um Viertel nach sechs im Shorty's eingetrudelt. Der Junge war da schon lange tot, oder?

DETECTIVE ANDERSON Aber gegen sieben Uhr standen Sie draußen, richtig? Hinter dem Pub, meine ich.

SCOWCROFT Ja, zusammen mit Riley Franklin. Den habe ich da zufällig getroffen, und wir haben uns zum Essen zusammengesetzt. Zum Rauchen gehen die Leute hinter den Pub. Durch den Flur zwischen den Klos und zur Hintertür raus. Da steht ein Aschenbecher und so weiter. Nach dem Futtern – ich die Spareribs, er den Nudelauflauf – haben wir Nachtisch bestellt und sind rausgegangen, um eine zu rauchen, bevor der kommt. Wir haben dagestanden und über irgendwas gequatscht, und da ist so ein verdreckter weißer Lieferwagen auf den Parkplatz gerollt. Das Nummernschild war aus New York, das weiß ich noch. Er hat sich neben einen kleinen Subaru-Kombi gestellt – ich glaube jedenfalls, dass es einer war –, und der Typ ist ausgestiegen. Moreland oder wie er heißt.

DETECTIVE ANDERSON  Wie war er gekleidet?

SCOWCROFT  Also, was die Hosen angeht, da bin ich mir nicht sicher – vielleicht weiß Riley noch Bescheid, eventuell waren es Chinos –, aber das Hemd war weiß. Daran erinnere ich mich, weil vorne Blut drauf war, und zwar eine ganze Menge. Auf den Hosen war nicht so viel, bloß ein paar Spritzer. Und auf dem Gesicht war auch Blut. Unter der Nase, rund um den Mund, am Kinn. Mann, das war echt scheußlich. Da sagt Riley – ich glaube, der hatte schon ein paar Bier intus, bevor ich aufgekreuzt bin – also, Riley sagt: »Und wie schaut Ihr Sparringspartner jetzt aus, Coach T?«

DETECTIVE ANDERSON  Er hat ihn mit Coach T angesprochen.

SCOWCROFT  Klar. Und der Coach lacht und sagt: »Ich habe mich nicht geprügelt. In meiner Nase ist bloß irgendwas geplatzt, und da ist es rausgesprudelt wie eine Fontäne.« Und ob es hier in der Gegend einen Arzt gibt, der um die Zeit verfügbar ist.

DETECTIVE ANDERSON  Was Sie so verstanden haben, dass er eine Notfallpraxis aufsuchen wollte?

SCOWCROFT  Genau, das hat er gemeint, weil er nachschauen lassen wollte, ob was in der Nase verödet werden muss. Autsch, was? Er hat gesagt, so was Ähnliches wäre ihm schon mal passiert. Worauf ich gemeint habe, er soll ungefähr eine Meile weit die Burrfield runterfahren und an der zweiten Ampel links abbiegen, dann würde er ein Schild sehen. Sie kennen doch die Anzeigetafel in der Nähe vom

Ford-Händler, oder? Da steht drauf, wie lange man in etwa warten muss und so. Daraufhin hat er gefragt, ob er seinen Wagen auf dem kleinen Parkplatz hinter dem Pub stehen lassen kann, weil der eigentlich nicht für Gäste ist – das steht auf einem Schild an der Rückwand –, sondern für das Personal. Da habe ich gesagt: »Mir gehört der Laden hier zwar nicht, aber wenn Sie nicht dauerparken, wird das schon in Ordnung gehen.« Und da hat er was gesagt, was uns beiden komisch vorgekommen ist, so wie die Dinge heutzutage laufen – nämlich dass er den Autoschlüssel in der Ablage lässt, falls jemand den Wagen umparken will. Riley hat gemeint: »Das lädt doch bloß zum Klauen ein, Coach T.« Aber der Coach hat gesagt, er wäre ja nicht lange weg, und vielleicht würde wirklich jemand das Ding umparken wollen. Wissen Sie, was ich denke? Ich denke, vielleicht hatte er es darauf abgesehen, dass jemand den Wagen klaut, zum Beispiel ich oder Riley. Was halten Sie davon, Detective?

DETECTIVE ANDERSON Was ist dann passiert?

SCOWCROFT Er ist in den kleinen grünen Subaru gestiegen und losgebraust. Was mir ebenfalls komisch vorkam.

DETECTIVE ANDERSON Was daran?

SCOWCROFT Er hat gefragt, ob er den Lieferwagen eine Weile da stehen lassen kann – so als ob er sich Sorgen machen würde, dass der abgeschleppt wird oder so –, aber sein eigener Wagen stand schon die ganze Zeit da, ohne dass es irgendwelche Probleme gegeben hätte. Ist doch komisch, oder?

DETECTIVE ANDERSON Mr. Scowcroft, ich werde Ihnen jetzt sechs Fotos von sechs verschiedenen Männern vorlegen und Sie bitten, den Mann auszuwählen, dem Sie hinter dem Pub begegnet sind. Die Männer sehen alle ähnlich aus, lassen Sie sich also bitte Zeit. Ist das in Ordnung?

SCOWCROFT  Klar, aber ich muss mir keine Zeit lassen. Das da ist er nämlich. Moreland, oder wie er sonst heißt. Kann ich jetzt gehen?

## 9

Niemand in dem Zivilfahrzeug sagte ein weiteres Wort, bis sie auf den Parkplatz der Polizeistation einbogen und auf einem der mit NUR FÜR DIENSTFAHRZEUGE gekennzeichneten Plätze hielten. Ralph drehte sich um und musterte den Mann, der seinen Sohn trainiert hatte. Die Baseballmütze von Terry Maitland hatte sich leicht verschoben, sodass sie wie im Gangsta-Stil schief saß. Sein Dragons-T-Shirt war auf einer Seite aus dem Hosenbund gerutscht, und am Gesicht lief ihm der Schweiß herab. In diesem Moment sah er so schuldig wie sonst was aus. Vielleicht mit Ausnahme der Augen, die Ralph unverwandt anstarrten. Sie waren weit geöffnet und drückten eine stille Anklage aus.

Ralph brannte eine Frage auf der Seele, die nicht warten konnte. »Wieso ausgerechnet er, Terry? Wieso Frankie Peterson? War er dieses Jahr in Ihrem Footballteam? Hatten Sie ihn im Blick? Oder war es bloß ein Gelegenheitsverbrechen?«

Terry öffnete den Mund, um abermals seine Unschuld zu beteuern, aber was sollte das bringen? Ralph würde ihm doch nicht zuhören, zumindest vorerst nicht. Keiner von den dreien. Lieber noch warten. Das war zwar nicht leicht, sparte letztlich aber vielleicht Zeit.

»Nur zu«, sagte Ralph. Er sprach in einem sanften Plauderton. »Sie wollten ja vorher etwas sagen, also sagen Sie es ruhig jetzt. Erzählen Sie es mir, damit ich es verstehe. Gleich jetzt, noch bevor wir aus dem Wagen steigen.«

»Ich glaube, ich warte lieber auf meinen Anwalt«, sagte Terry.

»Wenn Sie unschuldig sind, brauchen Sie gar keinen«, sagte Yates. »Beweisen Sie uns Ihre Unschuld, wenn Sie das können. Dann fahren wir Sie sogar nach Hause.«

Terry, der Ralph Anderson immer noch in die Augen blickte, antwortete so leise, dass es fast unverständlich war. »Das ist schlicht mieses Verhalten. Sie haben nicht einmal nachgeprüft, wo ich am Dienstag gewesen sein könnte, hab ich recht? Das hätte ich von Ihnen nicht erwartet.« Er machte eine Pause, als würde er nachdenken, dann fügte er hinzu: »Sie *Dreckskerl*.«

Ralph wollte Terry keinesfalls verraten, dass er sein Vorgehen mit Samuels in aller Kürze diskutiert hatte. Man lebte in einer kleinen Stadt. Da hatten sie nicht groß zu Maitland rumfragen wollen, damit der Verdächtige keinen Wind von der Sache bekam. »Hier liegt einer der äußerst seltenen Fälle vor, wo keine weiteren Untersuchungen nötig sind.« Er öffnete seine Tür. »Los, kommen Sie. Erledigen wir den Papierkram, die Fingerabdrücke und die Fotos, bevor Ihr Anwalt ein …«

»Terry! *Terry!*«

Anstatt sich an den Rat ihres Mannes zu halten, war Marcy Maitland dem Polizeiwagen in ihrem Toyota gefolgt. Ihre Nachbarin Jamie Mattingly hatte Sarah und Grace netterweise mit zu sich nach Hause genommen. Die Mädchen hatten beide geweint. Jamie ebenfalls.

»Terry, was machen die bloß mit dir? Und was soll *ich* jetzt machen?«

Terry löste sich vorübergehend von Yates, der ihn am Arm gepackt hatte. »Ruf Howie an!«

Für mehr hatte er keine Zeit. Ramage öffnete die Tür, auf der ZUTRITT NUR FÜR PERSONAL stand, und Yates drückte Terry die Hand ins Kreuz und schob ihn eher unsanft hinein.

Ralph blieb kurz in der Tür stehen. »Fahren Sie nach Hause, Marcy«, sagte er. »Und zwar möglichst bevor die Presseleute da eintreffen.« Beinahe hätte er hinzugefügt: *Es tut mir leid,* ließ es aber bleiben. Weil es ihm gar nicht leidtat. Zwar wurde Marcy zu Hause von Betsy Riggins und der Highway Patrol erwartet, aber heimzufahren war trotzdem das Beste, was sie tun konnte. Eigentlich das Einzige. Außerdem war er ihr vielleicht etwas schuldig. Hinsichtlich ihrer Töchter sowieso, die waren die eigentlichen Leidtragenden, aber auch …

*Das ist schlicht mieses Verhalten. Das hätte ich von Ihnen nicht erwartet.*

Es gab keinen Grund für Ralph, sich wegen Vorwürfen von einem Mann, der ein Kind vergewaltigt und ermordet hatte, schuldig zu fühlen, aber einen Moment lang tat er es dennoch. Dann fielen ihm die Tatortfotos ein, Bilder, die so scheußlich waren, dass man sich fast wünschte, blind zu sein. Er musste an den Ast denken, der aus dem After des Jungen geragt hatte, und an den blutigen Abdruck auf dem glatten Holz. Glatt, weil der Ast so fest hineingestoßen worden war, dass die Rinde von der Handfläche, die schließlich den Abdruck hinterlassen hatte, abgeschält worden war.

Bill Samuels hatte zwei simple Argumente vorgetragen. Ralph hatte ihm zugestimmt, wie auch Richter Carter, der auf Antrag von Samuels den Haftbefehl ausstellen und die Haussuchung anordnen sollte. Erstens handelte es sich hier um eine todsichere Sache. Weil bereits alles vorlag, was sie brauchten, war es völlig sinnlos, lange zu fackeln. Zweitens: Wenn sie Terry Maitland Zeit ließen, bestand Fluchtgefahr, und dann war es unter Umständen schwierig, ihn zu finden, bevor er jemand wie Frank Peterson fand, den er vergewaltigen und ermorden konnte.

## 10

*Aussage von Mr. Riley Franklin (13. Juli, 7.45 Uhr, aufgenommen von Detective Ralph Anderson)*

DETECTIVE ANDERSON Ich zeige Ihnen jetzt sechs Fotos von sechs unterschiedlichen Männern, Mr. Franklin. Bitte suchen Sie den Mann heraus, den Sie am 10. Juli abends hinter dem Shorty's gesehen haben. Lassen Sie sich Zeit.

FRANKLIN Nicht nötig. Der da ist es. Nummer zwei. Das ist Coach T. Ich fasse es einfach nicht. Er war der Baseballtrainer von meinem Sohn.

DETECTIVE ANDERSON Von meinem ebenfalls. Vielen Dank, Mr. Franklin.

FRANKLIN Die Giftspritze ist zu gut für den. Man sollte ihm einen Strick um den Hals legen und ihn dann langsam dran hochziehen.

## 11

Marcy bog auf den Parkplatz vom Burger King in der Tinsley Avenue ein und holte dort das Handy aus der Handtasche. Ihr zitterten die Hände so stark, dass sie es fallen ließ. Als sie sich danach bückte, knallte sie mit dem Kopf ans Lenkrad und brach wieder in Tränen aus. Sie scrollte durch die Kontakte, unter denen sich auch die Nummer von Howie Gold befand – nicht weil die Maitlands Grund hätten, ständig einen Anwalt bei der Hand zu haben, sondern weil Howie in den letzten beiden Spielzeiten gemeinsam mit Terry als Footballcoach tätig gewesen war. Er meldete sich schon beim zweiten Läuten.

»Howie? Hier ist Marcy Maitland. Die Frau von Terry.« Als würden sie nicht schon seit 2016 allmonatlich zum Abendessen zusammenkommen.

»Marcy? Weinst du etwa? Was ist denn passiert?«

Alles war so ungeheuerlich, dass sie es zuerst gar nicht aussprechen konnte.

»Marcy? Bist du noch dran? Hattest du etwa einen Unfall?«

»Ich bin noch dran. Es geht nicht um mich, sondern um Terry. Er ist verhaftet worden. Ralph Anderson hat Terry verhaftet. Wegen dem Mord an dem Jungen. Das haben sie jedenfalls gesagt. Wegen dem Mord an dem kleinen Peterson.«

»*Was? Willst du mich verarschen?*«

»Dabei war er nicht mal in der Stadt!«, rief Marcy heulend. Sie hörte sich selbst und dachte, dass sie wie ein hysterischer Teenager klang, konnte sich aber nicht beherrschen. »Sie haben ihn verhaftet und sagen, dass zu Hause die Polizei auf mich wartet!«

»Wo sind Sarah und Grace?«

»Die hab ich Jamie Mattingly aus unserer Nachbarschaft mitgegeben. Fürs Erste geht's denen gut.« Obwohl, wie gut konnte es ihnen schon gehen, nachdem sie hatten miterleben müssen, wie man ihren Vater verhaftet und in Handschellen weggeführt hatte?

Sie rieb sich die Stirn, überlegte, ob das Lenkrad wohl Spuren hinterlassen hatte, und fragte sich dann, wieso sie das überhaupt kümmerte. Weil vielleicht schon Leute von der Presse auf sie warteten? Weil die dann vielleicht einen blauen Fleck sahen und dachten, Terry hätte sie geschlagen?

»Howie, du hilfst mir doch, ja? Du hilfst uns doch?«

»Natürlich tue ich das. Hat man Terry schon ins Revier gebracht?«

»Ja! In Handschellen!«

»Okay. Bin schon unterwegs. Fahr jetzt nach Hause, Marcy, und schau, was die Polizei von dir will. Wenn die einen Durchsuchungsbefehl haben – wovon ich ausgehe, sonst wären die nicht da –, lies ihn genau durch. Vielleicht kannst du ja feststellen, worauf sie es abgesehen haben. Und dann lass sie rein, aber sag bloß nichts. Hast du verstanden? *Kein* Sterbenswörtchen!«

»Ich … Ja.«

»Der kleine Peterson wurde am Dienstag umgebracht, glaube ich. Moment mal …« Sie hörte es im Hintergrund murmeln, zuerst die Stimme von Howie, dann eine weibliche, wahrscheinlich die von seiner Frau Elaine. Dann kam Howie wieder ans Telefon. »Stimmt, am Dienstag. Wo war Terry da?«

»In Cap City! Er war dort bei einer …«

»Das ist jetzt nicht von Belang. Eventuell erkundigen die von der Polizei sich danach. Kann sein, dass die dir allerhand

Fragen stellen. Sag einfach, dass du auf Anraten deines Anwalts schweigen möchtest. Okay?«

»J-ja.«

»Lass dich von denen zu nichts überreden, nötigen oder reizen. Das können die nämlich alles prima.«

»Okay. Okay, ich tu's nicht.«

»Wo bist du jetzt gerade?«

Eigentlich wusste sie das, schließlich hatte sie das Schild gesehen, musste jedoch noch einmal einen Blick darauf werfen, um sich zu vergewissern. »Beim Burger King. Dem in der Tinsley Avenue. Ich bin da auf den Parkplatz gefahren, um dich anzurufen.«

»Bist du überhaupt in der Lage, Auto zu fahren?«

Beinahe hätte sie ihm gesagt, dass sie sich gerade den Kopf angeschlagen hatte, ließ es aber bleiben. »Ja.«

»Hol erst mal tief Luft. Am besten gleich dreimal. Dann fährst du nach Hause. Halt dich die ganze Zeit ans Tempolimit, und immer schön blinken, wenn du abbiegst. Hat Terry einen Computer?«

»Natürlich. In seinem Arbeitszimmer. Außerdem ein I-Pad, das benutzt er allerdings nicht oft. Und wir haben beide einen eigenen Laptop. Die Mädchen haben beide ein I-Pad mini. Und natürlich haben wir auch alle ein Smartphone. Grace hat ihres erst vor drei Monaten zum Geburtstag bekommen.«

»Sie werden dir eine Liste mit den Sachen geben, die sie mitnehmen wollen.«

»Dürfen die das wirklich?« Noch heulte sie nicht wieder los, war aber nah dran. »Einfach unser Zeug einkassieren? Wir sind doch nicht in Russland oder Nordkorea!«

»Sie können alles mitnehmen, was ihnen laut Durchsuchungsbefehl erlaubt ist, aber du solltest unbedingt eine eigene Liste aufstellen. Haben die Mädchen ihre Handys dabei?«

»Machst du Witze? Die Dinger kleben ihnen praktisch an den Händen.«

»Okay. Vielleicht wollen die Cops auch deins konfiszieren. Das lehnst du ab.«

»Und wenn sie es trotzdem mitnehmen?« War das überhaupt so wichtig?

»Das werden sie nicht. Wenn man keine Anschuldigungen gegen dich hat, geht das nicht. Mach dich jetzt auf den Weg. Ich komme zu dir so bald wie möglich. Wir klären die Sache, versprochen.«

»Danke, Howie.« Sie brach nun doch wieder in Tränen aus. »Vielen, vielen Dank.«

»Keine Ursache. Aber denk dran: Tempolimit, an Stoppschildern immer schön anhalten, Blinker betätigen. Okay?«

»Ja.«

»Ich mache mich jetzt auf den Weg zur Polizeistation.« Damit beendete er das Gespräch.

Marcy stellte den Schalthebel kurz auf D, dann wieder auf Parken. Sie atmete tief durch, einmal, zweimal und ein drittes Mal. *Das ist ein Albtraum, aber wenigstens wird der nicht lange dauern. Schließlich war Terry in Cap City. Sobald die das einsehen, lassen sie ihn gehen.*

»Und dann …«, sagte sie zu ihrem Wagen (der ihr seltsam leer vorkam, wenn die Mädchen nicht kichernd und plappernd auf dem Rücksitz saßen). »Dann verklagen wir sie und machen ihnen vor Gericht die Hölle heiß.«

Das sorgte dafür, dass sie sich aufrichtete und auf das konzentrierte, was vor ihr lag. Auf der Heimfahrt zum Barnum Court hielt sie sich ans Tempolimit und brachte den Wagen an jedem Stoppschild komplett zum Stillstand.

## 12

*Aussage von Mr. George Czerny (13. Juli, 8.15 Uhr, aufgenommen
von Officer Ronald Wilberforce)*

OFFICER WILBERFORCE Danke, dass Sie hergekommen sind,
Mr. Czerny ...

CZERNY Das spricht man *Tscherni* aus, nicht *Zerni*. Mit einem
Zischlaut.

OFFICER WILBERFORCE Aha, danke, das werde ich notieren.
Detective Ralph Anderson will auch mit Ihnen sprechen,
aber der führt gerade eine andere Vernehmung durch, deshalb hat er mich gebeten, mit Ihnen schon mal die wichtigsten Fakten durchzugehen, solange die Ihnen noch
frisch im Gedächtnis sind.

CZERNY Lassen Sie den Wagen abschleppen? Den Subaru?
Sie sollten ihn nämlich beschlagnahmen, damit niemand
das Beweismaterial kontaminieren kann. Da ist massenhaft Beweismaterial dran, kann ich Ihnen sagen.

OFFICER WILBERFORCE Darum kümmern wir uns bereits. Also,
soweit ich weiß, waren Sie heute Morgen beim Angeln?

CZERNY Tja, das hatte ich vor, aber dann habe ich kein einziges Mal die Angel ausgeworfen. Ich bin gleich nach Son-
nenaufgang rausgefahren, an die Iron Bridge, wie man sie
nennt. Die kennen Sie doch, draußen an der Old Forge
Road?

OFFICER WILBERFORCE Ja, Sir.

CZERNY Ist ein prima Ort, Welse zu fangen. Nach denen
fischen viele Leute nicht gern, weil sie so hässlich sind, ganz
zu schweigen davon, dass sie einen manchmal beißen,
wenn man sie vom Haken nimmt, aber meine Frau brät
sie mit Salz und Zitronensaft, und dann schmecken sie

verdammt gut. Das Geheimnis ist nämlich der Zitronen-saft. Außerdem muss man eine gusseiserne Pfanne verwenden. So eine hat meine Mutter auch immer genommen.

OFFICER WILBERFORCE Sie haben also an der Brücke geparkt ...

CZERNY Ja, aber nicht direkt an der Straße. Unten ist nämlich eine alte Bootsanlegestelle. Vor ein paar Jahren hat zwar jemand das Grundstück da gekauft und einen Drahtzaun mit Verbotsschildern aufgestellt, aber bisher noch nichts gebaut. Auf dem Gelände wächst bloß Unkraut, und der Steg ist halb unter Wasser. Ich stelle meinen Pick-up immer auf dem kleinen Feldweg ab, der runter zum Drahtzaun führt. Das habe ich auch heute Morgen gemacht, und was sehe ich da? Jemand hat den Zaun umgerissen, und am Rand von dem versunkenen Steg steht ein kleiner, grüner Wagen, so nah am Wasser, dass die Vorderräder halb im Schlamm stecken. Da bin ich runtergegangen, weil ich dachte, bestimmt ist irgendein Typ nachts besoffen aus der Tittenbar gewankt und mit dem Auto von der Straße abgekommen. Und dass der am Ende noch bewusstlos da drinliegt.

OFFICER WILBERFORCE Mit Tittenbar meinen Sie das Gentlemen, Please draußen am Stadtrand.

CZERNY Ja, klar. Da gehen die Männer rein, lassen sich volllaufen, stecken den Mädels Einer und Fünfer ins Höschen, bis sie pleite sind, und fahren dann besoffen nach Hause. Ich kapier nicht so recht, was da so aufregend dran sein soll.

OFFICER WILBERFORCE Mhm. Sie sind also runtergegangen und haben in den Wagen geschaut.

CZERNY Es war ein kleiner, grüner Subaru. Da saß niemand drin, aber auf dem Beifahrersitz lagen blutige Klamotten, und da ist mir dann sofort der Junge eingefallen, den man ermordet hat, weil in den Nachrichten kam, dass die Polizei im Zusammenhang mit dem Verbrechen nach einem grünen Subaru sucht.

OFFICER WILBERFORCE Ist Ihnen noch irgendetwas anderes aufgefallen?

CZERNY Turnschuhe. Auf dem Boden vor dem Beifahrersitz. Da war ebenfalls Blut drauf.

OFFICER WILBERFORCE Haben Sie etwas angefasst? Zum Beispiel an den Türgriffen gerüttelt?

CZERNY Um Himmels willen, nein. Als CSI noch lief, haben wir, also meine Frau und ich, nie eine einzige Folge verpasst.

OFFICER WILBERFORCE Was haben Sie dann getan?

CZERNY Den Notruf gewählt.

## 13

Terry Maitland saß in einem Vernehmungsraum und wartete. Die Handschellen hatte man ihm abgenommen, damit sein Anwalt kein Theater machte, wenn er hier aufkreuzte – was bald der Fall sein würde. Ralph Anderson stand mit auf dem Rücken verschränkten Händen aufrecht, aber entspannt da und beobachtete den früheren Trainer seines Sohnes durch den Einwegspiegel hindurch. Yates und Ramage hatte er weggeschickt. Er hatte mit Betsy Riggins telefoniert, die ihm mitgeteilt hatte, dass Mrs. Maitland noch nicht zu Hause eingetroffen sei. Da die Festnahme nun erfolgt und seine Erregung ein bisschen abgekühlt war, fühlte Ralph sich wieder unwohl, weil alles derartig eilig durchgezogen wurde. Es war zwar nicht gerade überraschend, dass Terry ihnen ein Alibi serviert hatte, und dieses Alibi würde sich definitiv als fadenscheinig erweisen, aber …

»Hallo, Ralph.« Während Bill Samuels herbeieilte, rückte er seinen Krawattenknoten zurecht. Die Haare waren schwarz wie Schuhwichse und kurz geschoren, stellten sich hinten jedoch zu einem Zipfel auf, was ihn jünger aussehen ließ denn je. Ralph wusste, dass Samuels ein halbes Dutzend Mordprozesse geführt hatte, allesamt erfolgreich. Zwei der verurteilten Täter (er nannte sie seine Jungs) warteten derzeit im Staatsgefängnis in McAlester auf ihre Hinrichtung. Das waren alles Pluspunkte, und es war absolut nicht verkehrt, ein Wunderkind im Team zu haben, aber heute wies der Bezirksstaatsanwalt von Flint County eine gespenstische Ähnlichkeit mit Alfalfa aus *Die kleinen Strolche* auf.

»Hallo, Bill.«

»Da sitzt er also«, sagte Samuels, während er Terry beobachtete. »Gefällt mir allerdings nicht, dass er noch seinen Trainingsanzug anhat und seine Dragons-Mütze auf. Bin erst froh und glücklich, wenn er in einer hübschen Häftlingskombi steckt. Noch glücklicher bin ich, wenn es von seiner Zelle nur ein paar Meter zu dem Tisch sind, von dem man nicht mehr aufsteht.«

Ralph schwieg. Er musste daran denken, wie Marcy wie ein verirrtes Kind am Parkplatz vor der Polizeistation gestanden, die Hände gerungen und Ralph angestarrt hatte, als wäre er ein Fremder. Oder der böse Butzemann. Nur dass der böse Butzemann in Wahrheit der eigene Ehemann war.

Als hätte Samuels seine Gedanken gelesen, fragte er: »Sieht eigentlich nicht wie ein Monster aus, was?«

»Das tun sie nur selten.«

Samuels langte in seinen Sportsakko und zog gefaltete Papierbogen aus der Tasche. Bei einem handelte es sich um die Kopie von Terry Maitlands Fingerabdrücken aus seiner Akte an der städtischen Highschool. Bevor ein neuer Lehrer das erste Mal vor seine Klasse trat, wurden ihm Abdrücke abgenommen. Auf dem Briefkopf der anderen beiden Blätter stand STAATLICHE KRIMINALTECHNIK. Samuels hielt sie hoch und wedelte damit. »Das i-Tüpfelchen.«

»Aus dem Subaru?«

»Genau. Insgesamt hat man mehr als siebzig Abdrücke gefunden, und siebenundfünfzig sind von Maitland. Laut dem Techniker, der den Vergleich durchgeführt hat, sind die restlichen wesentlich kleiner; sie stammen wahrscheinlich von der Frau aus Cap City, die den Wagen vor zwei Wochen als gestohlen gemeldet hat. Barbara Nearing heißt sie. Ihre Abdrücke sind wesentlich älter als die anderen, weshalb sie mit dem Mord an Peterson absolut nichts zu tun haben kann.«

»Gut, aber wir brauchen trotzdem noch einen DNA-Abstrich. Den hat er verweigert.« Im Gegensatz zu Fingerabdrücken galt ein Mundschleimhautabstrich in diesem Staat als unerlaubtes Eindringen in die Privatsphäre.

»Sie wissen verdammt gut, dass wir den nicht brauchen. Riggins und die Burschen von der Highway Patrol werden seinen Rasierer und seine Zahnbürste mitnehmen, außerdem sämtliche Haare, die sie auf seinem Kopfkissen finden.«

»So etwas reicht nicht aus, wenn wir keinen Abgleich mit einer Probe haben, die wir hier nehmen.«

Samuels betrachtete ihn mit leicht geneigtem Kopf. Nun sah er nicht mehr wie Alfalfa aus *Die kleinen Strolche* aus, sondern wie ein hochintelligentes Nagetier. Oder vielleicht auch wie eine Elster, die ein Auge auf etwas Glänzendes geworfen hatte. »Haben Sie etwa Bedenken? Bitte nicht!

Schließlich haben Sie es heute Morgen genauso wenig erwarten können zuzuschlagen wie ich.«

*Da habe ich mir Sorgen wegen Derek gemacht,* dachte Ralph. *Da hatte Terry mir noch nicht vorwurfsvoll in die Augen geschaut, als hätte er ein Anrecht darauf. Und da hatte er mich noch nicht als Dreckskerl bezeichnet, was eigentlich an mir hätte abprallen sollen, es irgendwie aber nicht getan hat.*

»Keine Bedenken. Nur das Tempo, mit dem wir vorgehen, macht mich nervös. Ich bin es gewohnt, einen Fall Stück für Stück aufzubauen. Jetzt hatte ich noch nicht einmal einen Haftbefehl in Händen.«

»Wenn Sie einen jungen Typen auf dem Rathausplatz sehen, wie er aus dem Rucksack heraus mit Crack dealt, würden Sie dann einen Haftbefehl brauchen?«

»Natürlich nicht, aber das hier ist was anderes.«

»Eigentlich nicht so sehr. Abgesehen davon habe ich aber den Haftbefehl inzwischen besorgt. Richter Carter hat ihn ausgestellt, noch bevor Sie die Verhaftung vorgenommen haben. Er müsste in Ihrem Faxgerät liegen. Also … sollen wir jetzt reingehen und ihn befragen?« Die Augen von Samuels glänzten noch stärker als vorher.

»Ich glaube nicht, dass er mit uns sprechen wird.«

»Tja, wahrscheinlich nicht.«

Samuels lächelte, und in diesem Lächeln sah Ralph den Menschen, der bereits zwei Mörder in den Todestrakt befördert hatte. Bald würde er, daran war kaum zu zweifeln, auch den einstigen Trainer von Derek Anderson dorthin schicken. Als einen weiteren von *seinen Jungs*.

»Aber *wir* können ja trotzdem mit ihm sprechen, oder nicht?«, sagte Samuels. »Wir können ihm klarmachen, dass sich die Schlinge enger zieht und ihn bald zu Mus zerquetschen wird.«

## 14

*Aussage von Ms. Willow Rainwater (13. Juli, 11.40 Uhr, aufgenommen von Detective Ralph Anderson)*

RAINWATER Geben Sie es ruhig zu, Detective – bei meinem Vornamen haben Sie sich eine gertenschlanke, zierliche Frau vorgestellt.

DETECTIVE ANDERSON Um Ihre Statur geht es hier nicht, Ms. Rainwater. Wir sind hier, um über …

RAINWATER O doch, darum geht es, das ist Ihnen bloß noch nicht klar. Wegen meiner Statur war ich nämlich da draußen. Um elf Uhr nachts warten vor diesem Amüsierschuppen normalerweise zehn bis zwölf Taxen, aber ich bin die einzige Fahrerin. Wieso? Weil keiner von den Gästen versucht, mich anzumachen, egal wie besoffen er ist. In der Highschool hätte ich prima Football spielen können, wenn sie Frauen in die Mannschaft gelassen hätten. Ach, übrigens, dass ich ein Mädel bin, merkt die Hälfte von den Typen nicht mal, wenn sie in meinen Wagen steigen, und wenn sie aussteigen, wissen viele es immer noch nicht. Wogegen ich absolut nichts einzuwenden habe. Ich dachte bloß, Sie wollen wissen, was ich da überhaupt zu suchen hatte.

DETECTIVE ANDERSON Gut, danke.

RAINWATER Allerdings war es da noch nicht elf, sondern erst um halb neun rum.

DETECTIVE ANDERSON Am Abend vom Dienstag, dem 10. Juli.

RAINWATER Genau. Unter der Woche ist das Geschäft abends ziemlich mau, seit die Ölquelle mehr oder weniger ausgetrocknet ist. Viele Kollegen hängen einfach bloß an der Garage ab, um zu quatschen, Poker zu spielen und sich dreckige Witze zu erzählen, aber das ist nichts für mich, deshalb fahre ich normalerweise raus zum Hotel Flint oder zum Holiday Inn oder zum Doubletree. Oder ich stelle mich vor das Gentlemen, Please. Die haben da eigens den Taxistand, also für alle, die sich die Hucke noch nicht so vollgesoffen haben, dass sie selbst heimfahren wollen, und wenn ich früh genug hinkomme, bin ich meistens die Erste in der Reihe. Schlimmstenfalls die Zweite oder Dritte. Dann sitze ich da und lese beim Warten auf Kundschaft was auf meinem Kindle. Ein normales Buch kann man nicht mehr gut lesen, wenn's dunkel wird, aber mit dem Kindle funktioniert das tadellos. Eine affengeile Erfindung, wenn Sie mir erlauben, kurz in meinen angestammten Ureinwohnerslang zu verfallen.

DETECTIVE ANDERSON Wenn Sie mir erzählen könnten …

RAINWATER Ich erzähl's schon noch, aber auf meine eigene Art, das ist schon so gelaufen, als ich noch im Strampler gesteckt habe, also bitte mal hübsch still. Ich weiß, was Sie wollen, und das kriegen Sie von mir auch. Hier und auch vor Gericht. Und wenn man den verfluchten Kindsmörder dann in die Hölle schickt, lege ich meine Hirschlederklamotten und meine Federn an und führe einen Freudentanz auf, bis ich umfalle. Alles klar?

DETECTIVE ANDERSON Durchaus.

RAINWATER Weil es an dem Abend also noch so früh war, war ich das einzige Taxi. Reingehen sehen habe ich ihn nicht. Was das anlangt, habe ich einen Verdacht, und ich wette mit Ihnen um fünf Dollar, dass der stimmt. Ich vermute nämlich, dass er nicht drin war, weil er sich die nackten Mädels anschauen wollte. Wahrscheinlich ist er kurz vor mir dort aufgetaucht, vielleicht sogar direkt davor, und ist bloß reingegangen, um ein Taxi zu rufen.

DETECTIVE ANDERSON  Tja, die Wette hätten Sie gewonnen, Ms. Rainwater. Der Disponent von Ihrer Zentrale ...

RAINWATER  Am Dienstagabend war das Clint Ellenquist.

DETECTIVE ANDERSON  Genau. Und Mr. Ellenquist hat dem Anrufer gesagt, dass sich auf dem Parkplatz ein Taxistand befindet. Dass da bald ein Wagen kommen dürfte, wenn nicht sogar schon einer da wäre. Der betreffende Anruf ist um 20.40 Uhr registriert.

RAINWATER  Haut hin. Er kommt also raus, steuert direkt auf meinen Wagen zu und ...

DETECTIVE ANDERSON  Können Sie mir seine Kleidung beschreiben?

RAINWATER  Bluejeans und ein hübsches klassisches Hemd. Die Jeans waren ausgeblichen, aber sauber. Unter den Natriumlampen auf dem Parkplatz war das schwer zu erkennen, aber ich glaube, das Hemd war tatsächlich eher gelb. Ach, und der Gürtel hatte eine auffällige Schnalle – 'nen Pferdekopf. So 'n Rodeo-Ding. Bis er sich zu mir runtergebeugt hat, dachte ich, es ist jemand von der Ölfirma, der irgendwie seinen Job behalten hat, als die Preise in den Keller gingen, oder ein Bauarbeiter. Dann hab ich gemerkt, dass es Terry Maitland ist.

DETECTIVE ANDERSON  Da sind Sie sich völlig sicher.

RAINWATER  Hand aufs Herz. Die Lampen auf dem Parkplatz da sind taghell, weil man damit Raubüberfälle, Prügeleien und Drogendeals verhindern will. Weil die Kundschaft so zusagen lauter Gentlemen sind, richtig? Außerdem leite ich das Basketballtraining drüben im YMCA. Die Teams da sind gemischt, aber die meisten sind Jungs. Maitland kommt regelmäßig vorbei – nicht jeden Samstag, aber oft –, um sich mit den Eltern auf die Tribüne zu setzen und den Kids beim Spielen zuzuschauen. Hat mir erklärt, er würde nach Talenten für sein Baseballteam Ausschau halten, weil man beim Basketball sehen kann, ob jemand Defensivtalent hat, und ich Trottel habe ihm geglaubt. Wahrscheinlich hat er immer dagesessen und überlegt, welchen er gerne arschficken würde. Die Knaben so taxiert, wie Männer es mit Frauen in der Kneipe tun. Dieser verfluchte, abartige Kinderschänder. Talentsuche, leck mich an meinem Indianerarsch!

DETECTIVE ANDERSON Als er zu Ihrem Wagen kam, haben Sie sich da zu erkennen gegeben?

RAINWATER Klar doch. Diskretion ist nicht so mein Ding. »He, Terry«, sage ich. »Weiß Ihre Frau eigentlich, dass Sie sich nachts hier rumtreiben?« Da sagt er: »Ich hatte hier geschäftlich zu tun.« Ich sage: »Hat dazu vielleicht ein kleiner Lapdance gehört?« Darauf er: »Rufen Sie doch bitte bei Ihrer Zentrale an, um denen mitzuteilen, dass ich versorgt bin.« Ich sage: »Das mache ich. Geht es nach Hause, Coach T?« Und er: »Keineswegs, Ma'am. Fahren Sie mich nach Dubrow. Zum Bahnhof.« Sag ich: »Das kostet aber vierzig Dollar.« Worauf er wieder: »Wenn wir rechtzeitig zum Zug nach Dallas da sind, gibt es noch einen Zwanziger als Trinkgeld dazu.« Also sage ich: »Dann man rein und die Hosenträger festgezurrt, Coach, das machen wir im Sauseschritt!«

DETECTIVE ANDERSON Also haben Sie ihn zum Amtrak-Bahnhof in Dubrow gefahren?

RAINWATER Das habe ich tatsächlich. Wir sind so rechtzeitig angekommen, dass er massenhaft Zeit hatte, den Nachtzug Richtung Dallas/Fort Worth zu erwischen.

DETECTIVE ANDERSON Haben Sie sich auf der Fahrt mit ihm unterhalten? Ich frage, weil Sie mir ziemlich gesprächig vorkommen.

RAINWATER Tja, das bin ich zweifellos! Mein Mundwerk läuft wie das Förderband an der Supermarktkasse, wenn gerade Zahltag ist. Kann jeder bestätigen. Zuerst habe ich ihn gefragt, wie es in der City League so läuft und ob sie die Bears wohl schlagen würden, worauf er gesagt hat: »Ich bin guter Dinge.« Als würde man eine Antwort von einem Magic-8-Ball kriegen, was? Bestimmt hat er daran gedacht, was er getan hat und dass er schnell die Flucht ergreifen muss. Mit so was im Kopf hat man nicht mehr groß Bock auf ein Pläuschchen. Aber ich frage Sie, Detective: Wieso zum Teufel ist er in die Stadt zurückgekehrt? Wieso hat er sich nicht schleunigst nach Texas und weiter ins gute alte Mexiko verzogen?

DETECTIVE ANDERSON Was hat er noch gesagt?

RAINWATER Nicht viel. Dass er gern ein Nickerchen halten würde. Er hat die Augen zugemacht, aber ich glaube, das war reine Schau. Wahrscheinlich hat er zu mir rübergeschielt und sich überlegt, ob er mir auf die Pelle rücken soll. Schade, dass er das nicht getan hat. Und schade, dass ich da noch nicht wusste, was er verbrochen hat. Sonst hätte ich ihn aus meinem Wagen gezerrt und ihm die Eier abgerissen. Ungelogen!

DETECTIVE ANDERSON Und als Sie am Bahnhof angekommen sind?

RAINWATER Ich habe am Taxistand gehalten, und er hat drei Zwanziger auf den Vordersitz geworfen. Worauf ich ihm sagen wollte, er soll seine Frau grüßen, aber da war er schon auf und davon. Ob er wohl auch deshalb im Gentlemen, Please war, um sich auf der Toilette umzuziehen? Weil seine Klamotten voller Blut waren?

DETECTIVE ANDERSON Ich werde Ihnen jetzt sechs Fotos von sechs verschiedenen Männern vorlegen, Ms. Rainwater.

Die sehen sich alle ziemlich ähnlich, also lassen Sie sich bitte ...

RAINWATER Nicht nötig. Der da ist es. Das ist Maitland. Kassieren Sie ihn schleunigst ein. Hoffentlich wehrt er sich bei der Festnahme. Das würde dem Steuerzahler eine Menge Kleingeld sparen.

## 15

In ihrer Zeit auf der Junior High hatte Marcy Maitland manchmal einen Albtraum gehabt, in dem sie das Klassenzimmer nackt betrat und von allen ausgelacht wurde. *Da hat die doofe Marcy Gibson heute Morgen doch glatt ihre Anziehsachen vergessen! Guckt mal, man kann alles sehen!* Später, in ihrer Highschoolzeit, entwickelte sich aus dem Angsttraum eine etwas subtilere Version, in der sie zwar bekleidet in die Klasse kam, aber merkte, dass die wichtigste Prüfung ihres Lebens anstand und sie zu büffeln vergessen hatte.

Als sie von der Barnum Street auf den Barnum Court einbog, kehrten der Schrecken und die Hilflosigkeit jener Träume zurück, und diesmal würde sie nicht voll Erleichterung *Gott sei Dank* murmeln, wenn sie aufwachte. In der Einfahrt stand ein Zivilfahrzeug, das exakt so aussah wie das, mit dem sie Terry zur Polizeistation befördert hatten. Dahinter parkte ein fensterloser Kastenwagen, auf dessen Seite große, blaue Buchstaben darüber informierten, dass er zur mobilen Spezialeinheit der Oklahoma Highway Patrol gehörte. Direkt vor der Einfahrt hatten sich zwei schwarze

Streifenwagen der Highway Patrol postiert, deren Lichtbalken in der zunehmenden Dämmerung blitzten. Vier kräftige Trooper, die mit ihren breitkrempigen Mounty-Hüten mindestens zwei Meter groß wirkten, standen breitbeinig auf dem Gehweg *(als ob sie die Beine nicht schließen könnten, weil ihre Eier zu groß sind,* dachte Marcy*)*. Das alles war schlimm genug, wenn auch nicht das Schlimmste. Das Schlimmste waren die Nachbarn, die in den Vorgärten lungerten und herüberglotzten. Ob die wohl wussten, weshalb sich plötzlich eine derartige Polizeipräsenz vor dem hübschen Ranchhaus der Maitlands aufgebaut hatte? Wahrscheinlich wussten es die meisten – der Fluch des Mobiltelefons – und würden es den anderen weitertratschen.

Einer von den Troopern trat auf die Straße und hob die Hand. Marcy hielt an und öffnete ihr Fenster.

»Sind Sie Marcia Maitland, Ma'am?«

»Ja. Wenn die ganzen Autos in meiner Einfahrt stehen, komme ich nicht in meine Garage.«

»Parken Sie da am Bordstein«, sagte er und deutete hinter einen der Streifenwagen.

Marcy spürte den Drang, sich durchs offene Fenster zu lehnen und dem Mann direkt ins Gesicht zu schreien: *MEINE Einfahrt! MEINE Garage! Schafft gefälligst eure Karren aus dem Weg!*

Stattdessen fuhr sie an den Bordstein und stieg aus. Sie musste pinkeln, und zwar dringend. Wahrscheinlich war das schon so, seit man Terry Handschellen angelegt hatte, nur hatte sie das bisher nicht gemerkt.

Einer der anderen Polizisten sprach in sein Schultermikrofon, worauf von der anderen Hausseite her die Krönung dieses heimtückisch surrealen Abends erschien, mit einem Walkie-Talkie in der Hand: eine hochschwangere Frau in einem ärmellosem Kleid mit Blumenmuster. Sie überquerte den Rasen der Maitlands mit jenem merkwürdig watschelnden Entengang, in den anscheinend alle Frauen im letzten Monat verfielen. Ohne zu lächeln, kam sie auf Marcy zu. Um den Hals hing ihr ein laminierter Ausweis, an ihr Kleid war eine Dienstmarke der Polizei von Flint City geheftet, direkt auf der Wölbung der gewaltigen Brust und damit so deplatziert wie ein Hundekeks in einer Eucharistieschale.

»Mrs. Maitland? Ich bin Detective Betsy Riggins.«

Sie streckte die Hand aus. Marcy ergriff sie nicht, und obwohl Howie sie vorgewarnt hatte, fragte sie: »Was wollen Sie?«

Riggins blickte Marcy über die Schulter. Dort stand einer von der Highway Patrol, offenbar der Leithammel des Quartetts, jedenfalls hatte er Streifen am Ärmel. Er hielt ihr ein Blatt Papier hin. »Mrs. Maitland, ich bin Lieutenant Yunel Sablo. Wir haben den Auftrag, das Anwesen zu durchsuchen und jedweden Gegenstand zu konfiszieren, der Ihrem Ehemann Terence John Maitland gehört.«

Marcy schnappte sich das Dokument. Ganz oben stand in Frakturschrift BESCHLUSS, gefolgt von allerhand juristischem Blabla in Sachen Haussuchung. Unterzeichnet war es mit dem Namen des Richters, den sie zuerst fälschlich als Crater las. *Der ist doch schon lange nicht mehr im Amt,* dachte sie, dann blinzelte sie sich das Wasser aus den Augen – vielleicht Schweiß, vielleicht Tränen – und sah, dass der Name Carter lautete, nicht Crater. Das Schriftstück trug das heutige Datum und war vermutlich vor weniger als sechs Stunden ausgefertigt worden.

Sie drehte das Blatt um und runzelte die Stirn. »Hier ist nichts einzeln aufgeführt. Heißt das etwa, dass sie sogar seine Unterwäsche mitnehmen können, wenn Sie wollen?«

Betsy Riggins, die wusste, dass sie tatsächlich die Unterwäsche einstecken würden, die sich im Wäschekorb der Maitlands befand, sagte: »Das liegt in unserem Ermessen, Mrs. Maitland.«

»In Ihrem Ermessen? Ihrem *Ermessen?* Wo sind wir hier eigentlich, in Nazideutschland?«

»Wir ermitteln gerade in dem abscheulichsten Mordfall, der sich während meiner zwanzig Jahre Polizeidienst hierzulande ereignet hat, und da werden wir mitnehmen, was wir für nötig halten«, sagte Riggins. »Abgesehen davon haben wir aus Höflichkeit Ihnen gegenüber mit der Durchsuchung gewartet, bis Sie zu Hause sind.«

»Auf Ihre Höflichkeit kann ich verzichten. Wenn ich nicht jetzt heimgekommen wäre, was hätten Sie da getan? Die Tür aufgebrochen?«

Riggins machte einen gewaltig unbehaglichen Eindruck – was nicht an meinen Fragen liegt, dachte Marcy, sondern an dem Passagier, den die Gute heute an dem überaus heißen Juliabend durch die Gegend schleppt. Eigentlich hätte die Frau sich zu Hause hinsetzen, die Klimaanlage einschalten und die Füße hochlegen sollen. Das war Marcy jedoch schnuppe. Ihr Schädel brummte, ihre Blase pulsierte, und in ihre Augen stiegen schon wieder die Tränen.

»Das wäre der letzte Ausweg gewesen«, sagte der Trooper mit dem Litzenscheiß am Ärmel. »Allerdings im Rahmen unserer Befugnisse, wie in dem Ihnen soeben ausgehändigten Schriftstück dargelegt.«

»Lassen Sie uns rein, Mrs. Maitland«, sagte Riggins. »Je früher wir anfangen, desto eher sind Sie uns wieder los.«

»Oje, da wittert jemand fette Beute«, sagte einer von den anderen drei Troopern. »Geier im Anmarsch.«

Marcy drehte sich um. Um die Ecke kam ein Übertragungswagen gefahren, die Satellitenschüssel noch umgeklappt auf dem Dach. Es folgte ein SUV, auf dessen Kühlerhaube groß und weiß der Schriftzug KYO prangte. So dicht dahinter, dass sich beinahe die Stoßstangen berührten, rollte der Übertragungswagen eines anderen Fernsehsenders heran.

»Kommen Sie mit ins Haus«, sagte Riggins halbwegs drängend. »Wenn die hier sind, wollen Sie bestimmt nicht auf dem Gehweg sein.«

Marcy kapitulierte. Wahrscheinlich würde sie von nun an immer mehr preisgeben müssen. Ihre Privatsphäre. Ihre Würde. Das Geborgenheitsgefühl ihrer Kinder. Und was war mit ihrem Mann? Würde sie gezwungen sein, auch Terry preiszugeben? Bestimmt nicht. Was man ihm vorwarf, war völlig verrückt. Genauso gut hätte man ihn beschuldigen können, das Lindbergh-Baby gekidnappt zu haben.

»Na gut. Aber ich werde nicht mit Ihnen sprechen, also strengen Sie sich nicht an. Außerdem muss ich Ihnen mein Telefon nicht aushändigen. Das hat mir mein Anwalt gesagt.«

»Kein Problem.« Riggins hakte sich bei ihr ein, obwohl eigentlich Marcy die Beamtin am Arm hätte nehmen sollen, damit die nicht stolperte und auf ihren gewaltigen Bauch fiel.

Der Chevrolet Tahoe von KYO – offiziell *Kai-Jo* ausgesprochen – hielt mitten auf der Straße, und eine von den Reporterinnen, die hübsche blonde, stieg so flink aus, dass ihr der Rock fast bis zur Hüfte hochrutschte. Was den Troopern sichtlich nicht entging.

»Mrs. Maitland! Mrs. Maitland, bitte nur ein paar kurze Fragen!«

Marcy konnte sich nicht erinnern, dass sie beim Aussteigen ihre Handtasche mitgenommen hatte, aber die hing über ihrer Schulter, und es gelang ihr problemlos, den Hausschlüssel aus dem Seitenfach zu ziehen. Problematisch wurde es, den Schlüssel ins Schloss zu bekommen. Die Hand zitterte ihr einfach zu stark. Riggins griff zwar nicht direkt nach dem Schlüssel, legte ihre Hand aber über die von Marcy, um sie zu stabilisieren, worauf das Ding endlich in den Schlitz glitt.

Von hinten: »Stimmt es, dass Ihr Mann hinsichtlich des Mordes an Frank Peterson festgenommen wurde, Mrs. Maitland?«

»Bleiben Sie zurück«, sagte einer der Trooper. »Keinen Schritt vom Gehweg runter!«

*»Mrs. Maitland!«*

Dann waren sie drin. Was gut war, selbst in Begleitung der schwangeren Beamtin, obgleich das Haus seltsam verändert wirkte. Marcy wurde bewusst, dass es nie wieder ganz so aussehen würde wie früher. Ihr kam die Frau in den Sinn, die es mit ihren Töchtern verlassen hatte, lachend und aufgeregt, und das war so, wie an jemand zu denken, den man geliebt hatte, der aber gestorben war.

Die Beine versagten ihr, und sie plumpste auf die kleine Bank im Flur, wo die Mädchen sich im Winter immer hinhockten, wenn sie die Stiefel anzogen. Auch Terry saß dort manchmal (wie er es heute getan hatte), um ein letztes Mal die Mannschaftsaufstellung durchzugehen, bevor er zu einem Spiel aufbrach. Mit erleichtertem Grunzen ließ Betsy Riggins sich neben ihr nieder, wobei ihre fleischige rechte Hüfte klatschend an Marcys weniger gut gepolsterte linke stieß. Der Mann mit den Streifen am Ärmel, Sablo, und zwei weitere Beamte gingen an den beiden vorüber, ohne sie eines Blickes zu würdigen. Alle drei waren damit beschäftigt, sich dicke blaue Kunststoffhandschuhe überzuziehen. Farblich passende Überschuhe trugen sie bereits. Der vierte Beamte hielt wohl draußen die Menge in Schach, nahm Marcy an. Ordnungsdienst wie bei einer Massenveranstaltung, ausgerechnet vor dem trauten Heim der Maitlands am verschlafenen Barnum Court.

»Ich muss pinkeln«, sagte sie zu Riggins.

»Genau wie ich«, sagte Riggins. »Lieutenant Sablo! Kommen Sie kurz her?«

Er kam zur Bank zurück. Die beiden anderen gingen in die Küche weiter, wo das Verwerflichste, was sie finden würden, der Teufelskuchen im Kühlschrank war.

Riggins sah Marcy an. »Haben Sie hier unten eine Toilette?«

»Ja, hinter der Vorratskammer. Die hat Terry letztes Jahr selbst eingebaut.«

»Aha. Lieutenant, die Damen müssen aufs WC, deshalb fangen Sie bitte dort an, und beeilen Sie sich möglichst.« Und zu Marcy: »Hat Ihr Mann eigentlich ein Arbeitszimmer?«

»Nicht so richtig. Er nimmt dafür das hintere Ende vom Esszimmer.«

»Danke. Das ist dann Ihre nächste Station, Lieutenant.« Sie wandte sich wieder Marcy zu. »Haben Sie was gegen eine kleine Frage, während wir warten?«

»Ja.«

Riggins ging nicht darauf ein. »Ist Ihnen im Lauf der letzten Wochen etwas Merkwürdiges am Verhalten Ihres Mannes aufgefallen?«

Marcy stieß ein humorloses Lachen aus. »Sie meinen, ob er sich zu einem Mord hochgeschaukelt hat? Ob er rumgetigert ist, sich die Hände gerieben und sabbernd Selbstgespräche geführt hat? Hat Ihre Schwangerschaft etwa Ihr Denkvermögen beeinträchtigt, Detective?«

»Das heißt wohl nein.«

»Tut es. Geben Sie jetzt bitte einfach *Ruhe,* ja?«

Riggins lehnte sich zurück und faltete die Hände über ihrem Bauch. Wodurch Marcy nur noch mit ihrer pochenden Blase und mit der Erinnerung an etwas konfrontiert war, was Gavin Frick erst in der vorangegangenen Woche nach dem Training gesagt hatte: *Was geht Terry in letzter Zeit eigentlich im Kopf herum? Er ist ständig so geistesabwesend. Macht den Eindruck, als würde er gegen eine Grippe ankämpfen oder so.*

»Mrs. Maitland?«

»Was?«

»Sie machen den Eindruck, als wäre Ihnen gerade etwas eingefallen.«

»Das stimmt. Ich hab gedacht, dass es sehr ungemütlich ist, hier neben Ihnen auf der Bank zu sitzen. Das ist wie neben einem Backofen, der atmen kann.«

Die bereits geröteten Wangen von Betsy Riggins wurden noch dunkler. Einerseits war Marcy erschrocken über das, was sie gerade gesagt hatte, weil es so grausam war; andererseits freute sie sich, dass sie einen Schlag gelandet hatte, der offenbar Wirkung zeigte.

Jedenfalls stellte Riggins keine weiteren Fragen.

Nach scheinbar endlosen Minuten tauchte Sablo wieder auf. Er trug einen durchsichtigen Plastikbeutel, der sämtliche Tabletten aus dem Arzneischränkchen enthielt (rezeptfreies Zeug, die wenigen verschreibungspflichtigen Medikamente befanden sich in den beiden Badezimmern oben) und die Tube mit Terrys Hämorrhoidensalbe. »Alles erledigt«, sagte er.

»Sie zuerst«, sagte Riggins.

Unter anderen Umständen hätte Marcy eine Schwangere vorgelassen und sich das Pinkeln noch ein Weilchen verkniffen, aber nicht in der jetzigen Situation. Sie ging hinein, zog die Tür zu und sah, dass der Deckel vom Spülkasten verrutscht war. Man hatte darin also nach weiß Gott was gesucht – höchstwahrscheinlich nach Drogen. Sie erleichterte sich mit gesenktem Kopf, das Gesicht in den Händen verborgen, damit sie das übrige Durcheinander nicht sehen musste. Ob sie wohl Sarah und Grace heute Abend überhaupt hierherholen sollte? Ob sie mit ihnen durch das grelle Licht der Fernsehscheinwerfer gehen sollte, die bis dahin sicher aufgebaut waren? Und wenn sie die beiden nicht hierherbrachte, wohin dann? In ein Hotel? Würden die Geier, wie der Trooper sie bezeichnet hatte, sie nicht trotzdem aufspüren? Natürlich würden sie das.

Als Marcy fertig war, ging Betsy Riggins hinein. Marcy schlich sich ins Esszimmer, um die Bank im Flur nicht noch einmal mit dem weiblichen Walross teilen zu müssen. Die Polizisten durchsuchten gerade den Schreibtisch von Terry, als wollten sie ihn schänden. Sämtliche Schubladen waren herausgezogen, der größte Teil des Inhalts lag auf dem Boden. Der Computer war bereits auseinandergenommen worden; die verschiedenen Komponenten hatte man wie für einen Ramschverkauf mit gelben Aufklebern versehen.

*Vor einer Stunde,* dachte Marcy, *war es für mich das Wichtigste im Leben, dass die Golden Dragons gewinnen und ins Endspiel kommen.*

Betsy Riggins kam herein. »Ach, jetzt geht's mir viel besser«, sagte sie, während sie sich am Esstisch niederließ. »Jedenfalls für die nächste Viertelstunde.«

Marcy machte den Mund auf. Fast wäre der Satz: *Ich hoffe, Ihr Baby stirbt* herausgekommen.

Stattdessen sagte sie: »Schön, dass sich wenigstens jemand hier besser fühlt. Wenn auch bloß für eine Viertelstunde.«

## 16

*Aussage von Mr. Claude Bolton (13. Juli, 16.30 Uhr, aufgenommen von Detective Ralph Anderson)*

DETECTIVE ANDERSON Na, Claude, muss nett für Sie sein, dass Sie mal hier sind, ohne in der Patsche zu stecken. Regelrecht erfrischend.

BOLTON Irgendwie schon. Genauso, wie mal vorne statt hinten im Streifenwagen zu sitzen und mit neunzig Sachen von Cap City hierherzubrausen. Blinklicht, Sirene, das ganze Programm. Sie haben recht. Das war nett.

DETECTIVE ANDERSON Was haben Sie eigentlich in Cap City gemacht?

BOLTON Hab mir die Sehenswürdigkeiten angeschaut. Ich hatte ein paar Abende frei, also warum nicht. Ist ja nicht verboten, oder?

DETECTIVE ANDERSON Soweit ich weiß, waren Sie dort in Begleitung von Carla Jeppeson, bekannt als Pixie Dreamboat, wenn sie arbeitet.

BOLTON Das sollten Sie auch wissen, schließlich ist Carla mit mir in dem Streifenwagen hergekommen. Übrigens hat sie die Fahrt ebenfalls genossen. Meinte, dagegen kackt Busfahren voll ab.

DETECTIVE ANDERSON Die Sehenswürdigkeiten, die Sie sich angeschaut haben, waren wohl hauptsächlich in Zimmer 509 vom Motel Western Vista draußen am Highway 40, ja?

BOLTON Ach, wir haben durchaus nicht die ganze Zeit da verbracht. Zweimal waren wir zum Essen im Bonanza. Da gibt's verflucht gute Sachen, und das auch noch billig. Außerdem wollte Carla in die Mall, also haben wir da eine

Weile abgegangen. Die haben da eine Kletterwand, die war ein Klacks für mich. Locker vom Hocker.

DETECTIVE ANDERSON Verstehe. Haben Sie mitbekommen, dass hier in Flint City ein Junge ermordet wurde?

BOLTON Eventuell habe ich irgendwas drüber in den Nachrichten gesehen. Hören Sie mal, Sie meinen doch nicht etwa, dass ich was damit zu tun habe, oder?

DETECTIVE ANDERSON Nein, aber Sie könnten aufschlussreiche Informationen über die Person haben, um die es geht.

BOLTON Wie sollte ich ...

DETECTIVE ANDERSON Sie arbeiten doch als Rausschmeißer im Gentlemen, Please, nicht wahr?

BOLTON Ich gehöre zum Security-Personal. Den Ausdruck Rausschmeißer verwenden wir nicht. Das Gentlemen, Please ist ein erstklassiges Etablissement.

DETECTIVE ANDERSON Das wollen wir hier nicht erörtern. Man hat mir mitgeteilt, dass Sie am Dienstagabend gearbeitet haben. Sie hätten Flint City erst am Mittwochnachmittag verlassen.

BOLTON Wer hat Ihnen eigentlich erzählt, dass ich mit Carla nach Cap City gefahren bin? Tony Ross?

DETECTIVE ANDERSON Richtig.

BOLTON Wir haben in dem Motel Rabatt gekriegt, weil es dem Onkel von Tony gehört. Tony hatte auch Dienst am Dienstagabend, und da habe ich ihn gefragt, ob er wohl mal seinen Onkel anrufen kann. Wir sind echt dicke, ich und Tony. Von vier bis um acht waren wir an der Tür und dann von acht bis Mitternacht im Graben. Das ist der Bereich vor der Bühne, wo die Herren Gentlemen alle sitzen.

DETECTIVE ANDERSON Mr. Ross hat mir außerdem mitgeteilt, dass Sie gegen halb neun mit einem Bekannten von Ihnen geredet haben.

BOLTON  Ach, Sie meinen Coach T. He, Sie denken doch nicht etwa, dass der den Jungen umgebracht hat, oder? Coach T ist nämlich ein grundanständiger Typ. Der hat die Neffen von Tony im Football und in der Little League trainiert. Dass so einer wie er mal bei uns auftaucht, hat mich zwar gewundert, aber nicht geschockt. Sie würden nicht glauben, was für Leute wir da im Graben sehen – Banker, Anwälte, sogar Gottesmänner sind drunter. Aber bei uns gilt dasselbe wie in Las Vegas: Was im Gent's passiert, bleibt im …

DETECTIVE ANDERSON  Mhm, zweifellos seid ihr da so diskret wie ein Priester im Beichtstuhl.

BOLTON  Machen Sie ruhig Ihre Scherze, aber das sind wir tatsächlich. Muss man sein, wenn man auf Stammkunden aus ist.

DETECTIVE ANDERSON  Nur der Form halber, Claude, wenn Sie von Coach T sprechen, meinen Sie Terry Maitland, ja?

BOLTON  Klar.

DETECTIVE ANDERSON  Erzählen Sie mir bitte genau, wie Ihre Begegnung vonstattenging.

BOLTON  Wir verbringen nicht die ganze Zeit im Graben, okay? An dem Job hängt noch mehr. Die meiste Zeit gehen wir da allerdings rum, sorgen dafür, dass keiner von den Typen die Mädels begrapscht, und beenden Streitereien, bevor sie richtig losgehen – die Jungs können ganz schön aggressiv werden, wenn sie aufgegeilt sind, als Polizist wissen Sie das bestimmt. Allerdings kann so was nicht bloß im Graben losgehen, da ist es nur am wahrscheinlichsten, deshalb bleibt einer von uns ständig da auf dem Posten. Der andere macht überall die Runde – checkt, was an der Bar los ist, in dem Kabuff, wo die paar Videospiele und der Pooltisch mit Münzbetrieb stehen, die privaten Tanzkabinen und natürlich die Männertoilette. Da wird nämlich gelegentlich gedealt, und wenn wir jemand dabei erwischen, schmeißen wir ihn raus.

DETECTIVE ANDERSON Sagt ein Mann, der wegen Drogenbesitz mit Verkaufsabsicht im Bau gesessen hat.

BOLTON Alles, was recht ist, Sir, das ist echt unfair. Ich bin seit sechs Jahren clean. Ich geh zu den Narcotics Anonymous und so weiter. Soll ich eine Urinprobe abgeben? Macht mir nicht das Geringste aus.

DETECTIVE ANDERSON Das wird nicht nötig sein, und ich gratuliere Ihnen zu Ihrer Standhaftigkeit. Sie haben also gegen halb neun Ihre Runde gemacht ...

BOLTON Genau. Ich bin an der Bar vorbeigegangen und dann den Flur runter, um einen Blick ins Männerklo zu werfen, und da habe ich Coach T gesehen. Er hat gerade das Telefon eingehängt. Da hinten gibt's nämlich noch zwei Münzapparate, von denen allerdings bloß einer funktioniert. Er war ...

DETECTIVE ANDERSON Claude? Möchten Sie nicht weiterreden?

BOLTON Hab bloß nachgedacht. Mich erinnert. Er hat irgendwie merkwürdig gewirkt. Wie benebelt. Meinen Sie wirklich, dass er den Jungen umgebracht hat? In dem Moment hab ich gedacht, dass es bloß daran liegt, weil es sein erster Besuch in einem Laden ist, wo junge Damen ihre Sachen ausziehen. Bei manchen Typen passiert das nämlich, die sind dann wie belämmert. Vielleicht war er aber auch high. »Na, Coach, wie ist Ihr Team zurzeit so drauf?«, habe ich gesagt. Worauf er mich anguckt, als hätte er mich noch nie gesehen, obwohl ich mir praktisch jedes Spiel angeschaut hab, in dem Stevie und Stanley aufgestellt waren; außerdem hab ich ihm mal erklärt, wie man einen

Double Reverse spielt, was das Team nie gemacht hat, weil er meinte, das wäre zu kompliziert für kleine Jungs. Aber wenn die in Mathe dividieren oder so lernen können, dann sollten sie so was doch auch kapieren, meinen Sie nicht?

DETECTIVE ANDERSON Sie sind sich völlig sicher, dass es sich um Terence Maitland gehandelt hat?

BOLTON Aber so was von. Er hat gesagt, das Team wäre gut drauf, und er wäre bloß reingekommen, um ein Taxi zu rufen. In etwa so, wie wenn man behauptet, dass man den *Playboy* bloß wegen den guten Artikeln drin liest, wenn die holde Angetraute 'ne Ausgabe neben der Kloschüssel entdeckt. Trotzdem bin ich drauf eingegangen, im Gentlemen ist der Kunde immer König, solange er nicht Titten angrapschen will. Hab ihm gesagt, dass ja schon vielleicht ein, zwei Taxen draußen stehen. Er hat gemeint, das hätte ihm die Zentrale auch gerade gesagt, hat mir gedankt und ist verschwunden.

DETECTIVE ANDERSON Wie war er gekleidet?

BOLTON Gelbes Hemd, Jeans. Dicke Gürtelschnalle mit 'nem Pferdekopf. Schicke Sneakers. Da erinnere ich mich dran, weil die ziemlich teuer aussahen.

DETECTIVE ANDERSON Waren Sie der Einzige, der ihm im Club begegnet ist?

BOLTON Nein, ich hab gesehen, wie ein paar Typen ihm zugewinkt haben, als er rausgegangen ist. Keine Ahnung, wer die waren, und wahrscheinlich sind die auch nicht ganz einfach zu finden, weil viele nämlich nicht gern zugeben, dass sie in einen Laden wie das Gent's gehen. Ist einfach so. Hat mich nicht gewundert, dass man ihn kennt, weil Terry hier in der Gegend fast eine Berühmtheit ist. Der hat vor ein paar Jahren sogar einen Preis gewonnen, das stand dann in der Zeitung. Na gut, es heißt Flint City, aber eigentlich ist es bloß ein Dorf, wo sich praktisch alle kennen, mindestens vom Sehen. Und jeder mit 'nem Sohn, der, wie man so schön sagt, sportlich interessiert ist, kennt Coach T sowieso vom Baseball oder vom Football her.

DETECTIVE ANDERSON Danke, Claude. Sie haben uns sehr geholfen.

BOLTON Mir fällt gerade noch was ein. Ist nichts Besonderes, aber irgendwie gruselig, wenn er den Jungen tatsächlich umgebracht hat.

DETECTIVE ANDERSON Nur zu.

BOLTON Es war so was, was einfach manchmal passiert, ohne dass man jemand die Schuld daran geben würde. Also, er war auf dem Weg nach draußen, um zu checken, ob da ein Taxi steht. Da hab ich die Hand ausgestreckt und gesagt: »Hören Sie, Coach, ich würde Ihnen gern mal für alles danken, was Sie für die Neffen von Tony getan haben. Es sind gute Jungs, aber manchmal ein bisschen wild, vielleicht weil ihre Eltern sich gerade scheiden lassen. Und Sie haben dafür gesorgt, dass die beiden was anderes zu tun hatten, als bloß in der Stadt herumzulungern.« Damit hab ich ihn scheinbar überrascht, weil er zuerst kurz zurückgezuckt ist, bevor er mir die Hand geschüttelt hat. Er hatte aber einen guten, starken Griff, und ... Sehen Sie den kleinen Schorf da auf meinem Handrücken? Das hat er beim Händeschütteln mit dem Nagel von seinem kleinen Finger gemacht. Es ist praktisch schon verheilt, war sowieso bloß ein winziger Schnitt, aber in dem Moment musste ich an meine Drogenzeit denken.

DETECTIVE ANDERSON Wieso das?

BOLTON Manche Typen – vor allem von den Hells Angels und den Devils Diciples – lassen an einem von ihren kleinen

Fingern den Nagel lang wachsen. Ich hab Nägel gesehen, die waren so lang wie früher beim Kaiser von China. Manche Biker kleben sogar was zur Verzierung drauf wie Frauen. Und nennen das ihren Koksnagel.

## 17

Nach der Festnahme auf dem Baseballplatz konnte Ralph beim besten Willen nicht mehr die Show vom guten und bösen Bullen inszenieren, weshalb er sich einfach neben der Tür an die Wand des Vernehmungsraums lehnte und zusah. Er war auf einen erneuten vorwurfsvollen Blick gefasst, aber Terry sah ihn nur kurz und völlig ausdruckslos an, bevor er seine Aufmerksamkeit wieder Bill Samuels zuwandte. Der hatte sich auf einen der drei Stühle auf der gegenüberliegenden Tischseite gesetzt.

Als Ralph den Staatsanwalt nun beobachtete, wurde ihm allmählich klar, wieso der so schnell Karriere gemacht hatte. Solange sie gemeinsam hinter dem Einwegspiegel gestanden hatten, hatte Samuels einfach nur ein bisschen zu jung für seinen Posten ausgesehen. Jetzt, wo er dem Vergewaltiger und Mörder von Frankie Peterson gegenübersaß, sah er sogar noch jünger aus, wie ein Rechtsreferendar, der – wahrscheinlich wegen irgendeiner Verwechslung – beim Verhör mit einem prominenten Straftäter gelandet war. Selbst der kleine Haarzipfel, der ihm vom Hinterkopf abstand, trug zu der Rolle bei, in die er geschlüpft war – in die eines unerprobten jungen Mannes, der völlig blauäugig war. Mir kann man alles erzählen, drückten die großen, interessierten Augen aus, weil ich alles schlucke. Das ist das erste Mal, dass ich in der ersten Liga spiele, da kenne ich mich schlicht nicht besser aus.

»Guten Tag, Mr. Maitland«, sagte Samuels. »Ich arbeite im Büro des Staatsanwalts.«

*Gut gesagt,* dachte Ralph. *Du bist das Büro des Staatsanwalts.*

»Sie vergeuden Ihre Zeit«, sagte Terry. »Ich werde erst mit Ihnen sprechen, wenn mein Anwalt da ist. Allerdings kann ich jetzt schon sagen, dass Ihnen eine Klage wegen ungerechtfertigter Festnahme ins Haus steht, die sich gewaschen hat.«

»Ich verstehe, dass Sie aufgebracht sind, das wäre jeder in Ihrer Lage. Vielleicht können wir die Sache ja jetzt gleich klären. Sagen Sie mir doch einfach, wo Sie zum Zeitpunkt des Mordes am jungen Peterson waren. Das war am Dienstagnachmittag. Wenn Sie sich anderswo aufgehalten haben, dann …«

»Das habe ich«, sagte Terry. »Aber darüber möchte ich erst mit meinem Anwalt reden. Sein Name ist Howard Gold. Sobald er eintrifft, möchte ich unter vier Augen mit ihm sprechen. Das ist mein Recht, nehme ich an. Weil ich als unschuldig gelte, solange eine Schuld nicht nachgewiesen ist, nicht wahr?«

*Da hat er sich aber schnell gefangen,* dachte Ralph. *Ein Berufsverbrecher würde das nicht besser hinkriegen.*

»Das ist tatsächlich so«, sagte Samuels. »Aber wenn Sie doch nichts getan haben …«

»Versuchen Sie es gar nicht erst, Mr. Samuels. Sie haben mich nicht hierherschaffen lassen, weil Sie so ein netter Kerl sind.«

»Also, eigentlich bin ich tatsächlich so einer«, sagte Samuels aufrichtig. »Wenn hier etwas verbockt wurde, bin ich ebenso daran interessiert, die Sache geradezubiegen, wie Sie.«

»Hinten steht Ihnen ein Haarzipfel hoch«, sagte Terry. »Vielleicht wollen Sie ja was dagegen unternehmen. Sie sehen nämlich aus wie der kleine Alfalfa in der Fernsehserie, die ich früher als Kind immer gesehen habe.«

Ralph lief zwar nicht gerade Gefahr loszuprusten, aber sein linker Mundwinkel zuckte unwillkürlich.

Vorübergehend aus dem Konzept geraten, strich Samuels den Zipfel glatt. Er lag kurz am Kopf an, richtete sich aber sofort wieder auf.

»Sind Sie sich wirklich sicher, dass Sie das jetzt nicht aufklären wollen?« Samuels beugte sich vor. Seine ernsthafte Miene drückte aus, dass Terry gerade einen schweren Fehler beging.

»Das bin ich«, sagte Terry. »Und was die Klage angeht, bin ich mir ebenfalls sicher. Ich glaube zwar nicht, dass irgendeine Summe hoch genug sein kann, das wiedergutzumachen, was ihr erbärmlichen Dreckskerle nicht nur mir angetan habt, sondern auch meiner Frau und meinen Töchtern, aber ich habe vor, das zu prüfen.«

Samuels blieb noch einen Moment lang sitzen – vorgebeugt, den unschuldig hoffnungsvollen Blick auf Terry gerichtet –, dann erhob er sich. Die Unschuldsmiene löste sich in Luft auf. »Na gut. Sie können mit Ihrem Anwalt konferieren, Mr. Maitland, das ist Ihr Recht. Keine Tonaufnahmen, kein Video, wir ziehen sogar den Vorhang vor. Wenn Sie das schnell hinter sich bringen, werden wir eventuell heute Abend noch fertig. Ich muss morgen ziemlich früh am Abschlag sein.«

Terry sah aus, als hätte er sich verhört. »*Golf?*«

»Golf. Das ist ein Spiel, bei dem man versucht, einen kleinen Ball ins Loch zu schlagen. Darin mag ich nicht sonderlich gut sein, aber *dieses* Spiel hier beherrsche ich bestens, Mr. Maitland. Und wie der geschätzte Mr. Gold Ihnen bestätigen wird, dürfen wir Sie achtundvierzig Stunden lang dabehalten, auch ohne Sie unter Anklage zu stellen. Allerdings wird es nicht so lange dauern. Wenn wir das nicht heute an Ort und Stelle klären, führen wir Sie am Montag in aller Herrgottsfrühe dem Richter vor. Bis dahin werden alle Medien in der Region über die Festnahme berichtet haben, weshalb genug Reporterteams vor Ort sein werden. Bestimmt erwischen die Fotografen Sie auf Ihrer Schokoladenseite.«

Nachdem Samuels damit das vermeintlich letzte Wort gesprochen hatte, stolzierte er regelrecht zur Tür. Offenbar immer noch angefressen wegen der Bemerkung über seinen Haarzipfel, dachte Ralph. Bevor er die Hand am Griff hatte, sagte Terry: »He, Ralph!«

Ralph sah ihn an. Terry wirkte völlig ruhig, was unter den gegebenen Umständen außergewöhnlich war. Vielleicht aber auch nicht. Manchmal fanden sich die wirklich Eiskalten, die Psychopathen, nach dem anfänglichen Schock in diese Ruhe hinein und rüsteten sich für einen langen Kampf. Dergleichen hatte Ralph bereits erlebt.

»Ich habe Howie zwar versprochen, den Mund zu halten, bis er da ist, aber eins will ich Ihnen sagen.«

»Nur zu!« Samuels bemühte sich, nicht zu erwartungsvoll zu klingen. Bei dem, was Terry als Nächstes sagte, machte er allerdings ein langes Gesicht.

»Derek war einer von den besten Schlagleuten, die ich jemals hatte.«

»O nein«, sagte Ralph. Er hörte, wie der Zorn seine Stimme zittern ließ wie beim Vibrato. »Kommen Sie mir jetzt nicht damit. Ich will den Namen von meinem Sohn nicht aus Ihrem Mund hören. Heute Abend nicht und auch in Zukunft nie wieder.«

Terry nickte. »Das kann ich nachvollziehen, weil ich nämlich auch nie darauf aus war, vor meiner Frau, meinen Töchtern und tausend weiteren Leuten, darunter viele Nachbarn, verhaftet zu werden. Also vergessen Sie, was Sie nicht hören wollen, und hören Sie mich kurz an. Das sind Sie mir sozusagen schuldig, nachdem Sie auf die Weise mit mir umgesprungen sind.«

Ralph öffnete die Tür, aber Samuels legte ihm eine Hand auf den Arm, schüttelte den Kopf und ließ den Blick fast unmerklich zu der in der Ecke angebrachten Kamera mit ihrem roten Lichtchen wandern. Darauf zog Ralph die Tür wieder zu, drehte sich zu Terry um und verschränkte die Arme vor der Brust. Terry würde ihm die öffentliche Festnahme so heimzahlen, dass es wehtat, das ahnte er, aber Samuels hatte recht. Wenn ein Verdächtiger gleich den Mund aufmachte, war es immer besser, als wenn er sich sperrte, bis sein Anwalt kam. Weil normalerweise eines zum anderen führte.

»In seiner Zeit bei mir im Team war Derek bestimmt nicht größer als eins fünfzig«, fuhr Terry fort. »Ich habe ihn seither öfter gesehen – letztes Jahr sogar versucht, ihn in die City League zu holen –, und er ist inzwischen bestimmt fünfzehn Zentimeter gewachsen. Wenn er mit der Highschool fertig ist, wird er größer als Sie sein, schätze ich.«

Ralph wartete.

»Er war ein richtig kleiner Knirps, aber er hatte nie irgendwelche Angst, wenn er den Schläger in der Hand hatte. Bei vielen ist das anders, aber Derek hat sich selbst bei Gegnern reingestellt, die den Ball einfach, ohne nachzudenken, in die

Gegend gedonnert haben. Wurde alle naselang hart getroffen, hat aber nie aufgegeben.«

Das entsprach der Wahrheit. Nach manchen Spielen hatte Ralph die blauen Flecke sehen können, wenn Derek seine Kluft auszog: am Hintern, am Oberschenkel, am Arm, an der Schulter. Einmal hatte er sogar eine kreisrunde, schwarzblaue Stelle im Nacken gehabt. Die Blessuren hatten seine Mutter in den Wahnsinn getrieben, wobei ihr der Helm, den ihr Sohn trug, keinerlei Trost bot. Immer wenn Derek auf seinen Posten gegangen war, hatte sie sich bei Ralph festgeklammert, aus lauter Furcht, dass ihr Sohn einen Ball zwischen die Augen bekommen und ins Koma fallen könnte. Ralph hatte ihr zwar jedes Mal versichert, das werde bestimmt nicht passieren, war dann aber beinahe so froh wie seine Frau gewesen, als Derek schließlich beschloss, doch lieber Tennis zu spielen. Da waren die Bälle weicher.

Terry beugte sich vor und lächelte dabei sogar leicht.

»Ein so kleiner Junge erzielt normalerweise eine Menge Walks – was übrigens auch heute meine Hoffnung war, als ich Trevor Michaels rausgeschickt habe –, aber Derek wollte sich nicht austricksen lassen. Er hat nach praktisch allem geschlagen, egal ob die Bälle innen oder außen oder über seinem Kopf vorbeigezischt sind. Deshalb haben ihn manche von den Kids Zischer Anderson gerufen. Selbst nach den Bällen am Boden hat er ausgeholt, und irgendwann hat jemand aus seinem Spitznamen Wischer gemacht – als Anspielung auf einen Bodenmopp –, und das ist hängen geblieben. Wenigstens eine Weile.«

»Sehr interessant«, sagte Samuels. »Aber wieso sprechen wir stattdessen nicht über Frank Peterson?«

Terry ließ den Blick unverwandt auf Ralph liegen.

»Kurz und gut, als ich gesehen habe, dass er kein Interesse

an Walks hatte, habe ich ihm beigebracht, wie man den Ball abtropfen lässt. Viele Jungen in seinem Alter – zehn, elf – weigern sich, das zu machen. Sie kapieren, wie es funktioniert, lassen den Schläger aber nicht gerne sinken, vor allem nicht, wenn ihr Gegner richtig was draufhat. Dann haben sie ständig im Kopf, wie weh ihre Finger tun würden, wenn sie ungeschützt getroffen werden. Derek war da anders. Er hatte eine Menge Mumm, Ihr Sohn. Außerdem konnte er wunderbar spurten, und wenn es mir eigentlich nur um einen Sacrifice ging, hat er oft einen Base Hit erzielt.«

Obwohl Ralph weder nickte noch sich auf andere Weise anmerken ließ, wie sehr ihn das alles interessierte, wusste er, wovon Terry sprach. Er hatte viele solche Schläge beklatscht und gesehen, wie sein Sohn über den Platz rannte, als wäre der Teufel hinter ihm her und würde ihn gleich erwischen.

»Es ging bloß darum, ihm beizubringen, in welchem Winkel man den Schläger hält«, sagte Terry und hob zur Demonstration die Hände. Die waren mit Dreck beschmiert, wahrscheinlich vom Schlagtraining vor dem heutigen Spiel. »Neigung nach links, dann spritzt der Ball an der dritten Baseline entlang, bei einer Neigung nach rechts ist es die erste. Man schiebt den Schläger nicht vor, meistens hat es der Pitcher dadurch nur leichter, sondern gibt ihm nur im letzten Sekundenbruchteil einen kleinen Stups. Das hat er schnell begriffen, worauf die Kids ihn nicht mehr Wischer genannt, sondern ihm einen neuen Spitznamen gegeben haben. Wenn wir am Ende vom Spiel einen Runner an der ersten oder dritten Base hatten und das andere Team wusste, dass es jetzt um alles ging … da hat er nicht mehr angetäuscht, sondern den Schläger sinken lassen, sobald der Pitcher ausgeholt hat. ›Puschen, Derek, puschen!‹, haben die Kids auf der Bank alle gebrüllt. Auch ich und Gavin. Und so haben sie ihn das ganze letzte Jahr genannt, als wir die Bezirksmeisterschaft gewonnen haben. Puscher Anderson. Wussten Sie das?«

Das hatte Ralph nicht gewusst, vielleicht weil der Name nur innerhalb des Teams verwendet worden war. Dafür wusste er, dass Derek sich in jenem Sommer sehr positiv entwickelt hatte. Er hatte öfter gelacht und nach den Spielen noch dableiben wollen, anstatt mit gesenktem Kopf und herabhängendem Handschuh zum Auto zu dackeln.

»Hauptsächlich war das sein eigenes Verdienst – er hat wie bekloppt geübt, bis er es draufhatte –, aber ich war derjenige, der ihn dazu gebracht hat, sich das anzueignen.« Terry machte eine Pause, dann sagte er ganz leise: »Und Sie tun mir so etwas an. Vor allen Leuten tun ausgerechnet Sie mir das an.«

Ralph spürte, wie seine Wangen brannten. Er öffnete den Mund, um etwas zu erwidern, aber da bugsierte Samuels ihn schon durch die Tür, indem er ihn fast mit sich zog. Dabei hielt der Staatsanwalt gerade so lange inne, dass er etwas über die Schulter hinweg sagen konnte. »Das hat nicht Ralph Ihnen angetan, Maitland. Ich ebenfalls nicht. Das haben Sie sich selbst angetan.«

Danach blickten die beiden wieder durch den Einwegspiegel, und Samuels fragte Ralph, wie es ihm gehe.

»Gut«, sagte Ralph. Seine Wangen brannten immer noch.

»Manche von denen verstehen es meisterhaft, einen aus der Reserve zu locken. Das wissen Sie doch, oder?«

»Natürlich.«

»Und Sie wissen auch, dass er der Täter ist, stimmt's? Ich hatte noch nie einen derart wasserdichten Fall.«

*Genau das treibt mich ja um,* dachte Ralph. *Vorher war das noch nicht der Fall, und es sollte auch nicht so sein, weil Samuels ja recht hat, aber es treibt mich trotzdem um.*

»Haben Sie seine Hände gesehen?«, sagte Ralph. »Als er demonstriert hat, wie er Derek beigebracht hat, den Schläger zu halten, haben Sie da seine Hände gesehen?«

»Ja. Was ist damit?«

»Kein langer Nagel am kleinen Finger«, sagte Ralph. »An beiden Händen nicht.«

Samuels zuckte die Achseln. »Dann hat er ihn eben abgeknipst. Sind Sie sich wirklich sicher, dass Sie das gut verkraftet haben?«

»Klar«, sagte Ralph. »Ich habe bloß …«

Die Tür zwischen dem Bürobereich und dem Zellentrakt summte kurz, bevor sie krachend aufsprang. Der Mann, der den Flur entlangeeilt kam, war für einen entspannten Samstagabend zu Hause gekleidet – ausgeblichene Jeans und ein TCU-T-Shirt mit dem hüpfenden Superfrog auf der Brust –, aber der klobige Aktenkoffer, den er bei sich hatte, wies ihn eindeutig als Anwalt aus.

»Hallo, Bill«, sagte der Mann. »Und hallo, Detective Anderson. Könnte einer von euch beiden mir wohl sagen, wieso ihr jemand eingebuchtet habt, der 2015 Mann des Jahres von Flint City war? Ist das ein schlichter Irrtum, den wir eventuell ausbügeln können, oder habt ihr völlig den Verstand verloren?«

Howard Gold war eingetroffen.

## 18

An: Bezirksstaatsanwalt William Samuels
Rodney Geller, Polizeichef von Flint City
Richard Doolin, Sheriff von Flint County
Capt. Avery Rudolph, Highway Patrol, Posten 7
Det. Ralph Anderson, Flint City PD

Von: Det. Lieutenant Yunel Sablo, Highway Patrol, Posten 7

Datum: 13. Juli

Betr.: Vogel Transportation Center, Dubrow

Im Auftrag von StA Samuels und Det. Anderson führte ich ab
14.30 Uhr am obigen Datum Ermittlungen im Vogel Transportation Center durch. Als wichtigster Knotenpunkt des öffentlichen Fernverkehrs im südlichen Teil des Staates beherbergt
das Center drei größere Busunternehmen (Greyhound, Trail-
ways, Mid-State) sowie eine Amtrak-Station. Vertreten sind
zudem die üblichen Mietwagenfirmen (Hertz, Avis, Enterprise,
Alamo). Da alle Bereiche des Centers gut mit Überwachungskameras ausgestattet sind, begab ich mich direkt ins Büro des
Sicherheitsdienstes, wo ich von dessen Leiter Michael Camp
empfangen wurde. Er war auf meinen Besuch vorbereitet. Die
Aufnahmen der Überwachungskameras werden 30 Tage lang
gespeichert, und das ganze System ist computergesteuert,
weshalb ich alle Aufnahmen vom Abend des 10. Juli, aufgezeichnet von insgesamt 16 Kameras, inspizieren konnte.

Laut Mr. Clinton Ellenquist, dem Disponenten des Taxiunter-
nehmens, der am Abend vom 10. Juli im Dienst war, meldete

Fahrerin Willow Rainwater sich um 21.30 Uhr, um zu berichten, dass sie ihren Fahrgast abgesetzt habe. Der Southern Limited, laut Ms. Rainwater der Zug, den der Verdächtige nehmen wollte, traf um 21.50 Uhr auf Bahnsteig 3 ein. Zuerst stiegen die ankommenden Fahrgäste aus; sieben Minuten später, um 21.57 Uhr, wurden die nach Dallas/Fort Worth reisenden Fahrgäste auf den Bahnsteig gelassen. Um 22.12 Uhr verließ der Southern Limited den Bahnhof. Die obigen Zeitangaben sind exakt, da sämtliche ankommenden und abfahrenden Züge elektronisch erfasst und aufgezeichnet werden.

Gemeinsam mit Mr. Camp habe ich mir die Aufnahmen aller 16 Kameras vom 10. Juli angesehen, im Zeitraum von 21.00 Uhr (um ganz sicherzugehen) bis 23.00 Uhr, etwa 50 Minuten nach der Abfahrt des Southern Limited. Ich habe alle Ergebnisse auf meinem I-Pad, aber wegen der (laut StA Samuels) dringlichen Situation fasse ich sie in diesem vorläufigen Bericht zusammen.

**21.33 Uhr:** Verdächtiger betritt den Bahnhof durch den Nordeingang, den die meisten Reisenden verwenden; hier setzen auch die Taxis ihre Fahrgäste ab. Er durchquert die Schalterhalle. Gelbes Hemd, Bluejeans. Hat kein Gepäck dabei. Sein Gesicht ist für wenige Sekunden deutlich sichtbar, als er zu der großen Uhr an der Decke hinaufblickt (Standbild per E-Mail an StA Samuels und Det. Anderson gesendet).

**21.35 Uhr:** Verdächtiger bleibt am Zeitungskiosk in der Mitte der Schalterhalle stehen. Er kauft ein Taschenbuch, bezahlt bar. Der Titel ist nicht lesbar, und die Verkäuferin erinnert sich nicht, aber falls nötig, können wir das wahrscheinlich recherchieren. Auf den Bildern ist die Gürtelschnalle mit dem Pferdekopf erkennbar (Standbild per E-Mail an StA Samuels und Det. Anderson gesendet).

**21.39 Uhr:** Verdächtiger verlässt den Bahnhof durch die Tür zur Montrose Avenue (Südeingang). Dieser Ein- und Ausgang ist zwar öffentlich, wird aber hauptsächlich vom Personal des Centers verwendet, da sich auf dieser Seite des Gebäudes der Personalparkplatz befindet. Dieser wird von zwei Kameras überwacht. Der Verdächtige wurde von keiner davon aufgezeichnet, aber Mr. Camp und ich haben einen kurz auftauchenden Schatten beobachtet, bei dem es sich unserer Meinung nach um den Verdächtigen handeln könnte, der nach rechts in Richtung einer Durchfahrt verschwunden ist.

Verdächtiger hat weder in bar am Schalter noch per Kreditkarte einen Fahrschein für den Southern Limited erworben. Nach mehrfacher Betrachtung der Aufnahmen von Gleis 3, die klar und meiner Meinung nach vollständig sind, kann ich mit hinreichender Sicherheit sagen, dass der Verdächtige das Center weder wieder betreten noch den Zug bestiegen hat.

Aus diesen Beobachtungen schließe ich, dass der Verdächtige mit seiner Fahrt nach Dubrow möglicherweise eine falsche Spur legen wollte, um die Verfolgung zu erschweren. Es steht zu vermuten, dass der Verdächtige nach Flint City zurückgekehrt ist, entweder mithilfe eines Komplizen oder per Anhalter. Möglich ist ferner, dass er ein Fahrzeug gestohlen hat. Bei der Polizei von Dubrow wurde zwar in der fraglichen Nacht kein Autodiebstahl nahe dem Vogel Transportation Center gemeldet, aber laut Mr. Camp könnte man einen Wagen vom Langzeitparkplatz entwenden, ohne dass dies binnen Wochenfrist gemeldet würde. Manchmal dauere es sogar länger.

Aufnahmen vom Langzeitparkplatz sind verfügbar und werden auf Anfrage begutachtet, aber die dortige Überwachung ist keineswegs umfassend. Zudem hat Mr. Camp mir mitgeteilt, dass die dort angebrachten Kameras ersetzt werden sollen und oft nicht in Betrieb seien. Daher wäre es meiner Meinung nach zumindest vorläufig sinnvoller, andere Ermittlungsrichtungen zu verfolgen.

Hochachtungsvoll übermittelt
Det. Lt. Y. Sablo

Anlagen

**19**

Howie Gold schüttelte Samuels und Ralph Anderson die Hand, dann warf er einen langen Blick auf Terry Maitland, der in seinem Teamtrikot und mit seiner Golden-Dragons-Mütze hinter dem Einwegspiegel saß. Terry hatte den Rücken kerzengerade aufgerichtet, den Kopf gehoben und die Hände ordentlich auf dem Tisch verschränkt. Man sah kein Zucken, kein Herumzappeln, keine nervösen Seitenblicke. Er war, wie Ralph sich schweigend eingestand, nicht gerade der Inbegriff des Schuldigen.

Schließlich wandte sich Gold wieder an Samuels. »Reden Sie«, sagte er, als würde er einen Hund zu einem Kunststück auffordern.

»Vorläufig gibt es nicht viel zu sagen, Howard.« Unwillkürlich wanderte die Hand von Samuels an seinen Hinterkopf, um den Zipfel glatt zu streichen. Der gab einen Moment lang Ruhe, dann sprang er wieder hoch. Dabei fiel Ralph ein

Spruch von Alfalfa ein, über den er und sein Bruder in ihrer Kindheit immer gekichert hatten: *Einen einmaligen Freund trifft man bloß einmal.* »Nur dass es kein Irrtum ist und dass wir keineswegs den Verstand verloren haben.«

»Was sagt Terry?«

»Bisher nichts«, antwortete Ralph.

Gold drehte sich zu ihm und fixierte ihn mit strahlend blauen Augen, die leicht vergrößert hinter den runden Brillengläsern funkelten. »Sie haben mich missverstanden, Anderson. Es geht mir nicht um heute Abend, ich weiß schon, dass er da nichts gesagt hat, das habe ich ihm ja selbst geraten. Ich meine die erste Vernehmung. Das können Sie mir ruhig erzählen, sonst wird er es tun.«

»Es hat keine erste Vernehmung gegeben«, sagte Ralph. Und es war nicht nötig, sich deshalb unbehaglich zu fühlen, nicht bei diesem Fall, den sie in gerade mal vier kurzen Tagen gelöst hatten. Trotzdem fühlte er sich so. Teilweise hatte das damit zu tun, dass Howie Gold ihn mit dem Nachnamen angesprochen hatte, als hätten sie noch nie im Wagon Wheel gegenüber vom Gerichtsgebäude ein Gläschen zusammen gekippt. Er spürte den lächerlichen Drang, Howie zu sagen: *Schau nicht mich so an, sondern den Typen da neben mir. Der war es nämlich, der so auf die Tube gedrückt hat.*

»Was? Moment mal. Das kann doch wohl nicht wahr sein!«

Gold steckte die Hände in die Hosentaschen und wippte auf den Fußballen vor und zurück. Das hatte Ralph bei Gerichtsverhandlungen schon oft beobachten können, weshalb er sich wappnete. Im Zeugenstand von Howie Gold unter Kreuzverhör genommen zu werden war nie eine angenehme Angelegenheit. Übel genommen hatte Ralph das dem Anwalt allerdings nie; es gehörte einfach zur Choreografie eines Prozesses.

»Soll das etwa heißen, dass ihr ihn vor zweitausend Leuten festgenommen habt, ohne ihm auch nur die Chance zu geben, sich vorher zu *erklären?*«

»Sie sind ein guter Verteidiger«, sagte Ralph. »Aber selbst der liebe Gott persönlich könnte Maitland aus der Sache hier nicht raushauen. Übrigens waren vielleicht zwölfhundert Leute da, höchstens fünfzehnhundert. Zweitausend passen da nicht auf die Tribüne, die würde sonst zusammenbrechen.«

Diesen schwachen Versuch, die Atmosphäre aufzulockern, ignorierte Gold. Er starrte Ralph an wie eine neu entdeckte Insektenart. »Aber ihr habt ihn an einem öffentlichen Ort verhaftet und das auch noch in einem Moment, den man als seine Apotheose bezeichnen könnte!«

»Seine Apothe-*was?*«, sagte Samuels grinsend.

Gold ignorierte das ebenfalls. Er hatte den Blick immer noch auf Ralph gerichtet. »Das habt ihr getan, obwohl es kein Problem gewesen wäre, unauffällig den Baseballplatz zu observieren und ihn dann nach dem Spiel zu Hause festzunehmen. Ihr habt es öffentlich vor seiner Frau und seinen Töchtern getan, offenkundig mit voller Absicht. Was hat euch da geritten? Was in drei Teufels Namen hat euch da bloß geritten?«

Ralph spürte, wie ihm wieder die Hitze ins Gesicht stieg. »Wollen Sie das wirklich wissen, Herr Anwalt?«

»Ralph«, sagte Samuels warnend und legte ihm beschwichtigend die Hand auf den Arm.

Ralph schüttelte die Hand ab. »Ich habe ihn nicht selbst verhaftet. Damit habe ich zwei Kollegen in Uniform beauftragt, weil ich Angst hatte, dass ich ihm sonst die Hände um die Kehle lege und ihn würge, bis seine Visage blau anläuft. Was einem findigen Anwalt wie Ihnen ein bisschen zu viel Munition geliefert hätte.« Er machte einen Schritt vorwärts, um Gold auf die Pelle zu rücken und daran zu hindern, weiter auf den Fußballen zu wippen. »Er hat Frank Peterson aufgegabelt und in den Figgis-Park geschafft. Dort hat er den Jungen mit einem Ast vergewaltigt und dann umgebracht. Wollen Sie wissen, *wie* er ihn umgebracht hat?«

»Ralph, das ist vertraulich!«, quakte Samuels.

Ralph beachtete ihn nicht. »Laut den vorläufigen Ergebnissen der Obduktion hat er dem Kind mit seinen *Zähnen* die Kehle aufgerissen. Womöglich hat er sogar ein Stück Fleisch geschluckt, okay? Das Ganze hat ihn derart erregt, dass er die Hose runtergelassen und seine Wichse auf den Oberschenkeln von seinem Opfer verteilt hat. Der übelste, abscheulichste, *entsetzlichste* Mord, mit dem wir es je zu tun haben werden, so Gott will. Offenbar hat sich das lange in ihm aufgebaut. Keiner von uns, der am Tatort war, wird das jemals aus dem Kopf kriegen. Das alles hat Terry Maitland getan. Das hat *Coach T* getan, der vor nicht allzu langer Zeit meinen Sohn angefasst und ihm gezeigt hat, wie man den Schläger hält, um den Ball abtropfen zu lassen. Er hat mir gerade ausführlich davon erzählt, als sollte ihn das irgendwie entlasten.«

Nun starrte Gold ihn nicht mehr an, als wäre Ralph ein Insekt. Auf das Gesicht des Anwalts war eine Art Verwunderung getreten, als wäre er gerade über einen von unbekannten außerirdischen Wesen hinterlassenen Gegenstand gestolpert. Das kümmerte Ralph nicht, darüber war er hinweg.

»Sie haben doch selbst einen Jungen«, fuhr er fort. »Tommy heißt der, richtig? Haben Sie nicht deshalb angefangen, zusammen mit Terry die Footballmannschaft zu betreuen, weil Tommy in der gespielt hat? Auch Ihren Sohn hat Terry angefasst. Und jetzt wollen Sie ihn verteidigen?«

»Um Himmels willen, halten Sie endlich die Klappe«, sagte Samuels.

Gold wippte nicht mehr auf den Ballen, wich jedoch keinen Zentimeter zurück und starrte Ralph immer noch mit einem Ausdruck geradezu anthropologischer Verwunderung an. »Ihr habt ihn vorher nicht befragt«, sagte er leise. »Was das wenigste gewesen wäre. Ich habe noch nie … ich habe absolut *nie* …«

»Papperlapapp!«, sagte Samuels mit gezwungener Fröhlichkeit. »Sie haben doch schon alles gesehen, Howie. Das meiste sogar zweimal.«

»Ich will mich jetzt mit ihm besprechen«, sagte Gold schroff. »Schalten Sie also Ihren Audioscheiß aus, und ziehen Sie den Vorhang zu.«

»In Ordnung«, sagte Samuels. »Sie haben eine Viertelstunde, dann kommen wir dazu. Stellen Sie fest, ob der Coach irgendwas zu sagen hat.«

»Ich brauche eine Stunde, Mr. Samuels«, sagte Gold.

»Eine halbe Stunde. Anschließend nehmen wir sein Geständnis auf – was eventuell den Unterschied zwischen einem Leben im McAlester und der Spritze ausmachen könnte –, oder er kommt in eine Zelle, bis er am Montag dem Richter vorgeführt wird. Es liegt an Ihnen. Aber wenn Sie meinen, wir hätten es uns leicht gemacht, liegen Sie völlig daneben.«

Gold ging zur Tür. Ralph zog seine Karte durch das Schloss, hörte den Doppelriegel aufschnappen und ging dann zum Spiegel zurück, um zu beobachten, wie der Anwalt den Raum betrat. Als Maitland sich von seinem Stuhl erhob und mit gehobenen Armen auf Gold zuging, verspannte sich Samuels sichtlich, aber der Ausdruck auf dem Gesicht von Maitland drückte Erleichterung aus, keine Aggression. Er umarmte Gold, der seinen Aktenkoffer fallen ließ, um die Geste zu erwidern.

»Eine Umarmung unter Männern«, sagte Samuels. »Ist das nicht rührend?«

Als hätte er das gehört, drehte Gold sich um und deutete auf die Kamera mit ihrem roten Lämpchen. »Schalten Sie das Ding da aus«, ertönte seine Stimme aus dem Lautsprecher an der Decke. »Den Ton ebenfalls. Und ziehen Sie den Vorhang zu!«

Die Schalter befanden sich an der Wandkonsole, auf der auch der Audio- und der Videorekorder standen. Ralph legte sie um. Das rote Licht an der Kamera in der Ecke des Vernehmungszimmers erlosch. Er nickte Samuels zu, der mit einem Ruck den Vorhang zuzog. Bei dem Geräusch, mit dem der Stoff über die Glasscheibe rauschte, kam in Ralph eine unangenehme Erinnerung hoch. Bei drei Gelegenheiten – alle vor der Zeit von Bill Samuels – hatte Ralph im Staatsgefängnis in McAlester einer Hinrichtung beigewohnt. Vor dem langen Glasfenster zwischen der Hinrichtungskammer und dem Zuschauerraum hing ein ähnlicher Vorhang (womöglich von derselben Firma angefertigt!). Er wurde aufgezogen, wenn die Zeugen den Zuschauerraum betraten, und wieder zugezogen, sobald der Gefangene für tot erklärt worden war. Dabei entstand der gleiche unangenehm schabende Ton.

»Ich gehe kurz rüber zu Zoney's, um mir einen Burger und was zu trinken zu holen«, sagte Samuels. »War vorhin für ein richtiges Abendessen zu nervös. Soll ich Ihnen was mitbringen?«

»Ich könnte einen Kaffee brauchen. Keine Milch, ein Stück Zucker.«

»Ehrlich? Ich hab den Kaffee von Zoney's schon mal probiert. Es gibt gute Gründe, weshalb man ihn den Schwarzen Tod nennt.«

»Ich gehe das Risiko ein«, sagte Ralph.

»Na gut, ich bin in einer Viertelstunde wieder da. Falls

die beiden früher fertig sind, fangen Sie bloß nicht ohne mich an.«

Das wäre sowieso nicht infrage gekommen. Aus Sicht von Ralph war jetzt Bill Samuels am Zug. Sollte der doch den ganzen Ruhm einheimsen, wenn es bei einer derartigen Gräueltat überhaupt welchen gab. Auf der anderen Seite des Flurs waren Stühle an der Wand aufgereiht. Ralph nahm den neben dem Kopiergerät, das im Schlaf leise vor sich hin summte. Er starrte auf den zugezogenen Vorhang und fragte sich, was Terry Maitland da drin wohl von sich gab. Welches haarsträubende Alibi versuchte er seinem früheren Kotrainer wohl anzudrehen?

Dabei fiel Ralph die massige Indianerin ein, die Maitland am Gentlemen, Please aufgegabelt und zum Bahnhof nach Dubrow gebracht hatte. *Ich leite das Basketballtraining drüben im YMCA,* hatte sie gesagt. *Maitland kommt regelmäßig vorbei, um sich mit den Eltern auf die Tribüne zu setzen und den Kids beim Spielen zuzuschauen. Hat mir erklärt, er würde nach Talenten für sein Baseballteam Ausschau halten …*

Sie hatte ihn erkannt, und er musste sie ebenfalls erkannt haben – mit ihrer Größe und ihrer Physiognomie war sie eigentlich unverkennbar. Dennoch hatte er sie im Taxi mit *Ma'am* angesprochen. Weshalb wohl? Vielleicht weil er vom YMCA her zwar ihr Gesicht kannte, sich aber nicht an ihren Namen erinnerte? Möglich war das, aber nicht besonders plausibel. Ein Name wie Willow Rainwater war ebenfalls unvergesslich.

»Tja, er stand eben unter Stress«, murmelte Ralph entweder sich selbst oder dem schlummernden Kopiergerät zu. »Außerdem …«

Eine weitere Erinnerung kam ihm in den Sinn und mit ihr ein plausiblerer Grund für die Verwendung von *Ma'am.*

Johnny, der um drei Jahre jüngere Bruder von Ralph, war beim Versteckspiel nicht besonders gut gewesen. Oft war er einfach in sein Zimmer gerannt und unter die Bettdecke geschlüpft, weil er offenbar dachte, wenn er Ralphie nicht sehen könne, dann könne der ihn auch nicht sehen. War es nicht möglich, dass jemand, der gerade einen grässlichen Mord begangen hatte, zu derselben Art Wunschdenken neigte? *Wenn ich dich nicht kenne, kennst du mich auch nicht.* Eine völlig verrückte Logik, ganz klar, aber es handelte sich schließlich um das Verbrechen eines Verrückten und konnte nicht nur die Reaktion auf Willow Rainwater erklären, sondern auch weshalb Terry Maitland meinte, unbeschadet davonzukommen, obwohl er vielen Leuten in Flint City bestens bekannt und für Sportfans sogar eine Art Berühmtheit war.

Dagegen stand allerdings die Aussage von Carlton Scowcroft. Wenn Ralph die Augen schloss, sah er geradezu vor sich, wie Gold eine entscheidende Passage darin unterstrich und sich damit auf sein Schlussplädoyer vor den Geschworenen vorbereitete, vielleicht sogar unter Verwendung einer Idee von Johnnie Cochran, dem Anwalt von O. J. Simpson. *Passt der Handschuh nicht, ist ein Freispruch Pflicht,* hatte der einst gesagt. Gold konnte sich eine ähnlich eingängige Version einfallen lassen, zum Beispiel: *Wenn wir dich nicht kennen, lassen wir dich rennen.*

Das würde nicht funktionieren; das war nicht einmal annähernd dasselbe, aber …

Laut Scowcroft hatte Maitland das Blut auf seinem Gesicht und seinen Kleidern damit erklärt, dass in der Nase eine Ader geplatzt sei. *Es ist rausgesprudelt wie eine Fontäne,* hatte er erklärt. *Gibt es hier in der Gegend einen Arzt, der um die Zeit verfügbar ist?*

Allerdings lebte Terry Maitland mit Ausnahme seiner vier Jahre auf dem College schon das ganze Leben lang in Flint City. Er hätte die Anzeigetafel in der Nähe vom Ford-Händler also gar nicht gebraucht, hätte nicht einmal nach einer Praxis fragen müssen. Weshalb hatte er es dann getan?

Samuels kam mit einer Cola, einem in Alufolie eingepackten Burger und einem Pappbecher wieder, den er Ralph überreichte. »Irgendwelche Neuigkeiten?«

»Nein. Nach meiner Uhr bleiben den beiden noch zwanzig Minuten. Wenn sie fertig sind, versuche ich, Maitland zu einer Speichelprobe zu überreden.«

Samuels packte seinen Burger aus und hob argwöhnisch die obere Brötchenhälfte an, um einen Blick darunter zu werfen. »Du lieber Himmel«, sagte er. »Sieht aus, als ob ein Sanitäter das Zeug da von 'ner Brandwunde geschabt hätte.« Trotzdem biss er hinein.

Ralph überlegte, ob er Terrys Gespräch mit Willow Rainwater und seine merkwürdige Frage nach einer Notfallpraxis zur Sprache bringen sollte, entschied sich jedoch dagegen. Auch dass Maitland sich nicht verkleidet oder wenigstens das Gesicht hinter einer Sonnenbrille verborgen hatte, hätte er erwähnen können, verzichtete aber auch darauf. Diese Aspekte hatte er bereits früher angesprochen, und Samuels hatte sie – berechtigterweise – mit dem Argument beiseitegewischt, gegenüber den Zeugenaussagen und den klaren forensischen Beweisen hätten sie keinerlei Bedeutung.

Der Kaffee war genauso scheußlich, wie Samuels es vorhergesagt hatte, aber Ralph schlürfte ihn trotzdem. Als Howie Gold auf den Summer drückte, um aus dem Vernehmungsraum gelassen zu werden, war der Becher fast leer. Beim Gesichtsausdruck des Anwalts verkrampfte sich Ralph Anderson der Magen. Das war weder Besorgnis noch Zorn oder die theatralische Entrüstung, die manche Anwälte zur Schau stellten, wenn ihr Klient so richtig in der Scheiße steckte. Nein, das war Mitgefühl, und zwar augenscheinlich echtes.

»Oje«, sagte Gold. »Ihr zwei sitzt ganz schön in der Patsche.«

## 20

# FLINT CITY GENERAL HOSPITAL
## Abteilung für Pathologie und Serologie

An: Detective Ralph Anderson
Lieutenant Yunel Sablo
Bezirksstaatsanwalt William Samuels

Von: Dr. Edward Bogan
Datum: 14. Juli
Betr.: Blutgruppenbestimmung und DNA-Test

BLUTGRUPPE
Zur Blutgruppenbestimmung wurden mehrere Gegenstände untersucht.

Zum einen war dies der Ast, der zur analen Vergewaltigung des Opfers Frank Peterson, weiß, männlich, 11 Jahre alt, verwendet wurde. Dieser Ast ist ca. 56 cm lang und 7,5 cm dick. Ab etwa der halben Länge ist die lose Rinde abgeschält, wahrscheinlich wegen der groben Handhabung durch den Täter (siehe Foto). Auf diesem glatten Teil des Astes wurden Fingerabdrücke gefunden; sie wurden von der Spurensicherung der Highway Patrol fotografiert und gesichert, bevor das Beweisstück mir von Detective Ralph Anderson (Flint City PD) und Lieutenant Yunel Sablo (Highway Patrol, Posten 7) übergeben wurde. Ich stelle daher fest, dass die Beweismittelkette intakt ist.

Das Blut auf den letzten 13 cm dieses Aststücks entspricht mit 0+ der Blutgruppe des Opfers, die von Horace Connolly, dem Hausarzt der Familie von Frank Peterson, bestätigt wurde. Auf dem Ast befinden sich viele weitere Blutspuren der Gruppe 0+, verursacht von einem Phänomen, das als »Spritzer« oder »Schleuderspuren« bezeichnet wird. Diese Spuren wurden wahrscheinlich in die Höhe geschleudert, während der Täter das Opfer sexuell missbrauchte. Weiterhin kann angenommen werden, dass auch auf der Haut und den Kleidungsstücken des Täters Blutspuren entstanden sind.

Auf dem Beweisstück wurden ferner Spuren einer anderen Blutgruppe gefunden. Es handelt sich um AB+, einen wesentlich selteneren Typ (3 % der Bevölkerung). Ich halte dies für das Blut des Täters und vermute eine Verletzung an dessen Hand, mit der er den Ast gehandhabt hat, was mit erheblicher Kraft geschehen sein muss.

Eine große Menge Blut der Gruppe 0+ wurde auf dem Fahrersitz, dem Lenkrad und dem Armaturenbrett eines Lieferwagens, Typ Econoline, Baujahr 2007, gefunden, der verlassen auf dem Personalparkplatz hinter dem Lokal Shorty's (Main Street 1124) stand. Auf dem Lenkrad dieses Fahrzeugs wurde ferner Blut der Gruppe AB+ gefunden. Die entsprechenden Proben wurden mir von Sgt. Elmer Stanton und Sgt. Richard Spencer von der Spurensicherung der Highway Patrol übergeben; ich kann auch hier eine intakte Beweismittelkette bestätigen.

Eine große Menge Blut der Gruppe 0+ wurde ferner auf Kleidungsstücken (Hemd, Hose, Socken, Sneakers Marke Adidas, Unterhose Marke Jockey) gefunden. Diese Kleidungsstücke stammen aus einem Subaru Outback, Baujahr 2011, der an einer alten Bootsanlegestelle abseits von Route 72 (auch als Old Forge Road bezeichnet) entdeckt wurde. Am linken Ärmelaufschlag des Hemds befindet sich außerdem ein Blutfleck der Gruppe AB+. Die entsprechenden Proben wurden mir von Trooper John Koryta (Posten 7) und Sgt. Spencer von der Highway Patrol übergeben; ich stelle fest, dass die Beweismittelkette intakt ist. In dem Subaru Outback befand sich laut meiner Untersuchung sonst kein Blut der Gruppe AB+. Eventuell wird Blut dieser Gruppe noch entdeckt werden, aber es besteht die Möglichkeit, dass das Blut auf den Kratzern, die sich der Täter beim Begehen seiner Tat offenbar zugezogen hatte, bei der Verwendung des Subarus bereits geronnen war. Möglich ist auch, dass der Täter die betreffenden Schnitte mit Pflaster versorgt hat; allerdings halte ich das aufgrund der geringen Blutmenge dieser Gruppe für unwahrscheinlich. Allenfalls handelt es sich um minimale Wunden.

Angesichts der relativen Seltenheit der Blutgruppe AB+ empfehle ich, bei allen Verdächtigen unverzüglich eine Blutgruppenbestimmung vorzunehmen.

## DNA-TEST

Im Labor von Cap City wartet immer eine große Anzahl an Blutproben auf die DNA-Untersuchung, weshalb man unter gewöhnlichen Umständen mehrere Wochen oder gar Monate auf ein Ergebnis warten muss. Angesichts der extremen Brutalität dieses Verbrechens und des Alters des Opfers wurden die am Tatort vorgefundenen Proben allerdings vorgezogen.

Von besonderer Bedeutung ist das auf den Oberschenkeln und dem Gesäß des Opfers entdeckte Sperma; dazu kommen von dem bei der Tat verwendeten Ast stammende Hautpartikel und natürlich die bereits erwähnten Blutproben. Eine DNA-Bestimmung des am Tatort vorgefundenen Spermas dürfte in der kommenden Woche zum Abgleich zur Verfügung stehen. Laut Sgt. Stanton ist das eventuell noch früher der Fall, aber ich war schon oft mit dem Problem der DNA-Bestimmung konfrontiert und vermute, dass der Bericht eher am Freitag kommender Woche zu erwarten ist, selbst in einem dringlichen Fall wie dem vorliegenden.

Es entspricht zwar nicht den Gepflogenheiten eines solchen Berichts, aber ich fühle mich veranlasst, eine persönliche Bemerkung anzufügen. Ich habe viele von Mordopfern stammende Proben untersucht, aber dies ist bei Weitem das schlimmste Verbrechen, mit dem ich es je zu tun hatte, weshalb die für die Tat verantwortliche Person so bald wie irgend möglich dingfest gemacht werden muss.

Bericht diktiert um 11.00 Uhr von Dr. Edward Bogan

## 21

Seine private Unterredung mit Terry Maitland beendete Howie Gold um 20.40 Uhr, volle zehn Minuten vor Ablauf der halben Stunde, die man ihm zugestanden hatte. Zu Ralph Anderson und Bill Samuels waren inzwischen Troy Ramage und Stephanie Gould gestoßen, eine Streifenpolizistin, die um acht ihren Dienst angetreten hatte. Sie hatte einen Plastikbeutel mit einem DNA-Test dabei. Ohne auf die Bemerkung einzugehen, sie säßen ganz schön in der Patsche, fragte Ralph den Anwalt, ob er und sein Klient einem DNA-Abstrich zustimmen würden.

Howie hatte den Fuß in die Tür zum Vernehmungsraum geklemmt, damit sie sich nicht automatisch wieder schloss. »Die wollen einen Schleimhautabstrich machen, Terry. Du bist damit einverstanden, oder? Bekommen werden sie den irgendwann sowieso, und ich muss schnell ein paar Anrufe machen.«

»In Ordnung«, sagte Terry. Unter seinen Augen hatten sich dunkle Ringe gebildet, aber seine Stimme klang ruhig. »Tun wir alles, was nötig ist, damit ich vor Mitternacht hier rauskomme.«

Der Mann schien sich absolut sicher zu sein, was mit ihm geschehen würde. Ralph und Samuels tauschten einen Blick. Dabei hob der Staatsanwalt die Augenbrauen, wodurch er mehr denn je an Alfalfa erinnerte.

»Ruf auch meine Frau an«, sagte Terry. »Sag ihr, dass es mir gut geht.«

Howie grinste. »Das steht ganz oben auf meiner Liste.«

»Gehen Sie rüber ans Ende vom Flur«, sagte Ralph. »Da hat man fünf Balken.«

»Ist mir bekannt«, sagte Howie. »Ich war nämlich schon mal hier. Ist für mich immer so 'ne Art Reinkarnation.« Er wandte sich an Terry: »Sag nichts, bis ich wieder da bin.«

Officer Ramage entnahm an beiden Seiten der Mundhöhle je einen Abstrich und hielt die Wattestäbchen vor die Kamera, bevor er sie separat in ihre kleinen Behälter steckte. Die wurden von Officer Gould in den Plastikbeutel befördert, der wiederum vor die Kamera gehalten wurde, während

Gould ihn mit einem roten Etikett für Beweismittel versah. Anschließend unterzeichnete sie das dazugehörige Formular. Die beiden Beamten würden den Beutel in den kleinen Raum hinunterbringen, der als Asservatenkammer diente. Dort würden sie ihn noch einmal vor die Deckenkamera halten, bevor sie ihn ablegten. Zwei andere Beamte, wahrscheinlich von der Highway Patrol, würden ihn morgen nach Cap City transportieren, womit die Beweismittelkette intakt blieb, wie Dr. Bogan es ausgedrückt hätte. Der ganze Vorgang wirkte ein bisschen pedantisch, war jedoch keine Spielerei. Ralph war darauf bedacht, in der besagten Kette kein einziges schwaches Glied entstehen zu lassen. Keine Patzer. Keine Möglichkeit, sich darum herumzumogeln. Nicht bei diesem Fall.

Samuels wollte sich schon auf den Weg ins Vernehmungszimmer machen, während Howie an der Tür des Flurs stand und telefonierte, aber Ralph hielt ihn zurück, weil er lauschen wollte. Nachdem Howie kurz mit Terrys Frau gesprochen hatte – *das kommt definitiv wieder in Ordnung, Marcy*, hörte Ralph ihn sagen –, machte er einen zweiten, noch kürzeren Anruf, bei dem er irgendjemand sagte, wo die Töchter der Maitlands sich aufhielten. Beim weiteren Vorgehen sei allerdings zu bedenken, dass das Haus am Barnum Court von den Medien belagert werde. Dann kam der Anwalt zum Vernehmungszimmer zurück. »Okay, dann schauen wir mal, ob wir den Schlamassel aufklären können.«

Ralph und Samuels setzten sich gegenüber von Terry an den Tisch. Der Stuhl zwischen ihnen blieb frei, weil Howie sich neben seinen Klienten stellte. Er legte ihm eine Hand auf die Schulter.

Lächelnd fing Samuels an.

»Sie mögen kleine Jungen, Coach, nicht wahr?«

Terry zögerte keinen Augenblick. »Durchaus. Allerdings

mag ich auch kleine Mädchen, schließlich habe ich selbst zwei.«

»Und bestimmt sind Ihre Töchter sportlich aktiv. Wenn man Coach T als Vater hat, dürfte das unvermeidlich sein. Aber Sie trainieren kein einziges Mädchenteam, nicht wahr? Nicht im Fußball, nicht im Softball, nicht im Lacrosse. Sie halten sich an die Jungs. Im Sommer Baseball, im Herbst Football und im Winter Basketball im YMCA; da sind Sie allerdings wohl bloß Zuschauer. Bei den ganzen Samstagnachmittagsausflügen zum Y sind Sie als Scout unterwegs, nicht wahr? Auf der Suche nach Jungs, die flink und wendig sind – und um sich vielleicht mal einen Blick darauf zu gönnen, wie die in ihren kurzen Hosen aussehen.«

Ralph wartete darauf, dass Howie dem ein Ende bereitete, aber der Anwalt verhielt sich zumindest vorläufig still. Sein Gesicht hatte einen völlig leeren Ausdruck angenommen; nichts regte sich darin bis auf die Augen, die von einem Sprecher zum anderen wanderten. *Der ist wahrscheinlich ein fantastischer Pokerspieler,* dachte Ralph.

Terry hingegen lächelte sogar. »Das haben Sie von Willow Rainwater, keine Frage. Die ist ein ganz schöner Brocken, was? Sie sollten mal hören, wie sie an den Samstagnachmittagen durch die Halle brüllt. *Auf geht's, auf geht's, nicht so lahm auf den Beinen, und LEG DAS EI JETZT ENDLICH IN DEN KORB!* Wie geht es ihr?«

»Das müssten Sie eigentlich wissen«, sagte Samuels. »Schließlich sind Sie ihr am Dienstagabend begegnet.«

»Wie kommen Sie …«

Howie packte Terry an der Schulter und drückte zu, um ihn zum Schweigen zu bringen. »Wie wär's, wenn wir diese Komödie jetzt beenden? Erzählen Sie uns einfach, weshalb Terry hier ist. Legen Sie Ihre Karten auf den Tisch.«

»Sagen Sie uns erst mal, wo Sie am Dienstag überall waren«, entgegnete Samuels. »Angefangen damit haben Sie ja schon, also brauchen Sie nur zu Ende zu reden.«

»Ich war ...«

Doch bevor Terry weitersprechen konnte, drückte Howie Gold ihn wieder an der Schulter, diesmal fester. »Nein, Bill, so läuft das nicht. Sagen Sie uns, was Sie vorliegen haben, sonst wende ich mich direkt an die Medien und erkläre öffentlich, Sie hätten einen der beliebtesten Bürger von Flint City in Verbindung mit dem Mord an Frank Peterson verhaftet, seinen guten Ruf in den Dreck gezogen und seiner Frau und seinen Töchtern einen gewaltigen Schrecken eingejagt, seien andererseits aber nicht bereit, eine Begründung zu liefern.«

Samuels sah Ralph an, der die Achseln zuckte. Wenn der Staatsanwalt nicht da gewesen wäre, hätte Ralph die vorliegenden Beweise bereits referiert, in der Hoffnung, damit ein schnelles Geständnis zu erreichen.

»Nun machen Sie schon, Bill«, sagte Howie. »Der Mann da muss nach Hause zu seiner Familie.«

Samuels lächelte, doch in seinen Augen lag keinerlei Humor; im Grunde bleckte er nur die Zähne. »Die wird er vor Gericht sehen, Howard. Am Montag, wenn Anklage erhoben wird.«

Ralph spürte, wie der Anschein von Höflichkeit fadenscheinig wurde, und gab die Schuld daran in erster Linie Bill Samuels, der aufrichtig empört über das Verbrechen und den Mann war, der es begangen hatte. Was jeder wäre ... aber damit gewann man keinen Blumentopf, wie Ralphs Großvater gesagt hätte.

»Moment mal, bevor wir anfangen, habe ich eine Frage«, sagte Ralph in bemüht munterem Ton. »Bloß eine einzige. In

Ordnung, Herr Anwalt? Übrigens würden wir es sowieso herausbekommen.«

Howie schien dankbar zu sein, sich nicht mehr mit Samuels beschäftigen zu müssen. »Nur zu«, sagte er.

»Welche Blutgruppe haben Sie, Terry? Wissen Sie das?«

Terry warf einen Blick auf Howie, der die Achseln zuckte, dann sah er wieder Ralph an. »Sollte ich wohl. Schließlich gehe ich sechsmal im Jahr zum Roten Kreuz, um Blut zu spenden, weil es ein ziemlich seltener Typ ist.«

»AB positiv?«

Terry blinzelte. »Woher wissen Sie das?« Dann wurde ihm klar, wie die Antwort lauten musste. »Aber *so* selten auch wieder nicht. Wirklich selten ist AB negativ, das hat nur ein Prozent der Bevölkerung. Leute mit der Gruppe hat das Rote Kreuz auf 'ner speziellen Liste, das können Sie mir glauben.«

»Wenn's um seltene Dinge geht, fallen mir immer Fingerabdrücke ein«, bemerkte Samuels so beiläufig, als wollte er sich nur die Zeit vertreiben. »Wahrscheinlich liegt das daran, dass sie so oft vor Gericht zur Sprache kommen.«

»Wo sie bei der Entscheidung der Geschworenen nur selten eine Rolle spielen«, sagte Howie.

Samuels beachtete ihn nicht. »Keine zwei Fingerabdrücke sind völlig identisch. Selbst bei den Abdrücken von eineiigen Zwillingen gibt es minimale Abweichungen. Sie haben doch nicht zufällig einen solchen Zwilling, oder, Terry?«

»Damit wollen Sie doch wohl nicht behaupten, dass meine Fingerabdrücke an dem Tatort waren, wo man den kleinen Peterson umgebracht hat.« In Terrys Gesicht spiegelte sich purer Unglaube. Jetzt musste Ralph es ihm endlich unter die Nase reiben; der Mann war ein fantastischer Schauspieler und hatte offenbar vor, seine Rolle bis zum Ende durchzuziehen.

»Wir haben so viele Fingerabdrücke, dass wir sie kaum zählen können«, sagte Ralph. »Die sind überall in dem weißen Lieferwagen, mit dem Sie den Jungen entführt haben. Sie sind auf dessen Fahrrad, das wir hinten in dem Lieferwagen gefunden haben, und sie sind überall in dem Subaru, in den Sie hinter dem Shorty's umgestiegen sind.« Er machte eine Pause. »Außerdem sind sie auf dem Ast, der verwendet wurde, um den Jungen anal zu vergewaltigen, und zwar mit einer solchen Brutalität, dass er womöglich schon an den inneren Verletzungen gestorben wäre.«

»Für die Abdrücke brauchte man übrigens kein Pulver und auch kein UV-Licht«, sagte Samuels. »Die sind gut sichtbar mit dem Blut von dem Jungen verteilt worden.«

An diesem Punkt wären die meisten Täter – so etwa fünfundneunzig Prozent – zusammengebrochen, mit oder ohne Anwalt. Der Mann da tat das nicht. Auf seinem Gesicht sah man Schock und Verblüffung, aber keinerlei Schuld.

Howie bezog eine neue Verteidigungsposition. »Es gibt also Fingerabdrücke. Gut. Es wäre allerdings nicht das erste Mal, dass damit eine falsche Spur gelegt würde.«

»Wenn es sich um ein paar wenige handeln würde, dann vielleicht«, sagte Ralph. »Aber bei siebzig? Oder achtzig? Und mit dem Blut, auch direkt auf der Tatwaffe?«

»Außerdem haben wir eine lückenlose Reihe von Zeugen«, sagte Samuels und fing an, mit den Fingern abzuzählen. »Auf dem Parkplatz vom Feinkostladen Gerald's hat man gesehen, wie Sie Peterson angesprochen haben. Man hat gesehen, wie Sie sein Fahrrad hinten in den von Ihnen verwendeten Lieferwagen gestellt haben. Man hat gesehen, wie der Junge mit Ihnen in den Wagen gestiegen ist. Man hat gesehen, wie Sie blutverschmiert aus dem Wald kamen, in dem der Mord stattgefunden hat. Ich könnte weitermachen, aber meine

Mutter hat mir immer geraten, dass ich was für später aufsparen soll.«

»Augenzeugen sind nur selten zuverlässig«, sagte Howie. »Schon das mit den Fingerabdrücken ist fragwürdig, aber Augenzeugen ...« Er schüttelte den Kopf.

Ralph schaltete sich ein. »Dem würde ich zustimmen, zumindest in den meisten Fällen. In dem hier nicht. Vor Kurzem habe ich jemand vernommen, der meinte, Flint City wäre eigentlich bloß ein Dorf. Der Meinung bin ich zwar nicht unbedingt, aber in den westlichen Vierteln herrscht ein ziemlich starkes Nachbarschaftsgefühl, und jemand wie Terry Maitland ist ohnehin bekannt. Terry, die Frau, die Sie am Supermarkt beobachtet hat, ist eine Nachbarin von Ihnen, und das Mädchen, das Sie aus dem Wäldchen im Figgis-Park hat kommen sehen, kennt Sie ebenfalls sehr gut, nicht nur weil sie ganz in Ihrer Nähe wohnt, nämlich in der Barnum Street, sondern auch weil Sie ihr einmal ihren Hund zurückgebracht haben, als der sich verlaufen hatte.«

»June Morris?« Terry sah Ralph ungläubig an. »*Junie?*«

»Es gibt weitere Zeugen«, sagte Samuels. »Viele.«

»Willow?«, stieß Terry atemlos hervor, als hätte man ihm einen Magenschlag verpasst. »Die auch?«

»Viele«, wiederholte Samuels.

»Und jeder einzelne hat Sie aus sechs vorgelegten Fotos ausgewählt«, sagte Ralph. »Ohne jedes Zögern.«

»Hat mein Klient auf seinem Foto womöglich eine Golden-Dragons-Mütze aufgehabt und ein T-Shirt mit einem großen C darauf getragen?«, fragte Howie. »Und hat der vernehmende Beamte vielleicht mit dem Finger darauf getippt?«

»Was eine Frage!«, sagte Ralph. »Dass Sie so eine überhaupt stellen.«

»Das ist ein Albtraum«, sagte Terry.

Samuels lächelte mitfühlend. »Das verstehe ich. Und damit der endet, müssen Sie uns nur erzählen, weshalb Sie es getan haben.«

*Als ob es auf Gottes schöner Welt einen Grund geben könnte, den ein normaler Mensch verstehen kann,* dachte Ralph.

»Es könnte von Bedeutung sein«, sagte Samuels fast schmeichlerisch. »Aber Sie sollten es tun, bevor die Ergebnisse vom DNA-Test da sind. Wir haben mehr als genug Proben, und wenn die zu dem Schleimhautabstrich passen …« Er zuckte die Achseln.

»Sagen Sie es uns«, sagte Ralph. »Vielleicht hat es sich um vorübergehende Unzurechnungsfähigkeit gehandelt, um eine Identitätsstörung oder um sexuelle Zwangsvorstellungen. Was auch immer, sagen Sie es uns einfach.« Er hörte, wie seine Stimme lauter wurde, und überlegte, ob er sich bezähmen sollte, aber dann war ihm das plötzlich völlig egal. *Seien Sie ein Mann, und sagen Sie es uns!*«

Mehr zu sich selbst als zu den beiden Männern auf der anderen Tischseite sagte Terry: »Ich habe keine Ahnung, wie das alles möglich ist. Schließlich war ich am Dienstag nicht mal hier in der Stadt.«

»Wo waren Sie dann?«, fragte Samuels. »Nur zu, erzählen Sie es uns. Ich liebe gute Geschichten. Hab in meiner Schulzeit fast alle Bücher von Agatha Christie gelesen.«

Terry blickte zu Howie Gold hinauf, der zwar nickte, Ralph nun jedoch besorgt vorkam. Die Informationen über die Blutgruppe und die Fingerabdrücke hatten ihm offenbar schwer zugesetzt, die Augenzeugen noch schwerer. Am stärksten erschüttert hatte ihn aber vielleicht die kleine Junie Morris, deren Hund der zuverlässige gute alte Coach T zurückgebracht hatte.

»Ich war in Cap City. Ich bin am Dienstagvormittag um zehn losgefahren und war am späten Mittwochabend wieder hier. Na ja, ungefähr um halb zehn, was spät für mich ist.«

»Begleitet hat Sie dabei wohl niemand«, sagte Samuels. »Sie sind einfach alleine ein bisschen weggefahren, um Ihre Gedanken zu sammeln, richtig? Zur Vorbereitung auf das große Spiel?«

»Ich …«

»Haben Sie Ihr eigenes Auto genommen oder den weißen Lieferwagen? Übrigens, wo haben Sie den Lieferwagen eigentlich vorübergehend verschwinden lassen? Und wie haben Sie es überhaupt geschafft, einen mit einem New Yorker Kennzeichen zu stehlen? Was das angeht, habe ich zwar einen Verdacht, aber es wäre mir recht, wenn Sie mir den bestätigen oder widerlegen wür…«

»Wollen Sie es jetzt hören oder nicht?«, unterbrach ihn Terry, der unglaublicherweise wieder lächelte. »Vielleicht haben Sie ja Angst, es zu hören. Was durchaus angebracht wäre. Sie stecken nämlich bis zum Hals in der Scheiße, Mr. Samuels, und es wird immer schlimmer.«

»Ach ja? Wieso bin dann ich derjenige von uns beiden, der den Raum hier verlassen und nach Hause fahren kann, wenn die Vernehmung vorüber ist?«

»Beruhigen Sie sich«, sagte Ralph leise.

Samuels drehte sich zu ihm um, wobei der Haarzipfel hin und her wippte. Jetzt fand Ralph das überhaupt nicht mehr komisch. »Kommen Sie mir bloß nicht damit, ich soll mich beruhigen, Detective. Wir sitzen hier mit einem Mann, der ein Kind mit einem Ast vergewaltigt und ihm dann die Kehle aufgerissen hat wie … wie ein verfluchter Kannibale!«

Gold blickte direkt zu der Kamera in der Ecke hinauf und

sprach jetzt zu einem zukünftigen Richter und dessen Geschworenen. »Hören Sie auf, sich wie ein zorniges Kind aufzuführen, Herr Staatsanwalt, sonst beende ich die Vernehmung auf der Stelle!«

»Ich war nicht alleine«, sagte Terry. »Und von einem Lieferwagen weiß ich nicht das Geringste. Ich bin mit Everett Roundhill, Billy Quade und Debbie Grant hingefahren. Anders gesagt, mit sämtlichen Englischlehrern von der Highschool. Mein Wagen war in der Werkstatt, weil die Klimaanlage den Geist aufgegeben hatte, und deshalb haben wir den von Ev genommen. Der ist Fachbereichsleiter und hat einen BMW. Sehr geräumig. Wir sind um zehn vom Schulgebäude losgefahren.«

Samuels schien vorübergehend zu verblüfft zu sein, die naheliegende Frage zu stellen, weshalb Ralph das übernahm. »Was hat vier Englischlehrer denn mitten in den Sommerferien dazu gebracht, nach Cap City zu fahren?«

»Harlan Coben«, sagte Terry.

»Wer ist denn Harlan Coben?«, fragte Bill Samuels. Offenbar hatte sein Interesse an Kriminalliteratur sich auf Agatha Christie beschränkt.

Ralph hingegen wusste Bescheid; er selbst las zwar nicht viel Belletristik, dafür aber seine Frau. »Der Krimiautor?«

»Der Krimiautor«, bestätigte Terry. »Also, die Sache ist so: Die Vereinigung der Englischlehrer hier in der Region veranstaltet alljährlich eine dreitägige Sommertagung. Das ist die einzige Zeit, wo alle zusammenkommen können. Es gibt dann Seminare, Podiumsdiskussionen und so weiter, und man trifft sich jedes Jahr in einer anderen Stadt. Diesmal war wieder Cap City an der Reihe. Bloß dass Englischlehrer ganz normale Leute sind; es ist selbst im Sommer schwer, sie zusammenzubekommen, weil so viel anderes zu tun ist, wofür sonst keine Zeit ist – Reparaturen am Haus, Familienurlaub, irgendwelche anderen Sommeraktivitäten. Bei mir sind es die Baseballspiele. Deshalb lädt die Vereinigung als besondere Attraktion einen bekannten Redner für den mittleren Tag ein, an dem die meisten Teilnehmer aufkreuzen.«

»Was in diesem Fall der vergangene Dienstag war?«, fragte Ralph.

»Genau. Diesmal war die Tagung im Sheraton, und zwar vom neunten bis zum elften Juli, also von Montag bis Mittwoch. Ich war schon fünf Jahre nicht mehr dabei, aber als Ev mir gesagt hat, dass Harlan Coben als Redner auftritt, habe ich Gavin Frick und den Vater von Baibir Patel gebeten, am Dienstag und Mittwoch das Training zu leiten. Leicht ist mir das vor dem Halbfinale nicht gefallen, aber ich wusste, dass ich beim Training am Donnerstag und Freitag wieder da bin, und Coben wollte ich auf keinen Fall verpassen. Schließlich habe ich alle seine Bücher gelesen. Er schreibt nicht nur spannende Geschichten, sondern hat auch Sinn für Humor. Außerdem ging es auf der diesjährigen Tagung darum, welche populäre Erwachsenenliteratur man wie in der siebten bis zwölften Klasse am besten vermittelt, was schon seit einer ganzen Weile ein heikles Thema ist, vor allem in diesem Teil unseres schönen Landes.«

»Sparen Sie sich die Ausführungen«, sagte Samuels. »Kommen Sie zur Sache!«

»Gut. Wir sind also hingefahren. Wir waren mittags beim gemeinsamen Büfett, wir waren bei dem Vortrag von Coben, wir waren abends um acht bei der Podiumsdiskussion, wir haben dort übernachtet. Ev und Debbie hatten Einzelzimmer, aber ich habe mir mit Billy Quade ein Doppelzimmer geteilt. Das war seine Idee. Er meinte, sparen zu müssen, weil er an seinem Haus gerade was anbauen lässt. Die drei werden das bestätigen.« Er sah Ralph an, breitete die Arme aus und spreizte die Finger. »*Ich war bei dieser Tagung.* Das ist das Fazit.«

Stille im Raum. Schließlich fragte Samuels: »Um wie viel Uhr war der Vortrag von Coben?«

»Um drei«, sagte Terry. »Um fünfzehn Uhr am Dienstagnachmittag.«

»Wie praktisch«, sagte Samuels ätzend.

Howie Gold setzte ein breites Lächeln auf. »Nicht für Sie.«

*Fünfzehn Uhr,* dachte Ralph. Beinahe zum selben Zeitpunkt, wo Arlene Stanhope angeblich sah, wie Terry das Fahrrad von Frank Peterson in den Laderaum des gestohlenen weißen Lieferwagens stellte und dann mit dem Jungen auf dem Beifahrersitz davonfuhr. Nicht mal von *beinahe* konnte die Rede sein. Mrs. Stanhope hatte zu Protokoll gegeben, sie habe die Rathausuhr die volle Stunde schlagen hören.

»Der Vortrag fand im großen Konferenzsaal vom Sheraton statt?«, fragte Ralph.

»Richtig. Direkt gegenüber vom Bankettsaal.«

»Und Sie sind sich sicher, dass er um drei Uhr angefangen hat.«

»Da hat jedenfalls die Vorsitzende der Vereinigung mit ihrer Einführung losgelegt. Für die sie mindestens zehn Minuten gebraucht hat.«

»Aha. Und wie lange hat Coben gesprochen?«

»Etwa eine Dreiviertelstunde, glaube ich. Anschließend hat er Fragen beantwortet. Als er fertig war, dürfte es gegen halb fünf gewesen sein.«

In Ralphs Kopf wirbelten die Gedanken umher wie vom Wind getriebene Papierfetzen. Er konnte sich nicht daran erinnern, jemals derart überrumpelt worden zu sein. Natürlich hätten sie im Voraus überprüfen sollen, wo Terry Maitland sich aufgehalten hatte, aber dafür war es nun zu spät. Mit Bill Samuels und mit Yunel Sablo von der Highway Patrol hatte Ralph darin übereingestimmt, vor der Festnahme keine weiteren Ermittlungen durchzuführen, weil sonst das Risiko bestünde, einen mutmaßlichen Täter aufzuschrecken, der eine große Gefahr darstellte. Angesichts der stichhaltigen Beweise war es außerdem unnötig erschienen. Nun jedoch …

Er warf einen Blick auf Samuels, von dem momentan aber keine Hilfe zu erwarten war; sein Gesichtsausdruck war eine Mischung aus Argwohn und Verblüffung.

»Sie haben einen richtig dicken Klops gelandet«, sagte Gold. »Das ist Ihnen beiden hoffentlich klar.«

»Davon kann keine Rede sein«, sagte Ralph. »Wir haben seine Fingerabdrücke, wir haben Augenzeugen, die ihn kennen, und ziemlich bald werden wir die ersten Ergebnisse des DNA-Tests erhalten. Wenn es da eine Übereinstimmung gibt, ist die Sache gelaufen.«

»Tja, aber möglicherweise liegt uns ziemlich bald noch etwas anderes vor«, sagte Gold. »Mein Ermittler ist schon am Werk, und zwar mit großer Zuversicht.«

»Was soll das?«, blaffte Samuels.

Gold lächelte. »Ich will die Überraschung nicht verderben, bevor wir erfahren, was Alec herausfindet. Wenn das stimmt, was mein Klient mir anvertraut hat, dann bläst das ein weiteres Loch in Ihre Argumentation, Bill, und die steht sowieso schon auf tönernen Füßen.«

Die Rede war von Alec Pelley, einem pensionierten Detective der Highway Patrol, der inzwischen ausschließlich für in Kriminalfällen tätige Verteidiger arbeitete. Er war teuer und machte seine Sache gut. Einmal hatte Ralph ihn bei einem

Bier gefragt, wieso er zur Dunklen Seite übergelaufen sei. Pelley hatte erwidert, er habe in seiner Dienstzeit mindestens vier Männer hinter Gitter gebracht, die er im Nachhinein für unschuldig gehalten habe. Deshalb habe er viel wiedergutzumachen. »Außerdem ist der Ruhestand eine ziemlich beschissene Sache, wenn man nicht Golf spielt«, hatte er hinzugefügt.

Es brachte nichts, darüber zu spekulieren, wohinter Pelley diesmal herjagte ... falls es sich nicht nur um ein Hirngespinst oder einen Bluff des Verteidigers handelte. Ralph suchte in Terrys Gesicht wieder nach Schuldgefühlen, sah jedoch nur Besorgnis, Zorn und Verwirrung – die Miene eines Menschen, der für etwas festgenommen worden war, was er nicht getan hatte.

Allerdings *hatte* er es getan, das bestätigten sämtliche Indizien, und der DNA-Test würde den letzten Nagel in seinen Sarg hämmern. Sein Alibi war ein kunstvoll gezimmertes Täuschungsmanöver wie aus einem Roman von Agatha Christie (oder von Harlan Coben). Gleich morgen früh würde Ralph damit beginnen, diesen Zaubertrick zu zerlegen, indem er zuerst die Kollegen von Terry befragte und sich dann mit dem Ablauf der Tagung beschäftigte, vor allem damit, wann der Auftritt von Coben angefangen und geendet hatte.

Schon jetzt, noch bevor er sich daranmachte – an sein Alltagsgeschäft –, sah er eine mögliche Lücke im Alibi. Arlene Stanhope hatte gesehen, wie Frank Peterson um drei Uhr nachmittags mit Terry in den weißen Lieferwagen gestiegen war. June Morris hatte Terry gegen halb sieben blutbedeckt im Figgis-Park beobachtet – ihre Mutter hatte bestätigt, als June das Haus verlassen habe, sei gerade der Wetterbericht gekommen, was den Zeitpunkt festlegte. Das bedeutete eine Lücke von dreieinhalb Stunden, was bestens ausreichte, die siebzig Meilen von Cap City nach Flint City zurückzulegen.

Aber wenn der Mann, den Mrs. Stanhope auf dem Parkplatz des kleinen Supermarkts gesehen hatte, *doch nicht* Terry Maitland gewesen war? Wenn es sich um einen Komplizen gehandelt hatte, der wie Terry aussah? Oder der sich vielleicht auch nur wie Terry *gekleidet* hatte, mit einer Golden-Dragons-Mütze und einem entsprechenden T-Shirt? Das war zunächst zwar nicht besonders plausibel, aber nur wenn man das Alter von Mrs. Stanhope nicht in Betracht zog ... und die dicke Brille, die sie trug.

»Sind wir jetzt fertig, meine Herren?«, fragte Gold. »Falls Sie nämlich wirklich vorhaben sollten, Mr. Maitland dazubehalten, hätte ich allerhand zu tun. Ganz oben auf meiner Liste steht da ein Gespräch mit den Medienvertretern. Nicht gerade meine Lieblingsbeschäftigung, aber ...«

»Wer's glaubt«, sagte Samuels säuerlich.

»Aber vielleicht kann ich die Journalisten ja vorläufig von Terrys Haus weglocken, damit seine Töchter eine Chance haben reinzukommen, ohne belästigt und fotografiert zu werden. Das würde der Familie ein kleines bisschen von dem Frieden schenken, den Sie beide ihr derart rücksichtslos geraubt haben.«

»Sparen Sie sich das für die Fernsehkameras auf«, sagte Samuels. Er deutete auf Terry, was wieder für einen zukünftigen Richter und seine Geschworenen gedacht war. »Ihr Klient hat ein Kind gefoltert und ermordet, und wenn seine Familie dadurch einen Kollateralschaden erleidet, ist er dafür selbst verantwortlich.«

»Das ist wirklich unglaublich«, sagte Terry. »Sie haben mich nicht mal verhört, bevor Sie mich verhaftet haben. Sie haben mir keine einzige Frage gestellt.«

Ralph schaltete sich ein. »Was haben Sie eigentlich nach dem Vortrag getan, Terry?«

Terry schüttelte den Kopf, womit er die Frage offenbar nicht verneinen, sondern einen klaren Gedanken fassen wollte. »Danach? Ich habe mich wie alle anderen in die Schlange gestellt. Wegen Debbie waren wir allerdings ziemlich weit hinten. Die musste auf die Toilette und hat uns gebeten zu warten, damit wir zusammenbleiben. Dann war sie ziemlich lange weg. Nach der Fragerunde sind zwar auch viele Männer aufs Klo gerannt, aber bei den Frauen dauert's immer länger, weil … Na ja, Sie wissen schon, es gibt halt nie genug Kabinen. Ich bin mit Ev und Billy zum Zeitungskiosk gegangen, um dort zu warten. Als Debbie schließlich wieder da war, hat die Schlange schon bis in den Vorraum gereicht.«

»Was für eine Schlange?«, fragte Samuels.

»Leben Sie hinter dem Mond, Mr. Samuels? Die Schlange zum Signieren. Alle hatten ein Exemplar von Cobens neuem Buch; es trägt den Titel *Ich hab dir ja gesagt, ich tu's*. Das war im Preis der Eintrittskarte für die Tagung enthalten. Ich habe mir mein Autogramm samt Datum abgeholt und kann es Ihnen gerne zeigen. Falls man das Buch nicht schon mit meinem anderen Zeug aus meinem Haus geholt hat. Als wir endlich am Signiertisch angelangt sind, war es schon nach halb sechs.«

Ralph rechnete nach. Wenn das stimmte, hatte sich die vermeintliche Lücke in Terrys Alibi gerade erheblich reduziert. Es war zwar theoretisch möglich, in einer Stunde von Cap City nach Flint zu fahren – das Tempolimit auf der Schnellstraße betrug siebzig Meilen, aber die Cops ließen einen in Ruhe, wenn man nicht gerade neunzig überschritt –, aber wie hätte Terry dann noch Zeit haben sollen, den Mord zu begehen? Falls das andererseits nicht eh der ihm ähnelnde Komplize getan hatte. Aber wie wäre das wiederum möglich, wo sich die Fingerabdrücke von Terry doch überall befunden hatten, selbst auf dem Ast? Antwort: Es war nicht möglich. Und wieso hätte Terry überhaupt einen Komplizen anheuern wollen, der wie er aussah, sich wie er kleidete oder beides? Antwort: Das hätte er nicht gewollt.

»Waren Ihre Kollegen die ganze Zeit bei Ihnen, während Sie sich angestellt haben?«, fragte Samuels.

»Ja.«

»Und die Signierstunde hat ebenfalls im großen Saal stattgefunden?«

»Hat sie. Ich glaube, man bezeichnet ihn als Ballsaal.«

»Was haben Sie getan, nachdem alle Bücher signiert waren?«

»Wir sind essen gegangen, zusammen mit ein paar Englischlehrern aus Broken Arrow, die wir beim Anstehen kennengelernt haben.«

»Wo haben Sie gegessen?«, fragte Ralph.

»Das Lokal heißt Firepit. Es ist ein Steakhaus, etwa drei Straßen vom Hotel entfernt. Wir sind gegen sechs dort angekommen, haben vor dem Essen was getrunken und nachher noch ein Dessert bestellt. Es waren schöne Stunden.« Das sagte er beinahe wehmütig. »Insgesamt waren wir zu neunt, glaube ich. Wir sind gemeinsam zum Hotel zurückgegangen und haben uns in die Abenddiskussion gesetzt, wo es darum ging, wie man mit Kritik an Büchern wie *Wer die Nachtigall stört* und *Schlachthof 5* umgehen kann. Ev und Debbie sind früher gegangen, während Billy und ich bis zum Ende geblieben sind.«

»Wann war das?«, fragte Ralph.

»Gegen halb zehn.«

»Und dann?«

»Ich habe mit Billy in der Bar ein Bier getrunken, dann sind wir auf unser Zimmer gegangen und haben uns schlafen gelegt.«

Das heißt, als der kleine Peterson gekidnappt wurde, war Terry beim Vortrag eines bekannten Kriminalschriftstellers, dachte Ralph. Hat mit mindestens acht Personen zu Abend gegessen, als man den Jungen umgebracht hat. Hat an einer Diskussion über heikle Schullektüre teilgenommen, als Willow Rainwater ihn angeblich mit ihrem Taxi vom Gentlemen, Please zum Bahnhof in Dubrow gefahren hat. Es muss ihm klar sein, dass wir seine Kollegen befragen, die Lehrer aus Broken Arrow aufspüren und mit dem Barkeeper vom Sheraton sprechen werden. Klar sein muss ihm auch, dass wir uns die von den Überwachungskameras im Hotel gemachten Aufnahmen ansehen werden und natürlich auch den Eintrag in seinem Exemplar von Harlan Cobens neuestem Bestseller. Das *muss* ihm einfach klar sein, er ist doch kein Trottel.

Die Schlussfolgerung – dass seine Story stimmte – war zugleich unvermeidlich und unglaublich.

Samuels beugte sich weit über den Tisch zu Terry und reckte das Kinn. »Erwarten Sie etwa von uns, Ihnen zu glauben, dass Sie am Dienstag in dem gesamten Zeitraum von fünfzehn bis zwanzig Uhr mit anderen Leuten zusammen waren? Die *ganze* Zeit über?«

Terry bedachte ihn mit einem Blick, zu dem nur Highschoollehrer fähig waren: *Wir wissen beide, dass Sie ein Idiot sind, aber ich will Sie vor den anwesenden Leuten nicht bloßstellen, indem ich das ausspreche.* »Natürlich nicht. Bevor Coben mit seinem Vortrag angefangen hat, war ich auf der Toilette, und im Restaurant bin ich auch einmal rausgegangen.

Sie können ja versuchen, irgendwelchen Geschworenen weiszumachen, dass ich in den anderthalb Minuten, die man braucht, seine Blase zu leeren, nach Flint gefahren bin, den armen Frankie Peterson umgebracht habe und nach Cap City zurückgekehrt bin. Aber ob man Ihnen das wirklich abkauft?«

Samuels sah Ralph an. Der zuckte die Achseln.

»Ich glaube, wir haben jetzt keine weiteren Fragen mehr«, sagte Samuels. »Mr. Maitland wird ins Gefängnis gebracht und bleibt bis zur Anklageerhebung am Montag in Untersuchungshaft.«

Terry ließ die Schultern hängen.

»Sie haben also vor, das durchzuziehen«, sagte Gold. »Wirklich und wahrhaftig.«

Ralph hätte erwartet, dass Samuels wieder die Fassung verlor, doch diesmal überraschte ihn der Staatsanwalt, indem er fast so erschöpft klang, wie Terry Maitland aussah. »Ach, kommen Sie, Howie. Sie wissen, dass ich bei den vorliegenden Indizien keine andere Wahl habe. Und wenn der DNA-Test ausfällt wie erwartet, ist das Spiel sowieso vorbei.«

Wieder beugte Samuels sich dicht an Terry heran. »Sie haben immer noch die Chance, der Todesspritze zu entgehen, Terry. Keine gute, aber immerhin. Ich kann Ihnen nur raten, sie zu ergreifen. Lassen Sie den Blödsinn, und legen Sie ein Geständnis ab. Tun Sie es für Fred und Arlene Peterson, die ihren Sohn auf die schlimmstmögliche Weise verloren haben. Dann fühlen Sie sich bestimmt besser.«

Terry wich nicht zurück, wie Samuels es wohl erwartet hatte. Stattdessen beugte er sich ebenfalls vor, worauf der Staatsanwalt zurückzuckte, als hätte er Angst, dass sein Gegenüber unter einer ansteckenden Krankheit litt. »Es gibt

nichts zu gestehen, Sir. Ich habe Frankie Peterson nicht umgebracht. Ich würde einem Kind nie etwas antun. Sie haben
den Falschen verhaftet.«

Samuels seufzte und erhob sich. »Na gut, Sie hatten Ihre
Chance. Jetzt aber … Möge Gott Ihnen beistehen!«

## 22

## FLINT CITY GENERAL HOSPITAL
### Abteilung für Pathologie und Serologie

An: Detective Ralph Anderson
Lieutenant Yunel Sablo, Highway Patrol
Bezirksstaatsanwalt William Samuels

Von: Dr. F. Ackerman, Chefärztin Pathologie

Datum: 12. Juli

Betr.: Nachtrag zum Obduktionsbericht/
PERSÖNLICH UND VERTRAULICH

Wie gewünscht, folgt hier meine Stellungnahme.

Unabhängig davon, ob Frank Peterson die durch die bei
der Obduktion (durchgeführt am 11. Juli von mir, assistiert
von Dr. Alvin Barkland) festgestellte anale Vergewaltigung
überlebt hat oder nicht, besteht kein Zweifel daran, dass es

sich bei der unmittelbaren Todesursache um massiven Blutverlust handelt (d. h., das Opfer ist verblutet).

Auf den Resten von Petersons Gesicht, an Kehle, Schulter, Brust, rechter Seite und Rumpf wurden Bissspuren festgestellt. In Verbindung mit den Fotografien des Tatorts lässt sich daraus auf diese Abfolge schließen: Peterson wurde gewaltsam zu Boden geworfen, wo er auf dem Rücken aufkam, und mindestens sechsmal, vielleicht auch bis zu einem Dutzend Mal gebissen. Das geschah in einer Art Raserei. Anschließend wurde er umgedreht und anal vergewaltigt. Inzwischen war er mit hoher Wahrscheinlichkeit bewusstlos. Entweder während der Vergewaltigung oder direkt danach hat der Täter ejakuliert.

Ich habe diesen Nachtrag als persönlich und vertraulich gekennzeichnet, denn falls bestimmte Aspekte dieses Falles bekannt werden sollten, werden sie von den Medien zur Sensation hochstilisiert werden, nicht nur lokal, sondern landesweit. Einige Körperteile von Peterson, speziell das rechte Ohrläppchen, die rechte Brustwarze sowie Teile von Luft- und Speiseröhre fehlen. Eventuell hat der Täter diese Körperteile zusammen mit einem beträchtlichen Stück Gewebe vom Nacken als Trophäen mitgenommen. Das ist allerdings noch die harmlosere Annahme. Eine alternative Hypothese wäre, dass der Täter die genannten Körperteile verzehrt hat.

Da Sie für den anhängigen Fall verantwortlich zeichnen, werden Sie vorgehen, wie Sie es für richtig halten, aber ich empfehle dringend, dass diese Fakten und meine darauf basierenden Schlussfolgerungen nicht nur gegenüber den Medien unter Verschluss gehalten, sondern auch vor Gericht nicht verwendet werden, falls es nicht absolut notwendig ist, damit einen Schuldspruch zu erreichen. Man kann sich nur mit Schrecken vorstellen, wie die Eltern des Opfers auf solche Einzelheiten reagieren würden. Ich bitte um Verständnis, falls ich meine Kompetenzen überschritten habe, was ich in diesem Falle jedoch für notwendig erachte. Ich bin Ärztin und Rechtsmedizinerin dieser County, aber außerdem bin ich noch Mutter.

Ich bitte Sie dringend, den Mann zu fassen, der dieses Kind geschändet und ermordet hat. Das muss unverzüglich geschehen. Sollte das nicht gelingen, wird er mit hoher Gewissheit eine weitere, ähnliche Tat begehen.

Dr. med. Felicity Ackerman
Flint City General Hospital
Chefärztin Pathologie
Leitende Rechtsmedizinerin von Flint County

## 23

Der Empfangsbereich der Polizeistation von Flint City war groß, aber die vier Männer, die Terry Maitland erwarteten, schienen ihn beinahe auszufüllen. Es waren zwei Beamte von der Highway Patrol und zwei Vollzugsbeamte aus dem County-Gefängnis, allesamt ausgesprochen korpulent. Obwohl Terry weiterhin unter Schock stand von dem, was mit ihm geschehen war (und was immer noch geschah), amüsierte ihn der Anblick ein bisschen. Das Gefängnis war nur vier Straßen weit entfernt. Man hatte eine wirklich gewichtige Truppe zusammengestellt, um ihn dieses kurze Stück zu begleiten.

»Hände ausstrecken«, sagte einer der Vollzugsbeamten.

Terry gehorchte und sah zu, wie ein neues Paar Handschellen um seine Handgelenke zuschnappte. Dann suchte er nach Howie, weil ihn urplötzlich eine Angst überkam wie damals mit fünf Jahren, wo seine Mutter an seinem ersten Kindergartentag seine Hand losgelassen hatte. Howie saß auf der Ecke eines leeren Schreibtischs und telefonierte, doch als er Terrys suchenden Blick auffing, beendete er den Anruf sofort und kam herbeigeeilt.

»Rühren Sie den Gefangenen nicht an, Sir«, sagte der Beamte, der Terry die Handschellen verpasst hatte.

Howie Gold beachtete ihn nicht. Er legte Terry den Arm um die Schulter und murmelte: »Das kriegen wir alles wieder in Ordnung.« Dann – zur Überraschung seines Klienten wie offenbar auch der eigenen – gab er ihm einen Kuss auf die Wange.

Terry nahm den Kuss mit, während die vier Männer ihn die Treppe zur Straße hinuntereskortierten. Dort wartete ein Gefangenentransporter hinter einem Streifenwagen der Highway Patrol, dessen Lichter pulsierten. Auch die warmen Worte nahm Terry mit. Die im Besonderen, als nun die Kameras blitzten, die Fernsehscheinwerfer aufflammten und die Fragen auf ihn zuflogen wie Geschosse: *Hat man Sie unter Anklage gestellt, haben Sie es getan, sind Sie unschuldig, haben Sie ein Geständnis abgelegt, was haben Sie den Eltern von Frank Peterson mitzuteilen?*

*Das kriegen wir wieder in Ordnung*, hatte Howie Gold gesagt, und daran klammerte Terry sich fest.

Aber natürlich kam es anders.

# Entschuldigung

## 14. UND 15. JULI

# I

Das batteriebetriebene Blinklicht, das Alec Pelley in der Mittelkonsole seines Explorers verwahrte, befand sich in einer Art Grauzone. Völlig legal war es wohl nicht, da Alec nicht mehr bei der Highway Patrol arbeitete, aber vielleicht doch, immerhin war er ein angesehenes Mitglied der Polizeireserve. Jedenfalls kam es ihm notwendig vor, es bei dieser Gelegenheit aufs Armaturenbrett zu setzen und einzuschalten. Mit seiner Hilfe schaffte er es in Rekordzeit von Cap City nach Flint und konnte bereits um Viertel nach neun an die Tür von Barnum Court 17 klopfen. Hier hielten sich keine Reporter auf, aber ein Stück weiter sah er das grelle Licht von Fernsehscheinwerfern vor einem Haus, in dem die Familie Maitland wohnen musste. Offenbar waren nicht alle Schmeißfliegen von dem Frischfleisch angelockt worden, das die von Howie improvisierte Pressekonferenz versprach. Was auch nicht zu erwarten gewesen war.

Geöffnet wurde die Tür von einem untersetzten, stämmigen Mann mit rotblondem Haar, der die Stirn gerunzelt und die Lippen so fest zusammengepresst hatte, dass der Mund praktisch verschwand. Er brannte sichtlich darauf, dem Besucher klarzumachen, er solle sich zum Teufel scheren. Hinter ihm stand eine blonde Frau mit grünen Augen, die gut eine Handbreit größer als ihr Mann war und wesentlich besser aussah, selbst ohne Make-up und mit den geschwollenen Augen. Momentan weinte sie nicht, aber irgendwo anders im

Haus tat das jemand. Ein Mädchen. Eine von Maitlands Töchtern, wie Alec annahm.

»Mr. und Mrs. Mattingly? Ich bin Alec Pelley. Hat Howie Gold Sie angerufen?«

»Ja«, sagte die Frau. »Kommen Sie herein, Mr. Pelley.«

Alec tat einen Schritt vorwärts, aber Mattingly, wesentlich kleiner als er, trat ihm furchtlos in den Weg. »Würden Sie sich bitte erst einmal ausweisen?«

»Aber gern.« Alec hätte seinen Führerschein vorzeigen können, entschied sich stattdessen jedoch für seinen Ausweis als Reservepolizist. Die beiden mussten ja nicht wissen, dass seine Einsätze inzwischen meistens einen eher harmlosen Charakter hatten – normalerweise fungierte er bei Rockkonzerten, Rodeos, Wrestling-Veranstaltungen und der dreimal jährlich stattfindenden Monster Jam im Coliseum als besserer Wachmann. Außerdem verteilte er im Geschäftszentrum von Cap City Strafzettel, wenn eine von den Politessen krankgeschrieben war. Für einen Mann, der bei der Highway Patrol einmal eine Truppe von vier Detectives befehligt hatte, war das eigentlich eine demütigende Sache, aber das machte Alec nichts aus; er spazierte gern draußen im Sonnenschein durch die Gegend. Abgesehen davon beschäftigte er sich gern mit der Bibel, und im Jakobusbrief, Kapitel 4, Vers 6, hieß es: »Gott widersteht den Hoffärtigen, aber den Demütigen gibt er Gnade.«

»Danke«, sagte Mattingly, während er gleichzeitig beiseitetrat und die Hand ausstreckte. »Tom Mattingly.«

Auf einen kräftigen Druck vorbereitet, ergriff Alec die Hand. Er wurde nicht enttäuscht.

»Normalerweise bin ich nicht so argwöhnisch, wir haben hier ein angenehmes, ruhiges Wohnviertel, aber wie ich zu Jamie gesagt habe, müssen wir derzeit extrem vorsichtig sein, solange wir Sarah und Grace zu Besuch haben. Schon jetzt sind allerhand Leute wütend auf Coach T, und glauben Sie mir, das ist erst der Anfang. Sobald bekannt wird, was er getan hat, wird es wesentlich schlimmer werden. Bin froh, dass Sie da sind, um uns die beiden abzunehmen.«

Jamie Mattingly warf ihm einen vorwurfsvollen Blick zu. »Egal was ihr Vater getan hat – falls da überhaupt was dran ist –, *ihr* Fehler ist es nicht.« Sie sah Alec an. »Beide sind durch den Wind, besonders Gracie. Schließlich haben sie mit ansehen müssen, wie man ihren Vater in Handschellen abführt.«

»Herrje, wart erst mal ab, bis sie herausbekommen, weshalb«, sagte Mattingly. »Und das werden sie, heutzutage ist das für Kinder kein Problem mehr. Tja, das verfluchte Internet samt Facebook und diesem Twitter-Schwachsinn.« Er schüttelte den Kopf. »Jamie hat recht, man ist unschuldig bis zum Beweis des Gegenteils, so läuft es in Amerika, aber wenn jemand auf diese Weise in aller Öffentlichkeit verhaftet wird …« Er seufzte. »Möchten Sie was zu trinken, Mr. Pelley? Jamie hat vor dem Spiel Eistee gemacht.«

»Danke, aber ich bringe die Mädchen lieber gleich nach Hause. Bestimmt wartet ihre Mutter schon.« Die Kinder abzuliefern war nur die erste Aufgabe, die Alec heute Abend zu erledigen hatte. Bevor Howie ins Licht der Fernsehscheinwerfer getreten war, hatte er wie ein Maschinengewehr eine ganze Liste heruntergerattert, und Punkt zwei bestand darin, schleunigst nach Cap City zurückzukehren, auf der Fahrt mehrere Anrufe zu machen und dabei verschiedene Leute um einen Gefallen zu bitten. Es war gut, wieder richtig eingespannt zu sein – wesentlich besser, als auf der Midland Street Strafzettel zu verteilen –, aber der Teil, der jetzt kam, würde nicht gerade einfach sein.

Die Mädchen waren in einem rustikalen Zimmer mit holzgetäfelten Wänden, an denen ausgestopfte Fische hingen. Offenbar die Höhle des Hausherrn. Auf dem riesigen, stumm geschalteten Flachbildfernseher hüpfte Sponge-Bob durch Bikini Bottom. Die beiden Mädchen, die Alec abholen sollte, saßen aneinandergeschmiegt auf dem Sofa, immer noch mit T-Shirt und Baseballmütze in den Farben der Golden Dragons. Im Gesicht waren sie mit schwarzer und goldener Farbe bemalt. Das hatte wahrscheinlich ihre Mutter getan, vor wenigen Stunden erst, als die einst so freundliche Welt sich noch nicht aufgebäumt und ein Loch in die Familie gebissen hatte. Bei dem jüngeren Mädchen hatten die Tränen das meiste weggewaschen.

Als das ältere Mädchen den fremden Mann in der Tür auftauchen sah, schlang sie die Arme enger um ihre weinende Schwester. Alec war zwar selbst nie Vater geworden, mochte Kinder aber gern, und die instinktive Geste von Sarah Maitland griff ihm ans Herz: Da beschützte ein Kind ein anderes.

Er stellte sich mitten ins Zimmer und faltete die Hände. »Sarah? Ich bin ein Freund von Howie Gold. Den kennst du doch, oder?«

»Ja. Was ist mit meinem Vater?« Ihre Stimme war kaum mehr als ein Flüstern und klang rau. Offenbar hatte auch sie geweint. Grace warf nicht einmal einen Blick auf Alec, sondern verbarg das Gesicht an der Schulter ihrer großen Schwester.

»Dem geht es gut. Er hat mich gebeten, euch nach Hause zu bringen.« Das stimmte zwar nicht ganz, aber jetzt war nicht der richtige Zeitpunkt zur Haarspalterei.

»Ist er denn da?«

»Nein, aber eure Mutter.«

»Wir können allein zu Fuß gehen«, sagte Sarah matt. »Es

ist bloß ein paar Häuser weiter. Ich kann Gracie an die Hand nehmen.«

Der Kopf von Gracie Maitland bewegte sich an der Schulter ihrer Schwester verneinend hin und her.

»Nicht, wenn es dunkel ist, Liebes«, sagte Jamie Mattingly.

*Und heute Abend erst recht nicht,* dachte Alec. Noch viele weitere Abende nicht. Tagsüber genauso wenig.

»Kommt schon, Mädels«, sagte Tom Mattingly mit gekünstelter (und ziemlich makabrer) Fröhlichkeit. »Ich bringe euch raus.«

Vor der Haustür sah Jamie Mattingly unter dem Verandalicht so bleich aus, als hätte sie in drei kurzen Stunden von einer flotten Mami zur Krebspatientin mutiert. »Es ist wirklich furchtbar«, sagte sie. »Als würde die ganze Welt kopfstehen. Ein Glück, dass unsere eigene Tochter gerade im Sommerlager ist. Wir waren heute bloß beim Spiel, weil Sarah und Maureen so eng befreundet sind.«

Als Sarah Maitland den Namen ihrer Freundin hörte, brach sie in Tränen aus, was ihre Schwester ebenfalls wieder losweinen ließ. Alec dankte den Mattinglys und führte die Mädchen dann zu seinem Wagen. Die beiden gingen langsam mit gesenktem Kopf dahin, wobei sie sich wie Geschwisterchen aus einem Märchen an den Händen hielten. Er hatte den Beifahrersitz von dem üblichen Kram freigeräumt, damit sie sich nebeneinander darauf setzen konnten. Grace barg das Gesicht wieder an der Schulter ihrer Schwester.

Alec gab sich gar nicht erst die Mühe, die beiden anzuschnallen; bis zu dem Lichtkegel, der auf den Gehweg und den Vorgarten der Maitlands fiel, waren es gerade einmal dreihundert Meter. Vor dem Haus war nur noch ein einziges Team postiert, das vom ABC-Partnersender aus Cap City. Im Schatten der auf dem Übertragungswagen montierten

Satellitenschüssel standen vier oder fünf Typen herum, Styroporbecher mit Kaffee in der Hand. Als sie sahen, wie der Explorer in die Einfahrt der Maitlands einbog, traten sie eilig in Aktion.

Alec ließ das Fenster auf seiner Seite herunter und blaffte in dem Ton, in dem er sonst *Hände hoch und stehen bleiben* gerufen hatte: »Keine Kamera! Keine einzige Kamera auf die Kinder!«

Das hielt das Team einige Sekunden lang auf, aber nicht mehr. Irgendwelchen Schmeißfliegen von den Medien zu sagen, sie sollten nicht filmen, war genauso nutzlos, wie Moskitos das Stechen zu verbieten. Alec erinnerte sich noch an eine Zeit, in der es anders gelaufen war (damals in längst verflossenen Tagen, als ein Gentleman einer Dame noch die Tür aufhielt), aber damit war es vorbei. Der einsame Reporter, der hier am Barnum Court geblieben war – ein Latino, der Alec vage bekannt vorkam; er moderierte am Wochenende den Wetterbericht und trug meistens, wie jetzt auch, eine Fliege –, hatte bereits sein Mikrofon in der Hand und überprüfte den Akku an seinem Gürtel.

Die Haustür ging auf. Als Sarah ihre Mutter sah, wollte sie loslaufen. »Moment noch, Sarah«, sagte Alec und griff hinter sich. Bevor er zu Hause losgefahren war, hatte er noch auf die Schnelle zwei Handtücher eingepackt, die er den Mädchen nun reichte.

»Wickelt euch das so um den Kopf, dass man nur noch eure Augen sieht.« Er grinste. »Wie Banditen im Film, okay?«

Grace starrte ihn verdattert an, aber Sarah kapierte sofort und schlang ihrer Schwester eines der Handtücher um den Kopf. Alec zupfte es Grace über Mund und Nase zurecht, während Sarah sich jetzt allein vermummte. Dann stiegen die beiden aus und hasteten durch das grelle Scheinwerferlicht, wobei sie die Handtücher festhielten. Wie Banditen sahen sie nicht gerade aus, eher wie winzige Beduinen in einem Sandsturm. Außerdem sahen sie wie die traurigsten und verzweifeltsten Kinder aus, die Alec je zu Gesicht bekommen hatte.

Marcy Maitland hatte kein Handtuch, um ihr Gesicht zu verbergen, weshalb der Kameramann sich auf sie konzentrierte.

»Mrs. Maitland!«, rief der Mann mit der Fliege ihr zu. »Haben Sie einen Kommentar zur Verhaftung Ihres Mannes? Haben Sie schon mit ihm gesprochen?«

Alec trat vor die Kamera und bewegte sich geschickt mit, als der Kameramann versuchte, Marcy wieder vor die Linse zu bekommen. Dann richtete er den Zeigefinger auf den Fliegenträger. »Kein Schritt auf den Rasen, *hermano,* sonst können Sie Maitland Ihre schwachsinnigen Fragen von der Nachbarzelle aus stellen!«

Der Reporter warf ihm einen gekränkten Blick zu. »Wie kommen Sie dazu, mich *hermano* zu nennen? Ich tue hier nur meine Arbeit.«

»Indem Sie eine verzweifelte Frau und zwei Kinder belästigen«, sagte Alec. »'ne schöne Arbeit, das!«

Er wiederum hatte seine Aufgabe hier erledigt. Mrs. Maitland hatte ihre Töchter an sich gedrückt und ins Haus gebracht. Damit waren sie in Sicherheit – soweit das möglich war; hatte er doch das Gefühl, dass die beiden Kinder sich sehr lange Zeit nirgendwo mehr sicher fühlen würden.

Während Alec zu seinem Wagen ging, trabte der Fliegenträger den Gehweg entlang und winkte dem Kameramann, ihm zu folgen. »Wer sind Sie überhaupt, Sir? Wie heißen Sie?«

»Rumpelstilzchen. Wenn Sie mir die Frage noch mal stellen, gebe ich dieselbe Antwort. Hier gibt es keine Story zu holen, also lassen Sie die Leute da drin in Frieden, okay? Die haben nämlich nichts mit dieser Sache zu tun.«

Ihm war bewusst, dass er genauso gut etwas auf russisch hätte sagen können. Die Nachbarn standen bereits wieder in ihren Vorgärten und brannten darauf, die nächste Folge des Dramas am Barnum Court mitzuerleben.

Als Alec seinen Wagen rückwärts auf die Straße rollen ließ, um dann nach Westen davonzufahren, war ihm außerdem bewusst, dass der Kameramann sein Kennzeichen im Visier hatte. Bald würde man daher wissen, wer er war und für wen er arbeitete. Keine große Neuigkeit, aber eine Kirsche auf der Sahnetorte, die man dem Publikum in den Elf-Uhr-Nachrichten servieren würde. Er dachte kurz daran, was sich in dem Haus da hinten wohl gerade abspielte. Wahrscheinlich versuchte die geschockte und verängstige Mutter, die beiden ebenso geschockten und verängstigten Mädchen zu trösten, auf deren Gesicht immer noch die Mannschaftsfarben der Dragons glänzten.

»Hat er es getan?«, hatte er Howie gefragt, als der ihm am Telefon einen kurzen Überblick über die Lage gegeben hatte. Im Grunde kam es nicht darauf an, Auftrag war Auftrag, aber er wusste trotzdem immer gern Bescheid. »Was denkst du?«

»Ich weiß nicht, *was* ich denken soll«, hatte Howie geantwortet. »Aber ich weiß, was du tust, sobald du Sarah und Gracie nach Hause gebracht hast.«

Als Alec das erste Schild sah, das ihn zur Schnellstraße leitete, rief er in Cap City beim Sheraton an und ließ sich den Rezeptionschef geben, mit dem er früher schon zu tun gehabt hatte.

Na, eigentlich hatte er mit allen dort schon einmal zu tun gehabt.

## 2

Ralph saß mit Bill Samuels in seinem Büro. Beide hatten den Krawattenknoten nach unten gezerrt und den Kragen geöffnet. Die Fernsehscheinwerfer draußen waren zehn Minuten zuvor erloschen. Sämtliche vier Tasten auf dem Festnetzapparat leuchteten, aber Sandy McGill kümmerte sich um alle Anrufe, bis Gerry Malden sie um elf ablöste. Vorläufig war ihre Aufgabe simpel, wenn auch ziemlich eintönig: *Derzeit gibt die Polizei von Flint City keine weiteren Kommentare ab. Die Ermittlungen sind noch im Gange.*

Ralph hatte gerade mit seinem Handy telefoniert. Jetzt steckte er es wieder in die Jackentasche.

»Yunel Sablo ist mit seiner Frau aufs Land zu seinen Schwiegereltern gefahren. Er sagt, das hätte er schon zweimal aufgeschoben, deshalb hätte er diesmal keine andere Wahl, wenn er nicht eine Woche auf dem Sofa übernachten will. Was angeblich ausgesprochen unbequem ist. Morgen ist er wieder da, und natürlich wird er auch zum Gerichtstermin da sein.«

»Dann schicken wir eben jemand anderes ins Sheraton«, sagte Samuels. »Schade, dass Jack Hoskins gerade im Urlaub ist.«

»So schade ist das auch wieder nicht«, sagte Ralph, was Samuels zum Lachen brachte.

»Okay, da haben Sie mich kalt erwischt. Der gute Jackie mag hierzulande zwar vielleicht nicht der schlechteste Detective sein, aber zu den Titelkandidaten zählt er allemal. Sie kennen doch die Detectives in Cap City alle. Telefonieren Sie einfach rum, bis Sie jemand finden, der Zeit hat.«

Ralph schüttelte den Kopf. »Das sollte wirklich Sablo

machen. Er kennt den Fall, und er ist unser Verbindungsmann zur Highway Patrol. Die dürfen wir auf keinen Fall verärgern, so wie die Sache heute Abend gelaufen ist. Nämlich nicht ganz so, wie wir es erwartet haben.«

Das war die Untertreibung des Jahres, wenn nicht gar des Jahrhunderts. Dass Terry völlig überrascht gewesen war und sein offensichtlicher Mangel an jedwedem Schuldgefühl, hatte Ralph mehr aus dem Konzept gebracht als das unglaubliche Alibi. War es wohl möglich, dass das Monster in diesem Menschen nicht nur einen Jungen ermordet, sondern auch die ganze Erinnerung an die Tat ausgelöscht hatte? Um dann ... was? Die Leerstelle mit einer detailliert erfundenen Beschreibung einer Tagung in der Hauptstadt zu füllen?

»Wenn Sie nicht schleunigst jemand hinschicken, wird der Kerl, den Gold angestellt hat ...«

»Alec Pelley.«

»Genau der. Der wird sich die Aufnahmen der Überwachungskameras im Hotel unter den Nagel reißen. Falls die überhaupt noch existieren.«

»Das tun sie bestimmt. So was wird dreißig Tage lang aufbewahrt.«

»Können Sie das mit Sicherheit sagen?«

»Ja. Aber Pelley hat keine Ermächtigung.«

»Ach, kommen Sie! Glauben Sie etwa, der braucht eine?«

Das glaubte Ralph natürlich nicht, schließlich war Alec Pelley mehr als zwanzig Jahre lang Detective bei der Highway Patrol gewesen. In der Zeit hatte er bestimmt massenhaft Kontakte geknüpft, und da er für einen erfolgreichen Strafverteidiger wie Howard Gold arbeitete, war er zweifellos darauf bedacht, derlei Kontakte gut zu pflegen.

»Ihre Idee, Maitland öffentlich festzunehmen, kommt mir jetzt nicht mehr besonders clever vor«, sagte Samuels.

Ralph sah ihn scharf an. »Sie haben mir doch zugestimmt!«

»Nicht gerade begeistert«, sagte Samuels. »Reden wir mal Klartext, da alle anderen nach Hause gegangen und wir unter uns Mädels sind. Konkret: Sie waren persönlich betroffen.«

»Definitiv«, sagte Ralph. »Und das bin ich immer noch. Aber da wir ja unter uns Mädels sind, will ich Sie daran erinnern, dass Sie mir nicht einfach nur zugestimmt haben. Im Herbst geht es um Ihre Wiederwahl, und eine dramatische Festnahme, auf die sich die Medien stürzen, mindert Ihre Chancen da nicht gerade.«

»Das ist mir nie in den Sinn gekommen«, sagte Samuels.

»Na gut. Es ist Ihnen nie in den Sinn gekommen, Sie haben einfach nur mitgemacht, aber wenn Sie meinen, bei der Festnahme auf dem Baseballplatz wäre es bloß um meinen Sohn gegangen, sollten Sie sich noch mal die Bilder vom Tatort anschauen und darüber nachdenken, was Felicity Ackerman zum Obduktionsbericht hinzugefügt hat. In solchen Fällen bleibt es nie bei einer einzigen Tat,«

Samuels lief rot an. »Meinen Sie etwa, das ist mir nicht klar? Mensch, Ralph, ich habe ihn sogar als verfluchten Kannibalen bezeichnet, *und das ist aktenkundig!*«

Ralph fuhr sich mit der flachen Hand über die Wange. Die fühlte sich rau an. »Darüber zu diskutieren, wer was gesagt und getan hat, ist sinnlos. Abgesehen davon ist es völlig egal, wer zuerst an die Überwachungsaufnahmen kommt. Falls es Pelley sein sollte, dann kann er sie sich ja nicht einfach unter den Arm klemmen und sie mitnehmen, oder? Und löschen kann er sie auch nicht.«

»Das stimmt«, sagte Samuels. »Außerdem werden sie sowieso nicht beweiskräftig sein. Möglicherweise erkennt man auf manchen Aufnahmen einen Mann, der wie Maitland *aussieht* …«

»Genau. Aber anhand von ein paar solchen Bildern zu beweisen, dass es sich wirklich um ihn handelt, wäre ein völlig anderes Paar Schuhe. Vor allem wenn unsere Zeugenberichte und die Fingerabdrücke dagegenstehen.« Ralph erhob sich und öffnete die Tür. »Vielleicht sind die Aufnahmen also gar nicht so wichtig. Ich muss jetzt noch einen Anruf machen. Hätte ich eigentlich schon längst erledigen sollen.«

Samuels folgte ihm zum Empfang, wo Sandy McGill gerade telefonierte. Während Ralph auf sie zuging, machte er die Kopf-ab-Geste, worauf sie auflegte und ihn erwartungsvoll ansah.

»Everett Roundhill«, sagte er. »Fachbereichsleiter für Englisch an der Highschool. Machen Sie ihn ausfindig, und rufen Sie ihn an. Ich will mit ihm sprechen.«

»Ihn ausfindig zu machen ist kein Problem, weil ich seine Nummer bereits habe«, sagte Sandy. »Er hat schon zweimal angerufen, weil er mit dem leitenden Ermittler sprechen will. Ich habe ihm mehr oder weniger gesagt, da muss er sich hinten anstellen.« Sie griff nach einem Blatt mit Notizen und wedelte ihm damit zu. »Das wollte ich Ihnen für morgen auf den Schreibtisch legen. Morgen ist zwar Sonntag, ich weiß, aber ich habe den Anrufern gesagt, Sie würden ziemlich sicher ins Büro kommen.«

»Roundhill hat angerufen«, sagte Bill Samuels ganz langsam, wobei er den Blick auf den Boden richtete anstatt auf den Mann, der neben ihm stand. »Zweimal. Das gefällt mir nicht. Das gefällt mir überhaupt nicht.«

# 3

An jenem Samstagabend kam Ralph um Viertel vor elf nach Hause. Er drückte auf die Fernbedienung für das Garagentor, fuhr hinein und drückte dann noch einmal auf die Taste. Gehorsam ratterte das Tor in seinen Schienen wieder nach unten, womit wenigstens etwas auf der Welt vernünftig und normal geblieben war. Man drücke Taste A, und sofern Fach B mit relativ frischen Batterien bestückt ist, öffnet und schließt sich Garagentor C.

Er schaltete den Motor aus, blieb einfach im Dunkeln sitzen und klopfte mit seinem Ehering einen Rhythmus aufs Lenkrad. Dazu fiel ihm ein Vers aus seiner wilden Teenagerzeit ein: *Shave and a haircut ... you bet! Sung by the whorehouse ... quartet!*

Die Tür ging auf, und Jeanette kam, in ihren Morgenmantel gehüllt, heraus. In dem von der Küche her einfallenden Licht sah Ralph, dass sie die Häschenpantoffeln trug, die er ihr als Gag zu ihrem letzten Geburtstag geschenkt hatte. Das eigentliche Geschenk war eine kleine Reise zu zweit nach Key West gewesen, wo sie sich bestens amüsiert hatten. Jetzt war das alles nur noch eine verschwommene Erinnerung wie alle vergangenen Urlaubsreisen – mit nicht mehr Substanz als der Nachgeschmack von Zuckerwatte. Überdauert hatte nur der Gag, rosa Pantoffeln aus dem Ein-Dollar-Laden mit lächerlichen Äuglein und komischen Schlappohren. Als er Jeanette darin sah, brannte es ihm in den Augen. Er hatte das Gefühl, zwanzig Jahre gealtert zu sein, seit er auf die Lichtung im Figgis-Park getreten war und die blutigen Überreste eines kleinen Jungen gesehen hatte, dessen Idole wahrscheinlich Batman und Superman gewesen waren.

Ralph stieg aus und umarmte seine Frau überschwänglich. Er drückte seine stopplige an ihre glatte Wange, ohne etwas zu sagen. Stattdessen konzentrierte er sich darauf, die Tränen zurückzuhalten.

»Aber Schatz«, sagte sie. »Schatz, ihr habt ihn doch erwischt. Ihr habt ihn erwischt, was ist dann so schlimm?«

»Vielleicht gar nichts«, sagte er. »Und vielleicht alles. Ich hätte ihn erst einmal kommen lassen sollen, um ihn zu befragen. Aber, Menschenskind, ich war mir meiner Sache doch so sicher!«

»Komm jetzt rein«, sagte sie. »Ich mache Tee, und dann kannst du mir alles erzählen.«

»Tee hält mich bloß wach.«

Sie trat einen Schritt zurück und sah ihn mit Augen an, die mit ihren fünfzig Jahren noch genauso hübsch und dunkel waren wie mit fünfundzwanzig. »Wirst du überhaupt schlafen können?« Und als er nichts erwiderte: »Eben.«

Derek war in Michigan im Sommerlager, weshalb sie das Haus für sich allein hatten. Jeanette fragte, ob er in der Küche die Elf-Uhr-Nachrichten ansehen wolle, aber er schüttelte nur den Kopf. Er wollte auf keinen Fall zehn Minuten lang vorgeführt bekommen, wie das Monster von Flint City verhaftet worden war. Zum Tee machte Jeanette Rosinentoast. Ralph setzte sich an den Küchentisch, blickte auf seine Hände und erzählte ihr alles. Das Telefonat mit Everett Roundhill sparte er sich fürs Ende auf.

»Wütend war der auf uns alle«, sagte Ralph. »Aber da ich derjenige war, der ihn endlich zurückgerufen hat, habe ich die volle Breitseite abgekriegt.«

»Soll das heißen, dass er bestätigen konnte, was Terry euch erzählt hat?«

»Jedes einzelne Wort. Roundhill hat Terry und seine anderen

zwei Kollegen – Quade und Grant – an der Highschool abgeholt. Um zehn am Dienstagvormittag, genau wie abgemacht. Um Viertel vor zwölf sind sie am Sheraton eingetroffen, gerade rechtzeitig, dass sie noch die Tagungsausweise abholen und ihre Plätze im Bankettsaal einnehmen konnten. Nach dem Essen, sagt Roundhill, hätte er Terry etwa eine Stunde aus den Augen verloren, meint aber, da wäre der mit Quade zusammen gewesen. Jedenfalls waren um drei Uhr alle wieder versammelt, also genau da, wo Mrs. Stanhope gesehen hat, wie Terry siebzig Meilen weiter südlich das Fahrrad von Frank Peterson – und Frank selbst – in einen schmutzigen weißen Lieferwagen verfrachtet hat.«

»Hast du schon mit diesem Quade telefoniert?«

»Ja, gerade eben auf der Heimfahrt. Der war zwar nicht wütend – Roundhill ist derart sauer, dass er gedroht hat, eine offizielle Untersuchung durchs Justizministerium zu fordern –, aber völlig perplex. Fassungslos. Hat gesagt, dass er mit Terry nach dem gemeinsamen Essen in ein Antiquariat gegangen ist, um dort bis zum Vortrag von Coben ein bisschen herumzustöbern.«

»Und Grant? Was ist mit dem?«

»Der ist eine Sie – Debbie Grant. Die habe ich noch nicht erreicht, ihr Mann sagt, dass sie mit ein paar anderen Frauen ausgegangen ist, und wenn sie das tue, würde sie immer ihr Handy ausschalten. Ich rufe sie morgen früh an, aber zweifellos wird dann auch sie bestätigen, was Roundhill und Quade mir erzählt haben.« Er biss ein kleines Stück von seinem Toast ab und legte ihn dann wieder auf den Teller. »Das ist alles mein Fehler. Wenn ich Terry am Donnerstagabend, nachdem Stanhope und die kleine Morris ihn identifiziert hatten, zu mir bestellt und befragt hätte, dann hätte ich gewusst, dass es ein Problem gibt. Und dann würde darüber jetzt nicht auf allen Fernsehsendern und im Internet berichtet.«

»Aber da hattet ihr doch schon die Fingerabdrücke am Tatort mit denen von Terry Maitland verglichen, oder?«

»Ja.«

»Fingerabdrücke im Lieferwagen, ein Abdruck auf dem Zündschlüssel, Abdrücke in dem Auto, das er am Fluss abgestellt hat, und auf dem Ast, mit dem er …«

»Ja.«

»Und dann die weiteren Augenzeugen. Der Mann hinter dem Shorty's und sein Kumpel. Dazu die Taxifahrerin. Und der Rausschmeißer in dem Striplokal. Die haben ihn doch alle erkannt!«

»Mhm, und nachdem er nun in Haft sitzt, werden wir bestimmt ein paar weitere Zeugen aus dem Gentlemen, Please auftreiben. Hauptsächlich Junggesellen, die ihren Frauen nicht erklären müssen, was sie da zu suchen hatten. Trotzdem hätte ich warten sollen. Vielleicht hätte ich bei der Highschool anrufen sollen und fragen, ob er am Mordtag dort war, aber jetzt in den Sommerferien kam mir das nicht sinnvoll vor. Die hätten mir doch nichts anderes sagen können, als dass er nicht da ist.«

»Außerdem hast du befürchtet, dass es zu ihm vordringen könnte, wenn du dich weiter umhörst.«

Das war Ralph zu dem Zeitpunkt völlig logisch vorgekommen, auch wenn es sich jetzt als äußerst dämlich herausstellte. Schlimmer noch, als nachlässig. »Das ist nicht der erste Fehler in meiner Laufbahn, aber so was ist mir noch nie passiert«, sagte er. »Als wäre ich plötzlich erblindet.«

Jeanette schüttelte heftig den Kopf. »Erinnerst du dich noch an meine Worte, als du mir erzählt hast, wo du ihn festnehmen wolltest?«

»Ja.«

*Mach nur! Hol ihn so schnell wie möglich von den kleinen Jungs da weg!*

Das hatte sie gesagt.

Die beiden saßen da und sahen sich über den Tisch hinweg an.

»Es ist einfach unmöglich«, sagte Jeannie schließlich.

Er richtete den Zeigefinger auf sie. »Ich glaube, du hast des Pudels Kern erfasst.«

Nachdenklich schlürfte sie ihren Tee, dann blickte sie ihn über den Tassenrand hinweg wieder an. »Ein altes Sprichwort sagt, dass jeder einen Doppelgänger hat. Ich glaube, Edgar Allan Poe hat sogar eine Geschichte darüber geschrieben. ›William Wilson‹ heißt die.«

»Poe hat seine Sachen geschrieben, als es noch keine Fingerabdrücke und DNA-Tests gab. Die Testergebnisse haben wir noch nicht, da ist man noch dran, aber wenn die DNA von ihm ist, dann war er es, und ich bin wahrscheinlich aus dem Schneider. Wenn sie allerdings von jemand anderes stammt, schafft man mich in die Klapsmühle. Natürlich erst, nachdem man mich gefeuert und wegen irrtümlicher Festnahme angeklagt hat.«

Jeannie hob ihre Scheibe Toast und ließ sie wieder sinken. »Ihr habt hier in Flint City seine Fingerabdrücke gefunden. Und ihr habt hier seine DNA gefunden, da bin ich mir sicher. Aber, Ralph … von dem Mann, der die Tagung in Cap City besucht hat, habt ihr weder Fingerabdrücke noch DNA. Was ist, wenn Terry Maitland den Jungen getötet hat, während sein *Doppelgänger* bei der Tagung war?«

»Wenn du damit sagen willst, dass Terry Maitland einen verschollenen eineiigen Zwilling mit denselben Fingerabdrücken und derselben DNA hat – das ist unmöglich.«

»Das meine ich natürlich nicht! Ich meine bloß, ihr habt keinerlei forensische Beweise, dass es sich bei dem Mann in der Hauptstadt um Terry gehandelt hat. Wenn Terry *hier* war und die forensischen Beweise das bestätigen, dann *muss* einfach ein Doppelgänger bei der Tagung gewesen sein. Das ist das Einzige, was mir einleuchtet.«

Die Logik verstand Ralph durchaus, und in den Krimis, die seine Frau so gern las – bei Agatha Christie, Rex Stout und Harlan Coben –, hätte so etwas im Mittelpunkt des letzten Kapitels gestanden, wenn Miss Marple, Nero Wolfe oder Myron Bolitar den Knoten lösten. Schließlich galt felsenfest ein Gesetz, das so unanfechtbar wie die Schwerkraft war: Ein Mensch konnte sich nicht zur selben Zeit an zwei Orten aufhalten.

Aber wenn Ralph den Augenzeugen in Flint City vertraute, musste er dasselbe Vertrauen auch den Zeugen entgegenbringen, die behaupteten, sie seien mit Maitland in Cap City gewesen. Wie könnte er deren Aussage anzweifeln? Roundhill, Quade und Grant unterrichteten an derselben Schule Englisch. Sie sahen Maitland jeden Tag. Sollte er, Ralph, etwa annehmen, dass diese drei Lehrer Beihilfe zur Vergewaltigung und Ermordung eines Kindes geleistet hatten? Oder dass sie zwei Tage mit einem Doppelgänger zusammen gewesen waren, ohne auch nur ein einziges Mal Verdacht zu schöpfen? Und selbst wenn Ralph das alles annahm – hätte Bill Samuels je ein Geschworenengericht davon überzeugen können, vor allem da Terry einen so erfahrenen und cleveren Verteidiger wie Howie Gold auf seiner Seite hatte?

»Gehen wir ins Bett«, sagte Jeanette. »Ich gebe dir eine von meinen Schlaftabletten und massiere dir den Rücken. Morgen früh sieht alles ganz anders aus.«

»Meinst du?«, sagte Ralph.

## 4

Während Jeanette Anderson ihrem Mann den Rücken massierte, sammelten Fred Peterson und sein älterer Sohn Ollie (nun, nach dem Tod von Frankie, sein einziger Sohn) das Geschirr ein, um Wohn- und Fernsehzimmer in Ordnung zu bringen. Zwar hatte gerade ein Leichenschmaus stattgefunden, aber die Hinterlassenschaften waren mehr oder weniger dieselben wie nach einer großen, langen Party.

Über Ollie staunte Fred richtig. Eigentlich war der Junge ein typischer, nur mit sich selbst beschäftigter Teenager, der normalerweise nicht einmal seine unter dem Couchtisch liegenden Socken aufheben würde, wenn man es ihm nicht ständig sagte. Heute Abend hatte er jedoch fleißig und klaglos mitgeholfen, seit Arlene um zehn die letzten von vielen Gästen verabschiedet hatte, die schier endlos ins Haus geströmt waren. Eigentlich war es bei dieser Versammlung von Freunden und Nachbarn bereits ab sieben ruhiger geworden, und Fred hatte gehofft, es würde um acht vorbei sein – mein Gott, er hatte es so satt zu nicken, wenn die Leute zu ihm sagten, dass Frankie jetzt im Himmel sei –, doch dann war die Nachricht gekommen, dass Terry Maitland für den Mord an Frankie verhaftet worden sei, und hatte die nächste verdammte Runde eingeläutet. Diese zweite Auflage war tatsächlich beinahe eine Party gewesen, wenn auch eine ziemlich bittere. Immer wieder hatte man Fred erklärt, es sei a) einfach unglaublich, b) Coach T habe immer einen so *normalen* Eindruck gemacht, und c) die Todesspritze im McAlester sei zu gut für ihn.

Ollie wanderte zwischen dem Wohnzimmer und der Küche hin und her, in den Händen Gläser und Tellerstapel, die er mit einer für Fred völlig unerwarteten Effizienz in den Geschirrspüler lud. Als das Gerät voll war, schaltete Ollie es ein. Dann spülte er das übrige Geschirr kurz ab und stapelte es für die nächste Ladung im Becken. Fred holte die Sachen, die noch im Fernsehzimmer waren, und fand weitere auf dem Picknicktisch im Garten, wohin sich einige Besucher zum Rauchen zurückgezogen hatten. Bis es endlich vorüber gewesen war, waren fünfzig bis sechzig Leute durchs Haus gepilgert, sämtliche Nachbarn plus Gäste aus anderen Stadtteilen, nicht zu vergessen Pfarrer Brixton und seine verschiedenen Anhängerinnen (seine *Groupies*, dachte Fred) von St. Anthony. Einer nach dem anderen waren sie gekommen, ein steter Strom aus Trauergästen und Gaffern.

Fred und Ollie räumten schweigend weiter auf, jeweils in ihren eigenen Gedanken und ihrem eigenen Kummer versunken. Nachdem man ihnen stundenlang Trost gespendet hatte – wobei, das musste man zugeben, selbst der von Fremden aufrichtig gewesen war –, waren sie nicht in der Lage, sich gegenseitig zu trösten. Vielleicht war das merkwürdig, vielleicht traurig; vielleicht handelte es sich auch um das, was Belesenere als er als Paradoxon bezeichneten. Fred war zu müde und zu betrübt, darüber nachzudenken.

Während der ganzen Sache hatte die Mutter des toten Jungen in ihrem besten Ausgehkleid aus Seide dagesessen, mit züchtig geschlossenen Knien und den Händen um ihre dicken, verschränkten Unterarme, als ob ihr kalt wäre. Seit der letzte Gast des Abends – die alte Mrs. Gibson von nebenan, die erwartungsgemäß bis zum bitteren Ende durchgehalten hatte – verschwunden war, hatte sie nichts mehr gesagt.

*Jetzt, wo sie alles mitbekommen hat, haut sie endlich ab*, hatte Arlene Peterson zu ihrem Mann gesagt, während sie die

Haustür verriegelt und sich dann mit ihrem massigen Leib daran gelehnt hatte.

Als der Vorgänger von Pfarrer Brixton die beiden getraut hatte, war Arlene Kelly eine schlanke Erscheinung in weißer Spitze gewesen. Selbst nach der Geburt von Ollie war sie noch schlank und schön gewesen, aber das war jetzt siebzehn Jahre her. Nach Franks Geburt hatte sie allmählich zugenommen, und inzwischen neigte sie zu krankhaftem Übergewicht ... wobei sie in Freds Augen immer noch schön war. Der hatte es nicht übers Herz gebracht, den Rat zu befolgen, den Dr. Connolly ihm bei seiner letzten Kontrolluntersuchung gegeben hatte: *Sie können gut und gerne noch weitere fünfzig Jahre leben, Fred, falls Sie nicht vom Dach fallen oder einem Lastwagen in den Weg kommen, aber Ihre Frau hat Typ-2-Diabetes und muss unbedingt fünfundzwanzig Kilo abnehmen, wenn sie gesund bleiben will. Dabei müssen Sie ihr helfen. Schließlich haben Sie beide so einiges, wofür es sich zu leben lohnt.*

Da Frankie nun jedoch nicht einfach nur tot war, sondern ermordet wurde, kamen ihm die meisten Dinge, für die es sich zu leben lohnte, dumm und unbedeutend vor. Nur Ollie war genauso wichtig wie vorher, und selbst in seiner Trauer wusste Fred, dass er und Arlene achtgeben mussten, wie sie in den kommenden Wochen und Monaten mit ihm umgingen. Ollie trauerte ebenfalls. Er konnte zwar seinen Teil (eigentlich sogar mehr) von der Aufgabe schultern, die Hinterlassenschaften dieses letzten Aktes in den Todesriten für Franklin Victor Peterson zu beseitigen, aber ab morgen musste er damit anfangen, wieder ein ganz normaler Junge zu sein. Dafür würde er Zeit brauchen, doch irgendwann würde er es schaffen.

*Wenn ich das nächste Mal die Socken von Ollie unter dem*

*Couchtisch finde, werde ich mich darüber freuen,* nahm Fred sich vor. *Und ich werde dieses schreckliche, unnatürliche Schweigen brechen, sobald mir etwas einfällt, was ich sagen kann.*

Aber es fiel ihm nichts ein. Als Ollie an ihm vorbei ins Fernsehzimmer ging – den Staubsauger zog er am Schlauch hinter sich her –, dachte Fred, dass es wenigstens nicht schlimmer werden könne.

Er stellte sich an die Tür des Fernsehzimmers und sah zu, wie Ollie den grauen Teppichboden wieder mit einer ebenso unheimlichen wie ungeahnten Effizienz absaugte, mit langen, gleichmäßigen Bewegungen, bei denen der Flor erst in die eine und dann in die andere Richtung gezogen wurde. Die Krümel der Oreos und Ritz-Cracker verschwanden, als wären sie nie da gewesen, worauf Fred endlich etwas zu sagen einfiel: »Ich sauge dann das Wohnzimmer.«

»Das kann ich gerne auch noch machen«, sagte Ollie. Seine Augen waren rot und geschwollen. Obwohl die beiden Brüder sieben Jahre auseinanderlagen, hatten sie ein erstaunlich enges Verhältnis gehabt. Vielleicht aber auch doch nicht so erstaunlich, weil der Zeitraum gerade groß genug war, die brüderliche Rivalität auf ein Minimum zu beschränken. Wodurch Ollie so etwas wie Franks zweiter Vater geworden war.

»Ich weiß«, sagte Fred. »Aber geteilte Arbeit ist halbe Arbeit.«

»Okay. Sag aber bloß nicht, dass Frankie das so gewollt hätte, sonst muss ich dich mit dem Staubsaugerschlauch erwürgen.«

Darüber musste Fred lächeln. Wahrscheinlich war das nicht sein erstes Lächeln, seit am Dienstag jemand von der Polizei an der Tür aufgetaucht war, aber wohl das erste echte. »Abgemacht.«

Ollie saugte den Teppichboden fertig und übergab das Gerät dann seinem Vater. Als Fred es ins Wohnzimmer zog, um sich dort an die Arbeit zu machen, stand Arlene auf und schlurfte zur Küche, ohne sich umzublicken. Fred und sein Sohn sahen sich an, dann zuckte Ollie die Achseln. Fred tat dasselbe und saugte weiter. Die Besucher hatten der Familie in ihrem Kummer beigestanden, was zweifelsohne nett war, aber herrje, was für ein Durcheinander sie hinterlassen hatten. Fred tröstete sich mit dem Gedanken, dass es viel schlimmer gewesen wäre, wenn es Alkohol gegeben hätte, aber nach Ollies Geburt hatte Fred das Trinken aufgegeben, und im Haus der Petersons gab es keinen Tropfen Schnaps mehr.

Aus der Küche kam ein völlig unerwartetes Geräusch: Gelächter.

Fred und Ollie sahen sich wieder an. Ollie hastete in die Küche, wo sich das Lachen seiner Mutter, das sich anfangs natürlich und unbekümmert angehört hatte, zur Hysterie steigerte. Fred trat auf die Staubsaugertaste, um ihn auszuschalten, und folgte dann seinem Sohn.

Arlene Peterson stand mit dem Rücken zur Spüle da, hielt sich den beachtlichen Bauch und kreischte beinahe vor Lachen. Ihr Gesicht war so knallrot angelaufen, als hätte sie hohes Fieber. Über ihre Wangen strömten Tränen.

»Mama?«, sagte Ollie. »Was zum Teufel ist mit dir los?«

Nachdem das Geschirr aus Wohn- und Fernsehzimmer herbeigeschafft worden war, gab es noch eine Menge zu tun. Auf beiden Seiten der Spüle befanden sich Ablagen; im Eck stand der Tisch, an dem die Familie meist das Abendessen einnahm. All diese Flächen waren mit halb vollen Auflaufformen, Tupperdosen und in Alufolie gewickelten Überresten bepackt. Auf dem Herd thronte das Skelett eines halb gegessenen Hähnchens neben einer Soßenschüssel mit einer geronnenen braunen Masse.

»Wir haben genügend Reste für 'nen ganzen Monat!«,

platzte Arlene heraus. Prustend krümmte sie sich vor, dann richtete sie sich wieder auf. Ihre Wangen hatten eine violette Färbung angenommen. Ihre roten Haare, die sie sowohl dem vor ihr stehenden als auch dem jetzt unter der Erde liegenden Sohn vererbt hatte, hatten sich aus den Spangen gelöst, mit denen sie vorübergehend gebändigt worden waren, und umrahmten das pralle Gesicht nun wie ein krauser Strahlenkranz. »Die schlechte Nachricht: Frankie ist tot! Die gute Nachricht: Ich muss *lange ... ganz lange ...* nicht mehr einkaufen gehen!«

Sie begann zu heulen. Das war ein Geräusch, das in eine Irrenanstalt gehörte, nicht in die heimische Küche. Fred befahl seinen Beinen, sich in Bewegung zu setzen, damit er zu seiner Frau gehen und sie umarmen könne, aber seine Glieder gehorchten ihm nicht. Dafür ging Ollie los, doch bevor er seine Mutter erreichte, griff die sich das Hähnchen und warf es in seine Richtung. Ollie duckte sich. Das Hähnchen flog mit einem Salto durch die Luft, wo es seine Füllung verlor, bevor es mit einem scheußlich knirschenden Platschen gleich unterhalb der Wanduhr landete. Auf der Tapete blieb ein runder Fettfleck zurück.

»Mama, hör auf! Bitte!«

Ollie versuchte, Arlene an den Schultern zu fassen und in seine Arme zu ziehen, aber sie schlüpfte ihm aus den Händen und rannte, immer noch lachend und heulend, auf eine der Ablagen zu. Dort packte sie mit beiden Händen eine Schale Lasagne – mitgebracht von einer Jüngerin von Pfarrer Brixton – und stülpte sie sich umgedreht auf den Kopf. Kalte Pasta fiel ihr auf Haare und Schultern. Sie schleuderte die Schale ins Wohnzimmer.

*»Frankie ist tot, verdammt noch mal, und wir veranstalten ein italienisches Büfett!«*

Nun setzte Frank sich endlich in Bewegung, aber Arlene entkam auch seinen Armen. Sie lachte wie ein überdrehtes Mädchen beim Fangenspielen. Als Nächstes grapschte sie sich eine Tupperdose mit Marshmallowpudding und hob sie in die Höhe, ließ sie jedoch gleich wieder zwischen ihre Füße fallen. Ihr Lachen verstummte. Sie griff sich mit einer Hand an die voluminöse linke Brust, während sich die andere flach auf die Rippen darüber legte. Ihre weit aufgerissenen, tränennassen Augen richteten sich auf ihren Mann.

*Diese Augen*, dachte Fred. *Die sind es, in die ich mich damals verliebt habe.*

»Mama? Mama, was hast du denn?«

»Nichts«, sagte sie und dann: »Ich glaube, es ist mein Herz.« Sie beugte sich vor, um das Hähnchen und den Pudding auf dem Boden zu betrachten. Aus ihren Haaren fielen Pastastückchen. »Was habe ich da bloß getan?«

Sie gab ein langes, rasselndes Keuchen von sich. Fred wollte sie packen, aber sie war zu schwer und glitt ihm durch die Arme. Bevor sie seitlich zu Boden sank, sah er, wie schon die Farbe aus ihren Wangen schwand.

Ollie schrie auf und fiel neben ihr auf die Knie. »Mama! Mama! *Mama!*« Er sah zu seinem Vater hoch. »Ich glaube, sie atmet nicht mehr!«

Fred schob seinen Sohn beiseite. »Den Notruf, schnell!«

Ohne sich darum zu kümmern, ob Ollie gehorchte, legte Fred seiner Frau die Hand an den dicken Hals und tastete nach dem Puls. Er spürte einen, aber der war unregelmäßig, ja chaotisch: *poch-poch, pochpochpoch, poch-poch-poch.* Er hockte sich rittlings auf sie, schloss die rechte Hand um sein linkes Handgelenk und fing an, das Brustbein rhythmisch nach unten zu drücken. Ob er das richtig machte? War das, was er da tat, überhaupt Herzdruckmassage? Das konnte er nicht sagen, doch als Arlenes Augen aufgingen, machte sein eigenes Herz in der Brust einen Sprung. Da war sie wieder, sie war wieder da!

*Es war gar kein richtiger Herzanfall. Sie hat sich bloß über-anstrengt, das ist alles. Ist in Ohnmacht gefallen. So was bezeichnet man als Synkope, glaube ich. Aber jetzt werden wir dich auf Diät setzen, meine Liebe, und zum Geburtstag kriegst du eins von den Armbändern zum Messen von deinen …*

»Da habe ich ja schön was angerichtet«, flüsterte Arlene. »Entschuldigung.«

»Sprich lieber nicht, das strengt dich an.«

Ollie hatte nach dem Wandtelefon gegriffen und sprach schnell und laut hinein. Fast brüllend. Er nannte die Adresse. Sagte, man solle sich beeilen.

»Jetzt müsst ihr noch einmal sauber machen«, sagte Arlene. »Entschuldigung, Fred, das tut mir so leid. Entschuldigung.«

Bevor Fred ihr noch einmal sagen konnte, sie solle sich nicht anstrengen, sondern einfach nur ruhig daliegen, bis sie sich besser fühle, atmete Arlene tief und rasselnd ein. Als sie die Luft wieder ausstieß, drehten ihre Augen sich nach oben. Das blutunterlaufene Weiß der Augäpfel quoll hervor und verwandelte das Gesicht zu einer Totenmaske wie aus einem Horrorfilm, die Fred später aus seinem Gedächtnis zu löschen versuchte. Was ihm nicht gelingen würde.

»Papa? Der Rettungswagen ist unterwegs. Wie geht es ihr?«

Fred antwortete nicht. Er war zu sehr damit beschäftigt, seiner Frau wieder irgendeine Art Herzdruckmassage zu verabreichen, und wünschte sich sehnlichst, irgendwann einen Erste-Hilfe-Kurs gemacht zu haben – wieso hatte er sich nie die Zeit dafür genommen? Es gab so vieles, was er sich wünschte. Er hätte seine unsterbliche Seele dafür gegeben, den Kalender um eine lausige Woche zurückdrehen zu können.

Drücken und loslassen. Drücken und loslassen.

*Das wird schon wieder,* sagte er zu Arlene. *Das muss einfach wieder werden.* Entschuldigung *darf einfach nicht dein letztes Wort auf dieser Erde sein. Das lasse ich nicht zu.*

Drücken und loslassen. Drücken und loslassen.

5

Marcy Maitland war gern bereit, Grace zu sich ins Bett kriechen zu lassen, als die darum bat, doch als sie Sarah fragte, ob sie sich ebenfalls dazulegen wolle, schüttelte ihre ältere Tochter den Kopf.

»Na gut«, sagte Marcy. »Aber wenn du's dir anders überlegst, komm einfach her.«

Eine Stunde verging, dann noch eine. Der schlimmste Samstag ihres Lebens wurde zum schlimmsten Sonntag. Sie dachte an Terry, der jetzt im Tiefschlaf neben ihr hätte liegen sollen (vielleicht, da die Bears nun ausgeschaltet waren, mitten in einem Traum über das anstehende Spiel um die Meisterschaft), aber stattdessen in einer Gefängniszelle hockte. Ob er wohl auch noch wach war? Natürlich war er das.

Sie wusste, dass ihr einige harte Tage bevorstanden, aber Howie würde die Sache schon irgendwie geradebiegen. Terry hatte einmal zu ihr gesagt, sein alter Kotrainer sei der beste Strafverteidiger im ganzen Südwesten und werde eines Tages womöglich im Obersten Gerichtshof des Staates sitzen. In

Anbetracht von Terrys hieb- und stichfestem Alibi konnte Howie einfach nichts vermasseln. Aber jedes Mal wenn sie aus dieser Vorstellung beinahe genügend Trost geschöpft hatte, dass sie einschlafen könnte, fiel ihr Ralph Anderson ein, dieser verfluchte Judas, den sie für einen Freund gehalten hatte, und dann war sie wieder hellwach. Sobald das Ganze vorüber war, würden sie die Polizei von Flint City wegen irrtümlicher Festnahme, Rufschädigung und allem anderen verklagen, was Howie Gold einfiel, und wenn Howie damit anfing, seine juristischen Geschosse abzufeuern, würde Marcy dafür sorgen, dass Ralph Anderson in der Schusslinie stand. Ob man ihn wohl persönlich verklagen konnte? Ihm alles wegnehmen, was er besaß? Das hoffte sie jedenfalls. Sie hoffte, ihn samt seiner Frau und dem Sohn, mit dem Terry sich so viel Mühe gegeben hatte, auf die Straße zu setzen, barfuß, in Lumpen und mit einer Bettelschale in den Händen. In diesem fortgeschrittenen und angeblich aufgeklärten Zeitalter war so etwas wahrscheinlich nicht möglich, aber trotzdem sah sie die drei mit völliger Klarheit als Bettler durch die Straßen von Flint City ziehen, und immer wenn das geschah, wurde sie wieder hellwach und zitterte vor Zorn und Befriedigung.

Die Uhr auf dem Nachttisch zeigte Viertel nach zwei an, als Marcys ältere Tochter in der Tür auftauchte. Genauer gesagt waren nur ihre Beine deutlich sichtbar, die unter ihrem Nachthemdersatz, einem überdimensionierten T-Shirt in den Farben der Oklahoma City Thunder, herausragten.

»Mama? Bist du wach?«

»Bin ich.«

»Darf ich mich jetzt doch zu dir und Gracie legen?«

Marcy schlug die Decke zurück und rutschte zur Seite. Sarah kletterte ins Bett, und als Marcy sie umarmte und ihr einen Kuss auf den Nacken drückte, brach sie in Tränen aus.

»Pst, sonst weckst du deine Schwester auf.«

»Ich kann nichts dagegen machen. Ich muss ständig an die Handschellen denken. Tut mir leid.«

»Dann tu es leise. Leise, Schatz.«

Marcy hielt Sarah in den Armen, bis sie sich ausgeweint hatte. Als fünf Minuten lang nichts mehr von ihr zu hören war, dachte Marcy, das Mädchen sei eingeschlafen. Vielleicht konnte sie, da sie nun zwischen ihren beiden Töchtern lag, endlich selbst Schlaf finden. Doch da drehte Sarah sich um und sah sie an. Im Dunkeln glänzten ihre feuchten Augen.

»Er kommt doch nicht ins Gefängnis, oder, Mama?«

»Nein«, sagte Marcy. »Schließlich hat er absolut nichts verbrochen.«

»Aber manchmal kommen auch unschuldige Leute ins Gefängnis. Jahrelang sogar, bis jemand rauskriegt, dass sie doch unschuldig waren. Dann kommen sie zwar raus, aber da sind sie schon *alt*.«

»Das wird mit deinem Vater nicht geschehen. Der war ja in Cap City, als das, wofür sie ihn festgenommen haben, passiert ist, und …«

»Ich weiß, warum sie ihn festgenommen haben«, sagte Sarah und wischte sich die Augen aus. »Bin ja nicht *doof*.«

»Das habe ich auch nicht gemeint, Schatz.«

Sarah bewegte sich unruhig hin und her. »Die müssen doch einen Grund gehabt haben.«

»Das denken sie wahrscheinlich, aber ihre Gründe stimmen nicht. Mr. Gold wird ihnen erklären, wo Papa war, und dann müssen sie ihn freilassen.«

»Na gut.« Eine lange Pause. »Aber ich will nicht zurück ins

Sommerlager, bevor das alles vorüber ist, und Gracie sollte da auch nicht wieder hin, glaube ich.«

»Das müsst ihr ja nicht. Und wenn der Herbst kommt, wird alles bloß noch eine Erinnerung sein.«

»Eine böse«, sagte Sarah und schniefte.

»Das stimmt. Schlaf jetzt ein.«

Das tat Sarah, und da Marcy von ihren Töchtern behaglich gewärmt wurde, schlief sie nun ebenfalls ein. Allerdings hatte sie schlechte Träume, in denen Terry von den beiden Polizisten davongeführt wurde, während das Publikum zusah, Baibir Patel weinte und Gavin Frick ungläubig auf das starrte, was da vor sich ging.

# 6

Bis Mitternacht herrschte im County-Gefängnis ein Rummel wie zur Fütterungszeit im Zoo – Besoffene, die sangen, Besoffene, die weinten, Besoffene, die an den Gitterstäben ihrer Zelle standen und sich lautstark unterhielten. Einmal klang es sogar nach einer Schlägerei, obwohl es ausschließlich Einzelzellen gab und so etwas daher eigentlich nicht möglich war, falls nicht zwei Kerle durchs Gitter hindurch aufeinander einschlugen. Am anderen Ende des Flurs brüllte irgendjemand lauthals unaufhörlich den ersten Vers von Johannes 3, 16: »*Also hat Gott die Welt geliebt! Also hat Gott die Welt geliebt! Also hat Gott die ganze beschissene Welt geliebt!*« Es stank nach Pisse, Scheiße, Desinfektionsmittel und den in Soße ertränkten Nudeln, die man offenbar zum Abendessen serviert hatte.

*Mein erstes Mal im Gefängnis,* dachte Terry staunend. *Nach vierzig Lebensjahren bin ich im Bau, im Knast, im Kittchen, hinter schwedischen Gardinen gelandet. Kaum zu glauben.*

Er wollte Zorn, *rechtschaffenen* Zorn empfinden und nahm an, dass dieses Gefühl sich mit dem Tageslicht einstellen würde, wenn die Welt wieder an Trennschärfe gewann, aber während das Rufen und Singen jetzt, um drei Uhr früh an einem Sonntagmorgen, allmählich in Schnarchen, Furzen und gelegentliches Stöhnen überging, empfand er nichts als Scham. Als ob er *wirklich* etwas getan hätte. Wenn er allerdings tatsächlich das getan hätte, was man ihm vorwarf, dann hätte er nichts dergleichen verspürt. Wenn er so krank und bösartig gewesen wäre, einem Kind etwas derart Obszönes zuzufügen, so hätte er nichts empfunden als die verzweifelte Schläue eines Tieres, das in einer Falle steckte. Er wäre bereit gewesen, alles zu sagen und zu tun, um sich zu befreien. Aber stimmte das überhaupt? Woher wollte er wissen, wie ein solcher Mensch dachte und empfand? Das war wie der Versuch zu raten, was sich im Hirn eines Außerirdischen abspielte.

Terry hegte keinen Zweifel, dass Howie Gold ihn hier herausholen würde; selbst jetzt, im dunkelsten Abgrund der Nacht, wo er immer noch zu begreifen versuchte, wie sein ganzes Leben sich innerhalb von Minuten verändert hatte, zweifelte er nicht daran. Zugleich war ihm jedoch klar, dass nicht die ganze Scheiße von ihm abgewaschen würde. Ja, man würde ihn mit einer Entschuldigung freilassen – wenn nicht morgen, dann bei der Anklageverlesung, und wenn nicht da, dann beim nächsten Schritt, wahrscheinlich einer Verhandlung vor einem Geschworenengericht in Cap City –, aber er wusste, was er in den Augen seiner Schüler sehen würde, wenn er das nächste Mal vor eine Klasse trat, und mit seiner Laufbahn als Jugendtrainer war es wahrscheinlich ganz vorbei. Die verschiedenen Entscheidungsgremien würden sicher einen Vorwand finden, wenn er nicht tat, was sie für ehrenwert hielten, und von selbst zurücktrat. Vollkommen unschuldig würde er nämlich nie wieder sein, nicht in den Augen seiner Nachbarn im Westen der Stadt und nicht für die Bürger von ganz Flint City. Er würde immer derjenige sein, den man für den Mord an Frank Peterson verhaftet hatte. Derjenige, über den die Leute sagten: *Kein Rauch ohne Feuer.*

Wenn es nur um ihn allein gegangen wäre, hätte er wohl damit umgehen können. Was sagte er immer zu seinen Jungs, wenn sie über eine vermeintlich unfaire Entscheidung des Schiedsrichters jammerten? *Steckt's einfach weg, und stellt euch wieder auf die Hinterbeine. Macht euer Spiel.* Aber in diesem Fall musste nicht nur er etwas wegstecken, nicht nur er musste sein Spiel machen. Marcy würde ein Stigma tragen. Sie würde erleben, wie man bei der Arbeit und beim Einkaufen über sie flüsterte und ihr Seitenblicke zuwarf, wie ihre Freundinnen sie nicht mehr anriefen. Vielleicht war Jamie Mattingly eine Ausnahme, aber selbst bei der hatte er seine Zweifel.

Und dann die Mädchen. Sarah und Gracie würden jenem bösartigen Gerede ausgesetzt sein, zu dem nur Kinder ihres Alters fähig waren. Die anderen würden ihnen möglichst aus dem Weg gehen. Wahrscheinlich war Marcy vernünftig genug, sie zu Hause zu behalten, bis alles geklärt war, um sie wenigstens vor den Reportern zu beschützen, die sie sonst auf Schritt und Tritt verfolgt hätten. Im Herbst aber würden sie aufs Korn genommen werden. *Siehst du das Mädchen da drüben? Man hat ihren Vater verhaftet, weil er einen Jungen umgebracht und ihm einen Stock in den Hintern gesteckt hat.*

Terry lag auf seiner Pritsche, starrte hinauf in die Dunkelheit, roch den Knastgestank. *Wir werden umziehen müssen,* dachte er. *Vielleicht nach Tulsa, vielleicht nach Cap City, vielleicht auch runter nach Texas. Irgendjemand wird mir schon einen Job geben, auch wenn man mich nie mehr in die Nähe einer Jugendmannschaft lassen wird, egal ob beim Baseball, beim Football oder beim Basketball. Schließlich bin ich gut qualifiziert, und man wird mich im Schuldienst nicht ablehnen können, weil man Angst vor einer Diskriminierungsklage hat.*

Allerdings würde die Festnahme – und der Grund dafür – der Familie folgen wie der Knastgestank hier. Besonders den Mädchen. Man würde nur Facebook aufrufen müssen, um sie aufzuspüren und an den Pranger zu stellen. *Das sind die Mädchen, deren Vater ungestraft mit einem Mord davongekommen ist.*

Er musste aufhören, sich solche Gedanken zu machen, damit er ein bisschen Schlaf bekam, und er musste aufhören, sich zu schämen, weil jemand anderes, nämlich Ralph Anderson, einen furchtbaren Fehler begangen hatte. Mitten in der Nacht sah so etwas immer schlimmer aus, als es war, das musste er sich einschärfen. Sonst war es angesichts seiner momentanen Lage – in einer Zelle und einer braunen Schlabberuniform, deren Rückseite mit den Initialen der Gefängnisbehörde bedruckt war – unvermeidlich, dass seine Ängste so groß wurden wie die Wagen bei einem Karnevalsumzug. Am Morgen würde alles besser aussehen. Da war er sich ganz sicher.

Definitiv.

Trotzdem schämte Terry sich.

Er legte sich den Arm über die Augen.

## 7

Am Sonntagmorgen schlüpfte Howie Gold schon um halb sieben aus dem Bett, nicht weil er um diese Zeit etwas zu tun hatte, aber auch nicht aus einer persönlichen Vorliebe heraus. Wie bei vielen Männern Anfang sechzig war seine Prostata ebenso angewachsen wie seine Ruhestandsrücklagen, und seine Blase schien ebenso geschrumpft zu sein wie seine sexuellen Bedürfnisse. Sobald er einmal wach war, schaltete sein Gehirn automatisch vom Park- in den Fahrmodus, weshalb er absolut nicht wieder einschlafen konnte.

Er überließ seine Frau Elaine hoffentlich angenehmen Träumen und schlurfte barfuß in die Küche, um die Kaffeemaschine anzuwerfen und sein Handy zu überprüfen, das er auf lautlos gestellt und auf der Ablage deponiert hatte, bevor er zu Bett gegangen war. Um 01.12 Uhr morgens war eine SMS von Alec Pelley eingetroffen.

Howie trank gerade seinen Kaffee und aß eine Schale Cornflakes, als Elaine in die Küche kam. Sie knotete den Gürtel ihres Morgenmantels zu und gähnte. »Na, was läuft so, mein Schnuffel?«

»Das wird sich noch herausstellen. Sag mal, wie wär's mit einem Teller Rührei?«

»Da bietet er tatsächlich an, Frühstück zu machen.« Sie goss sich eine Tasse Kaffee ein. »Da heute weder Valentinstag noch mein Geburtstag ist, kommt mir das verdächtig vor.«

»Ich muss mir irgendwie die Zeit vertreiben. Hab eine SMS von Alec bekommen, aber den kann ich vor sieben nicht anrufen.«

»Gute oder schlechte Nachrichten?«

»Keine Ahnung. Also, willst du jetzt Eier oder nicht?«

»Ja. Zwei. Spiegeleier, kein Rührei.«

»Du weißt doch, dass mir immer das Eigelb platzt.«

»Da ich gemütlich sitzen bleiben und zuschauen darf, werde ich mich mit Kritik zurückhalten. Auf Weizentoast, bitte.«

Erstaunlicherweise platzte nur ein Eigelb. Als er ihr den Teller servierte, sagte sie: »Wenn Terry Maitland das Kind wirklich umgebracht hat, ist die Welt verrückt geworden.«

»Die Welt ist ohnehin verrückt«, sagte Howie. »Aber er hat es trotzdem nicht getan. Sein Alibi ist so hieb- und stichfest wie das S auf der Brust von Superman.«

»Wieso haben sie ihn dann verhaftet?«

»Weil sie meinen, ihre Beweise wären so hieb- und stichfest wie das S auf der Brust von Superman.«

Darüber dachte sie eine Weile nach. »Unaufhaltsame Kraft trifft auf ein unbewegliches Objekt?«

»So etwas gibt es nicht, Schatz.«

Howie warf einen Blick auf seine Armbanduhr. Fünf Minuten vor sieben. Das reichte. Er wählte die Nummer von Alecs Handy.

Beim dritten Läuten hob sein Ermittler ab. »Das ist zu früh, ich bin noch am Rasieren. Kannst du in fünf Minuten noch mal anrufen? Anders gesagt, um sieben, wie ich es dir gesagt habe?«

»Nein«, sagte Howie. »Aber ich warte, bis du dir den Rasierschaum von der Seite abgewischt hast, an die du das Telefon hältst. Einverstanden?«

»Du bist aber ein strenger Auftraggeber«, sagte Alec, klang jedoch gut gelaunt, trotz der frühen Stunde und obwohl er bei einer Beschäftigung unterbrochen worden war, bei der sich die meisten Männer lieber ihren eigenen Gedanken widmeten. Was Howie Hoffnung machte. Er hatte zwar jetzt schon allerhand Argumente an der Hand, aber weitere waren immer nützlich.

»Gibt's gute oder schlechte Nachrichten?«

»Lass mir mal 'ne Sekunde, ja? Sonst krieg ich den Scheiß doch noch auf mein Telefon.« Es waren eher fünf Sekunden, aber dann war Alec wieder da. »Die Nachrichten sind eindeutig gut, Chef. Gut für uns und schlecht für den Staatsanwalt. Sehr schlecht.«

»Du hast also die Aufnahmen gesehen? Wie viele sind es und von wie vielen Kameras?«

»Ich habe die Aufnahmen gesehen, und zwar eine ganze Menge.« Alec machte eine Pause, und als er weitersprach, wusste Howie, dass er lächelte; das war an der Stimme eindeutig zu hören. »Aber es gibt noch was Besseres. Was *viel* Besseres.«

## 8

Als Jeanette Anderson um Viertel vor sieben aufwachte, war der Platz neben ihr leer. In der Küche roch es nach frischem Kaffee, aber da steckte ihr Mann ebenfalls nicht. Sie warf einen Blick aus dem Fenster und sah ihn im Garten am Picknicktisch sitzen. Er trug noch seinen gestreiften Schlafanzug und trank aus dem Scherzbecher, den Derek ihm zum letzten Vatertag geschenkt hatte. Auf der Seite stand in großen, blauen Buchstaben: DU HAST DAS RECHT ZU SCHWEIGEN, BIS ICH MEINEN KAFFEE GETRUNKEN HABE. Jeanette goss sich selbst einen Becher ein, ging zu Ralph hinaus und gab ihm einen Kuss auf die Wange. Es würde ein heißer Tag werden, aber so früh am Morgen war es noch kühl, ruhig und angenehm.

»Du kannst es nicht loslassen, was?«, sagte sie.

»Das wird keiner von uns loslassen können«, antwortete er. »Eine ganze Weile nicht.«

»Heute ist Sonntag«, sagte sie. »Ein Tag zum Ausruhen. Den brauchst du auch. Es gefällt mir gar nicht, wie du aussiehst. Laut dem Artikel, den ich letzte Woche in der Gesundheitsrubrik von der *New York Times* gelesen habe, bist du altersmäßig im Herzinfarktalter gelandet.«

»Das ist ja ausgesprochen aufmunternd.«

Sie seufzte. »Was steht als Erstes auf der Liste?«

»Ein Gespräch mit dieser Lehrerin, Deborah Grant. Nur um auf Nummer sicher zu gehen. Zweifellos wird sie bestätigen, dass Terry bei dem Ausflug in die Hauptstadt dabei war; allerdings gibt's immer eine Chance, dass sie etwas an ihm bemerkt hat, was Roundhill und Quade entgangen ist. Frauen sind oft aufmerksamer.«

Das hielt Jeannie für zweifelhaft, wenn nicht gar sexistisch, aber jetzt war nicht der richtige Zeitpunkt, so etwas zu erörtern. Stattdessen kam sie auf das Gespräch in der vergangenen Nacht zurück. »Terry war eindeutig hier in Flint City. Er hat es getan. Was du brauchst, sind forensische Beweise aus der Hauptstadt. Irgendwelches DNA-Material kommt da wohl nicht infrage, aber wie steht es mit Fingerabdrücken?«

»Wir können das Zimmer untersuchen, in dem er mit Quade übernachtet hat, aber die beiden haben am Mittwochmorgen ausgecheckt, und seither ist das Zimmer gereinigt worden und bereits anderweitig belegt gewesen. Höchstwahrscheinlich sogar von mehreren Gästen.«

»Aber möglich ist es doch, oder? Manche Zimmermädchen

mögen ja sorgfältig sein, aber viele machen bloß die Betten, wischen die Gläserspuren und Flecken vom Couchtisch und geben sich damit zufrieden. Was, wenn ihr die Fingerabdrücke von Mr. Quade findet, aber keine von Terry Maitland?«

Die kriminalistische Begeisterung auf ihrem Gesicht war so hübsch anzusehen, dass er sie lieber nicht gedämpft hätte. »Das würde überhaupt nichts beweisen, Liebling. Howie Gold würde den Geschworenen erklären, sie könnten niemand schuldig sprechen, weil irgendwo *keine* Fingerabdrücke von ihm vorhanden sind, und damit hätte er völlig recht.«

Sie dachte nach. »Okay, aber ich glaube, ihr solltet in dem Zimmer trotzdem nach Abdrücken suchen und möglichst viele identifizieren. Kannst du das veranlassen?«

»Ja, und es ist eine gute Idee.« Zumindest war es eine weitere Maßnahme, um auf Nummer sicher zu gehen. »Ich finde raus, um welches Zimmer es sich handelt, und versuche, das Sheraton von der Notwendigkeit zu überzeugen, die derzeitigen Gäste umzuquartieren. Bei dem Medienrummel, der gerade herrscht, wird man wahrscheinlich dazu bereit sein. Dann suchen wir jeden Winkel nach Abdrücken ab. Was mich allerdings wirklich interessiert, sind die Aufnahmen von den Überwachungskameras in der Zeit, wo die Tagung stattgefunden hat. Weil Detective Sablo – der leitet die Ermittlungen bei der Highway Patrol – erst heute Abend zurückkommt, werde ich selbst hinfahren. Dann bin ich zwar mehrere Stunden später dran als der Ermittler von Howie Gold, aber da kann man nichts machen.«

Sie legte eine Hand auf seine. »Versprich mir bloß, dass du immer mal Pausen einlegst und daran denkst, dass heute eigentlich ein Ruhetag ist. Der einzige, den du bis morgen hast.«

Er lächelte sie an, drückte ihre Hand und ließ sie dann los. »Ich denke permanent über die Fahrzeuge nach, die Terry verwendet hat. Über das, mit dem er den kleinen Peterson gekidnappt hat, und das, mit dem er aus der Stadt gefahren ist.«

»Der Lieferwagen und der Subaru.«

»Mhm. Der Subaru macht mir nicht viel Kopfzerbrechen. Der wurde schlicht aus dem städtischen Parkhaus geklaut, was seit etwa 2012 nicht selten vorkommt. Die neuen schlüssellosen Zündungen sind ideal für Autodiebe, denn wenn die Leute irgendwo anhalten und überlegen, was sie noch einkaufen müssen oder zum Abendessen kochen sollen, denken sie oft nicht an den Funkschlüssel, weil der nicht in der Zündung baumelt. Deshalb lassen ihn manche im Auto liegen, vor allem wenn sie ein Headset tragen oder am Handy hängen, dann überhört man nämlich den Piepton, der einen warnt. Die Frau, der der Subaru gehört, Barbara Nearing, hat den Funkschlüssel im Becherhalter gelassen und den Parkschein aufs Armaturenbrett gelegt, als sie um acht ins Büro gegangen ist. Als sie dann um fünf wiederkam, war der Wagen weg.«

»Erinnert sich der Parkwächter nicht daran, wer damit weggefahren ist?«

»Nein, was nicht weiter verwunderlich ist. Es ist ein großes Parkhaus mit fünf Ebenen, da fährt ständig jemand rein und raus. An der Ausfahrt ist zwar eine Überwachungskamera, aber die Aufnahmen werden nach achtundvierzig Stunden gelöscht. Der Lieferwagen dagegen ...«

»Was ist mit dem?«

»Der gehört einem Mann namens Carl Jellison, der Schreinerarbeiten und anderen handwerklichen Kram macht. Er wohnt in Spuytenkill, New York, einer Kleinstadt zwischen Poughkeepsie und New Paltz. Den Schlüssel hat er zwar mitgenommen, aber unter der hinteren Stoßstange war für

Notfälle ein Magnetkästchen mit einem zweiten. Das Kästchen hat jemand entdeckt und ist mit dem Lieferwagen verschwunden. Nach der Vermutung, die Bill Samuels aufgestellt hat, ist der Dieb damit von dort oben bis nach Cap City gefahren ... oder nach Dubrow ... vielleicht auch direkt bis hierher nach Flint City ... und hat ihn dann einfach stehen lassen, ohne den Zündschlüssel abzuziehen. Terry hat den Wagen entdeckt, ihn auch gestohlen und vorerst irgendwo deponiert, zum Beispiel in einer Scheune oder einem Schuppen vor der Stadt. Aufgelassene Farmen gibt es ja weiß Gott genug, seit die Wirtschaft 2008 in den Keller ging. Und am Ende hat er den Wagen mit dem Schlüssel in der Zündung hinter dem Shorty's abgestellt und nicht grundlos gehofft, dass jemand ihn ein drittes Mal stiehlt.«

»Bloß hat das niemand getan, weshalb ihr den Lieferwagen beschlagnahmen konntet«, sagte Jeannie. »Samt dem Schlüssel, auf dem sich ein Daumenabdruck von Terry Maitland befindet.«

Ralph nickte. »Genauer gesagt haben wir massenhaft Fingerabdrücke. Schließlich ist der Wagen zehn Jahre alt und in den letzten fünf nicht gereinigt worden, falls überhaupt jemals. Manche Abdrücke konnten wir anderweitig zuordnen – die von Jellison, seinem Sohn, seiner Frau und zwei Männern, die für ihn gearbeitet haben. Die hatten wir schon am Donnerstagnachmittag, wofür ich der State Police von New York von Herzen dankbar bin. Bei einigen anderen Staaten, den meisten sogar, würden wir immer noch drauf warten. Natürlich haben wir auch Abdrücke von Terry Maitland und Frank Peterson gefunden. Vier von Peterson waren innen auf der Beifahrertür. Da ist es ziemlich fettig, weshalb sie so deutlich wie auf einem Röntgenbild sind. Ich nehme an, dass sie auf dem Parkplatz am Figgis-Park entstanden sind, als Terry versucht hat, den Jungen aus dem Auto zu zerren und der sich wehren wollte.«

Jeannie verzog das Gesicht.

»Andere Abdrücke aus dem Lieferwagen konnten wir noch nicht identifizieren, obwohl sie seit Mittwoch in den Datenbanken sind. Vielleicht ergibt sich noch was, vielleicht auch nicht. Wahrscheinlich stammen einige von dem ursprünglichen Dieb, der den Wagen oben in Spuytenkill geklaut hat. Die anderen könnten von irgendwelchen Bekannten von Jellison sein oder von Leuten, die der Dieb auf der Fahrt mitgenommen hat. Die frischesten stammen allerdings von dem Jungen und von Maitland. Der ursprüngliche Dieb ist zwar nicht weiter von Interesse, aber ich wüsste wirklich zu gern, wo er den Wagen letztlich abgestellt hatte.« Er schwieg kurz. »Das Ganze ist irgendwie ziemlich unlogisch.«

»Dass Terry seine Fingerabdrücke nicht abgewischt hat?«

»Nicht bloß das. Wieso hat er den Lieferwagen und den Subaru überhaupt gestohlen? Wieso klaut man ein Fahrzeug, um ein Verbrechen zu begehen, wenn man sein Gesicht dann jedem zeigt, der sich dafür interessiert?«

Jeannie lauschte den Ausführungen mit zunehmender Betroffenheit. Als Frau von Ralph konnte sie die daraus resultierenden Fragen eigentlich nicht stellen: Wenn du derartige Zweifel hattest, weshalb in Gottes Namen bist du dann so aggressiv vorgegangen? Und weshalb so schnell? Klar, sie hatte ihn dazu ermuntert, weshalb sie für das Dilemma irgendwie mitverantwortlich war, aber sie hatte ja nicht alle Einzelheiten gekannt. *Eine billige Ausflucht, aber was soll ich machen,* dachte sie … und verzog wieder das Gesicht.

Als hätte Ralph ihre Gedanken gelesen (was er nach beinahe fünfundzwanzig Ehejahren wahrscheinlich konnte), sagte er: »Es ist ja nicht so, dass wir fahrlässig vorgegangen wären, ganz im Gegenteil. Ich habe mit Bill Samuels darüber diskutiert, und der meint, dass es gar nicht logisch sein *muss*. Terry, meint er, hat so gehandelt, weil er wahnsinnig geworden ist, weil der Impuls, es zu tun – das *Bedürfnis* dazu, könnte man sagen, obwohl ich das vor Gericht nicht so formulieren würde –, sich immer stärker in ihm aufgebaut hat. Solche Fälle hat es schon gegeben. ›Na ja‹, hat Bill gemeint. ›Er hatte etwas geplant und ein paar Vorbereitungen getroffen, aber als er am Dienstag gesehen hat, wie Frank Peterson sein kaputtes Fahrrad durch die Gegend schiebt, war die ganze Planung futsch. Er ist ausgerastet, und Dr. Jekyll hat sich in Mr. Hyde verwandelt.‹«

»Einen sexuellen Sadisten in Ekstase«, murmelte sie. »Terry Maitland. Coach T.«

»Das hat mir sofort eingeleuchtet, und das tut es immer noch«, sagte er fast angriffslustig.

*Mag sein,* hätte sie antworten können, *aber was ist mit dem, was hinterher passiert ist? Als es vorüber war und er seinen Appetit gesättigt hatte? Habt ihr, du und Bill, darüber nachgedacht? Wieso hat er dann seine Fingerabdrücke* immer noch *nicht abgewischt und sich weiterhin überall blicken lassen?*

»Unter dem Fahrersitz vom Lieferwagen hat etwas gelegen«, sagte Ralph.

»Wirklich? Was denn?«

»Ein Papierfetzen. Vielleicht von einem Take-away-Flyer. Wahrscheinlich hat das Ding keine Bedeutung, aber ich werde es mir jetzt trotzdem genauer anschauen. Ich bin mir ziemlich sicher, dass man es als Beweismittel archiviert hat.« Er schüttete seinen restlichen Kaffee auf den Rasen und erhob sich. »Vor allem will ich mir aber die Aufnahmen anschauen, die am Dienstag und Mittwoch von den Überwachungskameras im Sheraton gemacht wurden. Und vielleicht gibt es ja auch welche aus dem Restaurant, wo Terry abends angeblich mit seinen Kollegen gegessen hat.«

»Wenn sein Gesicht auf irgendeiner Aufnahme gut zu sehen ist, kannst du mir ja einen Screenshot schicken.« Und als Ralph die Augenbrauen hob: »Ich kenne Terry schon so lange wie du, und wenn der Mann, der in Cap City war, jemand anderes ist, wird mir das nicht entgehen.« Sie lächelte. »Schließlich sind Frauen aufmerksamer als Männer. Hast du vorhin selbst gesagt.«

<br>

## 9

Beim Frühstück aßen Sarah und Grace Maitland fast überhaupt nichts, was Marcy nicht genauso beunruhigte wie die ungewohnte Abwesenheit von Smartphones und Tablets auf dem Tisch. Die Polizei hatte den beiden ihre elektronischen Geräte nicht weggenommen, doch nach ein paar kurzen Blicken darauf hatten Sarah und Grace sie auf ihren Zimmern gelassen. Offenbar wollten sie sich mit dem, was sie dort finden würden, ob Nachrichten oder soziales Geschnatter, nicht beschäftigen. Nachdem Marcy einen schnellen Blick aus dem Wohnzimmerfenster geworfen und gesehen hatte, dass zwei Übertragungswagen und ein Wagen der städtischen Polizei am Bordstein standen, zog sie die Vorhänge zu. Wie lange der Tag wohl werden würde? Und was in Gottes Namen sollte sie damit anfangen?

Die letzte Frage beantwortete Howie Gold an ihrer Stelle.

Er rief um Viertel nach acht an und klang bemerkenswert gut gelaunt.

»Wir werden Terry heute Nachmittag besuchen. Gemeinsam. Normalerweise muss ein Häftling alle Besuche vierundzwanzig Stunden im Voraus beantragen und genehmigen lassen, aber ich habe es geschafft, das zu umgehen. Nicht zu umgehen ist allerdings das Verbot von Körperkontakt. Er ist in Hochsicherheitsverwahrung, was bedeutet, dass man nur durch eine Glasscheibe hindurch mit ihm sprechen kann, aber das ist nicht so schlimm, wie es in Filmen wirkt. Du wirst schon sehen.«

»Okay.« Ihr blieb fast die Luft weg. »Um wie viel Uhr?«

»Ich hole dich um halb zwei ab. Pack seinen besten Anzug ein und eine hübsche, dunkle Krawatte. Für den Auftritt vor Gericht. Außerdem kannst du ihm was Gutes zu essen mitbringen. Nüsse, Obst, Schokolade. Steck alles in einen durchsichtigen Plastikbeutel, ja?«

»Mach ich. Was ist mit den Mädchen? Soll ich …?«

»Nein, die beiden bleiben zu Hause. Die haben im Gefängnis nichts verloren. Besorg dir jemand, der sie in der Zeit betreut, weil die Presseleute ziemlich aufdringlich werden können. Und sag ihnen, dass alles in Ordnung ist.«

Sie wusste nicht, ob sie jemand zur Betreuung finden würde, denn Jamie wollte sie nach allem, was am Tag zuvor geschehen war, nicht schon wieder belästigen. Wenn sie sich an den Polizisten in dem Streifenwagen draußen wandte, würde der die Reporter doch sicher daran hindern, den Garten zu betreten. Oder doch nicht?

»Ist es das denn? Ist wirklich alles in Ordnung?«

»Ich glaube schon. Alec Pelley hat in Cap City gerade eine riesige Piñata zerschlagen, und alle Geschenke sind in unserem Schoß gelandet. Ich schicke dir noch einen Link. Es liegt an dir, ob du es deinen Mädels zeigst, aber wenn es meine wären, würde ich das tun, das kannst du mir glauben.«

Fünf Minuten später saß Marcy auf dem Sofa, Sarah auf einer Seite und Grace auf der anderen. Die drei starrten auf Sarahs Tablet. Der Desktop von Terry oder einer der Laptops wären zwar besser gewesen, aber die Geräte hatte die Polizei alle mitgenommen. Wie sich bald herausstellte, reichte das Tablet völlig aus. Bald strahlten alle drei, stießen Freudenschreie aus und klatschen sich ab.

*Das ist nicht bloß irgendein Licht am Ende des Tunnels,* dachte Marcy, *sondern ein verdammt echter Regenbogen!*

## 10

*Tack, tack, tack.*

Zuerst dachte Merl Cassidy, er würde das in einem Traum hören, einem von den üblen, in denen sein Stiefvater sich bereit machte, ihm eins über die Rübe zu geben. Dabei hatte der kahlköpfige Drecksack immer auf den Küchentisch geklopft, zuerst mit den Fingerknöcheln und dann mit der ganzen Faust, während er die Fragen stellte, die jedes Mal den abendlichen Prügeln vorausgingen: *Wo hast du gesteckt? Wieso trägst du überhaupt 'ne Armbanduhr, wenn du sowieso immer zu spät zum Essen kommst? Wieso hilfst du deiner Mutter nie? Und wieso bringst du eigentlich immer deine Schulbücher mit, wenn du doch nie irgendwelche verfluchten Hausaufgaben machst?* Seine Mutter mochte versuchen zu protestieren, wurde aber nicht weiter beachtet. Wenn sie dazwischentreten wollte, wurde sie weggeschubst. Dann fing die Faust, die mit zunehmender Gewalt auf den Tisch geschlagen hatte, damit an, sich Merl zuzuwenden.

*Tack, tack, tack.*

Merl öffnete die Augen, um dem Traum zu entkommen, und hatte einen kurzen Moment Zeit, die Ironie der Dinge auszukosten: Da war er fünfzehnhundert Meilen von diesem brutalen Arschloch entfernt, mindestens fünfzehnhundert … und trotzdem direkt in seiner Nähe, sobald er schlief. Eine ganze Nacht geschlafen hatte er allerdings nur selten, seit er von zu Hause ausgerissen war.

*Tack, tack, tack.*

Es war ein Streifenpolizist, der mit seinem Schlagstock ans Fenster klopfte. Geduldig. Nun machte er mit seiner freien Hand die Kurbelgeste: Fenster auf!

Einen Moment lang hatte Merl keine Ahnung, wo er sich befand, aber als er durch die Windschutzscheibe auf den riesigen Kasten blickte, der hinter einem ebenso riesigen, beinahe leeren Parkplatz aufragte, wusste er wieder Bescheid. El Paso. Er war jetzt in El Paso. In dem Buick, den er fuhr, war fast kein Benzin mehr, und er war praktisch pleite. Deshalb hatte er sich auf den Parkplatz von dem Walmart-Supercenter da drüben gestellt, um ein paar Stunden zu schlafen. Damit ihm vielleicht morgens eine Idee kam, was er als Nächstes tun sollte. Nur dass es damit jetzt wahrscheinlich vorüber war.

*Tack, tack, tack.*

Er öffnete das Fenster. »Guten Morgen, Officer. Ich bin die Nacht durchgefahren und hab hier gehalten, um ein paar Stunden zu schlafen. Ich dachte, das geht in Ordnung, mich hier ’ne Weile aufzuhalten. Falls ich mich da geirrt hab, tut's mir leid.«

»Nein, nein, das ist sogar bewundernswert«, sagte der Polizist, und weil der nun lächelte, überbekam Merl unvermutet Hoffnung. Es war ein freundliches Lächeln. »Das machen viele Leute. Allerdings sehen die meisten nicht wie Vierzehnjährige aus.«

»Ich bin schon achtzehn, bloß ein bisschen klein für mein Alter.« Während er das sagte, spürte er eine gewaltige Müdigkeit, die nichts mit dem Schlafmangel der vergangenen Wochen zu tun hatte.

»Mhm, und mich verwechseln die Leute immer mit Tom Hanks. Manche bitten mich sogar um ein Autogramm. Zeigen Sie mir doch mal den Führerschein und die Fahrzeugpapiere.«

Ein weiterer Versuch, so schwach wie das letzte Zucken im Fuß eines Sterbenden. »Die waren in meiner Jacke, und die hat jemand geklaut, als ich auf der Toilette war. Beim McDonald's war das.«

»So, so, na dann, okay. Und wo wohnen Sie?«

»In Phoenix«, sagte Merl recht unglaubwürdig.

»So, so, und wieso hat das Prachtstück hier dann ein Kennzeichen aus Oklahoma?«

Merl schwieg, weil ihm nichts mehr einfiel.

»Steig aus dem Wagen, Junge, und obwohl du in etwa so gefährlich aussiehst wie ein Pudel, den man zum Kacken in den Regen geschickt hat, hältst du die Hände lieber so, dass ich sie sehen kann.«

Ohne großen Widerwillen stieg Merl aus. Es war ein guter Trip gewesen. Wenn man es sich recht überlegte, sogar ein unglaublicher Trip. Seit er Ende April von zu Hause ausgerissen war, hätte man ihn eigentlich mindestens ein Dutzend Mal schnappen sollen, aber er war immer davongekommen. Dass es nun vorüber war, juckte ihn nicht besonders. Wo hatte er überhaupt hinwollen? Nirgendwohin. Überallhin. Bloß weg von dem kahlköpfigen Dreckskerl.

»Wie heißt du, Junge?«

»Merl Cassidy. Merl ist 'ne Abkürzung von Merlin.«

Einige Leute, die früh zum Shoppen gekommen waren, beäugten die beiden, bevor sie sich den rund um die Uhr geöffneten Wundern von Walmart zuwandten.

»So wie der Zauberer, aha, okay. Hast du irgendeinen Ausweis, Merl?«

Merl griff in die Gesäßtasche und zog eine billige Hirschlederbörse mit Ziernähten hervor, die ihm seine Mutter zum achten Geburtstag geschenkt hatte. Damals waren sie noch zu zweit gewesen, und das Leben hatte einigermaßen Sinn ergeben. In der Börse steckten ein Fünfer und zwei Einer. Aus dem Fach, in dem Merl ein paar Bilder von seiner Mutter verwahrte, zog er eine laminierte Karte mit seinem Foto darauf.

»Kirchliche Jugendgruppe Poughkeepsie«, sagte der Polizist nachdenklich. »Also bist du aus New York State?«

»Ja, Sir.« Das *Sir* hatte sein Stiefvater ihm gleich am Anfang eingeprügelt.

»Direkt aus Poughkeepsie?«

»Nein, Sir, aus einem kleinen Ort ganz in der Nähe. Spuytenkill heißt der. Nach 'nem See, der sprudelt. Hat meine Mutter mir jedenfalls gesagt.«

»Aha, okay, interessant, man erfährt jeden Tag was Neues. Wie lange bist du denn schon unterwegs, Merl?«

»Bald drei Monate, glaube ich.«

»Und wer hat dir das Autofahren beigebracht?«

»Mein Onkel Dave. Hauptsächlich auf Feldwegen. Ich bin ein guter Fahrer. Handschaltung oder Automatik, ganz egal. Mein Onkel Dave, der hatte 'nen Schlaganfall und ist gestorben.«

Während der Polizist nun überlegte, klopfte er mit der laminierten Karte auf seinen Daumennagel, was sich nicht nach *tack, tack, tack* anhörte, sondern nach *tick, tick, tick*. Alles in allem mochte Merl ihn. Bislang jedenfalls.

»'n guter Fahrer, tja, das musst du wohl sein, wenn du es von New York bis in das staubige Scheißloch hier an der Grenze geschafft hast. Wie viele Autos hast du unterwegs gestohlen, Merl?«

»Drei. Nein, vier. Das da ist das vierte. Das erste war allerdings ein Lieferwagen. Der hat 'nem Nachbarn ein paar Häuser weiter gehört.«

»Vier«, sagte der Polizist, während er das schmutzige Kind betrachtete, das da vor ihm stand. »Und wie hast du deine Safari in den Süden finanziert, Merl?«

»Hä?«

»Wie hast du dir was zu essen besorgt? Wo hast du geschlafen?«

»Geschlafen hab ich meistens im Auto. Und ich hab geklaut.« Merl ließ den Kopf hängen. »Vor allem aus den Handtaschen von irgendwelchen Frauen. Manchmal haben die es nicht gemerkt, aber wenn doch ... ich kann ganz gut rennen.« Nun kamen ihm die Tränen. Auf der Reise, die der Cop als seine Safari in den Süden bezeichnet hatte, hatte er ziemlich viel geweint, hauptsächlich nachts, aber das hatte ihn nie richtig erleichtert. Jetzt tat es das. Warum das so war, konnte Merl nicht sagen, aber es war ihm auch egal.

»Drei Monate, vier Autos«, sagte der Polizist, und die Karte von der Jugendgruppe machte *tick, tick, tick*. »Wovor bist du denn davongelaufen, Junge?«

»Vor meinem Stiefvater. Und wenn man mich zu dem Dreckskerl zurückschickt, laufe ich wieder weg, sobald sich 'ne Chance ergibt.«

»Mhm, mhm, hab verstanden. Und wie alt bist du wirklich, Merl?«

»Zwölf, aber nächsten Monat werde ich dreizehn.«

»Zwölf! Da wird doch der Hund in der Pfanne verrückt! Du kommst jetzt erst mal mit, Merl. Sehen wir mal, was wir mit dir anfangen.«

Während man auf der Polizeistation in der Harrison Avenue darauf wartete, dass jemand vom Jugendamt auftauchte, wurde Merl Cassidy fotografiert und entlaust. Außerdem nahm man ihm die Fingerabdrücke ab, die anschließend verschickt wurden. Reine Routine.


## 11


Als Ralph in der wesentlich kleineren Polizeistation von Flint City ankam und erst einmal bei Deborah Grant anrufen wollte, bevor er sich einen Dienstwagen für die Fahrt in die Hauptstadt besorgte, wartete Bill Samuels bereits auf ihn. Der Staatsanwalt sah krank aus. Selbst der Zipfel am Hinterkopf hing herab.

»Was ist denn?«, fragte Ralph. Womit er meinte: *Was denn noch?*

»Alec Pelley hat mir eine Nachricht geschickt. Mit einem Link.«

Samuels schnallte seine Aktentasche auf, holte sein I-Pad heraus (natürlich das große, das Pro) und schaltete es ein. Nachdem er einige Male drauf herumgetippt hatte, reichte er es an Ralph weiter. Die Nachricht von Pelley lautete: **Ganz**

**sicher, dass Sie den Fall gegen T. Maitland weiterverfolgen wollen? Sehen Sie sich erst mal das an.** Darunter befand sich der Link. Ralph tippte darauf.

Auf dem Display erschien die Website von Channel 81: DER OFFENE KANAL FÜR CAP CITY! Es folgte eine Reihe von Videos über Stadtratssitzungen, die Wiedereröffnung einer Brücke, eine interaktive Anleitung mit dem Titel LERNEN SIE IHRE STADTBIBLIOTHEK KENNEN und ein Bericht über NEUERWERBUNGEN IM STÄDTISCHEN ZOO. Ralph warf Samuels einen fragenden Blick zu.

»Scrollen Sie runter.«

Das tat Ralph und stieß auf ein Video mit dem Titel HARLAN COBEN SPRICHT VOR DEN ENGLISCHLEHRERN DER REGION. Das Play-Icon war direkt auf einer bebrillten Frau positioniert, die so viel Haarspray in ihrer Frisur hatte, dass ein Baseball davon abgeprallt wäre, ohne den Schädel zu berühren. Sie stand auf einem Podium, hinter dem man das Logo der Sheraton-Hotelkette sah. Ralph stellte den Vollbildmodus ein.

»Liebe Kolleginnen und Kollegen, herzlich willkommen! Ich bin Josephine McDermott und dieses Jahr mit der Leitung unserer Tagung betraut. Es freut mich *riesig*, hier zu stehen und Sie offiziell zu unserem jährlichen Gedankenaustausch zu begrüßen. Und natürlich zu ein paar geistigen Getränken.« Das wurde vereinzelt mit höflichem Lachen quittiert. »Dieses Jahr ist die Teilnahme besonders zahlreich, und auch wenn ich das gerne meiner charmanten Art zuschreiben würde« – weiteres höfliches Lachen –, »hat das wohl eher mit dem fabelhaften Gastredner zu tun, den wir heute bei uns begrüßen dürfen …«

»Mit einem hat Maitland recht«, sagte Samuels. »Die verfluchte Einführung dauert ewig. Die Frau zählt praktisch jedes Buch auf, das der Kerl geschrieben hat. Gehen Sie mal zu neun Minuten und dreißig Sekunden. Da kommt sie allmählich zum Ende.«

Während Ralph den Zeigefinger an der Zeitleiste entlangschob, wusste er bereits genau, was er sehen würde. Er *wollte* es nicht sehen, und trotzdem tat er es. Die Faszination war unleugbar.

»Meine Damen und Herren, bitte heißen Sie unseren heutigen Gastredner herzlich willkommen: Mr. *Harlan Coben!*«

Aus den Kulissen schritt ein hochgewachsener Mann mit Glatze, neben dem Ms. McDermott wie ein Kind in Erwachsenenklamotten wirkte. Channel 81 hatte das Ereignis so interessant gefunden, dass man gleich mit zwei Kameras erschienen war. Ins Bild kam nun das Publikum, dass Coben mit stehenden Ovationen empfing. Und da, an einem Tisch ganz vorn, saßen drei Männer und eine Frau. Ralph spürte, wie ihm flau im Magen wurde. Er tippte auf das Video, um es anzuhalten.

»Du lieber Himmel«, sagte er. »Das ist er. Terry Maitland zusammen mit Roundhill, Quade und Grant.«

»Bei den ganzen Beweisen, die wir in der Hand haben, ist das eigentlich unmöglich, aber der Kerl da sieht eindeutig nach ihm aus.«

»Bill …« Einen Moment lang konnte Ralph nicht weitersprechen. Er war völlig perplex. »Bill, er hat meinen Sohn trainiert. Der Mann sieht nicht nur nach ihm aus, er *ist* es.«

»Coben spricht ungefähr vierzig Minuten lang. Während der Zeit sieht man ihn da auf dem Podium, aber ab und zu wird das Publikum eingeblendet, wie es über eine witzige Bemerkung von ihm lacht – er ist ein witziger Typ, das muss man ihm lassen – oder auch nur aufmerksam zuhört. Maitland – falls es sich wirklich um ihn handelt – ist auf den

Einstellungen meistens zu sehen. Der letzte Nagel im Sarg kommt allerdings bei Minute sechsundfünfzig. Rufen Sie die mal auf.«

Ralph nahm zur Sicherheit die vierundfünfzigste Minute. Inzwischen war Coben damit beschäftigt, Fragen aus dem Publikum zu beantworten. »In meinen Büchern verwende ich vulgäre Ausdrücke nie um ihrer selbst willen«, sagte er gerade. »Unter bestimmten Umständen finde ich sie jedoch völlig angebracht. Wenn man sich mit dem Hammer auf den Daumen schlägt, sagt man heutzutage schließlich nicht: ›Scheibenkleister!‹« Gelächter aus dem Publikum. »Für eine oder zwei Fragen ist noch Zeit. Wie wäre es mit Ihnen, Sir?«

Das Bild sprang von Coben zum nächsten Fragesteller um. Das war Terry Maitland in einer dicken, fetten Nahaufnahme, und Ralphs letzte Hoffnung, es könnte sich um einen Doppelgänger handeln, wie Jeannie nahegelegt hatte, löste sich in Luft auf. »Wissen Sie immer schon im Voraus, wer der Täter ist, wenn Sie sich zum Schreiben hinsetzen, Mr. Coben, oder ist das manchmal auch für Sie eine Überraschung?«

Ins Bild kam wieder Coben. Er lächelte und sagte: »Das ist eine wirklich gute Frage.«

Bevor Coben eine wirklich gute Antwort geben konnte, spulte Ralph auf Terry zurück, der aufgestanden war, um seine Frage zu stellen. Nachdem Ralph zwanzig Sekunden lang auf das Bild gestarrt hatte, gab er dem Staatsanwalt sein I-Pad zurück.

»Puff«, sagte Samuels. »Damit löst sich unser Fall in Luft auf.«

»Das Ergebnis vom DNA-Test steht immer noch aus«, sagte Ralph … vielmehr hörte er sich das sagen. Sein Körper war wie losgelöst von ihm. So fühlten sich wohl Boxer, kurz bevor der Ringrichter den Kampf unterbrach. »Außerdem muss ich noch mit Deborah Grant sprechen. Anschließend fahre ich in die Hauptstadt, um ein bisschen altmodische Ermittlungsarbeit zu betreiben. Hoch den Arsch und Klinken putzen, wie man so sagt. Ich will mich mit den Leuten vom Hotel unterhalten und mit denen von dem Steakhaus, wo die Gruppe beim Abendessen war.« Dann fiel ihm ein, was Jeannie gesagt hatte. »Außerdem will ich feststellen, ob es vor Ort irgendwelches forensisches Beweismaterial gibt.«

»Wissen Sie, wie unwahrscheinlich das in einem Großstadthotel ist, nachdem schon mehrere Tage vergangen sind?«

»Allerdings.«

»Und was das Steakhaus angeht, wird es um die Zeit wahrscheinlich nicht mal offen haben.« Samuels hörte sich an wie ein kleiner Junge, der von einem größeren gerade vom Gehweg geschubst worden war und sich das Knie aufgeschürft hatte. Ralph hatte allmählich den Eindruck, dass er den Typ da nicht besonders mochte. Der Mann kam ihm immer mehr wie ein Versager vor.

»Wenn es in der Nähe vom Hotel ist, hat es mittags vielleicht geöffnet.«

Samuels schüttelte den Kopf. Er blickte immer noch auf das erstarrte Bild von Terry Maitland. »Selbst wenn die DNA übereinstimmt … was ich zunehmend bezweifle … sind Sie schon zu lange im Geschäft, als dass Sie nicht wüssten, dass die Geschworenen nur selten einen Schuldspruch fällen, wenn man ihnen nur einen DNA-Test und Fingerabdrücke vorlegt. Der Prozess gegen O. J. Simpson ist ein ausgezeichnetes Beispiel dafür.«

»Die Augenzeugen …«

»Die wird Howie Gold in Stücke reißen. Stanhope? Alt und halb blind. ›Sie haben doch vor drei Jahren auf Ihren

Führerschein verzichtet, nicht wahr, Mrs. Stanhope?‹ June Morris? Ein kleines Mädchen, das von Weitem einen blutverschmierten Mann auf der anderen Straßenseite gesehen hat. Scowcroft war betrunken, sein Kumpel ebenfalls. Claude Bolton wurde schon mal wegen Drogenhandel verurteilt. Das Beste, was Sie anzubieten haben, ist Willow Rainwater, aber da muss ich Ihnen leider etwas verraten, mein Lieber – in unserem Staat sind Indianer immer noch nicht besonders beliebt. Die Leute trauen ihnen nicht.«

»Aber wir haben uns schon zu weit vorgewagt, da können wir keinen Rückzieher mehr machen«, sagte Ralph.

»Leider ist das die traurige Wahrheit.«

Eine Weile saßen die beiden schweigend da. Die Tür von Ralphs Büro stand offen. Im Zentralbereich war kaum etwas los, was am Sonntagmorgen in einer Stadt wie ihrer die Regel war. Ralph überlegte, ob er Samuels darauf hinweisen sollte, dass das Video sie vom eigentlichen Problem abgelenkt hatte: Ein Kind war ermordet worden, und allen Indizien zufolge, die ihnen zu Gesicht gekommen waren, hatten sie den Schuldigen verhaftet. Dass Maitland scheinbar siebzig Meilen vom Tatort entfernt gewesen war, musste überprüft und geklärt werden. Bis dahin durften sie beide nicht ruhen.

»Kommen Sie doch mit nach Cap City, wenn Sie wollen.«

»Das geht nicht«, sagte Samuels. »Ich fahre mit meiner Exfrau und den Kindern zum Ocoma-See. Sie bringt was fürs Picknick mit. Wir verstehen uns endlich wieder einigermaßen, und das will ich nicht aufs Spiel setzen.«

»Okay.« Das Angebot war ohnehin halbherzig gewesen. Ralph wollte allein sein. Er wollte endlich begreifen, wieso ein bisher augenscheinlich so glasklarer Fall jetzt nach einer kompletten Katastrophe aussah.

Er erhob sich. Bill Samuels steckte sein I-Pad wieder in die

Aktentasche und stand ebenfalls auf. »Ich kann mir durchaus vorstellen, dass man uns wegen der Sache vor die Tür setzt, Ralph. Und falls Maitland tatsächlich freikommt, wird er uns verklagen. Daran besteht kein Zweifel.«

»Jetzt fahren Sie erst mal zu Ihrem Picknick. Gönnen Sie sich ein paar Sandwiches. Die Sache ist noch nicht gelaufen.«

Als Samuels das Büro verließ, brachte irgendetwas an seiner Körperhaltung Ralph zur Weißglut – die hängenden Schultern, die trostlos ans Knie pendelnde Aktentasche. »Bill?«

Samuels drehte sich um.

»In unserer Stadt ist ein Junge auf brutalste Weise vergewaltigt worden. Entweder vorher oder gleich danach hat man ihn womöglich zu Tode *gebissen*. Ich versuche immer noch, damit zurechtzukommen. Meinen Sie, seine Eltern scheren sich auch nur einen feuchten Dreck darum, ob man uns rausschmeißt oder ob jemand die Stadt verklagt?«

Ohne etwas zu erwidern, durchquerte Samuels den verlassenen Zentralbereich und trat dann in die frühe Morgensonne hinaus. Es war ein großartiger Tag für ein Picknick, aber Ralph hatte so eine Ahnung, dass der Staatsanwalt das nicht besonders genießen würde.

## 12

Kurz vor Mitternacht waren Fred und Ollie im Mercy-Hospital angelangt, keine drei Minuten nach dem Rettungswagen mit Arlene Peterson. Zu dieser Tageszeit war das große

Wartezimmer der Notaufnahme mit Leuten überfüllt, die verletzt waren und bluteten, die besoffen waren und sich beklagten, die weinten und husteten. Samstagnachts ging es hier wie in allen Krankenhäusern extrem hektisch zu, aber um neun Uhr am Sonntagmorgen war das Wartezimmer dann fast menschenleer. Ein Mann presste sich eine provisorische Bandage an seine blutende Hand. Eine Frau und das fiebernde Kind auf ihrem Schoß sahen zu, wie Elmo in dem hoch in einer Ecke angebrachten Fernseher seine Kapriolen veranstaltete. Ein kraushaariges Mädchen im Teenageralter saß mit in den Nacken gelegtem Kopf und geschlossenen Augen auf ihrem Stuhl, die Hände auf dem Bauch verschränkt.

Und da waren noch sie beide. Die Überreste der Familie Peterson. Fred hatte gegen sechs Uhr die Augen geschlossen und war eingenickt, aber Ollie hockte unverwandt da und starrte auf den Aufzug, in dem seine Mutter verschwunden war. Wenn er einschlief, würde sie sterben, da war er sich sicher. »Vermochtest du nicht eine Stunde zu wachen?«, hatte Jesus Petrus gefragt, und das war eine sehr gute Frage, eine, die man nicht beantworten konnte.

Um zehn Minuten nach neun öffnete sich die Tür zum Aufzug, und der Arzt, mit dem sie kurz nach ihrer Ankunft gesprochen hatten, trat heraus. Er trug blaue Operationskleidung und eine schweißfleckige, blaue OP-Haube, die mit tanzenden, roten Herzen verziert war. Er sah sehr müde aus, und als er die beiden erblickte, drehte er sich zur Seite, als hätte er gern gleich wieder den Rückzug angetreten. Die unwillkürliche Bewegung reichte Ollie aus, Bescheid zu wissen. Am liebsten hätte er seinen Vater während der ersten Salve an schlechten Nachrichten schlafen lassen, aber das wäre falsch gewesen. Schließlich hatte sein Vater seine Mutter schon gekannt und geliebt, als Ollie noch gar nicht auf der Welt gewesen war.

»Hä?«, sagte Fred und setzte sich auf, weil Ollie ihn an der Schulter rüttelte. »Was ist?«

Dann sah er den Arzt, der gerade die Haube abnahm, unter der ein Schopf aus feuchten, braunen Haaren zum Vorschein kam. »Meine Herren, ich muss Ihnen leider mitteilen, dass Mrs. Peterson verstorben ist. Wir haben mit aller Kraft versucht, sie zu retten, und zuerst war ich zuversichtlich, aber der Schaden war einfach zu groß. Es tut mir wirklich sehr, sehr leid. Entschuldigung.«

Einen Moment lang blickte Fred den Arzt ungläubig an, dann stieß er einen Schrei aus. Das Mädchen mit dem krausen Haar schlug die Augen auf und starrte ihn an. Das fiebernde Kleinkind zuckte zusammen.

*Entschuldigung*, dachte Ollie. *Das Wort des Tages. Letzte Woche waren wir noch eine Familie, jetzt sind nur noch Dad und ich da. Was bringt da eine Entschuldigung. Die bringt rein gar nichts.*

Fred hatte die Hände vors Gesicht geschlagen und weinte. Ollie nahm ihn in die Arme und hielt ihn ganz fest.

## 13

Nach dem Mittagessen, in dem Marcy und ihre Töchter nur herumstocherten, ging Marcy ins Schlafzimmer, um die Seite des Kleiderschranks zu erforschen, die Terry gehörte. Er stellte die Hälfte der Ehe dar, aber seine Kleidung nahm nur ein Viertel des vorhandenen Raums in Anspruch. Terry war Englischlehrer, Baseball- und Footballtrainer, er war Spendensammler, wenn Spenden benötigt wurden – was praktisch immer der Fall war –, er war Ehemann und Vater. Gut war er in allen diesen Aufgaben, aber Geld brachte nur der Schuljob, weshalb er nicht viele elegante Klamotten besaß. Am besten war noch der blaue Anzug, der die Farbe seiner Augen unterstrich, aber der war schon ein bisschen abgetragen, und niemand mit einem Auge für Herrenmode würde ihn für einen von Brioni halten. In Wirklichkeit war er ein No-Name-Produkt und außerdem schon vier Jahre alt. Seufzend nahm Marcy ihn herunter, dann legte sie ein weißes Hemd und eine dunkelblaue Krawatte dazu. Sie war gerade damit beschäftigt, alles in einem Kleidersack zu verstauen, als es an der Tür läutete.

Es war Howie, der wesentlich ansehnlichere Sachen trug als jene, die Marcy gerade herausgesucht hatte. Er umarmte kurz die beiden Mädchen und gab Marcy einen Kuss auf die Wange.

»Werden Sie meinen Daddy nach Hause holen?«, fragte Gracie.

»Heute noch nicht, aber bald«, sagte er, während er den Kleidersack entgegennahm. »Wie steht's mit einem Paar Schuhe, Marcy?«

»Ach du lieber Himmel«, sagte sie. »Wo habe ich bloß meinen Kopf!«

Die schwarzen waren in Ordnung, mussten jedoch poliert werden. Dafür war jetzt aber keine Zeit. Sie steckte sie in einen Beutel und ging zurück ins Wohnzimmer. »So, jetzt bin ich fertig.«

»In Ordnung. Halt den Kopf hoch, und achte nicht auf die Aasgeier. Und ihr zwei lasst die Haustür abgeschlossen, bis eure Mutter wiederkommt. Das Telefon nehmt ihr nur ab, wenn ihr die Nummer kennt. Verstanden?«

»Wir kommen schon zurecht«, sagte Sarah. Sie sah gar nicht gut aus, ebenso wenig wie ihre Schwester. Marcy überlegte, ob man in einem solchen Alter wohl über Nacht abnehmen konnte. Nein, das war sicher nicht möglich.

»Dann mal los!«, sagte Howie geradezu überschäumend fröhlich.

Als sie das Haus verließen, trug Howie den Kleidersack und Marcy den Beutel mit den Schuhen. Sofort versammelten die Reporter sich wieder am Rand des Vorgartens. *Mrs. Maitland, konnten Sie schon mit Ihrem Mann sprechen? Was hat die Polizei Ihnen mitgeteilt? Mr. Gold, was hat Terry Maitland zu den Vorwürfen zu sagen? Werden Sie beantragen, dass er auf Kaution entlassen wird?*«

»Wir haben momentan nichts mitzuteilen«, sagte Howie mit versteinerter Miene, während er Marcy durch das grelle Scheinwerferlicht (das, wie Marcy dachte, an einem solch strahlenden Julitag sicher nicht nötig war) zu seinem Escalade führte. Bevor er losfuhr, öffnete er das Fenster auf seiner Seite und lehnte sich hinaus, um die zwei diensttuenden Beamten anzusprechen. »Die beiden Töchter befinden sich im Haus. Ihr seid doch dafür verantwortlich, dass man sie nicht belästigt, nicht wahr?«

Keiner der beiden erwiderte etwas; sie sahen Howie nur mit einem Gesichtsausdruck an, der entweder ausdruckslos oder feindlich wirkte. Marcy war sich da nicht ganz sicher, neigte aber zu Letzterem.

Die Freude und Erleichterung, die sie nach der Betrachtung des Videos – Gott segne Channel 81 – empfunden hatte, waren durchaus noch spürbar, aber das änderte nichts daran, dass vor ihrem Haus Übertragungswagen und mikrofonbewehrte Reporter lauerten. Terry saß »im County«, wie Howie es ausgedrückt hatte. Was für ein fürchterlicher Ausdruck das war, wie etwas aus einem melancholischen Country-and-Western-Song. Fremde hatten das Haus durchsucht und alles mitgenommen, was ihnen in den Sinn gekommen war. Am schlimmsten waren allerdings die Polizisten mit ihrem hölzernen Gesicht und ihre mangelnde Reaktion; das wirkte wesentlich beunruhigender als die Fernsehscheinwerfer und die von den Reportern gerufenen Fragen. Eine Maschine hatte Marcys Familie geschluckt. Howie behauptete, sie würden unversehrt daraus herauskommen, aber so weit war es noch nicht.

Nein, es war noch nicht so weit.

## 14

Marcy wurde kurz von einer verschlafenen Beamtin abgeklopft, die ihr sagte, sie solle ihre Handtasche in dem bereitgestellten Plastikbehälter deponieren, bevor sie durch den Metalldetektor gehe. Außerdem nahm die Beamtin von beiden den Führerschein entgegen und steckte die Papiere in einen Beutel, den sie dann zu vielen anderen an die Pinnwand hinter ihr heftete. »Den Anzug und die Schuhe auch, Missus.«

Marcy händigte beides aus.

»Wenn ich ihn morgen früh abhole, soll er den Anzug da tragen, und zwar mit Stil«, sagte Howie und ging durch den Metalldetektor, der daraufhin piepte.

»Das werden wir dem Butler übermitteln«, sagte der Beamte auf der anderen Seite des Detektors. »Aber jetzt schauen Sie zuerst mal nach, was Sie noch so in den Taschen haben, und versuchen Sie es dann noch mal.«

Wie sich herausstellte, hatte es an seinem Schlüsselbund gelegen. Howie gab ihn der Beamtin, bevor er zum zweiten Mal durch den Detektor trat. »Ich war hier schon mindestens fünftausend Mal und vergesse meine Schlüssel trotzdem immer«, sagte er zu Marcy. »Muss was Freudianisches sein.«

Sie lächelte nervös, ohne etwas zu erwidern. Ihre Kehle war wie ausgedörrt, weshalb sie wohl nur ein Krächzen zustande gebracht hätte.

Ein anderer Beamter führte die beiden durch eine Tür und dann durch eine zweite. Marcy hörte Kinderlachen und die Unterhaltung von Erwachsenen. Sie kamen durch einen Besucherbereich mit braunem, strapazierfähigem Teppichboden, auf dem Kinder spielten. Gefangene in braunen Overalls sprachen mit ihren Frauen, Freundinnen, Müttern. Ein gewaltiger Mann, der an der einen Gesichtsseite ein violettes Muttermal und an der anderen eine heilende Wunde aufwies, half seiner kleinen Tochter gerade dabei, die Möbel in einer Puppenstube umzustellen.

*Das ist alles nur ein Traum,* dachte Marcy. *Wenn auch ein unglaublich lebhafter Traum. Nach dem Aufwachen wird Terry neben mir liegen, und ich erzähle ihm, wie ich geträumt habe, dass er wegen Mord verhaftet worden wäre. Und dann lachen wir darüber.*

Einer der Häftlinge deutete auf sie, ohne die Geste irgendwie zu verschleiern. Die Frau neben ihm glotzte mit aufgerissenen Augen herüber, dann flüsterte sie einer anderen Frau etwas zu. Der Beamte, der Marcy und Howie begleitete, hatte offenbar Probleme mit der Karte, mit der man die Tür auf der anderen Seite des Besucherbereichs öffnete, aber Marcy war sich nicht ganz sicher, ob er nicht absichtlich trödelte. Bevor das Schloss klickte, kam es ihr vor, als würden alle sie anstarren. Selbst die Kinder.

Auf der anderen Seite kamen sie in einen Flur mit kleinen Räumen, die durch eine Art Milchglas voneinander abgetrennt waren. In einem davon saß Terry. Als Marcy ihn in seinem viel zu großen Häftlingsoverall sah, brach sie in Tränen aus. Sie trat in ihren Teil der Kabine und betrachtete ihren Mann durch eine dicke Scheibe hindurch, die nicht aus Glas, sondern aus Acryl war. Als sie die Hand mit gespreizten Fingern daran legte, legte er seine auf der anderen Seite dagegen. Miteinander sprechen konnte man durch einen Kreis aus kleinen Stanzlöchern, ähnlich wie die in einem altmodischen Telefonhörer.

»Nicht weinen, Schatz«, sagte er. »Sonst fange ich auch noch damit an. Und setz dich doch.«

Sie ließ sich auf der kleinen Bank nieder, und Howie zwängte sich neben sie.

»Wie geht's den Mädchen?«

»Gut. Sie machen sich Sorgen um dich, aber heute geht's schon besser. Wir haben eine richtig gute Neuigkeit für dich, Liebling. Wusstest du, dass die Rede von Mr. Coben mitgeschnitten wurde?«

Terry saß kurz mit offenem Mund da, dann kicherte er. »Weißt du was? Ich glaube, die Frau, die ihn vorgestellt hat, hat irgendwann so was erwähnt, aber die hat so lange gequasselt, dass ich völlig abgeschaltet habe. Heilige Scheiße!«

»Genau, amtliche heilige Scheiße«, sagte Howie strahlend.

Terry beugte sich vor, bis er mit der Stirn beinahe die Scheibe berührte. Seine Augen wirkten wach und hell. »Marcy ... Howie ... ich habe Coben am Ende eine Frage gestellt. Es mag unwahrscheinlich sein, schon klar, aber vielleicht gibt's davon ja auch eine Tonaufnahme. Dann könnte man die vielleicht durch ein Stimmerkennungsprogramm jagen und mit einer Sprechprobe von mir abgleichen!«

Marcy und Howie sahen sich kurz an und lachten dann laut los. Im Besucherbereich des Hochsicherheitstrakts war das offenbar ein so ungewöhnliches Geräusch, dass der Beamte am Ende des kurzen Flurs stirnrunzelnd aufblickte.

»Was ist daran denn so lustig?«, fragte Terry.

»Terry, das war eine Videoaufzeichnung für den Lokalsender!«, sagte Marcy. »Man sieht dich darauf sogar, wie du die Frage stellst. Kapierst du? *Man sieht dich auf dem Video!*«

Eine Sekunde lang schien Terry nicht recht zu verstehen, was sie sagte. Dann hob er die Fäuste und schüttelte sie, eine Triumphgeste, die Marcy oft bei ihm sah, wenn eine von ihm trainierte Mannschaft einen Punkt erzielte oder geschickt verteidigte. Ohne groß nachzudenken, hob sie ebenfalls die Hände und ahmte ihn nach.

»Bist du dir da sicher? Hundertprozentig? Das ist ja fast zu schön, um wahr zu sein!«

»Es ist aber wahr«, sagte Howie grinsend. »Übrigens bist du schon vorher ein halbes Dutzend Mal zu sehen, wenn nicht Coben gezeigt wird, sondern das lachende oder klatschende Publikum. Deine Frage an ihn ist nur das Sahnehäubchen ... die Cocktailkirsche auf dem Bananensplit.«

»Dann ist die Sache also klar, ja? Ich komme morgen frei?«

»Immer mit der Ruhe.« Howies Grinsen verwandelte sich in ein ziemlich grimmiges Lächeln. »Morgen geht es nur um die Vorführung vor dem Haftrichter, und die Gegenseite hat einen ganzen Haufen an forensischen Beweisen, auf die sie mächtig stolz ist.«

»Was unterstehen die sich eigentlich?«, rief Marcy laut aus.

»Warum sehen die ihren Fehler nicht ein, wo Terry doch ganz offensichtlich auf der Tagung war? Die Aufnahmen beweisen das völlig eindeutig!«

Howie hob abwehrend die Hand. »Um die Widersprüche kümmern wir uns später; ich kann euch allerdings jetzt schon sagen, dass das, was wir in der Hand haben, deren Argumente übertrumpft. Leicht sogar. Aber es wurde nun mal eine gewisse Maschinerie in Bewegung gesetzt.«

»Die Maschine«, sagte Marcy. »Ja, die Maschine kennen wir zur Genüge, nicht, Terry?«

Er nickte. »Es ist, als wäre ich in einen Kafka-Roman gestürzt. Oder in *1984*. Wo ich dich und die Mädchen mitgerissen habe.«

»Sachte, sachte«, sagte Howie. »Du hast überhaupt niemand mitgerissen, das haben *die* getan. Leute, das klappt bestimmt alles. Das verspricht euch euer Onkel Howie, und was der verspricht, das hält er auch. Morgen früh um neun wirst du Richter Carter vorgeführt, Terry. Du wirst in dem hübschen Anzug, den deine liebe Frau dir mitgebracht hat und der jetzt in der Kleiderkammer hängt, schmuck und aufgeräumt aussehen. Ich habe noch vor, mich mit Bill Samuels zu besprechen, dass man dich auf Kaution freilässt – noch heute Abend, wenn er dazu bereit ist, falls nicht, dann morgen früh. Das Ganze wird ihm zwar nicht gefallen, weshalb er auf Hausarrest bestehen wird, aber das wird ihm nichts nützen, weil inzwischen bestimmt jemand von den Medien auf die Aufnahmen von der Tagung gestoßen ist. Dadurch werden die Probleme der Staatsanwaltschaft dann öffentlich bekannt. Wahrscheinlich musst du euer Haus als Kaution zur Verfügung stellen, aber das dürfte kein großes Risiko sein, falls du nicht vorhast, deine elektronische Fußfessel abzusäbeln und die Flucht zu ergreifen.«

»Ich fliehe nirgendwohin«, sagte Terry grimmig. Seine Wangen hatten Farbe bekommen. »Was hat noch mal irgend so ein Bürgerkriegsgeneral gesagt? ›Ich habe vor, es an dieser Front auszufechten, und wenn es den ganzen Sommer dauert!‹«

»Okay, wo findet dann die übernächste Schlacht statt?«, fragte Marcy.

»Ich werde dem Staatsanwalt klarmachen, dass es keine so gute Idee wäre, einen derartigen Fall vor ein Geschworenengericht zu bringen. Das Argument wird ziehen, und dann bist du frei.«

*Aber wird er dann wirklich frei sein,* überlegte Marcy. *Werden wir es sein? Wenn man behauptet, dass man seine Fingerabdrücke und die Aussagen von Leuten hat, die angeblich gesehen haben, wie er den Jungen entführt hat und dann blutverschmiert aus dem Figgis-Park gekommen ist? Werden wir je frei sein, solange man den wahren Mörder nicht gefasst hat?*

»Marcy.« Terry strahlte sie an. »Mach dir nicht so viele Gedanken. Du weißt ja, was ich immer zu den Jungs sage: Ein Punkt nach dem anderen.«

»Ich will dir mal eine Frage stellen«, sagte Howie zu ihm. »Ist bloß ein Schuss ins Blaue.«

»Nur zu.«

»Die behaupten, sie hätten allerhand forensische Beweise, wobei der DNA-Test noch aussteht ...«

»Da *kann* es keine Übereinstimmung geben«, sagte Terry. »Das ist einfach unmöglich.«

»Das hätte ich bei den Fingerabdrücken auch gedacht«, sagte Howie.

»Vielleicht will ihm ja jemand was anhängen!«, fuhr Marcy dazwischen. »Ich weiß, das klingt reichlich paranoid, aber ...« Sie zuckte die Achseln.

»Aber weshalb?«, sagte Howie. »Das genau ist die Frage.

Fällt einem von euch jemand ein, der derart weit gehen würde, um das zu erreichen?«

Zu beiden Seiten der zerkratzten Acrylglasscheibe dachten die beiden Maitlands eine Weile nach, dann schüttelten sie den Kopf.

»Mir auch nicht«, sagte Howie. »Im Leben läuft es eben nur selten so wie in den Büchern von Robert Ludlum. Trotzdem haben sie geglaubt, sie hätten genügend Beweise, dass sie eine derart überhastete Verhaftung vornehmen können, was sie inzwischen sicher bereuen. Meine Befürchtung ist nur, selbst wenn ich euch jetzt aus den Fängen der Maschinerie befreien kann, dass dann deren *Schatten* immer noch auf euch fällt.«

»Darüber habe ich praktisch die ganze Nacht nachgedacht«, sagte Terry.

»Und ich denke immer noch darüber nach«, sagte Marcy.

Howie beugte sich vor und faltete die Hände. »Es wäre nützlich, wenn auch wir irgendwelche physischen Beweise hätten. Die Aufnahmen von Channel 81 sind fabelhaft, und wenn wir die Aussagen von deinen Kollegen dazunehmen, haben wir wahrscheinlich alles, was wir brauchen, aber in der Hinsicht bin ich gierig. Ich will mehr.«

»Physische Beweise aus einem von den beliebtesten Hotels in der Hauptstadt, und das vier Tage später?«, sagte Marcy, ohne zu wissen, dass Samuels nicht lange zuvor fast das Gleiche bemerkt hatte. »Das ist ziemlich unwahrscheinlich.«

Terry blickte mit gerunzelten Brauen in die Ferne. »Nicht unbedingt.«

»Terry?«, sagte« Howie. »An was denkst du?«

Terry sah die beiden an und lächelte. »Vielleicht ist da etwas. Vielleicht ist da wirklich etwas.«

## 15

Das Steakhaus Firepit hatte tatsächlich mittags geöffnet, weshalb Ralph es als Erstes aufsuchte. Zwei Mitglieder des Personals, die am Mordabend gearbeitet hatten, waren auch jetzt da: die Empfangsdame und ein Kellner mit Bürstenhaarschnitt, der gerade alt genug aussah, dass er selbst ein Bier bestellen durfte. Die Empfangsdame war keine große Hilfe (»an dem Abend hat man uns regelrecht die Bude eingerannt, Detective«), und der Kellner erinnerte sich zwar vage daran, auch eine größere Lehrergruppe bedient zu haben, kratzte sich jedoch am Kopf, als Ralph ihm ein Foto von Terry aus dem letzten Jahrbuch der Highschool zeigte. Ja, sagte er, *irgendwie* erinnere er sich an jemand, der so ähnlich ausgesehen habe, könne aber nicht beschwören, dass es sich um den Mann auf dem Bild handle. Er sei sich nicht einmal sicher, ob der überhaupt zu den Lehrern gehört habe. »Tja, wissen Sie, vielleicht hab ich ihm auch bloß an der Theke 'ne Portion Chicken Wings serviert.«

Damit war das erledigt.

Im Sheraton hatte Ralph anfangs auch nicht mehr Glück. Er konnte verifizieren, dass Terry Maitland und William Quade am Dienstag in Zimmer 644 übernachtet hatten. Der Hotelmanager hatte sogar die Rechnung parat, die allerdings von Quade beglichen worden war, der dazu seine Amex-Karte verwendet hatte. Darüber hinaus wusste der Manager zu berichten, dass Zimmer 644 seither jede Nacht belegt gewesen und jeden Morgen gereinigt worden sei.

»Außerdem bieten wir an, dass abends das Bett aufgeschlagen wird, was gern angenommen wird«, sagte der Mann zu allem Überfluss. »Das bedeutet, dass das Zimmer an den meisten Tagen zweimal gereinigt wird.«

Ja, Detective Anderson könne sich gern die Aufzeichnungen der Videokameras ansehen, was Ralph dann tat, ohne sich darüber zu beschweren, dass man Alec Pelley das bereits erlaubt hatte. (Da Ralph kein Beamter der örtlichen Polizei war, hielt er es für besser, dezent vorzugehen.) Die Aufnahmen waren in Farbe und richtig scharf – das Sheraton in Cap City begnügte sich nicht mit veralteten Kameras, wie man sie bei Zoney's Go-Mart fand. Ein Mann, der wie Terry aussah, tauchte im Foyer auf, im Souvenirladen, bei einem kurzen Work-out am Mittwochmorgen im Fitnesscenter und vor dem großen Saal, wo er in der Schlange der Leute wartete, die sich ihr Buch signieren lassen wollten. Die Bilder aus dem Foyer und dem Souvenirladen waren nicht besonders aussagekräftig, aber es konnte – zumindest Ralphs Einschätzung nach – wenig Zweifel daran geben, dass es sich bei der Person, die sich vor der Benutzung des Fitnesscenters registrierte und vor dem Saal Schlange stand, um den früheren Trainer seines Sohnes handelte. Um den Mann, der Derek beigebracht hatte, wie man den Ball abtropfen ließ, wonach man Derek mit Spitznamen nicht mehr Wischer, sondern Puscher genannt hatte.

Im Hinterkopf hörte Ralph bereits seine Frau sagen, diese forensischen Beweise aus der Hauptstadt seien das fehlende Teil des Puzzles, der Schuss ins Schwarze. *Wenn Terry* hier *war*, würde sie sagen und damit meinen, wenn er in Flint City gewesen sei und den Mord begangen habe, *dann muss das* dort *sein Doppelgänger gewesen sein. Das ist das Einzige, was Sinn ergibt.*

»Von Sinn kann keine Rede sein«, murmelte Ralph vor sich hin, während er auf den Monitor blickte. Zu sehen war darauf das erstarrte Bild eines Mannes, der eindeutig wie Terry Maitland aussah und über irgendetwas lachte, während er neben seinem Kollegen Roundhill in der Schlange stand.

»Wie bitte?«, fragte der Hoteldetektiv, der ihm die Aufnahmen zeigte.

»Nichts.«

»Kann ich noch etwas für Sie tun?«

»Nein, aber danke.« Der Ausflug war völlig sinnlos gewesen. Ohnehin waren die Aufnahmen der Überwachungskameras durch das Material von Channel 81 irrelevant geworden. Terry hatte nach dem Vortrag in aller Öffentlichkeit eine Frage gestellt. Das konnte niemand bezweifeln.

In einem Winkel seines Hirns hegte Ralph aber trotzdem Zweifel. Die Art und Weise, wie Terry vor seiner Frage aufgestanden war, als hätte er gewusst, dass eine Kamera auf ihn gerichtet war … das war einfach so verflucht *perfekt*. War es wohl möglich, dass es sich um ein abgekartetes Spiel handelte? Um einen erstaunlichen, aber doch erklärbaren Trick? Wie man so etwas zuwege bringen konnte, war Ralph unerklärlich, aber er konnte sich auch nicht erklären, wie David Copperfield durch die Chinesische Mauer gegangen war, und das hatte er im Fernsehen gesehen. Wenn das tatsächlich der Fall war, dann war Terry Maitland nicht nur ein Mörder, sondern ein Mörder, der sich ins Fäustchen lachte.

»Übrigens muss ich Sie noch auf etwas hinweisen«, sagte der Hoteldetektiv. »Harley Bright – das ist der Chef – hat mir mitgeteilt, dass alles, was Sie sich gerade angesehen haben, für einen Anwalt namens Howard Gold aufgehoben werden soll.«

»Was Sie damit anfangen, ist mir völlig schnuppe«, sagte Ralph. »Von mir aus können Sie es mit der Post an Sarah Palin in Whistledick, Alaska, schicken. Ich fahre jetzt nach Hause.« Ja. Gute Idee. Nach Hause fahren, sich mit Jeannie in den Garten setzen und einen Sixpack mit ihr teilen – vier für ihn, zwei für sie. Und versuchen, beim Nachgrübeln über das verfluchte Paradox nicht verrückt zu werden.

Der Detektiv brachte ihn zur Tür seines Büros. »In den Nachrichten wird gemeldet, Sie hätten den Kerl, der den Jungen umgebracht hat, inzwischen gefasst.«

»Die Nachrichten melden so allerhand. Danke für Ihre Mühe, Sir.«

»Es ist mir immer ein Vergnügen, der Polizei behilflich zu sein.«

*Wenn du das nur gewesen wärst,* dachte Ralph.

Auf der anderen Seite der Hotelhalle blieb er, die Hand schon an der Drehtür, plötzlich stehen. Ihm war ein Gedanke gekommen – wenn er schon hier war, gab es da noch etwas anderes zu überprüfen. Laut Terry war Debbie Grant gleich nach dem Ende von Cobens Vortrag in der Toilette verschwunden und ziemlich lange weggeblieben. *Ich bin mit Ev und Billy zum Zeitungskiosk gegangen, um dort zu warten,* hatte Terry gesagt.

Wie sich herausstellte, diente der Zeitungskiosk eher als zusätzlicher Souvenirladen. Hinter der Theke war eine übertrieben geschminkte, grauhaarige Frau damit beschäftigt, allerhand Modeschmuck zu arrangieren. Ralph zeigte ihr seinen Ausweis und fragte sie, ob sie am Dienstagnachmittag bei der Arbeit gewesen sei.

»Junger Mann, wenn ich nicht krank bin, arbeite ich *jeden* Tag hier«, sagte sie. »Für die Bücher und Zeitschriften kriege ich nichts extra, aber wenn ich was vom Schmuck und den Souvenirbechern verkaufe, bin ich am Umsatz beteiligt.«

»Erinnern Sie sich eventuell an den Mann da? Er war am Dienstag mit ein paar anderen Englischlehrern hier. Zu einem Vortrag.« Er hielt ihr das Foto von Terry hin.

»Klar erinnere ich mich an den. Er hat sich für das Buch über die County Flint und so weiter interessiert, als Erster seit wer weiß wie langer Zeit. Ich hab das verdammte Ding bestimmt nicht bestellt, es war schon da, als ich 2010 hier angefangen habe. Eigentlich sollte ich es aussortieren, aber was soll ich stattdessen hinstellen? Alles, was über oder unter Augenhöhe ist, verkauft sich nicht, das kriegt man schnell heraus, wenn man einen Laden wie den hier führt. Das Zeug weiter unten ist wenigstens billig, aber auf dem obersten Fach stehen teure Bücher mit Fotos und Hochglanzpapier.«

»Um welches Buch geht es denn, Ms. …« Er warf einen Blick auf ihr Namensschild. »Ms. Levelle?«

»Um das da«, sagte sie und zeigte darauf. »*Eine bebilderte Geschichte von Flint County, Douree County und Canning.* Spannender Titel, was?«

Ralph drehte sich um und sah neben einem Regal mit Souvenirbechern und -tellern zwei Ständer mit Lesematerial. Auf einem waren Zeitschriften ausgestellt, auf dem anderen eine Mischung aus Taschenbüchern und aktuellen Romanen als Hardcover. Auf dessen oberstem Fach standen ein halbes Dutzend größere Bildbände, die Jeannie wohl als Portfolios bezeichnet hätte. Sie waren noch in ihrer Folienhülle, damit man sie beim Betrachten nicht verschmutzte oder mit Eselsohren verunzierte. Ralph ging hinüber, um sie sich anzuschauen. Terry, der einen halben Kopf größer als er war, hatte sicher nicht nach oben blicken oder sich auf die Zehenspitzen stellen müssen, um eines davon herunterzunehmen.

Er wollte schon nach dem Buch greifen, das die Verkäuferin erwähnt hatte, überlegte es sich jedoch anders und drehte sich zu ihr um. »Erzählen Sie mir doch bitte, woran Sie sich noch erinnern.«

»Sie meinen, was den Mann betrifft? An nichts besonderes.

Als der Vortrag zu Ende war, ist es drüben im Andenkenladen ziemlich hoch hergegangen, das weiß ich noch, aber bei mir ist kaum jemand gelandet. Sie wissen doch, wieso, nicht wahr?«

Ralph schüttelte den Kopf und bemühte sich, geduldig zu bleiben. Hier war etwas zu holen, eindeutig, und er glaubte – *hoffte* – zu wissen, was das war.

»Die wollten natürlich nicht ihren Platz in der Schlange verlieren, und beim Warten konnten sie alle in dem neuen Buch von Mr. Coben lesen. Aber drei von den Lehrern sind doch hergekommen, und einer von denen – der dicke – hat das neue Hardcover von Lisa Gardner gekauft. Die anderen beiden haben sich bloß umgesehen. Dann hat eine Dame den Kopf hereingesteckt und gesagt, sie wäre jetzt bereit, worauf die drei verschwunden sind. Um ihr Autogramm abzuholen, nehme ich an.«

»Aber einer von ihnen – der große – hat sich für das Buch über Flint interessiert.«

»Ja, aber ich glaube, dass es ihm vor allem um Canning ging, das ja auch im Titel erwähnt wird. Hat er nicht gesagt, dass seine Familie da lange gelebt hat?«

»Keine Ahnung«, sagte Ralph. »Sagen Sie es mir.«

»Bin mir ziemlich sicher, dass er das gesagt hat. Er hat das Buch heruntergenommen, aber beim Anblick vom Preisschild – neunundsiebzig neunundneunzig – hat er es wieder ins Regal gestellt.«

Und zack, das war es! »Hat sich seither jemand das Buch angeschaut? Es heruntergenommen und sich damit beschäftigt?

»*Das* Buch da? Sie machen wohl Witze.«

Ralph trat wieder an das Regal, stellte sich auf die Zehenspitzen und nahm den in Folie verpackten Band herunter. Dabei hielt er ihn mit den Handflächen an den Kanten. Den

Umschlag zierte ein in Sepia getöntes Foto, das einen Trauerzug aus längst vergangener Zeit zeigte. Sechs Cowboys, alle mit verbeulten Hüten und im Holster steckenden Revolvern, trugen einen Brettersarg über einen staubigen Friedhof. Hinter einem offenen Grab wartete ein ebenfalls mit einem Revolver bewaffneter Prediger mit der Bibel in Händen auf sie.

Die Miene von Ms. Levelle hellte sich beträchtlich auf. »Wollen Sie das etwa kaufen?«

»Ja.«

»Tja, dann geben Sie es mal her, damit ich den Preis scannen kann.«

»Ach, das geht auch so.« Er hielt ihr das Buch so hin, dass sie mit ihrem Scanner an das Etikett auf der Folie kam.

»Mit Steuer macht das vierundachtzig vierzehn, aber die vierzehn Cent vergessen wir mal.«

Ralph stellte das Buch behutsam auf die Kante und überreichte seine Kreditkarte. Nachdem er die Quittung in die Brusttasche gesteckt hatte, hob er das Buch nur mit den Handflächen am Rand wieder hoch. Er hielt es vor sich wie einen Messkelch.

»Er hat es angefasst«, sagte er, weniger um sich zu vergewissern, als um sein unglaubliches Glück zu bestätigen. »Und Sie sind sich ganz sicher, dass der Mann auf dem Foto, das ich Ihnen gezeigt habe, das Buch hier angefasst hat.«

»Er hat es runtergenommen und gesagt, das Bild auf dem Titel wäre in Canning aufgenommen worden. Dann hat er den Preis gesehen und es wieder zurückgestellt. Genau wie ich es Ihnen vorher erzählt habe. Ist das denn ein Beweismittel oder so?«

»Das weiß ich noch nicht.« Ralph betrachtete den historischen Trauerzug auf dem Einband. »Aber ich werde es herausfinden.«

## 16

Der Leichnam von Frank Peterson war am Donnerstagnachmittag freigegeben und ins Bestattungsinstitut der Gebrüder Donelli gebracht worden. Das und alles andere hatte noch Arlene Peterson veranlasst, darunter die Todesanzeige, den Blumenschmuck, den Trauergottesdienst am Freitagvormittag, die Bestattung selbst, die Zeremonie am Grab und den Leichenschmaus am Samstagabend. Das hatte alles sie erledigen müssen. Selbst an seinen besten Tagen war Fred nicht in der Lage, irgendwelche gesellschaftlichen Aktivitäten zu organisieren.

*Aber diesmal muss ich es tun,* sagte Fred zu sich selbst, als er mit Ollie vom Krankenhaus nach Hause kam. *Ich muss es tun, weil sonst niemand da ist. Der Typ von Donelli wird mir schon helfen, die sind ja Fachleute für so was.* Nur wie sollte er ein zweites Begräbnis noch *bezahlen,* so bald nach dem ersten? Ob das wohl von der Versicherung gedeckt war? Er hatte nicht die leiseste Ahnung, denn auch solche Sachen hatte immer Arlene geregelt. Sie hatten eine Abmachung gehabt: Er verdiente das Geld, sie kümmerte sich um die Rechnungen. Und jetzt musste er in ihrem Schreibtisch nach dem Versicherungskram suchen. Schon der Gedanke daran erschöpfte ihn.

Sie saßen im Wohnzimmer. Ollie schaltete den Fernseher ein. Auf ESPN lief ein Fußballspiel, das sie sich eine Weile anschauten, obwohl keiner von beiden sich besonders dafür interessierte; sie mochten Football für echte Kerle lieber. Schließlich stand Fred auf, schlich in den Flur und kam mit dem roten Adressbüchlein von Arlene wieder. Er suchte unter D und fand tatsächlich die Gebrüder Donelli verzeichnet.

Die sonst saubere Handschrift seiner Frau war dort zittrig, was aber kein Wunder war, schließlich hätte sie nie die Nummer eines Bestattungsinstituts notiert, *bevor* Frank gestorben war. Wieso hätte sie das tun sollen? Eigentlich hätten den Petersons noch Jahre bleiben sollen, bevor sie sich um Bestattungsvorkehrungen kümmern mussten. Jahre.

Beim Blick auf das alte Adressbüchlein mit seinem abgegriffenen roten Ledereinband musste Frank daran denken, wie oft er es in den Händen von Arlene gesehen hatte. Früher hatte sie sich immer die Adressen von Briefumschlägen notiert, in letzter Zeit aus dem Internet. Er fing zu weinen an.

»Ich kann das nicht«, sagte er. »Ich kann das einfach nicht. Nicht so kurz nach Frankie.«

Im Fernsehen brüllte der Kommentator: »TOOOR!«, und die Spieler in den roten Trikots fielen übereinander her. Ollie schaltete das Gerät ab und streckte eine Hand aus.

»Ich mach das schon.«

Fred sah ihn mit roten, tränennassen Augen an.

Ollie nickte. »Ist okay, Dad. Ehrlich. Ich kümmere mich drum, um alles, was damit zu tun hat. Wie wär's, wenn du raufgehst und dich ein bisschen hinlegst?«

Und obwohl Fred wusste, dass es wahrscheinlich falsch war, seinen siebzehnjährigen Sohn mit einer solchen Bürde allein zu lassen, tat er genau das. Er nahm sich fest vor, später seinen Teil der Last zu tragen, aber jetzt musste er sich erst einmal aufs Ohr legen. Er war wirklich sehr müde.

An jenem Sonntag konnte Alec Pelley sich erst um halb vier nachmittags von seinen familiären Verpflichtungen loseisen. Als er in Cap City das Sheraton ansteuerte, war es schon nach fünf, aber die Nachmittagssonne brannte immer noch ein Loch in den Himmel. Er stoppte den Wagen in der Einfahrt, steckte dem Hotelpagen einen Zehner zu und wies ihn an, das Auto in der Nähe zu parken. Am Zeitungskiosk war Lorette Levelle nach wie vor damit beschäftigt, die Schmuckauslage zu ordnen. Alec hielt sich nur kurz bei ihr auf, dann ging er wieder nach draußen, lehnte sich an seinen Explorer und rief Howie Gold an.

»Was die Aufnahmen der Überwachungskameras und die Fernsehsendung angeht, war ich schneller als Anderson, aber das Buch hat er vor mir entdeckt. Und gekauft. Das muss man wohl als Reinfall bezeichnen.«

»Scheiße«, sagte Howie. »Wie hat er überhaupt davon erfahren?«

»Ich glaube, er wusste gar nichts davon. Wahrscheinlich war es bloß altmodische Ermittlungsarbeit. Laut der Frau, die den Kiosk betreut, hat jemand das Buch an dem Tag, an dem der Vortrag von Coben war, heruntergenommen und wieder zurückgestellt, nachdem er das Preisschild – knapp achtzig Dollar – gesehen hat. Dass das Maitland war, wusste sie offenbar nicht, also sieht sie sich wohl keine Nachrichten an. Jedenfalls hat sie Anderson davon erzählt, und der hat das Buch gekauft. Als er damit weggegangen ist, hat er es an den Kanten gehalten, sagt sie.«

»Natürlich hofft er, dass da Fingerabdrücke drauf sind, die nicht zu denen von Terry passen«, sagte Howie. »Was darauf hinweisen würde, dass es sich bei dem Mann, der das Buch in den Händen hatte, *nicht* um Terry gehandelt hat. Aber das wird nichts bringen. Weiß Gott, wie viele Leute das Buch inzwischen heruntergenommen und befummelt haben.«

»Die Frau, die den Kiosk betreut, würde dem widersprechen. Sie sagt, das Buch hat ewig bloß da gestanden, und zwar Monat für Monat.«

»Spielt keine Rolle.« Howie klang nicht besorgt, weshalb Alec sich gehalten sah, sich für ihn mit zu sorgen. Das mit dem Buch mochte nicht besonders wichtig sein, war aber doch ein kleiner Schönheitsfehler in einem Fall, der sich bisher so hübsch präsentiert hatte wie ein Museumsgemälde. Ein *möglicher* Fehler, redete er sich ein, den Howie aber leicht umschiffen konnte; bekanntlich kümmerten Geschworene sich nicht besonders um Dinge, die *nicht* da waren.

»Ich wollte es Sie bloß wissen lassen, Chef. Dafür bezahlen Sie mich ja.«

»Gut, jetzt weiß ich es. Sie kommen doch morgen zur Verhandlung, oder?«

»Das lasse ich mir nicht entgehen«, sagte Alec. »Haben Sie mit Samuels schon darüber gesprochen, ob Maitland auf Kaution freikommen kann?«

»Habe ich. Es war eine kurze Unterhaltung. Er hat gesagt, er würde sich dem mit jeder Faser seines Körpers widersetzen. Wörtlich.«

»Himmel, hat der Typ eigentlich keinen Knopf zum Ausschalten?«

»Eine gute Frage.«

»Werden Sie es trotzdem durchbringen?«

»Die Chancen stehen gut. Wenn ich Beweise vorlegen könnte, wäre ich mir sogar sicher.«

»Wenn Sie es schaffen, dann sagen Sie Maitland, er soll auf

Spaziergänge in seiner Nachbarschaft lieber verzichten. Bekanntlich haben viele Leute Waffen bei der Hand, um sich vor Einbrechern zu schützen, und momentan dürfte er der unbeliebteste Bürger von ganz Flint City sein.«

»Er wird sein Haus nicht verlassen dürfen, und Sie können Gift drauf nehmen, dass die Polizei das Haus observiert.« Howie seufzte. »Das mit dem Buch ist wirklich eine Schande.«

Alec legte auf und sprang wieder in seinen Wagen. Er wollte rechtzeitig zu Hause sein, um sich vor *Game of Thrones* noch Popcorn machen zu können.

## 18

Am selben Abend trafen sich Ralph Anderson und Detective Yunel Sablo von der Highway Patrol mit dem Bezirksstaatsanwalt von Flint County in dessen Fernsehzimmer. Das Eigenheim von Bill Samuels stand im Norden der Stadt, in einem nahezu vornehmen Viertel mit großen Häusern, die einen bescheidenen Villenstatus anstrebten, ohne ihn ganz zu erreichen. Im Garten jagten seine beiden Töchter einander durch den Rasensprenger, während die Dämmerung sich allmählich in der Dunkelheit auflöste. Die Exfrau von Samuels war dageblieben, um für alle zu kochen. Beim Abendessen war Samuels in bester Laune gewesen; er hatte seiner Ex oft die Hand getätschelt und diese sogar mehrfach kurz gehalten, wogegen die Besitzerin scheinbar nichts einzuwenden gehabt hatte. *Ziemlich vertraulich für ein in Trennung lebendes Paar,* dachte Ralph und freute sich für die beiden. Nun jedoch war das Essen beendet, die Ex packte die Sachen der Mädchen zusammen, und Ralph ahnte, dass es auch mit der guten Stimmung von Staatsanwalt Samuels bald vorüber sein würde.

Auf dem Couchtisch lag *Eine bebilderte Geschichte von Flint County, Douree County und Canning*. Das Buch befand sich in einem durchsichtigen Plastikbeutel, den Ralph zu Hause aus der Küchenschublade genommen und behutsam darübergestülpt hatte. Der Leichenzug sah verschwommen aus, weil die Schrumpffolie mit Fingerabdruckpulver bestäubt worden war. Auf dem vorderen Deckel war nahe dem Buchrücken ein einzelner Abdruck – ein Daumen – zu sehen, so deutlich wie das Datum auf einer neuen Kupfermünze.

»Auf dem Rücken sind vier weitere gute«, sagte Ralph. »Das liegt daran, wie man ein schweres Buch in die Hand nimmt – den Daumen vorne, die anderen Finger leicht gespreizt auf der Rückseite. Am liebsten hätte ich es gleich vor Ort in Cap City untersucht, aber ich hatte keine Abdrücke von Terry zum Vergleich dabei. Deshalb habe ich mir bei uns im Büro geholt, was es dazu braucht, und mich zu Hause ans Werk gemacht.«

Samuels hob die Augenbrauen. »Sie haben die Karte mit seinen Fingerabdrücken aus den Akten entfernt?«

»Keineswegs, ich habe sie nur fotokopiert.«

»Spannen Sie uns nicht länger auf die Folter«, sagte Sablo.

»Habe ich nicht vor«, sagte Ralph. »Die Übereinstimmung ist eindeutig. Das heißt, die Fingerabdrücke auf dem Buch da stammen von Terry Maitland.«

Der Strahlemann, der am Esstisch neben seiner Ex gesessen hatte, verblasste. Stattdessen machte Samuels ein Gesicht wie sieben Tage Regenwetter. »Ohne einen Abgleich per Computer kann man das nicht mit Gewissheit sagen.«

»Bill, ich habe mich mit so was schon beschäftigt, als es die moderne Technik noch gar nicht gab.« *Damals in der guten alten Zeit, als du auf der Highschool noch versucht hast, den Mädchen unter den Rock zu schielen.* »Das sind die Abdrücke von Maitland, was ein Computerabgleich nur bestätigen wird. Seht euch das mal an.«

Er nahm einen kleinen Stapel Karten aus seiner Jackeninnentasche und legte sie in zwei Reihen auf dem Couchtisch aus. »Das sind die Abdrücke, die wir Terry gestern Abend nach der Festnahme abgenommen haben. Und das da sind Terrys Abdrücke von der Buchfolie. Macht euch selbst ein Bild.«

Samuels und Sablo beugten sich vor, um die aufgereihten Karten links mit denen rechts zu vergleichen. Als Erster richtete Sablo sich wieder auf. »Ich muss Ihnen zustimmen.«

»Das werde ich ohne einen Computerabgleich nicht tun«, sagte Samuels. Die aus seinem Mund kommenden Worte hörten sich gestelzt an, weil er den Unterkiefer vorgeschoben hatte. Unter anderen Umständen wäre das vielleicht lustig gewesen.

Ralph erwiderte nicht sofort etwas. Er war neugierig, was Bill Samuels für ein Mensch war, und aufgrund seines optimistischen Naturells hoffte er, dass sich sein bisheriges Urteil über den Staatsanwalt – dass der vermutlich die Flinte ins Korn warf, wenn er mit einem wirklich beherzten Gegenangriff konfrontiert wurde – als falsch erwies. Die Exfrau von Samuels empfand weiterhin eine gewisse Wertschätzung für ihn, das war offensichtlich, und seine kleinen Töchter liebten ihn ungeheuer, aber solche Hinweise galten nur für eine Facette des Charakters. Zu Hause war man nicht notwendigerweise derselbe wie im Beruf, vor allem dann nicht, wenn man ehrgeizig war und plötzlich vor einem Hindernis stand, das alle großen Pläne, die man hegte, im Keim erstickte. Diese Dinge waren wichtig für Ralph. Sie waren sogar sehr wichtig für ihn, weil er und Samuels durch den Fall aneinandergefesselt waren, auf Gedeih und Verderb.

»Es ist einfach unmöglich«, sagte Samuels und griff sich mit der Hand an den Hinterkopf, um den Haarzipfel zu glätten, der heute Abend gar nicht da war. Heute war der Zipfel brav. »Er kann nicht zur selben Zeit an zwei Orten gewesen sein.«

»Trotzdem sieht es danach aus«, sagte Sablo. »Bisher hatten wir aus Cap City keine forensischen Beweise. Jetzt schon.«

Die Miene von Samuels hellte sich vorübergehend auf. »Vielleicht hat er das Buch ja schon vorher angefasst. Um sein Alibi vorzubereiten. Als Teil eines Täuschungsmanövers.« Womit er offenbar seine bisherige Einschätzung aufgab, dass der Mord an Frank Peterson die Impulstat eines Mannes gewesen sei, der seine Triebe nicht mehr beherrschen konnte.

»Ganz auszuschließen ist das nicht«, sagte Ralph. »Ich habe aber schon viele Fingerabdrücke gesehen, und die da sehen ziemlich frisch aus. Die Papillarleisten sind in allen Einzelheiten sichtbar. Das wäre nicht der Fall, wenn die Abdrücke vor mehreren Wochen oder Monaten hinterlassen worden wären.«

So leise, dass man es fast nicht hören konnte, sagte Sablo: »Mensch, das ist so, wie wenn man bei zwölf noch was verlangt, dann aber eine Bildkarte kriegt.«

Samuels riss den Kopf herum. »Was?«

»Black Jack«, sagte Ralph. »Er meint, es wäre besser gewesen, wenn wir das Buch nicht gefunden hätten. Wenn wir einfach mit dem zufrieden gewesen wären, was wir hatten.«

Darüber dachten sie erst einmal nach. Als Samuels das

Schweigen brach, hörte er sich fast liebenswürdig an – wie jemand, der sich nur die Zeit vertrieb. »Ich will mal eine hypothetische Frage stellen. Was wäre, wenn wir die Buchfolie eingestäubt, aber nichts gefunden hätten? Oder bloß ein paar nicht identifizierbare Flecke?«

»Dann wären wir zwar nicht besser dran, aber auch nicht schlechter«, sagte Sablo.

Samuels nickte. »In diesem Fall – rein hypothetisch gesprochen – wäre Ralph schlicht jemand, der ein ziemlich teures Buch gekauft hätte. Er würde es nicht wegwerfen, sondern sich darüber freuen, dass sich nichts ergeben hätte, und es zu Hause ins Regal stellen. Natürlich nachdem er die Hülle abgenommen und entsorgt hätte.«

Mit ungerührter Miene ließ Sablo den Blick von Samuels zu Ralph wandern.

»Und die Fingerabdruckkarten da?«, sagte Ralph. »Was ist mit denen?«

»Was für Karten?«, fragte Samuels. »Ich sehe keine Karten. Was ist mit Ihnen, Yunel?«

»Ich weiß nicht recht, ob ich welche sehe oder nicht«, sagte Sablo.

»Sie reden davon, ein Beweismittel zu vernichten«, sagte Ralph.

»Keineswegs. Das ist alles rein hypothetisch.« Wieder hob Samuels die Hand, um den nicht vorhandenen Zipfel glatt zu streichen. »Aber hier ist was zum Überdenken, Ralph. Sie sind zuerst ins Büro gefahren, haben den Abgleich aber zu Hause vorgenommen. War Ihre Frau dabei?«

»Jeannie war bei ihrem Lesekreis.«

»Mhm, und jetzt sehen Sie mal da hin. Das Buch steckt in einem ganz normalen Plastikbeutel, nicht in einem offiziellen. Es ist nicht als Beweismittel registriert.«

»Noch nicht«, sagte Ralph, doch anstatt über die verschiedenen Facetten des Charakters von Bill Samuels nachzudenken, war er nun gezwungen, sich die Facetten seines eigenen vorzunehmen.

»Ich sage bloß, dass Sie genau diese hypothetische Möglichkeit eventuell auch im eigenen Hinterkopf hatten.«

War das der Fall? Das konnte Ralph wirklich nicht sagen. Und wenn es der Fall gewesen war – *weshalb?* Um sich einen hässlichen schwarzen Fleck auf seiner Laufbahn zu ersparen, weil der Mordfall jetzt nicht mehr nur ins Stocken geraten war, sondern ganz zu kippen drohte?

»Nein«, sagte er. »Das Buch wird als Beweismittel registriert und dem Gericht vorgelegt werden. Weil der Junge tot ist, Bill. Verglichen damit ist das, was mit uns passiert, nichts als Fliegenschiss.«

»Der Meinung bin ich auch«, sagte Sablo.

»Natürlich sind Sie das«, sagte Samuels. Er klang erschöpft. »Lieutenant Yunel Sablo wird die Sache so oder so überstehen.«

»Wenn wir schon vom Überstehen sprechen – was ist mit Terry Maitland?«, sagte Ralph. »Was, wenn wir wirklich den Falschen festgenommen haben?«

»Haben wir nicht«, sagte Samuels. »Alle Beweise sprechen dagegen.«

Und in diesem Tenor endete die Besprechung. Ralph fuhr zum Revier zurück. Dort trug er *Eine bebilderte Geschichte von Flint County, Douree County und Canning* in die Liste ein und deponierte das Buch bei den sich ansammelnden Beweismitteln. Er war froh, es los zu sein.

Während er um das Gebäude herumging, um zu seinem Privatwagen zu gelangen, läutete sein Handy, und auf dem Display erschien das Bild seiner Frau. Er ging dran und war ziemlich erschrocken über den Klang ihrer Stimme. »Was ist denn, Schatz? Hast du etwa geweint?«

»Derek hat angerufen. Aus dem Sommerlager.«

Ralphs Herzschlag beschleunigte sich. »Ist ihm was zugestoßen?«

»Nein, es geht ihm gut. *Körperlich* wenigstens. Aber ein paar von seinen Freunden hier haben ihm was über Terry gemailt, und jetzt ist er ziemlich aufgebracht. Er sagt, das kann alles nicht stimmen, weil Coach T so was nie tun würde.«

»Ach so. Das ist also alles.« Er setzte sich wieder in Bewegung und tastete mit der freien Hand nach dem Autoschlüssel.

»Nein, das ist *nicht* alles«, sagte Jeannie scharf. »Wo bist du eigentlich?«

»Bei der Arbeit. Ich komme jetzt nach Hause.«

»Kannst du zuerst zum Gefängnis fahren? Und mit ihm sprechen?«

»Mit Terry? Wahrscheinlich ja, wenn er dazu bereit ist, aber wozu?«

»Lass die ganzen Beweismittel mal einen Moment beiseite. Alles, was dafür und was dagegen spricht, und beantworte mir eine Frage, aufrichtig und vom Herzen her. Tust du das?«

»Ja, klar …« In der Ferne hörte er das Dröhnen der Sattelschlepper auf der Schnellstraße, aus der Nähe das friedliche, sommerliche Zirpen der Grillen in dem Gras neben dem Backsteinbau, in dem er seit so vielen Jahren arbeitete. Er wusste, was seine Frau fragen würde.

»Glaubst *du* denn, dass Terry Maitland den Jungen umgebracht hat?«

Ralph dachte daran, dass der Mann, der mit dem Taxi von Willow Rainwater nach Dubrow gefahren war, die Fahrerin mit *Ma'am* angesprochen hatte anstatt mit ihrem Namen, den er hätte wissen müssen. Er dachte daran, dass der Mann, der den weißen Lieferwagen hinter dem Pub abgestellt hatte, sich nach der nächsten Notfallpraxis erkundigt hatte, obwohl Terry Maitland seit seiner Geburt in Flint City lebte. Er dachte an die Lehrer, die schwören würden, dass Terry mit ihnen zusammen gewesen war, zur Zeit der Entführung ebenso wie zum Zeitpunkt des Mordes. Und dann dachte er daran, wie praktisch es doch war, dass Terry beim Vortrag von Mr. Harlan Coben nicht einfach nur eine Frage gestellt hatte, sondern dabei *aufgestanden* war, als wollte er sicherstellen, gesehen und gefilmt zu werden. Dazu die Fingerabdrücke auf dem Buch ... War das nicht allzu perfekt?

»Ralph? Bist du noch da?«

»Ich weiß nicht recht«, sagte er. »Vielleicht wäre es anders, wenn ich mit ihm zusammen eine Mannschaft trainiert hätte, wie Howie es getan hat ... aber ich habe nur beobachtet, wie er Derek trainiert hat. Die Antwort auf deine Frage – aufrichtig und vom Herzen her – lautet also, dass ich es einfach nicht weiß.«

»Dann fahr zu ihm«, sagte sie. »Sieh ihm in die Augen – und *frag* ihn.«

»Wenn Samuels davon erfährt, zerreißt er mich in der Luft«, sagte Ralph.

»Bill Samuels ist mir völlig egal, mir geht es um unseren Sohn. Und so denkst du auch, das weiß ich. Tu es für ihn, Ralph. Für Derek.«

## 19

Wie sich herausstellte, hatte Arlene Peterson tatsächlich eine
Sterbeversicherung abgeschlossen, das war also schon mal in
Ordnung. Ollie fand die entsprechenden Policen in der un-
tersten Schublade ihres kleinen Schreibtischs, in einem Ordner zwischen den Rubriken HYPOTHEKENVERTRAG
(inzwischen waren die Hypotheken fast abbezahlt) und
GARANTIEURKUNDEN. Er rief beim Bestattungsinstitut
an, wo ihm ein Mann mit der sanften Stimme eines profes-
sionell Trauernden dankte – vielleicht einer von den Donelli-
Brüdern, vielleicht auch nicht – und ihm mitteilte: »Ihre
Mutter ist bereits eingetroffen.« Als ob sie sich selbst dorthin
begeben hätte, mit einem Uber-Wagen oder so. Anschließend erkundigte sich der Trauerprofi, ob Ollie ein Formular
für die Todesanzeige in der Zeitung brauche. Das verneinte
Ollie, weil bereits zwei noch leere Formulare vor ihm auf
dem Tisch lagen. Offenbar hatte seine Mutter – gewissenhaft
selbst in ihrem Kummer – das Original, das sie für Frank erhalten hatte, für den Fall fotokopiert, dass sie beim Ausfüllen
einen Fehler machte. Das war also ebenfalls in Ordnung. Ob
er morgen kommen wolle, um die Vorkehrungen für Trauerfeier und Bestattung zu besprechen? Eher nicht, sagte Ollie.
Seiner Meinung nach sollte sein Vater das tun.

Nachdem die Finanzierung der Bestattung seiner Mutter
nun geklärt war, ließ Ollie den Kopf auf ihren Schreibtisch
sinken und weinte eine Weile. Er tat das leise, um seinen Vater nicht aufzuwecken. Als die Tränen versiegten, füllte er
eines der Formulare aus, wobei er alles in Großbuchstaben aufs
Papier malte, weil seine Handschrift sonst kein Mensch lesen
könnte. Nachdem das erledigt war, ging er in die Küche und

ließ den Blick über den Verhau dort schweifen: Pasta auf dem Linoleumboden, ein Hähnchengerippe unterhalb der Wanduhr, massenhaft Tupperdosen und mit Folie abgedeckte Schüsseln auf den Arbeitsflächen. Ihn erinnerte das alles an etwas, was seine Mutter immer nach großen Familienmahlzeiten gesagt hatte: *Hier haben Schweine gefressen.* Er holte einen großen Müllbeutel unter der Spüle hervor und versenkte darin alles, angefangen mit dem Hähnchengerippe, das besonders gruselig aussah. Anschließend wischte er den Boden. Sobald alles picobello war (auch so ein Ausdruck von seiner Mutter), merkte er, dass er Hunger hatte. Das kam ihm unpassend vor, ließ sich aber trotzdem nicht leugnen. Im Grunde war der Mensch ein Tier, wurde ihm klar. Selbst wenn die Mutter und der kleine Bruder von einem tot waren, musste man was essen und das Gegessene wieder ausscheißen. Das verlangte der Körper so. Er öffnete den Kühlschrank und sah, dass er von oben bis unten, von links nach rechts mit weiteren Schüsseln, weiteren Tupperdosen, weiteren kalten Platten gerammelt voll war. Er wählte einen Shepherd's Pie mit einer schneeigen Oberfläche aus Kartoffelpüree und stellte ihn bei 175 Grad in den Backofen. Während er am Schrank lehnte, darauf wartete, dass das Zeug warm wurde, und sich im eigenen Kopf wie ein Besucher vorkam, schlappte sein Vater herein. Die Frisur von Fred Peterson war eine einzige Katastrophe. *Du bist total verfilzt,* hätte seine Frau gesagt. Außerdem hatte er dringend eine Rasur nötig. Seine glasigen Augen waren verquollen.

»Ich hab eine von den Pillen eingenommen, die deine Mutter hatte, und zu lange geschlafen«, sagte er.

»Das macht nichts, Dad.«

»Du hast die Küche sauber gemacht. Ich hätte dir helfen sollen.«

»Ist schon in Ordnung.«

»Deine Mutter ... die Beerdigung ...« Fred wusste anscheinend nicht, wie er weitersprechen sollte, und Ollie sah, dass der Hosenschlitz seines Vaters offen stand. Bei dem Anblick überkam ihn so etwas wie Mitleid. Tränen kamen ihm dennoch nicht; er hatte sich wohl fürs Erste ausgeweint. Das war auch in Ordnung. *Ich muss dankbar für das sein, was ich habe,* dachte Ollie.

»Es gibt keinerlei Probleme«, erklärte er seinem Vater. »Sie hatte eine Sterbeversicherung, du übrigens auch, und sie ist ... schon dort. Wo man sie hingebracht hat. Du weißt schon, im Institut.« Er hatte Angst, das Wort *Bestattung* auszusprechen, damit sein Vater nicht wieder losheulte. Und dann heulte er vielleicht selbst wieder los.

»Ah ja. Gut.« Fred setzte sich und drückte sich die flache Hand an die Stirn. »Eigentlich hätte ich das tun sollen. Es war meine Aufgabe. Meine Verantwortung. Ich wollte wirklich nicht so lange schlafen.«

»Du kannst morgen hinfahren. Um den Sarg auszuwählen und so.«

»Wohin?«

»Zu den Gebrüdern Donelli. Wie bei Frank.«

»Sie ist tot«, sagte Fred verwundert. »Ich halte es kaum aus, auch nur daran zu denken.«

»Ja«, sagte Ollie, obwohl er an nichts anderes hatte denken können. Daran, wie sie bis zum Ende versucht hatte, sich zu entschuldigen. Als ob alles ihre Schuld gewesen wäre, was absolut nicht der Fall war. »Der Typ vom Institut sagt, man muss bestimmte Sachen entscheiden. Bist du denn in der Lage dazu?«

»Klar. Morgen geht's mir bestimmt besser. Irgendwas riecht ziemlich gut hier.«

»Shepherd's Pie.«

»Hat den deine Mutter gemacht, oder hat jemand ihn mitgebracht?«

»Keine Ahnung.«

»Na, jedenfalls riecht er gut.«

Sie aßen am Küchentisch. Ollie stellte das Geschirr danach in die Spüle, weil die Spülmaschine voll war. Sie gingen ins Wohnzimmer. Jetzt lief auf ESPN Baseball, die Phillies gegen die Mets. Sie sahen zu, ohne sich zu unterhalten; jeder erforschte auf eigene Weise die Ränder des Lochs, das sich mitten in ihrem Leben aufgetan hatte. Sie taten das, um nicht hineinzufallen. Nach einer Weile ging Ollie durch die Hintertür ins Freie, setzte sich auf die Treppe und blickte zu den Sternen hinauf. Von denen gab es viele. Außerdem sah er einen Meteor, einen Erdsatelliten und mehrere Flugzeuge. Er dachte daran, dass seine Mutter tot war und nichts davon je wieder sehen würde. Es war völlig absurd, dass dem so war. Als er wieder hineinging, stand es zu Anfang des neunten Innings unentschieden, und sein Vater war im Sessel eingeschlafen. Ollie drückte ihm einen Kuss auf den Scheitel. Fred regte sich nicht.

## 20

Auf dem Weg zum Gefängnis empfing Ralph eine SMS. Sie stammte von Kinderman, dem Computerforensiker bei der Highway Patrol. Ralph fuhr sofort an den Straßenrand, um zurückzurufen. Schon beim ersten Läuten nahm Kinderman ab.

»Nehmt ihr euch am Sonntagabend eigentlich nicht mal frei?«, fragte Ralph.

»Was soll ich sagen, wir sind eben Nerds.« Im Hintergrund hörte Ralph das Wummern einer Heavy-Metal-Band. »Außerdem finde ich, dass gute Nachrichten warten können, während man schlechte gleich weitergeben sollte. Wir haben die Festplatten von Maitland nach versteckten Dateien durchsucht, und solche Kinderschänder sind manchmal ziemlich gewieft, aber auf den ersten Blick ist er clean. Keine Kinderpornos, überhaupt keine Pornografie. Nicht auf seinem Desktop, nicht auf seinem Laptop, nicht auf seinem I-Pad, nicht auf seinem Smartphone. Dem Anschein nach hat er eine völlig weiße Weste.«

»Was ist mit dem Verlauf?«

»Eine lange Liste, aber nur das Übliche – Onlineshops wie Amazon, Nachrichtenblogs wie die *Huffington Post,* ein halbes Dutzend Sport-Websites. Er informiert sich laufend über Baseballergebnisse und ist offenbar ein Fan der Tampa Bay Rays. Schon das lässt darauf schließen, dass er nicht ganz richtig im Kopf ist. Auf Netflix sieht er sich *Ozark* an, auf I-Tunes *The Americans.* Letzteres sehe ich auch ganz gern.«

»Suchen Sie weiter.«

»Dafür werde ich bezahlt.«

Ralph stellte seinen Wagen auf einen der mit NUR FÜR DIENSTFAHRZEUGE gekennzeichneten Plätze hinter dem Gefängnis ab, dann holte er die passende Karte aus dem Handschuhfach und legte sie aufs Armaturenbrett. Ein Vollzugsbeamter – laut seinem Namensschild L. KEENE – erwartete ihn und begleitete ihn zu einem Vernehmungszimmer. »Das verstößt gegen die Regeln, Detective. Es ist gleich zweiundzwanzig Uhr.«

»Ich weiß, wie spät es ist, aber ich bin nicht zum Vergnügen hier.«

»Weiß der Staatsanwalt Bescheid?«

»Das ist für Sie nicht von Belang, Officer Keene.«

Ralph setzte sich an den Tisch und wartete. Ob Terry bereit war, hier aufzutauchen? Auf seinem Computer war also keine Pornografie, und zu Hause hatte er auch nichts versteckt, zumindest hatte man bisher nichts gefunden. Wie Kinderman richtig gesagt hatte, konnten Pädophile allerdings ziemlich gewieft sein.

*Aber wie gewieft war es, dass er sich so offen gezeigt hat? Und jede Menge Fingerabdrücke hinterlassen hat?*

Was Samuels dazu sagen würde, wusste Ralph: Terry habe sich in einer Art Rauschzustand befunden. Anfangs (vor gefühlt einer Ewigkeit) hatte Ralph das noch eingeleuchtet.

Keene führte Terry herein. Er trug eine braune Uniform und billige Flipflops, die Hände steckten in Handschellen.

»Nehmen Sie die Armbänder ab, Officer.«

Keene schüttelte den Kopf. »Gegen die Vorschriften.«

»Ich übernehme die Verantwortung.«

Keene lächelte humorlos. »Nein, Detective, das geht nicht. Hier bin ich der Chef, und wenn der Mann da auf die Idee kommt, über den Tisch zu springen und Ihnen an die Gurgel zu gehen, bin ich schuld daran. Aber wissen Sie was? Ich werde ihn nicht an den Ring da ketten. Was halten Sie davon?«

Darüber lächelte Terry, als wollte er sagen: *Da sehen Sie, womit ich hier klarkommen muss.*

Ralph seufzte. »Sie können uns jetzt allein lassen, Officer Keene. Und ... danke.«

Keene ging hinaus, würde die beiden aber durch den Einwegspiegel hindurch beobachten und wahrscheinlich auch belauschen. Dass Samuels von dem Gespräch erfuhr, war schlicht unvermeidlich.

Ralph sah Terry an. »Stehen Sie nicht so da. Setzen Sie sich, um Gottes willen.«

Terry setzte sich und legte die gefalteten Hände auf den Tisch. Die Kette der Handschellen klackerte. »Howie Gold wäre nicht einverstanden, dass ich mit Ihnen spreche.« Während er das sagte, lächelte er immer noch.

»Samuels wäre das auch nicht, also sind wir quitt.«

»Was wollen Sie?«

»Antworten. Wenn Sie unschuldig sind, warum gibt es dann ein halbes Dutzend Zeugen, die Sie identifiziert haben? Wieso sind Ihre Fingerabdrücke auf dem Ast, mit dem der Junge vergewaltigt wurde, und in dem Lieferwagen, mit dem man ihn entführt hat?«

Terry schüttelte den Kopf. Sein Lächeln war verschwunden. »Das ist mir genauso rätselhaft wie Ihnen. Ich danke bloß Gott, seinem eingeborenen Sohn und allen Heiligen, dass ich meinen Aufenthalt in Cap City beweisen kann. Was wäre, wenn ich das nicht könnte, Ralph? Das wissen wir beide, glaube ich. Dann würde ich oben im Staatsgefängnis in McAlester in der Todeszelle sitzen, noch bevor der Sommer zu Ende geht, und in zwei Jahren würde man mir die Nadel setzen. Vielleicht schon früher, weil die Gerichte bis ganz nach oben mit erzkonservativen Typen bestückt sind und Ihr Kumpel Samuels meine Einsprüche wegpflügen würde wie ein Bulldozer eine Sandburg.«

*Der ist nicht mein Kumpel,* war das Erste, was Ralph in den Sinn kam. Stattdessen sagte er: »Mich interessiert besonders der Lieferwagen. Der mit dem New Yorker Kennzeichen.«

»Da kann ich Ihnen auch nicht weiterhelfen. In New York

war ich das letzte Mal auf meiner Hochzeitsreise, und die ist sechzehn Jahre her.«

Jetzt war Ralph mit Lächeln an der Reihe. »Das wusste ich nicht, aber dass Sie in letzter Zeit nicht dort waren, war uns bekannt. Wir haben nämlich Ihre Reisen in den vergangenen sechs Monaten überprüft. Nichts außer einem Ausflug nach Ohio im April.«

»Ja, nach Dayton. Da hatten die Mädchen Frühjahrsferien. Ich wollte meinen Vater besuchen, und die beiden wollten mit. Marcy ebenfalls.«

»Ihr Vater lebt in Dayton?«

»Falls man das, was er heute so tut, als leben bezeichnen kann. Das ist eine lange Geschichte und gehört nicht hierher. Irgendwelche finsteren weißen Lieferwagen waren nicht beteiligt, nicht mal unsere Familienkutsche. Wir sind mit Southwest Airlines geflogen. Ganz egal wie viele von meinen Fingerabdrücken man in dem Wagen gefunden hat, mit dem dieser Kerl Frank Peterson entführt hat, ich habe das Ding nicht gestohlen. Ich habe es nicht mal gesehen. Nicht dass ich von Ihnen erwarten würde, mir zu glauben, aber es ist die Wahrheit.«

»Niemand denkt, dass Sie den Wagen in New York gestohlen haben«, sagte Ralph. »Bill Samuels vermutet, dass der Dieb ihn hier in der Gegend einfach abgestellt hat, und zwar mit dem Schlüssel in der Zündung. Dann hätten Sie ihn sozusagen erneut gestohlen und irgendwo versteckt, bis Sie bereit waren, das zu tun ... was Sie getan haben.«

»Ziemlich umsichtig für einen Mann, der sich bei seiner Tat so offen gezeigt hat.«

»Samuels wird vor Gericht erzählen, Sie hätten sich in einer Art Blutrausch befunden. Und das werden die Geschworenen glauben.«

»Ob sie das wohl noch glauben werden, nachdem Ev, Billy und Debbie als Zeugen aufgetreten sind? Und nachdem Howie die Aufnahmen von Harlan Cobens Vortrag vorgespielt hat?«

Darüber wollte Ralph erst einmal nicht reden. »Kannten Sie Frank Peterson eigentlich?«

Terry brach in bellendes Gelächter aus. »Wenn Howie da wäre, würde er mir sagen, dass ich auf so eine Frage keine Antwort geben soll.«

»Heißt das, dass Sie mir tatsächlich keine geben werden?«

»Doch, das werde ich. Ich kannte ihn vom Sehen – schließlich kenne ich die meisten Kinder in unserer Gegend –, aber ich kannte ihn nicht im eigentlichen Sinn, wenn Sie wissen, was ich meine. Er war noch in der Grundschule und hat sich nicht für Sport interessiert. Mit seinen roten Haaren war er allerdings unübersehbar. Wie ein Stoppschild. Die von seinem Bruder Ollie ebenfalls. Der war anfangs in meinem Baseballteam, ist mit dreizehn aber nicht in die Jugendmannschaft eingetreten. Im Outfield war er gar nicht übel und als Schlagmann auch nicht, aber er hat das Interesse verloren. Bei manchen läuft das so.«

»Also hatten Sie kein Auge auf Frankie geworfen?«

»Nein, Ralph. Ich habe kein sexuelles Interesse an Kindern.«

»Sie haben auch nicht zufällig gesehen, wie er sein Fahrrad über den Parkplatz von dem Supermarkt geschoben hat, und sich daraufhin gesagt: ›Aha, das ist jetzt meine Chance‹?«

Terry betrachtete sein Gegenüber mit einer stillen Verachtung, die Ralph nur schwer ertrug. Dennoch senkte er nicht den Blick. Nach einem Moment seufzte Terry, hob die gefesselten Hände zu der undurchsichtigen Seite des Einwegspiegels und rief: »Wir sind jetzt fertig!«

»Noch nicht ganz«, sagte Ralph. »Sie müssen mir noch

eine weitere Frage beantworten, und ich will, dass Sie mir dabei direkt in die Augen sehen. Haben Sie Frank Peterson getötet?«

Im Blick von Terry lag keinerlei Flackern. »Nein, habe ich nicht.«

Officer Keene führte Terry hinaus. Ralph blieb an Ort und Stelle sitzen und wartete darauf, dass Keene wiederkam, um ihn durch die drei verschlossenen Türen zwischen dem Vernehmungszimmer und der frischen Luft zu begleiten. Nun kannte er also die Antwort auf die Frage, die Jeannie ihm aufgetragen hatte, und die mit festem Blick gegebene Antwort lautete: *Nein, habe ich nicht.*

Ralph wollte Terry glauben.

Und *konnte* es doch nicht.

# Vorführung vor dem Haftrichter

## 16. JULI

»Nein«, sagte Howie Gold. »Nein, nein, nein.«

»Es ist zu seinem eigenen Schutz«, sagte Ralph. »Sie müssen einfach sehen ...«

»Was ich sehe, ist die Zeitung mit seinem Foto auf der Titelseite. Was ich sehe, sind Aufnahmen in jedem Fernsehsender, die zeigen, wie mein Klient mit einer schusssicheren Weste über dem Anzug ins Gericht marschiert. Als wäre er schon verurteilt. Die Handschellen sind schon schlimm genug.«

Sie standen zu siebt im Besucherraum des Gefängnisses, wo man das Spielzeug ordentlich in farbige Plastikbehälter gepackt und die Stühle umgedreht auf die Tische gestellt hatte. Howie Gold hatte sich neben Terry Maitland postiert, gegenüber standen County Sheriff Dick Doolin, Ralph Anderson und Vernon Gilstrap, der stellvertretende Bezirksstaatsanwalt. Samuels war bestimmt schon am Gericht, um die anderen zu erwarten. Wortlos hielt Sheriff Doolin weiterhin die schusssichere Weste hoch, auf der in grellem, anklagendem Gelb die Anfangsbuchstaben des Gefängnisses standen. Die drei Klettverschlüsse – zwei für die Schultern, einer, um die Weste zu verschließen – hingen schlaff herab.

Neben der Tür zum Eingangsbereich standen zwei Vollzugsbeamte (wenn sie als Wärter bezeichnet worden wären, hätten sie protestiert). Sie hatten die fleischigen Arme verschränkt. Der eine hatte Terry bewacht, während der sich mit einem Wegwerfrasierer rasiert hatte, der andere hatte die

Taschen der von Marcy mitgebrachten Kleidungsstücke – Anzug und Hemd – durchsucht. Dabei hatte er nicht versäumt, mit den Fingern an der Naht der blauen Krawatte entlangzufahren.

Gilstrap sah Terry an. »Was meinen Sie, Freundchen? Wollen Sie es drauf anlegen, erschossen zu werden? Mir ist das recht. Spart dem Staat einen Stapel Einsprüche, bevor man Ihnen die Nadel setzt.«

»Das ist völlig deplatziert«, sagte Howie.

Gilstrap, der seit Langem im Amt war und höchstwahrscheinlich mit einer fetten Pension in den Ruhestand gehen würde, wenn Bill Samuels die anstehende Wahl verlor, grinste nur höhnisch.

»He, Mitchell«, sagte Terry. Der Beamte, der ihn beim Rasieren beobachtet hatte, damit er sich mit der einzelnen Klinge nicht die Kehle aufschlitzte, hob die Augenbrauen, ohne die Arme auseinanderzunehmen. »Wie warm ist es draußen?«

»Als ich gekommen bin, hatte es neunundzwanzig Grad«, sagte Mitchell. »Mittags sollen es mehr als fünfunddreißig werden, hieß es im Radio.«

»Keine Weste«, sagte Terry zu dem Sheriff und setzte ein Lächeln auf, das ihn ganz jung aussehen ließ. »Schließlich will ich nicht in einem verschwitzten Hemd vor Richter Carter stehen. Sein Enkel war nämlich in meiner Baseballmannschaft.«

Gilstrap, den das offenbar beunruhigte, zog ein Notizbuch aus seinem karierten Sakko und kritzelte etwas hinein.

»Gehen wir«, sagte Howie und nahm Terry beim Arm.

Ralphs Handy läutete. Er nahm es von der linken Seite seines Gürtels (rechts war das Holster mit der Dienstwaffe) und warf einen Blick aufs Display. »Moment, Moment, den Anruf muss ich entgegennehmen.«

»Das kann doch wohl nicht wahr sein«, sagte Howie. »Gehen wir zu einem Gerichtstermin oder zu einer Hundeausstellung?«

Ohne darauf zu reagieren, verzog sich Ralph auf die andere Seite des Raums, wo die Snack- und Getränkeautomaten standen. Er stellte sich unter das Schild mit der Aufschrift NUR FÜR BESUCHER, sprach kurz in sein Gerät und lauschte. Dann beendete er das Telefonat und kehrte zu den anderen zurück. »Okay. Ich bin bereit.«

Officer Mitchell war zwischen Howie und Terry getreten, um Letzterem die Handschellen anzulegen. »Zu fest?«, fragte er.

Terry schüttelte den Kopf.

»Dann wollen wir mal.«

Howie zog sein Jackett aus und legte es über die Handschellen. Die beiden Beamten geleiteten Terry aus dem Raum, angeführt von Gilstrap, der wie ein Tambourmajor dahinstolzierte.

Howie gesellte sich zu Ralph. »Das ist eine totale Farce«, sagte er mit leiser Stimme, und als Ralph nichts erwiderte: »Okay, gut, meinetwegen können Sie jetzt gerne dichtmachen, aber bevor die Sache vor die Geschworenen kommt, müssen wir uns zusammensetzen – Sie, ich und Samuels. Gern auch mit Pelley, wenn Sie wollen. Heute werden die Fakten zum Fall noch nicht ans Licht kommen, aber irgendwann *doch,* und dann müssen Sie sich nicht nur um die Berichterstattung hier in der Region Sorgen machen. CNN, Fox, MSNBC, die Internetmedien – die werden alle anrücken, um sich an der Absurdität zu weiden. Das wird wie eine Kombination von O. J. Simpson und *Der Exorzist.*«

Ja, und Ralph ahnte, dass Howie alles tun würde, um für ein solches Szenario zu sorgen. Wenn er die Reporter dazu brachte, sich auf die Frage zu konzentrieren, wie ein Mensch zur selben Zeit an zwei Orten sein konnte, dann würden sie sich nicht mit dem Jungen beschäftigen, der vergewaltigt, ermordet und vielleicht teilweise gegessen worden war.

»Ich weiß, was Sie denken, aber nicht ich bin hier der Feind, Ralph. Es sei denn, Sie scheren sich einen Dreck um alles, was nicht zu Terrys Verurteilung führt, aber so schätze ich Sie nicht ein. So etwas passt zu Samuels, nicht zu Ihnen. Wollen Sie denn nicht wissen, was wirklich passiert ist?«

Ralph antwortete nicht.

Am Eingang wartete Marcy Maitland, die zwischen der gewaltig schwangeren Betsy Riggins und Yunel Sablo von der Highway Patrol ganz klein wirkte. Als sie ihren Mann sah und auf ihn zuging, versuchte Riggins, sie zurückzuhalten, aber Marcy schüttelte die Hand problemlos ab. Sablo blieb einfach stehen und beobachtete das Geschehen. Marcy hatte gerade genug Zeit, ihrem Mann ins Gesicht zu blicken und ihm einen Kuss auf die Wange zu geben, bevor Officer Mitchell sie bei den Schultern nahm und sanft, aber entschieden rückwärts auf den Sheriff zuschob. Der hielt immer noch die schusssichere Weste in Händen, als wüsste er nicht, was er damit anfangen sollte, nachdem Terry sie verweigert hatte.

»Bitte lassen Sie das, Mrs. Maitland«, sagte Mitchell. »Das ist nicht erlaubt.«

»Ich liebe dich, Terry«, rief Marcy, während die zwei Beamten ihn auf den Ausgang zuführten. »Und die Mädchen haben dich auch ganz arg lieb!«

»Und ich liebe euch alle doppelt«, antwortete Terry. »Sag den beiden, dass alles gut wird.«

Dann trat er hinaus in die heiße Morgensonne und mitten hinein in eine Salve von Fragen, die alle auf einmal abgefeuert wurden. In den Ohren von Ralph, der sich noch im

Gebäude befand, hatten die miteinander vermischten Stimmen einen eher schmähenden als fragenden Klang.

Howie verdiente Anerkennung für seine Beharrlichkeit. Er hatte noch nicht aufgegeben.

»Sie sind einer von den Guten«, sagte er. »Sie haben sich nie bestechen lassen, nie irgendwelche Beweismittel unterschlagen, sind immer den geraden Weg gegangen.«

*Gestern Abend war ich wahrscheinlich nahe dran, doch ein Beweismittel zu unterschlagen,* dachte Ralph. *Glaube ich wenigstens. Wenn Sablo nicht dabei gewesen wäre, wenn ich nur Samuels vor mir gehabt hätte …*

Howie sah ihn geradezu flehend an. »Sie hatten noch nie mit einem solchen Fall zu tun. Das gilt für uns alle. Und jetzt geht es nicht mehr nur um den kleinen Jungen. Seine Mutter ist auch tot.«

Ralph, der morgens den Fernseher nicht eingeschaltet hatte, blieb stehen und starrte Howie an. »*Was* sagen Sie da?«

Howie nickte. »Gestern. Herzinfarkt. Damit ist sie das zweite Opfer. Also kommen Sie schon – wollen Sie nicht Bescheid wissen? Das alles richtig verstehen?«

Ralph konnte sich nicht mehr beherrschen. »Ich *weiß* bereits Bescheid. Und weil das so ist, werde ich Ihnen ganz umsonst was verraten, Howie. Der Anruf, den ich gerade bekommen habe, der war von Dr. Bogan von der Abteilung für Pathologie und Serologie im Krankenhaus. Er hat zwar noch nicht alle DNA-Tests zurück, das wird noch zwei Wochen dauern, aber man hat die Spermaprobe von den Beinen des Jungen vorgezogen. Sie stimmt mit dem Wangenabstrich überein, den wir am Samstagabend entnommen haben. Das heißt, Ihr Klient hat Frank Peterson getötet, vergewaltigt und ihm mehrere Fleischfetzen vom Leib gerissen. Und das alles hat ihn so erregt, dass er auf die Leiche ejakuliert hat.«

Damit ging er eilig davon, während Howie Gold momentan offensichtlich nicht in der Lage war, sich zu bewegen oder etwas zu erwidern. Was Ralph recht war, denn das hauptsächliche Paradox blieb bestehen. Ein DNA-Abgleich log nicht. Allerdings logen die Kollegen von Terry ebenfalls nicht, da war sich Ralph sicher. Dazu kamen die Fingerabdrücke von dem Buch aus dem Zeitungskiosk und die Aufnahmen von Channel 81.

Zwei Seelen wohnten in der Brust von Ralph Anderson, und die doppelte Perspektive machte ihn wahnsinnig.

## 2

Bis 2015 hatte sich das Gerichtsgebäude von Flint County direkt neben dem Gefängnis befunden, was praktisch gewesen war. Wenn Gefangene vor den Richter gebracht werden mussten, hatte man sie einfach wie Riesenkinder auf Ausflug (wobei Kinder natürlich nur selten in Handschellen auf Ausflüge gingen) von einem neugotischen Steinhaufen zum anderen geführt. Jetzt stand nebenan die halb fertige Stadthalle, und die Gefangenen mussten sechs Straßen weit zum neuen Gericht befördert werden, einem neunstöckigen Glaskasten, den man scherzhaft als Hühnerhaus bezeichnete.

Vor dem Gefängnis warteten mehrere Fahrzeuge auf die Reise: zwei Streifenwagen mit blitzenden Warnlichtern, ein kleiner, blauer Bus und Howies glänzender schwarzer SUV. Alec Pelley, der in seinem dunklen Anzug und seiner noch dunkleren Sonnenbrille wie ein Chauffeur aussah, stand auf dem Gehweg daneben. Auf der anderen Straßenseite drängten sich hinter den Polizeisperren die Reporter, die Kamerateams und eine kleine Schar Schaulustige, von denen einige Schilder in die Höhe reckten. Auf einem stand TODESSTRAFE FÜR DEN KINDERMÖRDER, auf einem anderen MAITLAND IN DER HÖLLE WARTET MAN AUF DICH. Marcy blieb auf der obersten Treppenstufe stehen und starrte bestürzt auf die Sprüche.

Unten an der Treppe angelangt, blieben die Vollzugsbeamten stehen. Ihre Aufgabe war erledigt. Sheriff Doolin und Staatsanwalt Gilstrap, die heute offiziell für das juristische Ritual zuständig waren, begleiteten Terry zum vorderen Streifenwagen, während Ralph und Yunel Sablo auf den dahinter zugingen. Howie nahm Marcy bei der Hand und führte sie zu seinem Escalade. »Nicht aufschauen«, sagte er. »Zeig den Fotografen nur deinen Schopf.«

»Die Schilder … Howie, diese *Schilder* …«

»Mach dir keine Gedanken, geh einfach weiter.«

Wegen der Hitze waren die Fenster des blauen Busses geöffnet. Bei den darin sitzenden Gefangenen handelte es sich hauptsächlich um Leute, die am Wochenende über die Stränge geschlagen hatten und wegen verschiedener geringfügiger Vergehen vor den Haftrichter kamen. Als sie Terry erblickten, drückten sie johlend das Gesicht ans Drahtgitter.

»He, du Schwuchtel!«

»Hat's dir den Schwanz verbogen, als du ihn reingeschoben hast?«

»Dir setzt man bald die Nadel, Maitland!«

»Hast du ihm den Schwanz gelutscht, bevor du den abgebissen hast?«

Alec trat auf die Beifahrertür von Howies Wagen zu, um sie zu öffnen, aber Howie schüttelte den Kopf, winkte ihn zurück und deutete auf die hintere Tür. Er wollte Marcy so gut wie möglich vor den Blicken der Meute auf der anderen Straßenseite schützen. Marcy hielt den Kopf gesenkt, sodass ihre Haare das Gesicht verschleierten, und während Howie sie zu der Tür führte, die Alec aufhielt, hörte er sie trotz der allgemeinen Randale schluchzen.

»*Mrs. Maitland!*« Das war die dröhnende Stimme eines Reporters, der hinter der Sperre stand. »*Hat er Ihnen gesagt, was er vorhat? Haben Sie versucht, ihn davon abzubringen?*«

»Kopf unten lassen, nicht antworten«, sagte Howie, weil er Marcy nicht vom Hinhören abhalten konnte. »Alles ist unter Kontrolle. Steig einfach ein, damit wir hier wegkommen.«

Während er sie hineinschob, murmelte Alec ihm ins Ohr: »Toll, was? Die halbe Polizeibelegschaft hat Urlaub, und der furchtlose Sheriff von Flint County schafft es bekanntlich kaum, 'ne Grillparty im Zaum zu halten.«

»Fahr schleunigst los«, sagte Howie. »Ich setze mich nach hinten zu Marcy.«

Sobald Alec am Lenkrad saß und alle Türen geschlossen waren, wurde das Gebrüll der Leute auf dem Gehweg und im Bus leiser. Vor dem Escalade rollten die Streifenwagen und der Bus so langsam los wie ein Leichenzug. Alec schloss sich an. Howie sah die Reporter den Gehweg entlangrennen. Die Hitze war ihnen offenbar völlig egal, sie wollten unbedingt am Hühnerstall sein, wenn Terry ankam. Bestimmt warteten dort schon die Übertragungswagen, Stoßstange an Stoßstange aufgereiht wie eine Herde von grasenden Mastodonten.

»Sie hassen ihn«, sagte Marcy. Das bisschen Schminke, das sie um die Augen aufgelegt hatte – hauptsächlich, um die Tränensäcke darunter zu kaschieren –, war zerlaufen, wodurch sie an einen Waschbären erinnerte. »Er hat immer nur Gutes für diese Stadt getan, und trotzdem hassen sie ihn alle.«

»Das wird sich ändern, wenn die Geschworenen sich weigern, Anklage zu erheben«, sagte Howie. »Und das werden sie. Das weiß ich, und Samuels weiß es ebenfalls.«

»Bist du dir sicher?«

»Bin ich, Marcy. In manchen Fällen muss man sich anstrengen, wenigstens einen einzigen berechtigten Zweifel zu finden. Unser Fall hingegen besteht *nur* aus Zweifeln. Da ist eine Anklage komplett ausgeschlossen.«

»Das habe ich nicht gemeint. Bist du dir sicher, dass die Leute ihre Meinung ändern werden?«

»Natürlich werden sie das.«

Im Rückspiegel sah er, dass Alec eine Grimasse schnitt, aber manchmal war eine Lüge eben unerlässlich, und jetzt war so ein Moment. Bis der wahre Mörder von Frank Peterson gefunden wurde – falls es überhaupt dazu kam –, würden die Bürger von Flint City glauben, dass Terry Maitland das System ausgetrickst hatte und mit einem Mord davongekommen war. Entsprechend würden sie ihn behandeln. Vorläufig konnte Howie jedoch nichts tun, als sich auf den anstehenden Gerichtstermin zu konzentrieren.

### 3

Solange Ralph sich mit banalen, alltäglichen Angelegenheiten beschäftigte, zum Beispiel mit der Frage, was es zum Abendessen gab, mit einem Ausflug zum Supermarkt in Begleitung von Jeannie oder mit einem abendlichen Anruf von Derek aus dem Sommerlager (was inzwischen weniger häufig vorkam, weil Dereks Heimweh allmählich nachließ), ging es ihm einigermaßen gut. Beschäftigte er sich jedoch mit Terry, wie es jetzt nötig war, stellte sich eine Art übersteigerte Wahrnehmung ein, als ob sein Verstand sich vergewissern müsste, dass alles noch so war wie eh und je: oben war oben, unten war unten, und dass sich unter seiner Nase feine Schweißtröpfchen bildeten, lag nur an der Sommerhitze und an der miesen Klimaanlage im Wagen. Man musste jeden Tag genießen, weil das Leben kurz war, das war ihm schon klar, aber was zu viel war, das war einfach zu viel. Wenn der Filter der eigenen Wahrnehmung verschwand, dann verschwand auch der Überblick, und es gab keinen Wald mehr, sondern nur noch Bäume. Schlimmstenfalls gab es auch keine Bäume mehr. Bloß Rinde.

Als die kleine Prozession das Gerichtsgebäude von Flint County erreichte, quetschte Ralph sich hinter den Sheriff, wobei ihm jedes einzelne Abbild der Sonne in die Augen stach, das sich in der Stoßstange von Doolins Wagen spiegelte. Insgesamt waren es vier. Die Reporter, die gerade noch am Gefängnis gewesen waren, drängten sich bereits durch eine Menge, die doppelt so groß war wie die dortige. Anschließend postierten sie sich Schulter an Schulter auf dem Rasen neben der Treppe. Auf den Poloshirts der Fernsehjournalisten sah Ralph die Embleme von verschiedenen Sendern, unter ihren Achselhöhlen dunkle Schweißflecke. Gerade traf die hübsche blonde Moderatorin von Channel 7 aus der Hauptstadt mit zerzausten Haaren ein. Der Schweiß zog Gräben in ihr extravagantes Make-up.

Auch hier hatte man Sperren aufgestellt, aber die hin und her wogende Menge hatte bereits einige davon verschoben. Etwa ein Dutzend Beamte, teils von der städtischen Polizei und teils vom Büro des Sheriffs, gaben sich alle Mühe, die Treppe und den Gehweg davor frei zu halten. Soweit Ralph das einschätzen konnte, reichte ein Dutzend nicht aus, bei Weitem nicht, aber im Sommer gab es immer Personalprobleme.

Die Reporter rangelten um die besten Plätze auf dem Rasen, wobei sie die Schaulustigen ruppig nach hinten drängten. Als die blonde Moderatorin von Channel 7 unter Einsatz ihres regional berühmten Lächelns versuchte, ebenfalls nach vorn zu gelangen, wurde sie von einem grob zusammengebastelten Schild getroffen. Darauf sah man eine ungelenk gezeichnete Injektionsspritze unter der Botschaft MAITLAND BALD KRIEGST DU DEINE MEDIZIN. Als der die Moderatorin begleitende Kameramann den Mann mit dem Schild zurückstieß, brachte er mit der Schulter eine ältere Frau ins Taumeln. Eine andere Frau fing sie auf und knallte dem Kameramann ihre Handtasche an den Kopf. Die Handtasche, registrierte Ralph, ohne sich dagegen wehren zu können, war aus Kroko-Imitat und rot.

»Wie sind die Geier bloß so schnell hergekommen?«, sagte Sablo verwundert. »Mann, die sind flinker als Kakerlaken, wenn man das Licht anknipst.«

Ralph schüttelte nur den Kopf. Mit zunehmender Bestürzung betrachtete er die Menge und versuchte, sie als Ganzes zu sehen, wozu er in seinem überwachen Zustand nicht fähig war. Als Sheriff Doolin aus seinem Wagen stieg (sein braunes Uniformhemd war an einer Seite über das Koppel gerutscht und entblößte eine rosa Speckfalte) und für Terry die Fondtür öffnete, begann jemand zu rufen: »*Todesspritze, Todesspritze!*«

Das nahmen die anderen Schaulustigen auf und skandierten bald gemeinsam wie Fans bei einem Footballspiel: »*Todesspritze! Todesspritze! Todesspritze!*«

Terry starrte die Leute an. Aus seinen säuberlich gekämmten Haaren löste sich eine Locke und fiel bis über die linke Augenbraue. (Ralph hatte das Gefühl, jede einzelne Strähne zählen zu können.) Auf sein Gesicht war ein Ausdruck qualvoller Verwirrung getreten. *Er sieht Leute, die er kennt,* dachte Ralph. *Leute, deren Kinder er unterrichtet oder trainiert hat, Leute, die zum Grillfest am Ende der Saison bei ihm zu Hause waren. Und jetzt brüllen alle, dass er sterben soll.*

Eine der Sperren fiel klappernd auf die Straße, weil ihre Stütze weggerutscht war. Sofort strömten die Leute auf den Gehweg, mit Notizblock bewaffnete Reporter, aber auch brave Bürger, die sich benahmen, als wollten sie Terry Maitland am nächsten Laternenmast aufhängen. Zwei der Beamten eilten herbei und drängten sie unsanft zurück. Ein dritter richtete die Sperre wieder auf, worauf die Leute an einer anderen Stelle durchbrechen konnten. Ralph sah eine Unmenge Handys, mit denen Fotos und Videoaufnahmen gemacht wurden.

»Kommen Sie«, sagte er zu Sablo. »Schaffen wir ihn schleunigst rein, bevor die Treppe verstopft ist.«

Die beiden stiegen aus dem Wagen und eilten auf die Stufen zu. Sablo scheuchte Doolin und Gilstrap vorwärts. Jetzt konnte Ralph sehen, dass Bill Samuels oben hinter der offenen Tür stand. Er blickte völlig perplex drein … aber weshalb? Hätte er das nicht erwarten müssen? Und hätte Sheriff Doolin das nicht auch erwarten müssen? Allerdings war Ralph selbst auch nicht gerade schuldlos – wieso hatte er nicht darauf bestanden, Terry zu dem Hintereingang zu bringen, der vom Gerichtspersonal verwendet wurde?

»*Zurück, Leute!*«, brüllte Ralph. »*Das Recht geht seinen Gang, lasst das Gericht seine Arbeit machen!*«

Gilstrap und der Sheriff, die Terry an jeweils einem Arm gepackt hatten, schoben ihn auf die Treppe zu. Wieder fiel

Ralph der scheußliche karierte Sakko von Gilstrap auf, und er fragte sich, ob das Ding wohl von dessen Frau ausgesucht worden war. Falls ja, hasste sie ihn insgeheim. Die Insassen in dem kleinen Bus – sie würden in der zunehmenden Hitze warten und im eigenen Saft schmoren, bis man mit dem heutigen Stargefangenen fertig war – trugen nun zu dem Getöse bei. Manche brüllten ebenfalls *Todesspritze, Todesspritze,* andere jaulten wie Hunde oder heulten wie Kojoten, während sie mit den Fäusten an das Drahtgeflecht vor den offenen Fenstern hämmerten.

Ralph drehte sich zu dem Escalade um und hob warnend die Hand, damit Howie und Alec Pelley dafür sorgten, dass Marcy im Wagen blieb, bis Terry im Gebäude war und die Menge sich beruhigt hatte. Das nützte nichts. Die rechte Fondtür ging auf, und schon war Marcy herausgesprungen, indem sie die linke Schulter senkte und sich dem Griff von Howie Gold so geschickt entwand wie zuvor dem von Betsy Riggins am Gefängniseingang. Während sie ihrem Mann hinterherrannte, bemerkte Ralph ihre flachen Schuhe und den Schnitt an einer der Waden. *Offenbar hat ihr beim Beinerasieren die Hand gezittert,* dachte er. Als sie den Namen von Terry rief, schwenkten die Kameras zu ihr herum. Es waren insgesamt fünf, und ihre Linsen sahen aus wie gläserne Augen. Jemand warf ein Buch auf Marcy. Den Titel konnte Ralph nicht erkennen, aber er erkannte den grünen Umschlag: *Gehe hin, stelle einen Wächter* von Harper Lee. Seine Frau hatte das Buch in ihrem Lesekreis gelesen. Der Umschlag löste sich, eine der Klappen flatterte. Als das Buch Marcy an der Schulter traf und davon abprallte, schien sie es gar nicht wahrzunehmen.

»Marcy!«, rief Ralph und verließ seinen Standort neben der Treppe. »Marcy, hierher!«

Sie blickte sich um, vielleicht weil sie ihn im Gemenge ausfindig machen wollte, vielleicht auch nicht. Dabei wirkte sie wie jemand in einem Traum. Als Terry den Namen seiner Frau rufen hörte, blieb er stehen und wehrte sich gegen Sheriff Doolin, der ihn weiter zur Treppe zerren wollte.

Bevor Ralph Marcy erreichen konnte, war Howie bei ihr. Er nahm sie gerade beim Arm, als ein stämmiger Kerl in einem Blaumann eine Sperre umstieß und auf sie zustürmte. »Hast du ihn etwa gedeckt, du miese Schlampe? Hast du das, ja?«

Howie war sechzig, aber noch gut in Form. Außerdem war er nicht zimperlich. Ralph sah, wie er in die Knie ging, um dem Kerl die Schulter in die Rippen zu rammen und ihn beiseitezustoßen.

»Lassen Sie mich helfen«, sagte Ralph.

»Ich kann mich schon alleine um sie kümmern«, sagte Howie. Sein Gesicht war bis zu den schütteren Haaren hin gerötet. Er hatte Marcy den Arm um die Taille gelegt. »Wir wollen Ihre Hilfe nicht. Schaffen Sie ihn lieber endlich rein. Auf der Stelle! Mein Gott, was haben Sie sich bloß gedacht? Das ist der reinste Zirkus!«

Ralph hätte gern gesagt: *An dem ganzen Zirkus ist der Sheriff schuld, nicht ich,* nur dass er zumindest teilweise ebenfalls daran schuld war. Und was war mit Samuels? Hatte der das womöglich alles vorhergesehen? Oder wegen der breiten Medienwirkung, die definitiv zu erwarten war, sogar darauf gehofft?

Er drehte sich gerade in dem Moment um, wo ein Mann mit Cowboyhemd an einem der Beamten vorbeischlüpfte, den Gehweg entlangrannte und Terry eine Ladung Speichel ins Gesicht spuckte. Bevor der Kerl sich wieder davonmachen konnte, streckte Ralph den Fuß aus und brachte ihn zu

Fall. Er sah das Etikett auf dessen Jeans (LEVI'S BOOT CUT) und die Rundung einer Dose Kautabak, die sich auf der rechten Gesäßtasche abzeichnete. Dann richtete er den Zeigefinger auf einen der Beamten. »Legen Sie dem Mann da Handschellen an, und stecken Sie ihn in Ihren Wagen!«

»Unsere A-Autos stehen alle h-hinten«, sagte der Beamte. Er war ein Landei und sah nicht viel älter aus als der Sohn von Ralph.

»Dann stecken Sie ihn in den Bus da!«

»Aber dann werden die Leute da drin ihn ...«

Den Rest bekam Ralph nicht mit, weil er etwas Erstaunliches sah. Während Doolin und Gilstrap auf die Menge starrten, half Terry dem Mann im Cowboyhemd auf die Beine und sagte etwas zu ihm, was Ralph nicht hören konnte, obwohl seine Ohren sonst scheinbar alles wahrnahmen, was auf der Welt geschah. Der Mann mit dem Cowboyhemd nickte und schlich davon, wobei er eine Schulter hob, um einen Kratzer an der Wange abzuwischen. Später würde Ralph sich an diesen kleinen Mosaikstein im großen Ganzen erinnern. In Nächten, in denen er keinen Schlaf fand, würde er darüber nachdenken: Wie Terry mit seinen gefesselten Händen diesem Kerl aufhalf, obwohl ihm dessen Speichel an der Wange herabrann. Wie jemand aus der verfluchten Bibel.

Aus den Schaulustigen war eine Masse geworden, und nun stand die Masse kurz davor, sich in einen Mob zu verwandeln. Obwohl sich die Polizisten bemühten, die Leute zurückzudrängen, hatten es einige auf die etwa zwanzig Granitstufen geschafft, die zum Eingang des Gebäudes hinaufführten. Zwei Gerichtsbedienstete – ein korpulenter Mann und eine dürre Frau – kamen heraus und bemühten sich, Ordnung zu schaffen, aber sobald jemand sich vertreiben ließ, trat jemand anderes an seine Stelle.

Zu allem Überfluss fingen Gilstrap und Doolin nun noch an zu streiten. Gilstrap wollte Terry in den Wagen zurückschaffen, bis man die Lage wieder im Griff hatte; Doolin wollte ihn sofort ins Gebäude bringen, und Ralph wusste, dass der Sheriff recht hatte.

»Los, weiter«, sagte er zu den beiden. »Yunel und ich gehen voraus.«

»Ziehen Sie Ihre Waffe«, sagte Gilstrap keuchend. »Dann macht man Ihnen schon den Weg frei.«

Das war natürlich nicht nur gegen die Vorschriften, sondern völlig irre, was Doolin und Ralph auch beide wussten. Sheriff und Staatsanwalt ergriffen Terry wieder an den Armen und marschierten weiter. Immerhin war der Gehweg direkt vor der Treppe frei. Ralph sah im Beton Glimmerpartikel glänzen. *Die werden sich in meine Augen einbrennen,* dachte er. *Wenn wir drin sind, werde ich sie wie ein kleines Sternbild vor mir sehen.*

Der blaue Bus begann zu schaukeln, weil die Insassen sich vergnügt von einer Seite zur anderen warfen. Dabei skandierten sie gemeinsam mit der Menge immer noch: *Todesspritze, Todesspritze!* Ein Autoalarm plärrte, weil zwei junge Burschen auf einem gepflegten Camaro ein Tänzchen wagten, der eine auf der Kühlerhaube, der andere auf dem Dach. Ralph sah, dass die Kameras nun die Menge filmten, und wusste genau, wie die Bewohner der Stadt den Bürgern aus dem übrigen Staat vorkommen würden, wenn die Aufnahmen in den Sechs-Uhr-Nachrichten gezeigt wurden: wie Hyänen. Alle kamen grell und plastisch rüber, und alle wirkten grotesk. Er sah, wie die blonde Moderatorin von Channel 7 abermals von dem Schild mit der Injektionsspritze getroffen wurde, auf die Knie sank und sich aufrappelte. Ein ungläubiges Grinsen verzerrte ihr hübsches Gesicht, als sie sich jetzt an den Kopf fasste und dann die Blutstropfen auf ihren Fingern betrachtete. Er sah einen Mann mit tätowierten Händen, einem gelben Tuch um den Kopf und stark verunstalteten Gesichtszügen, wahrscheinlich durch alte Brandwunden, die chirurgisch nicht korrigiert werden konnten. *Brennendes Fett,* dachte Ralph. *Vielleicht hat er besoffen versucht, sich Schweinekoteletts zu braten.* Er sah einen Mann seinen Cowboyhut schwingen wie beim Rodeo. Er sah, wie Marcy von Howie zur Treppe geleitet wurde. Beide hielten den Kopf gesenkt, als kämpften sie gegen einen starken Wind an. Er sah, wie eine Frau sich vorbeugte, um Marcy den Finger zu zeigen, und er sah einen Mann, der eine Zeitungstasche aus Leinen über der Schulter trug und sich trotz der Hitze eine Wollmütze über den Kopf gezogen hatte. Er sah, wie der füllige Gerichtsdiener von hinten geschubst wurde und nur deshalb einem üblen Sturz entging, weil eine breitschultrige Schwarze ihn am Gürtel packte. Er sah einen jungen Burschen, der seine Freundin auf den Schultern trug. Das Mädchen schüttelte lachend die Fäuste; einer von ihren BH-Trägern hing ihr bis zum Ellbogen herab. Der Träger war hellgelb. Er sah einen Jungen mit einer Hasenscharte, der ein T-Shirt mit dem lächelnden Gesicht von Frank Peterson trug. DENKT AN DAS OPFER, stand auf dem Shirt. Er sah hin und her geschwenkte Schilder. Er sah offene, brüllende Münder, die ganz aus weißen Zähnen und rotem Samt bestanden. Er hörte, wie jemand eine Fahrradhupe betätigte: *Huuga, huuga, huuga.* Er warf einen Blick auf Sablo, der jetzt mit ausgestreckten Armen dastand, um die Leute aufzuhalten. Sein Gesichtsausdruck besagte: *Was für eine Scheiße!*

Doolin und Gilstrap schafften es mit Terry zwischen sich endlich zum unteren Ende der Treppe. Howie und Marcy gesellten sich zu ihnen. Howie rief dem stellvertretenden

Staatsanwalt etwas zu, dem Sheriff etwas anderes. Im Getöse konnte Ralph nicht verstehen, was, aber die beiden setzten sich wieder in Bewegung. Marcy streckte die Hand nach ihrem Mann aus, Doolin schob sie zurück. Jetzt skandierte jemand: »Stirb, Maitland, stirb!«, und die Menge nahm den Slogan auf, während Terry und seine Eskorte die steile Treppe hinaufgingen.

Unwillkürlich richtete Ralph den Blick wieder auf den Mann mit der Zeitungstasche, der neben der Treppe stand. Auf der Seite der Tasche stand LEST DEN *FLINT CITY CALL* in verblassten roten Lettern, als hätte man die Tasche draußen im Regen liegen lassen. An einem Sommermorgen, an dem die Temperatur bereits dreißig Grad erreicht hatte, trug der Mann doch tatsächlich eine gestrickte Wollmütze. Jetzt griff er in die Zeitungstasche. Urplötzlich erinnerte Ralph sich an sein Gespräch mit Mrs. Stanhope, der alten Dame, die beobachtet hatte, wie Frank Peterson mit Terry in den weißen Lieferwagen gestiegen war. *Sie sind sich sicher, dass das Frank Peterson war,* hatte er gefragt. *Aber ja doch, das war Frank,* hatte sie erwidert. *Die Petersons haben zwei Jungs, beides Rotschöpfe.* Und waren das nicht etwa rote Haare, die Ralph unter der Wollmütze herausragen sah?

*Früher hat er bei uns die Zeitung ausgetragen,* das hatte Mrs. Stanhope gesagt.

Die Hand des Mannes mit der Wollmütze kam aus der Zeitungstasche, und sie hielt keine Zeitung.

Ralph sog scharf die Luft ein, während er seine Glock zog. »*Waffe! WAFFE!*«

Die Leute rings um Ollie Peterson schrien auf und stoben auseinander. Staatsanwalt Gilstrap hatte Terry am Arm gefasst, doch als er den altmodischen langläufigen Colt sah, ließ er los, ging krötenartig in die Hocke und trat den Rückzug an. Der Sheriff ließ Terry ebenfalls los, aber um seine Waffe zu ziehen … beziehungsweise um es zu versuchen. Der Sicherungsriemen war noch befestigt, weshalb die Waffe dort blieb, wo sie war.

Ralph hatte keine freie Schusslinie, weil die blonde Moderatorin von Channel 7, von dem Schlag an den Schädel wohl noch benommen, beinahe direkt vor Ollie Peterson stand. An ihrer linken Wange rann Blut herab.

»*Runter, Lady, runter!*«, brüllte Sablo, der sich auf ein Knie niedergelassen hatte. In der rechten Hand hielt er seine Glock, mit der linken stützte er den Ellbogen ab.

Terry ergriff seine Frau an den Handgelenken – die Kette zwischen den Handschellen war dazu gerade ausreichend lang – und stieß sie von sich weg, während Ollie über die Schulter der Moderatorin hinweg feuerte. Mit einem Aufschrei schlug sich die Frau die Hand auf das zweifellos taube Ohr. Das Geschoss streifte Terry seitlich am Kopf, sodass seine Haare in die Luft flogen. Eine Kaskade aus Blut ergoss sich auf die Schulter des Anzugs, den Marcy so sorgfältig gebügelt hatte.

»*Mein Bruder hat dir nicht ausgereicht, du musstest auch noch meine Mutter ins Grab bringen!*«, brüllte Ollie und drückte erneut ab. Diesmal traf er den Camaro auf der anderen Straßenseite. Die jungen Männer, die darauf getanzt hatten, brachten sich jaulend in Sicherheit.

Sablo sprang über die Stufen, packte die blonde Moderatorin, drückte sie nach unten und warf sich auf sie. »*Los, Ralph, schießen Sie!*«, brüllte er.

Jetzt hatte Ralph eine klare Schusslinie, doch gerade als er abdrückte, rempelte ihn einer von den flüchtenden Zuschauern an. Anstatt Ollie zu erwischen, traf das Geschoss eine Fernsehkamera und zerfetzte sie. Der Kameramann, der sie auf einem Schultergestell getragen hatte, ließ sie fallen, schlug sich die Hände vors Gesicht und taumelte rückwärts. Zwischen seinen Fingern quoll Blut hervor.

»Dreckskerl!«, schrie Ollie. »Mörder!«

Er drückte zum dritten Mal ab. Ächzend trat Terry auf den Gehweg zurück. Er hob die gefesselten Hände ans Kinn, als wäre ihm etwas eingefallen, worüber er ernsthaft nachdenken musste. Marcy stürzte zu ihm und schlang ihm die Arme um die Taille. Doolin zerrte immer noch an dem gesicherten Griff seiner Dienstwaffe. Gilstrap rannte mit flatternden Schößen seines scheußlichen karierten Sakkos die Straße entlang. Ralph zielte sorgfältig und drückte ab. Diesmal rempelte ihn niemand an, und die Stirn des Jungen beulte sich wie von einem Hammer getroffen ein. Als das Neun-Millimeter-Geschoss in sein Gehirn einschlug, quollen die Augen mit dem verblüfften Ausdruck einer Comicfigur aus den Höhlen. Ollies Knie gaben nach. Während er auf seine Zeitungstasche fiel, glitt ihm der Revolver aus den Fingern und rutschte klappernd zwei, drei Stufen herunter, bis er liegen blieb.

*Jetzt können wir die Treppe da hinaufgehen*, dachte Ralph, der immer noch in seiner Schussposition dastand. *Kein Problem, der Weg ist frei.* Nur sagten ihm Marcys Schreie – *»So helft ihm doch! Mein Gott, hilft denn niemand meinem Mann!«* –, dass es keinen Grund mehr gab, die Treppe zu erklimmen. Heute nicht und vielleicht nie mehr.

# 4

Der erste Schuss von Ollie Peterson hatte Terry Maitland seitlich am Kopf gestreift, eine blutige, aber oberflächliche Verletzung, bei der Terry mit einer Narbe und einer Geschichte fürs Lagerfeuer davongekommen wäre. Der dritte hatte jedoch an der linken Brustseite das Jackett durchbohrt, und das Hemd darunter färbte sich purpurrot, während sich das Blut aus der Wunde ausbreitete.

*Es hätte die Weste getroffen, wenn er die nicht verweigert hätte,* dachte Ralph.

Terry lag auf dem Gehweg. Die Augen hatte er geöffnet, die Lippen bewegten sich. Howie wollte sich neben ihn hocken, aber Ralph holte aus und stieß den Anwalt weg, der daraufhin auf den Rücken fiel. Marcy klammerte sich an ihren Mann und plapperte: »Ist nicht so schlimm, Terry, das wird schon wieder, bleib einfach bloß wach.« Ralph legte die flache Hand an ihre weiche, federnde Brust und schob sie ebenfalls weg. Noch war Terry Maitland bei Bewusstsein, aber es blieb nicht mehr viel Zeit.

Ein Schatten fiel über Ralph, einer von diesen verfluchten Kameramännern von einem von diesen verfluchten Fernsehsendern. Yunel Sablo packte ihn an der Hüfte und schwenkte ihn weg. Die Füße des Kameramanns trippelten, dann kreuzten sie sich, und er stürzte zu Boden. Dabei hielt er seine Kamera in die Höhe, um sie vor Schaden zu bewahren.

»Terry«, sagte Ralph. Er sah Schweißtropfen von seiner Stirn auf Terrys Gesicht fallen, wo sie sich mit dem Blut aus der Kopfwunde vermischten. »Terry, Sie werden sterben. Verstehen Sie mich? Er hat Sie erwischt, und zwar anständig. *Sie werden sterben.*«

»*Nein!*«, schrie Marcy. »*Nein, das darf er nicht! Die Mädchen brauchen ihren Papa! Das darf er nicht!*«

Sie versuchte, zu ihm zu gelangen, und diesmal war es Alec Pelley, der sie mit bleichem, ernstem Gesicht zurückhielt. Howie hatte sich auf die Knie erhoben, versuchte jedoch nicht, wieder einzugreifen.

»Wo … hat er mich … getroffen?«

»In die Brust, Terry. Er hat Sie ins Herz getroffen oder direkt darüber. Sie müssen vor dem Tod eine Erklärung abgeben, okay? Sie müssen mir sagen, dass Sie Frank Peterson getötet haben. Das ist Ihre Chance, Ihr Gewissen zu entlasten.«

Terry lächelte. Aus beiden Mundwinkeln rann eine dünne Blutspur. »Aber ich hab's nicht getan«, sagte er. Seine Stimme war leise, kaum mehr als ein Flüstern, aber einwandfrei hörbar. »Ich hab's nicht getan, also sagen *Sie* mir, Ralph … wie wollen Sie Ihr Gewissen entlasten?«

Seine Augen gingen zu, wurden mühsam wieder geöffnet. Für einen kurzen Moment lag etwas darin, dann nicht mehr. Ralph hielt ihm die Finger vor den Mund. Nichts.

Er drehte sich zu Marcy Maitland um. Das war schwer, weil sein Herz unendlich viel zu wiegen schien. »Es tut mir leid«, sagte er. »Ihr Mann ist verstorben.«

Sheriff Doolin sagte trübselig: »Wenn er die Weste getragen hätte …« Er schüttelte den Kopf.

Die frischgebackene Witwe warf einen ungläubigen Blick auf Doolin, stürzte sich jedoch auf Ralph Anderson, sodass Alec Pelley nur noch einen Fetzen ihrer Bluse in der linken Hand hielt. »*Das ist Ihre Schuld! Wenn Sie ihn nicht öffentlich verhaftet hätten, wären diese Leute nie hier aufgetaucht! Genauso gut hätten Sie ihn gleich selbst erschießen können!*«

Ralph ließ zu, dass sie ihm mit den Fingernägeln am Gesicht herunterfuhr, bevor er sie an den Handgelenken packte.

Er ließ zu, dass sie ihn blutig kratzte, weil er das vielleicht verdient hatte … und vielleicht war das Vielleicht hier fehl am Platz.

»Marcy«, sagte er. »Der Kerl, der da geschossen hat, war der Bruder von Frank Peterson, und *der* wäre auf jeden Fall hier aufgetaucht, egal wo wir Terry festgenommen hätten.«

Alec Pelley und Howie Gold halfen Marcy auf die Beine, wobei sie darauf achteten, nicht auf die Leiche ihres Mannes zu treten. »Mag sein, Detective Anderson, aber dann hätte der Junge nicht mitten in einer Riesenmasse von Leuten gesteckt«, sagte Howie. »Er wäre aufgefallen wie ein bunter Hund.«

Alec betrachtete Ralph nur mit einer Art steinerner Verachtung. Ralph drehte sich zu Yunel um, doch der wandte den Blick ab und bückte sich, um der schluchzenden blonden Moderatorin von Channel 7 aufzuhelfen.

»Na, wenigstens hat er noch eine letzte Erklärung abgegeben«, sagte Marcy und streckte Ralph die vom Blut ihres Mannes roten Handflächen hin. »Hat er doch, oder?« Als sie keine Antwort bekam, wandte sie sich von Ralph ab und erblickte Bill Samuels. Der war endlich aus dem Eingang getreten und stand zwischen den Gerichtsdienern oben auf der Treppe.

»*Er hat gesagt, dass er es nicht getan hat!*«, schrie sie ihm zu. »*Er hat gesagt, dass er unschuldig ist! Das haben wir alle gehört, Sie verfluchtes Arschloch! Als mein Mann im Sterben lag, HAT ER GESAGT, DASS ER UNSCHULDIG ist!*«

Samuels erwiderte nichts, sondern drehte sich nur um und ging wieder hinein.

Sirenen. Die Alarmanlage des Camaros. Das erregte Stimmengewirr der Leute, die jetzt, wo keine Schüsse mehr fielen, wieder näher kamen. Weil sie die Leiche sehen wollten. Weil sie ein Foto davon machen wollten, um es auf ihre Facebook-Seite zu stellen. Das Jackett, das Howie über die Handschellen gelegt hatte, um sie vor den Journalisten und den Kameras zu verbergen, lag auf der Straße, verdreckt und mit Blut beschmiert. Ralph hob es auf und bedeckte damit das Gesicht des Toten, was dessen Frau mit einem furchtbar kummervollen Heulen quittierte. Dann ging er zur Treppe des Gerichtsgebäudes, setzte sich und ließ den Kopf zwischen die Knie sinken.

Schritte und Melone

18. BIS 20. JULI

# I

Weil Ralph seine Frau Jeannie nicht in seinen düstersten Verdacht gegen den Staatsanwalt von Flint County eingeweiht hatte – dass der womöglich gehofft hatte, eine Horde von rechtschaffen zornigen Bürgern würde sich vor dem Gerichtsgebäude versammeln –, ließ sie Bill Samuels herein, als er am Mittwochabend an ihrer Haustür auftauchte. Allerdings ließ sie deutlich erkennen, dass er nicht besonders willkommen war.

»Er ist hinten im Garten«, sagte sie, wandte sich ab und ging ins Wohnzimmer zurück, wo Alex Trebek die aktuellen Teilnehmer von *Jeopardy* in die Mangel nahm. »Sie kennen sich ja aus.«

Samuels, der heute Jeans, Sneakers und ein schlichtes graues T-Shirt trug, blieb kurz nachdenklich im Flur stehen, dann folgte er ihr. Vor dem Fernseher standen zwei Sessel; der größere, häufiger bewohnte war leer. Er nahm die Fernbedienung von dem Tisch dazwischen und stellte den Ton ab. Jeannie blickte weiter auf den Fernseher, wo die Kandidaten sich inzwischen durch die Kategorie mit dem Titel *Literarische Schurken* ackerten. Die auf dem Bildschirm angezeigte Aufgabe lautete: *Sie verlangt den Kopf von Alice.*

»Das ist leicht«, sagte Samuels. »Die Herzkönigin. Wie geht es ihm, Jeannie?«

»Was glauben Sie wohl?«

»Es tut mir leid, wie die Sache gelaufen ist.«

»Unser Sohn hat erfahren, dass man seinen Vater suspendiert hat«, sagte sie, ohne den Blick vom Fernseher abzuwenden. »Das stand im Internet. Natürlich hat ihn das ziemlich mitgenommen, aber mitgenommen hat ihn auch, dass sein Lieblingstrainer vor dem Gericht ermordet wurde. Er will nach Hause kommen. Ich habe ihm gesagt, er soll noch ein paar Tage abwarten, ob er es sich nicht doch anders überlegt. Die Wahrheit wollte ich ihm nicht sagen, nämlich dass sein Vater noch nicht in der Lage ist, ihm gegenüberzutreten.«

»Man hat Ihren Mann nicht suspendiert, sondern nur beurlaubt. Bei vollem Gehalt. Was gänzlich den Vorschriften nach einem Vorfall mit Schusswaffen entspricht.«

»Das kommt auf dasselbe raus.« Jetzt lautete die Aufgabe auf dem Bildschirm: *Diese Schwester terrorisiert das Nest.* »Er sagt, dass er möglicherweise erst in sechs Monaten wieder im Dienst sein wird, das aber auch nur, wenn er dem obligatorischen Test beim Meisendoktor zustimmt.«

»Wieso sollte er das nicht tun?«

»Er überlegt, den Dienst zu quittieren.«

Samuels griff sich an den Scheitel, doch heute Abend war der Haarzipfel artig, zumindest bisher, weshalb er die Hand wieder sinken ließ. »In dem Fall können wir vielleicht zusammen ein Geschäft aufmachen. Zum Beispiel gibt's noch keine gute Autowaschanlage in der Stadt.«

Jetzt sah sie ihn doch an. »Was wollen Sie damit sagen?«

»Ich habe beschlossen, mich nicht zur Wiederwahl zu stellen.«

Sie schenkte ihm ein dünnes, messerscharfes Lächeln, das wohl ihre eigene Mutter nicht erkannt hätte. »Das heißt, Sie nehmen Ihren Hut, bevor das Volk Sie absägen kann?«

»Wenn Sie es so ausdrücken wollen«, sagte er.

»Und ob«, sagte Jeannie. »Und jetzt raus in den Garten,

Sie Staatsanwalt auf Abruf. Sie können Ralph gerne ein gemeinsames Geschäft vorschlagen, aber machen Sie sich auf eine Abfuhr gefasst.«

## 2

Ralph saß auf einem Gartensessel, ein Bier in der Hand und eine Kühlbox aus Styropor neben sich. Als er die Tür zur Küche zuschlagen hörte, drehte er den Kopf, sah Samuels und wandte seine Aufmerksamkeit wieder einem Zürgelbaum gleich hinter dem Zaun zu.

»Da drüben sitzt ein Kleiber«, sagte er und hob deutend die Hand. »So einen hab ich schon eine Ewigkeit nicht mehr gesehen.«

Da kein zweiter Sessel vorhanden war, ließ Samuels sich auf der Bank des langen Picknicktischs nieder. Dort hatte er bereits mehrfach unter glücklicheren Umständen gesessen. Er spähte zu dem Baum hinüber. »Ich sehe nichts.«

»Da fliegt er los«, sagte Ralph, als sich ein kleiner Vogel in die Luft schwang.

»Ich glaube, das ist ein Spatz.«

»Dann sollten Sie mal wieder zum Augenarzt gehen.« Ralph griff in die Kühlbox und reichte Samuels ein Shiner.

»Jeannie sagt, Sie überlegen, in den Ruhestand zu gehen.«

Ralph zuckte die Achseln.

»Falls Sie sich Sorgen wegen der psychologischen Evaluation machen, die werden Sie mit Bravour bestehen. Sie haben schließlich nur getan, was Sie tun mussten.«

»Darum geht es nicht. Es geht nicht mal um den Kameramann. Wissen Sie, was mit dem passiert ist? Als mein Schuss
seine Kamera getroffen hat – der erste, den ich abgefeuert
habe –, sind die Trümmer in alle Richtungen geflogen. Unter
anderem in sein Auge.«

Das war Samuels bekannt. Er schwieg und trank sein Bier,
obwohl ihm die Marke Shiner zuwider war.

»Wahrscheinlich wird er es verlieren«, sagte Ralph. »Die
Ärzte in der Dean-McGee-Augenklinik drüben in Cap City
versuchen zwar, es zu retten, aber verlieren wird er es wahrscheinlich trotzdem. Meinen Sie, mit einem Auge kann man
noch als Kameramann arbeiten? Wahrscheinlich, vielleicht
oder keinesfalls?«

»Ralph, jemand hat Sie angerempelt, als Sie abgedrückt
haben. Und wenn der Kerl nicht die Kamera vor dem Gesicht gehabt hätte, wäre er jetzt wahrscheinlich tot. Das ist
das Positive dran.«

»Ach, scheiß auf positiv. Ich habe seine Frau angerufen,
um mich zu entschuldigen. Darauf hat die gesagt: ›Wir werden die Polizei von Flint City auf zehn Millionen Dollar verklagen, und sobald wir den Prozess gewonnen haben, kommen Sie persönlich an die Reihe.‹ Dann hat sie aufgelegt.«

»Daraus wird nie was. Peterson hatte eine Schusswaffe,
und Sie befanden sich in Ausübung Ihres Dienstes.«

»Das gilt auch für den Kameramann.«

»Das ist nicht dasselbe. Er hatte die Wahl.«

»Nein, Bill.« Ralph drehte sich auf seinem Sessel zu ihm
um. »Er hatte einen *Auftrag*. Und das da hinten war *doch* ein
Kleiber, verdammt noch mal.«

»Ralph, jetzt mal ganz langsam. Maitland hat Frank Peterson
getötet. Daraufhin hat der Bruder von Peterson Maitland getötet. Die meisten Leute sehen das als eine Art Wildwestjustiz,

aber was soll's. Schließlich hat unser Staat vor noch nicht allzu langer Zeit zum Wilden Westen gehört.«

»Terry hat gesagt, dass er es nicht getan hat. Das waren seine letzten Worte.«

Samuels erhob sich und begann, hin und her zu schreiten. »Was sollte er sonst sagen, wo seine Frau direkt neben ihm kniet und sich die Augen aus dem Kopf weint? Sollte er sagen: ›Ja, klar, ich hab den Jungen vergewaltigt und gebissen – nicht unbedingt in dieser Reihenfolge –, und dann habe ich obendrein auch noch auf ihn ejakuliert‹?«

»Es gibt massenhaft Indizien, die unterstützen, was Terry vor seinem Tod gesagt hat.«

Samuels stelzte zu Ralph zurück und blickte auf ihn hinab. »In der Samenprobe war seine DNA, verdammt noch mal, und ein DNA-Test übertrumpft *alles*. Terry hat den Jungen umgebracht. Ich weiß nicht, wie er die anderen Sachen gedeichselt hat, aber er war der Täter.«

»Sind Sie hergekommen, um mich davon zu überzeugen oder sich selbst?«

»Ich brauche mich nicht zu überzeugen. Und ich bin nur gekommen, um Ihnen zu sagen, dass wir jetzt wissen, wer als Erster den weißen Lieferwagen gestohlen hat.«

»Ist das jetzt noch von Belang?«, sagte Ralph, aber in seinen Augen sah Samuels endlich ein gewisses Interesse schimmern.

»Wenn Sie damit meinen, ob es irgendein Licht auf den ganzen Schlamassel wirft, nein. Aber die Geschichte ist faszinierend. Wollen Sie sie hören oder nicht?«

»Klar doch.«

»Der Wagen wurde von einem zwölfjährigen Jungen geklaut.«

»Von einem *Zwölfjährigen?* Sie wollen mich verarschen.«

»Nein. Und der Knabe war monatelang unterwegs. Hat es bis nach El Paso geschafft, bevor ein Streifenpolizist ihn auf einem Walmart-Parkplatz einkassiert hat. Da hat er in einem gestohlenen Buick geschlafen. Insgesamt hat er vier Fahrzeuge geklaut, aber der Lieferwagen war das erste. Er ist damit bis nach Ohio gefahren, bevor er ihn abgestellt und sich ein anderes Auto besorgt hat. Den Zündschlüssel hat er stecken lassen, genau wie wir vermutet haben.« Er sagte das mit einem gewissen Stolz und Ralphs Meinung nach durchaus zu Recht; es war ganz nett, dass sich wenigstens eine ihrer Vermutungen als richtig erwiesen hatte.

»Aber wir wissen immer noch nicht, wie der Wagen hierhergekommen ist, oder?«, sagte Ralph. Dabei ging ihm etwas im Kopf herum. Irgendein kleines Detail.

»Das stimmt«, sagte Samuels. »Es ist bloß ein loser Faden, der jetzt nicht mehr ganz lose ist. Ich dachte, dass Sie das vielleicht wissen wollten.«

»Und jetzt weiß ich es.«

Samuels nahm einen Schluck Bier und stellte die Dose dann auf den Picknicktisch. »Ich trete nicht zur Wiederwahl an.«

»Tatsächlich?«

»Tatsächlich. Soll dieser faule Trottel Richmond doch den Job kriegen. Sehen wir mal, wie beliebt der ist, wenn er sich bei achtzig Prozent von den Fällen, die auf seinem Schreibtisch landen, weigert, sie zu verfolgen. Ihrer Frau habe ich schon von meiner Entscheidung erzählt, aber die hat mich nicht gerade mit Mitgefühl überschüttet.«

»Wenn Sie meinen, ich hätte ihr eingeredet, es wäre alles Ihre Schuld, Bill, dann irren Sie sich. Ich habe Sie mit keinem Wort kritisiert. Wieso sollte ich? Ihn bei diesem verfluchten Baseballspiel festzunehmen war meine Idee, und wenn ich am Freitag mit den Typen von der Internen Revision spreche, werde ich das klar und deutlich sagen.«

»Ich hätte nichts Geringeres erwartet.«

»Aber wie ich eventuell schon erwähnt habe, haben Sie sich auch keine große Mühe gegeben, mich davon abzubringen.«

»Wir haben ihn für schuldig gehalten. Das tue ich übrigens immer noch, egal was seine letzten Worte waren. Ob er ein Alibi hatte, haben wir nicht überprüft, weil er jeden in der ganzen verdammten Stadt kennt und wir gefürchtet haben, ihn damit aufzuschrecken.«

»Außerdem haben wir es nicht für nötig gehalten. Mannomann, was haben wir uns da geirrt!«

»Ja, okay, schon gut, ich hab's kapiert. Aber wir haben ihn auch für extrem gefährlich gehalten, vor allem für kleine Jungen, und letzten Samstag war er von denen geradezu umringt.«

»Als wir zum Gericht gefahren sind, hätten wir ihn zum Hintereingang bringen sollen«, sagte Ralph. »Darauf hätte ich bestehen sollen.«

Samuels schüttelte so heftig den Kopf, dass der Zipfel sich nun doch löste und Haltung annahm. »Geben Sie sich dafür doch nicht die Schuld! Für die Überführung vom Gefängnis zum Gericht ist der Sheriff zuständig. Nicht die städtische Polizei.«

»Doolin hätte auf mich gehört.« Ralph ließ seine leere Dose in die Kühlbox fallen und sah Samuels direkt in die Augen. »Und auf *Sie* hätte er auch gehört. Ich glaube, das wissen Sie.«

»Schnee von gestern. Kalter Kaffee. Oder was immer man für eine Redensart nehmen will. Für uns ist die Sache gegessen. Offiziell ist sie das wahrscheinlich nicht, aber …«

»Amtlich heißt das, der Fall ist nicht abgeschlossen, wird

jedoch nicht weiter verfolgt. Dabei wird es selbst dann bleiben, wenn Marcy Maitland ein Zivilverfahren gegen meine Behörde anstrengt und behauptet, ihr Mann sei durch Fahrlässigkeit zu Tode gekommen. Und das ist ein Prozess, den sie gewinnen könnte.«

»Hat sie das denn angekündigt?«

»Keine Ahnung. Ich habe noch nicht den Mumm aufgebracht, mit ihr zu sprechen. Wahrscheinlich kann Howie Ihnen verklickern, was sie vorhat.«

»Dann sollte ich vielleicht mit dem sprechen. Versuchen, die Wogen ein bisschen zu glätten.«

»Sie sind heute Abend ja ein echter Quell an weisen Sprüchen, Herr Staatsanwalt.«

Samuels griff nach seiner Bierdose, stellte sie dann jedoch mit einer kleinen Grimasse wieder hin. Am Küchenfenster sah er Jeannie Anderson, die zu den beiden herausblickte. Sie stand einfach mit undurchdringlicher Miene da. »Mir fällt gerade eine parapsychologische Zeitschrift ein, die meine Mutter abonniert hatte. Die war ziemlich schicksalsgläubig.«

»Das war ich früher auch«, sagte Ralph düster. »Nach dem, was Terry zugestoßen ist, bin ich mir aber nicht mehr so sicher. Der junge Peterson ist wie aus dem Nichts aufgetaucht. Aus dem *Nirgendwo*.«

Samuels lächelte. »In der Zeitschrift ging es nicht um Vorbestimmung oder so, sondern um Gespenster und Kornkreise, um Ufos und was weiß ich sonst noch. Als ich klein war, hat meine Mutter mir manchmal daraus vorgelesen. Besonders eine Geschichte hat mich fasziniert. Sie trug den Titel ›Schritte im Sand‹. Es ging um ein frisch verheiratetes Paar, das für die Flitterwochen in die Mojavewüste gefahren ist. Also zum Camping und so. Tja, eines Nachts haben die beiden ihr kleines Zelt in einem Pappelwäldchen aufgeschlagen, und als die junge Braut am nächsten Morgen aufgewacht ist, war ihr Mann verschwunden. Sie geht durch die Bäume dorthin, wo der Sand anfängt, und sieht seine Spuren. Als sie seinen Namen ruft, kommt aber keine Antwort.«

Ralph machte ein Horrorfilmgeräusch: *Uuuuh-uuuuh.*

»Sie folgt den Spuren über die erste Düne hinweg und dann über die zweite. Die Spuren werden immer frischer. Dann überquert sie die dritte Düne ...«

»Und die vierte und die fünfte!«, sagte Ralph in ehrfürchtigem Ton. »*Und so geht sie noch heute!* Bill, es ist mir zwar sehr unangenehm, Ihre Lagerfeuergeschichte abzukürzen, aber ich glaube, ich werde jetzt einen Happen essen, mich unter die Dusche stellen und dann zu Bett gehen.«

»Nein, warten Sie. Weiter als bis zur dritten Düne ist die Frau nämlich nicht gekommen. Die Spuren von ihrem Mann laufen auf der anderen Seite noch ein Stück weit hinunter, aber dann hören sie auf. Sie hören einfach auf, obwohl ringsum nichts ist als meilenweit Sand. Die Frau hat ihren Mann nie wiedergesehen.«

»Und das *glauben* Sie?«

»Nein, das ist eindeutig Blödsinn, aber darum geht es nicht. Es ist ein Gleichnis.« Samuels bemühte sich, den Haarzipfel zu bändigen. Der Zipfel weigerte sich. »Wir sind den Spuren von Terry Maitland gefolgt, weil das unser Job war. Unsere Pflicht, wenn Ihnen der Ausdruck besser gefällt. Deshalb sind wir den Spuren gefolgt, bis sie am Montagmorgen aufgehört haben. Ist da ein Rätsel? Ja. Wird es immer Fragen ohne Antwort geben? Falls uns nicht irgendwelche neuen, verblüffenden Informationen in den Schoß fallen, wird das der Fall sein. Manchmal kommt so etwas vor. Deshalb fragen die Leute sich immer noch, was mit Jimmy Hoffa geschehen ist, und deshalb versuchen sie immer noch herauszubekommen, was aus der Mannschaft der *Mary Celeste* wurde. Deshalb streitet man sich weiterhin, ob Lee Harvey Oswald allein gehandelt hat, als er John F. Kennedy erschoss. Manchmal hören die Spuren eben einfach auf, und damit müssen wir leben.«

»Es gibt da einen großen Unterschied«, sagte Ralph. »Die Frau in Ihrer Geschichte über die Spuren konnte glauben, dass ihr Mann immer noch irgendwo am Leben ist. Sie konnte das glauben, bis sie steinalt wurde. Aber als Marcy an den Ort gekommen ist, wo die Spuren von Terry geendet haben, lag der tot auf dem Gehweg. Laut der Todesanzeige, die heute in der Zeitung stand, wird sie ihn morgen begraben. Ich nehme an, dass nur sie und ihre Töchter dabei sein werden. Abgesehen von circa fünfzig Mediengeiern, die hinter dem Zaun stehen, Fragen brüllen und Bilder knipsen.«

Samuels seufzte und erhob sich. »Schon gut. Ich fahre jetzt nach Hause. Von dem Jungen, der den Lieferwagen geklaut hat, habe ich Ihnen ja erzählt – übrigens heißt er Merlin Cassidy –, aber wie ich sehe, wollen Sie das gar nicht hören.«

»Nein, halt, bleiben Sie noch einen Moment sitzen«, sagte Ralph. »Sie haben mir eine Geschichte erzählt, jetzt erzähle ich Ihnen eine. Die stammt allerdings nicht aus einer esoterischen Zeitschrift, sondern fußt auf einer persönlichen Erfahrung. Jedes Wort ist wahr.«

Samuels setzte sich wieder.

»Als *ich* klein war, so zehn oder elf, also etwa so alt wie Frank Peterson, hat meine Mutter vom Bauernmarkt manchmal Zuckermelonen mitgebracht, wenn gerade Saison war«, sagte Ralph. »Ich war damals richtig verrückt nach denen. Sie haben so einen süßen, intensiven Geschmack, an den Wassermelonen einfach nicht herankommen. Eines Tages kommt meine Mutter also mit drei oder vier Stück in ihrem Netzbeutel nach Hause, und ich frage, ob ich eine Scheibe haben kann. ›Klar‹, sagt sie. ›Aber denk dran, die Samen in die Spüle zu schaben.‹ Das musste sie mir eigentlich nicht erklären, weil ich inzwischen schon eine Menge Zuckermelonen aufgeschnitten hatte. Können Sie mir folgen?«

»Mhm. Wahrscheinlich haben Sie sich geschnitten, stimmt's?«

»Nein, aber meine Mutter dachte das, weil ich einen Schrei ausgestoßen habe, den man wohl bis ins Nachbarhaus gehört hat. Als sie angerannt kam, habe ich bloß auf die Melone gezeigt, die da in zwei Hälften auf der Arbeitsfläche lag. Sie war voller Maden und Fliegen. Die sind praktisch aufeinander rumgekrabbelt. Meine Mutter hat sich das Insektenspray gegriffen und die Viecher auf der Arbeitsfläche damit besprüht. Dann hat sie ein Geschirrtuch geholt, die beiden Stücke darin eingewickelt und das Ganze in den Eimer mit Biomüll draußen im Garten befördert. Seit dem Tag kann ich keine Scheibe Zuckermelone mehr anschauen, geschweige denn eine essen. Das ist *mein* Gleichnis zum Thema Terry Maitland, Bill. Die Zuckermelone hat gut ausgesehen. Sie hatte keine weichen Stellen. Die Schale war unversehrt. Es gab keine Möglichkeit, wie die Insekten reingekommen sein könnten, aber irgendwie haben sie es doch geschafft.«

»Mit Ihrer Zuckermelone können Sie mich mal«, sagte Samuels. »Und mit Ihrem Gleichnis ebenfalls. Ich fahre jetzt nach Hause. Denken Sie aber bitte noch mal nach, bevor Sie kündigen, Ralph, okay? Ihre Frau hat gesagt, ich verdrücke mich, bevor das Volk mich absägen kann, und damit hat sie wahrscheinlich recht, aber *Sie* müssen sich ja keinen Wählern stellen. Die Interne Revision hier in der Stadt besteht gerade mal aus drei pensionierten Cops und einem Psychiater, der mit ein paar zusätzlichen Kröten aus der öffentlichen Hand seine Privatpraxis über Wasser hält. Bedenken Sie bei allem bitte eines: Wenn Sie kündigen, werden die Leute sich noch sicherer sein, dass wir die Sache verbockt haben.«

Ralph starrte ihn an, dann lachte er los. Es war ein herzhaftes Lachen, das direkt aus dem Bauch kam. »Aber das haben wir! Ist Ihnen das immer noch nicht klar, Bill? Das haben wir, und zwar komplett. Wir haben eine Zuckermelone gekauft, weil die richtig *gut* aussah, aber als wir sie vor den Augen der ganzen Stadt aufgeschnitten haben, war sie voller Maden. Obwohl die keine Möglichkeit gehabt hatten reinzukommen, waren sie drin.«

Samuels ging auf die Tür zur Küche zu. Er zog die Fliegengittertür auf, drehte sich dann aber noch einmal so abrupt um, dass der Haarzipfel munter wackelte. Er deutete auf den Zürgelbaum. »Das da war verdammt noch mal ein *Spatz!*«

### 3

Kurz nach Mitternacht (ungefähr zu der Zeit, wo das letzte verbliebene Mitglied der Familie Peterson mithilfe von Wikipedia lernte, wie man eine Henkersschlinge knüpfte) wachte Marcy Maitland auf, weil sie im Zimmer ihrer älteren Tochter Schreie hörte. Zuerst kamen die von Grace – so etwas weiß eine Mutter immer –, doch dann stimmte Sarah mit ein, wodurch eine schreckliche zweistimmige Harmonie entstand. Es war die erste Nacht, in der die Mädchen nicht mehr in dem Zimmer schliefen, das Marcy früher mit Terry geteilt hatte, aber natürlich hausten sie weiterhin zusammen, was sie wahrscheinlich noch eine ganze Weile tun würden. Marcy fand das in Ordnung.

Nicht in Ordnung waren die Schreie.

Marcy konnte sich nicht daran erinnern, wie sie durch den Flur zu Sarahs Zimmer gerannt war. Sie wusste nur noch, dass sie aus dem Bett gesprungen war, und nun stand sie in der offenen Tür und sah, dass ihre Töchter kerzengerade im Bett saßen. Im Licht des Julivollmonds, das durchs Fenster strömte, hielten sich die beiden fest umklammert.

»Was ist passiert?«, fragte Marcy und blickte sich nach einem Eindringling um. Zuerst dachte sie, der (bestimmt war es ein Er) würde in der Ecke hocken, aber das war nur ein Haufen aus abgelegten Kleidern, T-Shirts und Sneakers.

»Sie hat angefangen!«, schrie Sarah. »Gracie! Die hat gesagt, da ist ein Mann! O Mama, sie hat mir so einen Schrecken eingejagt!«

Marcy setzte sich aufs Bett, löste ihre jüngere Tochter aus Sarahs Armen und nahm sie in ihre. Immer noch blickte sie sich um. Ob er sich wohl im Kleiderschrank versteckt hatte? Gut möglich, die Falttüren waren geschlossen. Dazu hätte er Zeit gehabt, als er sie hatte kommen hören. Oder unter dem Bett? All ihre Kindheitsängste kehrten zurück, während sie darauf wartete, dass eine Hand sich um ihre Fessel schloss. In der anderen würde ein Messer sein.

»Grace? Gracie? Wen hast du gesehen? Und wo war er?«

Grace weinte so heftig, dass sie nicht antworten konnte, aber sie deutete zum Fenster.

Während Marcy hinging, drohten ihr bei jedem Schritt die Knie einzuknicken. Ob die Polizei das Haus wohl noch unter Beobachtung hatte? Howie hatte gesagt, die würden noch eine Weile regelmäßig vorbeifahren, was aber nicht bedeutete, dass sie die ganze Zeit da waren, außerdem gingen sämtliche Schlafzimmerfenster, also auch das von Sarah, entweder auf den Garten hinaus oder auf die Seite, wo das Haus der Gundersons stand. Und die Gundersons waren im Urlaub.

Das Fenster war verriegelt. Der Garten, in dem jeder einzelne Grashalm im Mondlicht einen Schatten zu werfen schien, war menschenleer.

Marcy kehrte zum Bett zurück, setzte sich und streichelte Grace über die Haare, die verfilzt und schweißnass waren. »Sarah? Hast du irgendwas gesehen?«

»Ich …« Sarah überlegte. Sie hielt Grace, die ihr schluchzend den Kopf an die Schulter legte, wieder in den Armen. »Nein. 'ne Sekunde lang dachte ich das vielleicht, aber bloß, weil sie geschrien hat: ›Da ist ein Mann, ein Mann!‹ Obwohl da überhaupt niemand war.« Und zu ihrer Schwester: »Niemand, Gracie. Ehrlich.«

»Du hast einen schlimmen Traum gehabt, Liebling«, sagte Marcy. *Wahrscheinlich den ersten von vielen,* dachte sie dabei.

»Er war aber *da*«, flüsterte Grace.

»Dann muss er hier raufgeschwebt sein«, sagte Sarah mit bewundernswerter Vernunft, wenn man bedachte, dass sie erst vor wenigen Minuten aus dem Schlaf aufgeschreckt worden war. »Weil wir im oberen Stock sind, verstehst du?«

»Ist mir egal. Ich hab ihn gesehen. Seine Haare waren kurz und schwarz und haben hochgestanden. Sein Gesicht war so klumpig wie Knete. Als Augen hatte er Strohhalme.«

»Ein Albtraum«, sagte Sarah nüchtern, als würde das Thema damit abgeschlossen.

»Jetzt kommt mal mit, ihr zwei«, sagte Marcy, wobei sie sich um denselben nüchternen Ton bemühte. »Die restliche Nacht könnt ihr bei mir schlafen.«

Die beiden folgten ihr ohne Widerspruch, und schon fünf

Minuten nachdem sie sich an Marcy gekuschelt hatten, eine auf jeder Seite, war die zehnjährige Gracie eingeschlafen.

»Mama?«, flüsterte Sarah.

»Was denn, Liebes?«

»Ich habe Angst vor der Beerdigung.«

»So geht's mir auch.«

»Ich will nicht hin, und Gracie auch nicht.«

»Das wollen wir alle drei nicht, Liebes. Aber wir gehen trotzdem hin. Wir werden tapfer sein. Das hätte euer Vater so gewollt.«

»Er fehlt mir so sehr, dass ich an nichts anderes mehr denken kann.«

Marcy drückte Sarah einen Kuss auf die sanft pulsierende Schläfe. »Schlaf jetzt, Liebes.«

Was Sarah irgendwann auch tat. Marcy lag zwischen ihren Töchtern wach da, blickte an die Decke und dachte an Grace, die sich in einem so lebhaften Traum zum Fenster gedreht hatte, dass sie glaubte, wach zu sein.

*Als Augen hatte er Strohhalme.*

## 4

Kurz nach drei Uhr morgens (ungefähr zu der Zeit, wo Fred Peterson mit dem Fußschemel aus dem Wohnzimmer in der linken Hand und dem Henkersseil über der rechten Schulter in seinen Garten hinaustrat) wachte Jeanette Anderson auf, weil sie aufs Klo musste. Die andere Bettseite war leer. Nachdem sie gepinkelt hatte, ging sie nach unten, wo sie Ralph in seinem Ohrensessel vorfand. Er starrte auf das blinde Auge des Fernsehers. Sie beobachtete ihn mit dem geübten Blick einer Ehefrau und stellte fest, dass er seit der Entdeckung von Frank Petersons Leiche abgenommen hatte.

Behutsam legte sie ihm eine Hand auf die Schulter.

Er drehte sich nicht zu ihr um. »Bill Samuels hat etwas gesagt, was mir irgendwie zu schaffen macht.«

»Was denn?«

»Das ist es ja, ich weiß es nicht. Es ist wie ein Wort, das einem auf der Zunge liegt.«

»Geht es um den Jungen, der den Lieferwagen gestohlen hat?«

Als sie vor dem Einschlafen im Bett gelegen hatten, hatte er ihr von dem Gespräch mit Samuels erzählt. Das mit dem Jungen hatte er nicht etwa erwähnt, weil es besonders relevant gewesen wäre, sondern weil es einfach irre war, dass ein Zwölfjähriger es mit mehreren geklauten Fahrzeugen von einer Gegend nördlich von New York bis nach El Paso geschafft hatte. Nicht so irre wie irgendwelche Geschichten aus einer parapsychologischen Zeitschrift, aber doch irre genug. *Der muss seinen Stiefvater ja wirklich abgrundtief hassen,* hatte Jeannie gesagt, bevor sie das Licht ausgeknipst hatte.

»Ich glaube, da *war* etwas mit dem Jungen«, sagte Ralph jetzt. »Und in dem Lieferwagen lag ein Papierfetzen. Damit wollte ich mich eigentlich beschäftigen, habe es aber in dem ganzen Durcheinander vergessen. Ich glaube nicht, dass ich dir davon erzählt habe.«

Sie lächelte und zerzauste ihm die Haare, die ihr – wie sein Körper im Pyjama – dünner vorkamen als noch im Frühling. »Doch, hast du. Du hast gesagt, der Schnipsel könnte von einem Take-away-Flyer sein.«

»Den hat man höchstwahrscheinlich archiviert.«

»Das hast du mir auch gesagt, Schatz.«

»Vielleicht fahre ich morgen ins Büro, um mir das Ding anzuschauen. Kann sein, dass mir dann klarer wird, was mir seit dem Besuch von Bill im Kopf rumgeht.«

»Das finde ich eine gute Idee. Es ist an der Zeit, jetzt mal wieder was anderes zu tun, als bloß nachzugrübeln. Übrigens habe ich noch mal diese Geschichte von Poe gelesen. Der Erzähler sagt, in seiner Schulzeit hätte er eine besondere Stellung gehabt, die ihm nur ein anderer Schüler streitig gemacht hätte. Einer, der denselben Namen hatte wie er selbst.«

Ralph ergriff ihre Hand und drückte abwesend einen Kuss darauf. »So weit ganz glaubhaft. William Wilson ist zwar kein so häufiger Name wie Joe Smith, aber auch nicht so selten wie Zbigniew Brzezinski.«

»Ja, aber außerdem ist er am selben Tag geboren wie der Erzähler und trägt ähnliche Kleidung. Am schlimmsten ist, dass die beiden sich auch sonst ähneln und von den Leuten verwechselt werden. Hört sich bekannt an, oder?«

»Allerdings.«

»Der eine William Wilson trifft nun später im Leben immer wieder auf den anderen, und die Begegnungen enden immer schlecht für Nummer eins, der ein kriminelles Leben führt und Nummer zwei die Schuld daran gibt. Kannst du mir folgen?«

»Wenn man berücksichtigt, dass es kurz nach drei ist, bin ich ganz gut dabei.«

»Also, am Ende ersticht der eine William Wilson den anderen mit seinem Degen, aber als er in den Spiegel schaut, sieht er, dass er sich selbst erstochen hat.«

»Weil es nie einen zweiten William Wilson gegeben hat, nehme ich an.«

»Doch, hat es. Den zweiten haben die anderen Leute ja

*gesehen*. Stattdessen hat der eine William Wilson eine Halluzination und meint, er hätte Selbstmord begangen. Weil er es nicht aushalten konnte, doppelt zu sein, denke ich.«

Jeannie hätte von Ralph eigentlich einen spöttischen Kommentar erwartet, aber er nickte. »Okay, das leuchtet mir ein. Es ist psychologisch sogar ziemlich überzeugend. Vor allem für … Wann? Mitte des 19. Jahrhunderts?«

»In etwa, ja. Auf dem College habe ich ein Seminar über amerikanische Schauerliteratur belegt, und da haben wir viele Geschichten von Poe gelesen, auch diese. Der Professor hat gesagt, man hätte früher fälschlich angenommen, dass Poe fantastische Geschichten über das Übernatürliche schreibe, dabei habe er in Wirklichkeit realistische Geschichten über abnorme psychologische Phänomene geschrieben.«

»Damals gab es allerdings noch keine Fingerabdrücke und DNA-Tests«, sagte Ralph grinsend. »Gehen wir ins Bett. Ich glaube, jetzt kann ich schlafen.«

Jeannie hielt ihn zurück. »Erst will ich dich noch etwas fragen, mein lieber Ehemann. Wahrscheinlich weil es spät ist und wir nur zu zweit sind. Das heißt, niemand würde hören, wenn du mich auslachst, aber bitte tu das nicht, weil es mich traurig machen würde.«

»Ich werde schon nicht lachen.«

»Vielleicht doch.«

»Bestimmt nicht.«

»Du hast mir Bills Geschichte über die Spuren erzählt, die einfach aufgehört haben, und du hast mir deine Geschichte über die Maden erzählt, die irgendwie in eine Zuckermelone gekommen sind, aber das habt ihr beide sinnbildlich gemeint. So wie die Geschichte von Poe ein Sinnbild für das gespaltene Selbst ist … hat jedenfalls mein Professor am College gesagt. Aber wenn man das Sinnbildliche weglässt, was bleibt dann übrig?«

»Keine Ahnung.«

»Das Unerklärliche«, sagte sie. »Meine Frage an dich ist daher ziemlich einfach. Was wäre, wenn die einzige Lösung für das Rätsel der beiden Terrys übernatürlich ist?«

Ralph lachte nicht. Er spürte keinen Impuls zu lachen. Dafür war es entweder zu spät in der Nacht oder zu früh am Morgen. Jedenfalls zu irgendwas. »Ich glaube nicht ans Übernatürliche. Nicht an Geister, nicht an Engel, nicht an das göttliche Wesen von Jesus Christus. Ich gehe in die Kirche, klar, aber nur, weil das ein friedlicher Ort ist, an dem ich manchmal mir selbst zuhören kann. Und weil es von einem erwartet wird. Ich denke immer, das ist auch der Grund, warum du hingehst. Oder wegen Derek.«

»Ich würde gerne an Gott glauben«, sagte Jeannie. »Und zwar weil ich nicht glauben will, dass wir nach dem Tod einfach aufhören zu sein, obwohl es das Gleichgewicht wiederherstellen würde – da wir aus der Dunkelheit gekommen sind, könnte man logischerweise annehmen, dass wir auch in die Dunkelheit zurückkehren. Aber ich glaube an die Sterne und an die Unendlichkeit des Universums. Das ist das Große da draußen. Hier unten, glaube ich, gibt es weitere Universen in jeder Handvoll Sand, weil die Unendlichkeit in beide Richtungen reicht. Ich glaube, dass hinter jedem Gedanken, der mir bewusst ist, in meinem Kopf ein weiteres Dutzend Gedanken aufgereiht sind. Ich glaube an mein Bewusstsein und an mein Unbewusstes, obwohl ich nicht weiß, was das eigentlich ist. Und ich glaube Arthur Conan Doyle, der Sherlock Holmes sagen lässt: ›Wenn man alles, was nicht im Bereich des Möglichen liegt, eliminiert hat, dann muss der verbleibende Rest – wie unwahrscheinlich er immer sei – unbedingt die Wahrheit sein.‹«

»War das nicht der Kerl, der an Feen geglaubt hat?«, sagte Ralph.

Sie seufzte. »Komm mit nach oben. Kuscheln wir ein bisschen, dann können wir vielleicht beide schlafen.«

Dazu war Ralph gern bereit, aber selbst während sie sich liebten (außer im Moment des Höhepunkts, wo jegliches Denken ausgelöscht war), dachte er ständig an den Spruch von Conan Doyle. Der war geistreich. Und logisch. Aber ließ er sich umformulieren zu: *Wenn man alles, was natürlich ist, eliminiert hat, dann muss das, was übrig bleibt, das Übernatürliche sein?* Nein. Ralph konnte an keine Erklärung glauben, die gegen die Gesetze der Natur verstieß, nicht nur als Detective, sondern auch als Mensch. Frank Peterson war von einer echten Person getötet worden, nicht von einer Schauergestalt aus einem Comicheft. Was blieb dann übrig, egal wie unwahrscheinlich es war? Nur eines. Der Mörder von Frank Peterson war Terry Maitland, inzwischen verstorben.

5

In jener Mittwochnacht war der Julimond so aufgebläht und orange in den Himmel gestiegen wie eine riesenhafte tropische Frucht. Als Fred Peterson in den frühen Morgenstunden am Donnerstag in seinem Garten auf dem Schemel stand, auf den er bei den am Sonntagnachmittag übertragenen

Footballspielen immer die Füße gelegt hatte, stand hoch oben nur noch eine kalte Silbermünze.

Fred legte sich die Schlinge um den Hals und zerrte daran, bis der Knoten an seinem Unterkiefer anlag, wie in dem Wikipedia-Artikel beschrieben (samt einer hilfreichen Illustration). Das andere Ende des Stricks war am Ast eines Zürgelbaums befestigt, wie auch einer hinter dem Zaun von Ralph Anderson stand. Der hier war jedoch ein älterer Vertreter der städtischen Flora, gesprossen etwa zu der Zeit, wo ein amerikanischer Bomber seine Ladung über Hiroshima abgeworfen hatte – gewiss ein übernatürliches Ereignis für jene Japaner, die es aus so weiter Entfernung betrachteten, dass sie nicht verdampft wurden.

Der Hocker unter Fred wackelte unsicher hin und her. Er lauschte den Grillen und spürte den Nachtwind auf seinen schweißbedeckten Wangen – kühl und wohltuend nach einem heißen Tag und vor einem weiteren, den er nicht erleben würde. Zum Teil beruhte seine Entscheidung, einen Strich unter die örtliche Familiengeschichte zu ziehen, auf der Hoffnung, dass Frank, Arlene und Ollie bislang nicht weit gereist waren. Vielleicht war es möglich, sie einzuholen. Der Hauptgrund war jedoch die unerträgliche Aussicht, am Vormittag in demselben Bestattungsinstitut einer Trauerfeier beizuwohnen – dem der Gebrüder Donelli –, von dem nachmittags der für den Tod seiner Angehörigen verantwortliche Mann bestattet wurde. Das brachte er einfach nicht über sich.

Er blickte sich ein letztes Mal um und fragte sich, ob er es wirklich tun wollte. Die Antwort lautete ja, weshalb er den Hocker wegstieß und erwartete, tief im Kopf das krachende Geräusch zu hören, mit dem sein Nacken brach, bevor sich der Tunnel aus Licht vor ihm auftat – der Tunnel, an dessen anderem Ende seine Familie stand, um ihn in ein zweites, besseres Leben zu geleiten, in dem keine harmlosen Jungen vergewaltigt und ermordet wurden.

Es krachte nicht. Er hatte den Teil in dem Wikipedia-Artikel übersehen oder ignoriert, wo es darum ging, dass eine bestimmte Fallhöhe nötig sei, um einem dreiundneunzig Kilo schweren Mann den Hals zu brechen. Anstatt gleich zu sterben, wurde er stranguliert. Als seine Luftröhre sich zuzog und seine Augen aus den Höhlen traten, erwachte sein bisher schläfriger Überlebensinstinkt mit schrillenden Alarmglocken und grellen inneren Warnlichtern. Innerhalb von nur drei Sekunden setzte der Körper sich über das Gehirn hinweg, und aus dem Wunsch zu sterben wurde der animalische Wille weiterzuleben.

Fred hob tastend die Hände, fand das Seil und zog mit aller Kraft daran. Das Seil lockerte sich, und es gelang ihm, einen Atemzug zu tun – zwangsläufig flach, da die Schlinge immer noch ziemlich eng war und der Knoten sich seitlich wie eine angeschwollene Drüse in den Hals bohrte. Während er sich mit einer Hand festklammerte, tastete er mit der anderen nach dem Ast, um den er den Strick gebunden hatte. Die Finger strichen an der Unterseite entlang und lösten einige Rindenflocken, die auf sein Haar herunterrieselten, aber das war auch alles.

Für einen Mann mittleren Alters war er nicht besonders fit. Sein Training hatte hauptsächlich aus Ausflügen zum Kühlschrank bestanden, um sich bei Spielen seiner geliebten Dallas Cowboys noch ein Bier zu holen, und schon als Schüler hatte er im Sportunterricht nicht mehr als fünf Klimmzüge am Stück geschafft. Als er spürte, wie seine Hand vom Seil abglitt, griff er mit der anderen ebenfalls wieder zu und lockerte es so weit, dass er wieder einen halben Atemzug tun konnte, aber höher heben konnte er sich nicht. Die Füße schwangen ein gutes Stück über dem Rasen. Erst fiel der eine Hausschuh hinunter, dann der andere. Er wollte um Hilfe rufen, brachte aber nur ein heiseres Keuchen zustande … und wer wäre zu dieser frühen Stunde wohl wach gewesen und hätte ihn hören können? Die neugierige Mrs. Gibson nebenan etwa? Die lag bestimmt selig schlummernd mit ihrem Rosenkranz in der Hand im Bett und träumte von Pfarrer Brixton.

Seine Hände glitten ab. Der Ast ächzte. Fred stockte der Atem. Er spürte, wie das im Kopf gefangene Blut pulsierte, als wollte es das Gehirn zum Platzen bringen. Er hörte ein Rauschen und dachte: *So hätte das eigentlich nicht laufen sollen.*

Hektisch tastete er nach dem Seil wie ein Ertrinkender, der die Oberfläche des Sees zu erreichen suchte, in den er gefallen war. Vor seinen Augen tauchten große, schwarze Sporen auf, die zu extravaganten schwarzen Giftpilzen aufblühten, doch bevor sie alles ausblendeten, sah er noch im Mondlicht einen Mann auf der Terrasse stehen. Der Mann hatte besitzergreifend die Hand auf den Grill gelegt, auf dem Fred nie wieder ein Steak braten würde. Vielleicht war es aber auch gar kein Mann. Die Gesichtszüge waren so grob, als hätte ein blinder Bildhauer sie gemeißelt. Und die Augen waren Strohhalme.

# 6

June Gibson war diejenige, die die Lasagne zubereitet hatte, die sich Arlene Peterson schließlich vor ihrem Herzinfarkt über den Kopf gekippt hatte, und sie schlief keineswegs. Auch an Pfarrer Brixton dachte sie nicht. Sie litt ebenfalls, und zwar heftig. Seit ihrem letzten Ischiasanfall waren drei Jahre vergangen, und sie hatte zu hoffen gewagt, dass es damit vorüber sei, aber da war der Ischias wieder, ein garstiger ungebetener Besucher, der sich hereingedrängt und eingenistet hatte. Nach dem Leichenschmaus bei den Petersons nebenan hatte sie erst nur eine verräterische Steifheit unter dem linken Knie gespürt, aber sie kannte die Vorzeichen und hatte Dr. Richland um ein Rezept für Oxycodon angefleht, das er widerstrebend ausgestellt hatte. Die Tabletten halfen allerdings nur ein bisschen. Der Schmerz lief an der linken Seite vom unteren Rücken bis zum Fußgelenk hinab, wo er sich wie eine dornige Fessel anfühlte. Zu den grausamsten Eigenschaften von Ischias – jedenfalls von ihrem – gehörte der Umstand, dass die Schmerzen beim Hinlegen stärker wurden, anstatt nachzulassen. Deshalb saß Mrs. Gibson jetzt in Pyjama und Bademantel in ihrem Wohnzimmer, wo sie abwechselnd eine Dauerwerbesendung für sexy Bauchmuskeln betrachtete und auf dem I-Phone, das ihr Sohn ihr zum Muttertag geschenkt hatte, Solitär spielte.

Ihr Rücken war marode, und sie sah nicht mehr gut, aber sie hatte den Ton der Werbesendung abgeschaltet, und mit ihren Ohren war alles in Ordnung. Als sie vom Nachbarhaus her deutlich einen Schuss hörte, sprang sie auf, ohne an den Schmerz zu denken, der an ihrem ganzen linken Bein entlangschoss.

*Ach du lieber Gott, da hat Fred Peterson sich gerade erschossen!*

Sie griff nach ihrem Gehstock und humpelte gebückt zur Hintertür. Auf der Veranda angelangt, sah sie im Licht jenes herzlosen Silbermondes, wie Peterson gekrümmt auf dem Rasen lag. Es war doch kein Schuss gewesen. Um den Hals von Peterson lag ein Seil, das sich ein kurzes Stück bis zu dem abgebrochenen Ast schlängelte, um den es gebunden war.

Mrs. Gibson ließ ihren Stock fallen, weil der sie nur behindert hätte, bevor sie seitwärts die Verandastufen hinabstieg und die knapp dreißig Schritte in den Nachbargarten in einem holprigen Trab zurücklegte. Ihre eigenen Schmerzensschreie, hervorgerufen durch ihren Ischiasnerv, der von ihrem mageren Hintern bis zu den linken Fußballen regelrecht explodierte, nahm sie überhaupt nicht wahr.

Sie kniete sich neben Mr. Peterson und betrachtete sein geschwollenes, blaurotes Gesicht, die aus dem Mund ragende Zunge und den halb in seinem fleischigen Hals vergrabenen Strick. Dann zwängte sie die Finger unter das Seil und zog mit aller Kraft daran, was ihr neue Höllenqualen bereitete. Das Geräusch, das darauf folgte, nahm sie wahr: einen hohen, langen, klagenden Schrei. Auf der anderen Straßenseite ging das Licht an, aber das bekam Mrs. Gibson nicht mit. Das Seil lockerte sich endlich, Gott, Jesus, Maria und allen Heiligen sei Dank. Sie wartete darauf, dass Mr. Peterson endlich nach Luft rang.

Was er aber nicht tat.

Im ersten Abschnitt ihres Arbeitslebens war Mrs. Gibson hier in der Stadt bei der First National Bank als Kassiererin tätig gewesen. Als sie im vorgeschriebenen Alter von zweiundsechzig Jahren in Rente gegangen war, hatte sie mit einer Reihe von Kursen die Ausbildung zur häuslichen Pflegekraft absolviert, und in einem von den Kursen war es zwangsläufig um Wiederbelebung gegangen. Während sie nun neben dem massigen Leib von Mr. Peterson kniete, hob sie seinen Kopf an, drückte ihm die Nasenlöcher zu, zog den Mund auf und presste ihre Lippen auf seine.

Sie war bei ihrem zehnten Atemzug und fühlte sich schon ziemlich schwummerig, als sich Mr. Jagger von gegenüber zu ihr gesellte und ihr auf die knochige Schulter tippte. »Ist er tot?«

»Nicht, solange ich was dagegen tun kann«, sagte Mrs. Gibson, griff an die Tasche ihres Morgenmantels und spürte das Rechteck ihres Mobiltelefons. Sie zog es heraus und warf es blindlings hinter sich. »Rufen Sie die Rettung. Und wenn ich in Ohnmacht falle, müssen Sie übernehmen.«

Aber sie wurde nicht ohnmächtig. Bei ihrem fünfzehnten Atemzug – und kurz bevor sie beinahe tatsächlich umgekippt wäre – holte Fred Peterson eigenständig tief und röchelnd Luft. Dann noch einmal. Mrs. Gibson wartete darauf, dass er die Augen öffnete, und weil das nicht geschah, zog sie schließlich ein Lid nach oben. Darunter sah man nur die Lederhaut, nicht weiß, sondern rot von geplatzten Blutgefäßen.

Fred Peterson atmete zum dritten Mal ein, dann hörte er wieder damit auf. Mrs. Gibson begann mit der besten Herzdruckmassage, zu der sie fähig war. Sie war sich zwar nicht sicher, dass das helfen würde, hatte aber den Eindruck, es würde wenigstens nicht schaden. Die Schmerzen im Rücken und am Bein entlang hatten nachgelassen. Ob es wohl möglich war, dass eine Ischialgie durch ein solches Schockerlebnis aus dem Körper vertrieben wurde? Natürlich nicht. Schon die Vorstellung war lächerlich. Es lag am Adrenalin, und sobald der Vorrat daran erschöpft war, würde sie sich schlechter denn je fühlen.

In der Dunkelheit des frühen Morgens schwebte der Ton einer nahenden Sirene.

Mrs. Gibson machte sich wieder daran, Fred Peterson ihren Atem in die Luftröhre zu pusten (ihr intimster Kontakt mit einem Mann, seit ihr eigener 2004 verstorben war), wobei sie immer dann aufhörte, wenn sie in ein graues Nichts zu stürzen drohte. Mr. Jagger bot ihr nicht an, sie abzulösen, und sie bat ihn auch nicht darum. Bis der Rettungswagen kam, war das Ganze eine Angelegenheit zwischen ihr und Peterson.

Wenn sie aufhörte, tat Mr. Peterson manchmal einen von diesen tiefen, röchelnden Atemzügen. Manchmal tat er das nicht. Sie nahm kaum wahr, wie das pulsierende Rotlicht des Rettungswagens über die beiden benachbarten Gärten zuckte und über den gezackten Aststummel des Zürgelbaums, an dem Mr. Peterson sich hatte erhängen wollen. Ein Sanitäter half ihr behutsam auf die Beine, auf denen sie beinahe ohne Schmerzen stehen konnte. Das war erstaunlich. Egal wie vorübergehend dieses Wunder auch sein mochte, sie nahm es dankbar an.

»Jetzt übernehmen wir, Missus«, sagte der Sanitäter. »Das haben Sie großartig gemacht.«

»Aber ehrlich«, sagte Mr. Jagger. »Sie haben ihn gerettet, June! Sie haben dem armen Kerl das Leben gerettet!«

Mrs. Gibson wischte sich warmen Speichel vom Kinn, eine Mischung aus dem eigenen und dem von Peterson. »Mag sein«, sagte sie. »Vielleicht wäre es aber auch besser gewesen, wenn ich es hätte bleiben lassen.«

## 7

Am Donnerstag mähte Ralph gegen acht Uhr morgens in seinem Garten den Rasen. Da sich vor ihm ein Tag ohne jegliche Aufgaben erstreckte, fiel ihm nichts anderes ein, was er mit seiner Zeit hätte anfangen können. Seine Gedanken hingegen jagten in ihrem endlosen Hamsterrad dahin: die verstümmelte Leiche von Frank Peterson, die Zeugen, die Videoaufnahmen, der DNA-Test, die Leute vor dem Gerichtsgebäude. Vor allem die. Aus irgendeinem Grund kam ihm ständig der herabhängende BH-Träger dieses Mädchens in den Sinn – ein hellgelbes Band, das auf und nieder hüpfte, während sie auf den Schultern ihres Freundes saß und die Fäuste ballte.

Beinahe hätte er die rasselnden Xylofontöne seines Handys nicht gehört. Er schaltete den Rasenmäher aus und nahm den Anruf entgegen, wie er so in seinen Turnschuhen dastand, die bloßen Fesseln ganz mit Grasteilchen bestäubt. »Anderson.«

»Hier Troy Ramage, Boss.«

Einer von den beiden Beamten, die Terry auf dem Baseballplatz verhaftet hatten. Das schien lange her zu sein. In einem anderen Leben, wie man so schön sagte.

»Was gibt's denn, Troy?«

»Ich bin mit Betsy Riggins im Krankenhaus.«

Ralph lächelte, was er in letzter Zeit so selten getan hatte, dass sich sein Gesicht fremdartig anfühlte. »Die bekommt wohl gerade das Baby.«

»Nein, noch nicht. Der Chef hat sie gebeten herzukommen, weil Sie beurlaubt sind und Jack Hoskins immer noch am Ocoma-See beim Angeln ist. Mich hat er mitgeschickt, um ihr Gesellschaft zu leisten.«

»Und was treibt ihr da?«

»Vor ein paar Stunden ist Fred Peterson mit dem Rettungswagen eingeliefert worden. Er wollte sich in seinem Garten erhängen, aber der Ast, um den er das Seil gebunden hat, ist runtergekracht. Seine Nachbarin, eine Mrs. Gibson, hat Mund-zu-Mund-Beatmung gemacht und ihn gerettet. Sie ist gerade hier, um zu sehen, wie es ihm geht, und der Chef will eine Aussage von ihr. Das entspricht wohl den Vorschriften, aber aus meiner Sicht ist die Sache klar. Der arme Kerl hatte weiß Gott genügend Gründe, Schluss zu machen.«

»Wie ist sein Zustand?«

»Die Ärzte sagen, dass nur noch eine minimale Gehirnfunktion vorhanden ist. Die Chancen, dass er sich je wieder erholt, stehen eins zu hundert. Detective Riggins hat gesagt, Sie wollen sicher Bescheid wissen.«

Einen Moment lang dachte Ralph, dass ihm die Schüssel Frühstücksflocken, die er gegessen hatte, wieder hochkäme, weshalb er sich von seinem Rasenmäher wegdrehte, um nicht daraufzukotzen.

»Mr. Anderson? Sind Sie noch da?«

Ralph schluckte einen säuerlichen Brei aus Milch und Puffreis hinunter. »Bin ich. Wo ist Betsy jetzt?«

»Im Zimmer von Peterson mit dieser Mrs. Gibson. Sie hat mich zum Anrufen rausgeschickt, weil man auf der Intensivstation kein Handy verwenden darf. Die Ärzte haben ihr für das Gespräch ein anderes Zimmer angeboten, aber Mrs. Gibson hat gesagt, sie will die Fragen da beantworten, wo Peterson ist. Fast so, als würde sie meinen, dass er sie hören kann. Ist eine nette alte Dame, aber sie hat furchtbare Rückenschmerzen, was man daran sieht, wie sie durch die Gegend kraucht. Warum sie das wohl alles auf sich nimmt? Wir sind doch hier nicht bei *The Good Doctor*, und irgendwelche Wunderheilungen sind auch nicht zu erwarten.«

Ralph konnte den Grund erraten. Wahrscheinlich hatte Mrs. Gibson immer mit Arlene Peterson Rezepte ausgetauscht und miterlebt, wie Ollie und Frankie aufwuchsen. Vielleicht hatte Fred Peterson ihr bei einem der Schneestürme, die gelegentlich über Flint City hereinbrachen, die Einfahrt frei geschaufelt. Nun war sie aus Kummer und aus Pietät da, wenn nicht gar aus einem Schuldgefühl heraus, weil sie Peterson nicht hatte abtreten lassen, anstatt ihn zu einem unbefristeten Aufenthalt in einem Krankenzimmer zu verdammen, wo Maschinen für ihn atmeten.

Das ganze Grauen der vergangenen acht Tage brach wie eine Welle über Ralph herein. Der Mörder hatte sich nicht damit zufriedengegeben, einen Jungen zu töten; er hatte die gesamte Familie Peterson ausgelöscht. Hatte Tabula rasa gemacht, wie man so schön sagte.

*Nicht »der Mörder«, es war nicht nötig, es so anonym auszudrücken. Terry. Der Mörder war Terry. Sonst kam niemand infrage.*

»Jedenfalls hat Detective Riggins gemeint, dass Sie das wissen wollen«, wiederholte Ramage. »Mensch, vielleicht hat das Ganze sogar was Gutes, und sie bekommt die Wehen, während sie hier ist. Dann muss ihr Mann sie nicht extra herbringen.«

»Sagen Sie ihr, sie soll nach Hause fahren«, sagte Ralph.

»Mach ich. Und … Ralph? Tut mir leid, wie es am Gericht gelaufen ist. Das war eine riesengroße Scheiße.«

»Das trifft es ziemlich genau«, sagte Ralph. »Danke für den Anruf.«

Er machte sich wieder an die Arbeit. Langsam ging er hinter seinem klapprigen alten Rasenmäher her (er sollte wirklich endlich mal zum Baumarkt fahren und einen neuen besorgen; da er jetzt so viel Zeit hatte, gab es keinen Vorwand mehr, das aufzuschieben) und war gerade am letzten Stück, als das Handy wieder seinen Xylofon-Boogie spielte. *Das wird Betsy sein,* dachte er, aber dem war nicht so, wenngleich auch dieser Anruf aus dem Krankenhaus kam.

»Wir haben immer noch nicht alle DNA-Tests bekommen, aber immerhin das Ergebnis von dem Ast, mit dem der Junge vergewaltigt wurde«, sagte Dr. Edward Bogan. »Das Blut und die Hautpartikel von der Hand des Täters, die er hinterlassen hat, als er … Sie wissen schon, als er den Ast umklammert hat, um …«

»Ist schon klar«, sagte Ralph. »Lassen Sie mich nicht so zappeln.«

»Kein Zappeln nötig, Detective. Die Proben von dem Ast stimmen mit dem Wangenabstrich überein, den Sie Maitland entnommen haben.«

»Gut, Dr. Bogan, vielen Dank. Sie müssen das jetzt aber an Chief Geller und an Lieutenant Sablo von der State Police weiterleiten. Ich bin beurlaubt und werde das wahrscheinlich den restlichen Sommer über sein.«

»Lächerlich.«

»So sind die Vorschriften. Ich weiß nicht, wen Geller damit beauftragen wird, mit Sablo zusammenzuarbeiten – Jack Hoskins ist in Urlaub, und Betsy Riggins bekommt jeden Moment ihr erstes Kind –, aber er wird schon jemand finden. Abgesehen davon ist der Fall jetzt, wo Maitland tot ist, eigentlich abgeschlossen. Wir räumen nur noch ein bisschen auf.«

»Was durchaus angeraten ist«, sagte Bogan. »Schließlich könnte Maitlands Frau auf die Idee kommen, ein Zivilverfahren anzustrengen. Und wenn deren Anwalt das Ergebnis von den DNA-Tests sieht, bringt er sie vielleicht davon ab. Meiner Ansicht nach wäre ein solches Verfahren ohnehin eine Schweinerei. Maitland hat den Jungen auf die grausamste Weise ermordet, die man sich vorstellen kann, und wenn seine Frau keine Ahnung davon hatte ... von seinen Neigungen, meine ich ... dann hat sie einfach nicht richtig aufgepasst. Bei sexuellen Sadisten gibt es immer Warnzeichen. Immer. Ich finde, Sie hätten einen Orden bekommen sollen, statt beurlaubt zu werden.«

»Danke für die warmen Worte.«

»Ich sage bloß meine Meinung. Weitere DNA-Abgleiche stehen noch aus. Viele sogar. Soll ich Sie informieren, wenn ich die Ergebnisse habe?«

»Gern.« Möglicherweise würde der Polizeichef entscheiden, Hoskins früher zurückzubeordern, aber der war selbst dann zu nichts nütze, wenn er nüchtern war, was inzwischen nicht mehr oft vorkam.

Ralph legte auf und mähte den letzten Rasenstreifen, bevor er den Mäher in die Garage schob. Während er das Gehäuse abwischte, fiel ihm eine andere Geschichte von Poe ein. In der wurde ein Mann in einem Weinkeller eingemauert. Gelesen hatte er sie zwar nicht, aber den Film gesehen.

*Um der Liebe Gottes willen, Montresor,* hatte der Eingemauerte geschrien, und der Mann, der die Lebendbestattung vornahm, hatte erwidert: *Ja, um der Liebe Gottes willen.*

In diesem Fall war es Terry Maitland, der eingemauert wurde, nur bestanden die Ziegel aus DNA, und er war bereits tot. Ja, es gab widersprüchliche Indizien, was beunruhigend war, aber DNA-Spuren lagen nur aus Flint City vor, nicht aus Cap City. Und es gab zwar die Fingerabdrücke auf dem Buch aus dem Kiosk, wohl wahr, aber Fingerabdrücke konnten gefälscht werden. Das war zwar nicht so einfach, wie es in Kriminalserien vorgeführt wurde, aber durchaus machbar.

*Was ist mit den Zeugen, Ralph? Mit den drei Lehrern, die Terry seit Jahren kannten?*

*Kümmre dich nicht um die. Denk an die DNA. Die ist ein stichhaltiger Beweis. Was Stichhaltigeres gibt es nicht.*

In dem Film nach der Geschichte von Poe war Montresor durch eine schwarze Katze verraten worden, die er versehentlich mit seinem Opfer eingemauert hatte. Ihr Jaulen hatte Besucher des Weinkellers auf sie aufmerksam gemacht. Wahrscheinlich war die Katze auch wieder ein Sinnbild, quasi die Stimme des Gewissens, das sich bei dem Mörder regte. Allerdings war eine Zigarre manchmal eben nur eine Zigarre, und eine Katze war nur eine Katze. Es gab keinen Grund, sich ständig an Terrys erlöschende Augen oder seine letzten Worte zu erinnern. Wie Samuels richtig bemerkt hatte, hatte in jenem Moment seine Frau neben ihm gekniet und seine Hand gehalten.

Ralph setzte sich auf seine Werkbank. Dafür, dass er nicht mehr getan hatte, als eine bescheidene Rasenfläche zu mähen, fühlte er sich ziemlich erschöpft. Die Bilder jener letzten Minuten, bevor die Schüsse gefallen waren, gingen ihm ständig im Kopf herum. Der Autoalarm. Die unschöne Grimasse der blonden Moderatorin, als sie ihr eigenes Blut gesehen hatte – wahrscheinlich nur eine kleine Wunde, aber gut für die Einschaltquote. Der Mann mit den Brandwunden im Gesicht und den tätowierten Händen. Der Junge mit der Hasenscharte. Die komplexen Muster aus Glimmer im Beton des Gehwegs, die in der Sonne funkelten. Der gelbe BH-Träger des Mädchens, der auf und nieder wippte. Vor allem der. Er schien auf irgendetwas hinzuweisen, aber manchmal war ein BH-Träger eben nur ein BH-Träger.

»Und ein Mensch kann nicht zur selben Zeit an zwei Orten sein«, murmelte er.

»Ralph? Führst du Selbstgespräche?«

Er fuhr zusammen und blickte auf. In der Tür stand Jeannie.

»Offenbar, sonst ist ja niemand hier.«

»Ich jetzt schon«, sagte sie. »Alles in Ordnung?«

»Eigentlich nicht«, sagte er und erzählte ihr von Fred Peterson. Sie sank sichtlich in sich zusammen.

»Mein Gott. Damit ist nichts mehr da von der Familie. Falls er sich nicht wieder erholt.«

»Von der ist ohnehin nichts mehr übrig, ob er sich erholt oder nicht.« Ralph stand auf. »Ich fahre später ins Büro, um mir diesen Papierfetzen anzuschauen. Von dem Take-away-Flyer.«

»Stell dich zuerst mal unter die Dusche. Du riechst nach Öl und Gras.«

Er lächelte und salutierte. »Jawohl, Sir!«

Sie stellte sich auf die Zehenspitzen und gab ihm einen Kuss auf die Wange. »Ralph? Du wirst die Sache überstehen. Ganz bestimmt. Glaub mir.«

## 8

Was es genau bedeutete, beurlaubt zu sein, wusste Ralph nicht so recht, da ihm das noch nie widerfahren war. Zum Beispiel wusste er nicht, ob er überhaupt in seiner Behörde aufkreuzen durfte. Deshalb wartete er bis zum Nachmittag, weil dann dort am wenigsten los war. Als er ankam, befand sich im großen Hauptraum niemand außer Stephanie Gould und Sandy McGill. Stephanie, noch in Zivil, füllte an einem der alten PCs, die der Stadtrat seit Langem zu ersetzen versprach, Berichtsformulare aus; Sandy saß am Disponententisch und las *People*. Das Büro von Chief Geller war leer.

»Ach, Detective!« Stephanie hob den Blick. »Was tun denn Sie hier? Ich hab gehört, Sie haben bezahlten Urlaub.«

»Ich will ja nicht einrosten.«

»Da könnte ich Ihnen helfen«, sagte sie und klopfte auf den Stapel Akten neben ihrem Computer.

»Vielleicht ein andermal.«

»Es tut mir leid, was passiert ist. Das finden alle von uns.«

»Danke.«

Er trat zum Disponententisch und bat Sandy um den Schlüssel zur Asservatenkammer, den sie ihm ohne jedes Zögern reichte. Sie blickte kaum von ihrer Zeitschrift auf. Neben der Tür zur Kammer hing an einem Haken ein Klemmbrett samt Kugelschreiber. Ralph überlegte, ob er auf den Eintrag verzichten sollte, notierte dann jedoch seinen Namen, das Datum und die Zeit: 15.30 Uhr. Eigentlich hatte er sowieso keine andere Wahl, da Gould und McGill ja wussten, dass er da war und wozu. Falls jemand später fragte, was er sich hatte anschauen wollen, dann würde er einfach die Wahrheit sagen. Schließlich war er nur beurlaubt, nicht suspendiert.

In der Kammer, kaum größer als ein begehbarer Kleiderschrank, war es heiß und stickig. Die Leuchtstoffröhren an der Decke flackerten. Wie die uralten PCs hätten sie dringend ausgetauscht werden müssen. Mit Geldern aus Washington sorgte die Stadt dafür, dass ihre Polizei mehr als üppig mit allen nötigen Waffen ausgestattet war. Wen kümmerte es, dass dabei die Infrastruktur den Bach runterging?

Wäre der Mord an Frank Peterson begangen worden, als Ralph seine Laufbahn bei der Polizei antrat, hätten hier vier Kartons mit Beweismitteln gestanden, vielleicht sogar ein halbes Dutzend. Das Computerzeitalter hatte da wahre Wunder bewirkt, was die Komprimierung anging. Nun gab es nur noch zwei Kartons, dazu den Werkzeugkasten aus dem Lieferwagen. Der enthielt das übliche Sortiment an Sechskantschlüsseln, Hämmern und Schraubenziehern. Auf keinem von den Werkzeugen hatte man Fingerabdrücke von Terry gefunden, auch nicht auf dem Kasten selbst. Ralph schloss daraus, dass der Werkzeugkasten von Anfang an im Lieferwagen gewesen war und dass Terry den Inhalt nicht untersucht hatte, nachdem er den Wagen gestohlen hatte.

Einer der Kartons war mit MAITLAND HAUS gekennzeichnet. Auf dem zweiten stand LIEFERWAGEN/SUBARU. Das war der, für den Ralph sich interessierte.

Nach kurzer Suche entdeckte er den Kunststoffbeutel mit dem Papierfetzen, an den er sich erinnert hatte. Er war blau und annähernd dreieckig. Oben stand in fetten, schwarzen Lettern **TOMMY AND TUP**. Was nach **TUP** kam, fehlte. In der oberen Ecke befand sich ein kleiner gezeichneter Pie, von dessen Kruste Dampf aufstieg. Daran hatte Ralph sich zwar nicht speziell erinnert, aber das musste der Grund dafür gewesen sein, weshalb er gemeint hatte, der Schnipsel stamme von einer Imbiss-Werbung. Was hatte Jeannie gesagt, als sie in der Nacht darüber gesprochen hatten? *Ich glaube, dass hinter jedem Gedanken, der mir bewusst ist, in meinem Kopf ein weiteres Dutzend Gedanken aufgereiht sind.* Wenn das zutraf, hätte Ralph eine Menge Geld dafür gegeben, den Gedanken zu erwischen, der hinter jenem gelben BH-Träger lauerte. Den gab es nämlich, da war er sich ziemlich sicher.

Ziemlich sicher war er sich auch, wie der Papierfetzen auf

dem Boden des Lieferwagens gelandet war. Jemand hatte bei allen Fahrzeugen in der Gegend, wo auch der Lieferwagen gestanden hatte, einen Werbezettel unter den Scheibenwischer geklemmt. Der Fahrer – entweder der Junge, der den Wagen zuerst gestohlen hatte, oder einer von den späteren Dieben – hatte den Zettel weggerissen, ohne den Wischer anzuheben, weshalb darunter dieser dreieckige Rest verblieben war. Den hatte der Dieb erst bemerkt, als er losgefahren war, und dann hatte er wohl durchs Fenster gegriffen, ihn herausgezogen und auf den Boden geworfen, anstatt ihn einfach wegflattern zu lassen. Vielleicht weil er zwar ein Dieb war, aber die Umwelt nicht zumüllen wollte. Vielleicht hatte er hinter sich auch einen Streifenwagen gesehen und keine Aufmerksamkeit erregen wollen. Möglicherweise hatte er sogar *versucht,* den Fetzen aus dem Fenster zu werfen, und ein Windstoß hatte das Ding wieder hereingeweht. Ralph hatte mit mehreren Autounfällen zu tun gehabt, unter anderem mit einem ziemlich schlimmen, wo das mit einem glimmenden Zigarettenstummel passiert war.

Er zog sein Notizbuch aus der Gesäßtasche – obwohl er beurlaubt war, steckte er es automatisch immer ein – und schrieb TOMMY AND TUP auf eine leere Seite. Dann stellte er den Karton mit der Aufschrift LIEFERWAGEN/ SUBARU auf das Regal, von dem er ihn genommen hatte, verließ die Asservatenkammer (nicht ohne den entsprechenden Zeitpunkt zu dokumentieren) und schloss die Tür wieder ab. Als er Sandy den Schlüssel zurückgab, hielt er ihr sein geöffnetes Notizbuch unter die Nase. Sie riss sich von den neuesten Abenteuern von Jennifer Aniston los, um einen Blick darauf zu werfen.

»Sagt Ihnen das etwas?«, fragte er.

»Nicht dass ich wüsste.«

Sie wandte sich wieder ihrer Zeitschrift zu. Ralph ging zu Officer Gould hinüber, die weiterhin damit beschäftigt war, analoge Informationen in eine Datenbank einzutragen, und leise vor sich hin fluchte, wenn sie eine falsche Taste traf, was öfter vorzukommen schien. Sie beäugte sein Notizbuch.

»*To tup* ist ein altmodischer britischer Ausdruck für *rammeln,* glaube ich – wird fachsprachlich auch bei Schafen verwendet –, aber was anderes fällt mir nicht ein. Ist es von Bedeutung?«

»Keine Ahnung. Wahrscheinlich nicht.«

»Googeln Sie es doch einfach!«

Während er darauf wartete, dass sein ebenfalls veralteter Computer hochfuhr, kam er auf die Idee, es zuerst bei der Datenbank zu versuchen, mit der er verheiratet war. Jeannie hob schon beim ersten Läuten ab und musste nicht einmal nachdenken, als er die Frage stellte. »Das könnte Tommy and Tuppence heißen. Das ist ein charmantes Detektivpaar, über das Agatha Christie geschrieben hat, wenn sie nicht gerade Hercule Poirot oder Miss Marple im Sinn hatte. Womöglich stößt du auf ein Lokal, das von einem aus England stammenden Paar geführt wird und Gerichte wie Bubble and Squeak anbietet.«

»Bubble und *was?*«

»Nicht so wichtig.«

»Wahrscheinlich ist es gar nicht von Bedeutung«, sagte er. Aber vielleicht war es das doch. Man jagte solchem Scheiß hinterher, um auf Nummer sicher zu gehen, so oder so; ohnehin bestand – Sherlock Holmes möge es verzeihen – die meiste detektivische Arbeit darin, irgendwelchem Scheiß hinterherzujagen.

»Neugierig bin ich trotzdem. Erzähl mir davon, wenn du nach Hause kommst. Ach, übrigens haben wir keinen Orangensaft mehr.«

»Ich fahre bei Gerald's vorbei«, sagte er und legte auf.

Er ging auf Google, tippte TOMMY AND TUPPENCE ein und fügte RESTAURANT hinzu. Die Dienstcomputer waren zwar alt, das WLAN dafür war neu und schnell. In wenigen Sekunden fand er, was er suchte: Ein als Pub und Café bezeichnetes Lokal mit dem Namen Tommy and Tuppence befand sich am Northwoods Boulevard in Dayton, Ohio.

Dayton. War da nicht was mit Dayton? War das nicht schon einmal in dieser traurigen Geschichte aufgetaucht? Falls ja, wo? Er lehnte sich zurück und schloss die Augen. Die Verbindung, die er mithilfe jenes gelben BH-Trägers herzustellen versuchte, entzog sich ihm, aber das andere fiel ihm jetzt ein. Um Dayton war es bei seinem letzten echten Gespräch mit Terry Maitland gegangen. Sie hatten über den Lieferwagen gesprochen, und Terry hatte gesagt, seit seiner Hochzeitsreise sei er nicht mehr in New York gewesen. In letzter Zeit habe er nur eine einzige Reise gemacht, und zwar nach Ohio. Genauer gesagt nach Dayton.

*Da hatten die Mädchen Frühjahrsferien. Ich wollte meinen Vater besuchen, und die beiden wollten mit.* Und als Ralph daraufhin gefragt hatte, ob Terrys Vater da lebe, hatte der geantwortet: *Falls man das, was er heute so tut, als leben bezeichnen kann.*

Er rief Sablo an. »Hallo, Yunel, ich bin's.«

»Tag, Ralph, wie geht's Ihnen so im Urlaub?«

»Ganz gut. Sie sollten mal meinen Rasen sehen. Ich habe gehört, dass Sie eine Belobigung bekommen, weil Sie den reizvollen Körper von dieser bescheuerten Reporterin beschützt haben.«

»So heißt es jedenfalls. Dafür, dass ich aus einer armen mexikanischen Bauernfamilie stamme, meint das Leben es offenbar gut mit mir.«

»Haben Sie mir nicht erzählt, Ihr Vater hätte das größte Autohaus von Amarillo besessen?«

»Möglicherweise habe ich das tatsächlich behauptet, aber wenn man sich zwischen Wahrheit und Legende entscheiden muss, nimmt man eben lieber die Legende. Diese Weisheit propagiert John Ford in *Der Mann, der Liberty Valance erschoss*. Was kann ich für Sie tun?«

»Hat Samuels Ihnen von dem Jungen erzählt, der als Erster den Lieferwagen gestohlen hat?«

»Hat er. Das ist 'ne tolle Geschichte. Der Junge heißt Merlin, wussten Sie das? Und er muss wirklich irgendwelche Zauberkräfte gehabt haben, dass er es bis in den Süden von Texas geschafft hat.«

»Könnten Sie sich in El Paso nach etwas erkundigen? Dort hat die Flucht von dem Jungen zwar geendet, aber ich weiß von Samuels, dass er den Lieferwagen schon in Ohio abgestellt hat. Ich will rausfinden, ob das irgendwo in der Nähe von einem Lokal namens Tommy and Tuppence war. Befindet sich in Dayton am Northwoods Boulevard.«

»Tja, das könnte ich versuchen.«

»Außerdem hat Samuels mir gesagt, dass dieser magische Merlin ziemlich lange unterwegs war. Könnten Sie wohl eruieren, *wann* er den Lieferwagen dort abgestellt hat? Ob das vielleicht im April war?«

»Das kann ich ebenfalls versuchen. Wollen Sie mir verraten, warum?«

»Terry Maitland war im April in Dayton. Um seinen Vater zu besuchen.«

»Tatsächlich?« Jetzt klang Sablo ausgesprochen interessiert. »Allein?«

»Mit seiner Familie«, sagte Ralph. »Und zwar mit dem Flugzeug.«

»Dann ist die Sache wohl gegessen.«

»Wahrscheinlich, aber sie übt trotzdem eine spezielle Faszination auf mein Bewusstsein aus.«

»Das müssen Sie mir erklären, Detective. Schließlich bin ich bloß der Sohn von armen mexikanischen Bauern.«

Ralph seufzte.

»Ich sehe mal, was ich herausfinden kann.«

»Danke, Yunel.«

Ralph legte gerade auf, als Chief Geller hereinkam. Er hatte eine Sporttasche dabei und sah frisch geduscht aus. Als Ralph grüßend die Hand hob, erntete er einen finsteren Blick. »Sie sollten sich hier eigentlich nicht aufhalten, Detective.«

Aha, damit war *die* Frage also beantwortet.

»Fahren Sie nach Hause. Mähen Sie den Rasen oder so.«

»Das habe ich schon getan«, sagte Ralph und erhob sich. »Als Nächstes wird der Keller entrümpelt.«

»Gut, dann fröhlich ans Werk.« An der Tür zu seinem Büro blieb Geller stehen. »Und, Ralph ... das Ganze tut mir leid. Sehr sogar.«

*Das höre ich ständig,* dachte Ralph, während er in die Nachmittagshitze hinaustrat.

# 9

Noch am selben Abend rief Yunel Sablo um Viertel nach neun zurück, als Jeannie gerade unter der Dusche stand. Ralph notierte sich alles. Viel war es nicht, aber dennoch interessant. Eine Stunde später ging er zu Bett und versank zum ersten Mal, seit Terry auf der Treppe zum Gericht erschossen worden war, in einen echten Schlaf. Am Freitagmorgen erwachte er um vier aus einem Traum, in dem die Halbwüchsige auf den Schultern ihres Freundes saß und die Fäuste in den Himmel reckte. Eher schlafend als wach, setzte er sich kerzengerade auf und merkte überhaupt nicht, dass er etwas rief, bis seine Frau verängstigt neben ihm hochfuhr und ihn bei den Schultern packte.

»Was ist? Ralph, was ist denn?«

»Nicht der Träger! Die *Farbe* von dem Träger!«

»Wovon redest du da?« Sie schüttelte ihn. »War es ein Traum, Liebling? Ein schlimmer Traum?«

*Ich glaube, dass hinter jedem Gedanken, der mir bewusst ist, in meinem Kopf ein weiteres Dutzend Gedanken aufgereiht sind.* Das hatte sie gesagt. Und das war es, was der Traum – der sich bereits auflöste, wie Träume das so an sich hatten – gewesen war. Ein solcher Gedanke.

»Ich hab's gehabt«, sagte er. »Im Traum habe ich es gehabt.«

»Was denn, Liebling? Geht es um Terry?«

»Um das Mädchen. Ihr BH-Träger war hellgelb. Aber das war noch nicht alles. Im Traum habe ich gewusst, was es war, aber jetzt …« Er schwang die Beine aus dem Bett. Dann saß er in den schlabberigen Boxershorts, die er zum Schlafen trug, da und umfasste mit den Händen seine Knie. »Jetzt ist es weg.«

»Es fällt dir schon wieder ein. Leg dich hin. Du hast mich ziemlich erschreckt.«

»Tut mir leid.« Ralph streckte sich wieder aus.

»Kannst du einschlafen?«

»Weiß nicht.«

»Was hat Lieutenant Sablo eigentlich gesagt, als er angerufen hat?«

»Habe ich dir das nicht erzählt?« Obwohl er wusste, dass er das nicht getan hatte.

»Nein, und ich wollte dich nicht stören. Du hattest deine Denkermiene aufgesetzt.«

»Ich sag's dir, wenn wir aufgestanden sind.«

»Da du mich jetzt schon derart aufgeschreckt hast, kannst du es auch gleich tun.«

»Es gibt nicht viel zu erzählen. Yunel hat den Jungen aufgespürt, und zwar durch den Beamten, der ihn einkassiert hat. Dem war der Kleine sympathisch, weshalb er sich dafür interessiert hat, was aus ihm geworden ist. Vorläufig ist der junge Mr. Cassidy unten in El Paso in der Obhut vom Jugendamt. Er muss vor dem Jugendgericht irgendeine Anhörung wegen all den Autodiebstählen über sich ergehen lassen, aber man hat noch keine Ahnung, wo das stattfinden soll. Höchstwahrscheinlich in Dutchess County im Staat New York, aber die Behörden dort sind offenbar nicht besonders scharf darauf, ihn in die Hände zu bekommen, und er ist nicht scharf darauf, wieder da zu landen. Das heißt, er befindet sich in einem juristischen Schwebezustand, und laut Yunel ist dem Jungen das ganz recht. Sein Stiefvater hat ihn ziemlich oft verprügelt, behauptet er. Während seine Mutter so getan hätte, als wär nichts. Wie das bei Missbrauchsfällen halt so oft läuft.«

»Der arme Kerl! Kein Wunder, dass er ausgerissen ist. Was wohl aus ihm werden wird?«

»Ach, irgendwann wird man ihn zurückschicken. Bekanntlich mahlen die Mühlen der Justiz langsam, aber trefflich fein. Entweder bekommt er gleich nur eine Bewährungsstrafe, oder man bezieht bei der Haftfestsetzung die Zeit ein, die er im Heim verbracht hat. Man wird die Polizei an seinem Wohnort über die häusliche Situation informieren, und irgendwann wird das Ganze wohl bestimmt wieder von vorne anfangen. Leute, die Kinder schlagen, mögen zwar manchmal eine Pause einlegen, hören aber nur selten für immer damit auf.«

Er verschränkte die Hände hinter dem Kopf und dachte an Terry, der keinerlei Warnzeichen für Gewalttätigkeit hatte erkennen lassen. Nicht einmal einen Schiedsrichter hatte er je angerempelt.

»Also, der Junge war tatsächlich in Dayton«, fuhr Ralph fort. »Und zu der Zeit wurde er allmählich nervös, was den Lieferwagen anging. Er ist auf einen öffentlichen Parkplatz gefahren, weil der kostenlos und unbewacht war und weil er ein Stück weiter einen McDonald's gesehen hat. Ob er am Tommy and Tuppence vorbeigekommen ist, weiß er nicht mehr, erinnert sich aber an einen jungen Typen in einem T-Shirt, auf dem hinten Tommy und noch irgendwas stand. Dieser Typ hatte einen Stapel blaue Flyer in der Hand, die er den am Bordstein parkenden Autos unter den Scheibenwischer geklemmt hat. Als er den Jungen – Merlin – gesehen hat, hat er ihm zwei Dollar angeboten, wenn er die Flyer alle an den Autos auf dem Parkplatz anbringt. Das hat der Junge abgelehnt und ist zum Mäckes marschiert, um sich was zu essen zu besorgen. Danach war der Typ mit den Flyern verschwunden, hatte die Dinger aber alle selbst verteilt. Weil der Junge ohnehin unruhig war, hat er das für ein schlechtes Omen gehalten, weiß Gott warum. Jedenfalls hat er beschlossen, dass es an der Zeit war, sich einen anderen fahrbaren Untersatz zu besorgen.«

»Wenn er nicht unruhig gewesen wäre, hätte man ihn wahrscheinlich schon viel früher geschnappt«, bemerkte Jeannie.

»Da hast du recht. Jedenfalls ist er über den Parkplatz geschlendert und hat sich nach Autos umgesehen, die nicht abgeschlossen waren. Er hat sich gewundert, wie viele von denen herumstanden, hat er zu Yunel gesagt.«

»Du wunderst dich wohl nicht darüber.«

Ralph grinste. »Die Leute sind eben unvorsichtig. Bei dem fünften Auto, das nicht abgeschlossen war, steckte hinter der Sonnenblende ein Ersatzschlüssel. Der Wagen war perfekt geeignet – ein schlichter, schwarzer Toyota, wie man ihn auf der Straße täglich zu Zehntausenden sieht. Bevor der kleine Merlin damit abgedampft ist, war er allerdings noch mal an dem Lieferwagen, um den Schlüssel in die Zündung zu stecken. Er hat gehofft, dass jemand anderes den Wagen klaut, hat er zu Yunel gesagt, und wörtlich: ›Ich wollte damit meine Spur verwischen.‹ Als wäre er ein in mehreren Staaten gesuchter Mörder statt ein kleiner Ausreißer, der nie auch nur vergessen hat, den Blinker zu setzen.«

»Das hat er tatsächlich gesagt?«, fragte Jeannie amüsiert.

»Hat er. Übrigens ist er noch wegen einer anderen Sache zurück zum Lieferwagen gegangen. Da lag nämlich ein Stapel zusammengefaltete Pappkartons drin, auf die er sich immer setzte, um hinter dem Lenkrad größer auszusehen.«

»Irgendwie gefällt mir der Kleine. Unserem Derek wäre so was nie eingefallen.«

*Wir haben ihm auch nie einen Grund dafür gegeben*, dachte Ralph.

»Weißt du, ob er den Flyer unter dem Scheibenwischer vom Lieferwagen gelassen hat?«

»Das hat Yunel ihn gefragt, und er hat gesagt, klar, wieso hätte er den auch wegnehmen sollen.«

»Den Flyer heruntergerissen hat also die Person, die den Wagen auf dem Parkplatz in Dayton gestohlen hat.«

»Muss wohl so sein. Und jetzt der Grund, wieso ich meine Denkermiene aufgesetzt hatte: Der Junge meinte, das wäre im April gewesen. Das muss zwar nicht genau stimmen, weil ich bezweifle, dass er sich groß um den Kalender gekümmert hat, aber auf jeden Fall hat er zu Yunel gesagt, dass es im Frühling war, weil die Bäume zwar schon Blätter gehabt hätten, es aber noch nicht richtig warm war. Also war es *wahrscheinlich* im April. Und das ist der Monat, in dem Terry in Dayton war, um seinen Vater zu besuchen.«

»Nur dass er mit seiner ganzen Familie dort war und dass sie geflogen sind.«

»Das ist mir klar. Es könnte also reiner Zufall sein. Nur ist genau dieser Lieferwagen schließlich hier in Flint City gelandet, und ich kann nur schwer glauben, dass mit demselben Fahrzeug gleich zwei Zufälle verbunden sind. Deshalb ist Yunel auf die Idee gekommen, dass Terry womöglich einen Komplizen hatte.«

»Einen, der ihm geähnelt hat wie ein Ei dem anderen?« Jeannie hob eine Augenbraue. »Einen Zwillingsbruder namens William Wilson vielleicht?«

»Ich weiß, das klingt lächerlich. Aber du siehst doch auch, wie merkwürdig das ist, oder? Terry ist in Dayton, der Lieferwagen ist in Dayton. Terry kommt heim nach Flint City, und der Lieferwagen taucht in Flint City auf. Dafür gibt es einen bestimmten Begriff, der mir allerdings nicht einfällt.«

»Meinst du vielleicht Koinzidenz?«

»Ich würde gern mit Marcy sprechen«, sagte er. »Sie zu der Reise befragen, die sie mit ihrer Familie nach Dayton gemacht hat. Zu allem, woran sie sich erinnert. Bloß wird sie sicher nicht bereit dazu sein, und ich habe keinerlei Möglichkeit, sie zu zwingen.«

»Aber du wirst es versuchen.«

»O ja, versuchen werde ich's auf jeden Fall.«

»Kannst du jetzt einschlafen?«

»Glaub schon. Ich liebe dich.«

»Ich dich auch.«

Er döste gerade ein, da sagte sie etwas in sein Ohr, eindringlich, ja fast schroff, so als wollte sie ihn mit irgendetwas überrumpeln. »Wenn es nicht der BH-Träger war, was war es dann?«

Einen Moment lang sah Ralph deutlich das Wort CANT vor sich. Allerdings waren die Buchstaben bläulich grün anstatt gelb. Da war etwas. Er griff danach, aber es entglitt ihm.

»Geht nicht«, sagte er.

»Klar geht es«, sagte Jeannie. »Wenn nicht jetzt, dann später. Ich kenn dich doch.«

Sie schliefen ein. Als Ralph wieder erwachte, war es acht Uhr, und alle Vögel sangen.

## 10

Um zehn waren Sarah und Grace an diesem Freitagmorgen bei *A Hard Day's Night* angekommen, und Marcy dachte, dass sie jetzt vielleicht doch bald wahnsinnig würde.

Die Mädchen hatten den Schallplattenspieler von Terry – günstig auf E-Bay geschossen, hatte er Marcy versichert – in der Garage entdeckt, wo er seine Werkstatt eingerichtet hatte, dazu seine sorgfältig zusammengetragene Sammlung von Beatles-Alben. Daraufhin hatten sie den Spieler und die Platten ins Zimmer von Grace geschafft und mit *Meet the Beatles* angefangen. »Wir hören uns die Platten alle an«, hatte Sarah ihrer Mutter erklärt. »Zur Erinnerung an Papa. Wenn das okay ist.«

Marcy hatte erwidert, das gehe absolut in Ordnung. Was hätte sie beim Anblick der beiden mit den rot geränderten Augen im bleichen, ernsten Gesicht schon groß sagen sollen? Allerdings war ihr nicht klar gewesen, wie sehr diese Lieder ihr zusetzen würden. Die Mädchen kannten natürlich alle; wenn Terry in der Garage war, hatte sich der Plattenspieler immer gedreht und seine Werkstatt mit der Musik der britischen Gruppen beschallt, die er nicht mehr hatte selbst erleben können (dazu war er zu spät geboren), aber trotzdem heiß und innig liebte: die Searchers, die Zombies, die Dave Clark Five, die Kinks, T. Rex und – natürlich – die Beatles. Vor allem die.

Die Mädchen liebten diese Bands und diese Songs, weil ihr Vater das getan hatte, aber für Marcy existierte ein ganzes Spektrum an Emotionen, das ihnen nicht bewusst war. Schließlich hatten sie »I Call Your Name« nie so gehört wie sie. Nämlich während sie mit Terry hinten im Wagen von seinem Vater schmuste und dabei die Lippen von Terry auf ihrem Hals und seine Hand unter ihrem Pulli spürte. Oder »Can't Buy Me Love«, während sie in der ersten gemeinsamen Wohnung auf dem Sofa Händchen hielten und sich auf einem ramponierten VHS-Spieler vom Flohmarkt *A Hard Day's Night* anschauten. Während Marcy sah, wie die Fab Four in Schwarz-Weiß Amok liefen, wusste sie, dass sie den jungen Mann neben sich heiraten würde, auch wenn der das noch nicht wusste. War John Lennon nicht schon tot gewesen, als sie sich das alte Video angeschaut hatten? Auf der Straße niedergeschossen, genau wie jetzt ihr Mann?

Schwer zu sagen, sie konnte sich nicht mehr recht erinnern. Sie wusste nur, dass sie und ihre Töchter die Beerdigung zwar mit Würde überstanden hatten, aber da die Zeremonie nun vorüber war, sah sie ihr restliches Leben als alleinerziehende Mutter (was für ein fürchterlicher Ausdruck) vor sich, und die fröhliche Musik trieb ihren Kummer auf die Spitze. Jede harmonisch gesungene Liedzeile, jeder clevere Riff von George Harrison waren eine frische Wunde. Zweimal war Marcy schon vom Küchentisch aufgestanden, auf dem eine immer kühler werdende Tasse Kaffee auf sie wartete. Zweimal war sie zur Treppe gegangen und hatte Luft geholt, um hochzurufen: *Schluss jetzt! Schaltet das Ding endlich aus!* Und zweimal war sie in die Küche zurückgekehrt. Die beiden da oben trauerten schließlich genauso wie sie.

Als Marcy diesmal aufstand, ging sie zur Geräteschublade und zog sie ganz auf. Sie war nicht sehr zuversichtlich, fand aber doch eine alte Packung Zigaretten. Marke Winston. Drei waren noch übrig. Nein, vier – eine hatte sich ganz hinten versteckt. Sie hatte nicht mehr geraucht, seit sie am fünften Geburtstag ihrer jüngeren Tochter einen Hustenanfall erlitten hatte, während sie den Teig für den Geburtstagskuchen rührte. Damals hatte sie sich gelobt, für immer aufzuhören. Aber anstatt die letzten paar Sargnägel da wegzuwerfen, hatte sie sie hinten in der Geräteschublade deponiert, als hätte ein dunkler, ahnungsvoller Teil von ihr gewusst, dass sie die Dinger irgendwann brauchen würde.

*Die sind jetzt fünf Jahre alt, da werden sie total fade schmecken. Wahrscheinlich muss ich husten, bis ich in Ohnmacht falle.*

Gut. Umso besser.

Gierig zog sie eine der Zigaretten aus der Packung. *Raucher hören nie auf, sie machen bloß eine Pause,* dachte sie. Sie ging zur Treppe und legte den Kopf schräg. Auf »And I Love

Her« war »Tell Me Why« (jene ewige Frage) gefolgt. Sie stellte sich vor, wie die Mädchen auf dem Bett von Grace saßen, ohne sich zu unterhalten. Wie sie nur zuhörten und sich vielleicht an der Hand hielten. Wie sie das Sakrament von Daddy empfingen, seine Alben, die er teils bei Turn Back the Hands of Time, dem Plattenladen in Cap City, gekauft hatte, teils im Internet. All diese Alben hatte er in den Händen gehalten, in denen er früher seine Töchter gehalten hatte.

Sie ging durchs Wohnzimmer zu dem kleinen, dickbäuchigen Ofen, den sie nur an wirklich kalten Winterabenden anheizten, und griff nach der Streichholzschachtel auf dem Regal daneben – ohne richtig hinzusehen, weil auf dem Regal außerdem eine Reihe Fotos stand, deren Anblick sie momentan nicht ertragen hätte. Vielleicht würde sich das in einem Monat ändern, vielleicht auch erst in einem Jahr. Wie lange brauchte man, bis man die erste, qualvollste Trauerphase überwunden hatte? Auf einem Gesundheitsportal hätte sie wahrscheinlich eine einigermaßen gültige Antwort gefunden, hatte aber Angst nachzuschauen.

Wenigstens waren nach der Beerdigung die Journalisten verschwunden, um schleunigst nach Cap City zurückzukehren und über den neuesten politischen Skandal zu berichten. Deshalb musste sie nicht riskieren, auf die Veranda hinten zu gehen, wo sie dabei erwischt werden könnte, wie sie wieder ihrem alten Laster frönte, wenn die Mädchen unvermutet aus dem Fenster schauten. Oder in die Garage, wo die beiden womöglich den Rauch rochen, wenn sie sich einen neuen Stapel LPs holten.

Sie öffnete die Haustür, und da stand Ralph Anderson vor ihr. Er hatte gerade die Faust zum Klopfen gehoben.

Das Entsetzen, mit dem sie ihn anstarrte – als wäre er eine Art Monster, etwa ein Zombie aus dieser Fernsehserie –, traf Ralph wie ein Stoß gegen die Brust. Er sah ihre zerzausten Haare, einen Fleck auf dem Aufschlag ihres Bademantels (der zu groß für sie war, vielleicht hatte er Terry gehört), die leicht verbogene Zigarette zwischen den Fingern. Und noch etwas. Sie war immer eine gut aussehende Frau gewesen, aber das ging bereits verloren. So etwas hätte er für unmöglich gehalten.

»Marcy ...«

»Nein. Nein, Sie haben hier nichts zu suchen. Sie müssen hier verschwinden.« Ihre Stimme war so leise und atemlos, als hätte ihr jemand einen Magenschlag versetzt.

»Ich muss mit Ihnen sprechen. Bitte lassen Sie mich mit Ihnen reden.«

»Sie haben meinen Mann umgebracht. Sonst gibt es nichts zu reden.«

Sie wollte die Tür wieder zuziehen, aber Ralph hielt sie mit einer Hand fest. »Ich habe ihn nicht umgebracht, wenn ich auch eine Rolle dabei gespielt habe, das stimmt. Wenn Sie so wollen, können Sie mich gerne als Komplizen bezeichnen. Ich hätte ihn nicht so festnehmen lassen sollen. Das war weiß Gott falsch, und zwar in mehr als einer Hinsicht. Ich hatte meine Gründe, aber das waren keine guten Gründe. Ich ...«

»Lassen Sie die Tür los. Sofort, sonst rufe ich die Polizei.«

»Marcy ...«

»*Nennen Sie mich nicht so.* Sie haben kein *Recht*, mich so zu nennen, nach allem, was Sie getan haben. Ich schreie mir bloß deshalb nicht die Seele aus dem Leib, weil meine

Töchter oben sind, wo sie sich die Schallplatten von ihrem toten Vater anhören.«

»Bitte.« Er überlegte, ob er sagen sollte: *Lassen Sie mich nicht betteln,* aber das wäre falsch gewesen, weil es nicht ausreichte. »Ich flehe Sie inständig an. Bitte sprechen Sie mit mir.«

Sie hob die Zigarette und stieß ein schrecklich tonloses Lachen aus. »Ich dachte, weil die kleinen Zecken jetzt fort sind, könnte ich vor meiner Haustür ungestört eine Zigarette rauchen. Aber sieh mal an, da ist die *große* Zecke, der König aller Zecken. Letzte Warnung, Sie Zecke, die meinen Mann auf dem Gewissen hat. *Hauen ... Sie ... ab, und zwar auf der Stelle!*«

»Was, wenn er es nicht getan hat?«

Ihre Augen weiteten sich, und der feste Griff an der Tür ließ vorübergehend nach.

»Was, wenn ...? Du lieber Himmel, er hat Ihnen doch *gesagt,* dass er es nicht getan hat! Das hat er Ihnen gesagt, als er im Sterben lag! Was wollen Sie denn noch, ein eigenhändig zugestelltes Telegramm vom Erzengel Gabriel?«

»Wenn er es nicht getan hat, ist der Täter noch auf freiem Fuß, und der hat nicht nur die Familie Peterson zerstört, sondern auch Ihre.«

Darüber schien sie kurz nachzudenken, dann sagte sie: »Oliver Peterson ist tot, weil Sie und dieses Arschloch Samuels einen Zirkus veranstalten wollten. Und getötet haben ihn bekanntlich *Sie,* nicht wahr, Detective Anderson? Sie haben ihm einen Kopfschuss verpasst. Treffsicher haben Sie den Mann ausgeschaltet. Entschuldigung, den *Jungen.*«

Sie schlug ihm die Tür vor der Nase zu. Ralph hob die Hand, um zu klopfen, überlegte es sich jedoch anders und wandte sich zum Gehen.

Marcy stand zitternd vor der Tür. Sie spürte, wie ihr die Knie weich wurden, und schaffte es gerade noch auf die kleine Bank, auf die man sich setzen konnte, um Stiefel oder verdreckte Schuhe auszuziehen. Oben sang der Beatle, der ermordet worden war, darüber, was er tun würde, wenn er nach Hause käme. Marcy betrachtete die Zigarette zwischen ihren Fingern, als wäre sie sich nicht sicher, wie die dort hingekommen war, dann brach sie sie entzwei und schob die Stücke in die Bademanteltasche (sie trug tatsächlich den von Terry). *Wenigstens hat er mich davon abgehalten, wieder mit dem Scheiß anzufangen,* dachte sie. *Vielleicht sollte ich ihm einen Dankesbrief schicken.*

Dass der Mann die Stirn hatte, vor ihrer Tür aufzutauchen, nachdem er an ihrer Familie die Brechstange angesetzt und gehebelt hatte, bis alles in Trümmern lag! Was für eine grausame, unverschämte Zumutung! Nur …

*Wenn er es nicht getan hat, ist der Täter noch auf freiem Fuß.*

Aber was sollte sie groß bewerkstelligen, wenn sie nicht einmal die Kraft hatte, ins Internet zu gehen, um herauszufinden, wie lange die erste Trauerphase üblicherweise dauerte? Und weshalb sollte sie *überhaupt* etwas tun? Wieso lag das in ihrer Verantwortung? Die Polizei hatte den Falschen verdächtigt und selbst dann hartnäckig daran festgehalten, nachdem sie Terrys Alibi überprüft und als felsenfest befunden hatte. Sollten diese Typen doch den Richtigen finden, wenn sie den Mumm dazu hatten. Marcys Aufgabe war es, den heutigen Tag zu überstehen, ohne verrückt zu werden, und sich dann – in einer Zukunft, die schwer vorstellbar war – zu überlegen, wie ihr Leben weitergehen solle. Sollte sie weiter hier wohnen bleiben, wenn die halbe Stadt glaubte, dass der junge Kerl, von dem ihr Mann ermordet worden war, das Werk Gottes getan hatte? Sollte sie ihre Töchter dazu verdammen, sich in die kannibalische Gesellschaft einzugliedern, die man als weiterführende Schule bezeichnete – und wo man schon dann lächerlich gemacht und ausgegrenzt wurde, wenn man die falschen Sneakers trug?

*Es war richtig von mir, Anderson wegzuschicken. Ich kann ihn einfach nicht in mein Haus lassen. Gut, ich habe die Aufrichtigkeit in seiner Stimme gehört – wenigstens glaube ich das –, aber wie darf ich ihn nach dem, was er getan hat, in unser Haus lassen?*

*Nur ist der Täter vielleicht ...*

»Hör auf«, flüsterte sie sich selbst zu. »Hör bloß auf, bitte hör auf!«

*... noch auf freiem Fuß.*

Und wenn der wieder zuschlug?

## 13

Die meisten besseren Bürger von Flint City meinten, Howard Gold stamme aus einer reichen oder zumindest wohlhabenden Familie. Obwohl er sich für seine turbulente Kindheit kein bisschen schämte, gab er sich keine Mühe, diese Leute von ihrem Irrtum zu befreien. In Wahrheit war er der Sohn eines Landarbeiters, Cowboys und gelegentlichen Rodeoreiters, der mit seiner Frau und seinen beiden Söhnen,

Howard und Edward, in einem Airstream-Trailer durch den Südwesten gezogen war. Howard hatte sich sein Studium am College selbst finanziert und anschließend dazu beigetragen, dass Eddie ebenfalls studieren konnte. Jetzt kümmerte er sich um seine betagten Eltern (Andrew Gold hatte nie auch nur einen Cent auf die Seite gelegt) und hatte trotzdem mehr als genug.

Howie war Rotarier und Mitglied im Rolling Hills Country Club. Wichtige Klienten lud er zum Abendessen in die besten Restaurants von Flint City ein (es gab zwei), und er unterstützte eine ganze Reihe an Vereinen, darunter den, der sich um die Sportanlagen auf dem Estelle-Barga-Freizeitgelände kümmerte. Er konnte sich die besten Weine leisten und ließ entsprechenden Klienten an Weihnachten prächtige Geschenkpackungen schicken. Wenn er jedoch allein in seinem Büro war wie an diesem Freitagmittag, aß er am liebsten das, was er als Junge auf der Fahrt von irgendeinem Kaff in Oklahoma zu irgendeinem Kaff in Nevada und zurück gegessen hatte. Im Radio war Clint Black gelaufen, und seine Mutter hatte ihm Heimunterricht erteilt, wenn er nicht gerade irgendwo zur Schule ging. Früher oder später würde seine Gallenblase wohl gegen seine einsamen, vor Fett triefenden Mahlzeiten protestieren, aber er war nun schon Anfang sechzig, ohne dass besagte Blase sich gemeldet hätte, dank guten Genen offenbar. Als das Telefon läutete, verzehrte er gerade ein Sandwich mit Spiegelei, anständig Mayo und Pommes, genau wie er sie mochte, knusprig-dunkel und mit Ketchup übergossen. An der Schreibtischkante wartete ein Stück Apfelkuchen, auf dem eine Portion Eis schmolz.

»Howard Gold. Mit wem spreche ich?«

»Hallo, Howie, ich bin's, Marcy. Heute Morgen war Ralph Anderson hier.«

Howie runzelte die Stirn. »Der ist zu euch nach Hause gekommen? Da hat er nichts zu suchen, immerhin ist er beurlaubt. Es wird eine Weile dauern, bis er wieder im Dienst ist, falls er nicht von sich aus kündigt. Soll ich den Polizeichef anrufen und darauf aufmerksam machen?«

»Nein. Ich hab ihm die Tür vor der Nase zugeschlagen.«

»Gut gemacht!«

»Es fühlt sich aber nicht gut an. Er hat etwas gesagt, was ich nicht aus dem Kopf bekomme. Howard, sag mir die Wahrheit. Meinst du, dass Terry diesen Jungen umgebracht hat?«

»Um Himmels willen, nein. Das habe ich dir doch gesagt. Es gibt zwar dahingehende Indizien, das wissen wir beide, aber es spricht zu viel dagegen. Er wäre freigesprochen worden. Aber abgesehen davon wäre er zu einer solchen Tat gar nicht fähig gewesen. Von dem, was er vor seinem Tod gesagt hat, ganz zu schweigen.«

»Die Leute werden denken, dass er das gesagt hat, um mich zu schonen. Wahrscheinlich glauben sie das jetzt schon.«

*Meine Liebe,* dachte Howie, *ich bin mir nicht mal sicher, ob er überhaupt wahrgenommen hat, dass du in seiner Nähe warst.*

»Ich glaube, dass er die Wahrheit gesagt hat«, sagte er.

»Das tue ich auch, und dann ist der Täter noch auf freiem Fuß, und nachdem er schon ein Kind umgebracht hat, wird er früher oder später das nächste umbringen.«

»Also *das* hat dir Anderson in den Kopf gesetzt«, sagte Howie und schob den Rest von seinem Sandwich weg. Er wollte es nicht mehr. »Das überrascht mich nicht. Jemand Schuldgefühle einzureden ist ein alter Polizeitrick, aber das war nicht richtig, dass Ralph ihn bei dir anbringen wollte. Er trägt zumindest einen Teil der Schuld. Auf jeden Fall hat er einen schweren Tadel verdient. Außerdem hast du gerade erst deinen Mann begraben, Herrgott noch mal!«

»Aber was er gesagt hat, stimmt.«

*Mag sein,* dachte Howie. *Bloß wirft das die Frage auf: Weshalb hat er es gerade zu* dir *gesagt?*

»Das ist noch nicht alles«, sagte sie. »Wenn der wahre Mörder nicht gefunden wird, müssen die Mädchen und ich die Stadt verlassen. Wenn es nur um mich ginge, könnte ich das Getuschel und Geschwätz ja vielleicht aushalten, aber es wäre nicht fair, das von den Mädchen zu verlangen. Wenn ich mir überlege, wo wir hinkönnen, fallen mir bloß Debra und Sam ein, meine Schwester und ihr Mann, und denen kann ich das nicht zumuten. Die haben selbst zwei Kinder, und sie haben nur ein kleines Haus. Außerdem würde das heißen, dass ich noch mal ganz von vorne anfangen muss, und dafür bin ich zu erschöpft. Ich fühle mich … Howie, ich fühle mich ganz gebrochen.«

»Das verstehe ich. Was kann ich für dich tun?«

»Ruf Anderson an. Sag ihm, er soll heute Abend zu mir kommen, dann kann er seine Fragen stellen. Aber ich will, dass du dabei bist. Du und dieser Ermittler, der für dich arbeitet. Wenn der Zeit hat und bereit ist zu kommen. Geht das?«

»Natürlich, wenn du das willst, und Alec Pelley wird bestimmt mitkommen. Aber ich will dich … tja, eigentlich nicht richtig warnen, aber zur Vorsicht mahnen. Sicher fühlt Ralph sich mies wegen dem, was geschehen ist, und wahrscheinlich hat er sich bei dir entschuldigt …«

»Er hat gesagt, er fleht mich an.«

Das war verblüffend, passte aber doch ganz gut zu Ralph.

»Er ist kein schlechter Mensch«, sagte Howie. »Er ist ein

guter Mensch, der einen schlimmen Fehler begangen hat. Aber, Marcy, er hat trotzdem ein begründetes Interesse daran, zu beweisen, dass der kleine Peterson sehr wohl von Terry getötet wurde. Wenn ihm das gelingt, ist seine Karriere wieder auf Kurs. Wenn man hingegen den wahren Mörder findet, ist Ralph als Beamter der Polizei von Flint City erledigt. Dann kann er sich in Cap City einen Job als Wachmann suchen, bei dem er gerade mal die Hälfte verdient. Von den Gerichtsverfahren, die man ihm anhängen könnte, ganz zu schweigen.«

»Das ist mir klar, aber ...«

»Ich bin noch nicht fertig. Die Fragen, die er dir stellen will, haben bestimmt mit Terry zu tun. Vielleicht ist es nur ein Schuss ins Blaue, aber eventuell glaubt er, etwas in der Hand zu haben, was Terry auf andere Weise mit dem Mord in Verbindung bringt. So, willst du jetzt immer noch, dass ich für dich ein Gespräch mit ihm vereinbare?«

Einen Moment lang herrschte Schweigen, dann sagte Marcy: »Jamie Mattingly ist meine beste Freundin hier in der Straße. Wie du weißt, hat sie die Mädchen bei sich aufgenommen, als Terry bei dem Spiel verhaftet wurde, aber jetzt nimmt sie nicht ab, wenn ich sie anrufe, und auf Facebook hat sie mich als Freundin entfernt. Meine beste Freundin ist offiziell nicht mehr mit mir befreundet.«

»Das gibt sich schon.«

»Ja, wenn der wahre Mörder geschnappt wird, wird sie auf Händen und Knien angekrochen kommen. Dann verzeihe ich ihr entweder, dass sie sich dem Druck von ihrem Mann gebeugt hat – der steckt nämlich dahinter, darauf kannst du Gift nehmen –, oder ich verzeihe ihr nicht. Aber das ist eine Entscheidung, die ich erst treffen kann, wenn die Lage sich zum Besseren gewendet hat. Falls es jemals dazu kommt. Womit ich sagen will, ja bitte, vereinbare das Gespräch. Du wirst ja dabei sein, um mich zu beschützen, und Mr. Pelley ebenfalls. Ich will wissen, weshalb Anderson die Chuzpe hatte, sich vor meiner Haustür blicken zu lassen.«

## 14

Es war gegen vier Uhr am selben Nachmittag. Über die ungeteerte Landstraße fünfzehn Meilen südlich von Flint City ratterte ein alter Dodge-Pick-up. Eine Staubfahne hinter sich herziehend, kam er an einer alten Windmühle mit zerbrochenen Flügeln vorüber, an einem verlassenen Ranchhaus mit dunklen Löchern, wo einst Fenster gewesen waren, an einem schon lange aufgegebenen Friedhof, der von den Einheimischen als Cowboy-Acker bezeichnet wurde, an einem Felsbrocken mit einer Aufschrift in verblassten Lettern: TRUMP MAKE AMERICA GREAT AGAIN TRUMP. Auf der Ladefläche rollten verzinkte Milchkannen herum und knallten an die Seiten. Am Lenkrad saß ein siebzehnjähriger Bursche namens Dougie Elfman, der beim Fahren immer wieder auf sein Handy blickte. Als er den Highway 79 erreichte, hatte er zwei Balken und meinte, das müsse wohl ausreichen. Er hielt an der Kreuzung, stieg aus und sah in die Richtung, aus der er gekommen war. Nichts. Natürlich war da nichts. Trotzdem war er erleichtert. Er rief seinen Vater an, der auch schon beim zweiten Läuten abhob.

»Waren die Kannen da in der Scheune?«, fragte Clark Elfman.

»Jep«, sagte Dougie. »Ich hab zwei Dutzend mitgenommen, aber die müssen erst mal ausgewaschen werden. Riechen noch nach saurer Milch.«

»Was is mit dem Sattelzeug?«

»Alles futsch, Daddy.«

»Tja, das is nich die beste Nachricht von der Woche, aber ich hab's nich anders erwartet. Wieso rufste eigentlich an, Junge? Und wo biste? Hörst dich an, als wärste irgendwo am Arsch der Welt.«

»Ich bin an der 79. Hör mal, Daddy, da hinten hatte sich wer eingenistet.«

»Was? Meinste etwa Hobos oder Hippies?«

»Nee, solche nich. Es liegt überhaupt kein Müll rum, keine Bierdosen, keine Plastikhüllen oder Schnapsflaschen, und man sieht nich, dass da jemand irgendwo hingeschissen hat, außer er is 'n ganzes Stück bis zum Gebüsch marschiert. Von 'nem Lagerfeuer is auch nichts zu sehen.«

»Gott sei Dank, so trocken, wie's in letzter Zeit gewesen is«, sagte Clark Elfman. »Aber was haste dann gefunden? Wobei, eigentlich is es ja schnuppe, schließlich is nichts mehr zum Klauen da, und die Bruchbude is halb verfallen und keinen Cent mehr wert.«

Dougie spähte immer noch dorthin, von wo er gekommen war. Die Straße schien leer zu sein, aber es wäre ihm lieber gewesen, wenn sich der Staub schneller gelegt hätte.

»Ich hab 'ne Bluejeans gefunden, die neu ausgesehen hat, und auch 'ne neue Unterhose. Eine von Jockey. Außerdem teure Turnschuhe, die Sorte mit Gel drin. Die waren auch neu. Bloß waren auf allem irgendwelche Flecken drauf, auch auf dem Heu, in dem der Kram gelegen hat.«

»Blut?«

»Nee, Blut war das nich. Das Heu is davon nämlich schwarz geworden.«

»Öl? Motoröl? Was in der Richtung?«

»Nee, nich das Zeug selbst war schwarz, bloß das Heu, auf dem's gelandet is. Hab keine Ahnung, was es war.«

Aber er wusste, wonach diese steifen Flecken auf der Jeans und der Unterhose ausgesehen hatten; schließlich onanierte er täglich drei- bis viermal, seit er vierzehn war. Zum Abschießen verwendete er ein altes Handtuch, das er am Wasserhahn im Garten auswusch, wenn die Eltern weg waren. Manchmal vergaß er das jedoch, und dann wurde das Handtuch ziemlich verkrustet.

Allerdings war da eine Menge von dem Zeug gewesen, eine *Riesenmenge,* und wer würde wohl auf ein Paar nagelneue Adidas-Treter wichsen, ein topaktuelles Modell, das mindestens hundertvierzig Dollar kostete, selbst bei Wally World? Unter anderen Umständen hätte Dougie überlegt, die Dinger für sich selbst mitzunehmen, aber nicht mit dem komischen Zeug darauf und auch nicht, weil ihm noch etwas anderes aufgefallen war.

»Na, lass gut sein und komm heim«, sagte sein Vater. »Immerhin haste ja die Kannen.«

»Wart, Daddy, du musst die Polizei da hinschicken. In den Jeans hat ein Gürtel gesteckt, und der hat 'ne silbrige Schnalle, die wie 'n Pferdekopf aussieht.«

»Tja, mir sagt das nichts, Junge, aber dir offenbar schon.«

»In den Nachrichten haben sie gesagt, dass Terry Maitland 'nen Gürtel mit so 'ner Schnalle getragen hat, als ihn wer am Bahnhof von Dubrow gesehen hat. Nachdem er den Jungen abgemurkst hat.«

»Echt jetzt?«

»Ja, Daddy.«

»Ach du Scheiße. Du wartest jetzt an der Kreuzung, bis ich mich wieder melde, aber ich schätze mal, dass die Cops anrücken wollen. Ich komme auch.«

»Sag denen, ich warte bei Biddle's auf die.«

»Biddle's ... Dougie, der Laden is fünf Meilen Richtung Flint!«

»Ich weiß. Aber hier will ich nich bleiben.« Inzwischen hatte der Staub sich zwar gelegt, und es war weiterhin nichts zu sehen, aber ihm war trotzdem flau im Magen. Seit er mit seinem Vater telefonierte, war auf der Hauptstraße kein einziges Fahrzeug vorübergekommen, und er wollte irgendwo sein, wo andere Menschen waren.

»Was is denn los, Junge?«

»Als ich in der Scheune war, wo ich die Klamotten gefunden hab – die Kannen hab ich da schon aufgeladen gehabt und wollte bloß noch nach dem Sattelzeug suchen, von dem du mir erzählt hast –, hab ich 'n total komisches Gefühl gekriegt. Wie wenn mich wer beobachtet.«

»Dir is bloß mulmig geworden. Der Kerl, der den Jungen umgebracht hat, is bekanntlich mausetot.«

»Weiß schon, aber sag den Cops trotzdem, dass ich bei Biddle's auf sie warte, um sie hinzubringen. Hier bleibe ich bestimmt nich länger.« Er legte auf, bevor sein Vater mit ihm streiten konnte.

Das Gespräch mit Marcy war für acht Uhr abends bei ihr zu Hause vereinbart. Als Ralph darüber von Howie Gold informiert wurde, erfuhr er, dass auch Alec Pelley teilnahm. Daraufhin hatte er gefragt, ob er Yunel Sablo mitbringen könne, falls der Zeit habe.

»Unter keinen Umständen«, hatte Gold erwidert. »Wenn Sie Lieutenant Sablo oder sonst wen mitbringen, und sei es Ihre charmante Frau, ist die Sache sofort gelaufen.«

Ralph hatte sich einverstanden erklärt, es blieb ihm ja nichts anderes übrig. Eine Weile kramte er im Keller herum, wobei er hauptsächlich Kisten von einer Seite zur anderen und wieder zurück schleppte. Dann stocherte er in seinem Abendessen herum. Da noch über zwei Stunden Zeit waren, schob er den Stuhl zurück und stand auf. »Ich fahre ins Krankenhaus und besuche Fred Peterson.«

»Warum das denn?«

»Ich habe einfach das Gefühl, dass ich das tun sollte.«

»Wenn du willst, komme ich mit.«

Ralph schüttelte den Kopf. »Von da aus fahre ich dann direkt zum Barnum Court.«

»Du mutest dir zu viel zu. Wenn du so weitermachst, hängt dir bald die Zunge raus, hätte meine Oma gesagt.«

»Ach, ist doch alles halb so schlimm.«

Ihr Lächeln besagte, dass sie es besser wusste. Sie stellte sich auf die Zehenspitzen, um ihm einen Kuss zu geben. »Ruf mich an. Egal wie's läuft, ruf an.«

Er grinste. »Wozu? Ich komme einfach her und erzähle es dir persönlich.«

Als Ralph im Krankenhaus den Empfangsraum betrat, begegnete er seinem verschollenen Kollegen, der gerade auf dem Weg hinaus war. Jack Hoskins war ein schmächtiger, früh ergrauter Mann mit Tränensäcken unter den Augen und einer rot geäderten Trinkernase. Er trug noch seine Angelklamotten – Khakihemd und Khakihose, beides mit vielen Taschen –, hatte am Gürtel jedoch seine Dienstmarke befestigt.

»Was tust du denn hier, Jack? Ich dachte, du bist im Urlaub?«

»Man hat mich drei Tage früher als geplant zurückbeordert«, sagte Hoskins. »Bin vor knapp einer Stunde angekommen. Kescher, Gummistiefel, Ruten und Angelkasten, liegt alles noch im Pick-up. Der Chef meint, er braucht wenigstens einen Detective, der aktiv im Dienst ist. Betsy Riggins ist oben auf Station fünf und kriegt gerade ihr Baby. Die Wehen haben irgendwann heute Nachmittag eingesetzt. Ich habe mit ihrem Mann gesprochen. Der denkt doch tatsächlich, dass es noch 'ne ganze Weile dauert. Als ob der irgendeine Ahnung hätte. Und was dich angeht ...« Er legte eine dramatische Pause ein. »Du sitzt ganz schön in der Tinte, Ralph.«

Jack Hoskins versuchte gar nicht erst, seine Genugtuung zu verbergen. Vor einem Jahr hatte man Betsy Riggins und Ralph gebeten, ein routinemäßiges Beurteilungsformular über die Leistung von Jack auszufüllen, bei dem eine Gehaltserhöhung anstand. Betsy, die am wenigsten Dienstjahre auf dem Buckel hatte, hatte lauter Nettigkeiten geschrieben. Als Ralph dem Polizeichef sein Formular überreichte, standen in der vorgesehenen Rubrik lediglich zwei Wörter: *Keine*

*Meinung*. Was doch eine Meinung war, obwohl es die Gehaltserhöhung nicht verhindert hatte. Eigentlich hätte Hoskins die Beurteilungen nicht sehen sollen, und vielleicht hatte er das auch nicht, aber auf jeden Fall hatte man ihm gesteckt, was in Ralphs Beurteilung stand.

»Hast du bei Frank Peterson reingeschaut?«

»Habe ich tatsächlich.« Jack schob die Unterlippe vor, um sich eine dünne Haarsträhne aus der Stirn zu pusten. »In seinem Zimmer stehen haufenweise Monitore, und die zeigen alle nichts Gutes an. Ich glaube nicht, dass der noch mal zurückkommt.«

»Tja, jedenfalls willkommen daheim.«

»Scheiß drauf, Ralph, ich hatte noch drei Tage Urlaub, die Barsche haben prächtig angebissen, und ich hatte nicht mal die Chance, mein Hemd zu wechseln, das nach Fischeingeweiden stinkt. Mich hat nämlich nicht nur der Chief angerufen, sondern auch Sheriff Doolin. Ich muss raus nach Canning, in dieses staubige Kaff. Soweit ich weiß, ist dein Kumpel Sablo schon dort. Wahrscheinlich komme ich erst um zehn oder elf nach Hause.«

*Gib bloß nicht mir die Schuld,* hätte Ralph sagen können, aber wem hätte dieser meist nutzlose Sesselfurzer sonst die Schuld geben sollen? Betsy, weil sie im November schwanger geworden war? »Was gibt es denn in Canning?«

»Jeans, Unterhosen und Sneakers. Ein junger Kerl hat das Zeug in 'nem Schuppen oder 'ner Scheune entdeckt, als er für seinen Vater Milchkannen geholt hat. Ein Gürtel mit 'nem Pferdekopf als Schnalle soll auch da liegen. Natürlich wird die Spurensicherung schon vor Ort sein, womit ich in etwa so nützlich bin wie ein Kropf, aber der Chef ...«

»Bestimmt sind Fingerabdrücke auf der Schnalle«, unterbrach ihn Ralph. »Und außerdem findet man womöglich

Reifenspuren von dem Lieferwagen oder dem Subaru. Oder von beiden.«

»Erklär 'nem alten Hasen wie mir bloß nicht, wie er seine Arbeit machen soll«, sagte Jack. »Ich war schon Detective, da bist du noch Streife gefahren!« Zwischen den Zeilen sollte das wohl heißen: *Und ich werde den Job noch machen, wenn du als Wachmann im Baumarkt arbeitest.*

Jack schritt davon, worüber Ralph froh war. Liebend gern wäre er selbst nach Canning gefahren; am jetzigen Punkt konnten neue Beweismittel ausgesprochen wertvoll sein. Nur gut, dass Sablo bereits an Ort und Stelle war und die Leute von der Spurensicherung beaufsichtigte. Die würden mit ihrer Arbeit weitgehend fertig sein, bevor Jack ankam und womöglich wie bei den letzten zwei Fällen, über die Ralph Bescheid wusste, irgendetwas verbockte.

Als Erstes suchte er den Warteraum der Entbindungsstation auf, doch da waren alle Stühle leer, weshalb die Geburt wohl tatsächlich schneller vor sich ging, als Billy Riggins, ein nervöser Neuling in solchen Dingen, vermutet hatte. Ralph knöpfte sich eine Krankenschwester vor und bat sie, Betsy seine guten Wünsche auszurichten.

»Mache ich gern, wenn sich's ergibt«, sagte die Schwester. »Momentan ist sie nämlich ziemlich beschäftigt. Der kleine Mann will dringend raus.«

Vor Ralph tauchte kurz das Bild der blutigen, geschändeten Leiche von Frank Peterson auf. *Wenn der kleine Mann wüsste, wie es auf dieser Welt so zugeht,* dachte er, *würde er wohl alles tun, um drinzubleiben.*

Er fuhr mit dem Aufzug zwei Stockwerke tiefer, wo sich die Intensivstation befand. Das letzte Mitglied der Familie Peterson lag in Zimmer 304. Sein Hals war dick bandagiert und steckte in einer Manschette. Das Beatmungsgerät gab ein pfeifendes Geräusch von sich, während die kleine Zieh-harmonika darin sich auf und ab bewegte. Die Anzeigen auf den Monitoren rund um das Bett zeigten, wie Jack Hoskins richtig bemerkt hatte, nichts Gutes an. Ein Blumenstrauß war nicht vorhanden (auf der Intensivstation war so etwas wohl nicht erlaubt), aber ans Fußende vom Bett hatte man zwei Folienballons gebunden, die knapp unter der Decke schwebten. Sie waren mit ermunternden Sprüchen bedruckt, die Ralph lieber nicht studierte. Er lauschte dem Pfeifen der Maschine, die anstelle von Fred Peterson atmete; er starrte auf die Monitore und dachte daran, was Jack Hoskins gesagt hatte: *Ich glaube nicht, dass der noch mal zurückkommt.*

Als er sich ans Bett setzte, stieg eine Erinnerung aus seiner Highschoolzeit in ihm auf, als das, was man heute Welt- und Umweltkunde nannte, noch schlicht Erdkunde hieß. Beim Thema Umweltverschmutzung hatte Mr. Greer eine Flasche Quellwasser Marke Poland Spring präsentiert und damit ein Glas gefüllt. Dann hatte er eine Schülerin – Misty Trenton, die mit den herrlich kurzen Röcken – nach vorn gebeten und aufgefordert, einen Schluck daraus zu nehmen. Das hatte sie getan. Anschließend tauchte Mr. Greer eine Pipette in ein Fläschchen Tinte und ließ einen Tropfen in das Glas fallen. Fasziniert beobachteten die Schüler, wie der einzelne Tropfen indigoblaue Schlieren hinter sich herzog, während er herabsank. Mr. Greer schwenkte das Glas behutsam hin und her, bis bald das ganze Wasser im Glas leicht blau gefärbt war. *Würden Sie das jetzt noch trinken,* hatte er Misty gefragt. Die hatte so heftig den Kopf geschüttelt, dass sich einer von ihren Haarclips löste, worauf alle, auch Ralph, gelacht hatten. Jetzt lachte er nicht.

Noch vor weniger als zwei Wochen war es den Petersons bestens gegangen. Dann war der verunreinigende Tropfen

Tinte gekommen. Man konnte es auf die Kette am Fahrrad von Frankie schieben; wenn die nicht zerrissen wäre, hätte er es nämlich unversehrt nach Hause geschafft. Allerdings hätte er das auch geschafft, wenn Terry Maitland nicht auf dem Parkplatz vom Supermarkt gewesen wäre, nur dass er sein Rad dann geschoben hätte, anstatt darauf zu fahren. Also war *Terry* der Tropfen Tinte, nicht die Fahrradkette. Terry war es, der die gesamte Familie Peterson erst verunreinigt und dann vernichtet hatte. Terry oder wer immer sein Gesicht getragen hatte.

*Wenn man das Sinnbildliche weglässt, dann bleibt das Unerklärliche übrig,* hatte Jeannie gesagt. *Das Übernatürliche.*

Allerdings war das nicht möglich. In Büchern und Filmen mochte das Übernatürliche existieren, in der realen Welt tat es das nicht.

Nein, nicht in der realen Welt, wo unfähige Säufer wie Jack Hoskins eine Gehaltserhöhung erhielten. Alles, was Ralph in seinen bald fünfzig Lebensjahren erlebt hatte, sträubte sich gegen diese Vorstellung. Sträubte sich selbst gegen die bloße Möglichkeit, so etwas könne existieren. Während er so dasaß und Fred Peterson betrachtete (beziehungsweise das, was von dem übrig war), musste er jedoch zugeben, dass etwas teuflisch daran war, wie der Tod des Jungen um sich gegriffen und nicht nur ein oder zwei Mitglieder der Familie geraubt hatte, sondern alle. Zudem hatte der Schaden nicht mit den Petersons aufgehört. Es bestand kein Zweifel, dass Marcy und ihre Töchter ihr ganzes Leben lang Narben davontragen würden, vielleicht sogar bleibende Handicaps.

Freilich konnte Ralph sich einreden, dass ein solcher Kollateralschaden auf jede Gräueltat folgte – hatte er das nicht immer wieder erlebt? Ja, das hatte er. Dennoch kam ihm das, was sich jetzt abgespielt hatte, irgendwie sehr persönlich vor.

Beinahe so, als wären diese Menschen bewusst anvisiert worden. Und was war mit ihm selbst? Gehörte er nicht auch zu den Kollateralschäden? Und Jeannie? Ja selbst Derek, denn wenn der vom Sommerlager nach Hause kam, würde er feststellen, dass vieles, was er für selbstverständlich gehalten hatte – zum Beispiel der Job seines Vaters –, jetzt auf dem Spiel stand.

Das Beatmungsgerät pfiff; die Brust von Fred Peterson hob und senkte sich. Ab und zu gab er ein dumpfes Geräusch von sich, das sich merkwürdigerweise wie ein Glucksen anhörte. Als wäre alles ein kosmischer Scherz, den zu kapieren man im Koma liegen müsse.

Ralph hielt es nicht länger aus. Er verließ das Zimmer, und als er sich dem Aufzug näherte, rannte er fast schon.

## 17

Im Freien angekommen, setzte Ralph sich im Schatten auf eine Bank und rief bei seiner Dienststelle an. Es meldete sich Sandy McGill, und als er fragte, ob sie etwas aus Canning gehört habe, entstand eine Pause. Als sie endlich antwortete, klang sie verlegen. »Darüber soll ich nicht mit Ihnen sprechen, Ralph. Das hat der Chef extra angeordnet. Tut mir leid.«

»Ist schon in Ordnung«, sagte Ralph, erhob sich und trat in die Sonne. Sein Schatten fiel lang auf den Boden, der Schatten eines Gehängten, wobei er natürlich wieder an Fred Peterson denken musste. »Befehl ist Befehl.«

»Danke für Ihr Verständnis. Jack Hoskins ist wieder da und fährt jetzt raus nach Canning.«

»Na dann.« Er beendete das Gespräch, und während er zum Parkplatz ging, sagte er sich, dass es keine Rolle spielte; Yunel würde ihn schon auf dem Laufenden halten.

Wahrscheinlich.

Er schloss seinen Wagen auf, stieg ein und drehte die Klimaanlage hoch. Viertel nach sieben. Zu spät, noch nach Hause zu fahren, zu früh, schon zu den Maitlands aufzubrechen. Womit ihm nur übrig blieb, ziellos durch die Stadt zu gondeln wie ein nur mit sich selbst beschäftigter Teenager. Und nachzudenken. Darüber, dass Willow Rainwater von Terry mit *Ma'am* angesprochen worden war. Darüber, dass Terry sich nach dem Weg zur nächsten Notfallpraxis erkundigt hatte, obwohl er sein Leben lang in Flint City gewesen war. Darüber, dass Terry sich ein Zimmer mit Billy Quade geteilt hatte, was äußerst zweckmäßig war. Darüber, dass Terry aufgestanden war, um Harlan Coben seine Frage zu stellen, was noch zweckmäßiger war. Über jenen Tropfen Tinte, der ein Glas Wasser blassblau gefärbt hatte, über Fußspuren, die einfach aufhörten, über Maden, die in einer äußerlich makellos wirkenden Zuckermelone herumwuselten. Darüber, dass man dann, wenn man eine übernatürliche Erklärung tatsächlich in Betracht zog, sich nicht mehr für vollständig *zurechnungsfähig* halten konnte, und über die eigene Zurechnungsfähigkeit nachzudenken war gar nicht gut. Es war wie das Nachdenken über den eigenen Herzschlag; wenn man damit anfing, war mit dem Herzen womöglich schon etwas nicht in Ordnung.

Er schaltete das Autoradio ein und suchte nach lauter Musik. Schließlich fand er die Animals, die gerade »Boom

Boom« zum Besten gaben. So ließ er sich durch die Gegend treiben und wartete, dass es an der Zeit war, zum Haus der Maitlands am Barnum Court zu fahren. Schließlich war es so weit.

## 18

Als er klopfte, öffnete ihm Alec Pelley, der ihn dann durchs Wohnzimmer in die Küche führte. Aus dem Obergeschoss hörte er seltsamerweise wieder die Animals, diesmal mit ihrem größten Hit. *It's been the ruin of many a poor boy,* heulte Eric Burdon. *And God, I know, I'm one.*

*Koinzidenz,* dachte Ralph. So hatte Jeannie das bezeichnet.

Marcy und Howie Gold saßen am Küchentisch. Sie tranken Kaffee. Dort, wo Alec wohl zuvor gesessen hatte, stand auch eine Tasse, aber niemand bot Ralph eine an. *Ich bin ins Lager meiner Feinde gekommen,* dachte er und setzte sich.

»Danke, dass Sie mich empfangen.«

Marcy erwiderte nichts, sondern hob nur mit einer nicht ganz ruhigen Hand ihre Tasse.

»Was hier gerade stattfindet, ist schmerzhaft für meine Klientin«, sagte Howie. »Also bringen wir es schnell hinter uns. Sie haben Marcy gesagt, dass Sie mit ihr sprechen wollen ...«

»*Müssen*«, unterbrach ihn Marcy. »Er hat gesagt, er *muss* mit mir sprechen.«

»Interessant. Also, worüber müssen Sie mit ihr sprechen, Detective Anderson? Wenn es sich um eine Entschuldigung handeln sollte, können Sie die gerne vorbringen, aber seien Sie sich im Klaren darüber, dass wir uns alle juristischen Optionen offenhalten.«

Trotz allem war Ralph noch nicht ganz bereit, sich zu entschuldigen. Keiner von den dreien da hatte den blutigen Ast im Gesäß von Frank Peterson gesehen, er hingegen schon.

»Es sind neue Einzelheiten ans Licht gekommen«, sagte er. »Unter Umständen sind sie nicht maßgeblich, aber sie weisen auf etwas hin, wenngleich ich nicht genau weiß, auf was. Meine Frau hat von Koinzidenz gesprochen.«

»Könnten Sie sich da ein bisschen konkreter ausdrücken?«, sagte Howie.

»Es hat sich herausgestellt, dass der Lieferwagen, mit dem der kleine Peterson entführt wurde, zuerst von einem Jungen gestohlen wurde, der kaum älter ist als Frank Peterson. Ein gewisser Merlin Cassidy. Er ist vor seinem gewalttätigen Stiefvater geflüchtet. Auf seiner Reise vom Staat New York bis in den Süden von Texas, wo er schließlich verhaftet wurde, hat er sich mehrere Fahrzeuge angeeignet. Den Lieferwagen hat er im April in Dayton in Ohio abgestellt. Marcy – Mrs. Maitland –, Sie waren mit Ihrer Familie im April in Dayton.«

Marcy hatte ihre Tasse zum Mund geführt, stellte sie nun aber mit einem Knall wieder ab. »O nein. Das werden Sie Terry nicht in die Schuhe schieben. Wir sind mit dem Flugzeug geflogen, und wenn Terry nicht gerade seinen Vater besucht hat, waren wir die ganze Zeit zusammen. Basta. Ich glaube, Sie sollten jetzt lieber wieder gehen.«

»Moment«, sagte Ralph. »Dass es ein Familienausflug war und dass Sie geflogen sind, wissen wir praktisch schon, seit Terry unter Verdacht geraten ist. Es ist bloß so … Sehen Sie nicht, wie seltsam das ist? Der Lieferwagen ist in Dayton, als

Sie und Ihre Familie in Dayton sind, und später taucht er hier auf. Terry hat mir gesagt, er hätte ihn nie zuvor gesehen, geschweige denn gestohlen. Das würde ich gerne glauben. Wir haben in dem Ding zwar überall seine Fingerabdrücke gefunden, aber ich möchte es trotzdem glauben. Und kann es beinahe.«

»Das bezweifle ich«, sagte Howie. »Hören Sie auf, uns Honig ums Maul zu schmieren.«

»Würde es Ihnen helfen, mir zu glauben, ja vielleicht sogar ein bisschen zu vertrauen, wenn ich Ihnen sage, dass uns inzwischen physische Beweise dafür vorliegen, dass Terry in der Hauptstadt war? Dass er Fingerabdrücke auf einem Buch aus dem Hotelkiosk hinterlassen hat? Und zwar laut einer Zeugenaussage zu ungefähr demselben Zeitpunkt, wo der kleine Peterson entführt wurde?«

»Soll das ein Witz sein?«, sagte Alec Pelley. Er hörte sich fast geschockt an.

»Nein.« Auch wenn der Fall praktisch so tot war wie Terry, würde Bill Samuels toben, wenn er herausbekam, dass Ralph es gewagt hatte, Marcy und deren Anwalt von *Eine bebilderte Geschichte von Flint County, Douree County und Canning* zu erzählen. Dennoch war Ralph entschlossen, dieses Gespräch nicht ohne irgendein Ergebnis zu beenden.

Pelley stieß einen Pfiff aus. »Das kann doch wohl nicht wahr sein.«

»Ihr *wisst* also, dass er dort war!«, rief Marcy. Auf ihren Wangen brannten rote Flecken. »Das *müsst* ihr wissen!«

Darauf wollte Ralph jetzt nicht eingehen, weil er sowieso schon zu viel Zeit damit vergeudet hatte. »Als ich das letzte Mal mit Terry gesprochen habe, hat er die Reise nach Dayton erwähnt. Er hat gesagt, er wollte seinen Vater besuchen, dabei aber eine merkwürdige Grimasse gezogen. Und als ich ihn gefragt habe, ob sein Vater dort lebt, hat er erwidert: ›Falls man das, was er heute so tut, als leben bezeichnen kann.‹ Was sollte das heißen?«

»Das sollte heißen, dass Peter Maitland an fortgeschrittenem Alzheimer leidet«, sagte Marcy. »Er ist in einem Pflegeheim, das zum Kindred-Hospital gehört.«

»Oje. Muss hart für Terry gewesen sein, ihn zu besuchen.«

»Sehr hart«, stimmte Marcy zu. Inzwischen taute sie ein bisschen auf. Ralph stellte erfreut fest, dass er sein Geschick nicht vollständig verloren hatte, obwohl das hier etwas anderes war, als mit einem Verdächtigen im Vernehmungsraum zu sitzen. Howie und Alec Pelley waren extrem wachsam und jederzeit bereit, Marcy zu stoppen, wenn sie den Eindruck hatten, dass sie auf eine verborgene Mine treten würde. »Aber nicht nur, weil Terry von seinem Vater nicht mal mehr erkannt wurde. Die beiden hatten schon lange keine richtige Beziehung mehr.«

»Weshalb nicht?«

»Inwiefern soll das relevant sein, Detective?«, fragte Howie.

»Das weiß ich nicht. Vielleicht ist es das nicht, aber da wir nicht vor Gericht sind, könnten Sie ihr ja erlauben, die verfluchte Frage zu beantworten, oder?«

Howie sah Marcy an und zuckte die Achseln: *Entscheide selbst.*

»Terry war das einzige Kind von Peter und Melinda«, sagte Marcy. »Wie Sie wissen, ist er in Flint City aufgewachsen und hat auch immer hier gelebt, bis auf seine vier Jahre auf dem College.«

»Wo Sie ihn kennengelernt haben«, sagte Ralph.

»Richtig. Jedenfalls hat Peter Maitland für die Cheery Petroleum Company gearbeitet, damals in der Zeit, wo hier in der Gegend noch ziemlich viel Öl gefördert wurde. Er hat sich in seine Sekretärin verliebt und von seiner Frau scheiden lassen. Es gab viel Streit, und Terry hat sich auf die Seite seiner Mutter gestellt. Terry ... Loyalität war ihm ganz wichtig, schon als kleiner Junge. Deshalb hat er seinen Vater als Betrüger gesehen, was der natürlich auch wirklich war, und die ganzen Rechtfertigungen, die der Mann von sich gegeben hat, haben alles nur schlimmer gemacht. Kurz und gut, Peter hat die Sekretärin geheiratet – sie hieß Dolores – und darum gebeten, in die Firmenzentrale versetzt zu werden.«

»Die ihren Sitz in Dayton hatte?«

»Genau. Ein gemeinsames Sorgerecht hat er erst gar nicht beantragt. Er hat begriffen, dass Terry seine Wahl getroffen hatte. Aber Melinda hat darauf bestanden, dass Terry ihn ab und zu besucht, weil sie meinte, ein Junge müsse seinen Vater kennen. Also ist Terry hingefahren, wenn auch nur, um seiner Mutter einen Gefallen zu tun. Für ihn war sein Vater immer jemand, der sich aus dem Staub gemacht hat.«

»Ganz der Terry, den ich kannte«, sagte Howie.

»Melinda ist 2006 gestorben. Herzinfarkt. Die zweite Frau von Peter starb zwei Jahre später an Lungenkrebs. Terry ist weiterhin zwei- oder dreimal im Jahr nach Dayton gefahren, zum Andenken an seine Mutter, und hat sich ein einigermaßen ziviles Verhältnis zu seinem Vater bewahrt. Wahrscheinlich aus demselben Grund. Dann ist Peter ab 2011 – glaube ich jedenfalls – immer vergesslicher geworden. Die Hausschuhe waren in der Dusche statt unter dem Bett, der Autoschlüssel lag im Kühlschrank und so weiter. Weil Terry sein einziger in der Nähe lebender Verwandter ist – *war* –, hat der dafür gesorgt, dass er ins Pflegeheim kommt. Das war 2014.«

»Solche Heime sind teuer«, sagte Pelley. »Wer trägt die Kosten?«

»Die Versicherung. Peter Maitland war sehr gut versichert,

darauf hat Dolores bestanden. Er hat sein Leben lang stark geraucht, und sie dachte wahrscheinlich, sie würde bei seinem Tod eine Stange Geld erben. Aber sie ist ja leider vor ihm gestorben. Wahrscheinlich am Passivrauchen.«

»Sie sagen das so, als wäre Peter Maitland auch schon tot«, sagte Ralph. »Ist das der Fall?«

»Nein, der lebt noch.« Dann wiederholte sie bewusst das, was ihr Mann gesagt hatte: »Falls man das als leben bezeichnen kann. Er hat sogar mit dem Rauchen aufgehört. Das ist im Heim sowieso nicht erlaubt.«

»Wie lange waren Sie im April in Dayton?«

»Fünf Tage. Während wir dort waren, hat Terry seinen Vater dreimal besucht.«

»Sie und die Mädchen sind nie mitgefahren?«

»Richtig. Das wollte Terry nicht und ich auch nicht. Schließlich hätte Peter sich gegenüber Sarah und Grace nicht wie ein Großvater verhalten können, und das hätte Grace nicht verstanden.«

»Was haben Sie getan, während Ihr Mann bei ihm im Heim war?«

Marcy lächelte. »Das sagen Sie so, als hätte Terry massenhaft Zeit bei seinem Vater verbracht. Das war aber nicht der Fall. Seine Besuche waren kurz, sie haben nicht länger als ein, zwei Stunden gedauert. Meist waren wir vier beisammen. Wenn Terry im Heim war, sind wir im Hotel geblieben, und die Mädchen haben sich dort im Hallenbad vergnügt. Einmal sind wir zu dritt ins Kunstmuseum gegangen, und an einem Nachmittag war ich mit den Mädchen in einem Disneyfilm. In der Nähe vom Hotel war ein Multiplex. Wir waren noch in zwei oder drei anderen Filmen, aber da immer zu viert. Auch als wir das Luftwaffenmuseum besichtigt haben und das Boonshoft, so eine naturwissenschaftliche Sammlung. Davon waren die Mädchen übrigens ganz begeistert. Es war also ein ganz normaler Familienurlaub, Detective Anderson, nur dass Terry sich ein paar Stunden für seine Sohnespflichten herausgenommen hat.«

*Und vielleicht dafür, einen Lieferwagen zu stehlen,* dachte Ralph.

Möglich war es durchaus, dass Merlin Cassidy und die Maitlands sich zur selben Zeit in Dayton aufgehalten hatten, wenn auch weit hergeholt. Aber selbst wenn es der Fall gewesen war, blieb die Frage, wie Terry den Lieferwagen nach Flint City geschafft hatte. Und weshalb er sich überhaupt so viel Mühe gemacht hatte; man konnte in Flint City und Umgebung genügend Autos stehlen. Der Subaru von Barbara Nearing war ein gutes Beispiel dafür.

»Wahrscheinlich haben Sie einige Male außerhalb vom Hotel gegessen, oder?«, fragte Ralph.

Worauf Howie sich vorbeugte, vorläufig jedoch schwieg.

»Wir haben uns oft was aufs Zimmer bringen lassen, das fanden Sarah und Grace toll, aber klar, wir waren auch woanders. Meist allerdings im Hotelrestaurant.«

»Waren Sie zufällig auch in einem Lokal namens Tommy and Tuppence?«

»Nein. An ein Lokal mit so einem Namen würde ich mich erinnern. An einem Abend waren wir in einem Pancake-Laden und zweimal bei Cracker Barrel, glaube ich. Wieso?«

»Nur so«, sagte Ralph.

Howies Lächeln besagte, dass er es besser wisse, aber er lehnte sich wieder zurück. Alec Pelley saß mit über der Brust verschränkten Armen da und verzog keine Miene.

»Ist das jetzt alles?«, sagte Marcy. »Weil ich allmählich genug habe. Von Ihnen sowieso.«

»Ist denn *irgendetwas* Außergewöhnliches geschehen,

während Sie in Dayton waren? Egal was. Zum Beispiel, dass eine von Ihren Töchtern kurz verloren gegangen ist, dass Terry gesagt hat, er trifft sich mit einem alten Freund, dass Sie selbst so jemand getroffen haben, dass ein Päckchen angeliefert wurde ...«

»Eine fliegende Untertasse?«, sagte Howie. »Wie wär's mit einem Mann im Trenchcoat, der eine codierte Botschaft dabeihatte? Oder damit, dass die Rockettes auf dem Parkplatz getanzt haben?«

»Das ist nicht sonderlich hilfreich, Herr Anwalt. Ob Sie es glauben oder nicht, ich versuche gerade, zu einer Lösung beizutragen.«

»Es gab nichts dergleichen.« Marcy stand auf und machte sich daran, die Kaffeetassen einzusammeln. »Terry hat seinen Vater besucht, wir hatten einen schönen Urlaub und sind dann nach Hause geflogen. Wir haben nicht bei Tommy und so weiter gegessen, und wir haben keinen Lieferwagen geklaut. Und jetzt möchte ich Sie bitten ...«

»Papa hat sich verletzt.«

Alle wandten sich zur Tür um. Da stand Sarah Maitland, die in ihren Jeans und ihrem Rangers-T-Shirt bleich und fahl und viel zu mager aussah.

»Sarah, was tust du denn hier unten?« Marcy stellte die Tassen auf die Ablage und ging auf das Mädchen zu. »Ich hab dir und deiner Schwester doch gesagt, ihr sollt oben bleiben, bis wir hier fertig sind.«

»Grace ist schon eingeschlafen«, sagte Sarah. »Letzte Nacht ist sie ständig aufgewacht, weil sie wieder die blöden Albträume über den Mann mit den Strohhalmen als Augen hatte. Hoffentlich hört das heute endlich mal auf. Wenn sie vorher wieder aufwacht, musst du ihr unbedingt was zum Einschlafen geben.«

»Das wird sie schon nicht. Geh jetzt wieder rauf, ja?«

Sarah blieb jedoch wie angewurzelt stehen. Sie betrachtete Ralph, nicht mit der Aversion und dem Misstrauen ihrer Mutter, sondern mit einer konzentrierten Neugier, bei der es Ralph ungemütlich wurde. Er hielt ihrem Blick stand, aber nur mit Mühe.

»Meine Mutter sagt, Sie sind schuld, dass mein Papa erschossen wurde«, sagte Sarah. »Stimmt das?«

»Nein.« Dann kam endlich die Entschuldigung, zu seiner Überraschung sogar beinahe mühelos. »Aber ich habe mit dazu beigetragen, und das tut mir außerordentlich leid. Ich habe einen Fehler begangen, den ich bis an mein Lebensende mit mir herumschleppen werde.«

»Das ist wahrscheinlich auch gut so«, sagte Sarah. »Weil Sie es wohl verdienen.« Sie sah ihre Mutter an. »Ich gehe jetzt wieder rauf. Wenn Grace nachts wieder schreit, lege ich mich zu ihr und schlaf bei ihr im Zimmer.«

»Bevor du gehst, Sarah, kannst du mir noch was über diese Verletzung sagen?«, fragte Ralph.

»Die ist passiert, als er seinen Vater besucht hat«, sagte Sarah. »Eine Krankenschwester hat die Wunde gleich versorgt. Sie hat so Desinfektionszeug und dann ein Pflaster draufgetan. War nicht so schlimm. Papa hat gesagt, es tut nicht weh.«

»Rauf mit dir!«, sagte Marcy.

»Okay.« Alle sahen zu, wie sie mit ihren bloßen Füßen zur Treppe tappte. Als sie dort angelangt war, drehte sie sich noch einmal um. »Das Lokal da, Tommy and Tuppence, das war ganz in der Nähe von unserem Hotel. Als wir mit dem Mietwagen zum Kunstmuseum gefahren sind, hab ich das Schild gesehen.«

## 19

»Erzählen Sie mir bitte von der Verletzung«, sagte Ralph.

Marcy stemmte die Arme in die Hüften. »Wozu? Damit Sie das irgendwie aufbauschen können? Dazu eignet es sich nämlich nicht.«

»Er fragt, weil er sonst nichts in der Hand hat«, sagte Alec Pelley. »Aber mich interessiert es auch.«

»Wenn du zu erschöpft bist …«, mischte sich Howie ein.

»Nein, ist schon in Ordnung. Es war tatsächlich keine große Sache, eigentlich bloß ein Kratzer. War das beim zweiten Mal, als er seinen Vater besucht hat?« Sie senkte den Kopf und runzelte die Stirn. »Nein, es war das letzte Mal, am nächsten Morgen sind wir ja dann nach Hause geflogen. Als Terry aus dem Zimmer von seinem Vater kam, ist er draußen auf dem Flur mit einem Pfleger zusammengestoßen. Er hat gesagt, sie hätten beide nicht aufgepasst. Normalerweise wäre nichts passiert, aber jemand hatte gerade den Boden gewischt, weshalb der noch feucht war. Der Pfleger ist ausgerutscht und hat Terry am Arm gepackt, ist aber trotzdem hingefallen. Terry hat ihm aufgeholfen und gefragt, ob alles in Ordnung wäre, was der Pfleger bejaht hat. Erst ein paar Meter weiter hat Terry gesehen, dass er am Handgelenk blutet. Offenbar hatte ihn der Pfleger mit einem Fingernagel erwischt, als er versucht hat, sich an ihm festzuhalten. Eine Krankenschwester hat die Wunde desinfiziert und mit einem Pflaster versorgt, wie Sarah schon gesagt hat. Das ist schon die ganze Geschichte. Ist der Fall damit gelöst?«

»Nein«, sagte Ralph. Aber das war etwas anderes als der gelbe BH-Träger, das war eine Verbindung – eine Koinzidenz, um den Ausdruck von Jeannie zu verwenden –, die er weiterverfolgen konnte, wozu er allerdings die Hilfe von Yunel Sablo brauchte. Er erhob sich. »Danke für das Gespräch, Marcy.«

Sie schenkte ihm ein kaltes Lächeln. »Für Sie Mrs. Maitland, bitte.«

»Hab verstanden. Und, Howard, danke dafür, dass Sie das arrangiert haben.« Er streckte dem Anwalt seine Hand hin. Sie schwebte einen Moment lang in der Luft, bis Howie sie schließlich doch schüttelte.

»Ich bringe Sie zur Tür«, sagte Pelley.

»Ich glaube, ich finde schon alleine raus.«

»Das bezweifle ich nicht, aber da ich Sie vorhin an der Tür abgeholt habe, bringt das die Sache ins Lot.«

Gemeinsam durchquerten sie das Wohnzimmer und gingen den kurzen Flur entlang. Pelley öffnete die Tür. Ralph trat hinaus und war erstaunt, dass der Mann ihm folgte.

»Was war das mit der Verletzung?«

Ralph musterte ihn. »Ich weiß nicht, wovon Sie reden.«

»Ich glaube schon. Ihr Gesichtsausdruck hat sich verändert.«

»Eine kleine Magenverstimmung. Dazu neige ich, und das Gespräch war hart für mich. Allerdings nicht so hart wie der Moment, wo Sarah mich angeschaut hat. Da bin ich mir vorgekommen wie ein Pantoffeltierchen unter dem Mikroskop.«

Pelley drückte die Tür hinter sich zu. Ralph stand schon zwei Treppenstufen tiefer, aber dank seiner Größe befanden die beiden Männer sich beinahe auf Augenhöhe. »Ich will Ihnen mal was sagen«, begann Pelley.

»Nur zu.« Ralph nahm sich zusammen.

»Die Verhaftung war das Letzte. Wirklich das Allerletzte. Bestimmt ist Ihnen das inzwischen selbst klar.«

»Ich glaube nicht, dass ich mich heute Abend noch einmal

zusammenstauchen lassen muss.« Ralph wandte sich zum Gehen.

»Ich bin noch nicht fertig.«

Ralph drehte sich wieder um, senkte den Kopf und grätschte leicht die Beine. Kampfstellung.

»Ich habe keine Kinder. Marie konnte keine bekommen. Aber wenn ich einen Sohn hätte, der so alt ist wie Ihrer, und wenn ich zuverlässige Beweise hätte, dass der mit einem abartigen Sexualmörder zu tun hat, den er bewundert, dann hätte ich vielleicht dasselbe getan wie Sie oder gar was Schlimmeres. Damit will ich sagen: Ich verstehe, weshalb Sie die Übersicht verloren haben.«

»In Ordnung«, sagte Ralph. »Das macht es zwar nicht besser, aber danke.«

»Wenn Sie doch beschließen, mir zu verraten, was es mit der Verletzung auf sich hat, rufen Sie mich an. Vielleicht stehen wir ja alle auf derselben Seite.«

»Gute Nacht.«

»Gute Nacht, Detective. Passen Sie auf sich auf.«

## 20

Ralph berichtete Jeannie gerade, wie es gelaufen war, als das Telefon läutete. Es war Yunel Sablo. »Können wir uns morgen unterhalten, Ralph? In der Scheune, wo der Junge die Klamotten gefunden hat, die Maitland am Bahnhof trug, gab's was Merkwürdiges. Mehr als nur eine Sache.«

»Erzählen Sie's mir doch jetzt gleich.«

»Nein. Ich fahre nach Hause. Bin müde. Außerdem muss ich darüber nachdenken.«

»Na gut, dann morgen. Wo?«

»Irgendwo, wo es ruhig und abgelegen ist. Ich kann es mir nicht leisten, mit Ihnen gesehen zu werden. Sie sind beurlaubt, und ich bin nicht mehr mit dem Fall befasst. Genauer gesagt gibt es gar keinen Fall mehr, seit Maitland tot ist.«

»Was geschieht mit den Kleidungsstücken?«

»Die kommen zur forensischen Untersuchung nach Cap City. Anschließend wird man sie dem Sheriff von Flint County überstellen.«

»Machen Sie Witze? Das Zeug sollte zu den anderen Beweismitteln kommen. Außerdem kann Dick Doolin sich ohne Bedienungsanleitung nicht mal die Nase schnäuzen.«

»Mag sein, aber Canning gehört zur County, nicht zur Stadt, weshalb es in den Zuständigkeitsbereich vom Sheriff fällt. Ich habe gehört, dass Chief Geller einen Detective rausgeschickt hat, aber nur aus Gefälligkeit.«

»Hoskins.«

»Genau den. Er ist noch nicht eingetroffen, und wenn er es endlich hergeschafft hat, wird niemand von uns mehr da sein. Vielleicht hat er sich verfahren.«

*Eher hat er irgendwo eine Pause eingelegt, um sich einen zur Brust zu nehmen,* dachte Ralph.

»Die Sachen werden also in der Asservatenkammer vom Sheriff landen und da bleiben, bis das 22. Jahrhundert anbricht«, fuhr Yunel fort. »Das Ganze interessiert absolut niemand mehr. Man ist der Meinung, dass Maitland der Täter war und man sich, da er tot ist, anderen Dingen zuwenden sollte.«

»Dazu bin ich noch nicht bereit«, sagte Ralph und lächelte, weil Jeannie, die auf dem Sofa saß, die Fäuste ballte und die Daumen nach oben reckte. »Wie steht's mit Ihnen?«

»Was meinen Sie, wieso ich Sie anrufe? Also, wo wollen wir uns morgen treffen?«

»In der Nähe vom Bahnhof in Dubrow ist ein kleines Café. O'Malley's Irish Spoon. Meinen Sie, dass Sie das finden?«

»Kein Problem.«

»Um zehn?«

»Klingt gut. Wenn mir was dazwischenkommt, rufe ich an. Dann vereinbaren wir was anderes.«

»Sie haben doch alle Zeugenaussagen, oder?«

»Auf meinem Laptop.«

»Denken Sie dran, die mitzubringen. Mein ganzes Zeug ist im Büro, und da habe ich momentan nichts zu suchen. Ich habe Ihnen eine Menge zu erzählen.«

»Ich Ihnen auch«, sagte Yunel. »Vielleicht knacken wir die Nuss ja doch noch, Ralph, auch wenn ich nicht weiß, ob uns gefallen wird, was wir finden. Wir stecken in einem ziemlich tiefen Wald.«

*Eigentlich stecken wir in einer Zuckermelone,* dachte Ralph, während er auflegte. *Und das verfluchte Ding ist voller Maden.*

## 21

Auf der Fahrt zur alten Farm der Elfmans machte Jack Hoskins halt am Gentlemen, Please. Er bestellte sich einen Wodka Tonic, den er seiner Meinung nach verdiente, da man ihn doch aus dem Urlaub zurückbeordert hatte. Nachdem er den Drink gekippt hatte, bestellte er noch einen, den er dann langsam schlürfte. Auf der Bühne tanzten zwei Stripperinnen, die beide noch vollständig bekleidet waren (was hier bedeutete, dass sie BH und Höschen trugen), sich jedoch so träge aneinanderrieben, dass Jack einen mittelprächtigen Ständer bekam.

Als er sein Portemonnaie aus der Tasche zog, um zu bezahlen, winkte der Barkeeper ab. »Geht aufs Haus.«

»Danke.« Jack warf Trinkgeld auf den Tresen und marschierte in minimal besserer Stimmung hinaus. Bevor er losfuhr, nahm er eine Rolle Pfefferminzbonbons aus dem Handschuhfach und zerkaute zwei, drei Stück. Es wurde zwar behauptet, Wodka würde man nicht riechen, aber das war Blödsinn.

Der Weg zur Farm war mit gelbem Absperrband gesichert – von der County, nicht von der Stadt. Hoskins stieg aus, zog einen der Pfosten heraus, an denen das Band befestigt war, fuhr hindurch und setzte den Pfosten wieder ein. *Was für ein Scheißdreck,* dachte er, und dieses Gefühl verstärkte sich noch, als er zu einer Ansammlung aus heruntergekommenen Bauten kam – bestehend aus einer Scheune und drei Schuppen – und feststellte, dass niemand mehr da war. Er versuchte, sich bei seiner Dienststelle zu melden, um seinen Frust mit irgendjemand zu teilen, selbst wenn das nur Sandy McGill war, die er für eine spießige Schreckschraube erster Güte hielt. Im Funkgerät rauschte es nur, und das Mobilfunknetz war hier am Arsch der Welt natürlich auch nicht vorhanden.

Er griff sich seine langstielige Taschenlampe und stieg aus, in erster Linie, um sich die Beine zu vertreten, sonst gab es hier ja nichts zu tun. Das hier war völlig für den Arsch, und er war der Arsch, den man hergeschickt hatte. Ein starker, heißer Wind wehte, der beste Freund jedes Buschfeuers, wenn es einmal zu brennen begonnen hatte. Rund um eine alte Wasserpumpe stand eine Gruppe Schwarzpappeln, deren

Blätter im Wind tanzten und raschelten. Ihre Schatten sausten im Mondlicht über den Boden.

Der Eingang zu der Scheune, in der man die Klamotten gefunden hatte, war wieder mit Absperrband gesichert. Inzwischen war das Zeug natürlich eingetütet und auf dem Weg nach Cap City, aber bei der Vorstellung, dass Maitland nach dem Mord an dem Jungen irgendwann hierhergekommen war, gruselte es einen trotzdem.

*In gewisser Weise folge ich gerade seiner Spur,* dachte Jack. *Ich bin an der Bootsanlegestelle vorübergekommen, wo er seine blutigen Sachen ausgezogen hat, und anschließend war ich im Gentlemen, Please. Von dort ist er nach Dubrow gefahren, aber dann muss er umgekehrt sein und kam … hierher.*

Das offene Scheunentor wirkte wie ein klaffendes Maul. Da wollte Hoskins nicht hin, nicht hier draußen im Nirgendwo und dann auch noch ganz allein. Maitland war zwar tot, und so was wie Gespenster gab es nicht, aber er wollte da trotzdem nicht hin. Deshalb musste er sich dazu zwingen, Schritt für Schritt, bis er mit seiner Taschenlampe hineinleuchten konnte.

Ganz hinten in der Scheune stand jemand.

Jack stieß einen leisen Schrei aus, griff nach seiner Waffe und merkte, dass er sie nicht dabeihatte. Die Glock befand sich in dem kleinen Safe im Auto. Er ließ die Taschenlampe fallen. Als er sich bückte, um sie aufzuheben, spürte er, wie ihm der Wodka in den Kopf stieg. Es war nicht so viel, dass er betrunken gewesen wäre, aber genug, ihn benommen und wacklig auf den Beinen zu machen.

Er richtete den Lichtstrahl wieder in die Scheune und lachte. Da war niemand, nur ein altes Pferdegeschirr, das schon fast in zwei Stücke zerbrochen war.

*Wird Zeit, hier zu verschwinden. Vielleicht halte ich noch mal am Gentlemen, um was zu trinken, dann geht's nach Hause und direkt ins B...*

Hinter ihm stand jemand, und das war keine Sinnestäuschung. Er konnte den Schatten sehen, lang und schmal. Und ... waren das Atemgeräusche?

*Jetzt wird er mich gleich packen. Ich muss mich fallen lassen und zur Seite rollen.*

Doch das konnte er nicht. Er war erstarrt. Wieso war er nicht umgekehrt, als er gesehen hatte, dass niemand vor Ort war? Wieso hatte er seine Waffe nicht aus dem Safe genommen? Wieso war er überhaupt aus dem Wagen gestiegen? Mit einem Mal wurde Jack klar, dass er am Ende eines Feldwegs in Canning sterben würde.

In diesem Moment spürte er eine Berührung. Eine Hand, so heiß wie eine Wärmflasche, liebkoste ihn am Nacken. Er wollte schreien und konnte es nicht. Seine Brust war so eingesperrt wie die Glock in ihrem Safe. Jetzt würde gleich eine zweite Hand dazukommen, und das Erdrosseln würde beginnen.

Aber die Hand zog sich zurück. Nicht die Finger allerdings. Die bewegten sich hin und her, ganz sanft, nur mit den Spitzen. Während sie über seine Haut strichen, hinterließen sie glutheiße Spuren.

Jack wusste nicht, wie lange er schon so dastand, ohne sich bewegen zu können. Vielleicht waren es zwanzig Sekunden, vielleicht auch zwei Minuten. Der Wind wehte, zerzauste sein Haar und liebkoste seinen Hals wie vorher diese Finger. Die Schatten der Pappeln huschten über Boden und Gräser wie dahinflitzende Fische. Hinter ihm stand dieser Mensch – oder dieses Ding – mit seinem langen, schmalen Schatten. Berührte und liebkoste ihn.

Dann waren die Fingerspitzen und der Schatten verschwunden.

Jack wirbelte herum, und diesmal kam der Schrei heraus, lange und laut, während die Schöße seiner Jacke sich hinter ihm im Wind aufblähten und ein flatterndes Geräusch machten. Er starrte auf …

Nichts.

Nur auf ein paar verlassene Bauten und eine große, leere Fläche.

Da war niemand. Da war auch nie jemand gewesen. Niemand in der Scheune, nur ein zerbrochenes Pferdegeschirr. Keine Finger auf seinem schweißigen Nacken, nur der Wind. Während er mit großen Schritten zu seinem Wagen zurückging, blickte er über die Schulter, einmal, zweimal, dreimal. Er stieg ein und zuckte zusammen, weil ein vom Wind getriebener Schatten über den Rückspiegel zuckte. Dann ließ er den Motor an und raste die unbefestigte Straße entlang, an einem alten Friedhof und dem verlassenen Farmhaus vorüber. An dem Absperrband hielt er diesmal nicht an, sondern fuhr einfach hindurch. Mit quietschenden Reifen schleuderte er auf den Highway 79 und machte sich auf den Weg nach Flint City. Als er die Stadtgrenze erreichte, hatte er sich bereits erfolgreich eingeredet, dass da draußen an der verlassenen Scheune nichts vorgefallen war. Auch das Pochen in seinem Nacken hatte nichts zu bedeuten.

Nicht das Geringste.

# Gelb

## 21. UND 22. JULI

# I

Am Samstagmorgen um zehn Uhr war in O'Malley's Irish Spoon kaum etwas los. Vorn saßen zwei alte Knacker mit Kaffeebechern neben sich und einem Schachbrett zwischen ihnen. Die einzige Kellnerin starrte gebannt auf den kleinen Fernseher über der Theke, auf dem eine Dauerwerbesendung lief. Zum Verkauf stand offenbar gerade ein spezieller Golfschläger.

Yunel Sablo saß an einem der hinteren Tische, gekleidet in ausgeblichene Jeans und ein T-Shirt, das so eng war, dass es seine bemerkenswerte Muskulatur ausreichend zum Ausdruck brachte (Ralph hatte schon seit etwa 2007 keine bemerkenswerte Muskulatur mehr). Er blickte ebenfalls auf den Fernseher, aber als er Ralph sah, hob er die Hand und winkte.

Während Ralph sich setzte, sagte Yunel: »Ich kapier nicht, wieso die Kellnerin sich derartig für diesen Schläger interessiert.«

»Meinen Sie etwa, Frauen golfen nicht? In welcher Chauvinistenwelt leben Sie denn, Amigo?«

»Ich weiß, dass Frauen golfen, aber der Schläger da ist hohl. Die Idee dahinter ist, dass man reinpinkeln kann, wenn man am vierzehnten Loch plötzlich Druck auf der Blase hat. Es ist sogar ein kleiner Schurz dran, der die Weichteile dann kaschiert. So was kann bei 'ner Frau doch unmöglich klappen.«

Die Kellnerin kam an, um die Bestellung aufzunehmen. Ralph orderte Rührei und Roggentoast, wobei er auf die Speisekarte blickte anstatt auf die Frau, damit er nicht laut loslachte. Gegen einen solchen Impuls ankämpfen zu müssen, hatte er für den heutigen Tag absolut nicht erwartet, und irgendwie entfuhr ihm ein leises, gepresstes Kichern. Grund dafür war, dass er gerade an den Schurz dachte.

Die Kellnerin musste keine gedankenleserischen Fähigkeiten haben. »Ja, eigentlich nur ein Scherzartikel«, sagte sie. »Außer man hat 'nen golfverrückten Mann mit 'ner Prostata von der Größe einer Grapefruit und weiß nicht, was man ihm zum Geburtstag schenken soll.«

Ralph sah Yunel in die Augen, was alle Dämme brechen ließ. Beide wieherten so lautstark los, dass sich die Schachspieler missbilligend zu ihnen umdrehten.

»Na, wollen Sie noch was zu essen bestellen, Süßer«, sagte die Kellnerin zu Yunel. »Oder trinken Sie bloß Kaffee und lachen sich über diesen Pinkelschläger krank?«

Yunel bestellte Huevos Rancheros. Als die Kellnerin weg war, sagte er: »Es ist eben eine seltsame Welt, voll von seltsamen Dingen. Meinen Sie nicht auch?«

»Wenn man bedenkt, worüber wir hier sprechen wollen, muss ich zustimmen. Was war denn so seltsam draußen in Canning?«

»Eine Menge.«

Yunel hatte eine Schultertasche aus Leder dabei, so ein Ding, das Jack Hoskins einmal (geringschätzig) als Männerhandtasche bezeichnet hatte. Er zog ein I-Pad mini in einer ramponierten Hülle hervor, die auf starke Beanspruchung schließen ließ. Ralph war aufgefallen, dass immer mehr Kollegen so ein Gerät dabeihatten. Spätestens 2020 oder 2025 würde es das herkömmliche Notizbuch wohl vollständig ersetzt haben. Tja, die Welt bewegte sich weiter, und da machte man entweder mit oder wurde abgehängt. Abgesehen davon würde er lieber so etwas zum Geburtstag bekommen als einen Golfschläger mit Pinkelvorrichtung.

Yunel tippte auf mehrere Tasten, um seine Notizen aufzurufen. »Ein junger Bursche namens Douglas Elfman hat die abgelegten Kleidungsstücke gestern Nachmittag entdeckt. Die Gürtelschnalle mit dem Pferdekopf kannte er, weil er sie in den Nachrichten gesehen hat. Daraufhin hat er seinen Vater angerufen, der sich sofort bei uns gemeldet hat. Ich bin zusammen mit den Leuten von der Spurensicherung gegen Viertel vor sechs eingetroffen. Die Jeans, na ja, Bluejeans gibt es wie Sand am Meer, aber die Schnalle habe ich sofort erkannt. Sehen Sie selbst!«

Er tippte wieder aufs Display, worauf die Schnalle bildfüllend zu sehen war. Ralph zweifelte nicht daran, dass es sich um dieselbe handelte, die Terry auf den Videoaufnahmen vom Vogel Transportation Center in Dubrow getragen hatte.

»Okay, das ist ein weiteres Glied in der Kette«, sagte Ralph eher zu sich selbst als zu Yunel. »Er stellt den Lieferwagen hinter dem Shorty's ab. Nimmt den Subaru. Stellt den in der Nähe der Brücke ab, zieht frische Sachen an …«

»Levi's 501, einen Jockey-Slip, weiße Sportsocken und ein verdammt teures Paar Sneakers. Und den Gürtel mit der schicken Schnalle.«

»Mhm. Sobald er Klamotten anhat, auf denen sich kein Blut befindet, nimmt er ein Taxi vom Gentlemen, Please nach Dubrow. Aber als er zum Bahnhof kommt, steigt er nicht in den Zug. Weshalb nicht?«

»Vielleicht wollte er eine falsche Fährte legen. In dem Fall war es von Anfang an sein Plan, nach Flint City zurückzukehren. Oder ... ich habe eine verrückte Idee. Wollen Sie die hören?«

»Klar«, sagte Ralph.

»Ich glaube, Maitland wollte *tatsächlich* fliehen. Wollte den Zug nach Dallas/Fort Worth nehmen und von da aus weiter. Vielleicht nach Mexiko, vielleicht auch nach Kalifornien. Wieso hätte er in Flint City bleiben sollen, nachdem er den jungen Peterson umgebracht hat, wo er doch wusste, dass er gesehen worden war? Bloß ...«

»Bloß was?«

»Bloß hat er es nicht ertragen abzuhauen, wo doch das große Spiel anstand. Er wollte seine Mannschaft zu einem letzten Sieg führen. Sie ins Finale bringen.«

»Das hört sich wirklich verrückt an.«

»Verrückter, als den Jungen umzubringen?«

Damit hatte Yunel ihn erwischt, aber Ralph musste keine Antwort finden, da das Essen kam. Sobald die Kellnerin verschwunden war, fragte er: »Sind Fingerabdrücke auf der Schnalle?«

Yunel wischte über sein I-Pad und zeigte Ralph eine andere Nahaufnahme vom Pferdekopf, auf der der Silberglanz der Schnalle von weißem Fingerabdruckpulver getrübt wurde. Zu erkennen waren sich überlappende Abdrücke. Sie sahen aus wie die Fußumrisse auf einer alten Anleitung zum Tanzenlernen.

»Die Spurensicherung hatte die Abdrücke von Maitland im Computer«, sagte Yunel. »Und das Programm hat sofort eine Übereinstimmung festgestellt. Aber jetzt kommt das Erste, was seltsam ist, Ralph. Die Linien und Wirbel auf der Schnalle sind schwach und an einigen Stellen stark lückenhaft. Vor Gericht hätte das Ergebnis zwar Bestand, aber der Computermensch, der den Vergleich vorgenommen hat – er hat so was schon mehrere Tausend Mal getan –, sagt, die Abdrücke sehen aus, als würden sie von einem alten Menschen stammen. Achtzig oder gar neunzig Jahre alt. Ich habe gefragt, ob das daran liegen könnte, dass Maitland in großer Hast war, weil er sich schnell umziehen und aus dem Staub machen wollte. Möglich wäre das schon, hat der Computermann gemeint, aber ich habe ihm angesehen, dass ihm das nicht richtig eingeleuchtet hat.«

»Hm«, machte Ralph und widmete sich seinem Rührei. Sein Appetit war eine ebenso willkommene Überraschung für ihn wie seine unvermutete Heiterkeit über den Golfschläger mit Doppelfunktion. »Das ist tatsächlich seltsam, wenn auch wahrscheinlich nicht maßgeblich.«

Aber wie lange, fragte er sich, würde er die Ungereimtheiten, die in diesem Fall ständig auftauchten, noch abtun können, indem er sie als nicht maßgeblich bezeichnete.

»Außerdem waren auf der Schnalle noch Fingerabdrücke einer anderen Person«, sagte Yunel. »Die waren ebenfalls verschwommen – so sehr, dass der Computermensch sie nicht einmal an die nationale Datenbank vom FBI geschickt hat –, aber er hatte die noch nicht identifizierten Abdrücke aus dem Lieferwagen da, und diese Spuren auf der Schnalle … Tja, sehen Sie selbst!«

Er reichte Ralph das Tablet. Zu sehen waren zwei Reihen Fingerabdrücke, gekennzeichnet mit LIEFERWAGEN UNBEKANNT und GÜRTELSCHNALLE UNBEKANNT. Sie ähnelten einander, wenn auch nur mehr oder weniger. Kein Gericht hätte sie als Beweis für irgendetwas akzeptiert, vor allem dann nicht, wenn ein knallharter Verteidiger wie Howie Gold sie infrage gestellt hätte. Jetzt befand man sich jedoch nicht vor Gericht, und Ralph hatte den Eindruck, dass die Abdrücke von ein und derselben Person stammten, auch weil das zu dem passte, was er am Abend zuvor von Marcy Maitland erfahren hatte. Keine perfekte Übereinstimmung, nein, aber gut genug für einen beurlaubten Detective, der nicht alles seinem Vorgesetzten vorlegen musste ... und einem Bezirksstaatsanwalt, der unbedingt wiedergewählt werden wollte.

Während Yunel seine Huevos Rancheros verzehrte, erzählte Ralph ihm von dem Gespräch mit Marcy, wobei er sich eine bestimmte Information für später aufhob.

»Im Zentrum steht der Lieferwagen«, resümierte er. »Wahrscheinlich findet die Spurensicherung einige Abdrücke von dem Jungen, der das Ding zuerst gestohlen hat ...«

»Hat sie bereits. Wir haben die Abdrücke von Merlin Cassidy von den Kollegen in El Paso erhalten. Der Computermensch hat sie mit einigen von denen im Lieferwagen verglichen – sie waren vor allem auf dem Werkzeugkasten, den Merlin wahrscheinlich geöffnet hat, um nachzusehen, ob da was von Wert drin ist. Sie sind klar und deutlich, aber mit denen da haben sie nichts zu tun.« Er wischte zu den verschwommenen Abdrücken mit der Kennzeichnung LIEFERWAGEN UNBEKANNT und GÜRTELSCHNALLE UNBEKANNT zurück.

Ralph beugte sich vor und schob seinen Teller beiseite. »Sie sehen doch, worauf das hinausläuft, oder? Wir wissen, dass der Lieferwagen in Dayton nicht von Terry gestohlen wurde, weil der samt seiner Familie das Flugzeug genommen hat. Aber wenn die verschwommenen Abdrücke aus dem Lieferwagen und die von der Gürtelschnalle wirklich identisch sind ...«

»Sie meinen, dass er doch einen Komplizen hatte. Einen, der den Lieferwagen von Dayton nach Flint City gefahren hat.«

»Muss ja so sein«, sagte Ralph. »Anders lässt sich das nicht erklären.«

»Einen Komplizen, der ihm geähnelt hat wie ein Ei dem anderen?«

»Jetzt kommt das wieder«, sagte Ralph und seufzte.

»Außerdem waren beide Reihen von Abdrücken auf derselben Gürtelschnalle«, legte Yunel nach. »Was bedeuten würde, dass Maitland und sein Doppelgänger denselben Gürtel getragen haben, wenn nicht gar überhaupt dieselben Klamotten. Gepasst hätten die Sachen ja, nicht? Weil es sich um bei der Geburt getrennte Zwillinge handelt. Leider steht in den Akten, dass Terry Maitland ein Einzelkind ist.«

»Was habt ihr denn außerdem gefunden? War da noch was?«

»Ja. Jetzt kommen wir nämlich zu dem wirklich seltsamen Kram.« Yunel zog seinen Stuhl auf die andere Seite und setzte sich neben Ralph. Auf dem Tablet sah man jetzt einen unordentlichen Kleiderhaufen – Jeans, Socken, Unterhose und Sneakers – neben einer Markierungstafel aus Plastik mit einer **1** darauf. »Sehen Sie die Flecken?«

»Ja. Was ist *das* denn?«

»Keine Ahnung«, sagte Yunel. »Die Kollegen von der Spurensicherung wissen es auch nicht, aber einer von denen hat gesagt, dass es nach Sperma aussieht, was mir einigermaßen einleuchtet. Auf dem Foto da kann man es nicht gut sehen, aber …«

»*Sperma?* Ein Scherz, ja?«

Die Kellnerin kam wieder an. Ralph drehte das Tablet auf die Displayseite um.

»Soll ich einem von euch Kaffee nachschenken?«

Das bejahten beide. Als das erledigt war, wandte Ralph

sich wieder dem Foto mit den Kleidungsstücken zu. Er spreizte die Finger, um es zu vergrößern.

»Mensch, das Zeug ist ja auf dem Schritt der Jeans und die ganzen Hosenbeine runter bis zum Aufschlag …«

»Auf der Unterhose und den Socken ebenfalls«, sagte Yunel. »Von den Schuhen ganz zu schweigen. Da ist es sowohl drauf wie drin, zu einem hübschen Craquelé getrocknet wie eine Keramikglasur. Alles in allem hätte es wohl ausgereicht, einen hohlen Golfschläger komplett damit zu füllen.«

Ralph lachte nicht. »Das kann kein Sperma sein. Selbst John Holmes hätte in seinen besten Jahren …«

»Schon klar. Außerdem ruft Sperma keine solche Wirkung hervor.«

Er wischte über das Display. Das neue Bild war eine Weitwinkelaufnahme vom Scheunenboden. Eine weitere Markierungstafel, diesmal mit der Zahl 2, stand neben einem Haufen Heu. Jedenfalls sah es nach Heu aus. Ganz links hatte man Markierungstafel 3 auf einen allmählich in sich zusammensinkenden Ballen gestellt, der offenbar schon sehr lange dort lag. Die Oberseite war weitgehend schwarz. Auch die Seiten waren schwarz, als wäre irgendeine ätzende Flüssigkeit daran herabgeronnen.

»Ist das wirklich dasselbe Zeug?«, fragte Ralph. »Ganz sicher?«

»Zu neunzig Prozent. Auf dem Dachboden ist noch mehr. Wenn es sich doch um Sperma handelt, würde es so ein nächtlicher Ausstoß ins *Guinness-Buch der Rekorde* schaffen.«

»Unmöglich«, sagte Ralph leise. »Es muss was anderes sein. Unter anderem würde Heu durch Sperma nicht schwarz werden. Mehr fällt mir dazu nicht ein.«

»Mir auch nicht, aber ich stamme bekanntlich bloß aus einer armen mexikanischen Bauernfamilie.«

»Es wird doch von der Spurensicherung untersucht, oder?«

Yunel nickte. »Damit sind die im Moment beschäftigt.«

»Und Sie werden mich auf dem Laufenden halten.«

»Natürlich. Jedenfalls ist Ihnen jetzt wohl klar, weshalb ich gesagt habe, dass die Sache immer seltsamer wird.«

»Jeannie hat sie als unerklärlich bezeichnet.« Ralph räusperte sich. »Sogar den Ausdruck *übernatürlich* hat sie benutzt.«

»Das hat meine Gabriela auch getan«, sagte Yunel. »Vielleicht ist das ein typisch weibliches Ding. Oder was Mexikanisches.«

Ralph hob die Augenbrauen.

»*Sí, Señor*«, sagte Yunel und lachte. »Die Mutter meiner Frau ist früh gestorben, weshalb Gabriela bei ihrer *abuela* aufgewachsen ist. Die alte Dame hat ihr allerhand Märchen und Legenden eingetrichtert. Als ich mit ihr über den ganzen Schlamassel geredet habe, hat sie mir eine Geschichte über den mexikanischen Butzemann erzählt. Das war ursprünglich ein sterbenskranker Typ, der an Tuberkulose litt. Ein weiser alter Mann, der in der Wüste lebte, ein *ermitaño,* hat ihm daraufhin erklärt, er könnte sich heilen, wenn er das Blut von Kindern trinkt und sich deren Fett auf die Brust und die Weichteile reibt. Worauf er das getan hat und jetzt für immer als Schreckgestalt lebt. Angeblich holt er sich bloß Kinder, die ungezogen sind, und steckt sie in den großen, schwarzen Sack, den er immer dabeihat. Gaby hat mir erzählt, dass sie als kleines Mädchen, so mit sieben, einen Schreikrampf erlitten hat, als der Arzt zu ihrem Bruder kam, der Scharlach hatte.«

»Weil der Arzt eine schwarze Tasche dabeihatte.«

Yunel nickte. »Wie nennt man diese Gestalt noch mal? Es liegt mir auf der Zunge, aber ich komme trotzdem nicht drauf. Macht Sie so was auch ganz verrückt?«

»Meinen Sie etwa, damit haben wir es zu tun? Mit einem Schreckgespenst?«

»Nein. Mein Vater war zwar nur ein armer mexikanischer Bauer oder vielleicht auch ein Autohändler aus Amarillo, aber ich bin kein *atontado*. Frank Peterson wurde von jemand umgebracht, der ebenso sterblich ist wie Sie und ich, und das war mit ziemlicher Sicherheit Terry Maitland. Wenn wir herausbekommen würden, was da passiert ist, würde sich alles klären, und ich könnte nachts wieder durchschlafen. Das Ganze setzt mir schon irgendwie gewaltig zu.« Er warf einen Blick auf seine Armbanduhr. »Ich muss los. Ich hab meiner Frau versprochen, dass wir zu dem Kunstgewerbemarkt fahren, der gerade in Cap City ist. Weitere Fragen? Mindestens eine sollten Sie eigentlich haben, weil einem auf den Bildern nämlich noch was Seltsames direkt ins Auge sticht.«

»Waren in der Scheune Fahrzeugspuren?«

»Das habe ich zwar nicht gemeint, aber da waren tatsächlich welche. Allerdings keine, mit denen man was anfangen kann – man sieht Abdrücke und ein bisschen Öl, aber keine Reifenspuren, die sich zu einem Vergleich eignen würden. Ich nehme an, sie stammen von dem Lieferwagen, mit dem Maitland den Jungen entführt hat. Jedenfalls waren sie nicht so nah zusammen, dass sie vom Subaru stammen könnten.«

»Aha. Hören Sie, Sie haben doch sämtliche Zeugenaussagen auf Ihrem Zauberding da, oder? Suchen Sie bitte mein Gespräch mit Claude Bolton, bevor Sie gehen. Der arbeitet als Rausschmeißer im Gentlemen, Please. Mit der Bezeichnung war er allerdings nicht zufrieden, soweit ich mich erinnere.«

Yunel rief eine Datei auf, schüttelte den Kopf, tippte auf eine andere und reichte Ralph dann das Tablet. »Scrollen Sie runter.«

Als Ralph das tat, verfehlte er das Gewünschte zuerst, bis er es endlich hatte. »Da ist es. Bolton hat gesagt: ›Mir fällt gerade noch was ein. Ist nichts Besonderes, aber irgendwie gruselig, wenn er den Jungen tatsächlich umgebracht hat.‹ Maitland habe ihm nämlich einen Kratzer zugefügt. Als ich nachgefragt habe, hat Bolton gesagt, er hätte Maitland dafür gedankt, was der für seine Neffen getan hat, und ihm dann die Hand geschüttelt. Dabei hätte Maitland ihn mit dem Nagel vom kleinen Finger geritzt und eine winzige Wunde hinterlassen. Bolton hat sich dadurch an seine Drogenzeit erinnert gefühlt, weil manche von den Rockern, mit denen er sich damals herumgetrieben hat, genau den Nagel haben lang wachsen lassen, um damit Koks zu schnupfen. War offenbar eine Modesache.«

»Und weshalb ist das von Bedeutung?« Yunel warf wieder einen Blick auf die Uhr, diesmal ziemlich demonstrativ.

»Wahrscheinlich ist es das gar nicht. Wahrscheinlich ist es ...«

Nein, er würde nicht noch einmal *nicht maßgeblich* sagen. Jedes Mal wenn ihm der Ausdruck aus dem Mund kam, mochte er ihn weniger.

»Wahrscheinlich ist es keine große Sache, aber immerhin das, was meine Frau als Koinzidenz bezeichnet. Terry hat sich nämlich auch so eine kleine Wunde zugezogen, als er seinen Vater in Dayton im Pflegeheim besucht hat.« Ralph fasste kurz zusammen, wie der Pfleger ausgerutscht war, nach Terry gegriffen und ihn dabei verletzt hatte.

Yunel überlegte kurz, dann zuckte er die Achseln. »Ich glaube, das ist tatsächlich reine Koinzidenz. Jetzt muss ich wirklich gleich los, wenn ich mir nicht den Zorn meiner Frau zuziehen will, aber Sie sind immer noch nicht auf das gekommen, was ich meine, und das sind nicht die Reifenspuren. Ihr

Kumpel Bolton erwähnt es sogar. Scrollen Sie ein Stück nach oben, dann finden Sie es.«

Doch das musste Ralph gar nicht erst. Es war eigentlich sonnenklar. »Hose, Unterhose, Socken und Schuhe ... aber kein T-Shirt.«

»Genau«, sagte Yunel. »Entweder war es sein Lieblingsshirt, oder er hatte keins zum Wechseln dabei, als er die Scheune verlassen hat.«

## 2

Auf halbem Wege nach Flint City kam Ralph endlich darauf, weshalb ihm ständig der BH-Träger im Kopf herumgegangen war.

Er bog auf den riesigen Parkplatz von Byron's Liquor Warehouse ein und drückte eine Kurzwahltaste. Als sein Anruf auf die Mailbox von Yunel umgeleitet wurde, legte er auf, ohne eine Nachricht zu hinterlassen. Yunel hatte bereits wesentlich mehr getan, als zu erwarten gewesen wäre, da war ihm sein Wochenende zu gönnen. Und da Ralph inzwischen Zeit gehabt hatte, ein bisschen darüber nachzudenken, gelangte er zu dem Schluss, dass er über diese spezielle Koinzidenz mit niemand sprechen wollte außer eventuell mit seiner Frau.

Der BH-Träger war nicht das einzig Hellgelbe gewesen, was Ralph in jenen Momenten der extremen Wachheit vor den Schüssen auf Terry gesehen hatte; er war vom Gehirn nur für etwas eingesetzt worden, was zu einer größeren Galerie an grotesken Dingen gehörte. Überlagert worden war das Ganze davon, dass Ollie Peterson wenige Sekunden später den alten Revolver aus der Zeitungstasche gezogen hatte. Kein Wunder, dass es verloren gegangen war.

Der Mann mit den scheußlichen Verbrennungen auf dem Gesicht und den tätowierten Händen hatte ein gelbes Tuch um den Kopf getragen, wahrscheinlich um weitere Narben zu kaschieren. Aber hatte es sich wirklich um ein Tuch gehandelt? Konnte es nicht etwas anderes gewesen sein? Das fehlende T-Shirt zum Beispiel, jenes, das Terry am Bahnhof getragen hatte?

*Ich komme allmählich näher,* dachte er, was vielleicht auch der Fall war … nur dass sein Unbewusstes (jene Gedanken hinter seinen Gedanken) es ihm die ganze Zeit schon zugerufen hatte.

Er schloss die Augen und versuchte, sich genau ins Gedächtnis zu rufen, was er in den letzten Sekunden von Terrys Leben gesehen hatte. Die Grimasse der blonden Moderatorin, als sie das Blut auf ihren Fingern bemerkt hatte. Das Schild mit der Injektionsspritze und der Aufschrift MAITLAND BALD KRIEGST DU DEINE MEDIZIN. Den Jungen mit der Hasenscharte. Die Frau, die sich vorgebeugt hatte, um Marcy den Finger zu zeigen. Und den Mann mit den Brandwunden, der aussah, als hätte Gott einen überdimensionalen Radiergummi genommen, um die Gesichtszüge einzuebnen, bis nur noch Knollen vorhanden waren, wunde rosa Haut und Löcher, wo eine Nase gewesen war, bevor das Feuer dem Gesicht wesentlich stärkere Tattoos eingebrannt hatte als jene, die sich auf den Händen befanden. Was Ralph in diesem Moment der Erinnerung sah, war jedoch kein Tuch auf dem Kopf des Mannes, sondern etwas wesentlich Größeres, etwas, was wie eine Perücke bis zu den Schultern herabhing.

Ja, das konnte wohl ein T-Shirt gewesen sein ... Aber selbst wenn – bedeutete das, dass es sich um *dieses* Shirt handelte? Um das Shirt, das Terry auf den Aufnahmen der Überwachungskameras getragen hatte? Ob es wohl eine Möglichkeit gab, das herauszufinden?

Die gab es seiner Meinung nach tatsächlich, aber dafür brauchte er die Hilfe von Jeannie, die sich im Internet wesentlich besser auskannte als er. Außerdem war es allmählich an der Zeit, Howard Gold und Alec Pelley nicht mehr als Feinde wahrzunehmen. *Vielleicht stehen wir ja alle auf derselben Seite,* hatte Pelley gestern Abend vor der Haustür der Maitlands gesagt, und womöglich stimmte das. Oder es konnte sich so entwickeln.

Ralph legte den Gang ein und machte sich auf den Weg nach Hause, wobei er ständig das Tempolimit ausreizte.

## 3

Ralph und seine Frau saßen am Küchentisch, Jeannies Laptop vor sich. In Cap City gab es vier Ableger der großen Sender plus Channel 81, einen offenen Kanal, der über lokale Themen wie Stadtratssitzungen und verschiedene öffentliche Ereignisse berichtete (wie etwa den Vortrag von Harlan Coben, bei dem Terry als unerwarteter Gaststar aufgetreten war). Alle fünf Sender hatten Teams zum Gericht geschickt, und die hatten alle nicht nur die Schüsse auf Terry gefilmt, sondern auch die Schaulustigen. Beim ersten Schuss hatten sich natürlich sämtliche Kameras auf Terry gerichtet und aufgezeichnet, wie das Blut an seinem Gesicht herunterlief und wie er seine Frau aus der Schusslinie brachte, bevor er tödlich getroffen auf dem Gehweg zusammenbrach. Schon vor diesem Moment brach die Aufzeichnung von CBS ab, weil Ralph deren Kamera mit seinem Schuss zertrümmert hatte, wodurch der Kameramann nun einseitig erblindet war.

Nachdem sie sich jeden Clip zweimal angeschaut hatten, sah Jeannie ihren Mann mit zusammengepressten Lippen an. Sie sagte nichts. Was auch nicht nötig war.

»Lass noch mal das Zeug von Channel 81 laufen«, sagte Ralph. »Ab dem ersten Schuss zuckt die Kamera zwar wild durch die Gegend, aber vorher sind das die besten Aufnahmen von der Zuschauermeute.«

»Ralph.« Sie berührte ihn sacht am Arm. »Ist dir das nicht zu …«

»Nein, kein Problem.« Was nicht ganz stimmte. Es kam ihm vor, als würde die Welt sich zur Seite neigen, bis er von ihrem Rand herunterrutschte. »Lass es noch einmal laufen, bitte. Und stell den Ton ab. Der Kommentar von diesem Reporter lenkt mich ab.«

Jeannie tat, worum er sie gebeten hatte, und dann sahen sie sich die Aufnahmen wieder gemeinsam an. Hin und her geschwenkte Schilder. Brüllende Leute, Münder, die wie die von Fischen an der Luft lautlos auf- und zugingen. Einmal schwenkte die Kamera zügig über die Menge, und dann sah man zwar nicht, wie Terry ins Gesicht gespuckt wurde, aber dafür, wie Ralph den Spucker zu Fall brachte, weshalb das wie ein unprovozierter Angriff aussah. Man sah, wie Terry dem Spucker auf die Beine half (*wie jemand aus der verfluchten Bibel*, hatte Ralph da gedacht), bevor sich die Kamera wieder auf die Menge richtete. Man sah, wie die beiden

Gerichtsangestellten – der dicke Mann und die dünne Frau – sich nach Kräften bemühten, die Treppe frei zu halten. Man sah, wie sich die blonde Moderatorin von Channel 7 aufrappelte und ungläubig auf ihre blutigen Finger starrte. Wenige Sekunden bevor Ollie Peterson zum Star der Show wurde, sah man ihn mit seiner Zeitungstasche und seiner Wollmütze, unter der ein paar rote Haarsträhnen herausragten. Als der Junge mit der Hasenscharte ins Bild kam, verweilte die Kamera kurz auf dem Gesicht von Frank Peterson, mit dem das T-Shirt des Jungen bedruckt war, bevor sie weiterschwenkte ...

»Stopp«, sagte Ralph. »Halt das Bild an, genau jetzt.«

Jeannie klickte, und sie betrachteten das Bild. Es war leicht verschwommen, weil die Kamera so rasch geschwenkt worden war, um ein bisschen von allem zu erfassen.

Ralph tippte auf den Bildschirm. »Siehst du den Typen da, der seinen Cowboyhut schwenkt?«

»Klar.«

»Der Mann mit den Verbrennungen hat direkt neben ihm gestanden.«

»Aha«, sagte sie ... aber in einem merkwürdig nervösen Ton, den Ralph noch nie an ihr bemerkt hatte.

»Da hat er gestanden, das schwöre ich dir. Ich hab mich gefühlt wie auf LSD oder Meskalin, und ich hab wirklich *alles* gesehen. Spiel doch noch mal die anderen Clips ab. Die Leute sind auf dem hier zwar am besten zu sehen, aber der von Fox war auch nicht schlecht, und ...«

»Nein.« Sie drückte auf die Austaste und klappte den Laptop zu. »Der Mann, den du gesehen hast, ist auf keinem von den Videos da drauf, Ralph. Das weißt du genauso gut wie ich.«

»Meinst du etwa, ich bin verrückt geworden? Ja? Meinst du, ich habe einen ... du weißt schon ...«

»Einen Nervenzusammenbruch?« Wieder legte sie ihm die Hand auf den Arm, den sie diesmal sanft drückte. »Natürlich nicht. Wenn du sagst, dass du ihn gesehen hast, dann hast du ihn gesehen. Und wenn du meinst, dass er dieses Shirt als Sonnenschutz getragen hat oder um was zu kaschieren, hat er das wohl getan. Du hast einen schlimmen Monat hinter dir, wahrscheinlich den schlimmsten deines Lebens, aber ich vertraue deiner Beobachtungsgabe. Es ist bloß so …. Du musst jetzt einfach erkennen …«

Sie brach ab. Er wartete, bis sie endlich weitersprach.

»Irgendwas ist hier total verkehrt, und je mehr du erfährst, desto verkehrter wird alles. Es macht mir Angst. Die Geschichte, die Yunel dir erzählt hat, macht mir ebenfalls Angst. Im Grunde ist das nichts anderes als eine Vampirgeschichte, oder? In der Schule haben wir *Dracula* gelesen, und ich erinnere mich daran, dass Vampire im Spiegel nicht zu sehen sind. Und etwas, was kein Spiegelbild hat, kann wahrscheinlich auch von einer Fernsehkamera nicht eingefangen werden.«

»So ein Blödsinn! Es gibt keine Gespenster und Hexen und Vam…«

Jeannie schlug mit der flachen Hand auf den Tisch. Es knallte wie ein Pistolenschuss, und er zuckte zusammen. Ihre Augen funkelten. »Wach auf, Ralph! Wach auf, und erkenne endlich, was direkt vor dir ist! *Terry Maitland war zur selben Zeit an zwei Orten!* Wenn du aufhörst, das mit irgendwas erklären zu wollen, und es einfach akzeptierst …«

»Ich kann es nicht akzeptieren, Schatz. Es widerspricht allem, woran ich mein Leben lang geglaubt habe. Wenn ich das an mich ranlasse, werde ich wirklich verrückt.«

»Nein, das wirst du nicht, verdammt noch mal. Du bist zu stark dafür. Aber du musst darüber eigentlich gar nicht mehr nachdenken, das will ich dir klarmachen. Terry ist tot. Du kannst den Fall ad acta legen.«

»Wenn ich das tue, was ist dann, wenn Frankie Peterson doch nicht von Terry getötet wurde? Was wird dann aus Marcy? Und was aus ihren Töchtern?«

Jeannie stand auf, ging zum Fenster über der Spüle und blickte in den Garten hinaus. Die Hände hatte sie zu Fäusten geballt. »Derek hat wieder angerufen. Er will immer noch nach Hause kommen.«

»Was hast du ihm gesagt?«

»Dass er durchhalten soll, bis die Ferien Mitte August zu Ende sind. Obwohl ich ihn liebend gern zu Hause hätte. Trotzdem hab ich ihn schließlich überredet, und weißt du, warum?« Sie drehte sich wieder um. »Weil ich ihn nicht hier in der Stadt haben will, solange du noch in diesem Schlamassel herumwühlst. Wenn es heute Abend dunkel wird, werde ich nämlich Angst kriegen. Angenommen, da ist *wirklich* eine Art übernatürliche Kreatur unterwegs, Ralph? Was ist, wenn die herausfindet, dass du nach ihr suchst?«

Ralph nahm sie in die Arme und spürte, dass sie zitterte. *Irgendwie glaubt sie das wirklich,* dachte er.

»Yunel hat mir diese Geschichte zwar erzählt, aber er glaubt trotzdem, dass der Mörder ein ganz normaler Mensch ist. Das tue ich auch.«

Sie legte das Gesicht an seine Brust. »Aber wieso ist der Mann mit den Brandwunden auf dem Gesicht dann auf keiner von den Aufnahmen zu sehen?«

»Keine Ahnung.«

»Weißt du, auch ich mache mir Sorgen um Marcy, natürlich tu ich das.« Sie hob den Blick, und er sah, dass sie weinte. »Und um ihre Töchter. An Terry denke ich auch … und an die Petersons … aber vor allem denke ich an dich und Derek.

Ihr zwei seid alles, was ich habe. Kannst du das jetzt nicht loslassen? Warten, bis deine Beurlaubung vorbei ist, mit dem Psychologen sprechen und ein neues Kapitel aufschlagen?«

»Ich weiß nicht«, sagte er, obwohl er es durchaus wusste. Er wollte es nur nicht sagen, solange Jeannie in einem derart merkwürdigen Zustand war. Er konnte kein neues Kapitel aufschlagen.

Nicht jetzt.

## 4

An diesem Abend saß er im Garten am Picknicktisch, rauchte einen Tiparillo und blickte in den Himmel. Er sah keine Sterne, konnte hinter den aufziehenden Wolken aber den Mond erkennen. So war es oft auch mit der Wahrheit, dachte er – ein trüber Lichtfleck hinter Wolken. Manchmal brach sie durch, und manchmal wurden die Wolken dichter, und das Licht verschwand vollständig.

Eines war sicher: Je mehr die Nacht hereinbrach, desto plausibler wurde die Existenz jenes hageren, tuberkulösen Mannes aus der alten Geschichte, die Yunel Sablo erzählt hatte. Zwar nicht richtig *glaubhaft* – Ralph konnte an eine solche Kreatur ebenso wenig glauben wie an den Weihnachtsmann –, aber er konnte sie sich vorstellen: eine dunkelhäutigere Version von Slender Man, jenem Schreckgespenst von pubertären amerikanischen Mädchen. Groß und ernst würde er in seinem schwarzen Anzug daherkommen, mit einem Gesicht wie eine Lampe und einem Sack, der groß genug war, ein Kind mit an die Brust gepressten Knien aufzunehmen. Laut Yunel verlängerte der mexikanische Unhold sein Leben, indem er das Blut von Kindern trank und sich ihr Fett auf den Körper rieb … was zwar nicht dasselbe war, was man dem kleinen Peterson angetan hatte, aber doch etwas recht Ähnliches. War es wohl möglich, dass der Mörder – entweder Maitland oder der Unbekannte mit den undeutlichen Fingerabdrücken – sich für einen Vampir oder ein anderes übernatürliches Wesen hielt? Hatte nicht Jeffrey Dahmer geglaubt, er würde Zombies erschaffen, als er die ganzen Obdachlosen umbrachte?

*Nichts davon beantwortet die Frage, weshalb der Mann mit den Verbrennungen nicht auf den Videos zu sehen ist.*

»Komm rein, Ralph!«, rief Jeannie ihm zu. »Es wird bald regnen. Du kannst den Stinker meinetwegen in der Küche rauchen, wenn es sein muss.«

*Das ist nicht der Grund, wieso ich reinkommen soll,* dachte Ralph. *Ich soll reinkommen, weil dich das Gefühl nicht loslässt, irgendwo da hinten, wo das Licht nicht mehr hinreicht, lauert der Mann mit dem Sack.*

Natürlich war das lächerlich, aber er hatte Verständnis dafür, dass Jeannie sich unbehaglich fühlte. Er tat das ja ebenfalls. Was hatte sie gesagt? *Je mehr du erfährst, desto verkehrter wird alles.*

Ralph ging ins Haus, löschte unter dem Wasserhahn an der Spüle seinen Tiparillo und nahm dann sein Handy aus der Ladestation. Als Howie sich meldete, sagte er: »Können Sie morgen mit Mr. Pelley zu mir kommen? Ich muss Ihnen allerhand erzählen, was teilweise ziemlich unglaublich ist. Kommen Sie doch zum Mittagessen. Dann fahre ich vorher zu Rudy's und besorge ein paar Sandwiches.«

Howie war sofort einverstanden. Als Ralph auflegte, sah er

Jeannie in der Tür stehen. Sie hatte die Arme vor der Brust verschränkt und betrachtete ihn. »Also kannst du es nicht loslassen?«

»Nein, Schatz. Das kann ich nicht. Tut mir leid.«

Sie seufzte. »Passt du dann wenigstens gut auf dich auf?«

»Ich werde äußerst vorsichtig mit allem umgehen.«

»Hoffentlich, sonst gehe ich äußerst *unvorsichtig* mit *dir* um. Übrigens brauchst du bei Rudy's morgen keine Sandwiches zu besorgen. Ich koche was.«

## 5

Am Sonntag war es regnerisch, weshalb sie sich am selten benutzten Esstisch der Andersons versammelten: Ralph, Jeannie, Howie und Alec. Yunel Sablo, der sich zu Hause in der Hauptstadt befand, gesellte sich via Skype auf dem Laptop von Howie Gold zu ihnen.

Ralph machte den Anfang, indem er das rekapitulierte, was allen bekannt war, dann übergab er an Yunel, der Howie und Alec berichtete, was man in der Scheune gefunden hatte. Als Yunel fertig war, sagte Howie: »Das ergibt alles keinerlei Sinn. Nicht im Mindesten.«

»Also hat jemand auf dem Dachboden einer verlassenen Scheune übernachtet?«, sagte Alec. »Um sich zu verstecken? Ist das Ihre Schlussfolgerung?«

»Das ist eine Arbeitshypothese«, sagte Yunel.

»Wenn das stimmt, kann es nicht Terry gewesen sein«, sagte Howie. »Der war nämlich den ganzen Samstag über hier in der Stadt. Am Morgen ist er mit seinen Töchtern im Schwimmbad gewesen, den Nachmittag hat er komplett auf dem Estelle-Barga-Freizeitgelände verbracht, um das Spielfeld vorzubereiten – als Trainer der Heimmannschaft war er dafür verantwortlich. An beiden Orten wurde er von vielen Zeugen gesehen.«

»Und von Samstag bis Montag hat er im Gefängnis gesteckt«, warf Alec ein. »Wie Ihnen nur zu gut bekannt ist, Ralph.«

»Es gibt für praktisch jeden Augenblick Zeugenaussagen darüber, wo Terry sich aufgehalten hat«, stimmte Ralph zu. »Das war bekanntlich immer schon die Wurzel des Problems, aber lassen wir es mal vorläufig beiseite. Ich will Ihnen nämlich etwas zeigen. Yunel hat es schon gesehen, weil er sich die Aufnahmen heute Morgen anschauen konnte. Bevor er das getan hat, habe ich ihm aber eine Frage gestellt, und die will ich jetzt auch Ihnen stellen. Hat einer von Ihnen vor dem Gericht einen übel entstellten Mann gesehen? Er trug etwas auf dem Kopf, aber ich sage absichtlich noch nicht, was es war. Also, wie steht's damit?«

Howie sagte, er habe niemand gesehen, weil er sich ganz auf seinen Klienten und dessen Frau konzentriert habe. Bei Alec Pelley hingegen stand es anders.

»Ja, der ist mir aufgefallen. Sah aus, wie wenn er mal in ein Feuer geraten ist. Und das, was er auf dem Kopf getragen hat ...« Er riss die Augen auf.

»Nur zu«, sagte Yunel in seinem Wohnzimmer drüben in der Hauptstadt. »Lassen Sie es raus, Amigo, dann fühlen Sie sich besser.«

Alec massierte sich die Schläfen, als hätte er Kopfschmerzen. »In dem Moment habe ich es für ein Kopftuch oder ein Halstuch gehalten. Ich dachte, dass er es trägt, um sich vor der Sonne zu schützen, weil seine Haare abgesengt sind und durch die Narben nicht mehr nachwachsen. Allerdings kann es auch ein T-Shirt gewesen sein. Das, welches man in der Scheune nicht gefunden hat. Wollen Sie darauf hinaus? Das Shirt, das Terry auf den Videoaufnahmen aus dem Bahnhof trägt?«

»Sie haben den Nagel auf den Kopf getroffen«, sagte Yunel.

Howie sah Ralph stirnrunzelnd an. »Versuchen Sie etwa immer noch, die Sache Terry anzuhängen?«

Zum ersten Mal mischte sich Jeannie ein. »Er will nur die Wahrheit herausfinden … wobei ich mir persönlich nicht ganz sicher bin, ob das so eine gute Idee ist.«

»Schauen Sie sich jetzt mal die beiden Clips an, Alec«, sagte Ralph. »Und sagen Sie, wenn Sie den Mann mit den Verbrennungen sehen.«

Ralph ließ erst die Aufnahmen von Channel 81 laufen, dann die von Fox und schließlich noch einmal die von Channel 81, weil Alec – der sich inzwischen so stark vorbeugte, dass er mit der Nase fast den Bildschirm berührte – darum bat. Dann lehnte Alec sich zurück. »Der ist nirgendwo zu sehen. Was unmöglich ist.«

»Er stand neben dem Kerl, der seinen Cowboyhut geschwenkt hat, stimmt's?«, sagte Yunel.

»Ich glaube, ja«, sagte Alec. »Neben dem und ein Stück weiter oben als die blonde Reporterin, die das Schild an die Rübe bekommen hat. Die Reporterin und den Mann mit dem Schild habe ich gerade gesehen … aber den Mann mit den Verbrennungen nicht. Wie kann das sein?«

Niemand gab eine Antwort.

»Wenden wir uns mal kurz den Fingerabdrücken im Lieferwagen zu«, sagte Howie. »Von wie vielen verschiedenen Personen stammen die, Yunel?«

»Die Leute von der Forensik meinen, etwa zehn.«

Howie stöhnte.

»Nur die Ruhe. Mindestens acht davon konnten wir zuordnen: dem Handwerker, dem der Wagen gehört hat, seinem ältesten Sohn, der manchmal damit gefahren ist, seiner Frau, zwei Männern, die für ihn gearbeitet haben, dem Jungen, der den Wagen gestohlen hat, Frank Peterson und Terry Maitland. Damit bleiben ein Satz an deutlichen Fingerabdrücken, die wir nicht identifiziert haben – eventuell stammen sie von einem Bekannten des Besitzers –, und diese verschwommenen Abdrücke.«

»Dieselben, die man auf der Gürtelschnalle gefunden hat?«

»Wahrscheinlich, aber sicher ist das nicht. Einige Linien und Wirbel sind sichtbar, aber nicht so klar zu identifizieren, dass sie vor Gericht als Beweismittel zulässig wären.«

»Mhm, okay, hab verstanden«, sagte Howie. »Daher will ich euch dreien mal eine Frage stellen. Wäre es nicht möglich, dass ein Mann, der sich schwere Verbrennungen zugezogen hat – an den Händen ebenso wie im Gesicht –, solche Abdrücke hinterlässt? Abdrücke, die bis zur Unkenntlichkeit verschwommen sind?«

»Und ob«, sagten Yunel und Alec im Chor. Wegen der kurzen Übertragungsverzögerung waren ihre Stimmen allerdings nicht ganz synchron.

»Problematisch daran ist, dass der Mann vor dem Gericht Tätowierungen an den Händen hatte«, sagte Ralph. »Wenn seine Finger Verbrennungen erlitten haben, wären dann nicht auch die Tattoos verschwunden?«

Howie schüttelte den Kopf. »Nicht unbedingt. Wenn ich mich in Brand gesetzt habe, versuche ich vielleicht, die Flammen mit den Händen auszuschlagen, aber nicht mit der

Rückseite, oder?« Zur Demonstration schlug er sich an seine ansehnliche Brust. »Ich nehme die Handinnenflächen.«

Einen Moment lang herrschte Schweigen. Dann sagte Alec mit leiser, beinahe unhörbarer Stimme: »Der Kerl mit den Verbrennungen war da. Das schwöre ich auf einen ganzen Stapel Bibeln.«

Ralph räusperte sich. »Natürlich wird die Forensik bei der Highway Patrol das Zeug analysieren, von dem das Heu in der Scheune schwarz geworden ist, aber können wir in der Zwischenzeit nicht etwas unternehmen? Ich bin für alle Vorschläge offen.«

»Wir könnten uns näher mit Dayton beschäftigen«, sagte Alec. »Wir wissen, dass Maitland dort war und der Lieferwagen ebenfalls. Deshalb könnten wir da zumindest einige Antworten finden. Selbst hinfliegen kann ich zwar nicht, weil ich hier derzeit zu viel zu tun habe, aber ich kenne jemand, der gut in solchen Sachen ist. Den kann ich anrufen und fragen, ob er Zeit hat.«

Dabei ließen sie es bewenden.

# 6

Seit ihr Vater ermordet worden war, schlief die zehnjährige Grace Maitland äußerst schlecht, und der wenige Schlaf, den sie bekam, war von Albträumen durchsetzt. An jenem Sonntagnachmittag sank ihre ganze Erschöpfung wie ein weiches Gewicht auf sie herab. Während ihre Mutter und ihre Schwester in der Küche einen Kuchen backten, schlich

Grace nach oben und legte sich auf ihr Bett. Obwohl es immer wieder regnete, war es hell, was gut war. Die Dunkelheit machte ihr inzwischen Angst. Unten hörte sie, wie ihre Mutter sich mit Sarah unterhielt. Auch das war gut. Grace schloss die Augen. Als sie sie wieder öffnete, kam es ihr vor, als hätte sie nur kurz geschlafen, aber es mussten Stunden vergangen sein. Jetzt prasselte der Regen stärker vom Himmel, und draußen war es grau geworden. Ihr Zimmer war voller Schatten.

Auf ihrem Bett saß ein Mann und betrachtete sie. Er trug Jeans und ein grünes T-Shirt. Auf seinen Händen waren Tattoos, weitere krochen an den Armen hinauf – Schlangen und ein Kreuz, ein Dolch und ein Schädel. Zwar sah sein Gesicht jetzt nicht mehr so aus, als hätte ein unbegabtes Kind es aus Knetmasse geformt, aber sie erkannte ihn trotzdem. Es war der Mann, den sie vor Sarahs Fenster gesehen hatte. Wenigstens hatte er jetzt keine Strohhalme als Augen mehr. Jetzt hatte er die Augen ihres Vaters. Die hätte Grace überall erkannt. Sie fragte sich, ob das alles jetzt wirklich geschah oder ob es ein Traum war. Auf jeden Fall war es besser als diese Albträume. Ein bisschen wenigstens.

»Papa?«

»Gewiss«, sagte der Mann. Sein grünes T-Shirt verwandelte sich in das Golden-Dragons-Trikot ihres Vaters, weshalb sie nun wusste, dass es tatsächlich ein Traum war. Anschließend verwandelte das Trikot sich in eine Art weißen Kittel und dann in das grüne T-Shirt zurück. »Ich hab dich lieb, Gracie.«

»Das hört sich aber gar nicht wie mein Papa an«, sagte Grace. »Du machst ihn bloß nach.«

Der Mann beugte sich zu ihr. Grace schrak zurück, den Blick auf die Augen ihres Vaters gerichtet. Die waren besser

als die Stimme, die behauptete, sie lieb zu haben, aber er war
es trotzdem nicht.

»Ich will, dass du weggehst«, sagte sie.

»Natürlich willst du das, und wer in der Hölle sitzt, will
ein Glas kaltes Wasser haben. Bist du traurig, Grace? Vermisst du deinen Papa?«

»*Ja!*« Grace begann zu weinen. »Ich will, dass du *weggehst!*
Das sind nicht wirklich die Augen von meinem Papa, du
machst sie bloß *nach!*«

»Erwarte bloß kein Mitgefühl von mir«, sagte der Mann.
»Ich finde es gut, dass du traurig bist. Hoffentlich bist du
ganz lange traurig und heulst. Wäh-wäh-*wäh,* genau wie ein
Baby.«

»Bitte geh weg!«

»Will Baby sein Fläschchen? Hat Baby in seine Windeln
gepinkelt und sich ganz *nass* gemacht? Macht Baby wäh-
wäh-wäh?«

»*Hör auf!*«

Er setzte sich wieder gerade hin. »Das tue ich, wenn du
auch etwas für mich tust. Wirst du etwas für mich tun,
Grace?«

»Was denn?«

Er sagte es ihr, und dann rüttelte Sarah sie und sagte, sie
solle runterkommen und ein Stück Kuchen essen, weshalb es
doch nur ein Traum gewesen war, ein schlimmer Traum, und
sie musste *überhaupt nichts* tun, aber wenn sie es doch tat,
kam dieser Traum vielleicht nie wieder.

Sie zwang sich, ein bisschen Kuchen zu essen, obwohl sie
eigentlich gar keinen wollte, und als ihre Mama und Sarah
sich aufs Sofa setzten, um sich irgendeinen blöden Film anzuschauen, sagte Grace, dass sie keine Liebesfilme mochte
und deshalb lieber raufgehen wollte, um Angry Birds zu

spielen. Allerdings tat sie das nicht. Sie ging ins Schlafzimmer ihrer Eltern (das jetzt nur noch das von ihrer Mama war, total traurig war das) und nahm das Handy von der Kommode. Der Mann von der Polizei stand zwar nicht im Adressbuch, aber dafür Mr. Gold. Als sie den anrief, hielt sie das Telefon mit beiden Händen, damit es nicht zitterte. Sie hoffte inständig, dass er sich meldete, was er auch tat.

»Marcy? Was gibt es denn?«

»Nein, ich bin's, Grace. Ich rufe bloß mit dem Handy von meiner Mutter an.«

»Ach, hallo, Grace. Schön, mal mit dir zu sprechen. Wieso rufst du denn an?«

»Weil ich nicht weiß, wie ich den Detective anrufen kann. Den, der meinen Papa verhaftet hat.«

»Wieso willst du den denn …«

»Ich habe eine Botschaft für ihn. Von einem Mann. Wahrscheinlich war es bloß ein Traum, aber ich will nichts falsch machen. Darum sag ich's jetzt Ihnen, damit Sie es dem Detective weitersagen.«

»Was für ein Mann, Grace? Wer hat dir die Botschaft aufgetragen?«

»Als ich ihn das erste Mal gesehen hab, hatte er Strohhalme als Augen. Er sagt, er kommt nicht wieder, wenn ich Detective Anderson die Botschaft ausrichte. Er hat versucht, so zu tun, als ob er die Augen von meinem Papa hätte, aber das hatte er nicht, jedenfalls nicht richtig. Sein Gesicht ist jetzt besser, aber er ist immer noch gruselig. Ich will nicht, dass er wiederkommt, selbst wenn es bloß ein Traum ist, also sagen Sie es bitte Detective Anderson, ja?«

Inzwischen stand ihre Mutter in der Tür und beobachtete sie schweigend. Wahrscheinlich kriege ich gleich eine aufs Dach, dachte Grace, aber das war ihr egal.

»Was soll ich ihm denn sagen, Grace?«

»Dass er aufhören soll. Wenn er nicht will, dass was Schlimmes passiert, muss er aufhören.«

## 7

Grace und Sarah saßen im Wohnzimmer auf dem Sofa. Marcy hatte sich dazwischengesetzt und die Arme um beide gelegt. Howie Gold saß auf dem Lehnsessel, der Terry gehört hatte, bis die Welt auf den Kopf gestellt worden war. Zu dem Sessel gehörte ein Fußkissen. Das zog Ralph Anderson vor das Sofa, um sich darauf niederzulassen, wobei seine Beine so lang waren, dass die Knie beinahe das Gesicht umrahmten. Wahrscheinlich sah er komisch aus, aber wenn sich Grace Maitland dadurch ein bisschen entspannte, war es für etwas gut.

»Das muss ein schauriger Traum gewesen sein, Grace«, sagte er. »Bist du dir sicher, dass es wirklich ein Traum war?«

»Natürlich war es einer«, sagte Marcy. Sie war bleich im Gesicht und wirkte angespannt. »In unserem Haus war kein fremder Mann. Der hätte unmöglich die Treppe raufgehen können, ohne dass wir ihn gesehen hätten.«

»Auf jeden Fall hätten wir ihn gehört«, fügte Sarah hinzu, klang jedoch zaghaft. »Unsere Treppe knarrt nämlich wie verrückt.«

»Sie sind aus einem einzigen Grund hier – um meine Tochter zu beruhigen«, sagte Marcy. »Würden Sie das jetzt bitte tun?«

»Egal was passiert ist, du weißt doch, dass jetzt kein fremder Mann hier ist, oder, Grace?«, sagte Ralph.

»Ja, das weiß ich.« Sie schien sich da sicher zu sein. »Er ist fort. Er hat ja gesagt, er geht weg, wenn ich Ihnen die Botschaft ausrichte. Ich glaube nicht, dass er noch mal wiederkommt, egal ob das ein Traum war oder nicht.«

Sarah seufzte dramatisch. »Na, das ist ja voll die Erleichterung.«

»Pst, du Grünschnabel!«, sagte Marcy.

Ralph zog sein Notizbuch aus der Tasche. »Erzähl mir doch mal, wie er ausgesehen hat. Der Mann in deinem Traum. Ich bin nämlich Detective, und jetzt bin ich mir sicher, dass es ein Traum war.«

Obwohl Marcy Maitland ihn nicht mochte und das wahrscheinlich auch nie tun würde, dankte sie ihm mit den Augen dafür. Immerhin.

»Besser«, sagte Grace. »Er hat besser ausgesehen. Sein Gesicht war nicht mehr wie aus Knete.«

»So hat er nämlich vorher ausgesehen«, warf Sarah ein. »Hat *sie* jedenfalls behauptet.«

»Sarah, geh doch mal mit Mr. Gold in die Küche«, sagte Marcy. »Da könnt ihr für jeden von uns ein Stück Kuchen holen, ja?«

Sarah warf einen Blick auf Ralph. »Bekommt der auch ein Stück? Mögen wir ihn jetzt doch?«

»Kuchen für alle«, sagte Marcy, womit sie der Frage geschickt auswich. »Das nennt man Gastfreundschaft. Nun mach schon!«

Sarah erhob sich vom Sofa und ging zu Howie hinüber. »Jetzt schmeißt man mich raus.«

»So was passiert den nettesten Leuten«, sagte Howie. »Ich werde mich mit dir dem Bannstrahl fügen.«

»Wem?«

»Nicht so wichtig, Kleine.« Sie gingen gemeinsam in die Küche hinaus.

»Fassen Sie sich kurz, bitte«, sagte Marcy zu Ralph. »Sie sind nur hier, weil Howie gesagt hat, das wäre wichtig. Weil es eventuell was zu tun hat mit ... Sie wissen schon.«

Ralph nickte, ohne den Blick von Grace abzuwenden. »Dieser Mann, der beim ersten Mal ein Gesicht aus Knete hatte ...«

»Und Strohhalme als Augen«, sagte Grace. »Die sind rausgeragt wie in einem Comic, und die schwarzen Kreise, die man im Auge hat, waren Löcher.«

»Mhm.« In sein Notizbuch schrieb Ralph: *Strohhalme als Augen?* »Als du gesagt hast, sein Gesicht hätte wie Knete ausgesehen, lag das vielleicht daran, dass er Verbrennungen hatte?«

Sie dachte darüber nach. »Nein. Eher so, als ob er noch nicht richtig *fertig* wär. Nicht ... wie soll ich sagen ...«

»Nicht ganz vollendet?«, schlug Marcy vor.

Grace nickte und steckte den Daumen in den Mund. Ralph dachte: *Diese zehnjährige Daumenlutscherin mit dem verletzten Gesichtsausdruck ... die habe ich dazu gemacht.* Das stimmte wohl, und die vermeintlich klaren Beweise, auf deren Basis er gehandelt hatte, würden daran niemals etwas ändern.

»Wie hat er heute ausgesehen, Grace? Der Mann in deinem Traum, meine ich.«

»Er hatte kurze, schwarze Haare, die hochgestanden haben wie bei einem Stachelschwein, und einen kleinen Bart rund um den Mund. Und er hatte die Augen von meinem Papa, aber eigentlich waren sie das gar nicht. An den Händen und an den ganzen Armen rauf hatte er Tattoos. Schlangen zum Beispiel. Zuerst war sein T-Shirt grün, dann ist es zum Baseballtrikot von meinem Papa mit dem goldenen Drachen drauf geworden, und dann wurde es weiß so wie das, das Mrs. Gerson immer anhat, wenn sie meiner Mama die Haare schneidet.«

Ralph warf Marcy einen Blick zu, die daraufhin sagte: »Ich glaube, sie meint einen Kittel.«

»Ja, genau«, sagte Grace. »Aber dann hat der sich wieder in das grüne T-Shirt verwandelt, darum weiß ich, dass es ein Traum war. Bloß …« Ihr Mund zitterte, und ihre Augen füllten sich mit Tränen, die an ihren geröteten Wagen herabliefen. »Bloß hat er gemeine Sachen gesagt. Er hat gesagt, er freut sich, dass ich traurig bin. Und er hat mich als Baby bezeichnet.«

Weinend drückte sie sich mit dem Gesicht an die Brüste ihrer Mutter. Die warf Ralph über den Kopf ihrer Tochter hinweg einen Blick zu, an dem man sah, dass sie momentan nicht wütend auf ihn war, sondern nur noch Angst um ihre Tochter hatte. *Sie weiß, dass es mehr als ein Traum war,* dachte Ralph. *Und sie merkt, dass ich damit etwas anfangen kann.*

Als das Weinen nachließ, sagte Ralph: »Es ist alles wieder gut, Grace. Danke, dass du mir von deinem Traum erzählt hast. Aber das ist jetzt vorbei, ja?«

»Ja«, sagte sie mit vom Weinen rauer Stimme. »Er ist weg. Ich hab getan, was er gesagt hat, und er ist weg.«

»Wir essen unseren Kuchen hier im Wohnzimmer«, sagte Marcy. »Geh rüber, und hilf deiner Schwester, die Teller reinzutragen.«

Grace lief hinaus. Als sie allein waren, sagte Marcy: »Es ist für beide schwer gewesen, besonders für Grace. Ich würde ja sagen, dass nicht mehr an der Sache dran ist, nur ist Howie da anderer Meinung, und Sie sind das offenbar auch. Oder?«

»Mrs. Maitland ... Marcy ... ich weiß nicht recht, was ich denken soll. Haben Sie im Zimmer von Grace nachgesehen?«

»Natürlich. Sobald ich von ihr erfahren habe, wieso sie Howie angerufen hat.«

»Keinerlei Anzeichen für einen Eindringling?«

»Nein. Das Fenster war zu, das Fliegengitter war an Ort und Stelle, und was Sarah über die Treppe gesagt hat, stimmt. Das ist ein altes Haus, und jede einzelne Stufe knarrt.«

»Was ist mit dem Bett? Grace hat gesagt, der Mann hätte sich daraufgesetzt.«

Marcy lachte zerstreut auf. »Wie sollte man da was sehen, so wie sie sich hin und her wirft, seit ...« Sie legte die Hand ans Gesicht. »Es ist einfach so furchtbar.«

Ralph stand auf und trat zum Sofa, um sie zu trösten, aber sie verkrampfte sich und wich zurück. »Bitte setzen Sie sich hier nicht hin. Und fassen Sie mich nicht an. Sie sind hier nur geduldet, Detective. Damit meine jüngere Tochter heute Nacht vielleicht endlich mal schlafen kann, ohne das ganze Haus wachzuschreien.«

Ralph wurde eine Antwort erspart, weil Howie und die Mädchen hereinkamen. Grace trug in jeder Hand vorsichtig einen Teller. Marcy wischte sich die Augen – so schnell, dass die Geste fast nicht zu sehen war –, bevor sie Howie und ihre Töchter anstrahlte. »Was für ein Glück, dass es Kuchen gibt!«, sagte sie.

Ralph nahm sein Stück und bedankte sich. Dabei dachte er, dass er Jeannie bislang alles über diesen verflucht albtraumhaften Fall erzählt hatte. Von dem Traum des kleinen Mädchens würde er ihr allerdings nicht erzählen. Nein, wirklich nicht.

## 8

Alec Pelley dachte, er hätte die gewünschte Nummer in seinem Handy gespeichert, aber als er anrief, hörte er nur die Nachricht, die Telefonnummer sei nicht vergeben. Er kramte sein altes Adressbuch hervor (das ihn einst treu überallhin begleitet hatte, im heutigen Computerzeitalter jedoch in eine Schreibtischschublade verbannt worden war, und dann auch noch in eine von den unteren) und versuchte es mit einer anderen Nummer.

»Finders Keepers«, sagte die Stimme am anderen Ende. In dem Glauben, er habe einen Anrufbeantworter erreicht – schließlich war es Sonntagabend –, wartete er auf Informationen über die Geschäftszeit, gefolgt von mehreren Möglichkeiten, die man durch das Drücken verschiedener Tasten aktivieren konnte, und schließlich auf die Aufforderung, nach dem Signalton eine Nachricht zu hinterlassen. Stattdessen sagte die Stimme in etwas mürrischem Ton: »Und? Ist da jemand?«

Alec wurde klar, dass er die Stimme kannte, obwohl er den Namen nicht mehr wusste. Wie lange war es wohl schon her, seit er mit der betreffenden Person gesprochen hatte? Zwei Jahre? Drei?

»Tja, dann lege ich jetzt ...«

»Bitte nicht. Bin hier. Mein Name ist Alec Pelley, und ich wollte mit Bill Hodges sprechen. Vor einigen Jahren habe ich bei einem Fall mit ihm zusammengearbeitet, kurz nachdem ich bei der State Police in Pension gegangen war. Es ging da um einen schlechten Schauspieler namens Oliver Madden, der einem Ölbaron aus Texas ein Flugzeug gestohlen hatte. Der Texaner hieß ...«

»Dwight Cramm. Ich erinnere mich. Und an Sie erinnere ich mich ebenfalls, Mr. Pelley, obwohl wir uns nie begegnet sind. Leider hat Mr. Cramm uns nicht umgehend bezahlt. Ich musste ihm mindestens ein halbes Dutzend Mal die Rechnung schicken und dann mit dem Gerichtsvollzieher drohen. Hoffentlich hatten Sie mehr Glück.«

»Es hat schon ein bisschen gedauert«, sagte Alec und lächelte bei der Erinnerung. »Der erste Scheck, den er mir geschickt hat, war nicht gedeckt, aber der zweite wurde eingelöst. Sie sind Holly, nicht wahr? An Ihren Nachnamen erinnere ich mich nicht mehr, aber Bill hat sehr anerkennend über Sie gesprochen.«

»Holly Gibney«, sagte sie.

»Tja, es ist wirklich schön, wieder mit Ihnen zu sprechen, Ms. Gibney. Ich habe es zuerst bei der Nummer von Bill versucht, aber der hat wohl inzwischen eine andere.«

Schweigen.

»Ms. Gibney? Sind Sie noch da?«

»Ja«, sagte sie. »Das bin ich. Bill ist bereits vor zwei Jahren gestorben.«

»O Gott. Tut mir furchtbar leid, das zu hören. War es das Herz?« Obwohl Alec nur ein einziges Mal mit Hodges zusammengekommen war – sie hatten hauptsächlich per Telefon und E-Mail kommuniziert –, erinnerte er sich, dass der Mann ziemlich übergewichtig gewesen war.

»Krebs. An der Bauchspeicheldrüse. Jetzt führe ich die Firma zusammen mit Peter Huntley. Der war der Partner von Bill, als die beiden bei der Polizei waren.«

»Ach, schön für Sie!«

»Nein«, sagte sie. »Nicht schön für mich. Die Geschäfte gehen ziemlich gut, aber darauf würde ich sofort verzichten, wenn Bill am Leben und gesund wäre. Krebs ist richtig bekackt.«

Beinahe hätte Alec ihr gedankt und den Anruf beendet, nachdem er noch einmal sein Beileid ausgedrückt hatte. Später fragte er sich, inwiefern dann alles anders gelaufen wäre. Er erinnerte sich jedoch an etwas, was Bill bei dem Auftrag, Dwight Cramm seine King Air wiederzubeschaffen, über diese Frau gesagt hatte: *Sie ist exzentrisch, ein bisschen zwanghaft und im persönlichen Kontakt nicht besonders geschickt, aber ihr entgeht nie etwas. Bei der Kripo hätte Holly sich fantastisch gemacht.*

»Ich hatte gehofft, Bill könnte etwas für mich recherchieren«, sagte er. »Aber womöglich können ja Sie den Auftrag übernehmen. Er hat wirklich sehr anerkennend von Ihnen gesprochen.«

»Das freut mich zu hören, Mr. Pelley, aber ich glaube nicht, dass ich da die Richtige bin. Bei Finders Keepers beschäftigten wir uns hauptsächlich damit, Kautionsflüchtlinge aufzuspüren und vermisste Personen zu suchen.« Nach einer Pause fügte sie hinzu: »Ganz abgesehen davon, dass wir ziemlich weit von Ihnen entfernt sind, falls Sie nicht von irgendwo im Nordosten anrufen.«

»Das tue ich nicht, aber es geht um etwas in Ohio, und ich kann schlecht selbst hinfliegen, weil hier allerhand läuft, worum ich mich kümmern muss. Wie weit ist es denn von Ihnen bis Dayton?«

»Einen Augenblick«, sagte sie und fuhr beinahe sofort fort: »Zweihundertzweiunddreißig Meilen laut Map-Quest. Was ein sehr gutes Programm ist. Was wollen Sie denn recherchieren lassen, Mr. Pelley? Bevor Sie antworten, muss ich Ihnen allerdings etwas sagen – wenn auch nur eine geringe Möglichkeit besteht, dass es gewalttätig wird, muss ich auf den Fall verzichten. Ich verabscheue Gewalt.«

»Keine Gewalt«, sagte er. »Es gab zwar eine Gewalttat –

den Mord an einem Kind –, aber das war hier bei uns, und der Mann, den man dafür verhaftet hat, ist tot. Nun bleibt die Frage, ob er wirklich der Täter war oder nicht, und um die zu beantworten, müssen wir uns mit einer Reise nach Dayton beschäftigen, die er im vergangenen April mit seiner Familie gemacht hat.«

»Aha, und wer würde für die Dienste unserer Firma bezahlen? Sie selbst?«

»Nein, ein Anwalt namens Howard Gold.«

»Wissen Sie vielleicht, ob Mr. Gold pünktlicher bezahlt als Dwight Cramm?«

Darüber musste Alec grinsen. »Auf jeden Fall.«

Wobei der Vorschuss zwar tatsächlich von Howie kommen würde, doch das gesamte Honorar – vorausgesetzt, dass Ms. Holly Gibney bereit war, die Recherchen in Dayton zu übernehmen – würde letztlich Marcy Maitland übernehmen, die sich das dann sicher leisten konnte. Für jemand, der wegen Mord angeklagt war, bezahlte die Versicherung zwar bestimmt nicht gern, aber da Terry nie wegen irgendetwas verurteilt worden war, würde sie keine andere Wahl haben. Dazu kam ein Verfahren wegen Fahrlässigkeit gegen Flint City, das Howie im Auftrag von Marcy anzustrengen plante; gegenüber Alec hatte er die Vermutung geäußert, dass die Stadt einem Vergleich bei Zahlung einer niedrigen siebenstelligen Summe zustimmen würde. Ein prall gefülltes Bankkonto war zwar kein Ersatz für den Mann, den Marcy verloren hatte, aber sie konnte damit die Recherchen finanzieren, den Umzug in eine andere Stadt, falls sie sich dafür entschied, und die Studiengebühren für ihre beiden Töchter, wenn es so weit war. Auch wenn Geld keinen Kummer heilte, ermöglichte es einem doch, in relativem Komfort zu trauern.

»Erzählen Sie mir mehr über den Fall, Mr. Pelley, dann sage ich Ihnen, ob ich ihn übernehmen kann.«

»Das wird etwas dauern. Ich kann morgen zur Geschäftszeit anrufen, wenn Ihnen das lieber ist.«

»Heute Abend ist schon in Ordnung. Ich muss bloß kurz den Film ausschalten, den ich mir gerade angeschaut habe.«

»Ich störe Sie an Ihrem Wochenende.«

»Eigentlich nicht. Ich habe *Wege zum Ruhm* schon mindestens ein Dutzend Mal gesehen. Das ist einer der besten Filme von Mr. Kubrick. Meiner Meinung nach wesentlich besser als *Shining* und *Barry Lyndon,* aber damals war er natürlich noch viel jünger. Jüngere Künstler gehen wesentlich eher ein Risiko ein. Nach meiner Meinung jedenfalls.«

»Ich bin kein großer Cineast«, sagte Alec, der sich wieder daran erinnerte, was Hodges gesagt hatte: exzentrisch und ein bisschen zwanghaft.

»Filme machen die Welt heller, finde ich. Einen Moment, bitte …« Im Hintergrund war leise Filmmusik zu hören, die schließlich abbrach. Dann war Holly wieder am Telefon. »Sagen Sie mir, was in Dayton getan werden muss, Mr. Pelley.«

»Es ist nicht nur eine sehr lange, sondern auch eine sehr seltsame Geschichte. Deshalb will ich Sie gleich am Anfang vorwarnen.«

Sie lachte, wobei ihre Stimme einen wesentlich volleren Klang hatte als bei ihrer sonst sehr vorsichtigen Sprechweise. Dadurch hörte sie sich jünger an. »Ach, das ist bestimmt nicht die erste seltsame Geschichte, die ich höre, glauben Sie mir! Als ich noch mit Bill zusammen war … Ach, lassen wir das. Aber wenn wir uns schon eine Weile unterhalten werden, können Sie mich auch gerne Holly nennen. Ich stelle auf Lautsprecher, damit ich die Hände frei habe. Moment … gut, jetzt können Sie mir alles erzählen.«

Solcherart ermutigt, legte Alec los. Im Hintergrund hörte er anstatt der Filmmusik das stete Klicken der Tastatur, mit der Holly sich Notizen machte. Schon bevor das Gespräch beendet war, freute er sich, dass er nicht aufgelegt hatte. Holly stellte gute, scharfsinnige Fragen. Die Merkwürdigkeiten des Falls schienen sie überhaupt nicht aus dem Konzept zu bringen. Dass Bill Hodges tot war, war eine verfluchte Schande, aber wahrscheinlich hatte Alec einen absolut adäquaten Ersatz gefunden.

Als er endlich fertig war, fragte er: »Nun, sind Sie interessiert?«

»Ja. Mr. Pelley …«

»Alec. Sie sind Holly, und ich bin Alec.«

»In Ordnung, Alec. Finders Keepers wird den Auftrag übernehmen. Ich schicke Ihnen regelmäßig Berichte per Telefon, E-Mail oder Face-Time, das Skype meiner Meinung nach bei Weitem überlegen ist. Wenn ich alles zusammenhabe, was ich finden kann, sende ich Ihnen einen vollständigen Überblick.«

»Danke. Das hört sich sehr …«

»Ja. Und jetzt will ich Ihnen noch unsere Kontonummer geben, damit Sie den besprochenen Vorschuss an unsere Bank überweisen können.«

# Holly

## 22. BIS 24. JULI

# I

Sie stellte das Bürohandy (das sie immer mit nach Hause nahm, obwohl Pete sie deshalb veralberte) in seinen Ständer neben ihrem Festnetztelefon und saß etwa dreißig Sekunden lang ruhig vor ihrem Computer. Dann drückte sie die Taste auf ihrem Fitbit, um ihren Puls zu checken. Fünfundsiebzig, acht bis zehn Schläge schneller als normal. Das überraschte sie nicht. Was Pelley über die Sache Maitland berichtet hatte, begeisterte und faszinierte sie wie kein anderer Fall, seit sie mit dem verstorbenen (und ausgesprochen grässlichen) Brady Hartsfield fertiggeworden war.

Wobei das nicht die ganze Wahrheit war. Eigentlich hatte sie seit dem Tod von Bill gar nichts mehr richtig begeistert. Pete Huntley war okay, aber doch – hier in der Stille ihrer hübschen Wohnung konnte sie das zugeben – ein bisschen schwerfällig. Er gab sich gern damit zufrieden, Schnorrer, Kautionsflüchtlinge, gestohlene Fahrzeuge, vermisste Haustiere und Väter, die ihre Unterhaltszahlungen nicht leisten wollten, aufzuspüren. Und obwohl sie Alec Pelley nichts als die Wahrheit gesagt hatte – sie verabscheute Gewalt tatsächlich, die verursachte ihr außer in Filmen nämlich Bauchschmerzen –, so hatte sie sich während der Jagd auf Hartsfield so lebendig gefühlt wie seither nie wieder. Dasselbe galt für die Sache mit Morris Bellamy, einem geisteskranken Literaturfan, der seinen Lieblingsautor ermordet hatte.

In Dayton würde sie nicht auf jemand wie Brady Hartsfield oder Morris Bellamy treffen, was gut war, denn Pete war auf Urlaub in Minnesota, und ihr junger Freund Jerome befand sich gerade mit seiner Familie auf einer Irlandreise.

»Ich werde für dich den Blarney-Stein küssen, Darlin'«, hatte er am Flughafen in einem irischen Akzent verkündet, der genauso furchtbar war wie sein Onkel-Tom-Slang, in den er immer noch gelegentlich verfiel, hauptsächlich um sie damit auf die Palme zu bringen.

»Lieber nicht«, hatte sie gesagt. »Denk dran, was für Bazillen auf dem Ding sind. Puh.«

*Alec Pelley hat tatsächlich geglaubt, irgendwelche Merkwürdigkeiten könnten mich verunsichern*, dachte sie mit leichtem Lächeln. *Er hat geglaubt, ich würde einfach sagen:* »*Das ist unmöglich, man kann nicht zur selben Zeit an zwei Orten sein, und man kann nicht von einer archivierten Fernsehaufnahme verschwinden. Das ist entweder ein übler Scherz oder ein Täuschungsmanöver.*« *Allerdings weiß Alec Pelley nicht – und ich werde es ihm nicht verraten –, dass man sehr wohl gleichzeitig an zwei Orten sein kann. Dazu war Brady Hartsfield in der Lage. Als der endlich gestorben ist, hat er nämlich im Körper eines anderen Menschen gesteckt.*

»Alles ist möglich«, sagte sie zu dem leeren Zimmer. »Absolut alles. Die Welt ist voll seltsamer Ecken und Winkel.«

Sie startete Firefox und suchte die Adresse des Lokals namens Tommy and Tuppence. Das nächstgelegene Hotel war das Fairview am Northwoods Boulevard. Ob dort wohl die Familie Maitland abgestiegen war? Danach würde sie Alec Pelley per E-Mail fragen, aber angesichts dessen, was die ältere Maitland-Tochter gesagt hatte, kam es ihr wahrscheinlich vor. Ein Blick auf Trivago ergab, dass sie dort für zweiundneunzig Dollar pro Nacht ein annehmbares Zimmer buchen konnte. Sie überlegte, ob sie lieber eine kleine Suite nehmen sollte, aber nur kurz. Das hätte das Spesenkonto aufgebläht, was eine schlechte Geschäftspraxis war und schließlich ins Verderben führen konnte.

Um beim Fairview anzurufen, nahm sie das Bürohandy, weil das eine berechtigte geschäftliche Ausgabe war. Sie reservierte für drei Nächte ab dem folgenden Tag, dann rief sie auf ihrem Computer Math Cruncher auf. Ihrer Meinung nach handelte es sich dabei um das beste Programm zum Lösen alltäglicher Probleme. Einchecken konnte man im Fairview ab fünfzehn Uhr, und auf der Schnellstraße betrug die Geschwindigkeit, bei der ihr Prius einen optimalen Spritverbrauch aufwies, dreiundsechzig Meilen pro Stunde. Sie rechnete einen Zwischenstopp ein, um zu tanken und in einem Rasthaus eine zweifellos minderwertige Mahlzeit einzunehmen … dazu kam eine Dreiviertelstunde für die unvermeidliche Verzögerung durch Straßenbauarbeiten …

»Ich fahre um zehn los«, sagte sie. »Nein, lieber um neun Uhr fünfzig, um auf Nummer sicher zu gehen.« Und um die Sicherheit noch zu erhöhen, verwendete sie die Waze-App, um eine alternative Route zu finden, falls eine nötig wurde.

Sie duschte (damit sie das nicht morgens machen musste), schlüpfte in ihr Nachthemd, putzte sich die Zähne, behandelte sie mit Zahnseide (die neuesten Studien besagten, dass das gar nicht gegen Karies schützte, aber es gehörte nun einmal zu Hollys Routine, weshalb sie es beibehalten würde, bis sie starb), nahm ihre Haarclips ab und legte sie in eine Reihe. Dann tappte sie mit bloßen Füßen in ihr zweites Schlafzimmer.

Das Zimmer war ihre Filmothek. Die Regale waren mit DVDs gefüllt, manche in farbigen Hüllen, die meisten dank Hollys exzellentem DVD-Brenner selbst gebrannt. Es waren Tausende (momentan 4375), aber die gewünschte war trotzdem leicht zu finden, weil die Scheiben alphabetisch geordnet waren. Holly nahm sie heraus und legte sie in ihrem eigentlichen Schlafzimmer auf den Nachttisch, wo sie sie nicht übersehen würde, wenn sie morgen früh die Sachen packte.

Nachdem das erledigt war, kniete sie sich hin, schloss die Augen und faltete die Hände. Morgens und abends zu beten war die Idee ihrer Psychoanalytikerin gewesen, und als Holly protestiert hatte, sie glaube nicht so richtig an Gott, hatte ihre Analytikerin gemeint, trotzdem würde es ihr helfen, gegenüber einer hypothetischen höheren Macht ihre Sorgen und Pläne zu verbalisieren. Was tatsächlich der Fall zu sein schien.

»Hier ist wieder Holly Gibney, und ich versuche immer noch, mein Bestes zu geben. Wenn du da bist, beschütze bitte Pete beim Angeln, weil nur ein Trottel in einem Boot rausfährt, wenn er nicht schwimmen kann. Bitte beschütze die Robinsons drüben in Irland, und wenn Jerome wirklich vorhaben sollte, den Blarney-Stein zu küssen, wünsche ich mir, dass du ihn davon abbringst. Ich trinke Boost, um ein bisschen zuzunehmen, weil Dr. Stonefield meint, ich sei zu mager. Das Zeug schmeckt mir nicht, aber jede Dose von diesem Energy-Drink enthält laut Etikett zweihundertvierzig Kilokalorien. Ich nehme mein Cipralex, und ich rauche nicht. Morgen fahre ich nach Dayton. Bitte hilf mir dabei, sicher zu fahren, alle Verkehrsregeln zu befolgen, und hilf mir, mit den vorhandenen Fakten das Beste anzufangen. Die Fakten sind interessant.« Sie dachte nach. »Ich vermisse Bill immer noch. Für heute Abend ist das wohl alles, glaube ich.«

Sie legte sich ins Bett und war fünf Minuten später eingeschlafen.

## 2

Holly traf um 15.17 Uhr im Hotel Fairview ein, was nicht ganz optimal, aber auch gar nicht so schlecht war. Wahrscheinlich hätte sie es bis 15.12 Uhr geschafft, wenn seit dem Verlassen der Schnellstraße nicht jede verflixte Verkehrsampel gegen sie gewesen wäre. Das Zimmer war anständig. Die Badehandtücher an der Tür zur Dusche hatte man zwar ein bisschen schief aufgehängt, aber diese Situation bereinigte sie, nachdem sie auf die Toilette gegangen war und sich Hände und Gesicht gewaschen hatte. Mit dem Fernseher war kein DVD-Player verbunden, doch für zweiundneunzig Dollar pro Nacht hatte sie auch keinen erwartet. Falls sie das Bedürfnis hatte, sich den mitgebrachten Film anzuschauen, reichte ihr Laptop dafür völlig aus. Mit wenig Geld produziert und in wahrscheinlich nicht mehr als zehn Tagen gedreht, handelte es sich nicht um einen Streifen, der eine hohe Auflösung und Dolby-Surround erforderte.

Das Tommy and Tuppence war nur ein kurzes Stück vom Hotel entfernt; sobald Holly unter der Hotelmarkise hervortrat, sah sie das Schild. Sie ging hinüber und studierte die ins Fenster gehängte Speisekarte. In der oberen linken Ecke war ein Pie abgebildet, von dessen Kruste Dampf aufstieg. Darunter stand **UNSERE SPEZIALITÄT – STEAK & KIDNEY PIE**.

Als sie ein Stück weiterschlenderte, kam sie zu einem Parkplatz, der etwa drei Viertel voll war. CITY PARKING stand auf dem Schild an der Einfahrt. BIS ZU 6 STUNDEN. Sie ging umher und sah sich nach Parkscheinen an der Windschutzscheibe oder durch Kontrolleure angebrachte Kreidestriche an den Reifen um. Beides war nicht vorhanden, was bedeutete, dass niemand die sechsstündige Begrenzung überwachte. Das System beruhte also ausschließlich auf Vertrauensbasis. In New York hätte das nicht funktioniert, aber in Ohio klappte es wahrscheinlich ganz gut. Ohne Überwachung konnte man zwar nicht feststellen, wie lange der Lieferwagen hier gestanden hatte, nachdem er von Merlin Cassidy abgestellt worden war, aber wenn die Türen nicht abgeschlossen waren und der Schlüssel in der Zündung steckte, konnte das eigentlich nicht lange gewesen sein.

Holly ging zum Tommy and Tuppence zurück, stellte sich der Oberkellnerin vor und sagte, sie führe Ermittlungen in Zusammenhang mit einem Mann durch, der im Frühjahr im Fairview übernachtet habe. Wie sich herausstellte, gehörte die Oberkellnerin auch zu den Pächtern, und da der abendliche Ansturm erst in einer Stunde bevorstand, war sie gern bereit für ein Gespräch. Holly fragte, ob sie sich wohl erinnere, wann sie hier in der Gegend Flyer mit der Speisekarte verteilt hätten.

»Was hat der Kerl denn angestellt?«, fragte die Frau. Sie hieß Mary, nicht Tuppence, und ihr Akzent klang eher nach New Jersey als nach Newcastle.

»Es ist mir nicht gestattet, darüber zu sprechen«, erwiderte Holly. »Es geht um einen Rechtsstreit. Sie verstehen.«

»Tja, ich erinnere mich tatsächlich daran«, sagte Mary. »Wäre komisch, wenn ich das nicht tun würde.«

»Weshalb?«

»Als wir vor zwei Jahren hier angefangen haben, hieß das Lokal noch Fredo's Place. Sie wissen schon, wie in *Der Pate*.«

»Ja«, sagte Holly. »Wobei Fredo vor allem aus dem zweiten Teil bekannt ist, besonders für die Szene, in der sein Bruder Michael ihn küsst und sagt: ›Ich weiß, dass du es warst, Fredo. Es bricht mir das Herz!‹«

»Da weiß ich nichts drüber, aber ich weiß, dass es in Dayton so etwa zweihundert italienische Lokale gibt, was uns das Genick gebrochen hätte. Daher haben wir es mit britischem Essen versucht, von feiner Küche kann man da eigentlich nicht sprechen – Fish and Chips, Kabeljau mit Kartoffeln, sogar Bohnen auf Toast –, und den Namen in Tommy and Tuppence geändert, wie in den Büchern von Agatha Christie. Zu dem Zeitpunkt dachten wir, wir hätten nichts mehr zu verlieren. Und wissen Sie was? Es hat funktioniert! Ich war geschockt, aber auf positive Weise, glauben Sie mir. Mittags ist es hier voll, und zum Abendessen meistens ebenfalls.« Sie beugte sich vor, wodurch Holly in ihrem Atem Gin riechen konnte, ganz eindeutig. »Wollen Sie ein Geheimnis erfahren?«

»Ich liebe Geheimnisse«, sagte Holly wahrheitsgemäß.

»Der Steak-and-Kidney-Pie kommt tiefgefroren von einer Firma in Paramus. Wir wärmen ihn nur im Backofen auf. Und wissen Sie was? Der Restaurantkritiker von den *Dayton Daily News* war total begeistert davon. Er hat uns fünf Sterne gegeben! Ohne Scheiß!« Sie beugte sich noch ein bisschen weiter vor und flüsterte: »Wenn Sie das irgendjemand weitersagen, muss ich Sie umbringen.«

Holly schloss mit dem Daumen den imaginären Reißverschluss über ihren schmalen Lippen und drehte dazu noch den unsichtbaren Schlüssel um, eine Geste, die sie oft bei Bill Hodges gesehen hatte. »Als Sie also mit dem neuen Namen und der neuen Speisekarte wiedereröffnet haben ... oder vielleicht auch kurz vorher ...«

»Johnny, das ist mein Mann, wollte die Nachbarschaft schon eine Woche vorher vollpflastern, aber ich habe ihm gesagt, das bringt nichts, weil die Leute es gleich wieder vergessen, deshalb haben wir es direkt am Tag vorher gemacht. Wir haben einen jungen Burschen angestellt und genügend Flyer drucken lassen, dass wir damit neun Häuserblocks bestücken konnten.«

»Samt dem Parkplatz da hinten.«

»Ja. Ist das von Bedeutung?«

»Könnten Sie wohl in Ihren Kalender schauen und mir sagen, welcher Tag das war?«

»Nicht nötig, das ist in meinem Gedächtnis eingeschleift.« Sie tippte sich an die Stirn. »Der 19. April. Ein Donnerstag. Eröffnet – das heißt wiedereröffnet – haben wir am Freitag.«

Holly widersetzte sich dem Drang, Marys Grammatik zu korrigieren, dankte ihr und wandte sich zum Gehen.

»Können Sie mir denn bestimmt nicht sagen, was der Kerl angestellt hat?«

»Tut mir sehr leid, aber dann würde ich meine Stelle verlieren.«

»Na, dann kommen Sie heute wenigstens zum Abendessen, falls Sie hier in der Stadt übernachten.«

»Gern«, sagte Holly, würde es aber tunlichst unterlassen. Weiß Gott, was von der Speisekarte sonst noch tiefgefroren aus Paramus geliefert wurde.

## 3

Der nächste Schritt war ein Besuch im Pflegeheim und ein Gespräch mit dem Vater von Terry Maitland, falls der gerade einen guten Tag hatte (vorausgesetzt, dass es solche guten Tage für ihn überhaupt noch gab). Sollte er nicht ansprechbar sein, konnte sie vielleicht mit einigen der Leute sprechen, die dort arbeiteten. Vorläufig saß sie jedoch in ihrem ziemlich anständigen Hotelzimmer. Sie schaltete ihren Laptop ein und schickte Alec Pelley eine E-Mail mit dem Betreff BERICHT GIBNEY NR. 1.

Flyer mit der Speisekarte von Tommy & Tuppence wurden am Donnerstag, den 19. April in einem 9 Häuserblocks umfassenden Bereich verteilt. Nach Gespräch mit Mitbesitzerin MARY HOLLISTER bin ich von der Korrektheit dieses Datums überzeugt. Aufgrund dessen können wir definitiv annehmen, dass dies das Datum ist, an dem MERLIN CASSIDY den Lieferwagen auf dem nahen Parkplatz abgestellt hat. Weise darauf hin, dass FAMILIE MAITLAND am Samstag, 21. April, gegen Mittag in Dayton eingetroffen ist. Ich bin mir fast sicher, dass das Fahrzeug bis dahin verschwunden war. Werde das morgen bei der örtlichen Polizei überprüfen, um hoffentlich einen weiteren Aspekt aufzuklären, und anschließend das Pflegeheim aufsuchen. Falls Fragen, per E-Mail oder Anruf auf meinem Mobiltelefon.

Holly Gibney
Finders Keepers

Nachdem das erledigt war, fuhr Holly ins Hotelrestaurant hinunter und bestellte sich eine leichte Mahlzeit (sich Essen aufs Zimmer bringen zu lassen, zog sie nie in Betracht, weil das immer lächerlich teuer war). Bei den auf dem Zimmer angebotenen Filmen fand sie einen Streifen mit Mel Gibson, den sie noch nicht gesehen hatte, und bestellte ihn – für $ 9,99, die sie von ihrer Spesenabrechnung abziehen würde, wenn sie diese erstellte. Der Film war nicht gerade toll, aber Gibson tat mit dem, wozu er imstande war, das Beste. Sie notierte Titel und Laufzeit in ihrem aktuellen Filmjournal (mehr als zwei Dutzend solche Büchlein hatte sie schon gefüllt) und gab dem Werk drei Sterne. Nachdem das erledigt war, vergewisserte sie sich, dass beide Schlösser der Zimmertür verriegelt waren, sprach ihr Nachtgebet (wobei sie Gott am Ende wie immer mitteilte, dass sie Bill vermisse) und ging zu Bett. Wo sie acht Stunden schlief, ohne Träume zu haben. Zumindest keine, an die sie sich erinnerte.

## 4

Am nächsten Morgen – nach einer Tasse Kaffee, einem zügigen Spaziergang von drei Meilen, Frühstück in einem nahen Café und einer heißen Dusche – rief Holly bei der Polizei von Dayton an und verlangte die Verkehrsüberwachung. Nach einer erfrischend kurzen Zeit in der Warteschleife meldete sich ein Beamter namens Linden und erkundigte sich, wie er ihr behilflich sein könne. Holly fand das entzückend. Ein höflicher Polizeibeamter machte ihr immer gute Laune. Der Fairness halber musste sie zugeben, dass sie auf solche hauptsächlich im Mittleren Westen traf.

Sie nannte Namen und Beruf, sagte, sie interessiere sich für einen weißen Lieferwagen vom Typ Econoline, der im vergangenen April auf dem öffentlichen Parkplatz am Northwoods Boulevard abgestellt worden sei, und fragte, ob die städtischen Parkplätze regelmäßig von der Polizei überprüft würden.

»Klar«, sagte Officer Linden. »Aber nicht etwa, um das

Sechs-Stunden-Limit durchzusetzen. Die Kollegen sind Cops, keine Politessen.«

»Ich verstehe«, sagte Holly. »Sie werden doch aber ein Auge darauf halten, dass dort keine gestohlenen Fahrzeuge abgestellt werden, nicht wahr?«

Linden lachte. »Ihre Firma beschäftigt sich anscheinend oft damit, Leuten ihre Autos wiederzubeschaffen.«

»Neben Kautionsflüchtlingen ist das unser täglich Brot.«

»Dann wissen Sie ja, wie das läuft. Wir interessieren uns besonders für teure Wagen, die eine Weile auf diesen Parkplätzen herumstehen, nicht nur in der Stadt, sondern auch auf dem Langzeitparkplatz am Flughafen. Modelle wie der Denali und der Escalade, Fahrzeuge von Jaguar und BMW. Der Lieferwagen, für den Sie sich interessieren, hatte ein New Yorker Kennzeichen, sagen Sie?«

»Richtig.«

»Am ersten Tag hätte ein solches Fahrzeug wahrscheinlich nicht viel Aufmerksamkeit auf sich gezogen – so merkwürdig das klingen mag, gibt es durchaus New Yorker, die nach Dayton kommen –, aber wenn es am zweiten Tag immer noch da gestanden hat? Dann wohl schon.«

Und ab da wäre es immer noch ein ganzer Tag gewesen, bevor die Maitlands eingetroffen waren. »Vielen Dank, Officer.«

»Ich kann mich bei der Verwahrstelle erkundigen, wenn Sie wollen.«

»Das ist nicht nötig. Der Lieferwagen ist tausend Meilen südlich von hier wieder aufgetaucht.«

»Wieso interessieren Sie sich eigentlich für den, wenn ich fragen darf?«

»Das dürfen Sie gern«, sagte Holly. Schließlich handelte es sich um einen Polizeibeamten. »Er wurde verwendet, um ein Kind zu entführen, das anschließend ermordet wurde.«

Nun zu neunundneunzig Prozent davon überzeugt, dass der Lieferwagen schon lange nicht mehr da gestanden hatte, als Terry Maitland mit Frau und Töchtern am 21. April in Dayton eingetroffen war, fuhr Holly mit ihrem Prius zum Pflegeheim. Es handelte sich um einen langen, niedrigen Sandsteinbau inmitten eines gepflegten, mindestens eineinhalb Hektar großen Gartens. Eine Baumgruppe trennte es vom Kindred-Hospital, von dem es wahrscheinlich betrieben wurde – mit einem hübschen Profit, denn es sah eindeutig nicht billig aus. *Offenbar hat Peter Maitland entweder allerhand Ersparnisse, eine gute Versicherung oder beides,* dachte Holly beifällig. Zu dieser Morgenstunde waren viele der für Gäste reservierten Parkbuchten leer, aber Holly wählte trotzdem eine am hinteren Ende. Ihr Fitbit-Ziel waren zwölftausend Schritte am Tag, und da war jedes kleine bisschen hilfreich.

Sie blieb kurz stehen, um zu beobachten, wie drei Pfleger mit drei Insassen umhergingen (einer von den letzteren machte tatsächlich den Eindruck, als wüsste er, wo er sich befand), dann ging sie hinein. Das Foyer hatte eine hohe Decke und eine angenehme Atmosphäre, aber neben dem Duft von Bohnerwachs und Möbelpolitur nahm Holly auch einen schwachen Uringeruch wahr, der aus dem Inneren des Gebäudes kam. Und noch etwas anderes, etwas Schwereres. Es wäre töricht und melodramatisch gewesen, es als den Geruch von verlorener Hoffnung zu bezeichnen, aber für Holly roch es trotzdem so. *Wahrscheinlich weil ich früher hauptsächlich das gesehen habe, was gefehlt hat, statt das, was vorhanden war,* dachte sie.

Auf dem Schild an der Empfangstheke stand: ALLE BESUCHER MÜSSEN SICH ANMELDEN. Die Frau dahinter (laut dem Täfelchen auf der Tischplatte Mrs. Kelly) hieß Holly mit einem freundlichen Lächeln willkommen. »Guten Tag. Was kann ich für Sie tun?«

Bis zu diesem Punkt war alles normal und nicht weiter bemerkenswert. Das änderte sich erst, als Holly fragte, ob sie Peter Maitland besuchen könne. Zwar blieb das Lächeln von Mrs. Kelly auf deren Lippen, verschwand jedoch aus ihren Augen. »Sind Sie ein Mitglied der Familie?«

»Nein«, sagte Holly. »Ich bin eine *Freundin* der Familie.«

Das war, wie sie sich sagte, keine echte Lüge. Schließlich war sie im Auftrag des Anwalts von Mrs. Maitland tätig, und der Anwalt wiederum arbeitete für Mrs. Maitland, was als eine Art Freundschaft gelten konnte, weil Holly doch dazu beitragen sollte, den guten Ruf von Mrs. Maitlands verstorbenem Ehemann wiederherzustellen. Oder etwa nicht?

»Das reicht leider nicht aus«, sagte Mrs. Kelly. Die Überreste ihres Lächelns waren jetzt nur noch rein oberflächlicher Natur. »Wenn Sie nicht zur Familie gehören, muss ich Sie leider bitten zu gehen. Mr. Maitland würde Sie ohnehin nicht erkennen. Sein Zustand hat sich im Laufe dieses Sommers verschlechtert.«

»Erst in diesem Sommer, oder seit Terry ihn im Frühjahr besucht hat?«

Jetzt war das Lächeln vollständig verschwunden. »Sind Sie Journalistin? Falls ja, sind Sie gesetzlich verpflichtet, mir das mitzuteilen, und ich werde Sie auffordern, das Gebäude augenblicklich zu verlassen. Sollten Sie sich weigern, rufe ich den Wachdienst und lasse Sie hinausbegleiten. Von Leuten wie Ihnen haben wir die Nase voll.«

Das war ja interessant. Vielleicht hatte es nichts mit der

Angelegenheit zu tun, in der Holly recherchierte, aber vielleicht doch. Schließlich war die Frau da erst derartig unwirsch geworden, nachdem der Name Peter Maitland gefallen war. »Ich bin keine Journalistin.«

»Das will ich Ihnen mal glauben, aber falls Sie keine Angehörige sind, muss ich Sie trotzdem bitten zu gehen.«

»Na gut«, sagte Holly. Sie wandte sich ab, hatte jedoch nach ein, zwei Schritten einen Einfall und drehte sich wieder zur Rezeption um. »Was wäre denn, wenn Terry, der Sohn von Mr. Maitland, anruft und für mich bürgt? Würde das helfen?«

»Wahrscheinlich schon«, sagte Mrs. Kelly mit offenkundigem Widerwillen. »Allerdings müsste er einige Fragen beantworten, damit ich mich vergewissern kann, dass es sich nicht um einen von Ihren *Kollegen* handelt, der sich als Mr. Maitland ausgibt. Wahrscheinlich kommt Ihnen das ein bisschen paranoid vor, Ms. Gibney, aber wir haben hier eine Menge durchgemacht, eine *Menge,* und ich nehme meine Verantwortung sehr ernst.«

»Ich verstehe.«

»Vielleicht tun Sie das wirklich, vielleicht auch nicht, aber auf jeden Fall würde es Ihnen nichts bringen, mit Peter zu sprechen. Das musste schon die Polizei feststellen. Er ist im Endstadium von Alzheimer. Wenn Sie mit seinem Sohn sprechen, wird er Ihnen das bestätigen.«

*Der wird mir überhaupt nichts bestätigen, Mrs. Kelly, weil er seit einer Woche tot ist. Aber das wissen Sie nicht, nicht wahr?*

»Wann hat die Polizei denn das letzte Mal versucht, mit Peter Maitland zu sprechen? Das frage ich als Freundin der Familie.«

Darüber dachte Mrs. Kelly nach. Dann sagte sie: »Ich

glaube Ihnen nicht. Und Ihre Fragen beantworte ich auch nicht.«

An diesem Punkt wäre Bill ganz kumpelhaft und zutraulich geworden, worauf er und Mrs. Kelly schließlich ihre E-Mail-Adressen ausgetauscht und einander versprochen hätten, auf Facebook in Kontakt zu bleiben, aber während Holly ausgezeichnet logisch denken konnte, arbeitete sie noch an dem, was ihre Therapeutin als soziale Kompetenz bezeichnete. Leicht niedergeschlagen, aber nicht entmutigt, ging sie davon.

Die Sache wurde immer interessanter.

## 6

Um elf Uhr an jenem hellen und sonnigen Dienstagvormittag saß Holly im Andrew Dean Park auf einer schattigen Bank, schlürfte einen Latte macchiato, der aus einem nahen Starbucks stammte, und dachte über ihr merkwürdiges Gespräch mit Mrs. Kelly nach.

Offensichtlich hatte die Frau nicht gewusst, dass Terry tot war; wahrscheinlich wusste das niemand vom Personal des Pflegeheims, was Holly nicht besonders überraschte. Die Ermordung von Frank Peterson und Terry Maitland hatte sich in einer relativ kleinen, Hunderte von Meilen entfernten Stadt ereignet. Falls darüber überhaupt auf überregionaler Ebene berichtet worden war, und zwar in einer Woche, in der ein IS-Sympathisant in einem Einkaufszentrum in Tennessee acht Menschen erschossen hatte und in der eine Kleinstadt in

Indiana von einem Tornado verwüstet worden war, dann nur als kleine Notiz auf einer Website wie der *Huffington Post*, die gleich wieder verschwunden war. Außerdem hatte sich Marcy Maitland sicher nicht mit ihrem Schwiegervater in Verbindung gesetzt, um ihm die traurige Nachricht mitzuteilen – wieso hätte sie das angesichts seines Zustandes tun sollen?

*Sind Sie Journalistin,* hatte Mrs. Kelly sie gefragt. *Von Leuten wie Ihnen haben wir die Nase voll.*

Gut, also waren Journalisten hier gewesen, aber auch Polizisten, und Mrs. Kelly hatte sich als öffentliches Gesicht des Pflegeheims mit ihnen auseinandersetzen müssen. Gefragt hatten die Besucher nicht nach Terry Maitland, sonst hätte Mrs. Kelly gewusst, dass der tot war. Worum drehte sich dann dieses ganze verflixte Theater?

Holly stellte ihren Kaffee beiseite, zog ihr I-Pad aus der Schultertasche, schaltete es ein und vergewisserte sich, dass sie fünf Balken hatte, was sie davor bewahren würde, zu Starbucks zurückgehen zu müssen. Sie bezahlte eine kleine Gebühr für den Zugang zum Archiv der Lokalzeitung (was sie gewissenhaft für ihre Spesenabrechnung notierte), und begann mit ihrer Suche am 19. April, dem Tag, an dem Merlin Cassidy den Lieferwagen abgestellt hatte. Und an dem er mit an Sicherheit grenzender Wahrscheinlichkeit erneut gestohlen worden war. Als sie sorgfältig die Lokalnachrichten durchforstete, fand sie an diesem Datum nichts, was mit dem Pflegeheim zu tun hatte. Dasselbe galt für die folgenden fünf Tage, obwohl es massenhaft andere Nachrichten gab: Autounfälle, zwei Einbrüche, einen Brand in einem Nachtclub, eine Explosion an einer Tankstelle, einen Veruntreuungsskandal um einen Beamten der Schulbehörde, die Suche nach zwei vermissten Schwestern (weiß) aus dem nahen Trotwood, einen Polizeibeamten, der beschuldigt wurde, auf einen unbewaffneten Teenager (schwarz) geschossen zu haben, eine mit einem Hakenkreuz verunzierte Synagoge.

Dann, am 25. April, trompetete der Aufmacher auf der Titelseite, dass Amber und Jolene Howard, die vermissten Mädchen aus Trotwood, tot und verstümmelt in einem Bachbett unweit ihres Elternhauses entdeckt worden seien. Laut einem anonym bleibenden Gewährsmann bei der Polizei seien »die kleinen Mädchen Handlungen von unglaublicher Grausamkeit ausgesetzt« worden. Zudem sexuell missbraucht.

Am 25. April hatte Terry Maitland sich in Dayton aufgehalten. Er war zwar mit seiner Familie zusammen gewesen, aber …

Am 26. April, wo Terry Maitland zum letzten Mal seinen Vater besucht hatte, und am 27., wo die Familie Maitland nach Flint City zurückgeflogen war, gab es keine neuen Entwicklungen. Am Samstag, dem 28., teilte die Polizei jedoch mit, sie verhöre inzwischen einen Verdächtigen. Zwei Tage später wurde der Verdächtige festgenommen. Sein Name war Heath Holmes. Er war fünfunddreißig Jahre alt, wohnte in Dayton und arbeitete als Pfleger in dem Heim, in dem Peter Maitland untergebracht war.

Holly griff nach ihrem Latte macchiato, trank mit großen Schlucken die Hälfte davon und starrte dann mit weit aufgerissenen Augen in die schattigen Tiefen des Parks. Sie warf einen Blick auf ihr Fitbit. Ihr Puls galoppierte mit einhundertzehn Schlägen pro Minute dahin, und das lag nicht nur an der Koffeinzufuhr.

Sie wandte sich wieder dem Archiv der *Daily News* zu und scrollte sich durch Mai und Juni, um den Faden der Geschichte zu verfolgen. Im Gegensatz zu Terry Maitland hatte Heath Holmes die Vorführung vor dem Haftrichter überlebt, aber genau wie Terry (Jeannie Anderson hätte von Koinzidenz gesprochen) würde er für den Mord an Amber und Jolene Howard nicht vor Gericht gestellt werden. Er hatte am 7. Juni im Gefängnis von Montgomery County Suizid begangen.

Holly blickte wieder auf ihr Fitbit und sah, dass ihr Puls jetzt auf hundertzwanzig gestiegen war. Den Rest ihres Latte macchiato schüttete sie trotzdem hinunter. Man lebte eben gefährlich.

*Bill, wenn du jetzt bloß dabei wärst. Das wünschte ich so sehr. Und Jerome, der auch. Zu dritt hätten wir den Stier bei den Hörnern gepackt und niedergerungen, bis er sich nicht mehr gewehrt hätte.*

Aber Bill war tot, Jerome war in Irland, und sie würde dieser Sache nicht tiefer auf den Grund kommen, als sie es schon getan hatte. Zumindest nicht allein. Das bedeutete jedoch nicht, dass sie in Dayton fertig wäre. Nein, das war sie noch nicht ganz.

Sie ging in ihr Hotelzimmer zurück, bestellte beim Zimmerservice ein Sandwich (pfeif auf die Kosten) und klappte ihren Laptop auf. Dann fügte sie alles, was sie jetzt wusste, zu den Notizen hinzu, die sie sich bei ihrem Telefongespräch mit Alec Pelley gemacht hatte. Sie starrte auf den Bildschirm, und während sie vor- und zurückscrollte, kam ihr ein alter Spruch ihrer Mutter in den Sinn: *Die eine Hand weiß nicht, was die andere tut.* Die Polizei in Dayton wusste nichts von dem Mord an Frank Peterson, und die Polizei in Flint City wusste nichts von dem Mord an den beiden Schwestern. Wieso sollte das anders sein? Die Morde hatten sich in verschiedenen Regionen des Landes und mit mehreren Monaten Abstand ereignet. Niemand hatte gewusst, dass Terry Maitland sich an beiden Orten aufgehalten hatte, und niemand wusste von dem Zusammenhang mit dem Pflegeheim. Jeder Fall war von einer Informationskette durchzogen, und die war hier an mindestens zwei Stellen unterbrochen.

»Aber *ich* weiß Bescheid«, sagte Holly. »Zumindest in mancher Hinsicht. Eindeutig. Bloß ...«

Ein Klopfen an der Tür ließ sie zusammenzucken. Sie öffnete dem Zimmerkellner, unterzeichnete die Quittung, wobei sie zehn Prozent Trinkgeld hinzufügte (nachdem sie sich vergewissert hatte, dass nicht schon ein Bedienungsaufschlag enthalten war) und scheuchte den Kellner dann hinaus. Anschließend ging sie im Zimmer umher und mampfte ihr mit Bacon, Salat und Tomaten belegtes Sandwich, ohne jedoch viel zu schmecken.

Was wusste sie nicht, obwohl sie es hätte wissen können? Sie wurde von der Idee geplagt, ja verfolgt, dass von dem Puzzle, das sie zusammensetzen wollte, einige Stücke fehlten. Nicht weil Alec Pelley ihr absichtlich etwas verschwiegen hätte, der Meinung war sie überhaupt nicht, aber möglicherweise weil es Einzelheiten gab – *wesentliche* Einzelheiten –, die Pelley für unwichtig hielt.

Wahrscheinlich hätte sie Mrs. Maitland anrufen können, aber die würde nur weinen und total traurig sein, und Holly würde nicht wissen, wie sie sie trösten sollte. So etwas wusste sie nie. Vor nicht allzu langer Zeit hatte sie zwar der Schwester von Jerome Robinson geholfen, eine schwierige Phase zu überstehen, aber normalerweise konnte sie so etwas einfach nicht. Außerdem war die arme Frau durch ihren Kummer bestimmt ganz benebelt, weshalb sie womöglich wichtige Fakten vernachlässigte, genau jene kleinen Dinge, mit denen man aus den Bruchstücken ein vollständiges Bild erschaffen konnte. Das war wie die drei oder vier Stücke eines richtigen Puzzles, die anscheinend immer vom Tisch auf den Boden fielen, und wenn man sie nicht suchte und fand, kam das Bild nie ganz zustande.

Mit sämtlichen Details, den kleinen wie den großen, am besten vertraut war sicher der Detective, der die meisten Zeugen befragt und Maitland verhaftet hatte. Da Holly mit Bill Hodges zusammengearbeitet hatte, hielt sie große Stücke auf Kriminalbeamte. Natürlich waren die nicht alle toll; zum Beispiel hatte sie wenig Respekt vor Isabelle Jaynes, mit der Pete Huntley zusammengearbeitet hatte, nachdem Bill in den Ruhestand gegangen war. Dieser Ralph Anderson wiederum hatte einen schlimmen Fehler begangen, indem er Maitland in aller Öffentlichkeit festgenommen hatte. Eine einzelne schlechte Entscheidung machte ihn jedoch noch nicht zu einem schlechten Detective, und von Pelley hatte sie ja einen entscheidenden mildernden Umstand erfahren: Terry Maitland hatte engen Kontakt zu dem Sohn von Anderson gehabt. Die Vernehmungen, die Anderson durchgeführt hatte, waren jedenfalls gründlich gewesen. Deshalb war er wohl derjenige, der am ehesten die fehlenden Puzzleteile beitragen konnte.

Darüber musste sie nachdenken. In der Zwischenzeit war jedoch ein weiterer Besuch im Pflegeheim fällig.

## 7

Als Holly um halb drei am Heim eintraf, fuhr sie diesmal um die linke Seite des Gebäudes herum, wo Schilder auf den PERSONALPARKPLATZ hinwiesen und warnten: PLATZ FÜR KRANKENWAGEN FREI HALTEN. Sie stellte ihren

Wagen ans hintere Ende, und zwar rückwärts, damit sie das Geschehen beobachten konnte. Ab Viertel vor drei kamen mehrere Fahrzeuge mit den Personen an, die für die von fünfzehn bis dreiundzwanzig Uhr laufende Schicht eingeteilt waren. Gegen drei fuhren die ersten Mitarbeiter der Tagschicht davon, hauptsächlich Pfleger, einige Krankenschwestern und zwei Männer im Anzug, wahrscheinlich Ärzte. Einer der Anzugträger stieg in einen Cadillac, der andere in einen Porsche. Das waren also tatsächlich Ärzte. Holly beobachtete die anderen sorgfältig und entschied sich für eine Zielperson, eine Krankenschwester im mittleren Alter, die einen mit tanzenden Teddybären verzierten Kittel trug. Ihr Wagen war ein alter Honda Civic mit Rost an den Seiten, einem schadhaften Rücklicht, das mit Isolierband geflickt war, und einem verblassten Aufkleber mit der Aufschrift ICH BIN FÜR HILLARY auf der hinteren Stoßstange. Bevor sie einstieg, blieb sie stehen, um sich eine Zigarette anzustecken. Der Wagen war alt, und Zigaretten waren teuer. Das wurde ja immer besser.

Holly folgte ihr aus dem Parkplatz auf die Straße und dann drei Meilen nach Westen, wo die Stadt erst in einen hübschen und dann in einen weniger hübschen Vorort überging. Hier bog die Frau in die Einfahrt eines von vielen identischen Häusern ein, die eng nebeneinander standen. Auf den kleinen Rasenflächen davor lag oft billiges Plastikspielzeug herum. Holly parkte am Bordstein, sprach ein kurzes Gebet, in dem sie sich Kraft, Geduld und Weisheit wünschte, und stieg aus.

»Ma'am? Entschuldigen Sie bitte!«

Die Frau drehte sich um. Sie hatte das verknitterte Gesicht und die früh ergrauten Haare einer starken Raucherin, weshalb es schwer war, ihr Alter einzuschätzen. Vielleicht fünfundvierzig, vielleicht auch fünfzig. Kein Ehering.

»Kann ich Ihnen irgendwie helfen?«

»Ja, und ich bezahle Sie für Ihre Hilfe«, sagte Holly. »Einhundert Dollar in bar, wenn Sie mit mir über Heath Holmes und seine Verbindung zu Peter Maitland sprechen.«

»Sind Sie mir etwa vom Heim hierher gefolgt?«

»Das bin ich tatsächlich.«

Die Frau runzelte die Stirn. »Sind Sie eine Journalistin? Mrs. Kelly hat gesagt, so jemand wäre gerade da gewesen. Und sie hat angekündigt, alle rauszuschmeißen, die den Mund aufmachen.«

»Ich bin zwar die Frau, von der sie gesprochen hat, aber eine Journalistin bin ich allerdings nicht. Ich bin Ermittlerin, und Mrs. Kelly wird nie erfahren, dass Sie mit mir gesprochen haben.«

»Zeigen Sie mir erst mal einen Ausweis.«

Holly händigte ihren Führerschein und eine Karte aus, die Finders Keepers zur Vertretung von Kautionsagenten berechtigte. Die Frau betrachtete beide Dokumente ausgiebig und gab sie dann zurück. »Ich bin Candy Wilson.«

»Nett, Sie kennenzulernen.«

»Mhm, das ist schön, aber wenn ich für Sie meine Stelle aufs Spiel setze, kostet das zweihundert.« Sie machte eine Pause, dann fügte sie hinzu: »Und fünfzig.«

»In Ordnung«, sagte Holly. Wahrscheinlich hätte sie die Frau auf zweihundert oder gar hundertfünfzig herunterschrauben können, aber sie war nicht gut im Handeln (das ihre Mutter immer als *Feilschen* bezeichnete). Außerdem sah ihre Gesprächspartnerin so aus, als hätte sie das Geld nötig.

»Kommen Sie lieber rein«, sagte Wilson. »Die Leute hier in der Straße haben große Ohren.«

# 8

Im Haus roch es stark nach Zigaretten, was Holly dazu brachte, sich zum ersten Mal seit einer halben Ewigkeit wirklich nach einer zu sehnen. Wilson ließ sich in einen Sessel plumpsen, der wie ihr Rücklicht mit Klebeband geflickt war. Daneben stand ein Aschenbecher, wie Holly ihn seit dem Tod ihres Großvaters (an einem Lungenemphysem gestorben) nicht mehr gesehen hatte. Wilson zog eine Schachtel Zigaretten aus der Tasche ihrer Nylonhose und knipste ihr Bic. Sie hielt Holly die Schachtel nicht hin, was angesichts der heutigen Zigarettenpreise keine Überraschung war. Holly war jedoch dankbar dafür. Sonst hätte sie vielleicht noch eine genommen.

»Zuerst das Geld«, sagte Candy Wilson.

Holly, die nicht versäumt hatte, auf ihrer zweiten Fahrt zum Pflegeheim an einem Geldautomaten haltzumachen, zog ihr Portemonnaie aus der Handtasche und zählte die korrekte Summe ab. Wilson zählte die Scheine nach, bevor sie sie zu ihren Zigaretten in die Hosentasche steckte.

»Hoffentlich stimmt es, dass Sie mich nicht verraten werden, Holly. Das Geld kann ich nämlich dringend brauchen, weil mein Mann, das Arschloch, unser Konto geplündert hat, als er abgehauen ist, aber Mrs. Kelly droht nicht zum Spaß. Sie ist wie einer von den Drachen in *Game of Thrones*.«

Holly verschloss wieder einmal mit dem Daumennagel ihre Lippen und drehte den unsichtbaren Schlüssel um, worauf Candy Wilson lächelte und sich zu entspannen schien. Sie ließ den Blick durch ihr Wohnzimmer schweifen, das klein, dunkel und im frühamerikanischen Flohmarktstil möbliert war. »Brutal hässlich hier, was? Früher hatten wir ein hübsches Haus im Westen. Nicht gerade Villa, aber besser als das Loch hier. Mein Mann, das Arschloch, hat es ohne mein Wissen verhökert, bevor er in den Sonnenuntergang davongesegelt ist. Sie wissen ja, wie man so sagt, keiner ist so blind wie jemand, der nicht sehen will. Fast würde ich mir wünschen, dass wir Kinder hätten, damit ich sie gegen ihn aufhetzen könnte.«

Darauf hätte Bill sicher eine Antwort gewusst, aber Holly wusste keine, weshalb sie ihr Notizbuch hervorzog und sich der Angelegenheit zuwandte, um die es ging. »Heath Holmes hat als Pfleger im Heim gearbeitet.«

»Und ob. Wir haben ihn immer den hübschen Heath genannt. Teils war das scherzhaft gemeint, teils nicht. Mit jemand wie Chris Pine oder Tom Hiddleston konnte er zwar nicht konkurrieren, aber er sah ziemlich gut aus. Nett war er außerdem, das fanden alle. Was wieder mal beweist, dass man keine Ahnung hat, was im Herzen von einem Menschen vorgeht. Das ist mir bei meinem Mann, dem Arschloch, auch klar geworden, aber der hat wenigstens keine kleinen Mädchen vergewaltigt und verstümmelt. Haben Sie die Fotos in der Zeitung gesehen?«

Holly nickte. Zwei süße blonde Mädchen, die dasselbe hübsche Lächeln hatten. Zwölf und zehn, genauso alt wie die Töchter von Terry Maitland. Was wieder etwas war, was sich wie eine Verbindung anfühlte. Vielleicht gab es auch keine, aber in Hollys Kopf flüsterte es immer lauter, dass die beiden Fälle in Wirklichkeit nur einer waren. Noch ein paar weitere Fakten der richtigen Art, dann würde aus dem Flüstern ein Rufen werden.

»Wer tut so etwas?«, fragte Wilson, aber rein rhetorisch. »Ein Monster, sonst niemand.«

»Wie lange haben Sie mit ihm zusammengearbeitet, Ms. Wilson?«

»Sagen Sie doch Candy zu mir, ja? Wenn jemand für meine Nebenkosten für den nächsten Monat zahlt, darf er mich gerne beim Vornamen nennen. Tja, ich habe sieben Jahre neben ihm gearbeitet und nie etwas geahnt.«

»In der Zeitung stand, dass er im Urlaub war, als die Mädchen umgebracht wurden.«

»Ja, er ist nach Regis gefahren, das ist etwa dreißig Meilen nördlich von hier. Zu seiner Mutter. Die der Polizei gesagt hat, er wäre die ganze Zeit bei ihr gewesen.« Wilson verdrehte die Augen.

»Außerdem stand in der Zeitung, dass er vorbestraft war.«

»Das stimmt, aber es war nichts Besonderes, bloß eine Spritztour mit einem geklauten Wagen, als er siebzehn war.« Sie blickte stirnrunzelnd auf ihre Zigarette. »Eigentlich hätte die Zeitung das gar nicht erfahren dürfen, weil er damals als Jugendlicher verurteilt wurde, und so was müsste unter Verschluss bleiben. Wenn es vorher rausgekommen wäre, hätte er den Job im Pflegeheim wohl gar nicht bekommen, trotz seiner Ausbildung bei der Army und den fünf Jahren, die er im Walter Reed gearbeitet hat. Vielleicht hätte man ihn auch so genommen, aber wahrscheinlich nicht.«

»Das klingt, als ob Sie ihn ziemlich gut gekannt haben.«

»Ich verteidige ihn nicht, kommen Sie bloß nicht auf die Idee. Manchmal war ich mit ihm was trinken, klar, aber das waren keine Dates oder so was. Nach der Arbeit sind ein paar von uns früher ab und zu ins Shamrock gegangen – das war damals, als ich noch ein bisschen Geld hatte und eine Runde springen lassen konnte, wenn ich an der Reihe war. Tja, die Tage sind vorüber, meine Liebe. Egal, wir haben uns die Vergesslichen Fünf genannt, weil wir doch …«

»Ich glaube, ich verstehe schon«, sagte Holly.

»Ja, das wundert mich nicht, und wir kannten sämtliche Alzheimerwitze. Die meisten sind ja irgendwie gemein, und viele von unseren Patienten sind eigentlich ziemlich nett, aber wir haben uns die Witze trotzdem erzählt, um … Ich weiß auch nicht recht …«

»Um dem Tod ein Schnippchen zu schlagen?«, schlug Holly vor.

»Ja, genau. Wollen Sie ein Bier, Holly?«

»Gern. Danke.« Eigentlich schmeckte ihr Bier nicht besonders, und es wurde auch nicht gerade empfohlen, wenn man Cipralex nahm, aber sie wollte das Gespräch am Laufen halten.

Wilson kam mit zwei Dosen Bud Light wieder. Ein Glas bot sie Holly ebenso wenig an, wie sie ihr eine von ihren Zigaretten angeboten hatte.

»Tja, ich wusste von der Verhaftung wegen dieser Spritztour«, sagte sie, während sie sich wieder auf ihrem geflickten Sessel niederließ. Der gab ein müdes Jaulen von sich. »Wir wussten alle davon. Sie wissen ja, wie man ins Reden kommt, wenn man ein paar intus hat. Mit dem, was er im April getan hat, war das natürlich absolut nicht zu vergleichen. Ich kann es immer noch nicht glauben. Bei der letzten Weihnachtsfeier habe ich diesen Typen unter dem Mistelzweig geküsst.« Sie schauderte entweder wirklich oder tat nur so.

»In der Woche vom 23. April war er also im Urlaub …«

»Wenn Sie das sagen. Ich weiß bloß, dass es im Frühling war, wegen meinem Heuschnupfen.« Damit steckte sie sich eine neue Zigarette an. »Er hat gesagt, er fährt nach Regis, weil er und seine Mutter einen Gottesdienst für seinen Vater bestellt hätten, der ein Jahr vorher gestorben ist. Als Erinnerungsgottesdienst hat er das bezeichnet. Vielleicht war er tatsächlich dort, aber dann ist er zurückgekommen, um diese Mädchen aus Trotwood umzubringen. Das steht außer Frage, weil mehrere Leute ihn gesehen haben. Außerdem hat die Überwachungskamera von einer Tankstelle aufgenommen, wie er dort seinen Wagen aufgetankt hat.«

»Was war das für ein Wagen?«, fragte Holly. »War es ein Lieferwagen?« Das war zwar eine Suggestivfrage, mit der Bill nicht einverstanden gewesen wäre, aber Holly konnte einfach nicht anders.

»Keine Ahnung. Bin mir nicht mehr sicher, was in der Zeitung stand. Wahrscheinlich sein Pick-up. Er hatte einen Tahoe, den er total aufgemotzt hat. Spezielle Reifen, massenhaft Chrom. Und ein Campingaufsatz. Eventuell hat er die beiden da reingesteckt. Sie unter Drogen gesetzt, bis er bereit war, sie … Sie wissen schon … sie zu benutzen.«

»Bah«, sagte Holly. Sie konnte nicht anders.

Candy Wilson nickte. »Genau. So was will man sich eigentlich nicht vorstellen und tut es trotzdem, man ist machtlos dagegen. Ich jedenfalls. Außerdem hat man seine DNA gefunden, wie Sie sicher wissen, weil das auch in der Zeitung stand.«

»Stimmt.«

»Und *ich* hab ihn in der Woche gesehen, weil er da an einem Tag zur Arbeit kam. Hast du etwa so viel Sehnsucht nach hier, hab ich ihn gefragt. Er hat nichts gesagt, sondern bloß merkwürdig gegrinst, während er den B-Flügel runtermarschiert ist. So hatte ich ihn noch nie grinsen sehen. Bestimmt hatte er noch das Blut von den Mädchen unter seinen Fingernägeln. Wenn das nicht sogar noch auf seinem Schwanz und seinen Eiern war. Mensch, mir wird ganz anders, wenn ich bloß dran denke.«

Holly wurde auch ganz anders, doch das sagte sie nicht, sondern trank nur einen Schluck Bier und fragte, welcher Tag das gewesen sei.

»So aus dem Stegreif weiß ich das nicht, aber jedenfalls nachdem die beiden Mädchen verschwunden waren. Wissen Sie was? Ich glaube, ich kann's Ihnen genau sagen, weil ich am selben Tag nach der Arbeit beim Friseur war. Um mir die Haare färben zu lassen. Seither war ich nicht mehr dort, wie Sie sicher deutlich sehen können. Einen Moment, bitte.« Sie ging zu einem kleinen Schreibtisch in der Ecke, zog einen Terminkalender heraus und blätterte darin. »Da steht es ja, Debbie's Hairport. Am 26. April.«

Das notierte Holly und fügte ein Ausrufezeichen hinzu. Es war der Tag, an dem Terry seinen Vater zum letzten Mal besucht hatte. Am folgenden Tag war er mit seiner Familie nach Hause geflogen.

»Kannte Peter Maitland Mr. Holmes eigentlich?«

Wilson lachte. »Peter Maitland kennt eigentlich überhaupt niemand mehr, Schätzchen. Letztes Jahr hatte er einige klare Tage, und selbst Anfang dieses Jahres war sein Gedächtnis noch so gut, dass er es alleine zur Cafeteria geschafft hat, um sich Schokolade zu holen – an das, was sie wirklich mögen, erinnern die meisten sich am längsten. Jetzt sitzt er bloß noch da und starrt vor sich hin. Falls sich bei mir auch mal so ein Scheiß entwickelt, nehme ich eine Handvoll Pillen und bringe mich um, solange ich noch genug funktionierende Gehirnzellen habe, um mich daran zu erinnern, wozu die Pillen gut sind. Aber wenn Sie wissen wollen, ob Heath Mr. Maitland kannte, lautet die Antwort: Klar, natürlich. Manche von den Pflegern wechseln immer mal wieder den Arbeitsplatz, aber Heath hat sich weitgehend an die Zimmer mit ungeraden Nummern in

Flügel B gehalten. Hat immer wieder gesagt, irgendwie würden die Leute ihn da auch kennen, selbst wenn denen ihr Gehirn weitgehend hinüber wär. Und Peter Maitland wohnt in Zimmer B 5.«

»Hat Mr. Holmes an dem Tag, an dem Sie ihn gesehen haben, das Zimmer von Mr. Maitland aufgesucht?«

»Bestimmt. Ich weiß nämlich etwas, was nicht in der Zeitung stand, aber wenn Heath vor Gericht gekommen wäre, hätte es da ganz schön Wirbel gemacht, da können Sie Gift drauf nehmen.«

»Was, Candy? Was war das, was?«

»Als die Cops herausbekommen haben, dass er nach den Morden im Pflegeheim war, haben sie alle Zimmer in Flügel B durchsucht, besonders sorgfältig das von Maitland, weil Cam Melinsky gesehen hat, wie Heath da rauskam. Cam ist einer von den Putzleuten. Ihm ist Heath besonders aufgefallen, weil er – Cam, meine ich – gerade den Boden vom Flur gewischt hat, und da ist Heath ausgerutscht und auf den Arsch gefallen.«

»Wissen Sie das ganz sicher, Candy?«

»Tu ich, und jetzt kommt der Hammer: Meine beste Freundin beim Pflegepersonal ist Penny Prudhomme, und die hat gehört, wie einer von den Cops telefoniert hat, nachdem sie Zimmer B 5 durchsucht hatten. Er hat gesagt, sie hätten da drin mehrere Haare gefunden, und zwar *blonde*. Na, was denken Sie da?«

»Ich denke, man hat die Haare wohl einem DNA-Test unterzogen, um festzustellen, ob sie von einem der beiden Mädchen stammen.«

»Da können Sie sich drauf verlassen. Wie bei *CSI*.«

»Die Ergebnisse wurden nie veröffentlicht«, sagte Holly. »Oder doch?«

»Nein. Aber Sie wissen doch, was die Cops im Keller von Mrs. Holmes gefunden haben, oder?«

Holly nickte. *Dieses* Detail war an die Öffentlichkeit gelangt, und es musste den Eltern einen Stich ins Herz gegeben haben, als sie es lasen. Jemand hatte aus dem Nähkästchen geplaudert, und die Zeitung hatte es gedruckt. Wahrscheinlich hatte man darüber auch im Fernsehen berichtet.

»Eine ganze *Menge* Sexmörder sammeln Trophäen«, sagte Candy fachkundig. »Das habe ich in *Medical Detectives* und *Dateline* gesehen. Das ist ein übliches Verhalten bei diesen Irren.«

»Wobei Heath Holmes Ihnen nie wie ein Irrer vorgekommen ist.«

»So Typen verbergen das«, sagte Candy Wilson düster.

»Aber er hat sich nicht besonders angestrengt, dieses Verbrechen zu verbergen, nicht wahr? Schließlich wurde er von mehreren Leuten gesehen, von den Überwachungsaufnahmen ganz zu schweigen.«

»Na und? Er ist eben verrückt geworden, und Verrückte scheren sich bekanntlich um nichts mehr.«

*Bestimmt haben Detective Anderson und der Staatsanwalt von Flint County über Terry Maitland genau dasselbe gesagt,* dachte Holly. *Obwohl manche Serienmörder – oder* Sexmörder, *um den Ausdruck von Candy Wilson zu verwenden – jahrelang unentdeckt bleiben. Wie Ted Bundy oder John Wayne Gacy.*

Holly erhob sich. »Herzlichen Dank, dass Sie mir das alles erzählt haben.«

»Danken Sie mir, indem Sie dafür sorgen, dass Mrs. Kelly nichts davon erfährt.«

»Das werde ich«, sagte Holly.

Als Holly aus der Haustür trat, sagte Candy: »Das mit

seiner Mutter wissen Sie doch, oder? Was sie getan hat, nachdem Heath sich im Gefängnis umgebracht hat?«

Holly blieb stehen, den Autoschlüssel schon in der Hand. »Nein.«

»Das war einen Monat später. Wahrscheinlich sind Sie bei Ihren Recherchen nicht so weit gekommen. Sie hat sich aufgehängt. Genau wie er, bloß in ihrem Keller statt in einer Gefängniszelle.«

»Heiliger Bimbam! Hat sie einen Abschiedsbrief hinterlassen?«

»Das weiß ich nicht«, sagte Candy. »Aber es war der Keller, wo die Cops diese blutigen Schlüpfer gefunden haben. Die mit Winnie Puuh und Tigger und Ruh drauf. Wenn der einzige Sohn so etwas tut, wer muss da noch einen Abschiedsbrief hinterlassen?«

## 9

Wenn Holly unsicher war, was sie als Nächstes tun sollte, suchte sie beinahe immer eine Filiale vom International House of Pancakes oder von Denny's auf. An beiden Orten wurde den ganzen Tag über Frühstück serviert, Nervennahrung, die man gemächlich verzehren konnte, ohne sich mit Dingen wie Weinkarten und aufdringlichen Kellnern abgeben zu müssen. In der Nähe ihres Hotels fand sie ein IHOP.

Sobald sie an einem Zweiertisch in der Ecke saß, bestellte sie Pancakes (einen kleinen Stapel), ein einzelnes Rührei und

Hash Browns (die von IHOP waren immer köstlich). Während sie auf das Essen wartete, schaltete sie ihren Laptop ein und suchte nach der Telefonnummer von Ralph Anderson. Die fand sie nicht, was keine große Überraschung war; Polizeibeamte stellten ihre Nummern praktisch nie ins öffentliche Telefonbuch. Trotzdem würde sie es höchstwahrscheinlich schaffen, an die Nummer zu kommen – Bill hatte ihr sämtliche Tricks beigebracht –, und sie wollte unbedingt mit Anderson sprechen, weil sie sich sicher war, dass sie beide Teile des Puzzles besaßen, die dem jeweils anderen fehlten.

»Er ist die eine Hand, ich die andere«, sagte sie.

»Wie bitte?« Das war die Kellnerin mit Hollys Abendessen.

»Ich habe bloß gesagt, wie hungrig ich bin«, sagte Holly.

»Hoffentlich, denn das hier ist 'ne ordentliche Portion.« Die Kellnerin stellte ihr die Teller hin. »Aber Sie könnten gut ein bisschen was zulegen, wenn ich das sagen darf. Sie sind zu mager.«

»Ich hatte einen Freund, der mir das auch ständig gesagt hat«, sagte Holly und hätte plötzlich am liebsten losgeheult. Das lag an diesem Satz: *Ich hatte einen Freund.* Inzwischen war Zeit vergangen, und die Zeit heilte wahrscheinlich alle Wunden, aber mein Gott, manche davon heilten unheimlich langsam. Und der Unterschied zwischen *ich habe* und *ich hatte* stellte eine gewaltige Kluft dar.

Sie aß langsam, wobei sie nicht am Sirup sparte. Der war zwar kein richtiger Ahornsirup, aber trotzdem lecker, und es war gut, sich für eine Mahlzeit hinzusetzen und sich genug Zeit dafür zu nehmen.

Als sie fertig war, hatte sie widerwillig einen Entschluss gefasst. Detective Anderson anzurufen, ohne Pelley darüber zu informieren, konnte dazu führen, dass der sie abservierte, wo sie doch – so hätte Bill es ausgedrückt – dem Fall nachjagen wollte. Wichtiger noch, es wäre unmoralisch.

Die Kellnerin kam wieder, um ihr Kaffee nachzuschenken, und Holly nahm das gern an. Bei Starbucks bekam man so etwas nicht gratis, und im IHOP hatte der Kaffee zwar keine Gourmetqualität, war aber gut genug. Wie der Sirup. *Und wie ich,* dachte Holly. Laut ihrer Therapeutin waren solche Momente, in denen man sich im Lauf des Tages immer wieder selbst bestätigte, sehr wichtig. *Ich bin zwar kein Sherlock Holmes – und auch nicht so toll wie Tommy und Tuppence –, aber ich bin gut genug, und ich weiß, was ich zu tun habe. Womöglich streitet Mr. Pelley mit mir, und ich hasse es zu streiten, aber wenn es nötig ist, wehre ich mich. Dann beschwöre ich meinen inneren Bill Hodges herauf.*

An diesem Gedanken hielt sie sich fest, während sie den Anruf machte. Als Pelley sich meldete, sagte sie: »Terry Maitland hat den jungen Peterson nicht umgebracht.«

»Was? Haben Sie da gerade gesagt, was ich gehört habe?«

»Ja. Ich habe hier in Dayton einige sehr interessante Dinge entdeckt, Mr. Pelley, aber bevor ich meinen Bericht erstelle, muss ich mit Detective Anderson sprechen. Haben Sie irgendwelche Einwände?«

Pelley verzichtete auf den Streit, vor dem sie sich gefürchtet hatte. »Das muss ich mit Howie Gold besprechen«, sagte er. »Und mit Marcy muss ich es auch abklären. Aber ich glaube, die beiden werden einverstanden sein.«

Holly entspannte sich und nippte an ihrem Kaffee. »Das ist gut. Klären Sie es bitte so schnell wie möglich, und verschaffen Sie mir seine Nummer. Ich muss noch heute Abend mit ihm sprechen.«

»Und weshalb? Was haben Sie denn herausgefunden?«

»Ich will Ihnen eine Frage stellen. Wissen Sie, ob an dem Tag, an dem Terry Maitland seinen Vater das letzte Mal im Pflegeheim besucht hat, dort etwas Ungewöhnliches vorgefallen ist?«

»In welcher Hinsicht?«

Diesmal suggerierte Holly ihrem Gesprächspartner nichts. »Ganz allgemein. Vielleicht wissen Sie es nicht, vielleicht aber doch. Hat Terry Maitland zum Beispiel seiner Frau etwas Besonderes erzählt, als er ins Hotel zurückkam? Fällt Ihnen da etwas ein?«

»Nein … außer dass Terry mit einem Pfleger zusammengestoßen ist, als der das Zimmer verlassen hat. Der Pfleger ist hingefallen, weil der Boden nass war, aber das war nur ein Zufall. Keiner von beiden hat sich dabei groß verletzt oder so.«

Holly umklammerte ihr Telefon so fest, dass ihre Knöchel knirschten. »Davon haben Sie mir überhaupt nichts erzählt.«

»Weil ich es nicht für wichtig hielt.«

»Deshalb muss ich eben mit Detective Anderson sprechen. Es gibt Puzzleteile, die fehlen. Eines haben Sie mir gerade gegeben, und er hat eventuell weitere. Außerdem kann er Dinge herausbekommen, die mir nicht zugänglich sind.«

»Wollen Sie damit sagen, dass dieser versehentliche Zusammenstoß irgendeine Relevanz hat? Aber falls ja, welche?«

»Lassen Sie mich zuerst mit Detective Anderson sprechen. *Bitte*.«

Es entstand eine lange Pause, dann sagte Pelley: »Sehen wir mal, was ich tun kann.«

Während Holly ihr Telefon in die Tasche steckte, legte die Kellnerin die Rechnung auf den Tisch. »Das hat sich aber ernst angehört.«

Holly lächelte sie an. »Danke für den guten Service.«

Die Kellnerin ging davon. Die Rechnung belief sich auf achtzehn Dollar und zwanzig Cent. Holly hinterließ fünf Dollar Trinkgeld unter ihrem Teller. Das war wesentlich mehr als der empfohlene Betrag, aber sie war ganz aufgeregt.

## 10

Kaum war sie in ihr Zimmer zurückgekehrt, läutete ihr Handy. UNBEKANNT stand auf dem Display. »Hallo? Sie sprechen mit Holly Gibney, wer ist am Apparat?«

»Ralph Anderson. Alec Pelley hat mir Ihre Nummer gegeben, Ms. Gibney, und mir gesagt, womit Sie sich gerade beschäftigen. Meine erste Frage lautet: Ist Ihnen überhaupt klar, was Sie da tun?«

»Ja.« Holly hatte viele Sorgen, und selbst nach mehreren Jahren Therapie war sie eine unsichere Person, aber das wusste sie sicher.

»Mhm, mhm, na gut, mag sein oder auch nicht, jedenfalls kann ich das nicht beurteilen, nicht wahr?«

»Nein«, stimmte Holly zu. »Zumindest nicht in diesem Augenblick.«

»Laut Alec haben Sie ihm erklärt, dass Frank Peterson nicht von Terry Maitland getötet wurde. Da wären Sie sich offenbar ganz sicher, hat er gesagt. Ich bin neugierig, wie Sie so eine Aussage treffen können, wenn Sie in Dayton sind, während der Mord an Peterson hier in Flint City geschehen ist.«

»Weil es hier ein ähnliches Verbrechen gegeben hat, und zwar zur selben Zeit, in der Maitland hier war. Kein toter

Junge, dafür aber zwei kleine Mädchen. Im Grunde dieselbe Vorgehensweise: Vergewaltigung und Verstümmelung. Der Mann, den die Polizei verhaftet hat, hat behauptet, er hätte sich in einem dreißig Meilen entfernten Ort bei seiner Mutter aufgehalten, was die später auch bestätigt hat, aber außerdem hat man ihn in Trotwood gesehen, dem Vorort, in dem die beiden Mädchen entführt wurden. Es gibt Überwachungsaufnahmen von ihm. Kommt Ihnen das bekannt vor?«

»Bekannt schon, aber es überrascht mich nicht. Die meisten Mörder zaubern irgendein Alibi aus dem Ärmel, wenn man sie gefasst hat. Da Sie sonst mit Kautionsflüchtlingen zu tun haben, wissen Sie das vielleicht nicht, Ms. Gibney – Alec hat mir erzählt, womit sich Ihre Firma hauptsächlich befasst –, aber im Fernsehen haben Sie es sicher schon gesehen.«

»Der bewusste Mann hat im Pflegeheim gearbeitet, und obwohl er eigentlich im Urlaub war, hat er sich dort mindestens einmal in derselben Woche aufgehalten, in der Mr. Maitland seinen Vater besucht hat. Bei dem letzten Besuch von Mr. Maitland – das muss am 26. April gewesen sein – sind diese beiden vermeintlichen Mörder tatsächlich zusammengestoßen. Und das meine ich wörtlich.«

»Wollen Sie mich verarschen?« Anderson brüllte das beinahe.

»Keineswegs. So etwas hätte mein alter Partner bei Finders Keepers als authentische Nichtverarschungssituation bezeichnet. Ist Ihr Interesse jetzt geweckt?«

»Hat Pelley Ihnen erzählt, dass dieser Pfleger Maitland einen Kratzer zugefügt hat, als er hingefallen ist? Dass er nach ihm gegrapscht und ihn am Arm erwischt hat?«

Holly schwieg. Sie musste an den Film denken, den sie in ihren Koffer gesteckt hatte. Obwohl sie nicht die Gewohnheit hatte, sich selbst zu gratulieren – ganz im Gegenteil –, kam ihr das wie ein intuitiv genialer Akt vor. Aber hatte sie jemals bezweifelt, dass irgendetwas am Fall Maitland ausgesprochen merkwürdig war? Nein, das hatte sie nicht. Vor allem weil sie es mit dem monströsen Brady Wilson Hartsfield zu tun gehabt hatte. So etwas führte dazu, dass die eigene Perspektive ziemlich erweitert wurde.

»Und das war nicht die einzige Verletzung.« Anderson hörte sich an, als würde er mit sich selbst sprechen. »Es gab noch eine weitere, aber hier bei uns. Nachdem Frank Peterson ermordet wurde.«

Da war ein weiteres fehlendes Stück.

»Erzählen Sie, Detective. Erzählen Sie erzählen Sie erzählen Sie!«

»Ich glaube … lieber nicht am Telefon. Können Sie hierherkommen? Mit dem Flugzeug, meine ich. Wir sollten uns zusammensetzen und unterhalten. Sie, ich, Alec Pelley, Howie Gold und ein Beamter von der Highway Patrol, der sich ebenfalls mit dem Fall beschäftigt hat. Und vielleicht Marcy. Die auch.«

»Das finde ich eine gute Idee, aber ich muss das zuerst mit meinem Auftraggeber besprechen. Mit Mr. Pelley.«

»Sprechen Sie lieber mit Howie Gold. Ich gebe Ihnen seine Nummer.«

»Den Regeln gemäß …«

»Alec arbeitet für Howie, also sind die Regeln kein Problem.«

Holly ließ sich das durch den Kopf gehen. »Können Sie sich mit der Polizei von Dayton und der Staatsanwaltschaft von Montgomery County in Verbindung setzen? Ich kann nicht alles herausbekommen, was ich über den Mord an den beiden Mädchen und über Heath Holmes – so heißt dieser Pfleger – wissen will, aber Sie könnten das wahrscheinlich.«

»Handelt es sich um ein schwebendes Verfahren? Wenn dem so ist, wird man mir wahrscheinlich nicht besonders viele Infor…«

»Mr. Holmes ist tot.« Sie machte eine Pause. »Genau wie Terry Maitland.«

»Mein Gott»«, murmelte Anderson. »Wie seltsam wird das eigentlich noch?«

»Immer seltsamer«, sagte sie. Auch daran hatte sie keinen Zweifel.

»Immer seltsamer«, wiederholte er. »Maden in der Zuckermelone.«

»Wie bitte?«

»Nichts. Rufen Sie Mr. Gold an, ja?«

»Ich glaube immer noch, ich sollte zuerst mit Mr. Pelley sprechen. Zur Sicherheit.«

»Wenn Sie wirklich meinen. Und, Ms. Gibney … ich habe den Eindruck, Sie wissen sehr wohl, was Sie tun.«

Das brachte sie zum Lächeln.


11


Nachdem Holly von Mr. Pelley die Genehmigung erhalten hatte, rief sie sofort bei Howie Gold an. Inzwischen schritt sie nervös auf dem billigen Teppichboden des Hotels umher und drückte wie besessen auf ihr Fitbit, um ihren Puls zu überprüfen. Ja, Mr. Gold hielt es für eine gute Idee, wenn sie sich ein Ticket nach Flint City kaufe, und nein, sie müsse nicht Economy fliegen. »Buchen Sie Businessclass«, sagte er. »Mehr Beinfreiheit.«

»In Ordnung.« Ihr war ganz schwindlig. »Dann tue ich das.«

»Sie glauben also wirklich nicht, dass Terry den kleinen Peterson getötet hat?«

»Genauso wenig, wie ich glaube, dass Heath Holmes die beiden Mädchen getötet hat«, sagte sie. »Ich glaube, es war jemand anderes. Ich glaube, es war ein Outsider.«

# Besuche

## 25. JULI

# I

An jenem Mittwochmorgen wachte Detective Jack Hoskins von der Polizei in Flint City um zwei Uhr in dreifachem Elend auf: Er hatte einen Kater, er hatte einen Sonnenbrand, und er musste dringend kacken. *Das habe ich davon, dass ich was im Los Tres Molinos gegessen habe,* dachte er ... aber stimmte das überhaupt? Er war sich ziemlich sicher, dass er dort gegessen hatte – mit Schweinefleisch und diesem pikanten Käse gefüllte Enchiladas –, aber hundertprozentig wusste er das nicht. Vielleicht war er auch im Hacienda gewesen. Die vergangene Nacht war ihm nur noch trübe in Erinnerung.

*Ich muss den Wodka zurückschrauben. Mein Urlaub ist vorüber.*

Ja, und zwar verfrüht. Weil seine beschissene kleine Behörde momentan nur über einen einzigen arbeitsfähigen Detective verfügte. Manchmal war das Leben richtig fies. Oft sogar.

Er stieg aus dem Bett, schnitt eine Grimasse, weil es in seinem Kopf einen harten Schlag tat, als seine Füße auf dem Boden aufkamen, und rieb sich den verbrannten Nacken. Dann entledigte er sich seiner Boxershorts, griff sich die Zeitung vom Nachttisch und schlurfte ins Bad, um sein Geschäft zu erledigen. Als er auf der Toilette hockte und auf den halb flüssigen Schwall wartete, der sich immer circa sechs Stunden nach dem Verzehr von mexikanischem

Essen einstellte (ob er wohl nie eine Lehre daraus ziehen würde?), schlug er die Zeitung auf und blätterte zu den Comicstrips vor, dem einzigen Teil des Lokalblatts, der etwas taugte.

Er studierte gerade mit zusammengekniffenen Augen die winzigen Sprechblasen in *Get Fuzzy*, als er den Duschvorhang rascheln hörte. Er blickte auf und sah hinter den gedruckten Gänseblümchen einen Schatten. Das Herz schlug ihm bis zum Hals. Da stand jemand in seiner Badewanne! Ein Eindringling, und zwar nicht bloß ein zugedröhnter Junkie, der sich durchs Badezimmerfenster gezwängt und an den einzigen verfügbaren Ort geflüchtet hatte, als das Licht im Schlafzimmer angegangen war. Nein. Es war derselbe Jemand, der in dieser verfluchten verlassenen Scheune draußen in Canning hinter ihm gestanden hatte. Das war so sicher wie das Amen in der Kirche. Die dortige Begegnung (falls es tatsächlich eine Begegnung gewesen war) ging ihm nicht aus dem Kopf, und es war fast so, als hätte er diese … *Rückkehr* erwartet.

*Was für ein Schwachsinn! Du dachtest in der Scheune, du hättest einen Mann gesehen, aber als du die Lampe auf ihn gerichtet hast, war da nur ein altes Pferdegeschirr. Jetzt denkst du, da steht jemand in deiner Wanne, aber was da wie ein Kopf aussieht, ist bloß der Duschkopf, und der vermeintliche Arm ist bloß deine langstielige Rückenbürste, die in dem Haltegriff an der Wand steckt. Und das Rascheln war entweder von einem Luftzug oder reine Einbildung.*

Er schloss die Augen. Öffnete sie wieder und starrte auf den Duschvorhang mit diesen dämlichen Plastikblumen, einen Duschvorhang, wie ihn nur eine Exfrau schön finden konnte. Jetzt, wo er vollständig wach war, verschaffte sich die Realität wieder Geltung. Das war nur der Duschkopf, nur der Haltegriff, in dem die Rückenbürste steckte. Er war ein Idiot. Ein *verkaterter* Idiot, die übelste Sorte. Er ...

Der Duschvorhang raschelte wieder. Er raschelte, weil das, was Jack für seine Rückenbürste hatte halten wollen, jetzt schattenhafte Finger bekam, die nach dem Vorhang griffen. Der Duschkopf drehte sich und schien ihn durch den durchsichtigen Kunststoff hindurch anzustarren. Jacks Finger erschlafften, worauf ihm die Zeitung entglitt und mit einem leisen Klatschen auf den Fliesen landete. In seinem Kopf pochte es unablässig; sein Nacken brannte. Dann entspannten sich seine Gedärme, und das Bad füllte sich mit dem Geruch seiner – da war er sich plötzlich sicher – letzten Mahlzeit. Eine Hand bewegte sich auf den Rand des Duschvorhangs zu. In einer Sekunde – höchstens zwei – würde der Vorhang zurückgezogen werden und etwas so Grässliches enthüllen, dass ihm sein schlimmster Albtraum wie eine süße Träumerei vorkäme.

»Nein«, flüsterte er. »Nein.« Er versuchte, sich von der Toilette zu erheben, aber seine Beine gaben nach, worauf sein ansehnlicher Hintern wieder auf die Brille plumpste. »Nein. Bitte nicht.«

Die Hand kroch um die Vorhangkante, doch anstatt den Vorhang aufzuziehen, falteten die Finger sich nur darum. Auf diese Finger war ein Wort tätowiert: CANT. *Kann nicht, darf nicht.*

»Jack.«

Hoskins konnte nichts erwidern. Er saß nackt auf der Toilette, während noch Scheißereste in die Schüssel klatschten und sein Herz in der Brust hämmerte. Bald würde es explodieren, und dann war das Letzte, was er auf dieser Erde sah, dieses Herz, das auf den Fliesen lag und bei seinen letzten Zuckungen Blut auf Jacks Füße und den Comicteil der Lokalzeitung pumpte.

»Das ist kein Sonnenbrand, Jack.«

Er wäre am liebsten in Ohnmacht gefallen. Einfach von der Kloschüssel gekippt, und wenn er sich auf dem harten Boden eine Gehirnerschütterung oder gar einen Schädelbruch holte, na und? Wenigstens hätte er sich dann ausgeklinkt. Aber sein Bewusstsein blieb ebenso hartnäckig erhalten wie die schattenhafte Gestalt in der Badewanne. Auch die Finger auf dem Vorhang waren weiter da, in verblasstem Blau: CANT.

»Fass dir mal an den Nacken, Jack. Und zwar sofort, wenn du nicht willst, dass ich den Vorhang zurückziehe und mich zeige.«

Hoskins hob die Hand und drückte sie sich an den Nacken. Sein Körper reagierte umgehend mit entsetzlichen Schmerzen, die in die Schläfen und die Schultern schossen. Er blickte auf seine Hand und sah, dass sie mit Blut verschmiert war.

»Du hast Krebs«, teilte die Gestalt hinter dem Vorhang ihm mit. »Der ist in deinen Lymphdrüsen, in deiner Kehle und in deinen Nebenhöhlen. Auch in deinen *Augen* ist er, Jack. Er frisst sich in deine *Augen*. Bald wirst du sie sehen können, die grauen Knötchen aus bösartigen Krebszellen, die dir im Blickfeld herumschwimmen. Weißt du, seit wann du ihn hast?«

Natürlich wusste er das. Seit diese Kreatur ihn draußen in Canning berührt hatte. Seit sie ihn *liebkost* hatte.

»Ich habe ihn dir gegeben, aber ich kann ihn auch wieder zurücknehmen. Möchtest du, dass ich ihn zurücknehme?«

»Ja«, flüsterte Jack. Er begann zu weinen. »Nimm ihn zurück. *Bitte* nimm ihn zurück.«

»Wirst du etwas tun, wenn ich dich darum bitte?«

»Ja.«

»Du wirst dabei nicht zögern?«

»Nein!«

»Ich glaube dir. Und du wirst mir keinerlei Grund geben, dir *nicht* zu glauben, nicht wahr?«

»Nein! *Nein!*«

»Gut. Wisch dich jetzt ab. Du stinkst.«

Die Hand mit dem Verbot auf den Fingern zog sich zurück, aber die Gestalt hinter dem Duschvorgang starrte ihn weiterhin an. Es war kein Mensch, sondern etwas viel Schlimmeres als der schlimmste Mensch, der je gelebt hat. Als Hoskins nach dem Toilettenpapier griff, nahm er wahr, dass er zur Seite kippte, während die Welt zugleich trüber wurde und schrumpfte. Das war gut. Er stürzte, hatte aber keine Schmerzen. Noch bevor er auf dem Boden aufkam, war er bewusstlos.

## 2

Jeannie Anderson wachte an diesem Morgen um vier auf, weil sie wie üblich zu dieser Zeit eine volle Blase hatte. Normalerweise wäre sie ins angrenzende Bad gegangen, aber seit Terry Maitland erschossen worden war, schlief Ralph schlecht, und in dieser Nacht war er besonders unruhig gewesen. Nachdem sie aus dem Bett gestiegen war, machte sie sich deshalb auf den Weg zum Bad am Ende des Flurs, gleich hinter der Tür zu Dereks Zimmer. Als sie sich erleichtert hatte, überlegte sie, ob sie spülen sollte, aber schon davon wäre Ralph womöglich aufgewacht. Das konnte bis morgen früh warten.

*Noch zwei Stunden,* dachte sie, als sie das Bad verließ. *Noch zwei Stunden ordentlich schlafen, mehr will ich gar ...*

Mitten auf dem Flur blieb sie stehen. Unten war es doch dunkel gewesen, als sie aus dem Schlafzimmer gekommen war, oder etwa nicht? Da hatte sie zwar noch halb geschlafen, aber es wäre ihr doch bestimmt aufgefallen, wenn da Licht gebrannt hätte.

*Bist du dir da sicher?*

Nein, nicht vollständig, aber auf jeden Fall brannte jetzt da unten Licht. Ein weißes Licht. Matt. Das über dem Herd.

Sie ging zur Treppe, blieb vor der obersten Stufe stehen, blickte stirnrunzelnd auf das Licht und dachte intensiv nach. Hatten sie die Alarmanlage eingeschaltet, bevor sie zu Bett gegangen waren? Ja. Das vor dem Schlafengehen zu tun war eine eiserne Regel. Sie schaltete die Anlage ein, und Ralph kontrollierte nach, bevor sie hinaufgingen. Jedenfalls schaltete immer einer von beiden das Ding ein, aber nachkontrollieren – und schlecht schlafen – das tat Ralph beides erst seit dem Tod von Terry Maitland.

Sie überlegte, ob sie ihn aufwecken sollte, entschied sich jedoch dagegen. Er brauchte seinen Schlaf. Dann überlegte sie, ob sie im Schlafzimmer seinen Dienstrevolver holen sollte, der im Kleiderschrank ganz oben in einem Kistchen lag, aber die Schranktür quietschte, wovon er sicher aufgewacht wäre. War das alles nicht ziemlich paranoid? Wahrscheinlich war das Licht *doch* schon an gewesen, als sie ins Bad gegangen war, und es war ihr bloß nicht aufgefallen. Vielleicht war es auch von selbst angegangen, durch eine Fehlfunktion. Leise ging sie die Treppe hinab, wobei sie unwillkürlich auf der dritten Stufe nach links trat und auf der neunten nach rechts, damit es nicht knarrte.

Als sie zur Küchentür kam und um den Rahmen herumspähte, kam sie sich zugleich dämlich und überhaupt nicht dämlich vor. Seufzend blies sie sich ihren Pony aus der Stirn. In der Küche war niemand. Sie ging auf den Herd zu, um das Licht auszuschalten, blieb jedoch plötzlich stehen. Am Küchentisch hätten vier Stühle stehen sollen, drei für die Familie und einer, den sie als Gästestuhl bezeichneten. Jetzt jedoch standen da nur drei.

»Beweg dich nicht«, sagte jemand. »Wenn du dich bewegst, töte ich dich. Und wenn du schreist, töte ich dich auch.«

Mit hämmerndem Puls blieb sie stehen. Die Härchen im Nacken stellten sich auf. Wäre sie nicht gerade erst pinkeln gewesen, wäre jetzt Urin an ihren Beinen hinuntergelaufen und hätte auf dem Boden eine Pfütze gebildet. Der Mann, der Eindringling, saß in ihrem Wohnzimmer auf dem Gästestuhl, gerade so weit neben dem Durchgang, dass sie nur seine Unterschenkel und Füße sehen konnte. Er trug ausgebleichte Jeans und Mokassins ohne Socken. Seine Fesseln waren mit roten Flecken übersät, bei denen es sich um Schuppenflechte handeln mochte. Sein Oberkörper war nur eine vage Silhouette. Jeannie konnte lediglich erkennen, dass seine Schultern breit waren und leicht herunterhingen – aber nicht aus Müdigkeit, sondern vor lauter Muskeln, wegen denen sie sich nicht mehr straffen ließen. Komisch, was man in einem solchen Moment alles sah! Durch das Entsetzen war die gewohnte Sortierfähigkeit ihres Gehirns eingefroren, weshalb alles ohne jeden Filter hindurchströmte. Das war der Mann, der Frank Peterson umgebracht hatte. Der Mann, der ihn wie ein wildes Tier gebissen und ihn mit einem Ast vergewaltigt hatte. Dieser Mann war jetzt in ihrem Haus, und da stand sie in ihrem kurzen Pyjama, mit Nippeln, die zweifellos so hervorstachen wie Scheinwerfer.

»Hör mir zu«, sagte er. »Hörst du mir zu?«

»Ja«, flüsterte Jeannie, aber sie hatte zu schwanken begonnen, war am Rande einer Ohnmacht und hatte Angst, sie könnte umkippen, bevor er gesagt hatte, was er sagen wollte. Wenn das geschah, würde er sie umbringen, und danach machte er sich entweder davon, oder er ging nach oben, um Ralph umzubringen. Das würde er tun, bevor Ralph so klar denken konnte, dass er begriff, was vor sich ging.

*Dann kommt Derek vom Sommerlager als Waisenkind nach Hause.*

Nein. Nein. *Nein.*

»W-was wollen Sie?«

»Sag deinem Mann, dass hier in Flint City Schluss sein muss. Sag ihm, dass er aufhören muss. Sag ihm, dass es wieder läuft wie gewohnt, wenn er das tut. Wenn er es nicht tut, bringe ich ihn um. Sag ihm das. Ich bringe die Typen alle um.«

Seine Hand reckte sich aus den Schatten des Wohnzimmers in das trübe Licht, das die einzelne fluoreszierende Lampe verströmte. Es war eine große Hand. Er ballte sie zur Faust.

»Was steht da auf meinen Fingern? Lies es mir vor.«

Jeannie starrte auf die verblassten blauen Buchstaben. Sie versuchte zu sprechen und konnte es nicht. Ihre Zunge war nur noch ein Klumpen, der am Gaumen klebte.

Er beugte sich vor. Unter einer breiten, vorstehenden Stirn sah sie Augen. Schwarze Haare, so kurz, dass sie sich sträubten. Schwarze Augen, deren Blick nicht einfach auf ihr lag, sondern in sie eindrang, um ihr Herz und ihre Gedanken zu erforschen.

»Da steht MUST«, sagte er. »Das siehst du doch, oder?«
*Du musst.*

»J-j-j…«

»Und du musst ihm sagen, er soll die Suche aufgeben.« Die roten Lippen, die sich da bewegten, wurden von einem schwarzen Bart umrahmt. »Sag ihm, wenn er oder irgendeiner von den anderen versucht, mich aufzuspüren, dann bringe ich sie alle um und werfe ihre Eingeweide in die Wüste, damit die Geier da was zu fressen haben. Hast du mich verstanden?«

*Ja,* versuchte sie ihm zu sagen, aber ihre Zunge bewegte sich nicht. Die Knie wurden ihr weich. Sie streckte die Arme aus, um sich beim Fallen abzustützen, aber sie wusste nicht, ob ihr das gelingen würde oder nicht, weil sie in der Dunkelheit verschwand, bevor sie auf dem Boden aufkam.

## 3

Als Jack um sieben Uhr aufwachte, fiel heller Sommersonnenschein auf sein Bett. Draußen zwitscherten die Vögel. Er setzte sich kerzengerade auf und blickte wild um sich. Dabei nahm er nur andeutungsweise wahr, dass sein Kopf von dem am Abend genossenen Wodka pochte.

Er stieg schnell aus dem Bett, zog die Nachttischschublade auf und holte den Pathfinder Kaliber .38 heraus, den er dort zum häuslichen Schutz verwahrte. Dann stelzte er vorsichtig durchs Zimmer, die Waffe so neben seiner rechten Wange, dass der kurze Lauf auf die Decke gerichtet war. Er kickte seine Boxershorts beiseite, und als er zur Badezimmertür kam, die offen stand, stellte er sich daneben und drückte den Rücken an die Wand. Der herauswabernde Geruch war schwach, aber vertraut; es waren die Nachwehen seines letzten Enchilada-Abenteuers. Er war also tatsächlich aufgestanden, um zu kacken; zumindest das war kein Traum gewesen.

»Ist jemand da drin? Falls ja, raus mit der Sprache! Ich bin bewaffnet und bereit zu schießen.«

Nichts. Jack holte tief Luft, ging ein Stück weit in die Hocke und drehte sich um den Türrahmen. Dann schwenkte er den Lauf seines Revolvers von einer Seite zur anderen. Er sah die Kloschüssel mit offenem Deckel und heruntergelassener Brille. Er sah die auf dem Boden liegende Zeitung, bei der die Comicstrips aufgeschlagen waren. Er sah die Wanne mit ihrem geblümten, durchsichtigen Vorhang, der zugezogen war. Dahinter sah er mehrere Formen, aber das waren nur der Duschkopf, der Haltegriff, die Rückenbürste.

*Bist du dir da sicher?*

Bevor er die Nerven verlieren konnte, machte er einen Schritt vorwärts. Dabei rutschte er auf der Badematte aus und grapschte nach dem Duschvorhang, damit er nicht auf die Schnauze knallte. Der Vorhang löste sich von seinen Ringen und fiel ihm aufs Gesicht. Jack schrie auf, zerrte das Ding zur Seite und richtete den Revolver auf die Wanne. Da war niemand. Keine finstere Gestalt. Er spähte auf den Boden der Wanne. Da er sich keine besondere Mühe gab, sie sauber zu halten, müssten da Fußspuren sein, wenn jemand drin gestanden hätte. Davon war in dem getrockneten Schaum von Seife und Shampoo jedoch nichts zu sehen. Es war also alles wirklich nur ein Traum gewesen. Ein besonders lebhafter Albtraum.

Dennoch überprüfte er das Badezimmerfenster und alle drei Türen im Haus, die nach draußen führten. Alles war verriegelt.

Na gut. Zeit, sich zu entspannen. Oder doch nicht. Er ging wieder ins Bad, um sich noch einmal umzuschauen. Diesmal warf er einen Blick ins Handtuchschränkchen (nichts) und hob mit dem Fuß angeekelt den heruntergefallenen Duschvorhang an. Das Scheißding musste dringend ausgetauscht werden. Er nahm sich vor, gleich heute beim Baumarkt vorbeizufahren.

Dann rieb er sich abwesend den Nacken. Als seine Finger die Haut berührten, zischte er vor Schmerz. Er trat zum Waschbecken und drehte sich um, aber der Versuch, den eigenen Nacken zu sehen, indem man über die Schulter blickte, erwies sich als völlig sinnlos. Als er die obere Schublade des Unterschranks aufzog, fand er nur Rasierzeug, Kämme, eine halb aufgerollte elastische Binde und die älteste Miconazol-Tube der Welt, ein weiteres kleines Souvenir aus der Zeit mit Greta. Wie der bescheuerte Duschvorhang.

In der unteren Schublade fand er, wonach er gesucht hatte, einen Spiegel mit angeknackstem Handgriff. Er rieb den Staub von der Oberfläche, bewegte sich rückwärts, bis sein Hintern das Waschbecken berührte, und hielt den Spiegel hoch. Sein Nacken war flammend rot, und er sah, dass sich perlenförmige Bläschen bildeten. Wie konnte das sein, wo er sich doch immer sorgfältig mit Sonnencreme einschmierte und nirgendwo anders einen Sonnenbrand hatte?

*Das ist kein Sonnenbrand, Jack.*

Jack gab ein leises Wimmern von sich. Bestimmt hatte heute Nacht niemand in seiner Wanne gestanden, kein gruseliger Irrer, dem ein Verbot auf die Finger tätowiert war – *ganz bestimmt nicht –*, aber eines war sicher: In seiner Familie neigte man zu Hautkrebs. Seine Mutter und einer seiner Onkel waren daran gestorben. *Das hat mit den roten Haaren zu tun,* hatte sein Vater gesagt, nachdem man ihm allerhand

entfernt hatte: Fibrome vom linken, dem Autofenster zuge-
wandten Arm, Präkanzerosen von den Waden und ein Basal-
zellkarzinom vom Nacken.

Jack erinnerte sich, dass sein Onkel Jim an der Wange ein
riesiges schwarzes Muttermal gehabt hatte, das größer, immer größer wurde; er erinnerte sich an die wunden Stellen,
die sich am Brustbein seiner Mutter gebildet und sich in
ihren linken Arm hineingefressen hatten. Die Haut war das
größte menschliche Organ, und wenn sie aus dem Gleichgewicht geriet, waren die Folgen wenig erfreulich.

*Möchtest du, dass ich ihn zurücknehme,* hatte der Mann
hinter dem Vorhang gefragt.

»Das war ein Traum«, sagte Jack. »Ich hab draußen in
Canning einen Schrecken bekommen, und gestern Abend
hab ich massenhaft mieses mexikanisches Zeug in mich rein-
gestopft, deshalb hatte ich einen Albtraum. Das ist alles,
Schluss, aus.«

Allerdings hielt ihn das nicht davon ab, nach Knötchen in
seinen Achselhöhlen, unter dem Kinn und in seiner Nase zu
tasten. Nichts. Bloß ein bisschen zu viel Sonne auf dem Nacken. Nur dass er sonst nirgendwo Sonnenbrand hatte,
nichts als diesen einzelnen pochenden Streifen. Der blutete
zwar nicht – was mehr oder weniger einen Beweis dafür darstellte, dass die Begegnung am frühen Morgen nur ein
Traum gewesen war –, aber dafür entstanden da bereits haufenweise Bläschen. Wahrscheinlich sollte er deshalb einen
Arzt konsultieren, was er auch tun würde … aber erst, nachdem er der Stelle einige Tage Zeit gelassen hatte, von selbst
zu heilen.

*Wirst du etwas tun, wenn ich dich darum bitte? Und du
wirst dabei nicht zögern?*

Da würde niemand zögern, dachte Jack, während er im

Spiegel seinen Nacken betrachtete. Wenn die Alternative darin bestand, von außen nach innen aufgefressen zu werden, und zwar bei lebendigem Leibe, würde das niemand tun.

**4**

Als Jeannie aufwachte, starrte sie an die Schlafzimmerdecke und begriff zuerst nicht, weshalb sich in ihrem Mund der Kupfergeschmack von Panik ausbreitete, als hätte sie knapp einen schlimmen Sturz vermieden, und weshalb sie die Hände hob und die Finger spreizte, als wollte sie jemand abwehren. Dann sah sie links neben sich die leere Hälfte vom Bett, hörte Ralph in der Dusche herumplanschen und dachte: *Es war ein Traum. Zweifellos der lebhafteste Albtraum aller Zeiten, aber trotzdem nur ein Traum.*

Dennoch empfand sie kein Gefühl der Erleichterung, denn in Wahrheit glaubte sie das, was sie da dachte, gar nicht. Die Bilder verblassten nicht, wie es Träume nach dem Aufwachen normalerweise taten, selbst die allerschlimmsten. Vielmehr erinnerte sie sich an alles, angefangen damit, dass sie unten Licht gesehen hatte. Sie erinnerte sich, dass hinter dem Durchgang zum Wohnzimmer ein Mann auf dem Gästestuhl gesessen hatte, und daran, wie er die Hand ins trübe Licht gereckt und zur Faust geballt hatte, damit die verblassten Buchstaben des Tattoos zwischen den Fingerknöcheln erkennbar wurden: MUST. *Du musst.*

*Du musst ihm sagen, er soll seine Suche aufgeben.*

Sie schlug die Decke zurück und verließ fast im Laufschritt das Zimmer. In der Küche war das Licht über dem Herd ausgeschaltet, und alle vier Stühle standen auf ihrem gewohnten Platz an dem Tisch, an dem die Familie die meisten Mahlzeiten einnahm. Das hätte Jeannie überzeugen sollen.

Tat es aber nicht.

## 5

Als Ralph herunterkam, wobei er sich mit einer Hand das Hemd in die Jeans steckte und in der anderen seine Sneakers hielt, saß seine Frau am Küchentisch. Vor ihr stand weder eine Tasse Morgenkaffee noch Saft oder Müsli. Er fragte, ob etwas passiert sei.

»Ja. Heute Nacht war ein Mann hier.«

Wie angewurzelt blieb Ralph stehen, den halben Hemdsaum in der Hose, während die andere Hälfte noch über den Gürtel hing. Er ließ seine Schuhe fallen. »*Was* sagst du da?«

»Ein Mann war da. Der Mann, der Frank Peterson umgebracht hat.«

Mit einem Mal hellwach, sah er sich um. »Wann denn? Wovon redest du überhaupt?«

»Heute Nacht. Jetzt ist er weg, aber er hatte eine Botschaft für dich. Setz dich, Ralph.«

Er tat wie geheißen, worauf sie ihm erzählte, was geschehen war. Er lauschte, ohne ein Wort zu sagen, und sah ihr dabei in die Augen, in denen er nichts als absolute Überzeugung sah. Als sie fertig war, stand er auf, um das Bedienfeld der Alarmanlage an der Hintertür zu überprüfen.

»Die Anlage ist eingeschaltet, Jeannie. Und die Tür ist abgeschlossen. Zumindest die hier.«

»Ich weiß, dass das Ding eingeschaltet ist. Und die Türen sind alle abgeschlossen. Ich habe nachgeschaut. Auch an den Fenstern.«

»Wie sollte jemand dann …«

»Das weiß ich nicht, aber er war hier.«

»Und hat dort gesessen.« Er deutete auf den Durchgang zum Wohnzimmer.

»Ja. Als ob er nicht zu weit ins Licht geraten wollte.«

»Er war ziemlich groß, sagst du?«

»Ja. Vielleicht nicht so groß wie du – das konnte ich nicht genau erkennen, weil er ja auf dem Stuhl saß –, aber er hatte breite Schultern und massenhaft Muskeln. So wie jemand, der täglich drei Stunden im Fitnesscenter verbringt. Oder der auf dem Gefängnishof Gewichte stemmt.«

Ralph stand vom Tisch auf und kniete sich dorthin, wo das Küchenparkett an den Teppichboden des Wohnzimmers angrenzte. Sie wusste, wonach er suchte und dass er es nicht finden würde. Da hatte sie nämlich ebenfalls schon nachgeschaut, und es hatte sie nicht dazu gebracht, ihre Meinung zu ändern. Wenn man nicht geisteskrank war, kannte man den Unterschied zwischen Traum und Wirklichkeit, selbst wenn Letztere sich weit außerhalb der Normalität befand. Früher hätte sie das wohl bezweifelt (wie Ralph es offenbar gerade tat), aber damit war es vorbei. Jetzt wusste sie es besser.

Er erhob sich. »Das ist ein neuer Teppichboden, Schatz. Wenn da ein Mann gesessen hätte, auch nur ganz kurz, dann hätten die Stuhlbeine Spuren im Flor hinterlassen. Da sind aber keine.«

Sie nickte. »Ich weiß. Aber er war trotzdem da.«

»Was willst du damit sagen? Dass er ein Geist war?«

»Was er war, weiß ich nicht, aber ich weiß, dass er wirklich vorhanden war. Und das heißt, dass du deine Suche aufgeben musst. Wenn du das nicht tust, wird etwas Schlimmes passieren.« Sie ging zu ihm und legte den Kopf zurück, um ihm direkt ins Gesicht zu blicken. »Etwas Furchtbares.«

Er nahm sie bei den Händen. »Es waren stressige Tage, Jeannie. Für dich genauso wie für mich, und …«

Sie entzog sich ihm. »Lass das, Ralph. Bitte. Er war *hier*.«

»Gut, nehmen wir mal theoretisch an, dass das stimmt. Dann wäre es nicht das erste Mal, dass man mir droht. Jeder Polizist, der etwas taugt, ist schon einmal bedroht worden.«

»Du bist nicht der Einzige, der da bedroht wird!« Sie musste sich alle Mühe geben, nicht zu schreien. Das war ja wie in einem von diesen lächerlichen Horrorfilmen, in denen niemand der Heldin glaubte, wenn sie sagte, dass Jason oder Freddy oder Michael Myers wieder aufgetaucht war. »Er war in unserem *Haus!*«

Ralph überlegte, ob er noch einmal von vorn anfangen sollte: verschlossene Türen, verschlossene Fenster, Alarmanlage eingeschaltet, aber nicht ausgelöst. Er überlegte, ob er Jeannie daran erinnern sollte, dass sie in ihrem eigenen Bett aufgewacht war, sicher und geborgen. Leider sah er ihr an der Nasenspitze an, dass nichts davon etwas nützen würde. Und solange seine Frau in einem solchen Zustand war, wollte er auf keinen Fall mit ihr streiten.

»Hatte er Brandverletzungen, Jeannie? Wie der Mann, den ich vor dem Gericht gesehen habe?«

Sie schüttelte den Kopf.

»Bist du dir da sicher? Du hast gesagt, er hätte im Schatten gesessen.«

»Einmal hat er sich vorgebeugt, und da habe ich ein bisschen mehr von ihm gesehen. Genug jedenfalls.« Sie erschauderte. »Breite, über die Augen gewölbte Stirn. Die Augen waren dunkel, vielleicht schwarz, vielleicht braun, vielleicht tiefblau, das konnte ich nicht erkennen. Seine Haare waren kurz und stachlig. Manche waren grau, aber die meisten noch schwarz. Er hatte einen Bart rund um den Mund, und seine Lippen waren ganz rot.«

Bei der Beschreibung fühlte Ralph sich an etwas erinnert, aber er traute dem Gefühl nicht; wahrscheinlich wurde es durch die Dringlichkeit hervorgerufen, mit der Jeannie sprach. Dabei wollte er ihr weiß Gott glauben. Wenn nur ein einziger faktischer Beweis vorhanden gewesen wäre ...

»Moment mal, seine Füße! Er trug Mokassins ohne Socken, und die Haut war ganz mit roten Flecken bedeckt. Ich dachte, es ist Schuppenflechte, aber es können auch Verbrennungen gewesen sein.«

Er schaltete die Kaffeemaschine ein. »Ich weiß überhaupt nicht, was ich sagen soll, Jeannie. Du bist im Bett aufgewacht, und es sind einfach keinerlei Anzeichen dafür vorhanden, dass jemand ...«

»Du hast doch einmal eine Zuckermelone aufgeschnitten, die voller Maden war«, sagte sie. »Das ist wirklich geschehen, das weißt du. Wieso kannst du dann das jetzt nicht glauben?«

»Selbst wenn ich das täte, könnte ich nicht aufgeben. Das kannst du dir doch denken.«

»Ich denke bloß, dass der Mann, der in unserem Wohnzimmer gesessen hat, in einem recht hatte: *Es ist vorüber.* Frank Peterson ist tot. Terry ist tot. Du kannst wieder in den aktiven Dienst gehen, und wir ... wir können ... könnten ...«

Sie verstummte, weil sein Gesichtsausdruck ihr verriet, dass es zwecklos war. Er sah nicht ungläubig aus, sondern enttäuscht. Darüber, dass sie es auch nur für möglich hielt, er könnte sich einfach anderen Dingen zuwenden. Die Festnahme von Terry Maitland auf dem Baseballplatz war der erste Dominostein gewesen, mit dem eine Kettenreaktion aus Gewalt und Elend ihren Anfang genommen hatte. Und jetzt stritten er und seine Frau sich über einen Mann, der nicht da war. Offenbar gab er für alles sich selbst die Schuld.

»Wenn du nicht aufgibst, musst du wieder deine Waffe tragen«, sagte sie. »Ich werde auf jeden Fall immer die kleine Zweiundzwanziger dabeihaben, die du mir vor drei Jahren geschenkt hast. Damals habe ich das für ein ausgesprochen dämliches Geschenk gehalten, aber ich glaube, du hattest recht. Mensch, vielleicht hast du ja hellseherische Fähigkeiten!«

»Jeannie …«

»Willst du Spiegeleier?«

»Ich glaube schon, ja.« Er war nicht hungrig, aber wenn er an diesem Morgen nicht mehr für Jeannie tun konnte, als etwas zu essen, was sie zubereitet hatte, würde er das eben tun.

Sie holte die Eier aus dem Kühlschrank und sprach weiter, ohne sich zu ihm umzudrehen. »Ich will, dass wir nachts Polizeischutz erhalten. Es muss ja nicht von abends bis zur Morgendämmerung sein, aber ich will, dass jemand regelmäßig vorbeifährt. Kannst du das veranlassen?«

*Gegen einen Geist wird Polizeischutz nicht viel bringen,* dachte er … aber er war schon zu lange verheiratet, als dass er das aussprach. »Ich glaube schon.«

»Außerdem solltest du Howie Gold und den anderen davon erzählen. Selbst wenn es sich verrückt anhört.«

»Liebling …«

Sie schnitt ihm das Wort ab. »Er hat gesagt, dass es um dich und alle anderen geht. Hat gesagt, dass er eure Eingeweide in die Wüste wirft, damit die Geier was zu fressen haben.«

Ralph hätte sie gern daran erinnert, dass man zwar gelegentlich einen Geier am Himmel kreisen sah (besonders an Tagen, an denen die Müllabfuhr kam), aber rund um Flint City gab es nicht viel, was nach Wüste aussah. Schon das allein wies darauf hin, dass die nächtliche Begegnung ein Traum gewesen war, doch auch jetzt hielt er den Mund. Er hatte nicht die Absicht, etwas aufzurühren, was sich gerade zu setzen schien.

»Ich werde es ihnen erzählen«, sagte er, und das war ein Versprechen, das er halten wollte. Es musste alles auf den Tisch kommen. Jeder einzelne Aspekt des ganzen Wahnsinns. »Du weißt doch, dass wir uns im Büro von Howie Gold treffen, oder? Mit dieser Frau, die Alec Pelley damit beauftragt hat, Terrys Reise nach Dayton zu untersuchen.«

»Und die kategorisch behauptet hat, Terry sei unschuldig gewesen.«

Was Ralph diesmal dachte und nicht sagte (offenbar gab es in einer langen Ehe regelrechte Ozeane an Dingen, die nicht ausgesprochen wurden): *Uri Geller hat kategorisch behauptet, er könne Löffel verbiegen, indem er sich auf sie konzentriere.*

»Ja. Sie kommt hierher, mit dem Flugzeug. Vielleicht stellt sich ja heraus, dass sie Unsinn erzählt, aber sie hat mit einem ziemlich bekannten früheren Detective zusammengearbeitet, und wie sie an die Sache herangeht, kommt mir vernünftig vor, also hat sie in Dayton vielleicht wirklich was entdeckt. Jedenfalls hat sie sich weiß Gott so angehört, als wäre sie ihrer Sache sicher.«

Jeannie machte sich daran, die Eier aufzuschlagen. »Du würdest selbst dann weitermachen, wenn ich heute Nacht festgestellt hätte, dass jemand die Alarmanlage sabotiert hat, dass die Hintertür offen steht und dass Fußspuren auf den Fliesen sind. Selbst dann würdest du nicht aufgeben.«

»Das stimmt.« Er schuldete ihr die ungeschminkte Wahrheit.

Worauf sie sich zu ihm umdrehte und den Pfannenwender wie eine Waffe in die Höhe hielt. »Darf ich dann anmerken, dass ich dich für einen ziemlichen Narren halte?«

»Du darfst anmerken, was du willst, aber du musst dir zweierlei klarmachen, Liebling. Egal ob Terry unschuldig oder schuldig war, habe ich dazu beigetragen, dass er erschossen wurde.«

»Du ...«

»Papperlapapp«, sagte er und richtete den Zeigefinger auf sie. »Ich rede, und du hörst zu, damit du das verstehst.«

Sie hörte zu.

»Falls er also tatsächlich unschuldig *war,* dann läuft irgendwo ein Kindsmörder noch frei herum.«

»Das ist mir ja durchaus klar. Vielleicht öffnest du aber eine Tür zu Dingen, die weit jenseits von dem liegen, was du zu verstehen in der Lage bist. Oder ich.«

»Übernatürliche Dinge? Meinst du etwa so was? Daran kann ich nämlich nicht glauben. Ich werde auch nie daran glauben können.«

»Glaub, was du willst, der Mann war trotzdem hier«, sagte sie und wandte sich wieder dem Herd zu. »Ich habe sein Gesicht gesehen, und ich habe den Befehl auf seinen Fingern gesehen. MUST. *Du musst!* Er war ... grauenhaft. Das ist der einzige Ausdruck, der mir einfällt. Wenn ich höre, dass du mir nicht glaubst, würde ich am liebsten heulen oder dir die Pfanne samt den Spiegeleiern an den Kopf schmeißen oder ... Ach, ich weiß auch nicht.«

Er trat zu ihr und legte ihr den Arm um die Taille. »Ich glaube dir, dass *du* es glaubst. Das auf jeden Fall. Und ich verspreche dir etwas: Wenn das Treffen heute Abend zu nichts führt, wirst du sehen, dass ich der Idee, die Sache loszulassen, wesentlich offener gegenüberstehe. Mir ist nämlich durchaus klar, dass es Grenzen gibt. Bist du damit zufrieden?«

»Muss ich ja wohl erst mal sein. Ich weiß, dass du mit der Festnahme auf dem Baseballplatz einen Fehler begangen hast, und ich weiß, dass du versuchst, den wiedergutzumachen. Aber was, wenn genau das ein noch schlimmerer ist?«

»Angenommen, das im Figgis-Park wäre Derek gewesen«, erwiderte er. »Würdest du dann auch wollen, dass ich aufgebe?«

Diese Frage nahm sie ihm übel, weil sie die als Schlag unter die Gürtellinie empfand, dennoch hatte sie keine Antwort darauf. Wenn es Derek gewesen wäre, hätte sie nämlich tatsächlich gewollt, dass Ralph denjenigen, der es getan hätte, bis ans Ende der Welt verfolgte. Und sie wäre nicht von seiner Seite gewichen.

»Okay. Du hast gewonnen. Nur noch eins, und das ist nicht verhandelbar.«

»Was?«

»Wenn du heute Abend zu dem Treffen fährst, fahre ich mit. Und erzähl mir bloß keinen Scheiß, dass es sich um eine polizeiliche Angelegenheit handelt. Wir wissen beide, dass das nicht der Fall ist. Und jetzt iss deine Spiegeleier.«

# 6

Jeannie schickte Ralph mit einem Einkaufszettel zum Kroger's, denn egal wer nachts im Haus gewesen war – Mensch, Geist oder nur eine Gestalt in einem außergewöhnlich lebhaften Traum –, mussten Mr. und Mrs. Anderson irgendetwas essen. Auf halbem Wege zum Supermarkt hatte Ralph eine plötzliche Erkenntnis. Es war nichts Dramatisches daran, weil die ins Auge springenden Fakten immer schon vorhanden gewesen waren, buchstäblich direkt vor seiner Nase, und zwar im Vernehmungszimmer. Hatte er den wahren Mörder von Frank Peterson womöglich als Zeugen befragt, ihm für seine Hilfe gedankt und ihn dann laufen lassen? Angesichts der vielen Hinweise, die Terry mit dem Mord in Verbindung brachten, war das eigentlich unmöglich, aber …

Er fuhr an den Straßenrand und rief Yunel Sablo an.

»Keine Sorge, ich komme heute Abend«, sagte Yunel. »Auf keinen Fall will ich den Bericht verpassen, wie die Ohio-Geschichte in unser verfluchtes Durcheinander passt. An Heath Holmes bin ich auch schon dran. Bisher habe ich zwar noch nicht viel, aber bis wir zusammenkommen, dürfte sich das ändern.«

»Gut, aber deshalb rufe ich nicht an. Können Sie sich mal die Akte von Claude Bolton ansehen? Der arbeitet als Rausschmeißer im Gentlemen, Please. Finden werden Sie hauptsächlich Drogenbesitz, ein- oder zweimal im Zusammenhang mit Verkaufsabsicht, aber ohne eine längere Haftstrafe.«

»Das ist doch der, der als Mitglied vom Sicherheitsdienst bezeichnet werden will, stimmt's?«

»Jawohl, das ist unser Claude.«

»Was ist denn mit dem?«

»Das erkläre ich Ihnen heute Abend, wenn sich irgendwas ergeben sollte. Vorläufig kann ich nur sagen, dass es vielleicht irgendwie eine Ereigniskette gibt, die von Holmes über Maitland zu Bolton führt. Vielleicht irre ich mich, aber das glaube ich eigentlich nicht.«

»Spannen Sie mich doch nicht derart auf die Folter, Ralph. Raus mit der Sprache!«

»Noch nicht. Erst will ich mir sicher sein. Außerdem brauche ich noch etwas. Bolton ist über und über tätowiert, und ich bin mir ziemlich sicher, dass er auch was auf den Fingerrücken hat. Eigentlich hätte es mir auffallen sollen, aber Sie wissen ja, wie es bei einer Vernehmung läuft, vor allem wenn der Kerl, der einem gegenübersitzt, vorbestraft ist.«

»Man richtet den Blick auf sein Gesicht.«

»Genau, immer aufs Gesicht. Wenn Typen wie Bolton nämlich zu lügen anfangen, könnten sie genauso gut ein Schild mit der Aufschrift: *Jetzt wirst du verarscht* in die Höhe halten.«

»Sie glauben also, dass Bolton gelogen hat, als er gesagt hat, Maitland wäre in den Laden gekommen, um zu telefonieren? Immerhin hat diese Taxifahrerin seine Aussage doch mehr oder weniger bestätigt.«

»Anfangs hab ich das noch nicht geglaubt, aber inzwischen liegen mir zusätzliche Informationen vor. Versuchen Sie doch mal rauszufinden, was auf seine Finger tätowiert ist. Falls da überhaupt was steht.«

»Was *meinen* Sie denn, was da draufstehen könnte?«

»Das will ich jetzt nicht sagen, aber wenn ich recht habe, steht es in seiner Akte. Und noch etwas. Können Sie mir ein Foto von ihm mailen?«

»Aber gern doch. Dazu brauche ich bloß ein paar Minuten.«

»Danke, Yunel.«

»Haben Sie auch vor, mit Mr. Bolton in Kontakt zu treten?«

»Noch nicht. Er soll nicht wissen, dass ich mich für ihn interessiere.«

»Und Sie werden das heute Abend tatsächlich alles aufklären?«

»Soweit ich kann, ja.«

»Und wird uns das weiterbringen?«

»Ehrliche Antwort? Keine Ahnung. Gibt's denn schon irgendwas Neues zu dem Zeug, das auf den Klamotten und dem Heu in dieser Scheune war?«

»Noch nicht. Also schauen wir doch mal, was ich über Bolton rausbekommen kann.«

»Danke.«

»Was machen Sie eigentlich jetzt gerade?«

»Bin auf der Fahrt zum Supermarkt.«

»Hoffentlich haben Sie die Coupons, die Ihre Frau gesammelt hat, nicht vergessen.«

Ralph grinste und warf einen Blick auf den mit einem Gummiband gesicherten Stapel auf dem Beifahrersitz. »Dafür hat sie schon gesorgt«, sagte er.

7

Ralph kam mit drei Einkaufstaschen voller Lebensmittel aus dem Supermarkt und verstaute sie im Kofferraum, bevor er sein Handy checkte. Zwei Nachrichten von Yunel Sablo. Zuerst öffnete er die, an die ein Foto angehängt war. Auf dem Foto vom Erkennungsdienst sah Claude Bolton wesentlich jünger aus als der Mann, den Ralph vor der Festnahme von Terry Maitland vernommen hatte. Außerdem sah er bis oben hin zugedröhnt aus: in die Ferne gerichteter Blick, aufgekratzte Wange und etwas am Kinn, bei dem es sich um Ei oder Kotze handeln konnte. Ralph erinnerte sich, dass Bolton erzählt hatte, er gehe inzwischen zu den Narcotics Anonymous und sei seit fünf oder sechs Jahren clean. Das konnte stimmen oder nicht.

An die zweite Nachricht war das Protokoll seiner Verhaftungen angehängt. Es hatte zahlreiche gegeben, meist aufgrund von geringfügigen Vergehen, und es waren diverse Identifikationsmerkmale aufgelistet. Dazu gehörten eine Narbe am Rücken, eine an der linken Seite unterhalb vom Brustkorb und eine an der rechten Schläfe sowie etwa zwei Dutzend Tattoos. Erwähnt wurden ein Adler, ein Messer mit blutiger Spitze, eine Meerjungfrau, ein Schädel mit Kerzen in den Augenhöhlen und viele andere, die Ralph nicht interessierten. Von Interesse waren jedoch die Wörter auf den Fingern: CANT auf der rechten, MUST auf der linken Hand. Ein Verbot und ein Befehl?

Auch der Mann mit den Verbrennungen hatte Tattoos an den Fingern gehabt, aber waren es dieselben gewesen? Ralph schloss die Augen und versuchte, sich ein Bild vor Augen zu rufen, was jedoch nicht klappte. Er wusste aus Erfahrung, dass Männer, die im Gefängnis gesessen hatten, sich dort relativ oft die Finger tätowieren ließen; wahrscheinlich sahen sie das in Filmen. Beliebt waren zum Beispiel LOVE, HATE, GOOD, EVIL. Jack Hoskins hatte ihm einmal von einem rattengesichtigen kleinen Einbrecher mit FUCK und SUCK auf den Fingern erzählt. Irgendwelche Frauen bezirzen würde er damit wahrscheinlich nicht, hatte Jack gemeint.

Worin Ralph sich ganz sicher war: Der Mann vor dem

Gericht hatte keinerlei Tätowierungen auf den Armen gehabt. Auf denen von Claude Bolton waren viele, nur hatte das Feuer, das dem Mann das Gesicht verwüstet hatte, die natürlich ausradiert. Bloß ...

»Bloß kann der Mann am Gericht unmöglich Bolton gewesen sein«, sagte er, öffnete die Augen und starrte auf die Leute, die den Supermarkt betraten und verließen. »Auf keinen Fall. Schließlich hatte Bolton keine Verbrennungen.«

*Wie seltsam wird das eigentlich noch,* hatte er Holly Gibney gestern am Telefon gefragt. *Immer seltsamer,* hatte sie erwidert. Wie recht sie doch gehabt hatte!

## 8

Gemeinsam mit Jeannie verstaute er die Einkäufe. Als das erledigt war, bat er sie, sich etwas auf seinem Handy anzuschauen.

»Wozu?«

»Sieh es dir einfach an, okay? Und denk dran, dass die Person auf dem Foto jetzt ein ganzes Stück älter ist.«

Er reichte ihr sein Telefon. Sie starrte das Polizeifoto zehn Sekunden lang an, dann gab sie das Gerät zurück. Aus ihren Wangen war alle Farbe gewichen.

»Das ist er. Seine Haare sind jetzt kürzer, und er hat jetzt einen Bart rund um den Mund statt den kleinen Schnurrbart da, aber das ist der Mann, der heute Nacht in unserem Haus war. Der gesagt hat, er würde dich töten, wenn du nicht aufgibst. Wie heißt er?«

»Claude Bolton.«

»Wirst du ihn festnehmen?«

»Noch nicht. Ich weiß nicht mal, ob ich es könnte, selbst wenn ich wollte, schließlich bin ich beurlaubt.«

»Was wirst du dann unternehmen?«

»Jetzt im Moment? Herausfinden, wo er sich aufhält.«

Zuerst dachte er daran, gleich wieder Yunel anzurufen, aber der war ja gerade mit Holmes beschäftigt, dem Mann in Dayton. Als Zweites fiel ihm Jack Hoskins ein, aber die Idee verwarf er gleich wieder. Der Mann war ein Säufer und ein Plappermaul. Es gab jedoch eine dritte Möglichkeit.

Er rief im Krankenhaus an und erfuhr, dass Betsy Riggins mit ihrem Wonneproppen nach Hause gebracht worden war, wo er sie dann auch erreichte. Nachdem er sich erkundigt hatte, wie es dem Baby gehe (womit er sich einen zehnminütigen Bericht über alles vom Stillen bis hin zu den hohen Kosten von Wegwerfwindeln einhandelte), fragte er, ob Betsy wohl einem netten Kollegen helfen könne, indem sie in ihrer amtlichen Funktion ein oder vielleicht auch zwei Anrufe tätige. Dann sagte er ihr konkret, was er von ihr wollte.

»Geht es etwa um Maitland?«, fragte sie.

»Tja, Betsy, angesichts meiner derzeitigen Situation ist das eine Frage, die ich nicht beantworten möchte.«

»Falls ja, kannst du dir damit Probleme einhandeln. Und *ich* könnte Probleme kriegen, weil ich dir geholfen habe.«

»Falls du dir wegen Chief Geller Sorgen machst, von mir wird der bestimmt nichts erfahren.«

Eine lange Pause entstand, in der Ralph einfach wartete. Schließlich sagte Betsy: »Die Frau von Maitland tut mir leid, weißt du? Sehr leid sogar. Sie hat auf mich gewirkt wie jemand, der nach einem Selbstmordanschlag durch die Gegend wandert, mit Blut in den Haaren und ohne einen

Schimmer, was passiert ist. Kannst du ihr denn mit dem, was du vorhast, helfen?«

»Möglicherweise«, sagte er. »Mehr will ich allerdings nicht sagen.«

»Schauen wir mal, was ich tun kann. John Zellman ist kein totales Arschloch, und seine Tittenbar am Stadtrand braucht jedes Jahr eine neue Lizenz. Das könnte ihn dazu bringen, sich kooperativ zu verhalten. Ich ruf dich zurück, falls ich's mir mit ihm verderbe. Wenn es so läuft wie erwartet, wird er sich bei dir melden.«

»Danke, Betsy.«

»Aber das bleibt unter uns, Ralph. Ich zähle darauf, noch einen Job zu haben, wenn mein Mutterschaftsurlaub vorüber ist. Sag mir, dass du das kapiert hast.«

»Voll und ganz.«

9

John Zellman, Besitzer und Betreiber vom Gentlemen, Please, rief Ralph schon eine Viertelstunde später an. Er klang eher neugierig als verärgert und war bereit zu helfen. Ja, er sei sich sicher, dass Claude Bolton sich im Club befunden habe, als der arme Junge entführt und ermordet worden sei.

»Weshalb wissen Sie das so genau, Mr. Zellman? Ich dachte, er kommt erst nachmittags um vier in die Arbeit.«

»Stimmt, aber an dem Tag ist er früher gekommen. Gegen zwei. Er wollte sich freinehmen, um mit einer von den Stripperinnen in die Hauptstadt zu fahren. Sie hätte ein persönliches Problem, hat er gesagt.« Zellman schnaubte. »Dabei war er es, der ein Problem hatte. Direkt unter seinem Reißverschluss.«

»Heißt das Mädel vielleicht Carla Jeppeson?«, fragte Ralph, während er auf seinem I-Pad das Verhör mit Bolton durchscrollte. »Auch unter dem Namen Pixie Dreamboat bekannt?«

»Genau die«, sagte Zellman und lachte. »Hat praktisch keine Titten, aber trotzdem 'ne rosige Zukunft im Geschäft. Manche Männer mögen so was, fragen Sie mich nicht, warum. Zwischen ihr und Claude läuft was, aber das wird nicht lange halten. Ihr Mann sitzt momentan im McAlester – Scheckbetrug, glaube ich –, kommt jedoch vor Weihnachten wieder raus. Bis dahin vertreibt sie sich die Zeit eben mit Claude. Das habe ich ihm auch gesagt, aber Sie kennen ja den alten Spruch: Der Mensch denkt, der Schwanz lenkt.«

»Und Sie sind sich sicher, dass das der Tag war, an dem er früher gekommen ist. Der 10. Juli.«

»Klar bin ich mir sicher. Hab mir eine Notiz gemacht, weil ich Claude definitiv keine zwei Tage in Cap City finanzieren wollte, wenn knapp zwei Wochen später sein Urlaub anstand – *bezahlt*, wohlgemerkt.«

»Ganz schön unverschämt. Haben Sie überlegt, ihn rauszuschmeißen?«

»Nein. Immerhin hat er mir keinen Bären aufbinden wollen. Claude ist einer von den Guten, und die sind so selten wie ein Lottogewinn. Die meisten Sicherheitsleute sind entweder Waschlappen, die tough aussehen, sich aber verziehen, wenn's vor der Bühne zu einer Rauferei kommt, was manchmal durchaus passiert, oder Typen, die jedes Mal wenn ein Kunde ihnen ein bisschen frech kommt, den starken Mann markieren. Wenn es drauf ankommt, kann Claude selbst die rabiatesten Burschen vor die Tür befördern, aber meistens ist das nicht nötig. Normalerweise kriegt er sie beruhigt. Da hat er ein Händchen dafür. Ich glaube, das liegt an den ganzen Treffen, zu denen er geht.«

»Sie meinen die Selbsthilfegruppe. Davon hat er mir erzählt.«

»Ja, damit hält er nicht hinterm Berg. Er ist sogar stolz drauf, und dazu hat er wohl ein Recht. So manchen lässt die Sucht nie los, sobald sie ihn in den Klauen hat. Es sind lange, scharfe Klauen.«

»Er bleibt also clean, ja?«

»Wenn das nicht so wäre, würde ich es merken. Mit Junkies kenne ich mich aus, Detective Anderson, das können Sie mir glauben. Mein Laden ist absolut sauber.«

Da hatte Ralph zwar seine Zweifel, verzichtete jedoch auf einen Kommentar. »Keine Rückfälle?«

Zellman lachte. »Rückfälle kommen bei allen vor, zumindest am Anfang, aber seit Claude für mich arbeitet, ist mir nichts aufgefallen. Er trinkt nicht mal Alkohol. Ich habe ihn einmal gefragt, wieso nicht, wenn doch eigentlich Drogen sein Problem wären. Darauf hat er gesagt, das wäre dasselbe. Wenn er was trinken würde, und wär's auch nur ein alkoholfreies Bier, würde ihn die Lust auf Koks oder was noch Stärkeres packen.« Zellman schwieg einen Moment lang. »Mag sein, dass er ein Waschlappen war, als er noch Drogen genommen hat, aber jetzt ist er keiner mehr. Er ist ein anständiger Kerl. In einer Branche, wo die Kunden zu dir kommen, um Margaritas zu trinken und auf rasierte Mösen zu glotzen, ist so was ziemlich selten.«

»Hab verstanden. Ist Bolton jetzt im Urlaub?«

»Richtig. Seit Sonntag. Zehn Tage lang.«

»Verbringt er den als Heimurlaub?«

»Sie meinen, hier in Flint City? Nein, er ist unten in Texas, irgendwo in der Nähe von Austin. Da kommt er nämlich her. Moment mal, ich habe mir seine Akte bereitgelegt, bevor ich Sie angerufen habe.« Ralph hörte Papiere rascheln, dann war Zellman wieder dran. »Marysville, so heißt der Ort. So wie er darüber redet, nicht mehr als ein Kaff. Ich habe die Adresse, weil ich jede zweite Woche was von seinem Gehalt da runterschicke. Das geht an seine Mutter, die alt und ziemlich schwach ist. Ein Lungenemphysem hat sie auch noch. Claude ist hingefahren, um zu schauen, ob er sie im betreuten Wohnen unterbringen kann, aber viel Hoffnung hatte er nicht. Sie ist eine dickköpfige alte Ziege, sagt er. Mir ist sowieso nicht klar, wie er sich das mit dem, was er hier verdient, leisten könnte. Wenn's um die Betreuung von alten Leuten geht, sollte die Regierung normale Bürger wie Claude eigentlich unterstützen, aber tut sie das? Scheiße, natürlich nicht!«

*Sagt jemand, der wahrscheinlich Donald Trump gewählt hat,* dachte Ralph. »Tja, dann danke, Mr. Zellman.«

»Darf ich fragen, wieso Sie mit ihm sprechen wollen?«

»Es geht nur um ein paar zusätzliche Fragen«, sagte Ralph. »Nichts Wichtiges.«

»Sie wollen alles hieb- und stichfest machen, was?«

»Genau. Sie haben also eine Adresse?«

»Klar, damit ich den Scheck hinschicken kann. Haben Sie was zu schreiben?«

Was Ralph hatte, das war sein treues I-Pad, auf dem die App Quick Notes geöffnet war. »Schießen Sie los.«

»Box 397, Rural Star Route 2, Marysville, Texas.«

»Und wie heißt seine Mutter?«

Zellman gab ein vergnügtes Lachen von sich. »Lovie. Ist das nicht ein hübscher Name? Lovie Ann Bolton.«

Ralph dankte ihm und legte auf.

»Na?«, fragte Jeannie.

»Augenblick«, sagte Ralph. »Wie du siehst, habe ich meine Denkermiene aufgesetzt.«

»Ach ja, tatsächlich. Kannst du beim Denken vielleicht einen Eistee brauchen?« Sie lächelte. Es stand ihr gut, dieses Lächeln. Es sah wie ein Schritt in die richtige Richtung aus.

»Zweifellos.«

Er wandte sich wieder seinem I-Pad zu (wobei er sich fragte, wie er ohne das verdammte Ding überhaupt je ausgekommen war) und lokalisierte Marysville etwa siebzig Meilen westlich von Austin. Es war kaum mehr als ein Punkt auf der Karte, der als einzige Besonderheit etwas mit dem Namen *Marysville-Höhle* aufzuweisen hatte.

Während Ralph seinen Eistee trank, dachte er über seinen nächsten Schachzug nach, dann rief er Horace Kinney von der Texas Highway Patrol an. Kinney war zum Captain befördert worden und betätigte sich inzwischen hauptsächlich als Bürohengst, aber als er noch Trooper gewesen war und im Norden und Westen von Texas jährlich neunzigtausend Meilen heruntergerissen hatte, hatte Ralph mehrmals bei grenzüberschreitenden Fällen mit ihm zusammengearbeitet.

»Horace, Sie müssen mir einen Gefallen tun«, sagte er, nachdem sie die üblichen Nettigkeiten ausgetauscht hatten.

»Einen großen oder einen kleinen?«

»Er ist mittel und erfordert ein bisschen Feingefühl.«

Kinney lachte. »Für Feingefühl müssen Sie sich an die Kollegen in New York oder Connecticut wenden. Hier sind wir in Texas. Also, worum geht es?«

Ralph erklärte es ihm. Worauf Kinney sagte, er habe genau den richtigen Mann und der sei auch noch zufällig in der betreffenden Gegend.

Gegen fünfzehn Uhr an jenem Nachmittag blickte Sandy McGill, Disponentin der Polizei von Flint City, auf und sah Jack Hoskins vor ihrem Schreibtisch stehen. Er hatte ihr den Rücken zugewandt.

»Jack? Brauchen Sie was von mir?«

»Schauen Sie sich mal meinen Nacken an, und sagen Sie mir, was Sie sehen.«

Verwundert, aber hilfsbereit, stand sie auf und sah sich die Sache an. »Drehen Sie sich ein bisschen mehr ins Licht«, sagte sie, und als er das tat: »Autsch, das ist ja ein ziemlich übler Sonnenbrand. Sie sollten zum Drogeriemarkt fahren und sich eine Tube Aloe-vera-Salbe besorgen.«

»Geht der dann weg?«

»Weggehen wird er erst mit der Zeit, aber dann brennt er nicht mehr so.«

»Aber es ist doch Sonnenbrand, oder?«

Sie runzelte die Stirn. »Klar, bloß so schlimm, dass sich an manchen Stellen Bläschen gebildet haben. Denken Sie eigentlich nicht dran, sich einzuschmieren, wenn Sie Angeln gehen? Wollen Sie sich etwa Hautkrebs einhandeln?«

Schon wenn er das Wort hörte, fühlte sich sein Nacken heißer an. »Das hab ich diesmal wohl vergessen.«

»Wie steht es denn mit den Armen?«

»Da ist es nicht ganz so schlimm.« In Wirklichkeit war da gar kein Sonnenbrand. Nur auf dem Nacken, wo ihn jemand in der verlassenen Scheune berührt hatte. Ihn mit den Fingerspitzen liebkost. »Danke, Sandy.«

»Leute mit blondem oder rotem Haar sind besonders gefährdet. Wenn es nicht besser wird, sollten Sie damit zum Arzt.«

Er ging davon, ohne etwas zu erwidern. Dabei dachte er an den Mann aus seinem Traum, der hinter dem Duschvorhang gelauert hatte.

*Ich habe ihn dir gegeben, aber ich kann ihn zurücknehmen. Möchtest du, dass ich ihn zurücknehme?*

Er dachte: *Es wird von selbst weggehen wie jeder andere Sonnenbrand.*

Vielleicht, aber vielleicht auch nicht, und es tat inzwischen wirklich noch mehr weh. Er ertrug es kaum, die Stelle zu berühren, und er musste ständig an die offenen Wunden denken, die sich ins Fleisch seiner Mutter hineingefressen hatten. Zuerst war ihr Krebs dahingekrochen, aber sobald er sich wirklich eingenistet hatte, war er galoppiert. Am Ende hatte er sich in ihren Hals und ihre Stimmbänder gefressen, bis ihre Schreie zu einem Knurren geworden waren. Dennoch hatte der elfjährige Jack Hoskins, der vor der geschlossenen Tür ihres Krankenzimmers lauschte, gehört, was sie von seinem Vater verlangt hatte – sie von ihrem Elend zu erlösen. *Für einen Hund würdest du es tun,* hatte sie gekrächzt. *Wieso tust du es dann nicht für mich?*

»Bloß ein Sonnenbrand«, sagte er, während er seinen Wagen anließ. »Mehr ist es nicht. Ein verfluchter *Sonnenbrand*.«

Er brauchte was zu trinken.

Es war fünf Uhr an diesem Nachmittag, als ein Wagen der Texas Highway Patrol die Rural Star Route 2 entlanggefahren kam und in die Einfahrt neben Box 397 einbog. Lovie Bolton saß mit einer Zigarette in der Hand auf ihrer Veranda, ihre Sauerstoffflasche auf dem Schoß.

»Claude!«, krächzte sie. »Da kommt jemand zu Besuch! Jemand von der State Patrol! Komm schleunigst her, und schau mal, was der will!«

Claude war hinten im von Unkraut überwucherten Garten des kleinen, einstöckigen Hauses damit beschäftigt, die Wäsche von der Leine zu nehmen und säuberlich gefaltet in einen Weidenkorb zu legen. Die Waschmaschine war in Ordnung, aber der Trockner hatte kurz vor seiner Ankunft den Geist aufgegeben, und seine Ma war inzwischen zum Wäscheaufhängen zu kurzatmig. Vor seiner Abreise wollte er ihr hier einen neuen Trockner besorgen, was er bisher jedoch immer wieder aufgeschoben hatte. Und jetzt auch noch die Highway Patrol, falls Ma sich nicht irrte, was aber eher unwahrscheinlich war. Sie mochte zwar jede Menge gesundheitliche Probleme haben, aber ihre Augen waren noch ganz gut.

Als er ums Haus kam, sah er einen hochgewachsenen Cop aus seinem schwarz-weißen SUV steigen. Beim Anblick des goldenen Texas-Emblems an der Fahrertür spürte Claude, wie sich sein Magen verkrampfte. Er hatte zwar schon lange, sehr lange nichts mehr angestellt, wofür man ihn hätte einbuchten können, aber das war eben ein Reflex. Claude griff in die Hosentasche und schloss die Hand um die NA-Medaille, die er zu seinem sechsten Jahrestag bekommen hatte.

Das tat er oft in stressigen Momenten, ohne es richtig wahrzunehmen.

Der Trooper steckte seine Sonnenbrille in die Brusttasche, während Ma mühsam versuchte, sich aus ihrem Schaukelstuhl herauszuwuchten.

»Nein, Ma'am, bitte stehen Sie nicht auf«, sagte der Trooper. »Das bin ich gar nicht wert.«

Sie kicherte rostig und lehnte sich zurück. »Na, jedenfalls sind Sie ein ganz schön langer Lulatsch. Wie heißen Sie denn, Officer?«

»Sipe, Ma'am. Corporal Owen Sipe. Freut mich, Sie kennenzulernen.« Er schüttelte die Hand, zwischen deren Fingern keine Zigarette steckte, wobei er auf die geschwollenen Gelenke der alten Dame achtgab.

»Ganz meinerseits, Sir. Das ist mein Sohn Claude. Der ist aus Flint City zu Besuch, um hier ein Weilchen auszuhelfen.«

Sipe wandte sich Claude zu, der seine Medaille losließ und die Hand ausstreckte. »Freut mich, Sie kennenzulernen, Mr. Bolton«, sagte Sipe und hielt die Hand von Claude einen Moment lang fest, um sie zu betrachten. »Wie ich sehe, haben Sie ein bisschen Tinte auf die Finger bekommen.«

»Man muss die ganze Botschaft sehen«, sagte Claude und streckte Sipe auch die andere Hand hin. »Das habe ich selbst gemacht, damals im Bau. Aber wenn Sie wegen mir hier sind, wissen Sie das wahrscheinlich, stimmt's?«

»CANT und MUST«, sagte Trooper Sipe, ohne auf die Frage zu reagieren. »Ich habe schon allerhand Fingertattoos gesehen, aber so was noch nie.«

»Tja, es erzählt eine Geschichte, und die gebe ich weiter, wenn ich kann«, sagte Claude. »Das ist meine Art, was wiedergutzumachen. Jetzt bin ich clean, aber es war ein harter Kampf. Als ich im Bau war, bin ich zu vielen AA- und

NA-Meetings gegangen. Zuerst bloß, weil's da Donuts von Krispy Kreme gab, aber mit der Zeit hat mich das, was die da gesagt haben, überzeugt. Ich hab gelernt, dass jeder Süchtige zwei Dinge weiß: Er *darf auf keinen Fall* das Zeug nehmen, von dem er abhängig ist, aber er *muss* es trotzdem tun. Das ist der Knoten im Kopf, verstehen Sie? Den kann man nicht durchschneiden, und man kann ihn auch nicht aufbinden, deshalb muss man lernen, sich darüber zu erheben. Das ist möglich, aber man muss immer an die Ausgangssituation denken. Man *muss,* aber man *darf* nicht.«

»Hm«, sagte Sipe. »Das ist so 'ne Art Gleichnis, was?«

»Heute trinkt er nicht mehr, und er nimmt auch keine Drogen«, sagte Lovie auf ihrem Schaukelstuhl. »Er pafft nicht mal den Scheiß hier.« Sie warf ihren Zigarettenstummel in den Dreck. »Er ist ein guter Junge.«

»Ich bin nicht hier, weil irgendjemand meinen würde, dass er was Schlechtes getan hat«, sagte Sipe mit sanfter Stimme, worauf Claude sich entspannte. Ein bisschen. Zu viel Entspannung war nicht empfehlenswert, wenn die State Patrol zu einem unerwarteten Besuch vorbeikam. »Ich hatte einen Anruf aus Flint City. Offenbar wollen die da einen bestimmten Fall abschließen und müssen was verifizieren. Es geht um einen Mann namens Terry Maitland.«

Sipe zog sein Handy aus der Tasche, tippte darauf herum und zeigte Claude ein Foto.

»Ist das die Gürtelschnalle, die dieser Maitland an dem Abend getragen hat, an dem Sie ihn gesehen haben? Fragen Sie mich bitte nicht, was das bedeuten soll, weil ich keine Ahnung habe. Man hat mich nur hergeschickt, damit ich diese Frage stelle.«

Das war zwar nicht der Grund, weshalb Sipe ausgeschickt worden war, aber die von Ralph Anderson stammende

Anweisung, die ihm Captain Horace Kinney übermittelt hatte, lautete: Immer freundlich bleiben und keinerlei Verdacht wecken.

Claude betrachtete das Bild, dann gab er das Telefon zurück. »Ganz sicher bin ich mir nicht, ist schließlich schon eine Weile her, aber danach aussehen tut das Ding eindeutig.«

»Tja, dann vielen Dank. Ihnen beiden.« Sipe steckte sein Handy ein und wandte sich zum Gehen.

»Ist das alles?«, fragte Claude. »Sie sind den ganzen Weg hier rausgefahren, um eine einzige Frage zu stellen?«

»So ist es. Ich habe den Eindruck, dass jemand unbedingt Bescheid wissen will. Danke für die Auskunft. Ich werde sie auf dem Weg nach Austin weitergeben.«

»Das ist eine lange Fahrt, Officer«, sagte Lovie. »Kommen Sie vorher doch kurz rein, und trinken Sie ein Glas Eistee! Der ist zwar bloß mit Pulver gemacht, aber trotzdem nicht schlecht.«

»Also, gemütlich hinsetzen kann ich mich nicht, weil ich zu Hause sein will, bevor es dunkel wird, aber wenn's Ihnen recht ist, trinke ich hier draußen einen Schluck.«

»Natürlich ist uns das recht. Claude, geh doch rein, und hol dem netten Mann da ein Glas Tee.«

»Ein *kleines* Glas«, sagte Sipe und hielt Daumen und Zeigefinger ein Stück weit auseinander. »Zwei Schluck, dann muss ich los.«

Claude ging hinein. Sipe lehnte sich mit der Schulter an eine Verandastütze und blickte zu Lovie Bolton hinauf, deren gutmütiges Gesicht von einem Strom aus Runzeln durchzogen war.

»Ihr Sohn kümmert sich richtig gut um Sie, hab ich den Eindruck.«

»Ohne ihn wäre ich verloren«, sagte Lovie. »Er schickt mir jede zweite Woche was von seinem Lohn und kommt her, so oft er kann. Er will mich in Austin im Altersheim unterbringen, und vielleicht lande ich da auch, sobald er es sich leisten kann. Er ist der beste Sohn, den man haben kann, Trooper Sipe: in jungen Jahren aufsässig, später vertrauenswürdig.«

»Verstehe«, sagte Sipe. »Sagen Sie mal, lädt er Sie eigentlich manchmal ins Big 7 die Straße da runter ein? Da gibt's nämlich ein fantastisches Frühstück.«

»Ich traue diesen Rasthäusern nicht.« Lovie zog die Zigaretten aus der Tasche ihres Hauskleids und klemmte sich eine zwischen ihre Zahnprothese. »Hab mir neunzehn vierundsiebzig drüben in Abilene mal 'ne Lebensmittelvergiftung zugezogen, an der ich fast krepiert wäre. Wenn mein Junge hier ist, übernimmt er das Kochen. Er ist zwar nicht so wie einer von diesen Fernsehköchen, aber gar nicht schlecht. Weiß, wie man mit 'ner Bratpfanne umgeht. Lässt den Speck nicht verkohlen.« Während sie sich die Zigarette ansteckte, zwinkerte sie Sipe zu. Der grinste und hoffte, dass ihre Sauerstoffflasche gut verschlossen war und sie nicht alle beide in die Luft sprengte.

»Bestimmt hat er Ihnen heute Morgen das Frühstück gemacht«, sagte er.

»Und ob. Kaffee, Rosinentoast und Rührei mit ordentlich Butter, genau, wie ich es mag.«

»Stehen Sie eigentlich früh auf, Ma'am? Ich frage bloß wegen dem Sauerstoff und so …«

»Das tun wir beide«, sagte sie. »Wenn die Sonne aufgeht, sind wir aus den Federn.«

Claude kam mit einem Tablett wieder, auf dem drei Gläser Eistee standen, zwei große und ein kleines. Sipe leerte seines mit zwei Schlucken, leckte sich die Lippen und sagte, jetzt müsse er aber los. Die Boltons sahen ihn davonfahren, Lovie von ihrem Schaukelstuhl aus, während Claude sich auf die Treppe gesetzt hatte. Stirnrunzelnd betrachtete er die Staubfahne, die der Wagen auf seinem Weg zur Hauptstraße hinterließ.

»Siehst du, wie nett die Cops sind, wenn man nichts Schlimmes getan hat?«, sagte Lovie.

»Jep«, sagte Claude.

»Da ist er doch tatsächlich bis hier rausgefahren, bloß um sich nach 'ner Gürtelschnalle zu erkundigen.«

»Deshalb war er nicht hier, Ma.«

»Nein? Weshalb dann?«

»Das weiß ich nicht, aber jedenfalls nicht deshalb.« Claude stellte sein Glas auf eine der Verandastufen und betrachtete seine Finger, das Nichtdürfen und das Müssen, die den teuflischen Knoten knüpften, den er schließlich zerschlagen hatte. Er stand auf. »Ich hol jetzt mal die restlichen Sachen von der Leine. Dann will ich rüber zu Jorge und ihn fragen, ob ich ihm morgen helfen soll. Er ist nämlich dabei, sein Dach neu zu decken.«

»Du bist ein guter Junge, Claude.« In ihren Augen sah er Tränen stehen, was ihn rührte. »Komm doch mal her, und lass dich von deiner Mama ordentlich drücken.«

»Ja, Ma'am«, sagte Claude und ging zu ihr.

## 12

Ralph wollte gerade mit Jeannie zu dem Treffen im Büro von Howie Gold aufbrechen, da läutete sein Handy. Es war Horace Kinney. Ralph sprach mit ihm, während Jeannie ihre Ohrringe anlegte und in ihre Schuhe schlüpfte.

»Danke, Horace. Ich schulde Ihnen was.« Er legte auf.

Jeannie sah ihn erwartungsvoll an. »Und?«

»Horace hat einen Trooper zum Haus von Mrs. Bolton in Marysville geschickt. Der hatte einen offiziellen Auftrag vorgegeben, aber in Wirklichkeit war er dort, um ...«

»Ich weiß, wozu er dort war.«

»Mhm. Laut Mrs. Bolton hat Claude heute Morgen gegen sechs das Frühstück zubereitet. Wenn du ihn um vier Uhr hier unten gesehen hast ...«

»Ich habe auf die Uhr geschaut, als ich aufgestanden bin, um aufs Klo zu gehen«, sagte Jeannie. »Es war exakt sechs Minuten nach vier.«

»Laut Map-Quest sind es von Flint City nach Marysville 430 Meilen. Er hätte es also niemals rechtzeitig dorthin schaffen können, um gegen sechs das Frühstück zu machen, Schatz.«

»Vielleicht hat die Mutter ja gelogen.« Das sagte sie ohne große Überzeugung.

»Sipe – der Trooper, den Horace hingeschickt hat – sagt, den Eindruck hätte er nicht gehabt. Wenn es anders gewesen wäre, hätte er es seiner Meinung nach gemerkt.«

»Dann ist es dasselbe wie bei Terry«, sagte sie. »Jemand, der zur selben Zeit an zwei Orten ist. Er war nämlich hier, Ralph. Ganz bestimmt.«

Bevor Ralph etwas erwidern konnte, klingelte es an der Tür. Er schlüpfte in seinen Sakko, um die Glock an seinem Gürtel zu kaschieren, und ging dann nach unten. Vor der Tür stand Bezirksstaatsanwalt Bill Samuels, der in Jeans und einem schlichten, blauen T-Shirt ganz ungewohnt aussah.

»Howard hat mich angerufen. In seinem Büro soll eine Besprechung stattfinden – ein informelles Treffen zum Thema Maitland, wie er sich ausgedrückt hat –, an dem ich gerne teilnehmen dürfe. Ich dachte, wir können zusammen hinfahren, wenn das in Ordnung ist.«

»Ich denke schon«, sagte Ralph. »Und ich hoffe, dass Sie niemand groß erzählt haben, dass es das Treffen gibt. Chief Geller oder Sheriff Doolin oder so.«

»Niemand. Ich bin zwar kein Genie, aber auf den Kopf gefallen bin ich auch nicht.«

Jeannie trat neben Ralph in die Tür, damit beschäftigt, den Inhalt ihrer Handtasche zu überprüfen. »Hallo, Bill. Es überrascht mich, Sie hier zu sehen.«

Samuels lächelte humorlos. »Ehrlich gesagt, überrascht es mich auch. Dieser Fall ist wie ein Zombie, der einfach nicht tot bleiben will.«

»Was denkt Ihre Exfrau eigentlich darüber?«, fragte Ralph, und als Jeannie ihm einen bösen Blick zuwarf: »Sagen Sie mir einfach, wenn ich Ihnen damit auf die Zehen trete.«

»Ach, wir haben darüber gesprochen«, sagte Samuels. »Obwohl, das stimmt nicht ganz. *Sie* hat darüber gesprochen, und ich habe zugehört. Sie meint, ich hätte dazu beigetragen, dass Maitland erschossen wurde, und da liegt sie nicht ganz falsch.« Er bemühte sich zu lächeln, was ihm aber nicht recht gelang. »Nur, wie sollten wir Bescheid wissen, Ralph? Sagen Sie mir das. Das Ganze schien absolut wasserdicht zu sein, oder etwa nicht? Im Rückblick … angesichts aller Informationen, die wir hatten … können Sie da ehrlich sagen, dass Sie etwas anders gemacht hätten?«

»Ja«, sagte Ralph. »Ich hätte ihn nicht vor der halben Stadt festgenommen, und ich hätte dafür gesorgt, dass er durch den Hintereingang ins Gericht geführt wird. Los, gehen wir, sonst kommen wir noch zu spät.«

# Die eine Hand und die andere

## 25. JULI

# I

Letztlich flog Holly doch nicht Businessclass, obwohl sie das hätte tun können, wenn sie sich für den Flug mit Delta um 10.15 Uhr entschieden hätte, mit dem sie um 12.30 Uhr in Cap City gelandet wäre. Weil sie jedoch etwas mehr Zeit in Ohio zur Verfügung haben wollte, buchte sie eine umständliche Route, bei der sie zweimal umsteigen musste. In den kleinen, engen Maschinen wurde sie wahrscheinlich ordentlich durchgeschüttelt, wie es im Juli oft der Fall war. Das war zwar nicht besonders angenehm, aber erträglich. Weniger erträglich fand sie die Tatsache, dass sie erst um sechs Uhr abends in Flint City eintreffen würde, und das nur, wenn alle Anschlüsse perfekt klappten. Das Treffen in Golds Anwaltskanzlei war für neunzehn Uhr anberaumt, und wenn Holly etwas besonders hasste, dann war es, zu spät zu einem Termin zu kommen. Wer zu spät kam, hatte keinen guten Start.

Sie packte ihre Siebensachen zusammen, checkte aus dem Hotel aus und fuhr die dreißig Meilen nach Regis. Ihr erstes Ziel war das Haus der Mutter von Heath Holmes, in dem der seinen Urlaub verbracht hatte. Die Tür war abgeschlossen, und man hatte die Fenster verrammelt, wahrscheinlich weil Vandalen sie aufs Korn genommen hatten. Auf dem Rasen, der dringend gemäht werden musste, stand ein Schild mit der Aufschrift: ZU VERKAUFEN – FIRST NATIONAL BANK OF DAYTON.

Während Holly das Haus betrachtete, dachte sie, dass die Kinder in der Gegend sich bald flüsternd erzählen würden, dass es darin spukte (falls sie das nicht schon taten). Sie sann über das Wesen von Tragödien nach. Wie Masern, Mumps und Röteln waren Tragödien ansteckend, aber anders als bei diesen Krankheiten gab es keinen Impfstoff. Der Tod von Frank Peterson in Flint City hatte seine unglückselige Familie infiziert und sich in der ganzen Stadt ausgebreitet. In diesem Ort an der Peripherie von Dayton, wo der soziale Zusammenhalt geringer war, würde das wohl etwas anders sein, aber die Familie Holmes war auf jeden Fall am Ende; von der war nichts mehr übrig als das leere Haus.

Sie überlegte, ob sie ein Foto von dem verrammelten Haus mit dem Verkaufsschild im Vordergrund machen sollte – als exemplarische Darstellung von Kummer und Verlust –, entschied sich jedoch dagegen. Manche von den Leuten, mit denen sie am Abend zusammenkommen würde, verstanden so etwas vielleicht, weil sie es nachempfinden konnten, die meisten aber wohl nicht. Für die wäre es nur irgendein Bild gewesen.

Vom Haus fuhr Holly zum Friedhof am Stadtrand, wo sie die Familie wiedervereint vorfand: Vater, Mutter und einziger Sohn. Es gab keinen Blumenschmuck, und der Stein, der die letzte Ruhe von Heath Holmes kennzeichnete, war umgestoßen worden. Womöglich war dasselbe mit dem Stein von Terry Maitland geschehen. Kummer war ebenso ansteckend wie Wut. Es war ein kleiner Grabstein, auf dem sich nur der Name, die Lebensdaten und irgendwelches getrocknetes Zeug befanden. Das stammte vielleicht von einem Ei, das jemand auf den Stein geworfen hatte. Mit einiger Mühe stellte sie ihn wieder auf. Sie machte sich keine Illusionen, dass er stehen bleiben würde, aber man tat eben, was man tun konnte.

»Sie haben niemand umgebracht, Mr. Holmes, nicht wahr? Sie waren nur zur falschen Zeit am falschen Ort.« Auf einem benachbarten Grab fand sie mehrere Sträuße und borgte ein paar Blumen, um sie auf dem Grab von Heath zu verstreuen. Schnittblumen waren ein armseliges Andenken, weil sie verdorrten, aber besser als nichts. »Trotzdem bleibt es an Ihnen kleben. Niemand hier wird je die Wahrheit glauben. Wahrscheinlich glauben die Leute, die ich heute Abend treffen werde, sie ja auch nicht.«

Dennoch würde sie versuchen, diese Leute zu überzeugen. Man tat, was man konnte, ob man nun einen Grabstein wieder aufrichtete oder versuchte, im 21. Jahrhundert lebende Männer und Frauen davon zu überzeugen, dass es auf der Welt Monster gab und dass deren größter Vorteil die mangelnde Bereitschaft rationaler Menschen war, das zu glauben.

Holly blickte sich um und sah auf einem niedrigen Hügel in der Nähe (in dieser Gegend von Ohio waren alle Hügel niedrig) den Eingang zu einer Gruft. Sie ging hinauf, warf einen Blick auf die in den Granit eingemeißelte Bezeichnung – GRÄBER, wie passend – und ging drei Stufen hinab. Im Innern sah sie Steinbänke, auf denen man sitzen und über die Gräber vergangener Zeiten meditieren konnte, die hier untergebracht waren. Hatte der Outsider sich hier versteckt, nachdem er sein schmutziges Werk verrichtet hatte? Wohl kaum, denn jeder – vielleicht sogar einer von den Vandalen, die den Grabstein von Heath Holmes umgestoßen hatten – hätte herkommen können, um einen Blick hineinzuwerfen. Außerdem schien nachmittags bestimmt die Sonne eine oder zwei Stunden lang in den Meditationsraum und erfüllte ihn mit flüchtiger Wärme. Wenn der Outsider das war, was sie vermutete, dann zog er die Dunkelheit vor. Nicht immer, nein, aber in bestimmten Zeiträumen. Entscheidenden Zeiträumen. Sie hatte ihre Recherchen zwar noch nicht abgeschlossen, aber was das anging, war sie sich fast sicher. Und noch etwas: Wenn Mord das Lebenswerk von diesem Ding war, dann war Kummer seine Nahrung. Kummer und Zorn.

Nein, in dieser Gruft hatte das Ding sich nicht ausgeruht, aber wahrscheinlich auf diesem Friedhof, vielleicht sogar schon vor dem Tod von Mrs. Holmes und ihrem Sohn. Holly glaubte seine Gegenwart riechen zu können, auch wenn sie wusste, dass sie sich das eventuell nur einbildete. Brady Hartsfield hatte denselben Geruch verströmt, den Gestank des Unnatürlichen. Bill hatte das ebenso wahrgenommen wie die Schwestern, die Hartsfield gepflegt hatten, obwohl der angeblich in einem halb katatonen Zustand vor sich hin vegetierte.

Während sie zu dem kleinen Parkplatz vor dem Friedhofstor ging, schlug ihre Schultertasche an ihre Hüfte. Ihr Prius wartete einsam in der brütenden Sommerhitze. Sie ging daran vorbei und drehte sich dann langsam im Kreis, um jeden Aspekt der Umgebung zu studieren. Ganz in der Nähe war Ackerland – sie roch den Kunstdünger –, aber hier breitete sich eine Zwischenzone mit verlassenen industriellen Anlagen aus, hässlich und öde. In den Werbebroschüren der Handelskammer (falls Regis eine solche hatte) würde das nicht abgebildet sein. Es gab nichts, was von Interesse gewesen wäre. Nichts zog das Auge an, das vielmehr abgestoßen wurde, als würde die Umgebung sagen: *Geh weg, hier gibt es nichts für dich zu holen, auf Nimmerwiedersehen.* Gut, da war der Friedhof, aber wenn der Winter kam, würden ihn nur wenige Menschen aufsuchen, und der Nordwind würde sie schon nach einer kurzen Stippvisite, um den Toten ihre Reverenz zu erweisen, in die Flucht treiben.

Im Norden sah man Eisenbahnschienen, aber die waren

rostig, und zwischen den Schwellen wuchs Unkraut. Die Fenster des verlassenen Bahnhofs waren genauso verrammelt wie die am Haus von Mrs. Holmes. Dahinter standen auf einem Abstellgleis zwei Güterwagen, deren Räder von Ranken überwuchert waren. Sie sahen aus, als wären sie schon seit dem Vietnamkrieg dort. Nebenan standen Lagerhäuser und alte Reparaturschuppen, die offenbar ewig nicht mehr benutzt wurden, dahinter eine baufällige Fabrikhalle, die von Sonnenblumen und Sträuchern umgeben war. Auf ihre zerbröckelnden, rosa Ziegelsteine, die vor langer, langer Zeit rot gewesen waren, hatte jemand ein Hakenkreuz gesprüht. An einer Seite der Straße, auf der Holly in die Stadt zurückfahren würde, verkündete eine windschiefe Reklametafel: BEI JEDER ABTREIBUNG HÖRT EIN HERZ ZU SCHLAGEN AUF! **WÄHLE DAS LEBEN!** Auf der anderen Seite stand ein langes, niedriges Gebäude mit einem Schild auf dem Dach: EXP ESS AUTO ASCH CENTER. Ein weiteres Schild, das auf dem leeren Parkplatz aufgestellt worden war, hatte Holly heute schon einmal woanders gesehen: ZU VERKAUFEN – FIRST NATIONAL BANK OF DAYTON.

*Ich glaube, du warst hier. Nicht in der Gruft, aber in der Nähe. Wo du Tränen riechen konntest, wenn der Wind aus der richtigen Richtung wehte. Wo du das Lachen der Männer oder der jungen Kerle gehört hast, die den Grabstein von Heath Holmes umgestoßen und dann wahrscheinlich auf sein Grab gepinkelt haben.*

Trotz der Sommerhitze war es Holly kalt. Wenn mehr Zeit gewesen wäre, hätte sie diese verlassenen Orte vielleicht genauer erforscht. Gefahr bestand keine mehr, denn der Outsider war schon lange aus Ohio verschwunden. Aus Flint City höchstwahrscheinlich ebenfalls.

Sie machte vier Fotos, von dem Bahnhof, den Güterwagen, der Fabrikhalle und der verlassenen Autowaschanlage. Nachdem sie sich alle noch einmal angesehen hatte, beschloss sie, dass sie ausreichten. So oder so. Holly musste ihren Flug erwischen.

*Ja, und einige Leute überzeugen.*

Falls das überhaupt möglich war. Im Augenblick fühlte sie sich sehr klein und einsam. Es fiel ihr leicht, sich vorzustellen, wie sie ausgelacht und verspottet wurde; sie war an solche Vorstellungen gewohnt. Versuchen würde sie es trotzdem. Das musste sie. Für die ermordeten Kinder, ja – für Frank Peterson und die beiden Mädchen und all jene, die vor ihnen gekommen waren –, aber auch für Terry Maitland und Heath Holmes. Man tat, was man tun konnte.

Sie hatte noch eine Station vor sich. Glücklicherweise lag die auf ihrem Weg.

## 2

Der alte Mann, der in der Grünanlage von Trotwood auf einer Bank saß, war gern bereit, ihr den Weg zu dem Ort zu beschreiben, an dem man die Leichen von »diesen armen Mädchen« entdeckt hatte. Es sei nicht weit, sagte er, und sie werde wissen, wann sie angekommen sei.

So war es auch.

Holly fuhr an den Straßenrand, stieg aus und blickte auf ein Bachbett, das Trauernde – und sich als solche ausgebende Schaulustige – in einen Schrein verwandelt hatten. Da lagen Glitzerkarten, auf denen Worte wie TRAUER und HIMMEL vorherrschten. Da sah man Luftballons, manche schlaff, manche frisch und prall, obwohl es bereits drei Monate her war, dass man Amber und Jolene Howard hier entdeckt hatte. Da stand eine Muttergottesstatue, die ein Spaßvogel mit einem Schnurrbart verziert hatte. Da saß ein Teddybär, bei dessen Anblick Holly schauderte. Sein plumper, brauner Körper war mit Schimmel bedeckt.

Sie hob ihr I-Pad, um ein Foto zu machen.

Hier war nicht einmal ein Hauch von dem Geruch, den sie auf dem Friedhof wahrgenommen (oder sich eingebildet) hatte, aber sie zweifelte nicht daran, dass der Outsider diesen Ort irgendwann aufgesucht hatte, nachdem die Leichen von Amber und Jolene entdeckt worden waren. Er hatte den Kummer derer, die zu dem provisorischen Schrein gepilgert waren, gekostet wie einen feinen alten Burgunder. Und die Erregung jener – viele waren es sicher nicht, aber doch einige, solche gab es immer –, die kamen, um sich vorzustellen, wie es wohl wäre, selbst so etwas zu tun wie das, was man den beiden Mädchen angetan hatte, und um deren Schreien zu lauschen.

*Ja, du bist gekommen, aber nicht zu früh. Erst als du sicher sein konntest, keine unerwünschte Aufmerksamkeit auf dich zu ziehen. Genau wie an dem Tag, als Terry Maitland von Frank Petersons Bruder erschossen wurde.*

»Da jedoch konntest du nicht mehr widerstehen, nicht wahr?«, murmelte Holly. »Wie jemand, der ausgehungert ist, einem gebratenen Truthahn mit all der leckeren Füllung nicht widerstehen kann.«

Ein Minivan stellte sich vor Hollys Prius. Auf einer Seite der Stoßstange klebte ein Sticker mit der Aufschrift MAMAS TAXI, der auf der anderen Seite verkündete: ICH GLAUBE AN DAS RECHT AUF WAFFENBESITZ UND ICH

GEHE WÄHLEN. Die Frau, die ausstieg, war gut gekleidet, füllig, hübsch und etwa Mitte dreißig. In der Hand hatte sie einen Blumenstrauß. Sie kniete sich hin und legte die Blumen vor ein Holzkreuz, auf dessen Querbalken links ZWEI MÄDCHEN und rechts BEI JESUS stand. Dann erhob sie sich wieder.

»Es ist so traurig, nicht wahr?«, sagte sie zu Holly.

»Ja.«

»Ich bin zwar Christin, aber trotzdem bin ich froh, dass der Mann, der es getan hat, tot ist. *Froh.* Und ich bin froh, dass er in der Hölle schmort. Ist das nicht schrecklich von mir?«

»Er ist nicht in der Hölle«, sagte Holly.

Die Frau zuckte zurück, als wäre sie geschlagen worden.

»Er *bringt* die Hölle.«

Holly fuhr zum Flughafen von Dayton. Obwohl sie leicht in Verzug war, widerstand sie dem Drang, das Tempolimit zu überschreiten. Vorschriften hatten schließlich ihre Gründe.

## 3

Mit Zubringermaschinen zu fliegen (von Bill stets als Blechdosen bezeichnet) hatte gewisse Vorteile. Zum Beispiel endete die letzte Etappe auf dem Kiowa Airfield in Flint County, wodurch Holly sich die siebzig Meilen weite Fahrt von der Hauptstadt nach Flint City ersparte. Beim Umsteigen hatte sie außerdem Gelegenheit, ihre Recherchen fortzusetzen. In den kurzen Pausen nutzte sie das WLAN der Flughäfen, um möglichst schnell möglichst viele Informationen herunterzuladen. Die studierte sie dann auf den Flügen, wobei sie sich schnell und äußerst konzentriert durch die Dokumente scrollte. Deshalb achtete sie kaum auf die erschrockenen Schreie, als das zweite Flugzeug, eine Turbopropmaschine mit dreißig Sitzen, auf ein Luftloch stieß und wie ein Aufzug in die Tiefe sackte.

Mit nicht mehr als fünf Minuten Verspätung erreichte sie ihr Ziel, und indem sie sich ein bisschen beeilte, war sie als Erste bei Hertz, was ihr einen scheelen Blick von dem mit Koffern bepackten Geschäftsmann eintrug, den sie mit einem letzten Sprint hinter sich ließ. Als sie auf dem Weg in die Stadt sah, wie knapp sie dran war, erlag sie schließlich doch der Versuchung und überschritt das Tempolimit. Aber nur um fünf Meilen pro Stunde.

## 4

»Da ist sie. Das muss sie sein.«

Howie Gold und Alec Pelley standen vor dem Gebäude, in dem Howie seine Kanzlei hatte. Er deutete auf die schlanke Frau, die den Gehweg entlanggetrabt kam. Sie trug einen grauen Hosenanzug und eine weiße Bluse, an ihre schmale Hüfte schlug eine große Schultertasche. Auf ihrem Mund sah man einen Rest Lippenstift, sonst trug sie keinerlei Make-up. An ihrer Wange rann ein dünner Schweißfaden herab. Der Tag war immer noch heiß, obwohl die Sonne gerade unterging.

»Ms. Gibney?«, sagte Howie und trat einen Schritt auf sie zu.

»Ja«, keuchte sie. »Komme ich zu spät?«

»Nein, Sie sind sogar zwei Minuten zu früh dran«, sagte Alec. »Darf ich Ihnen Ihre Tasche abnehmen? Die sieht schwer aus.«

»Geht schon«, sagte sie, wandte den Blick von dem stämmigen, zur Glatze neigenden Anwalt ab und betrachtete den Ermittler, von dem sie ihren Auftrag erhalten hatte. Pelley war fast einen Kopf größer als sein Chef. Er hatte seine grau melierten Haare zurückgekämmt und trug braune Hosen und ein weißes, am Hals offenes Hemd. »Sind die anderen schon hier?«

»Mehr oder weniger«, sagte Alec. »Detective Anderson … ach, wenn man vom Teufel spricht …«

Als Holly sich umdrehte, sah sie drei Personen näher kommen. Eine war eine Frau im mittleren Alter, die sich ihr jugendliches gutes Aussehen einigermaßen bewahrt hatte, wenngleich die Ringe unter den Augen, die von der Grundierung und etwas Puder nur teilweise kaschiert wurden, darauf schließen ließen, dass sie in letzter Zeit nicht gut geschlafen hatte. Links von ihr ging ein hagerer, nervös dreinblickender Mann, an dessen Hinterkopf sich in den sonst rigoros gebändigten Haaren ein Zipfel aufstellte. Und rechts von ihr …

Detective Anderson war ein hochgewachsener Mann mit hängenden Schultern und einem Bauch, der zur Wampe zu werden drohte, wenn er in Zukunft nicht mehr Sport trieb und auf seine Ernährung achtete. Die hellblauen Augen in seinem leicht vorgereckten Kopf musterten Holly von oben bis unten. Es war nicht Bill, natürlich nicht, Bill war seit zwei Jahren tot und würde nie wiederkommen; außerdem war dieser Mann wesentlich jünger als Bill zu der Zeit, als Holly ihn kennengelernt hatte. Identisch war jedoch die aufmerksame Neugier in seinem Gesicht. Er hielt die Hand der Frau, was darauf schließen ließ, dass es sich um Mrs. Anderson handelte. Interessant, dass sie mitgekommen war.

Alle stellten sich Holly vor. Der schlanke Mann mit dem Haarzipfel entpuppte sich als William (»bitte sagen Sie Bill zu mir«) Samuels, Bezirksstaatsanwalt von Flint County.

»Lassen Sie uns raufgehen, damit wir der Hitze entfliehen«, sagte Howie.

Mrs. Anderson – Jeanette – fragte Holly, ob sie einen guten Flug gehabt habe, und Holly gab die passende Antwort. Dann wandte sie sich an Howie und erkundigte sich, ob im Besprechungsraum eine audiovisuelle Ausstattung vorhanden sei. Das sei der Fall, sagte er; sie könne die Geräte gern verwenden, wenn sie irgendwelches Material präsentieren wolle. Als sie den Aufzug verließen, erkundigte sie sich noch nach der Damentoilette. »Ich bräuchte ein bis zwei Minuten, schließlich komme ich direkt vom Flughafen.«

»Aber natürlich. Am Ende vom Flur links. Sollte nicht abgeschlossen sein.«

Holly befürchtete, dass Mrs. Anderson anbieten würde, sie zu begleiten, doch das tat sie nicht. Was gut war. Zwar musste Holly tatsächlich pinkeln (ihre Mutter sagte immer »austreten«), aber sie hatte noch etwas Wichtigeres vor, was sie nur tun konnte, wenn sie allein war.

Als sie in der Kabine saß, die Hose heruntergelassen und ihre Schultertasche zwischen den bequemen Slippern, schloss sie die Augen. Da gefliese Räume wie dieser als natürliche Verstärker wirkten, betete sie schweigend.

*Hier ist wieder Holly Gibney, und ich brauche Hilfe. Du weißt, ich kann nicht gut mit Fremden umgehen, selbst wenn*

*es nur einer ist, und heute habe ich es gleich mit sechs zu tun.*
*Mit sieben, falls die Witwe von Mr. Maitland dabei ist. In Pa-*
*nik bin ich zwar nicht, aber ich würde lügen, wenn ich be-*
*haupten würde, keine Angst zu haben. Bill ist mit so was gut*
*klargekommen, aber ich bin anders als er. Hilf mir einfach,*
*mich so zu verhalten, wie er es tun würde. Hilf mir, Verständ-*
*nis für den angeborenen Zweifel dieser Leute zu haben, statt*
*mich davor zu fürchten.*

Sie beendete ihr Gebet hörbar, wenn auch flüsternd.
»Bitte, lieber Gott, hilf mir, es nicht zu vermasseln.« Nach
einer kleinen Pause fügte sie hinzu: »Ich rauche nicht.«

## 5

Die Besprechung fand im Konferenzzimmer von Howard
Gold statt, das zwar kleiner war als jenes in *Good Wife* (Holly
hatte sich alle sieben Staffeln angesehen und sich nun dem
Ableger zugewandt), aber dafür sehr hübsch. Geschmackvolle
Bilder, ein polierter Mahagonitisch, Ledersessel. Tatsächlich war
auch Mrs. Maitland gekommen. Sie setzte sich rechts neben
Mr. Gold, während der seinen Platz am Kopfende einnahm
und sich bei ihr erkundigte, wer auf ihre Töchter aufpasse.

Marcy bedachte ihn mit einem matten Lächeln. »Lukesh
und Chandra Patel haben sich angeboten. Ihr Sohn ist in der
Mannschaft, die Terry betreut hat. Baibir stand an der dritten Base, als …« Sie sah Detective Anderson an. »Als Ihre
Leute ihn verhaftet haben. Baibir war untröstlich. Er hat es
einfach nicht kapiert.«

Anderson verschränkte die Arme, ohne etwas zu erwidern. Seine Frau legte ihm die Hand auf die Schulter und murmelte ihm etwas zu, was niemand sonst hören sollte. Daraufhin nickte er.

»Hiermit eröffne ich die Besprechung«, sagte Mr. Gold. »Es gibt zwar keine Tagesordnung, aber vielleicht möchte unsere Besucherin anfangen. Holly Gibney ist eine Privatdetektivin, die Alec mit Recherchen in Dayton beauftragt hat, in der Annahme, dass die beiden Fälle tatsächlich im Zusammenhang stehen. Das ist eine der Fragen, die wir hier, falls möglich, lösen wollen.«

»Privatdetektivin bin ich nicht«, wandte Holly ein. »Nur mein Geschäftspartner Peter Huntley hat eine entsprechende Lizenz. Unser Unternehmen beschäftigt sich hauptsächlich damit, Hab und Gut wiederzubeschaffen und verschwundene Personen aufzuspüren. Gelegentlich übernehmen wir allerdings auch Ermittlungen in Kriminalfällen, wenn uns die Polizei da nicht dazwischenfunkt. Unter anderem hatten wir guten Erfolg bei vermissten Haustieren.«

Das klang ziemlich lahm, weshalb Holly spürte, wie ihr das Blut ins Gesicht schoss.

»Ms. Gibney ist ein bisschen zu bescheiden«, sagte Alec. »Soweit ich weiß, waren Sie daran beteiligt, einen flüchtigen Gewalttäter namens Morris Bellamy zur Strecke zu bringen.«

»Den Fall hat mein Geschäftspartner bearbeitet«, sagte Holly. »Mein *erster* Partner. Bill Hodges. Inzwischen ist er verstorben, wie Mr. Pelley – Alec – bereits weiß.«

»Ja«, sagte Alec. »Mein herzliches Beileid.«

Der Latino, den Detective Anderson als Yunel Sablo von der Highway Patrol vorgestellt hatte, räusperte sich. »Nach meinen Informationen waren Sie und Mr. Hodges auch in einem Fall tätig, bei dem ein Fahrzeug als Mordwaffe verwendet wurde«, sagte er. »Anschließend hatte der Täter, ein junger Mann namens Hartsfield, einen Terroranschlag geplant. Ihnen persönlich, Ms. Gibney, ist es gelungen, ihn aufzuhalten, bevor er in einem ausverkauften Konzertsaal eine Bombe zünden konnte. Dabei hätten mehrere Tausend junge Menschen zu Tode kommen können.«

Ein Murmeln lief um den Tisch. Holly spürte, wie ihr Gesicht noch heißer wurde. Sie hätte gern klargestellt, dass sie gescheitert war und die mörderischen Absichten von Brady nur vorübergehend unterbunden hatte, denn der war wiedergekommen und hatte weitere Menschenleben gefordert, bevor er endgültig aus dem Verkehr gezogen worden war. Hier war jedoch weder die richtige Zeit noch der passende Ort dafür.

Lieutenant Sablo war noch nicht fertig. »Ich glaube, Sie haben von der Stadt eine Auszeichnung dafür erhalten.«

»Die Auszeichnung erhalten haben wir eigentlich zu dritt, aber die bestand nur aus einem goldenen Schlüssel und einer Busfahrkarte für zehn Jahre.« Sie blickte in die Runde, unglücklich darüber, dass sie immer noch rot wurde wie eine Sechzehnjährige. »Ohnehin ist das lange her. Was den aktuellen Fall angeht, würde ich meinen Bericht lieber fürs Ende aufsparen. Und meine Schlussfolgerungen.«

»Wie im letzten Kapitel von diesen alten britischen Salonkrimis«, sagte Mr. Gold lächelnd. »Nachdem wir alle erzählt haben, was wir wissen, stehen Sie auf und verblüffen uns mit der Erklärung, wer es getan hat und wie.«

»Na, viel Glück dabei«, sagte Bill Samuels. »Ich muss nur an den Fall denken, da krieg ich schon Kopfschmerzen.«

»Ich glaube, die meisten Puzzleteile haben wir schon«, sagte Holly. »Aber sie liegen offenbar selbst jetzt noch nicht alle auf dem Tisch. Ich muss ständig an den Ausdruck denken, dass die eine Hand nicht weiß, was die andere tut. Aber jetzt sind beide Hände hier anwesend ...«

»Ganz zu schweigen von den Händen aller anderen Anwesenden«, sagte Howie. Als er den Ausdruck auf Hollys Gesicht sah, fügte er hinzu: »Ich will Sie nicht hochnehmen, Ms. Gibney, sondern bin ganz Ihrer Meinung. Also, alles auf den Tisch. Wer fängt an?«

»Am besten Yunel«, sagte Anderson. »Weil ich beurlaubt bin.«

Yunel legte eine Aktentasche auf den Tisch und holte seinen Laptop heraus. »Mr. Gold, können Sie mir zeigen, wie man den Beamer bedient?«

Während Howie das tat, sah Holly genau zu, damit sie sich auskannte, wenn sie an die Reihe kam. Sobald die richtigen Kabel angeschlossen waren, dimmte Howie die Beleuchtung.

»Okay«, sagte Yunel. »Ms. Gibney, bitte verzeihen Sie mir, wenn ich Ihnen mit einigen Dingen zuvorkommen sollte, die Sie in Dayton entdeckt haben.«

»Das macht überhaupt nichts«, sagte Holly.

»Ich habe mit Captain Bill Darwin von der dortigen Polizei und mit Sergeant George Highsmith von der in Trotwood telefoniert. Die waren bereit, uns behilflich zu sein, nachdem ich ihnen erklärt habe, dass wir einen ähnlichen Fall haben und dass der Zusammenhang möglicherweise in einem gestohlenen Lieferwagen besteht, der an beiden Tatorten aufgetaucht ist. Dank der Magie der Telekommunikation sollte ich alles hier drin haben. Falls das Gerät da funktioniert.«

An der Zimmerwand tauchte sein Desktop auf. Er klickte auf eine Datei mit der Bezeichnung HOLMES. Als erstes Bild erschien ein Mann im orangefarbenen Overall eines County-Gefängnisses. Er hatte kurz geschorene, rotbraune

Haare und Bartstoppeln auf den Wangen. Die Augen waren leicht zusammengekniffen, was ihm einen finsteren Ausdruck verlieh oder auch nur den eines Mannes, der verblüfft über die Wendung war, die sein Leben plötzlich genommen hatte. Holly kannte das Polizeifoto von der Titelseite der *Dayton Daily News*, Ausgabe vom 1. Mai.

»Das ist Heath James Holmes«, sagte Yunel. »Vierunddreißig Jahre alt. Verhaftet für den Mord an Amber und Jolene Howard. Ich habe Bilder vom Tatort, die ich Ihnen jedoch nicht zeigen werde, sonst könnten Sie heute Nacht nicht schlafen. Die Verstümmelungen sind die schlimmsten, die ich je gesehen habe.«

Die sieben Zuhörer schwiegen. Jeannie umklammerte den Arm ihres Mannes. Marcy starrte wie gebannt auf das Foto von Holmes; sie hatte die Hand vor den Mund geschlagen.

»Bis auf eine geringfügige jugendliche Straftat, konkret eine Spritztour mit einem gestohlenen Auto, sowie einige Strafzettel wegen Geschwindigkeitsübertretung hatte Holmes eine blütenreine Weste. Die Beurteilungen, denen er zweimal jährlich unterzogen wurde, zuerst im Kindred-Hospital und dann im dazugehörigen Pflegeheim, sind ausgezeichnet. Kollegen und Patienten hatten nichts als Lob für ihn übrig. Dokumentiert sind Kommentare wie *immer freundlich* und *aufrichtig fürsorglich* und *gibt sich besondere Mühe*.«

»Über Terry hat man das alles auch gesagt«, murmelte Marcy.

»Das hat nichts zu bedeuten«, wandte Samuels ein. »Auch über Ted Bundy haben die Leute das zum Besten gegeben.«

Yunel fuhr fort. »Holmes hat seinen Kollegen gesagt, dass er seinen einwöchigen Urlaub bei seiner Mutter in Regis verbringen wolle, einem kleinen Ort dreißig Meilen nördlich von Dayton und Trotwood. In der Mitte seiner Urlaubswoche wurden die Leichen der beiden Mädchen von einem Briefträger entdeckt, der seine Runde machte. Etwa eine Meile von ihrem Elternhaus entfernt hat er beobachtet, wie eine große Schar Krähen sich an einem Bachbett versammelte, und hat angehalten, um die Ursache zu erforschen. In Anbetracht von dem, was er vorgefunden hat, wünscht er sich wahrscheinlich, er hätte das nicht getan.«

Er klickte, worauf an die Stelle von Heath Holmes mit seinen zusammengekniffenen Augen und seinen Bartstoppeln zwei blonde Mädchen traten. Das Foto war bei einem Volksfest oder in einem Vergnügungspark aufgenommen worden; im Hintergrund sah Holly eine Berg-und-Tal-Bahn. Strahlend hielten Amber und Jolene wie Trophäen je eine Zuckerwatte in die Höhe.

»Ich will den Opfern bestimmt keinerlei Schuld zuschieben, aber die beiden Mädchen waren schwierig. Mutter Alkoholikerin, Vater nicht vorhanden, mieses Haus in einkommensschwacher Wohngegend. Von der Schule wurden sie als *gefährdet* eingestuft, auch weil sie mehrfach den Unterricht geschwänzt haben. Das haben sie auch am Montag, dem 23. April, gegen zehn Uhr vormittags getan. Amber hatte da zwar eine Freistunde, aber Jolene hat vorgegeben, sie müsse auf die Toilette, also war es wohl vorgeplant.«

»Flucht von Alcatraz«, sagte Bill Samuels.

Niemand lachte.

Yunel fuhr fort: »Kurz vor zwölf Uhr mittags wurden sie in einem Kiosk gesichtet, etwa fünf Straßen von der Schule entfernt. Das ist ein Standbild von der Überwachungskamera des Ladens.«

Das schwarz-weiße Bild war kristallklar – als würde es aus einem alten Film noir stammen, dachte Holly. Sie starrte auf die beiden blonden Mädchen, von denen eine zwei Getränkedosen und die andere mehrere Schokoriegel in den Händen hielt. Beide trugen Jeans und T-Shirt. Keine sah besonders glücklich aus; das Mädchen mit den Schokoriegeln richtete stirnrunzelnd den Finger auf die Kasse. Ihr Mund war weit geöffnet.

»Der Kassierer wusste, dass die beiden eigentlich in der Schule sein sollten, und hat sich geweigert, ihnen etwas zu verkaufen«, sagte Yunel.

»Aber hallo«, sagte Howie. »Man kann regelrecht hören, wie die Ältere ihn zur Sau macht.«

»Stimmt«, sagte Yunel. »Aber nicht das ist hier von Interesse. Sehen Sie sich mal die obere rechte Ecke vom Bild an. Da steht jemand draußen auf dem Gehweg und späht durchs Fenster. Moment, ich zoome ihn ein bisschen heran.«

Marcy murmelte ganz leise etwas, was sich nach *o Gott* anhörte.

»Das ist er, oder nicht?«, sagte Samuels. »Das ist Holmes. Er beobachtet die beiden.«

Yunel nickte. »Der Kassierer war die letzte Person, die Amber und Jolene lebend gesehen hat. Aber sie wurden noch von mindestens einer weiteren Kamera erfasst.«

Er klickte. Auf der Wand am anderen Ende des Konferenzzimmers erschien eine weitere Überwachungsaufnahme. Hier hatte die Kamera ihr elektronisches Auge auf eine Reihe Zapfsäulen gerichtet. Die Zeitangabe in der Ecke lautete 12:19, 23. April. Holly vermutete, dass es sich um das Bild handelte, das Candy Wilson erwähnt hatte. Bei dem Fahrzeug habe es sich wahrscheinlich um den Pick-up von Holmes gehandelt, einen »total aufgemotzten« Chevrolet Tahoe, doch da hatte sich die Krankenschwester geirrt. Das Fahrzeug, auf das Heath Holmes zuging, trug auf der Seite den Namen einer

Firma für Gartenbau und Poolpflege. Offenbar hatte er gerade das Benzin bezahlt und kehrte jetzt mit einer Limo in jeder Hand zum Fahrzeug zurück. Aus dem Fahrerfenster lehnte sich Amber, die ältere der beiden Mädchen.

»Wann wurde der Lieferwagen da gestohlen?«, fragte Ralph.

»Am 14. April«, sagte Yunel.

»Er hat ihn also irgendwo versteckt, bis er bereit war. Was bedeutet, dass es sich um ein geplantes Verbrechen handelt.«

»So sieht es aus, ja.«

»Und die Mädchen«, sagte Jeannie. »Die sind einfach ... bei ihm eingestiegen?«

Yunel zuckte die Achseln. »Ich will den beiden wirklich keine Schuld zuschieben – man kann so jungen Menschen nicht vorwerfen, schlechte Entscheidungen zu treffen –, aber die Aufnahme lässt darauf schließen, dass sie ihn freiwillig begleitet haben, zumindest anfangs. Die Mutter hat Sergeant Highsmith erklärt, ihre ältere Tochter hätte die Gewohnheit gehabt zu *trampen,* wenn sie irgendwo hinwollte, obwohl man ihr wiederholt vorgehalten hat, dass das gefährlich ist.«

Holly fand, dass die beiden Überwachungsaufnahmen eine simple Geschichte erzählten. Der Outsider hatte gesehen, wie die Mädchen im Kiosk nicht bedient wurden, und ihnen angeboten, ihnen ihre Getränke und Süßigkeiten ein Stück weiter zu besorgen, wenn er tankte. Anschließend, hatte er ihnen vielleicht gesagt, werde er sie nach Hause fahren oder dahin, wo sie sonst hinwollten. Wie ein netter Kerl, der zwei Mädchen dabei unterstützte, die Schule zu schwänzen – Mensch, schließlich war er selbst einmal jung gewesen.

»Als Nächstes wurde Holmes kurz nach achtzehn Uhr gesehen«, nahm Yunel den Faden wieder auf. »Das war in einem Waffle House am Stadtrand von Dayton. Er hatte

Blut auf dem Gesicht, den Händen und dem T-Shirt. Der Kellnerin und dem Koch hat er erklärt, er hätte Nasenbluten, und hat sich dann auf der Toilette gewaschen. Anschließend hat er sich was zum Mitnehmen bestellt. Als er das Lokal verließ, haben der Koch und die Kellnerin gesehen, dass er auch auf dem Rücken und dem Hosenboden Blutflecken hatte, was seine Geschichte infrage gestellt hat, weil die meisten Leute ihre Nase vorne haben. Daher hat die Kellnerin sich sein Kennzeichen notiert und die Polizei angerufen. Später hat man ihnen sechs Fotos von ähnlichen Personen vorgelegt, und beide konnten Holmes identifizieren. Mit seinen rotbraunen Haaren war er schwer zu verwechseln.«

»Hat er bei dem Halt am Lokal immer noch den Lieferwagen gefahren?«, fragte Ralph.

»Mhm. Der wurde auf dem städtischen Parkplatz von Regis entdeckt, kurz nachdem die beiden Mädchen aufgefunden wurden. Im Laderaum war eine Menge Blut, und überall waren die Fingerabdrücke von Holmes und den Mädchen. Auch in den Blutresten. Die Parallelen zu dem Mord an Frank Peterson sind wieder sehr deutlich. Verblüffend deutlich sogar.«

»Wie weit war es vom Fundort des Lieferwagens bis dahin, wo die Mutter von Holmes wohnte?«, fragte Molly.

»Weniger als eine halbe Meile. Meine Kollegen dort nehmen an, dass er den Wagen abgestellt hat, nach Hause marschiert ist, seine blutigen Sachen ausgezogen und für seine Mama dann ein leckeres Abendessen gekocht hat. Die Fingerabdrücke hat man praktisch sofort in der Datenbank gefunden, aber es hat ein paar Tage gedauert, die bürokratischen Hürden zu überwinden und seinen Namen zu erhalten.«

»Weil Holmes bei seiner einzigen Straftat, dieser Spritztour, noch dem Jugendstrafrecht unterlag«, sagte Ralph.

»Sí, Señor. Also weiter. Am 26. April hat Holmes das Pflegeheim aufgesucht. Als die Dame am Empfang, eine Ms. June Kelly, ihn gefragt hat, was er trotz Urlaub da zu suchen habe, hat er erklärt, er müsse etwas aus seinem Spind holen und wolle bei der Gelegenheit einige Patienten besuchen. Das kam ihr ein bisschen merkwürdig vor. Die Krankenschwestern haben zwar Spinde, aber die Pfleger haben nur Fächer im Pausenraum. Außerdem bringt man den Angestellten bei, dass sie die zahlenden Kunden grundsätzlich als *Bewohner* bezeichnen sollen, und Holmes hat normalerweise einfach von seinen Jungs und Mädels gesprochen. Ganz freundschaftlich. Jedenfalls war einer der Leute, die er an dem Tag besucht hat, der Vater von Terry Maitland, und in dessen Bad hat die Polizei mehrere blonde Haare gefunden. Wie man bei der forensischen Untersuchung festgestellt hat, stammen die von Jolene Howard.«

»Verdammt praktisch«, sagte Ralph. »Ist niemand auf die Idee gekommen, die könnten absichtlich dort platziert worden sein?«

»So wie die Indizien sich angehäuft haben, hat man schlicht angenommen, er wäre achtlos gewesen oder wollte erwischt werden«, sagte Yunel. »Der Lieferwagen, die Fingerabdrücke, die Überwachungsaufnahmen … die Unterwäsche der Mädchen im Keller … und schließlich das Tüpfelchen auf dem i, der DNA-Test. Der nach der Verhaftung entnommene Wangenabstrich passte zu dem Sperma, das der Täter am Tatort hinterlassen hat.«

»Meine Güte«, sagte Bill Samuels. »Das ist ja wirklich wie ein Déjà-vu.«

»Mit einer wichtigen Ausnahme«, sagte Yunel. »Heath Holmes hatte nicht das Glück, bei einem Vortrag gefilmt zu werden, der zufällig zu derselben Zeit stattfand, als die beiden Mädchen entführt und ermordet wurden. Seine Mutter hat zwar geschworen, er sei die ganze Zeit in Regis gewesen, ohne zum Pflegeheim und gar nach Trotwood zu fahren. ›Wieso hätte er das tun sollen?‹, hat sie gesagt. ›Das ist nur ein beschissenes Kaff voll beschissener Leute.‹«

»Vor einem Geschworenengericht hätte ihre Aussage nicht den geringsten Eindruck hinterlassen«, sagte Samuels. »Wenn die eigene Mutter nicht für einen lügt, wer dann?«

»Immerhin haben ihn während seiner Urlaubswoche mehrere Leute aus der Nachbarschaft bei seiner Mutter gesehen«, fuhr Yunel fort. »Er hat den Rasen gemäht, die Dachrinnen repariert und die Veranda gestrichen, und außerdem hat er der Frau gegenüber geholfen, ein paar Blumen einzupflanzen. Das war an demselben Tag, an dem die Mädchen entführt wurden. Außerdem war sein aufgemotzter Pick-up schwer zu übersehen, wenn er durch die Gegend gefahren ist, um Einkäufe zu machen.«

»Die Frau gegenüber«, sagte Howie. »Hat er der vielleicht ungefähr zu der Zeit geholfen, wo die beiden Mädchen ermordet wurden?«

»Das war gegen zehn Uhr vormittags, hat sie gesagt. Beinahe ein Alibi, aber kein wasserdichtes. Von Regis ist es wesentlich näher nach Trotwood als von Flint City nach Cap City. Meine Kollegen haben die These aufgestellt, dass er zum Parkplatz gefahren ist, sobald er der Nachbarin mit ihren Petunien oder was auch immer geholfen hatte. Dort wäre er dann aus seinem Tahoe in den Lieferwagen umgestiegen und auf die Jagd gegangen.«

»Terry hatte tatsächlich mehr Glück als Mr. Holmes«, sagte Marcy. Sie sah erst Ralph und dann Bill Samuels an. Ralph erwiderte ihren Blick, Samuels konnte oder wollte das nicht. »Nur leider nicht genug.«

»Ich habe noch etwas«, sagte Yunel. »Ein weiteres Puzzle-teil, wie Ms. Gibney sagen würde, aber das spare ich mir auf, bis Ralph die Ermittlungen im Fall Maitland rekapituliert hat, sowohl pro wie kontra.«

Ralph tat das in aller Kürze. Er sprach knapp und präzise wie bei einer Aussage vor Gericht. Dabei hob er hervor, was Claude Bolton ihm erzählt hatte – dass er von Terry mit einem Fingernagel gekratzt worden sei, als er ihm die Hand geschüttelt habe. Nachdem Ralph über die in Canning ent-deckten Kleidungsstücke berichtet hatte – Hose, Unterwä-sche, Socken, Schuhe, aber kein T-Shirt –, kam er auf den Mann zu sprechen, den er auf der Treppe zum Gericht gese-hen hatte. Er sei sich zwar nicht sicher, dass der Mann sich das von Terry Maitland am Bahnhof von Dubrow getragene T-Shirt um den Kopf gewickelt habe, um seinen vermutlich narbigen und kahlen Kopf zu bedecken, aber möglich sei das seiner Meinung nach durchaus.

»Es muss doch Fernsehaufnahmen von der Szene geben«, sagte Holly. »Haben Sie die überprüft?«

Ralph und Lieutenant Sablo wechselten einen Blick.

»Das haben wir«, sagte Ralph. »Aber darauf ist der Mann nicht zu sehen. Auf keiner einzigen Aufnahme.«

Eine allgemeine Unruhe entstand, und Jeannie umklam-merte wieder den Arm ihres Mannes. Der tätschelte ihre Hand beruhigend, richtete dabei jedoch den Blick auf die Frau, die mit dem Flugzeug aus Dayton gekommen war. Holly blickte nicht verwundert drein, sondern befriedigt.

# 6

»Der Mann, der die beiden Mädchen ermordet hat, fuhr einen Lieferwagen«, sagte Yunel. »Und als er den nicht mehr brauchte, hat er ihn an einem Ort abgestellt, an dem er leicht entdeckt werden konnte. Der Mörder von Frank Peterson hat dasselbe mit dem Lieferwagen getan, mit dem er den Jungen entführt hat; er hat sogar die Aufmerksamkeit darauf gelenkt, indem er ihn hinter dem Shorty's geparkt und dort mit zwei Zeugen gesprochen hat – so wie Holmes mit dem Koch und der Kellnerin vom Waffle House. Meine Kollegen in Ohio haben im Lieferwagen massenhaft Fingerabdrücke gefunden, sowohl vom Mörder wie auch von seinen Opfern; wir haben in dem Lieferwagen hier ebenfalls viele Abdrücke entdeckt. In unserem Fall allerdings von mindestens einer Person, die nicht identifiziert werden konnte. Bis vor Kurzem jedenfalls.«

Ralph beugte sich gespannt vor.

»Ich will Ihnen etwas zeigen.« Yunel tippte auf seinem Laptop herum. An der Wand erschienen zwei Fingerabdrücke. »Die sind von dem Jungen, der den Lieferwagen in New York State gestohlen hat. Einer stammt aus dem Fahrzeug, der andere wurde ihm nach seiner Verhaftung in El Paso abgenommen. Und jetzt schauen Sie mal.«

Er verschob seine Finger, worauf die beiden Abdrücke sich perfekt überlappten.

»Mit Merlin Cassidy wären wir damit fertig. Jetzt kommt Frank Peterson – ein Abdruck von der gerichtsmedizinischen Untersuchung, einer aus dem Lieferwagen.«

Wieder ergab sich eine perfekte Überlappung.

»Als nächstes Maitland. Ein Abdruck aus dem Lieferwagen – einer von vielen, will ich hinzufügen – und der andere von seinem Verhör in Flint City.«

Er legte die beiden Bilder übereinander, die sich abermals als identisch erwiesen. Marcy seufzte auf.

»Okay, und jetzt bereiten Sie sich bitte auf eine echte Überraschung vor. Links ist ein nicht identifizierter Abdruck aus dem Lieferwagen, rechts einer von Heath Holmes, als der in Montgomery County, Ohio, erkennungsdienstlich behandelt wurde.«

Er führte die Abdrücke zusammen. Diesmal waren sie nicht völlig identisch, aber annähernd. Nach Hollys Meinung hätte ein Geschworenengericht das als Übereinstimmung interpretiert. Sie selbst tat das auf jeden Fall.

»Bestimmt fallen Ihnen einige kleinere Unterschiede ins Auge«, sagte Yunel. »Das liegt daran, dass der Abdruck aus dem Lieferwagen ein bisschen verwaschen ist, vielleicht einfach durch die Zeit. Es sind jedoch genügend Identitätsmerkmale vorhanden, die mich überzeugen. Heath Holmes hat sich zu irgendeinem Zeitpunkt in dem Lieferwagen befunden. Was eine neue Information ist.«

Wieder herrschte Schweigen.

Yunel rief zwei weitere Fingerabdrücke auf. Der auf der linken Seite war klar und deutlich. Holly erkannte, dass sie ihn gerade schon einmal gesehen hatte. Ralph merkte das ebenfalls. »Der linke ist von Terry«, sagte er. »Aus dem Lieferwagen.«

»Richtig. Und der rechte stammt von der Gürtelschnalle, die wir in der Scheune gefunden haben.«

Alle Wirbel, Bogen und Schleifen waren identisch, aber an manchen Stellen merkwürdig verblasst. Als Yunel die Bilder übereinanderschob, ergänzte der Abdruck aus dem Lieferwagen die Lücken auf dem anderen.

»Die sind zweifellos identisch«, sagte Yunel. »Beide stammen von Terry Maitland. Allerdings ist der auf der Gürtelschnalle anscheinend von einem wesentlich älteren Finger hinterlassen worden.«

»Wie ist das möglich?«, fragte Jeannie.

»Gar nicht«, sagte Samuels. »Ich habe die Abdrücke von Maitland in seiner Akte gesehen ... und die hat man ihm mehrere Tage *nach* dem letzten Kontakt mit der Gürtelschnalle abgenommen. Sie waren klar und deutlich. Jede Linie war intakt.«

»Einen Abdruck auf der Schnalle konnten wir übrigens nicht zuordnen«, sagte Yunel. »Das ist er.«

Den hätte kein Geschworenengericht als Beweismittel akzeptiert; er bestand aus mehreren unterschiedlich gewundenen Linien, die jedoch schwach und kaum vorhanden waren. Ein großer Teil des Abdrucks war völlig verschwommen.

»Bei einer derart schlechten Qualität kann es keine Gewissheit geben«, sagte Yunel. »Aber ich glaube auch nicht, dass der Abdruck von Mr. Maitland stammt. Von Holmes kann er unmöglich stammen, weil der schon lange tot war, als die Gürtelschnalle zum ersten Mal in den Überwachungsaufnahmen vom Bahnhof auftaucht. Und dennoch ... Heath Holmes hat sich definitiv in dem Lieferwagen aufgehalten, mit dem man den kleinen Peterson entführt hat. Wann, wie und weshalb er das getan hat, kann ich absolut nicht erklären, aber ich würde tausend Dollar auf den Tisch legen, um zu erfahren, wer den Abdruck auf der Gürtelschnalle hinterlassen hat, und mindestens fünfhundert, wenn ich wüsste, wieso der Maitland zugeordnete Abdruck auf der Schnalle so alt aussieht.«

Er zog den Stecker zum Beamer aus seinem Laptop und setzte sich.

»Da liegen ja massenhaft Puzzleteile auf dem Tisch«, sagte Howie. »Aber ein Bild ergeben sie beim besten Willen nicht. Hat jemand noch was beizutragen?«

Ralph wandte sich an seine Frau. »Erzähl es ihnen«, sagte er. »Erzähl ihnen, wer in deinem Traum in unserem Haus war.«

»Das war kein Traum«, sagte sie. »Träume verblassen. Die Wirklichkeit nicht.«

Zuerst langsam, dann immer flüssiger berichtete sie, wie sie im Erdgeschoss Licht gesehen und hinter dem Durchgang zum Wohnzimmer einen Mann vorgefunden hatte, auf einem vom Küchentisch stammenden Stuhl. Sie endete mit der Warnung, die er ausgesprochen und mit den blassblauen Buchstaben auf seinen Fingern unterstrichen hatte. *Du musst ihm sagen, er soll aufgeben.* »Darauf bin ich in Ohnmacht gefallen. Das ist mir vorher im ganzen Leben noch nie passiert.«

»Sie ist im Bett wieder aufgewacht«, ergänzte Ralph. »Keinerlei Anzeichen, dass jemand eingedrungen wäre. Die Alarmanlage war eingeschaltet.«

»Ein Traum«, sagte Samuels nüchtern.

Jeannie schüttelte so heftig den Kopf, dass ihre Haare flogen. »Nein, er war wirklich da!«

»Tja, *irgendetwas* steckt dahinter«, sagte Ralph. »Da bin ich mir sicher. Der Mann mit den Verbrennungen im Gesicht hatte Tattoos auf den Fingern …«

»Also der Mann, der auf den Fernsehaufnahmen nicht zu sehen ist«, sagte Howie.

»Ich weiß, wie sich das anhört – völlig verrückt. Aber jemand anderes in unserem Fall hat ebenfalls tätowierte Finger, und mir ist schließlich auch eingefallen, wer. Ich habe mir von Yunel ein Foto schicken lassen, und Jeannie hat es identifiziert. Der Mann, den sie in ihrem Traum – oder in unserem Haus – gesehen hat, ist Claude Bolton, der Rausschmeißer vom Gentlemen, Please. Der sich beim Handschütteln mit Maitland einen Schnitt zugezogen hat.«

»Genauso eine Verletzung hatte Terry, nachdem er mit dem Krankenpfleger zusammengestoßen ist«, sagte Marcy. »Der Pfleger war bestimmt Heath Holmes, oder?«

»Aber natürlich«, sagte Holly beinahe abwesend. Sie betrachtete eines der Bilder an der Wand. »Wer sollte es sonst sein?«

Alec Pelley meldete sich zu Wort. »Hat irgendjemand festgestellt, wo Bolton sich momentan aufhält?«

»Das habe ich getan«, sagte Ralph. »Er ist in Marysville, einem Ort im Westen von Texas, etwa vierhundert Meilen von hier entfernt, und falls er nicht irgendwo einen Privatjet versteckt hat, war er da auch zu dem Zeitpunkt, wo Jeannie ihn in unserem Haus gesehen hat.«

»Falls *seine* Mutter nicht gelogen hat«, sagte Samuels. »Wie bereits festgestellt, sind Aussagen von Müttern nicht besonders zuverlässig, wenn ihre Söhne unter Verdacht stehen.«

»Daran hat Jeannie auch gedacht, aber in unserem Fall ist es eher unwahrscheinlich. Der Polizist, der dort unter einem Vorwand war, meinte, beide wären ihm entspannt und arglos vorgekommen. Keinerlei Angstschweiß.«

Samuels verschränkte die Arme vor der Brust. »Das überzeugt mich nicht.«

»Marcy?«, sagte Howard. »Ich glaube, jetzt bist du an der Reihe, etwas zu dem Puzzle beizutragen.«

»Ich ... das möchte ich nicht. Soll der Detective das doch erzählen. Immerhin hat Grace ja mit ihm gesprochen.«

Howie ergriff ihre Hand. »Es ist für Terry.«

Marcy seufzte. »Na gut. Also – auch Grace hat einen Mann

gesehen. Zweimal. Das zweite Mal im Haus. Ich dachte, sie hätte Albträume, weil der Tod ihres Vaters sie so erschüttert hat ... was ja bei jedem Kind der Fall wäre ...« Sie verstummte und kaute auf der Unterlippe.

»Bitte«, sagte Holly. »Es ist sehr wichtig, Mrs. Maitland.«

»Ja«, stimmte Ralph zu. »Das ist es.«

»Ich war mir so sicher, dass sie das alles nur geträumt hat! Absolut!«

»Hat sie ihn beschrieben?«, fragte Jeannie.

»Mehr oder weniger. Das erste Mal ist etwa eine Woche her. Grace hat bei Sarah im Zimmer geschlafen und gesagt, der Mann hätte vor dem Fenster geschwebt. Er hätte ein Gesicht wie aus Knete und Strohhalme als Augen gehabt. So etwas würde doch *jeder* für einen Albtraum halten, oder etwa nicht?«

Niemand sagte etwas.

»Das zweite Mal war am Sonntag. Als sie aus einem Nickerchen aufgewacht ist, saß der Mann auf ihrem Bett. Da hätte er keine Strohhalme als Augen mehr gehabt, hat sie gesagt, sondern die Augen von ihrem Vater, aber Angst gemacht hat er ihr trotzdem. Er hatte Tätowierungen auf den Armen. Und auf den Händen.«

Ralph mischte sich ein. »Sein Gesicht hat da nicht mehr wie Knete ausgesehen, hat sie mir gesagt. Er hätte kurze schwarze Haare gehabt, ganz stachlig. Und einen kleinen Bart rund um den Mund.«

»Kinnbart und Schnurrbart«, sagte Jeannie. Sie sah aus, wie wenn ihr übel wäre. »Es war derselbe Mann. Beim ersten Mal hatte sie vielleicht bloß einen Traum, aber beim zweiten Mal ... das war Bolton. Er muss es gewesen sein.«

Marcy presste die flachen Hände an die Schläfen, als hätte sie Kopfschmerzen. »Ich weiß, dass die Vermutung naheliegt, aber es *muss* einfach ein Traum gewesen sein. Grace hat gesagt, das T-Shirt von dem Mann hätte eine andere Farbe angenommen, während er mit ihr gesprochen hat, und so etwas passiert bekanntlich nur in Träumen. Detective Anderson, wollen Sie weitermachen?«

Ralph schüttelte den Kopf. »Das können Sie bestimmt alleine.«

Marcy wischte sich die Augen. »Sie hat gesagt, er hätte sie verspottet. Als sie angefangen hat zu weinen, hat er sie als Baby bezeichnet und gesagt, es wäre gut, dass sie traurig ist. Dann hat er erklärt, er hätte eine Botschaft für Detective Anderson. Der muss aufhören, hat er gesagt, sonst wird etwas Schlimmes geschehen.«

Ralph fuhr fort: »Als der Mann Grace zum ersten Mal erschien, sah er so aus, als wäre er nicht richtig fertig. Nicht vollendet. Aber beim zweiten Mal sah er laut ihrer Beschreibung genau wie Claude Bolton aus. Bloß ist der gerade in Texas. Machen Sie daraus, was Sie wollen.«

»Wenn Bolton *dort* ist, kann er nicht *hier* gewesen sein«, sagte Bill Samuels entnervt. »Das ist doch ziemlich offensichtlich.«

»Bei Terry Maitland war das scheinbar ebenfalls offensichtlich«, sagte Howie. »Und auch, wie wir gerade erfahren haben, bei Heath Holmes.« Er sah Holly an. »Miss Marple können wir heute zwar nicht begrüßen, aber dafür haben wir Ms. Gibney. Können Sie die Einzelteile vielleicht für uns zusammenfügen?«

Holly schien ihn nicht zu hören. Sie starrte immer noch auf das Wandbild. »Strohhalme als Augen«, sagte sie. »Ja. Klar. Strohhalme …« Sie verstummte.

»Ms. Gibney?«, wiederholte Howie. »Haben Sie etwas für uns oder nicht?«

Holly kam von dort zurück, wo sie gewesen war. »Ja, ich habe etwas. Ich kann erklären, was da vor sich geht, nur muss ich Sie darum bitten, für alles offen zu sein. Wahrscheinlich geht es schneller, wenn ich Ihnen einen Ausschnitt aus einem Film vorführe, den ich mitgebracht habe. Ich habe ihn in meiner Handtasche, auf einer DVD.«

Mit einem weiteren kurzen Gebet um Kraft (und darum, sich wie Bill Hodges zu verhalten, wenn die anderen ihren Unglauben und – vielleicht – ihre Empörung äußerten) erhob sie sich, stellte ihren Laptop dort ans Tischende, wo der von Yunel gestanden hatte, und verband ihn mit dem Beamer. Dann schob sie die DVD ein.

## 7

Jack Hoskins hatte überlegt, ob er sich wegen Sonnenbrand krankschreiben lassen solle, indem er darauf hinwies, dass man in seiner Familie zu Hautkrebs neige, gelangte jedoch zu dem Entschluss, dass das eine schlechte Idee war. Eine fürchterliche sogar. Chief Geller würde ihm mit hoher Wahrscheinlichkeit erklären, er solle sich schleunigst verziehen, und wenn es sich herumsprach (Rodney Geller war nicht gerade für seine Verschwiegenheit bekannt), würde er zur Lachnummer der ganzen Behörde werden. Und falls der Chef unerwarteterweise doch zustimmte, würde Jack erst einmal einen Arzt aufsuchen müssen, was ihm gar nicht passte.

Allerdings hatte man ihn drei Tage zu früh zurückgerufen, was nicht fair war, da sein verdammter Urlaub bereits seit

Mai auf dem Dienstplan gestanden hatte. Aus diesem Grund war es sein Recht (sein *absolutes* Recht), aus den drei Tagen das zu machen, was Ralph Anderson als Heimurlaub bezeichnet hätte, und den Mittwochnachmittag bei einer Kneipentour zu verbringen. Im dritten Lokal war es ihm gelungen, das unheimliche Zwischenspiel draußen in Canning weitgehend zu vergessen, und im vierten machte er sich nicht mehr ganz so viele Sorgen über den Sonnenbrand und die merkwürdige Tatsache, dass er sich den offensichtlich in der Nacht geholt hatte.

Seine fünfte Station war Shorty's Pub. Dort bat er die Barkeeperin – eine sehr hübsche Frau mit faszinierend langen Beinen in engen Wrangler-Jeans; ihr Name war ihm inzwischen entfallen –, sich seinen Nacken anzuschauen und ihm zu sagen, was sie da sehe. Sie tat ihm den Gefallen.

»Das ist ein Sonnenbrand«, sagte sie.

»*Bloß* ein Sonnenbrand, oder?«

»Ja, bloß ein Sonnenbrand.« Dann, nach einer Pause: »Aber ein ziemlich übler. Da haben sich ein paar Bläschen gebildet. Sie sollten etwas …«

»Aloe-Dingsda draufschmieren, ja. Weiß ich schon.«

Nach fünf Wodka Tonic (vielleicht waren es auch sechs) fuhr er exakt am Tempolimit nach Hause, wobei er kerzengerade dasaß und über das Lenkrad spähte. Es wäre nicht gut gewesen, angehalten zu werden. Hier im Staat betrug die Promillegrenze 0,8.

Jack erreichte sein trautes Heim ungefähr zur selben Zeit, wo Holly Gibney im Konferenzraum von Howard Gold mit ihrer Präsentation begann. Er zog sich bis auf die Unterhose aus, erinnerte sich daran, sämtliche Türen abzuschließen, und ging ins Bad, um seine Blase zu entleeren, die das dringend nötig hatte. Nachdem das erledigt war, nahm er wieder den Handspiegel, um seinen Nacken zu betrachten. Bestimmt war der Sonnenbrand inzwischen besser geworden, sodass sich jetzt allmählich die Haut abschälte. Aber nein. Die Stelle war schwarz geworden. Über den Nacken zogen sich im Zickzack tiefe Risse, aus zweien davon perlte Eiter. Er stöhnte, schloss die Augen, öffnete sie wieder und seufzte erleichtert auf. Keine schwarze Haut. Keine Risse. Kein Eiter. Aber der Nacken war hellrot, und ein paar Bläschen waren auch vorhanden. Als er dorthin fasste, tat es nicht mehr so weh wie zuvor, aber das war kein Wunder – schließlich hatte er sich ordentlich an einem russischen Betäubungsmittel gelabt.

*Ich darf nicht mehr so viel saufen*, dachte er. *Wenn man irgendwelchen Scheißdreck sieht, der gar nicht da ist, dann ist das ein ziemlich klares Signal. Man könnte es sogar als Warnung bezeichnen.*

Da er keine Aloe-vera-Salbe zu Hause hatte, schmierte er sich etwas Arnika-Gel auf den Sonnenbrand. Das brannte zwar, aber der Schmerz verschwand spürbar (beziehungsweise verwandelte sich in ein stumpfes Pochen). Das war gut, oder? Er bedeckte sein Kopfkissen mit einem Handtuch, um keine Flecken darauf zu hinterlassen, legte sich hin und knipste das Licht aus. Die Dunkelheit tat ihm jedoch nicht gut. Er hatte den Eindruck, dass er den Schmerz im Dunkeln stärker spürte, und es fiel ihm nur allzu leicht, sich vorzustellen, dass sich außer ihm noch etwas anderes im Zimmer befand. Das Etwas, das in der verlassenen Scheune hinter ihm gestanden hatte.

*Da draußen hat mir meine Fantasie bloß einen Streich gespielt. So wie die schwarze Haut auch reine Fantasie war. Und die Risse. Und der Eiter.*

Das mochte alles stimmen, aber es stimmte auch, dass er sich besser fühlte, wenn er die Nachttischlampe anknipste. Sein letzter Gedanke war, dass eine gute Mütze Schlaf alles wieder ins Lot bringen würde.

## 8

»Soll ich das Licht noch ein bisschen mehr dimmen?«, fragte Howie.

»Nein«, sagte Holly. »Der Film soll zur Information dienen, nicht zur Unterhaltung, und er ist zwar kurz – er hat nur siebenundachtzig Minuten Laufzeit –, aber wir müssen ihn nicht ganz oder auch nur zum größten Teil anschauen.« Sie war nicht so nervös, wie sie befürchtet hatte. Immerhin. »Aber bevor ich ihn zeige, muss ich etwas ganz klarstellen. Etwas, was Sie inzwischen alle wissen müssten, obwohl Sie vermutlich noch nicht ganz bereit sind, die Wahrheit in Ihr Bewusstsein einzulassen.«

Schweigend blickten die anderen sie an. All diese Augen. Sie konnte kaum glauben, was sie da tat – ausgerechnet sie, Holly Gibney, die graue Maus, die im Klassenzimmer immer ganz hinten gesessen und sich nie gemeldet hatte, die an Tagen mit Sportunterricht immer schon mit den Turnklamotten unter Rock und Bluse in die Schule gekommen war. Holly Gibney, die selbst mit mehr als zwanzig Jahren nicht gewagt hatte, ihrer Mutter zu widersprechen. Holly Gibney, die zweimal einen echten Nervenzusammenbruch erlitten hatte.

*Aber das war alles vor meiner Zeit mit Bill. Der hat darauf*
*vertraut, dass ich es besser kann, und für ihn konnte ich das.*
*Und jetzt werde ich es für die Leute da auch können.*

»Terry Maitland hat Frank Peterson ebenso wenig ermordet, wie Heath Holmes die beiden Mädchen ermordet hat.
Die Morde wurden von einem Outsider begangen. Er verwendet unsere moderne Wissenschaft – die heutige Forensik –
gegen uns, aber seine eigentliche Waffe ist unsere Weigerung,
uns Fremdes für wahr zu halten. Man hat uns beigebracht,
den Fakten zu folgen, und wenn die Fakten widersprüchlich sind, wittern wir den Outsider manchmal, weigern uns
jedoch, der Witterung zu folgen. Das weiß er und setzt es
ein.«

»Ms. Gibney«, sagte Jeannie Anderson. »Wollen Sie damit
sagen, dass die Morde von einer übernatürlichen Kreatur begangen wurden? Von einer Art Vampir?«

Holly biss sich auf die Lippe, während sie über die Frage
nachdachte. »Das möchte ich nicht beantworten«, sagte
sie schließlich. »Noch nicht. Zuerst will ich Ihnen einen
Ausschnitt aus dem Film zeigen. Er stammt aus Mexiko,
ist aber synchronisiert und wurde bei uns vor fünfzig Jahren als Teil eines Doppelprogramms für Autokinos vertrieben. Der Titel der Synchronfassung lautet *Mexikanische
Catcherinnen im Angesicht des Monsters,* aber auf spanisch …«

»Also wirklich«, sagte Ralph. »Das ist ja lächerlich.«

»Halt den Mund«, sagte Jeannie. Sie tat das leise, aber alle
bekamen ihre Verärgerung mit. »Gib ihr eine Chance.«

»Aber …«

»Du warst heute Nacht nicht dabei. Ich schon. *Du musst
ihr eine Chance geben.*«

Ralph verschränkte die Arme vor der Brust, wie Samuels

es getan hatte. Eine Geste, die Holly nur zu gut kannte. Sie diente der Abwehr und bedeutete: *Dann höre ich eben nicht mehr zu.* Trotzdem machte sie weiter.

»Der Originaltitel ist *Rosita luchadora y amigas conocen el Cuco.* Übersetzt bedeutet das ...«

»Das ist es!«, rief Yunel so laut aus, dass alle zusammenzuckten. »Das ist der Name, auf den ich nicht gekommen bin, als wir uns am Samstag im Café getroffen haben! Erinnern Sie sich, Ralph? Die Geschichte, die meine Frau von ihrer Großmutter gehört hat, als sie klein war.«

»Wie könnte ich die vergessen«, sagte Ralph. »Der Kerl mit dem schwarzen Sack, der kleine Kinder abschlachtet, um ihr Fett ...« Er hielt inne, weil er unwillkürlich an Frank Peterson und die beiden Mädchen denken musste.

»Er tut *was?*«, sagte Marcy Maitland.

»Er trinkt ihr Blut und reibt sich mit ihrem Fett ein«, sagte Yunel. »Angeblich hält ihn das jung. El Cuco.«

»Stimmt«, sagte Holly. »In Spanien ist er als *Hombre del Saco* bekannt, als Mann mit dem Sack. In Portugal ist er der Kürbiskopf. Wenn amerikanische Kinder an Halloween Kürbisse schnitzen, erschaffen sie ein Bild von el Cuco, wie es die Kinder auf der Iberischen Halbinsel schon vor Jahrhunderten getan haben.«

»Es gibt ein Kinderlied über el Cuco«, sagte Yunel. »Das hat die Großmutter meiner Frau ihr manchmal abends vorgesungen. »*Duérmete, niña, duérmete ya* ... An den Rest erinnere ich mich nicht mehr.«

»Schlaf, Kindlein, schlaf ein«, sagte Holly. »El Cuco, kopfüber an der Decke, will dich Kleines fressen.«

»Ein tolles Schlaflied«, kommentierte Alec. »Schenkt den Kindern bestimmt süße Träume.«

»Meine Güte«, flüsterte Marcy. »Meinen Sie, dass so etwas

in unserem *Haus* war? Dass es bei meiner Tochter auf dem *Bett* gesessen hat?«

»Ja und nein«, sagte Holly. »Lassen Sie mich den Film vorführen. Die ersten zehn Minuten sollten ausreichen.«

## 9

Jack träumte, dass er auf einer verlassenen zweispurigen Landstraße dahinfuhr. Auf beiden Seiten herrschte Leere, über ihm breitete sich unendlich weit der blaue Himmel aus. Er saß am Lenkrad eines großen Lasters; vielleicht war es ein Tankwagen, er roch Benzin. Neben ihm saß ein Mann mit kurzen, schwarzen Haaren und einem Bart um den Mund herum. Die Arme waren mit Tattoos bedeckt. Jack kannte ihn von seinen häufigen Besuchen im Gentlemen, Please her (die nur selten von Amts wegen erfolgten). Es war Claude Bolton, mit dem er viele angenehme Gespräche geführt hatte und der zwar vorbestraft, aber absolut kein schlechter Kerl war, weil er sein Leben seither auf die Reihe gebracht hatte. Nur dass *diese* Ausführung von Claude ein *sehr* schlechter Kerl war. Es war der Claude, der den Duschvorhang gerade so weit zurückgezogen hatte, dass Jack das Wort auf seinen Fingern lesen konnte: CANT. *Du darfst nicht.*

Der Lastwagen kam an einem Schild mit der Aufschrift MARYSVILLE, 1280 EINW. vorüber.

»Der Krebs breitet sich schnell aus«, sagte Claude, und tatsächlich war das die Stimme, die hinter dem Duschvorhang hervorgekommen war. »Schau dir mal deine Hände an, Jack.«

Jack blickte nach unten. Seine auf dem Lenkrad liegenden Hände waren schwarz geworden. Während er darauf stierte, fielen sie ab. Der Tankwagen geriet von der Straße ab, neigte sich zur Seite und kippte langsam um. Jack wurde klar, dass eine Explosion drohte, weshalb er sich aus dem Traum holte, bevor es dazu kommen konnte. Japsend starrte er an die Decke.

»Jesus«, flüsterte er und vergewisserte sich, dass seine Hände noch vorhanden waren. Das waren sie ebenso wie seine Armbanduhr. Er hatte kaum eine Stunde geschlafen. »Jesus, Maria und …«

Zu seiner Linken bewegte sich jemand. Einen Moment lang überlegte er, ob er wohl die hübsche Barkeeperin mit den langen Beinen abgeschleppt hatte, aber nein, er war allein nach Hause gekommen. Eine derart gut aussehende junge Frau hätte ohnehin nichts mit ihm zu tun haben wollen. Für sie wäre er nur ein übergewichtiger Säufer Mitte vierzig gewesen, dem die Haare aus…

Er blickte neben sich. Die Frau, die mit ihm im Bett lag, war seine Mutter. Er erkannte sie allein an der Schildpattspange, die an den ihr verbliebenen Haarsträhnen baumelte. Sie hatte sie bei ihrer Beerdigung getragen. Ihr vom Bestatter hergerichtetes Gesicht hatte etwas wächsern und puppenartig ausgesehen, aber alles in allem gar nicht schlecht. Jetzt war das Gesicht kaum mehr vorhanden, weil das Fleisch vom Knochen gefault war. Das Nachthemd klebte ihr am Leib, weil es mit Eiter getränkt war. Es stank nach verwestem Fleisch. Jack wollte schreien, aber es gelang ihm nicht.

»Diese Krankheit wartet auch auf dich, Jack«, sagte sie. Er sah, wie ihre Zähne klackend zusammenschlugen, weil die

Lippen nicht mehr vorhanden waren. »Sie frisst sich in dich hinein. Der Mann kann sie zwar zurücknehmen, aber bald wird es selbst für ihn zu spät sein. Wirst du tun, was er verlangt?«

»Ja«, flüsterte Jack. »Ja, alles.«

»Dann hör zu.«

Jack Hoskins spitzte die Ohren.

## 10

Am Anfang von Hollys Film erschien keine FBI-Warnung vor illegaler Reproduktion, was Ralph nicht weiter überraschte. Wieso hätte man sich die Mühe machen sollen, für einen so alten Streifen das Copyright zu beantragen, wo es sich doch um reinen Trash handelte. Die Musik war eine kitschige Mischung aus jaulenden Geigen und misstönend fröhlichen Akkordeonläufen im Norteño-Stil. Die Bildqualität war so miserabel, als wäre der Film zu oft von inzwischen schon längst verstorbenen Vorführern eingelegt worden, die sich keinen Dreck um seinen Zustand geschert hatten.

*Kaum zu glauben, dass ich hier sitze,* dachte Ralph. *Das Zeug da ist was für die Klapsmühle.*

Dennoch betrachteten sowohl seine Frau als auch Marcy Maitland den Film so konzentriert wie zwei Studentinnen, die sich auf ihr Abschlussexamen vorbereiteten. Die anderen zeigten sich nicht so fasziniert, waren aber auch ausgesprochen aufmerksam. Yunel Sablo lag ein leichtes Lächeln auf den Lippen. Nicht das von jemand, der sich etwas Lächerliches ansah, sondern von jemand, der einem Teil seiner Vergangenheit begegnete, einem Märchen aus der Kindheit, das lebendig geworden war.

Der Film begann mit einer nächtlichen Straße, in der alle Läden entweder Kneipen oder Bordelle oder beides waren. Die Kamera folgte einer hübschen Frau in einem tief ausgeschnittenen Kleid, die Hand in Hand mit ihrer etwa vierjährigen Tochter dahinschlenderte. Vielleicht wurde dieser Abendspaziergang durch einen üblen Stadtteil mit einem Kind, das eigentlich ins Bett gehörte, später im Film erklärt, aber nicht in dem Teil, den Ralph und die anderen sahen.

Ein Betrunkener wankte auf die Frau zu. Sein Mund sagte etwas anderes als sein Synchronsprecher. Der fragte mit einem mexikanischen Akzent, mit dem er sich wie Speedy Gonzales anhörte: »He, Baby, wie wär's mit uns beiden?« Die Frau ließ ihn abblitzen und ging weiter. Dann trat in einem dunklen Bereich zwischen zwei Straßenlaternen ein Kerl aus einer Gasse, der einen langen, schwarzen Umhang wie aus einem Dracula-Film trug. In einer Hand hatte er eine schwarze Reisetasche, mit der anderen schnappte er sich das Kind. Kreischend verfolgte ihn die Mami, bis sie ihn unter der nächsten Straßenlaterne eingeholt hatte, wo sie nach seiner Tasche grapschte. Als er herumwirbelte, fiel das Licht der Laterne praktischerweise genau auf das Gesicht des Unholds, ein Mann mittleren Alters mit einer Narbe quer über die Stirn.

Der Umhangträger zog eine Grimasse, wobei ein Mund voll falscher Raubtierzähne sichtbar wurde. Die Frau wich zurück und hob die Hände, weniger wie eine entsetzte Mutter als wie eine Opernsängerin, die eine Arie aus *Carmen* trällern wollte. Der Kinderdieb warf seinen Umhang über das kleine Mädchen und floh, aber nicht bevor ein Kerl, der aus einer der vielen Kneipen taumelte, ihm mit gewohnt grässlichem Speedy-Gonzales-Akzent zurief: »He, Professor Espinoza, wo wolln Sie denn hin? Ich lad Sie auf 'n Gläschen ein!«

In der nächsten Szene wurde die Mutter zum städtischen Leichenhaus gebracht (auf der Milchglastür stand DEPÓSITO DE CADÁVERES) und stieß, als man das Leintuch hob, um ihr vermutlich verstümmeltes Kind zu enthüllen, einen vorhersehbar theatralischen Schrei aus. Als Nächstes kam die Festnahme des Mannes mit der Narbe, der sich als angesehener Professor einer nahen Universität entpuppte.

Es folgte eines der kürzeren Gerichtsverfahren der Filmgeschichte. Die Mutter trat in den Zeugenstand, ebenso einige Männer mit Speedy-Gonzales-Akzent, darunter der Kerl, der den Professor zu einem Gläschen hatte einladen wollen. Dann verließen die Geschworenen den Saal, um über das Urteil zu beraten. Einen surrealen Touch erhielt dieser sonst banale Vorgang durch fünf Frauen in der hintersten Reihe, die Superheldinnenkostüme mit fantasievollen Masken trugen. Niemand im Gerichtssaal, auch der Richter nicht, schien daran etwas ungewöhnlich zu finden.

Die Geschworenen kamen im Gänsemarsch wieder herein; Professor Espinoza wurde des schnöden Mordes schuldig gesprochen, worauf er schuldbewusst den Kopf hängen ließ. Eine von den maskierten Frauen sprang auf und erklärte: »Das iiis ein Justiiizirrtum! Professor Espinoza würde einem Kiiinde nie ein Leid antun!«

»Aber iiich habe ihn doch gesehen!«, kreischte die Mutter. »Diesmal irrst du diiich, Rosita!«

Die maskierten Frauen in den Superheldinnenkostümen marschierten in ihren coolen Stiefeln aus dem Gerichtssaal.

Es folgte eine Überblendung auf die Nahaufnahme einer Henkersschlinge. Als die Kamera sich zurückzog, sah man ein von Schaulustigen umringtes Schafott. Professor Espinoza wurde die Stufen hinaufgeführt. Als man ihm die Schlinge um den Hals legte, richtete er den Blick auf einen Mann in einer Mönchskutte mit Kapuze, der hinten in der Menge stand. Zwischen seinen Sandalen stand eine schwarze Reisetasche.

Obwohl es sich um einen ebenso dämlichen wie schlecht gemachten Film handelte, spürte Ralph, wie ihm eine Gänsehaut über die Arme lief. Als Jeannie nach ihm griff, legte er seine Hand in ihre. Er wusste genau, was man nun sehen würde. Der Mönch schlug die Kapuze zurück und entblößte das Gesicht von Professor Espinoza, deutlich erkennbar an der praktischen Narbe auf der Stirn. Er grinste, bleckte die albernen spitzen Kunststoffzähne ... zeigte auf die schwarze Tasche ... und lachte.

»*Da!*«, schrie der echte Professor auf dem Schafott. »*Da ist er, dort drüben!*«

Die Leute drehten sich um, aber der Mann mit der schwarzen Tasche war verschwunden. Espinoza wurde ebenfalls mit etwas Schwarzem bedacht, nämlich mit einer Haube, die man ihm über den Kopf zog. Darunter kreischte er: »Das Monster, das Monster, das Mon...« Die Falltür öffnete sich, und er stürzte hindurch.

In der nächsten Szene verfolgte eine der maskierten Superheldinnen den falschen Mönch über mehrere Häuserdächer hinweg, und an dieser Stelle hielt Holly den Film an. »Vor fünfundzwanzig Jahren habe ich eine nicht synchronisierte Fassung mit Untertiteln gesehen«, sagte sie. »Da schreit der Professor am Ende *el Cuco, el Cuco.*«

»Was sonst«, murmelte Yunel. »Mannomann, seit meiner

Kindheit habe ich keinen von diesen Luchadora-Filmen mehr gesehen. Es muss mindestens ein Dutzend davon geben.« Er blickte sich um, als wäre er aus einem Traum erwacht. »Luchadoras sind weibliche Wrestler, und der Star in dem Film, Rosita, war damals richtig berühmt. Ihr solltet sie mal ohne Maske sehen, *ay, caramba!*« Er schüttelte seine Hand, als hätte er etwas Heißes angefasst.

»Es gab nicht nur ein Dutzend, sondern mindestens fünfzig«, sagte Holly ruhig. »Die Luchadoras waren in Mexiko ungemein beliebt, und diese Filme waren wie die heutigen Superheldenstreifen. Mit einem wesentlich kleineren Budget natürlich.«

Sie hätte ihren Vortrag über diesen – aus ihrer Sicht – faszinierenden Aspekt der Filmgeschichte gern fortgesetzt, doch jetzt war wohl nicht der richtige Zeitpunkt. Detective Anderson blickte drein, als hätte er gerade in etwas Unappetitliches gebissen. Ebenso wenig würde sie verraten, dass auch sie die Luchadora-Filme früher heiß und innig geliebt hatte. Die waren im Rahmen einer Schundfilmreihe jeden Samstagabend vom Fernsehsender ihrer Heimatstadt Cleveland gezeigt worden, wahrscheinlich für die Studenten, die dann angetrunken vor der Kiste saßen und sich über die miese Synchronisation und die kitschigen Kostüme amüsierten. Das ängstliche, unglückliche Schulmädchen, das Holly gewesen war, hatte die Luchadoras allerdings überhaupt nicht albern gefunden. Carlotta, Maria und Rosita waren stark und tapfer, sie halfen den Armen und Unterdrückten. Rosita Muñoz, die berühmteste unter ihnen, bezeichnete sich sogar stolz als *Cholita,* und so hatte sich das unglückliche Schulmädchen auch meistens gefühlt: als Halbblut. Als Missgeburt.

»In den meisten mexikanischen Wrestling-Filmen werden

alte Märchen und Sagen aufgegriffen. Das ist auch hier der Fall. Sehen Sie, wie gut das zu dem passt, was wir über die Morde wissen?«

»Es passt perfekt, das muss ich zugeben«, sagte Bill Samuels. »Problematisch daran ist bloß, dass es meschugge ist. Völlig abgedreht. Wenn Sie wirklich an el Cuco glauben, Ms. Gibney, dann haben Sie selbst einen Kuckuck im Oberstübchen.«

*Sagt jemand, der mir was von verschwindenden Fußspuren erzählt hat,* dachte Ralph. Er selbst glaubte zwar auch nicht an el Cuco, aber er fand, dass es allerhand Mut erforderte, einen solchen Film vorzuführen. Schließlich musste Ms. Gibney gewusst haben, wie ihr Publikum reagieren würde. Er war gespannt auf ihre Erwiderung.

»El Cuco lebt angeblich vom Blut und Fett von Kindern«, sagte Holly. »Aber in der Welt – unserer *realen* Welt – würde er nicht allein dadurch überleben, sondern auch wegen Leuten, die so denken wie Sie, Mr. Samuels. Beziehungsweise wie wohl alle hier. Trotzdem will ich Ihnen noch etwas zeigen. Nur einen ganz kurzen Ausschnitt, versprochen.«

Sie klickte auf das neunte, vorletzte Kapitel der DVD. Gezeigt wurde, wie eine der Luchadoras – Carlotta – den vermummten Mönch in einer verlassenen Lagerhalle stellte. Er versuchte, mithilfe einer praktischerweise dort herumstehenden Leiter zu entkommen. Carlotta packte ihn hinten an seinem flatternden Gewand und warf ihn sich über die Schulter. Nach einem Salto mitten in der Luft landete er auf dem Rücken. Die Kapuze rutschte ihm vom Kopf und entblößte ein Gesicht, das gar kein Gesicht war, nur eine klumpige Masse. Als sich dort, wo die Augen hätten sein sollen, zwei glühende halmartige Sprosse hervorschoben, schrie Carlotta auf. Offenbar besaßen sie eine Art mystische Abwehrkraft, jedenfalls taumelte Carlotta rückwärts an die Wand, wobei sie sich schützend eine Hand vor die Luchadora-Maske hielt.

»Ausschalten«, sagte Marcy. »O Gott, bitte!«

Holly tippte auf ihren Laptop. Das Bild an der Zimmerwand erlosch, aber Ralph sah es immer noch. Ein optischer Effekt, der verglichen mit dem, was man heute in jedem Multiplex an Computeranimation geboten bekam, als prähistorisch gelten konnte, aber doch Wirkung zeigte. Vor allem nachdem Ralph die Geschichte eines gewissen kleinen Mädchens über den Eindringling in ihrem Zimmer gehört hatte.

»Denken Sie, dass Ihre Tochter so etwas gesehen hat, Mrs. Maitland?«, fragte Holly. »Nicht genau dasselbe, das meine ich nicht, aber ...«

»Ja. Natürlich. Ihm sind Halme aus den Augen gesprossen. Strohhalme als Augen. Das hat sie gesagt.«

## 11

Ralph erhob sich. Seine Stimme klang ruhig und bestimmt. »Bei allem Respekt, Ms. Gibney, auch im Hinblick auf Ihre früheren ... äh, Meriten ... denn ich habe keinen Zweifel, dass Sie Respekt verdienen, aber es gibt kein übernatürliches Monster namens el Cuco, das vom Blut von Kindern lebt. Ich gebe gerne zu, dass unser Fall beziehungsweise die beiden Fälle, wenn ein Zusammenhang besteht – was mir immer wahrscheinlicher vorkommt –, einige sehr merkwürdige Elemente aufweisen, aber mit so was führen Sie uns auf eine falsche Fährte.«

»Lass sie zu Ende reden«, sagte Jeannie. »Bevor du dich gegen alles sperrst, lass sie um Himmels willen sagen, was sie zu sagen hat.«

Ralph sah, dass der Ärger seiner Frau sich allmählich in Zorn verwandelte, und er wusste, warum das so war, er hatte sogar Verständnis dafür. Indem er sich weigerte, die lächerliche Geschichte von el Cuco für bare Münze zu nehmen, weigerte er sich nach Jeannies Meinung auch zu glauben, was sie in der Nacht in ihrem Wohnzimmer gesehen hatte. Dabei wollte er ihr ja glauben, nicht nur weil er sie liebte und respektierte, sondern auch weil die Personenbeschreibung, die sie gegeben hatte, perfekt auf Claude Bolton passte, und dafür hatte er keine Erklärung. Trotzdem sprach er weiter, an alle Anwesenden gerichtet, aber besonders an Jeannie. Das war er sich schuldig, weil es hier um die fundamentale Wahrheit ging, auf der sein ganzes Leben ruhte. Ja, damals waren Maden in der Zuckermelone gewesen, aber die waren auf natürliche Weise hineingelangt. Nicht zu wissen, wie, änderte nichts daran und widerlegte es auch nicht.

»Wenn wir an Monster und an das Übernatürliche glauben, wie sollen wir dann überhaupt noch an irgendetwas glauben?«, sagte er.

Er setzte sich und griff nach der Hand seiner Frau, die sie ihm aber entzog.

»Ich verstehe, was Sie empfinden«, sagte Holly. »Das tue ich wirklich, glauben Sie mir. Aber ich habe Dinge gesehen, Detective Anderson, die es mir möglich machen, an so etwas zu glauben. Oh, nicht an den Film oder an die Legende, die dahintersteht, obwohl in jeder Legende immer ein Körnchen Wahrheit steckt. Aber lassen wir das jetzt erst mal auf sich beruhen. Ich würde Ihnen gern eine Chronik der Ereignisse zeigen, die ich vor meinem Abflug aus Dayton zusammengestellt habe. Darf ich? Es dauert nicht lange.«

»Sie haben das Wort«, sagte Howie. Er klang nachdenklich.

Holly öffnete eine Datei und projizierte sie an die Wand. Ihre Handschrift war klein, aber deutlich. Was sie da aufgezeichnet hatte, wäre in jedem Gerichtssaal akzeptiert worden, dachte Ralph. Das musste man ihr lassen.

»Donnerstag, 19. April. Merlin Cassidy lässt den Lieferwagen in Dayton auf einem Parkplatz stehen. Meiner Ansicht nach wurde der Wagen noch am selben Tag gestohlen. Nennen wir den Dieb nicht el Cuco, sondern einfach den Outsider. Dann fühlt Detective Anderson sich wohler.«

Ralph schwieg, und als er diesmal nach Jeannies Hand griff, ließ sie es zu, allerdings ohne ihre Finger mit seinen zu verschränken.

»Wo hat er den Wagen anschließend versteckt?«, fragte Alec. »Irgendeine Vermutung?«

»Dazu kommen wir noch, aber darf ich vorläufig bei den Ereignissen in Dayton bleiben?«

Alec hob zustimmend die Hand.

»Samstag, 21. April. Die Maitlands fliegen nach Dayton und beziehen ihr Hotel. Heath Holmes – der echte – ist in Regis zu Besuch bei seiner Mutter. Montag, 23. April. Amber und Jolene Howard werden ermordet. Der Outsider verzehrt etwas von ihrem Fleisch und trinkt von ihrem Blut.« Sie warf Ralph einen Blick zu. »Nein, das weiß ich nicht, jedenfalls nicht mit Gewissheit. Aber in den Zeitungsartikeln war zwischen den Zeilen zu lesen, dass Körperteile gefehlt haben und dass die Leichen praktisch ausgeblutet waren. Gibt es da Ähnlichkeiten zu dem, was mit dem kleinen Peterson geschehen ist?«

Bill Samuels räusperte sich. »Da der Fall Maitland abgeschlossen ist und wir hier ein informelles Gespräch führen, kann ich das problemlos bestätigen. Als man Frank Peterson gefunden hat, haben an Hals, rechter Schulter, rechter Gesäßhälfte und linkem Oberschenkel Gewebeteile gefehlt.«

Marcy gab ein würgendes Geräusch von sich. Als Jeannie sich um sie kümmern wollte, wies Marcy sie mit einer Handbewegung ab. »Ist schon okay. Na ja … ist es eigentlich nicht, aber ich werde jetzt schon nicht kotzen oder umkippen und so.«

Angesichts ihrer aschfahlen Haut war Ralph sich da nicht so sicher.

»Der Outsider stellt den Wagen, den er bei der Entführung der Mädchen verwendet hat, nicht weit von dem Haus ab, wo die Mutter von Holmes wohnt«, sagte Holly. »Er kann sich darauf verlassen, dass das Fahrzeug dort gefunden wird und als weiteres Beweismittel gegen den Sündenbock dient, den er ausgewählt hat. Außerdem platziert er von den Mädchen stammende Unterwäsche im Keller des Hauses – als weiteren Mosaikstein.

Mittwoch, 25. April. In Trotwood, zwischen Dayton und Regis gelegen, werden die beiden Mädchenleichen entdeckt.

Donnerstag, 26. April. Während Heath Holmes in Regis seiner Mutter im Garten hilft und Besorgungen macht, taucht der Outsider im Pflegeheim auf. Wollte er speziell auf Mr. Maitland treffen, oder war das reiner Zufall? Sicher bin ich mir nicht, aber ich glaube, er hatte es auf Terry Maitland abgesehen, weil er wusste, dass die Maitlands weit entfernt in einem anderen Staat leben und nur zu Besuch da sind. Egal ob man den Outsider nun als natürliches, unnatürliches oder übernatürliches Wesen bezeichnet, ist er in einer Hinsicht wie viele Serienmörder – er wechselt gern den Aufenthaltsort. Mrs. Maitland, kann Heath Holmes unter Umständen gewusst haben, dass Ihr Mann seinen Vater besuchen wollte?«

»Wahrscheinlich schon«, sagte Marcy. »Das Pflegeheim erfährt gerne im Voraus, wenn Verwandte von auswärts kommen. In solchen Fällen gibt man sich besondere Mühe, lässt den Bewohnern die Haare schneiden oder eine Dauerwelle machen und organisiert ein Zusammentreffen außerhalb vom Heim, wenn das möglich ist. Beim Vater von Terry ging das nicht, sein geistiger Verfall war zu weit fortgeschritten.« Sie beugte sich vor und sah Holly aufmerksam an. »Aber wenn dieser Outsider nicht Holmes war, sondern nur so aussah wie er, wie konnte er dann darüber Bescheid wissen?«

»Ach, wenn man die These grundsätzlich akzeptiert, ist das kein Problem«, sagte Ralph. »Wenn der Kerl Holmes sozusagen *repliziert* hat, dann hatte er wahrscheinlich Zugang zu dessen Erinnerungen. Habe ich das richtig verstanden, Ms. Gibney? Soll es so funktionieren?«

»Sagen wir mal ja, zumindest mehr oder weniger, aber beißen wir uns da jetzt nicht fest. Bestimmt sind wir alle müde, und Mrs. Maitland will nach Hause zu ihren Kindern.«

*Wenn sie vorher nicht doch noch hier umkippt,* dachte Ralph.

Holly fuhr fort: »Der Outsider weiß, dass man ihn im Pflegeheim sehen wird. Darauf hat er es angelegt, und er hat vor, ein weiteres Indiz zu hinterlassen, das den echten Mr. Holmes belastet: Haare von einem der ermordeten Mädchen. Sein wichtigster Grund, dort am 26. April hinzufahren, ist jedoch, Terry Maitland eine blutende Wunde zuzufügen, genau wie er das später bei Mr. Claude Bolton getan hat. Es ist immer dasselbe Schema. Zuerst kommt ein Mord, dann markiert er sein nächstes Opfer. Sein nächstes Selbst, könnte man sagen. Anschließend versteckt er sich und hält quasi eine Winterruhe. Wie ein Bär mag er gelegentlich von einem Ort zum anderen ziehen, aber normalerweise verkriecht er sich in einem vorher ausgewählten Unterschlupf. In dieser Zeit findet die Veränderung statt.«

»In der alten Legende dauert eine solche Umwandlung mehrere Jahre, wenn nicht gar Generationen«, sagte Yunel. »Aber das ist eben eine Legende. Sie meinen nicht, dass es so lange dauert, oder, Ms. Gibney?«

»Ich glaube, es sind nur einige Wochen oder höchstens Monate. Und während die Umwandlung von Terry Maitland in Claude Bolton stattgefunden hat, könnte sein Gesicht so ausgesehen haben wie aus Knete gemacht.« Sie wandte sich Ralph zu und sah ihm in die Augen. Das fiel ihr zwar schwer, aber manchmal war so etwas nötig. »Oder so, als hätte er schwere Verbrennungen erlitten.«

»Das überzeugt mich nicht«, sagte Ralph. »Gelinde ausgedrückt.«

»Wieso war der Mann mit dem verbrannten Gesicht dann auf keiner von den Fernsehaufnahmen?«, sagte Jeannie.

Ralph seufzte. »Keine Ahnung.«

»Die meisten Legenden enthalten zwar ein Körnchen Wahrheit, aber sie sind nicht *identisch* mit der Wahrheit, wenn ich mich da verständlich ausdrücke«, sagte Holly. »In den alten Geschichten lebt el Cuco von Blut und Fleisch wie ein Vampir, aber ich glaube, die Kreatur, mit der wir es zu tun haben, ernährt sich auch von schlechten Gefühlen. Von *psychischem* Blut, könnte man sagen.« Sie wandte sich an Marcy. »Er hat Ihrer Tochter gesagt, er sei froh, dass sie unglücklich und traurig ist. Das war ganz konkret gemeint, glaube ich. Ich glaube, dass er ihre Traurigkeit *gefressen* hat.«

»Und meine«, sagte Marcy. »Und die von Sarah.«

Howie mischte sich ein. »Ich will jetzt nicht sagen, dass irgendwas davon zutrifft, ganz und gar nicht, aber was mit den Petersons geschehen ist, passt dazu. Alle Familienmitglieder sind ausgelöscht außer dem Vater, und der liegt im Koma. Eine Kreatur, die von Unglück lebt – ein Kummerfresser, so wie man auch von Sündenfressern spricht – würde sich an den Petersons regelrecht weiden.«

»Und die Szene vor dem Gericht«, sagte Yunel. »Wenn es wirklich ein Monster gibt, das negative Emotionen frisst, dann war das Desaster dort das reinste Festmahl.«

»Ist euch eigentlich klar, was ihr da redet?«, sagte Ralph. »Jetzt mal ernsthaft.«

»Wachen Sie auf«, sagte Yunel schroff, worauf Ralph blinzelte, als hätte man ihm eine Ohrfeige verpasst. »Ich weiß, wie abgedreht das Ganze ist, das wissen wir alle. Das brauchen Sie uns aber nicht ständig unter die Nase zu reiben, als wären Sie der einzige normale Mensch in einem Irrenhaus. Was hier geschieht, geht nun mal weit über unsere Erfahrung hinaus. Der Mann am Gericht, der auf keiner einzigen Fernsehaufnahme auftaucht, ist nur ein Aspekt davon.«

Ralph spürte, wie ihm das Blut ins Gesicht schoss, aber er schwieg und nahm die Schelte hin.

»Sie sollten endlich aufhören, bei jedem einzelnen Schritt gegen das hier anzukämpfen. Schon klar, dass Ihnen das Puzzle nicht gefällt, mir geht es ja nicht anders, aber geben Sie wenigstens zu, dass die Teile zusammenpassen. Es gibt eine Ereigniskette, und die führt von Heath Holmes über Terry Maitland zu Claude Bolton.«

»Wir wissen ja, wo Claude Bolton sich jetzt aufhält«, sagte Alec. »Ich denke, nach Texas zu fahren und ihn zu befragen wäre jetzt der nächste logische Schritt.«

»Wieso das, in Gottes Namen?«, sagte Jeannie. »Den Mann,

der wie er aussieht, habe ich *hier* gesehen, und zwar heute Morgen!«

»Darüber sollten wir diskutieren«, sagte Holly. »Aber zuerst möchte ich Mrs. Maitland noch eine Frage stellen. Wo wurde Ihr Mann bestattet?«

Marcy blickte verblüfft drein. »Wo? Ja, hier natürlich. In der Stadt. Auf dem Memorial Park Cemetery. Wir hatten ... na ja ... dafür noch keine Pläne gemacht und so. Wieso hätten wir auch? Terry wäre im Dezember erst vierzig geworden ... und wir dachten, wir hätten noch Jahre vor uns ... Jahre, so verdient wie jeder, der ein gutes Leben führt ...«

Jeannie zog ein Taschentuch aus ihrer Handtasche und reichte es Marcy, die wie in Trance ihre Augen auswischte.

»Ich wusste nicht, was ich tun sollte ... war einfach ... irgendwie betäubt ... hab versucht, irgendwie zu begreifen, dass Terry nicht mehr da ist. Der Bestatter, Mr. Donelli, hat den Memorial Cemetery vorgeschlagen, weil der Hillview schon beinahe voll ist ... und außerdem auf der anderen Seite der Stadt ...«

*Sag ihr, sie soll aufhören,* hätte Ralph am liebsten zu Howie gesagt. *Das ist schmerzhaft und sinnlos. Wo Terry begraben ist, geht doch nur Marcy und ihre Töchter etwas an.*

Aber wieder schwieg er und nahm es hin, weil auch das irgendwie eine Art Schelte darstellte. Selbst wenn Marcy Maitland es womöglich nicht so meinte. Irgendwann, sagte er sich, würde das alles vorübergehen, und dann könnte er neu anfangen. Er musste einfach daran glauben, dass es ein Leben nach diesem verfluchten Terry Maitland gab.

»Über den anderen Friedhof wusste ich durchaus Bescheid«, fuhr Marcy fort. »Natürlich wusste ich davon, aber mir ist nie in den Sinn gekommen, mit Mr. Donelli darüber zu sprechen. Terry ist einmal mit mir dahin gefahren, aber es ist so weit von der Stadt entfernt … und so einsam da …«

»Was für ein anderer Friedhof ist das denn?«, fragte Holly.

Wie aus dem Nichts stieg ein Bild in Ralph auf – sechs Cowboys, die einen Brettersarg trugen. Er ahnte, dass ihn eine weitere Koinzidenz erwartete.

»Der alte Friedhof von Canning«, sagte Marcy. »Als ich mit Terry da war, sah es da so aus, als wäre schon lange niemand mehr begraben worden oder auch nur zu Besuch gekommen. Man hat keinerlei Blumen oder Gedenkfähnchen gesehen, bloß ein paar bröckelnde Grabsteine. Auf den meisten konnte man nicht mal mehr den Namen lesen.«

Verblüfft warf Ralph einen Blick auf Yunel, der leicht nickte.

»Also deshalb hat er sich für das Buch in dem Kiosk interessiert«, sagte Bill Samuels mit leiser Stimme. »*Eine bebilderte Geschichte von Flint County, Douree County und Canning.*«

Marcy wischte sich immer noch mit Jeannies Taschentuch die Augen. »Natürlich hat er sich für ein solches Buch interessiert. In der Gegend haben die Maitlands gewohnt, seit 1889 die ersten Siedler kamen. Die Ururgroßeltern von Terry – vielleicht auch die Generation vorher, das weiß ich nicht genau – haben sich in Canning niedergelassen.«

»Nicht in Flint City?«, sagte Alec.

»Damals gab es Flint City noch nicht, bloß ein Dorf namens Flint, ein winziges Kaff. Bis zum frühen 20. Jahrhundert war Canning der größte Ort hier. Den Namen hat es natürlich von dem größten Landbesitzer. In der Hinsicht kamen die Maitlands an zweiter oder dritter Stelle. Bis zu den großen Staubstürmen in den Zwanzigern und Dreißigern, wo der größte Teil vom Mutterboden weggeweht wurde, war

Canning eine wichtige Stadt. Heute gibt's da bloß noch einen Laden und eine Kirche, in die kaum jemand mehr geht.«

»Und den Friedhof«, sagte Alec. »Wo die Leute begraben wurden, bis die Stadt verödet ist. Darunter die Vorfahren von Terry.«

Marcy lächelte matt. »Dieser Friedhof ... ich fand ihn schrecklich. Wie ein leeres Haus, um das sich niemand mehr kümmert.«

»Wenn unser Outsider während seiner Umwandlung die Gedanken und Erinnerungen von Terry absorbiert hat, wusste er von dem Friedhof«, sagte Yunel. Er betrachtete eines der Wandbilder, aber Ralph ahnte, was ihm gerade durch den Kopf ging. Weil er selbst daran dachte. An die Scheune. Die abgelegten Kleidungsstücke.

»Laut den Legenden über el Cuco – im Internet findet man Dutzende – lieben diese Kreaturen Orte, die mit dem Tod zu tun haben«, sagte Holly. »Dort fühlen sie sich am meisten zu Hause.«

»Wenn es tatsächlich Wesen gibt, die Traurigkeit fressen, dann wäre ein Friedhof für die wie ein Café, oder nicht?«, sinnierte Jeannie.

Ralph wünschte sich inständig, dass seine Frau nicht mitgekommen wäre. Ohne sie hätte er sich schon vor zehn Minuten davongemacht. Ja, die Scheune, wo man die Klamotten gefunden hatte, war in der Nähe von diesem staubigen alten Totenacker. Ja, das Zeug, von dem das Heu schwarz geworden war, war rätselhaft, und ja, vielleicht gab es tatsächlich etwas wie diesen Outsider. Er war halbwegs bereit, die These zu akzeptieren. Sie erklärte eine ganze Menge. Ein Outsider, der bewusst eine mexikanische Legende zum Leben erweckte, hätte noch mehr erklärt ... aber nicht, weshalb der Mann vor dem Gericht verschwunden war oder wie Terry

Maitland sich zur selben Zeit an zwei Orten befunden haben konnte. Das waren Dinge, die Ralph immer wieder zu schaffen machten, so wie Mandelsteine in der Kehle.

»Ich will Ihnen ein paar Fotos zeigen, die ich auf einem anderen Friedhof aufgenommen habe«, sagte Holly. »Vielleicht ergibt sich dadurch eine konventionellere Ermittlungsrichtung. Falls entweder Detective Anderson oder Lieutenant Sablo bereit ist, Kontakt mit der Polizei von Montgomery County, Ohio, aufzunehmen.«

»Am jetzigen Punkt würde ich sogar mit dem Papst Kontakt aufnehmen, wenn das zur Aufklärung beitragen würde«, sagte Yunel.

Nacheinander projizierte Holly die Fotos an die Wand: den Bahnhof, die Fabrikhalle mit dem an die Mauer gesprühten Hakenkreuz, die verlassene Autowaschanlage.

»Ich habe die Bilder vor dem Friedhof von Regis aufgenommen. Dort ist Heath Holmes zusammen mit seinen Eltern begraben.«

Sie ließ die Fotos noch einmal durchlaufen: Bahnhof, Fabrikhalle, Autowaschanlage.

»Ich glaube, der Outsider hat den Lieferwagen, den er auf dem Parkplatz in Dayton gestohlen hat, neben einem von den Gebäuden abgestellt, und wenn man die dortige Polizei dazu bringen könnte, eine Durchsuchung durchzuführen, findet man vielleicht noch Hinweise darauf. Unter Umständen entdeckt man sogar eine Spur von ihm selbst. Dort oder womöglich auch hier.«

Jetzt zeigte sie das Foto mit den Güterwagen, die einsam und verlassen auf ihrem Abstellgleis standen. »Den Lieferwagen kann er darin zwar nicht versteckt haben, aber vielleicht hat er sich selbst darin aufgehalten. Von da ist es noch näher zum Friedhof.«

Das war endlich eine Information, womit Ralph etwas anfangen konnte. Etwas Reales. »Verlassene Orte. Da könnten tatsächlich Spuren vorhanden sein. Selbst nach drei Monaten.«

»Reifenspuren«, sagte Yunel. »Vielleicht weitere abgelegte Kleidungsstücke.«

»Oder andere Dinge«, sagte Holly. »Rufen Sie also bei der Polizei dort an? Die sollte übrigens darauf vorbereitet sein, einen Test auf saure Phosphatase zu machen.«

*Spermaflecken,* dachte Ralph und erinnerte sich an das eklige Zeug in der Scheune. Was hatte Yunel darüber gesagt? *So ein nächtlicher Ausstoß würde es ins* Guinness-Buch der Rekorde *schaffen.*

»Sie kennen sich aber wirklich aus, Ma'am«, sagte Yunel in bewunderndem Ton.

Holly errötete und senkte den Blick. »Bill Hodges war sehr gut in seinem Beruf. Er hat mir eine Menge beigebracht.«

»Ich kann den Staatsanwalt von Montgomery County anrufen, wenn Sie wollen«, sagte Samuels. »Damit jemand von der Polizeibehörde, die für diesen Ort – Regis? – zuständig ist, sich mit der Highway Patrol in Verbindung setzt. Es dürfte sich lohnen, sich dort umzuschauen, wenn man bedenkt, was der junge Elfman in der Scheune in Canning entdeckt hat.«

»Was war das noch mal?«, fragte Holly und blätterte in dem, was sie mitgeschrieben hatte.

»Einen Haufen Kleidungsstücke«, sagte Samuels, um ihre Erinnerung aufzufrischen. »Hose, Unterhose, Sneakers. Auf den Sachen war irgendein klebriges Zeug, auf dem Heu ebenfalls. Das Heu ist davon schwarz geworden.« Er machte eine Pause. »Und wie Ralph Anderson eben schon erzählt hat, war kein T-Shirt dabei.«

»Wahrscheinlich genau das Shirt, das der Mann, den wir

vor dem Gericht gesehen haben, sich um den Kopf geschlungen hatte«, sagte Yunel.

»Wie weit ist die Scheune vom Friedhof entfernt?«, fragte Holly.

»Weniger als eine halbe Meile«, sagte Yunel. »Die Rückstände auf den Klamotten sahen nach Sperma aus. Ist das Ihr Gedanke, Ms. Gibney? Wollen Sie deshalb, dass die Polizei in Ohio einen Phosphatasetest durchführt?«

»Das kann kein Sperma gewesen sein«, sagte Ralph. »Dazu war zu viel davon da.«

Yunel achtete nicht auf ihn. Er starrte Holly an, als wäre er völlig fasziniert von ihr. »Oder denken Sie, das Zeug in der Scheune ist eine Art Rückstand von der Umwandlung? Wir haben einige Proben zur Untersuchung eingeschickt, aber die Ergebnisse sind noch nicht da.«

»Ich weiß nicht, was ich denke«, sagte Holly. »Meine Recherchen über el Cuco beschränken sich bisher auf einige Legenden, die ich auf dem Flug hierher gelesen habe, und die sind nicht zuverlässig. Sie wurden mündlich überliefert, von einer Generation zur anderen, und lange bevor es eine forensische Wissenschaft gab. Ich sage nur, dass die Polizei in Ohio die Gebäude auf meinen Fotos untersuchen sollte. Möglicherweise findet man nichts … aber ich glaube doch. Ich hoffe es jedenfalls. Spuren, wie Detective Anderson es ausgedrückt hat.«

»Sind Sie jetzt fertig, Ms. Gibney?«, fragte Howie.

»Ja, ich glaube schon.« Sie setzte sich. Ralph fand, dass sie erschöpft wirkte, was kein Wunder war. Sie hatte mehrere arbeitsreiche Tage hinter sich. Abgesehen davon war es bestimmt ausgesprochen anstrengend, verrückt zu sein.

»Meine Damen und Herren«, sagte Howie. »Hat jemand irgendwelche weiteren Ideen, wie wir jetzt weiter vorgehen sollen? Vorschläge werden gerne angenommen.«

»Der nächste Schritt ist offensichtlich«, sagte Ralph. »Selbst wenn dieser Outsider sich hier in Flint City aufhält – worauf die Aussagen meiner Frau und von Grace Maitland hinzuweisen scheinen –, muss jemand nach Texas reisen und mit Claude Bolton sprechen, um festzustellen, ob der etwas weiß. Ich melde mich freiwillig.«

»Und ich möchte mitkommen«, sagte Alec.

»Ich glaube, diese Reise möchte ich ebenfalls unternehmen«, sagte Howie. »Lieutenant Sablo?«

»Ich käme auch gern mit, aber zwei von meinen Fällen werden gerade vor Gericht verhandelt. Wenn ich nicht aussage, kommen ein paar richtig schlimme Jungs eventuell straflos davon. Ich werde die Staatsanwaltschaft in Cap City anrufen und fragen, ob die Verhandlungen verschoben werden können, aber viel Hoffnung habe ich nicht. Ich kann denen ja schlecht erklären, dass ich einem mexikanischen Monster auf der Spur bin – und dann noch einem, das seine Gestalt ändern kann.«

Howie grinste. »Wohl wahr. Wie steht's mit Ihnen, Ms. Gibney? Wollen Sie noch ein Stück weiter nach Süden reisen? Natürlich würden wir Sie dafür vergüten.«

»Ja, ich komme mit. Wir müssen herausfinden, was Mr. Bolton noch so alles weiß. Falls es uns gelingt, die richtigen Fragen zu stellen.«

»Und was ist mit Ihnen, Bill?«, sagte Howie. »Bleiben Sie bei der Stange?«

Samuels lächelte schmallippig, schüttelte den Kopf und erhob sich. »Das war alles ebenso abgedreht wie interessant, aber aus meiner Sicht ist der Fall abgeschlossen. Ich werde mich mit der Polizei in Ohio in Verbindung setzen, und damit ist meine Beteiligung beendet. Mrs. Maitland, der Tod Ihres Mannes tut mir sehr leid.«

»Das sollte er auch«, sagte Marcy.

Samuels zuckte zusammen, sprach jedoch weiter. »Ms. Gibney, es war faszinierend. Ich schätze Ihren Fleiß und Ihre Sorgfalt. Außerdem haben Sie auf erstaunlich überzeugende Weise eine Lanze für das Phantastische gebrochen, das sage ich ohne jede Spur Ironie, aber ich fahre jetzt nach Hause, hole mir ein Bier aus dem Kühlschrank und bemühe mich, die ganze Sache zu vergessen.«

Die anderen sahen zu, wie er nach seiner Aktentasche griff und sich auf den Weg machte. Als er durch die Tür trat, winkte sein Haarzipfel ihnen zu wie ein mahnender Zeigefinger.

Nachdem er fort war, sagte Howie, er werde die nötigen Reisevorbereitungen treffen. »Ich chartere die King Air, mit der ich manchmal fliege. Die Piloten werden die nächstgelegene Landebahn sicher kennen. Außerdem reserviere ich ein Auto. Da wir nur zu viert sind, dürfte ein normaler Pkw oder ein kleiner SUV ja ausreichen.«

»Halten Sie einen Platz für mich frei«, sagte Yunel. »Falls ich mich doch herauswinden kann.«

»Aber gern.«

»Jemand sollte Mr. Bolton noch heute Abend anrufen und den Besuch ankündigen«, sagte Alec Pelley.

Yunel hob die Hand. »Das kann ich auf jeden Fall tun.«

»Bringen Sie ihm bei, dass man nicht hinter ihm her ist, weil man etwa meinte, er hätte etwas Illegales getan«, sagte Howie. »Wir wollen auf keinen Fall, dass er sich irgendwo verkriecht.«

»Rufen Sie mich an, wenn Sie mit ihm gesprochen haben«, sagte Ralph zu Yunel. »Auch wenn es dann schon spät ist. Ich will wissen, wie er reagiert hat.«

»Ich auch«, sagte Jeannie.

»Sie sollten ihm noch etwas anderes sagen«, meldete sich Holly zu Wort. »Sie sollten ihm sagen, dass er aufpassen muss. Wenn ich recht habe, ist er nämlich als Nächster dran.«

12

Als Ralph und die anderen aus der Tür traten, war es bereits vollständig dunkel. Howie saß noch oben in seinem Büro, um Vorkehrungen zu treffen, und sein Ermittler war bei ihm geblieben. Ralph fragte sich, worüber die beiden sich jetzt wohl unterhielten, wo sie nun allein waren.

»Wo werden Sie eigentlich übernachten, Ms. Gibney?«, fragte Jeannie.

»Im Flint Luxus Motel. Ich habe ein Zimmer reserviert.«

»O nein, das geht nicht«, sagte Jeannie. »Der einzige Luxus da ist das Schild davor. Der Laden ist das Allerletzte.«

Holly blickte beunruhigt drein. »Tja, dann gibt es bestimmt ein Holiday Inn …«

»Kommen Sie doch zu uns«, sagte Ralph, um Jeannie zuvorzukommen und zudem in der Hoffnung, sich damit ein paar Pluspunkte zu verdienen. Die konnte er weiß Gott brauchen.

Holly zögerte. In den Häusern von anderen Leuten schlief sie nicht gut. Sie schlief nicht einmal in dem gut, in dem sie aufgewachsen war, wenn sie ihren vierteljährlichen Pflichtbesuch bei ihrer Mutter machte. Im Heim dieser fremden Leute würde sie lange nicht einschlafen können und früh aufwachen, weil sie jedes unvertraute Ächzen von Wänden und Böden hörte. Außerdem würde sie den murmelnden Stimmen der Andersons lauschen und überlegen, ob die wohl über sie sprachen ... was zu erwarten war. Wenn sie nachts aufstehen musste, um *auszutreten*, würde sie hoffen, dass man sie nicht hörte. Sie brauchte ihren Schlaf. Die Besprechung war ziemlich stressig gewesen, und dass Detective Anderson permanent seinen Unglauben zur Schau gestellt hatte, war zwar verständlich, hatte sie aber erschöpft.

Aber, wie Bill Hodges gesagt hätte. Aber.

Andersons Unglaube war das Aber. Er war der Grund, weshalb sie die Einladung annehmen *musste,* und das tat sie auch.

»Vielen Dank, das ist sehr nett von Ihnen, allerdings muss ich erst noch etwas besorgen. Es dauert nicht lange. Geben Sie mir Ihre Adresse, dann wird mein I-Pad mich direkt zu Ihnen führen.«

»Kann ich Ihnen vielleicht irgendwie behilflich sein?«, fragte Ralph. »Ich kann gerne ...«

»Nein. Wirklich. Das schaffe ich schon.« Sie schüttelte Yunel die Hand. »Kommen Sie doch mit, wenn es geht, Lieutenant Sablo. Lust dazu haben Sie ja bestimmt.«

Er lächelte. »Auf jeden Fall, das können Sie mir glauben, aber Sie kennen ja den Spruch: Versprechen muss man halten.«

Marcy Maitland stand ganz allein da, drückte sich ihre Handtasche an den Bauch und sah völlig verstört aus. Jeannie ging auf sie zu. Ralph beobachtete mit Interesse, wie Marcy zuerst zurückwich, als wäre sie erschrocken, und dann die Umarmung zuließ. Nach einem Moment legte sie sogar den Kopf an die Schulter von Jeannie und erwiderte die Umarmung. Sie wirkte wie ein müdes Kind. Als die zwei Frauen sich voneinander lösten, weinten beide.

»Dass Sie Ihren Mann verloren haben, tut mir unendlich leid«, sagte Jeannie.

»Danke.«

»Wenn ich irgendetwas für Sie oder für die Mädchen tun kann, egal was …«

»Sie können das nicht, aber *er* durchaus.« Sie wandte sich Ralph zu, und obwohl in ihren Augen noch Tränen standen, waren sie kalt. Abschätzend. »Dieser Outsider – ich will, dass Sie ihn aufspüren. Lassen Sie ihn nicht entkommen, bloß weil Sie nicht an ihn glauben. Schaffen Sie das?«

»Das weiß ich nicht«, sagte Ralph. »Aber ich werde es versuchen.«

Daraufhin sagte Marcy nichts mehr. Sie nahm den Arm, den Yunel Sablo ihr anbot, und ließ sich zu ihrem Wagen führen.

## 13

Ein Stück weiter saß Jack Hoskins in seinem Pick-up, den er vor einem seit Langem geschlossenen Woolworth geparkt hatte. Er nippte an einem Flachmann, während er die kleine Schar auf dem Gehweg beobachtete. Die einzige Person, die er nicht identifizieren konnte, war die schlanke Frau in dem dunklen Hosenanzug – ein Kleidungsstück, wie es Geschäftsfrauen auf Reisen trugen. Ihre Haare waren kurz, und ihr ergrauter Pony sah ein bisschen zerzaust aus, so als hätte sie ihn selbst gestutzt. Die Tasche, die sie über der Schulter trug, war so groß, dass man darin ein Kurzwellenfunkgerät verstauen konnte. Sie beobachtete, wie Sablo, der Tacofresser von der Highway Patrol, Mrs. Maitland zu deren Wagen brachte. Anschließend ging die Fremde zu ihrem eigenen Fahrzeug, das zu unauffällig war, als dass es etwas anderes als ein Mietwagen sein konnte. Jack überlegte kurz, ob er ihr folgen sollte, beschloss jedoch, sich an die Andersons zu hängen. Schließlich war es Ralph, durch den er hierhergefunden hatte, und hieß es nicht, man solle mit dem Mädchen nach Hause gehen, mit dem man zum Tanz gekommen sei?

Abgesehen davon musste Anderson beobachtet werden. Den hatte Jack noch nie gemocht, und seit der arroganten Beurteilung vor einem Jahr (*keine Meinung,* hatte er geschrieben … als würde seine Scheiße nicht stinken) verabscheute ihn Jack. Er hatte sich gefreut, als Anderson mit der Verhaftung von Maitland über die eigenen Füße gestolpert war, und es überraschte ihn nicht, dass dieses selbstgefällige Arschloch sich jetzt in Dinge einmischte, von denen man lieber die Finger ließ. Zum Beispiel von einem abgeschlossenen Fall.

Jack griff sich behutsam an den Nacken, verzog das Gesicht und ließ dann den Motor an. Wahrscheinlich konnte er heimfahren, sobald er sich vergewissert hatte, dass die Andersons zu Hause angekommen waren, aber es war wohl eine bessere Idee, sich ein Stückchen weiter an den Straßenrand zu stellen, um ihr Haus im Auge zu behalten. Um zu beobachten, was weiter geschah. Er hatte eine Gatorade-Flasche zum Reinpissen dabei, und vielleicht konnte er sogar ein bisschen schlafen, falls das unablässige heiße Pochen im Nacken es zuließ. Es wäre nicht das erste Mal, dass er in seinem Wagen schlief; seit er von seiner Alten, dieser Spinatwachtel, verlassen worden war, hatte er das schon mehrfach getan.

Jack war sich nicht sicher, was er zu erwarten hatte, aber seine Aufgabe war ihm völlig klar: der Einmischung ein Ende zu bereiten. In was diese Typen sich da eigentlich einmischten, wusste er nicht, nur dass es etwas mit dem kleinen Peterson zu tun hatte. Und mit der Scheune in Canning. Das reichte ihm vorläufig aus, und die Sache wurde – trotz Sonnenbrand und möglichem Hautkrebs – allmählich immer interessanter.

Er hatte das Gefühl, dass er es schon irgendwie mitkriegen würde, wenn es Zeit für den nächsten Schritt war.

## 14

Mithilfe ihrer Navi-App fand Holly schnell und leicht den Weg zum Walmart von Flint City. Sie liebte die Walmarts wegen ihrer Größe und Anonymität. Hier nahmen die Kunden keinen Blickkontakt miteinander auf wie in anderen Geschäften; es war, als steckten alle in ihren Privatkapseln, während sie Kleidung, Videospiele oder Riesenpackungen Toilettenpapier kauften. Man musste nicht einmal mit einer Kassiererin sprechen, wenn man die Selbstbedienungskasse verwendete, was Holly grundsätzlich tat. Sie brauchte nicht lange zum Einkaufen, weil sie genau wusste, was sie wollte. Zuerst ging sie zu BÜROARTIKEL, dann zu KLEIDUNG FÜR MÄNNER UND JUNGEN und schließlich zu AUTOZUBEHÖR. Sie trug ihren Korb zur Selbstbedienungskasse und steckte die Quittung in ihr Portemonnaie, denn für diese Auslagen erwartete sie eine Erstattung. Vorausgesetzt, sie überlebte. Sie hatte so eine Ahnung (*eine von Hollys berühmten Intuitionen,* hörte sie Bill Hodges sagen), dass die Wahrscheinlichkeit diesbezüglich stiege, wenn Ralph Anderson – der Bill in mancher Hinsicht so sehr ähnelte und in anderer so verschieden von ihm war – seinen inneren Zwiespalt überwände.

Holly ging zu ihrem Wagen und fuhr zum Haus der Andersons. Bevor sie den Parkplatz verließ, sprach sie jedoch ein kurzes Gebet. Für alle Beteiligten.

## 15

Ralphs Handy rührte sich, als er mit Jeannie gerade die Küche betrat. Es war Yunel. Er hatte von John Zellman, dem Besitzer vom Gentlemen, Please, die Nummer von Lovie Bolton bekommen und Claude problemlos erreicht.

»Was haben Sie ihm erzählt?«, fragte Ralph.

»In etwa das, was wir im Büro von Howie besprochen haben. Dass wir mit ihm sprechen wollen, weil wir Zweifel an der Schuld von Terry Maitland hätten. Ich habe betont, dass wir Bolton selbst in keiner Hinsicht für verdächtig halten und dass die Leute, die ihn aufsuchen werden, als Privatpersonen auftreten. Daraufhin hat er gefragt, ob Sie dazugehören, was ich bejaht habe. Ich hoffe, das ist in Ordnung. Er war offenbar einverstanden.«

»Gut.« Jeannie war nach oben gegangen, und er hörte die Startmelodie ihres gemeinsamen PCs. »Sonst noch etwas?«

»Ich habe gesagt, falls man Maitland wirklich etwas fälschlich angehängt hat, könnte das auch ihm passieren, zumal er auch noch vorbestraft ist.«

»Wie hat er darauf reagiert?«

»Ganz gut. Offenbar hat er sich nicht angegriffen gefühlt. Aber dann hat er etwas Interessantes von sich gegeben. Er hat mich gefragt, ob ich mir sicher wäre, dass er an dem Abend, an dem der kleine Peterson ermordet wurde, wirklich Terry Maitland im Club gesehen hat.«

»Das hat er gefragt? Weshalb?«

»Weil Maitland sich völlig ungewohnt verhalten und auf die Frage nach seinem Baseballteam nur eine allgemeine Antwort gegeben hätte. Keinerlei Einzelheiten, obwohl das Team kurz vor dem Endspiel stand. Außerdem hätte Maitland besonders stylische Sneakers getragen. Solche, auf die manche Kids sparen, damit sie wie Gang-Mitglieder aussehen, hat Bolton gesagt. Bis dahin hätte er Maitland nie so etwas tragen sehen.«

»Das waren die Sneakers, die man in der Scheune gefunden hat.«

»Beweisen kann man das nicht, aber da haben Sie sicher recht.«

Von oben hörte Ralph nun das schleifende Geräusch, mit dem der alte Hewlett-Packard-Drucker sich in Betrieb setzte. Was zum Teufel trieb Jeannie da?

»Erinnern Sie sich daran, dass diese Gibney uns erzählt hat, im Pflegeheim hätte man im Zimmer von Maitlands Vater Haare gefunden?«, sagte Yunel. »Welche, die von einem der ermordeten Mädchen stammten?«

»Natürlich.«

»Wollen wir wetten, dass wir die Sneakers finden, wenn wir die Kreditkartenabrechnung von Maitland durchgehen?

Und einen Kaufbeleg mit einer Unterschrift, die exakt der von Maitland entspricht?«

»Dazu wäre dieser hypothetische Outsider wohl durchaus in der Lage gewesen«, sagte Ralph. »Aber nur, wenn er sich eine von Maitlands Kreditkarten unter den Nagel gerissen hat.«

»Das wäre nicht mal nötig gewesen. Bekanntlich leben die Maitlands schon immer in Flint City und haben wahrscheinlich bei vielen Geschäften ein Kundenkonto. Das heißt, der Typ hätte nur irgendwo in die Sportabteilung marschieren, sich die coolen Treter aussuchen und unterschreiben müssen. Wer hätte von ihm verlangt, sich auszuweisen? Schließlich ist Maitland in der Stadt bekannt wie ein bunter Hund. Das ist dasselbe wie mit den Haaren und der Unterwäsche von diesen Mädchen, ist Ihnen das nicht klar? Er eignet sich das Aussehen von anderen Leuten an, um seine Taten zu begehen, aber das reicht ihm nicht. Er knüpft außerdem die Schlinge, mit der diese Leute aufgeknüpft werden. Weil er Traurigkeit frisst. *Er frisst Traurigkeit!*«

Ralph schwieg. Er legte sich eine Hand über die Augen und presste die Finger an die eine und den Daumen an die andere Schläfe.

»Ralph? Sind Sie noch dran?«

»Ja. Aber, Yunel … Sie ziehen Schlüsse, zu denen ich nicht bereit bin.«

»Kann ich verstehen. Es ist ja nicht so, dass ich hundertprozentig daran glaube. Aber man muss wenigstens die Möglichkeit in Betracht ziehen.«

*Das ist keine Möglichkeit,* dachte Ralph. *Es ist eine* Un*möglichkeit.*

Er fragte Yunel, ob er Bolton auch geraten habe, auf sich aufzupassen.

Yunel schnaubte. »Habe ich. Worauf er nur gelacht hat. Es wären drei Schusswaffen im Haus, hat er gesagt, zwei Gewehre und eine Pistole, und seine Mutter würde besser schießen als er, trotz Lungenemphysem. Mann, wenn ich bloß mitkommen könnte!«

»Versuchen Sie's doch.«

»Werde ich.«

Als er gerade das Gespräch beendete, kam Jeannie mit einem kleinen Papierstapel herunter. »Ich habe mich über Holly Gibney informiert«, sagte sie. »Und ich sage dir, für eine derart zurückhaltende Frau ohne jeglichen Modegeschmack hat sie allerhand geleistet.«

Während Ralph den Stapel entgegennahm, fiel Scheinwerferlicht auf die Einfahrt. Jeannie riss ihm die Blätter weg, als er gerade erst die Schlagzeile auf dem ersten gesehen hatte: **PENSIONIERTER POLIZIST UND ZWEI BEGLEITER RETTEN TAUSENDE BEI POPKONZERT**. Offenbar war Ms. Holly Gibney eine von den beiden anderen.

»Geh raus, und hilf ihr mit dem Gepäck«, sagte Jeannie. »Das hier kannst du nachher im Bett lesen.«

## 16

Hollys Gepäck bestand aus der Schultertasche, die ihren Laptop enthielt, einer Reisetasche, die als Handgepäck durchging, und einer Plastiktasche von Walmart. Die Reisetasche überließ sie Ralph, bestand jedoch darauf, die Schultertasche und ihre Einkäufe selbst zu tragen.

»Es ist sehr freundlich von Ihnen, mich zu beherbergen«, sagte sie zu Jeannie.

»Das tun wir gern. Darf ich Holly zu Ihnen sagen?«

»Ja, bitte. Das wäre gut.«

»Unser Gästezimmer ist oben am Ende des Flurs. Das Bett ist frisch bezogen, und es ist ein eigenes Bad dabei. Stolpern Sie bloß nicht über meinen Nähmaschinentisch, wenn Sie mitten in der Nacht mal rausmüssen.«

Auf Hollys Gesicht trat ein unmissverständlicher Ausdruck der Erleichterung, und sie lächelte. »Ich werde aufpassen.«

»Möchten Sie vielleicht eine Tasse heißen Kakao? Ich kann gerne eine machen. Oder etwas Stärkeres?«

»Ich glaube, ich gehe gleich ins Bett. Nicht dass ich unhöflich sein will, aber ich habe einen sehr langen Tag hinter mir.«

»Das kann ich mir vorstellen. Dann zeige ich Ihnen, wo es langgeht.«

Holly zögerte kurz und spähte durch den Durchgang ins Wohnzimmer der Andersons. »Hat der Eindringling da drüben gesessen, als Sie heruntergekommen sind?«

»Ja. Auf einem von unseren Küchenstühlen.« Jeannie zeigte auf die Stelle, dann verschränkte sie die Arme und legte die Hände um die Ellbogen. »Zuerst konnte ich ihn nur von den Knien abwärts sehen. Dann auch das Wort auf seinen Fingern. Und dann hat er sich vorgebeugt und mir sein Gesicht gezeigt.«

»Das Gesicht von Claude Bolton.«

»Ja.«

Darüber schien Holly kurz nachzudenken, bevor auf ihr Gesicht ein strahlendes Lächeln trat, das Ralph überraschte. Es ließ sie um Jahre jünger wirken. »Wenn Sie mich jetzt entschuldigen, verschwinde ich im Land der Träume«, sagte sie.

Jeannie brachte sie nach oben, wobei sie ungezwungen mit ihr plauderte. *Sie flößt ihr Vertrauen ein, wie ich es nie könnte*, dachte Ralph. *Das ist ein echtes Talent, das wahrscheinlich sogar bei dieser extrem merkwürdigen Frau Wirkung zeigen wird.*

So merkwürdig Holly auch war, sie war zudem merkwürdig sympathisch, auch wenn sie noch so verrückte Ideen über Terry Maitland und Heath Holmes hatte.

*Verrückte Ideen, die zufällig zu den Fakten passen.*

Aber so etwas war unmöglich.

*Sie passen dazu wie angegossen.*

»Trotzdem unmöglich«, murmelte Ralph.

Oben hörte er die beiden Frauen lachen, was ihn selbst zum Lächeln brachte. Er blieb, wo er war, bis er die Schritte von Jeannie hörte, die in ihr gemeinsames Schlafzimmer ging, dann stieg er selbst die Treppe hinauf. Die Tür zum Gästezimmer am Ende des Flurs war geschlossen. Auf seinem Kissen lag der kleine Papierstapel, den Jeannie bei ihrer schnellen Recherche ausgedruckt hatte. Er zog sich aus, legte sich ins Bett und informierte sich über Ms. Holly Gibney, Mitbesitzerin einer Firma namens Finders Keepers, die verschwundene Gegenstände und Personen aufspürte.

## 17

Ein Stück weiter hatte Jack Hoskins draußen beobachtet, wie der Wagen der Frau mit Hosenanzug in die Einfahrt der Andersons eingebogen war. Anderson kam heraus, um ihr mit ihren Sachen zu helfen. Viel hatte sie nicht dabei; offenbar reiste sie mit leichtem Gepäck. Außerdem trug sie eine Einkaufstasche von Walmart mit sich. Da war sie vorher also hingefahren. Vielleicht, um sich ein Nachthemd und eine Zahnbürste zu besorgen. So wie sie aussah, war das Nachthemd hässlich, und die Borsten der Zahnbürste waren so hart, dass sie Zahnfleischbluten verursachten.

Er nahm einen Schluck aus dem Flachmann, und während er die Kappe wieder aufschraubte und überlegte, ob er nach Hause fahren sollte (wieso nicht, da alle braven kleinen Kinder jetzt im Bett lagen), wurde ihm klar, dass er nicht mehr allein in seinem Wagen war. Auf dem Beifahrersitz saß jemand, der gerade eben in seinen Augenwinkeln aufgetaucht war. Natürlich war das unmöglich, aber dieser Jemand konnte ja nicht schon die ganze Zeit da gewesen sein. Oder doch?

Jack blickte geradeaus. Der Sonnenbrand auf seinem Nacken, der sich eine Weile relativ ruhig verhalten hatte, begann wieder zu pochen, und zwar ausgesprochen schmerzhaft.

Neben ihm schwebte eine Hand in sein Blickfeld. Er hatte den Eindruck, durch sie hindurch den Sitz sehen zu können. Auf den Fingern stand in verblasster blauer Tinte das Wort MUST. Jack schloss die Augen und hoffte inständig, dass sein Besucher ihn nicht anfasste.

»Du musst jetzt eine Reise machen«, sagte der Besucher. »Falls du nicht so sterben willst wie deine Mutter. Erinnerst du dich noch, wie sie geschrien hat?«

Ja, daran erinnerte Jack sich noch. Sie hatte geschrien, bis sie nicht mehr schreien konnte.

»Bis sie nicht mehr schreien konnte«, sagte sein Fahrgast. Die Hand berührte ihn ganz leicht am Oberschenkel, und Jack wusste, dass die Haut dort bald so brennen würde wie sein Nacken. Die Hose, die er trug, bot ihm bestimmt keinen Schutz; das Gift würde einfach hindurchsickern. »Ja, daran erinnerst du dich. Wie könntest du das auch je vergessen.«

»Wo soll ich hinfahren?«

Der Fahrgast sagte es ihm, dann verschwand die Berührung dieser grässlichen Hand. Jack öffnete die Augen und sah sich um. Die andere Seite der Sitzbank war leer. Im Haus der Andersons waren die Lichter ausgegangen. Er warf einen Blick auf die Armbanduhr und sah, dass es Viertel vor elf war. Also war er eingeschlafen. Beinahe konnte er glauben, dass er nur geträumt hatte. Sehr schlecht geträumt. Wenn nicht etwas dagegen gesprochen hätte.

Er ließ den Motor an und legte den Rückwärtsgang ein. Tanken würde er an der Hi-Tankstelle, die gleich außerhalb der Stadt an der Route 17 lag. Das war der passende Ort, denn der Typ, der dort nachts arbeitete – Cody hieß er –, hatte immer einen ordentlichen Vorrat an kleinen weißen Pillen dabei. Die verkaufte Cody an Fernfahrer, die unterwegs nach Chicago im Norden oder nach Texas im Süden waren. Jack Hoskins von der Polizei von Flint City würde nichts dafür bezahlen müssen.

Das Armaturenbrett des Pick-ups war staubig. Am ersten Stoppschild beugte Jack sich nach rechts und wischte es ab, um die Wörter zu entfernen, die sein Fahrgast darauf gemalt hatte.

DU MUSST.

# Das Universum hat kein Ende

## 26. JULI

# I

Der wenige Schlaf, der Ralph vergönnt war, war dünnhäutig und von schlechten Träumen gestört. In einem davon hielt er den sterbenden Terry Maitland in den Armen, und Terry sagte: »Du hast meine Kinder beraubt.«

Als Ralph um halb fünf aufwachte, wusste er, dass er nicht mehr einschlafen würde. Er fühlte sich, als wäre er auf eine bislang ungeahnte Ebene der Existenz gelangt, und erklärte es damit, dass sich zu dieser frühen Morgenstunde jeder so fühlen würde. Das genügte ihm, um es ins Badezimmer zu schaffen, wo er sich die Zähne putzte.

Jeannie schlief, wie sie es immer tat, mit der Decke so über den Kopf gezogen, dass man nur den Haarschopf herausragen sah. In den Haaren war jetzt ein bisschen Grau, genau wie bei ihm. Nicht viel, aber bald würde es mehr werden. Das war in Ordnung so. Dass die Zeit verging, war zwar ein Rätsel, aber es war ein *normales* Rätsel.

Der von der Klimaanlage erzeugte Luftzug hatte einige von den Blättern, die Jeannie ausgedruckt hatte, auf den Boden geblasen. Ralph legte sie wieder auf den Nachttisch, hob seine Jeans auf, beschloss, dass sie noch für einen weiteren Tag taugten (vor allem im staubigen Süden von Texas), und trat ans Fenster. Das erste graue Licht kroch in den Tag. Der würde schon hier heiß werden, und da, wohin sie reisten, noch heißer.

Ohne zu wissen, warum, war er nicht besonders überrascht, Holly Gibney unten im Garten zu sehen. Sie trug ebenfalls Jeans und saß auf dem Gartenstuhl, auf dem er selbst vor kaum einer Woche gesessen hatte, als Bill Samuels zu Besuch gekommen war. An jenem Abend hatte Bill ihm die Geschichte von den verschwundenen Fußspuren erzählt, und Ralph hatte seine über die mit Maden verseuchte Zuckermelone beigetragen.

Er zog seine Hose und ein T-Shirt mit dem Emblem der Oklahoma City Thunder an, warf noch einen Blick auf Jeannie und ging hinaus. Die alten, abgewetzten Mokassins, die er als Hausschuhe trug, baumelten an zwei Fingern seiner linken Hand.

## 2

Fünf Minuten später trat er aus der Hintertür. Als Holly ihn kommen hörte, drehte sie sich zu ihm um. Ihr schmales Gesicht hatte einen vorsichtigen und wachsamen, aber nicht unfreundlichen Ausdruck (das hoffte er jedenfalls). Dann sah sie die Becher auf dem alten Coca-Cola-Tablett, und auf ihr Gesicht trat ein strahlendes Lächeln. »Ist das etwa das, was ich hoffe?«

»Wenn Sie sich Kaffee erhoffen, ja. Ich trinke meinen schwarz, aber ich habe den anderen Kram mitgebracht, falls Sie was davon wollen. Meine Frau mag's weiß und süß. Wie mich, sagt sie.« Er lächelte.

»Schwarz ist prima. Vielen Dank.«

Er stellte das Tablett auf den Picknicktisch. Holly setzte

sich ihm gegenüber, nahm einen der Becher und nippte daran. »Ach, ist der gut. Schön stark. Es gibt am Morgen nichts Besseres als starken schwarzen Kaffee. Finde ich jedenfalls.«

»Wie lange sind Sie denn schon wach?«

»Ich schlafe nicht viel«, sagte sie, womit sie der Frage geschickt auswich. »Es ist sehr angenehm hier. Die Luft ist so frisch.«

»Wenn der Wind aus Westen kommt, weniger, das können Sie mir glauben. Dann riecht man die Raffinerien in Cap City. Ich kriege Kopfschmerzen davon.«

Er schwieg und sah Holly an. Die wandte den Blick ab und hielt den Becher vors Gesicht, als wollte sie es schützen. Ralph dachte daran, wie sie sich am vergangenen Abend scheinbar vor jedem einzelnen Händedruck zusammengenommen hatte. Offenbar fielen dieser Frau viele ganz alltägliche Gesten und Interaktionen ziemlich schwer. Und dennoch hatte sie allerhand Erstaunliches getan.

»Ich habe mich gestern Abend ein bisschen über Sie informiert«, sagte er. »Alec Pelley hat recht, Sie haben ganz schön was geleistet.«

Sie erwiderte nichts.

»Nicht nur, dass Sie diesen Hartsfield daran gehindert haben, eine Menge Teenager in die Luft zu sprengen, Sie und Ihr Partner, Mr. Hodges …«

»*Detective* Hodges«, berichtigte sie ihn. »Im Ruhestand.«

Ralph nickte. »Sie und Detective Hodges haben ein Mädchen gerettet, das von einem Irren namens Morris Bellamy gekidnappt worden war. Außerdem waren Sie an einem Feuergefecht mit einem Arzt beteiligt, der in einem Anfall von Wahnsinn seine Frau ermordet hat, und letztes Jahr haben Sie eine Bande dingfest gemacht, die seltene Rassehunde gestohlen hat, um sie entweder gegen Lösegeld ihren Besitzern auszuhändigen oder, wenn die nicht gezahlt haben, anderweitig zu verkaufen. Als Sie gesagt haben, Sie würden sich mit vermissten Haustieren beschäftigen, war das offenbar wirklich kein Scherz.«

Holly errötete wieder, und zwar vom Halsansatz bis zur Stirn. Ganz offensichtlich war ihr die Aufzählung ihrer Heldentaten nicht einfach nur unangenehm. Sie war für sie regelrecht schmerzhaft.

»Das war vor allem die Leistung von Bill Hodges«, sagte sie.

»Das mit den Hundedieben nicht. Er ist schon ein Jahr vor dem Fall gestorben.«

»Ja, aber inzwischen habe ich Pete Huntley. Ebenfalls ein ehemaliger Detective.« Sie sah ihm direkt in die Augen. Zwang sich sichtlich dazu. Sie hatte klare, blaue Augen. »Pete ist gut, ohne ihn könnte ich die Firma nicht weiterführen, aber Bill war besser. Alles, was ich bin, hat er aus mir gemacht. Ich verdanke ihm mein Leben, und ich wünschte, er wäre jetzt hier.«

»Statt mir, meinen Sie?«

Holly antwortete nicht. Was natürlich doch eine Antwort war.

»Hätte er geglaubt, dass es so etwas wie el Cuco gibt? Jemand, der seine Gestalt wandeln kann?«

»O ja.« Sie sagte das, ohne zu zögern. »Weil er … und ich … und unser Freund Jerome Robinson, der auch dabei war … im Gegensatz zu Ihnen gewisse Erfahrungen gemacht haben. Vielleicht werden Sie die allerdings auch noch machen, je nachdem wie die nächsten paar Tage verlaufen. Möglicherweise schon, bevor heute Abend die Sonne untergeht.«

»Darf ich mich zu euch setzen?«

Jeannie war mit ihrem eigenen Becher Kaffee erschienen.

Ralph winkte sie herbei.

»Falls wir Sie aufgeweckt haben, tut mir das sehr leid«, sagte Holly. »Es war außerordentlich nett von Ihnen, mich zu beherbergen.«

»Ralph hat mich aufgeweckt, als er wie ein Elefant hinausgeschlichen ist«, sagte Jeannie. »Ich wäre fast wieder eingeschlafen, aber dann habe ich Kaffee gerochen. Bei so was kann ich nicht widerstehen. Ach, gut, Milch und Zucker sind schon da.«

»Der Arzt hat es gar nicht getan«, sagte Holly.

Ralph hob die Augenbrauen. »Wie bitte?«

»Sein Name war Babineau, und er ist tatsächlich dem Wahnsinn verfallen, aber dazu hat man ihn gebracht, und er hat Mrs. Babineau nicht ermordet. Das war Brady Hartsfield.«

»Nach dem, was ich in den Zeitungsartikeln gelesen habe, die meine Frau im Internet gefunden hat, ist Hartsfield im Krankenhaus gestorben, bevor Babineau von Ihnen und Hodges zur Strecke gebracht wurde.«

»Ich weiß, was in der Zeitung stand, aber das hat nicht gestimmt. Darf ich Ihnen die wahre Geschichte erzählen? Gern erzähle ich sie zwar nicht, ich erinnere mich nicht einmal gern an diese Dinge, aber vielleicht sollten Sie sie hören. Weil wir uns jetzt in Gefahr begeben, und wenn Sie weiterhin glauben, wir wären hinter einem Menschen her – hinter jemand, der zwar kaputt, pervers und mordlüstern, aber doch ein Mensch ist –, wird die Gefahr noch größer.«

»Wir sind doch jetzt schon in Gefahr«, wandte Jeannie ein. »Dieser Outsider, der aussieht wie Claude Bolton … den habe ich hier in unserem Haus gesehen. So, wie ich das gestern erzählt habe.«

Holly nickte. »Ich glaube auch, dass der Outsider hier

war, vielleicht bin ich sogar in der Lage, Ihnen das zu beweisen, aber ich glaube, er war nicht *vollständig* hier. Und ich glaube nicht, dass er jetzt hier ist. Er ist *dort,* in Texas, weil Bolton dort ist, und der Outsider will in seiner Nähe sein. Das muss er, weil er …« Sie stockte und kaute auf der Unterlippe. »Ich glaube, er ist erschöpft. Er ist es nicht gewohnt, dass jemand ihn verfolgt. Dass jemand weiß, was er ist.«

»Das verstehe ich nicht«, sagte Jeannie.

»Darf ich Ihnen die Geschichte von Brady Hartsfield erzählen? Das hilft eventuell.« Sie wandte sich Ralph zu und gab sich wieder Mühe, ihm in die Augen zu blicken. »Vielleicht glauben Sie es anschließend trotzdem nicht, aber Sie werden verstehen, wieso ich es glauben kann.«

»Nur zu«, sagte Ralph.

Holly begann zu sprechen. Als sie fertig war, stieg im Osten rot die Sonne auf.

## 3

»Wow«, sagte Ralph. Sonst fiel ihm nichts ein.

»Stimmt das wirklich?«, sagte Jeannie. »Brady Hartsfield hat … was getan? Irgendwie sein Bewusstsein in den Arzt transplantiert?«

»Ja. Vielleicht lag das an den experimentellen Medikamenten, die Babineau ihm verabreicht hat, aber ich habe nie geglaubt, dass das der einzige Grund für seine Fähigkeiten war. Irgendetwas war schon von Anfang an in ihm vorhanden, und der Schlag auf den Kopf, den ich ihm verpasst habe, hat es zum Vorschein gebracht. Das glaube ich jedenfalls.« Sie sah Ralph an. »Aber *Sie* glauben das nicht, oder? Wahrscheinlich könnte ich Jerome am Telefon erreichen, und der würde Ihnen alles bestätigten … aber dem würden Sie sicher auch nicht glauben.«

»Ich weiß nicht, was ich glauben soll«, sagte Ralph. »Über die Selbstmordwelle, die von unterschwelligen Botschaften in Videospielen ausgelöst wurde … darüber wurde in der Presse berichtet, ja?«

»In der Presse, im Fernsehen, im Internet. Ist alles noch verfügbar.«

Holly hielt inne und blickte auf ihre Hände. Die Fingernägel waren nicht poliert, aber sauber geschnitten; sie hatte aufgehört, daran zu kauen, so wie sie auch mit dem Rauchen aufgehört hatte. Hatte es sich abgewöhnt. Manchmal dachte sie, dass ihre Pilgerfahrt zu einer wenigstens annähernden mentalen Stabilität (wenn nicht gar zu echter geistiger Gesundheit) eng mit dem rituellen Ablegen schlechter Gewohnheiten verknüpft war. Es war ihr schwergefallen, diese Gewohnheiten loszulassen. Sie waren ihre Freunde gewesen.

Als sie nun weitersprach, sah sie die beiden nicht an, sondern blickte in die Ferne. »Während das mit Babineau und Hartsfield passiert ist, hat man bei Bill Pankreaskrebs diagnostiziert. Anschließend war er eine Weile im Krankenhaus, ist dann aber nach Hause gekommen. Inzwischen wussten wir alle, wie es ausgehen würde. Auch er hat es gewusst, ohne es je auszusprechen, und er hat bis zum Ende gegen diesen verflixten Krebs angekämpft. Ich habe ihn beinahe jeden Abend besucht, teils um dafür zu sorgen, dass er was isst, und teils um einfach bei ihm zu sitzen. Um ihm Gesellschaft zu leisten, aber auch … ich weiß nicht, wie ich es sagen soll …«

»Um möglichst viel von ihm in sich aufzunehmen?«, sagte Jeannie. »Während Sie ihn noch hatten?«

Wieder das strahlende Lächeln, das Holly jung aussehen ließ. »Ja, das ist es. Ganz genau. Eines Nachts, nicht lange bevor er wieder ins Krankenhaus kam, ist in seinem Stadtviertel der Strom ausgefallen. Ein Baum war auf eine Leitung gestürzt oder so. Als ich zu Bill kam, saß er auf der Treppe zur Haustür und hat zu den Sternen hinaufgeschaut. So sieht man die nie, wenn die Straßenlaternen an sind, hat er gesagt. Schau nur, wie viele es gibt, und wie hell sie sind!«

Holly schwieg eine Weile, dann fuhr sie fort:

»In jener Nacht war es so, als könnte man die ganze Milchstraße sehen. Wir haben eine kleine Weile dagesessen – so etwa fünf Minuten, denke ich –, ohne etwas zu sagen. Haben nur hinaufgeschaut. Dann hat er gesagt: ›Die Wissenschaft ist neuerdings der Meinung, dass das Universum kein Ende hat. Jedenfalls habe ich das letzte Woche in der *New York Times* gelesen. Und wenn man alle Sterne sehen kann, die überhaupt zu sehen sind, und weiß, dass es noch viel, viel mehr davon gibt, dann ist das leicht zu glauben.‹ Über Brady Hartsfield und das, was der Babineau angetan hat, haben wir nicht oft gesprochen, nachdem Bill richtig krank geworden war, aber ich glaube, in dem Moment hat er sich darauf bezogen.«

»Mehr Dinge zwischen Himmel und Erde, als unsere Schulweisheit sich träumen lässt«, sagte Jeannie.

Holly lächelte. »Ja, Shakespeare hat es wohl am besten ausgedrückt. Ich glaube, das ist ihm bei praktisch allem gelungen.«

»Vielleicht hat er doch nicht über Hartsfield und Babineau gesprochen«, sagte Ralph. »Vielleicht hat er versucht, mit der eigenen … Situation klarzukommen.«

»Natürlich hat er das«, sagte Holly. »Damit und mit allen Rätseln und Geheimnissen. Was wir jetzt ebenfalls …«

Ihr Handy zwitscherte. Sie zog es aus der Gesäßtasche, warf einen Blick aufs Display und las die Nachricht.

»Das war von Alec Pelley«, sagte sie. »Das Flugzeug, das Mr. Gold gechartert hat, ist um neun Uhr dreißig startklar. Haben Sie immer noch vor mitzufliegen, Mr. Anderson?«

»Auf jeden Fall. Und da wir gemeinsam in der Sache drinstecken – was immer das für eine Sache ist –, sollten Sie ab jetzt lieber Ralph zu mir sagen.« Er leerte seinen Kaffee mit zwei Schlucken und erhob sich. »Ich will veranlassen, dass ein paar Kollegen auf dich aufpassen, während ich weg bin, Jeannie. Ich hoffe, du hast nichts dagegen.«

Jeannie schlug die Augen nieder. »Solange die gut aussehen …«

»Ich werde schauen, ob Troy Ramage und Tom Yates verfügbar sind. Die sehen zwar beide nicht wie Filmstars aus, aber da sie diejenigen waren, die Terry Maitland auf dem Baseballplatz verhaftet haben, kommt es mir passend vor, dass sie jetzt auch eine kleine Rolle spielen.«

»Ich muss noch etwas überprüfen«, sagte Holly. »Und das würde ich gerne jetzt tun, bevor es richtig hell ist. Können wir dazu wieder ins Haus gehen?«

# 4

Auf Hollys Bitte hin zog Ralph die Jalousien in der Küche herunter, während Jeannie die Vorhänge im Wohnzimmer schloss. Holly setzte sich mit den Dingen, die sie in der Büroartikelabteilung von Walmart gekauft hatte, an den Küchentisch: Textmarker und eine Rolle transparentes Klebeband. Von dem riss sie ein kurzes Stück ab, klebte es über den Kamerablitz ihres I-Phones und färbte es blau. Dann nahm sie ein zweites Stück, klebte es über den blauen Streifen und malte es lila an. Die ganze Prozedur wiederholte sie noch einmal.

Sie stand auf und zeigte auf den Stuhl, der dem Durchgang zum Wohnzimmer am nächsten stand. »Ist das der, auf dem er gesessen hat?«

»Ja.«

Holly machte mit eingeschaltetem Blitz zwei Aufnahmen von dem Stuhl, ging zum Durchgang und deutete auf den Boden. »Und an der Stelle hat er gesessen.«

»Ja, genau da. Trotzdem waren morgens keinerlei Spuren auf dem Teppichboden. Ralph hat das untersucht.«

Holly ließ sich auf ein Knie nieder, machte vier Fotos vom Teppichboden und stand wieder auf. »Okay. Das dürfte ausreichen.«

»Ralph?«, sagte Jeannie. »Weißt du vielleicht, was sie da tut?«

»Sie hat aus ihrem Handy eine provisorische Schwarzlichtlampe gemacht.« *Das hätte ich selbst tun können, wenn ich meiner Frau geglaubt hätte – den Trick kenne ich ja schon seit mindestens fünf Jahren.* »Sie suchen nach Flecken, nicht wahr, Holly? Nach Rückständen wie dem Zeug in der Scheune.«

»Ja, aber wenn, dann eben nur in so geringen Mengen, dass man es mit bloßem Auge nicht sehen kann. Im Internet kann man ein Set für solche Tests kaufen – es heißt Check-Mate –, aber es müsste auch so funktionieren. Hat mir Bill beigebracht. Sehen wir mal, was wir da haben. Falls da überhaupt was ist.«

Die beiden postierten sich links und rechts von Holly, die ausnahmsweise nichts gegen solche körperliche Nähe hatte. Dazu war sie zu konzentriert und zu hoffnungsvoll. *Ich habe Holly-Hoffnung,* sagte sie sich.

Die Flecken waren tatsächlich da. Auf der Sitzfläche, wo der Eindringling gesessen hatte, sah man schwach einige gelbliche Spritzer, mehrere weitere befanden sich auf dem Teppichboden in der Nähe des Durchgangs. Wie Farbtröpfchen sahen sie aus.

»Heilige Scheiße«, murmelte Ralph.

»Schauen Sie sich das mal an«, sagte Holly. Sie spreizte die Finger, um einen der Flecken auf dem Boden zu vergrößern. »Sehen Sie den rechten Winkel da? Der stammt von einem Stuhlbein.«

Sie ging zu dem Stuhl zurück, um eine weitere Aufnahme davon zu machen, diesmal ganz unten. Dann versammelten sich wieder alle um das I-Phone, und als Holly nun das Bild vergrößerte, sprang ein Stuhlbein in den Blick. »Da ist das Zeug heruntergetropft«, sagte sie. »Wenn Sie wollen, können Sie die Jalousien und Vorhänge jetzt öffnen.«

Als wieder Morgenlicht in die Küche schien, nahm Ralph das Telefon von Holly, um die Fotos noch einmal durchzugehen. Er wischte vom einen zum anderen und zurück. Dabei spürte er, wie die Mauer seines Zweifels zu bröckeln begann. Letztlich hatte es dazu nur weniger Fotos auf einem kleinen Display bedurft.

»Was bedeutet das?«, sagte Jeannie. »In praktischer Hinsicht, meine ich. War er nun hier oder nicht?«

»Wie schon gesagt, konnte ich bisher nicht einmal annähernd genug Recherchen betreiben, um mir bezüglich der Antwort sicher zu sein. Aber wenn ich raten müsste, würde ich sagen … beides.«

Jeannie schüttelte den Kopf, als wollte sie ihn frei bekommen. »Das kapiere ich nicht.«

Ralph dachte an die abgeschlossenen Türen und die Alarmanlage, die nicht reagiert hatte. »Wollen Sie etwa behaupten, dass der Kerl ein …« *Geist* war das erste Wort, das ihm in den Sinn kam, aber es passte nicht.

»Ich behaupte überhaupt nichts«, sagte Holly, und Ralph dachte: *Nein, natürlich nicht. Weil du willst, dass ich es ausspreche.*

»Aber Sie meinen, dass er eine Projektion war? Oder ein Avatar wie in den Videospielen, die unser Sohn spielt?«

»Interessante Idee«, sagte Holly. Ihre Augen funkelten. Ralph ahnte, dass sie ein Lächeln unterdrückte, was ihn irgendwie wütend machte.

»Es sind also Rückstände da, aber der Stuhl hat im Teppichboden keine Eindrücke hinterlassen«, sagte Jeannie. »Falls er in irgendeinem physikalischen Sinne hier war, dann war er ganz … leicht. Vielleicht nicht schwerer als ein Federkissen. Soll das heißen, dass ihn diese … diese Projektion … erschöpft?«

»Das wäre logisch – aus meiner Sicht zumindest«, sagte Holly. »Sicher sein können wir uns nur über eines: Als Sie gestern früh herunterkamen, war hier *irgendetwas* anwesend. Würden Sie mir da zustimmen, Detective Anderson?«

»Ja. Und wenn Sie jetzt nicht bald Ralph zu mir sagen, muss ich Sie verhaften, Holly.«

»Wie bin ich eigentlich wieder nach oben gekommen?«, sagte Jeannie. »Hat er … Bitte sagen Sie mir nicht, dass er mich raufgetragen hat, nachdem ich in Ohnmacht gefallen bin.«

»Das bezweifle ich«, sagte Holly.

Ralph sagte: »Vielleicht durch eine Art … ich rate bloß … hypnotische Suggestion?«

»Das weiß ich nicht«, sagte Holly. »Es gibt vieles, was wir vielleicht nie erfahren werden. Ich würde mich jetzt gern kurz unter die Dusche stellen, wenn ich darf.«

»Aber natürlich«, sagte Jeannie. »Inzwischen mache ich uns Rührei.« Und als Holly gerade losging: »O Gott!«

Holly drehte sich um.

»Die Herdbeleuchtung. Die war an. Das Licht über den Kochplatten. Daneben ist eine Taste.« Als Jeannie die Fotos betrachtet hatte, war sie aufgeregt gewesen. Jetzt sah sie nur noch verängstigt aus. »Um das Licht einzuschalten, muss man die drücken. Es war also genug von ihm da, dass er die Taste betätigen konnte.«

Dazu sagte Holly nichts. Ralph ebenfalls nicht.

### 5

Nach dem Frühstück verschwand Holly im Gästezimmer, angeblich, um ihre Sachen zu packen. Wie Ralph vermutete, wollte sie ihm in Wirklichkeit Zeit lassen, sich unter vier Augen von seiner Frau zu verabschieden. Sie hatte ihre Schrullen, diese Holly Gibney, aber dumm war sie nicht.

»Ramage und Yates werden ein Auge auf dich haben«, sagte er zu Jeannie. »Beide haben sich Sonderurlaub genommen.«

»So was tun die für dich?«

»Und für Terry, glaube ich. Was da passiert ist, tut ihnen wohl so leid wie mir.«

»Hast du deine Waffe dabei?«

»Die ist vorläufig in meiner Reisetasche. Sobald wir gelandet sind, stecke ich sie ins Gürtelholster. Alec hat seine auch dabei. Und ich will, dass du deine aus dem Safe holst. Trag sie immer bei dir.«

»Denkst du denn wirklich ...«

»Ich weiß nicht, was ich denken soll, da geht es mir genau wie Holly. Trag das Ding einfach immer bei dir. Und pass auf, dass du nicht den Postboten erschießt.«

»Hör mal, vielleicht sollte ich auch mitkommen.«

»Das halte ich für keine gute Idee.«

Er wollte nicht, dass sie sich heute zusammen am selben Ort aufhielten, aber wenn er gesagt hätte, warum, hätte sie sich noch mehr Sorgen gemacht. Sie mussten an einen Sohn denken, der vielleicht gerade Baseball spielte, mit dem Bogen auf Strohballen schoss oder einen mit Perlen verzierten Gürtel bastelte. An Derek, der nicht viel älter war, als Frank Peterson es gewesen war. Und der wie die meisten Kinder unwillkürlich annahm, seine Eltern wären unsterblich.

»Vielleicht hast du recht«, sagte sie. »Es sollte ja jemand hier sein, wenn Derek anruft, meinst du nicht?«

Er nickte und gab ihr einen Kuss. »Genau das habe ich auch gedacht.«

»Pass auf dich auf.« Sie sah mit weit geöffneten Augen zu ihm hoch, und da durchfuhr ihn plötzlich die Erinnerung daran, wie diese Augen ihn einmal ebenso liebevoll, hoffnungsvoll und besorgt angeblickt hatten. Das war bei der Hochzeit vor sechzehn Jahren gewesen, als sie vor ihren Freunden und Verwandten gestanden und die Ehegelübde ausgetauscht hatten.

»Das werde ich. Tu ich doch immer.«

Er wollte sich von ihr lösen, aber sie hinderte ihn daran. Sie hielt ihn fest an beiden Unterarmen.

»Ja, aber das jetzt ist anders als alle anderen Fälle, in denen du je ermittelt hast. Inzwischen sollte uns das beiden klar sein. Wenn du ihn erwischen kannst, tu es. Aber wenn nicht … wenn du auf etwas stößt, womit du nicht umgehen kannst … dann finde dich damit ab. Lass es auf sich beruhen, und komm zu mir nach Hause, hörst du?«

»Hab verstanden.«

»Sag nicht, dass du mich verstanden hast, sag, dass du dich auch so verhalten wirst.«

»Das werde ich.«

Wieder musste er an den Tag denken, wo sie ihre Gelübde abgelegt hatten.

»Hoffentlich meinst du das auch.« Immer noch mit diesem durchdringenden Blick, so voller Liebe und Besorgnis. Mit einem Blick, der sagte: *Ich habe beschlossen, mein Schicksal mit dir zu teilen; bitte lass mich das nie bedauern.* »Ich muss dir noch etwas sagen, und das ist wichtig. Hörst du zu?«

»Ja.«

»Du bist ein guter Mensch, Ralph. Ein guter Mensch, der einen schlimmen Fehler gemacht hat. In der Hinsicht bist du nicht der Erste, und du wirst nicht der Letzte sein. Damit musst du leben, und ich werde dich unterstützen. Mach den Fehler wieder gut, wenn du kannst, aber bitte mach nicht alles schlimmer. *Bitte.*«

Holly kam ziemlich ostentativ die Treppe herab, um dafür

zu sorgen, dass man sie kommen hörte. Ralph blieb noch einen Moment lang stehen und blickte in die weit geöffneten Augen seiner Frau, die noch so schön waren wie damals vor vielen Jahren. Dann küsste er sie und trat einen Schritt zurück. Sie drückte seine Hände, schön fest, und ließ ihn gehen.

## 6

Ralph und Holly fuhren in Ralphs Wagen zum Flughafen. Holly saß kerzengerade da, die Knie züchtig geschlossen und ihre Schultertasche auf dem Schoß. »Hat Ihre Frau eigentlich eine Schusswaffe?«, fragte sie.

»Ja. Und sie war auf dem Schießstand unserer Behörde. Ehefrauen und Töchtern ist das gestattet. Was ist mit Ihnen, Holly?«

»Natürlich nicht. Ich bin ja mit dem Flugzeug gekommen, und das war nicht gechartert.«

»Bestimmt könnten wir Ihnen etwas besorgen. Schließlich fliegen wir nach Texas, nicht nach New York.«

Sie schüttelte den Kopf. »Als ich das letzte Mal geschossen habe, war Bill noch am Leben. Das war bei dem letzten Fall, den wir gemeinsam gelöst haben. Und ich habe das, worauf ich gezielt habe, nicht getroffen.«

Er schwieg, bis sie sich in den starken Verkehr eingereiht hatten, der sich auf der Schnellstraße in Richtung Flughafen und Hauptstadt bewegte. Sobald das gefährliche Kunststück vollbracht war, sagte er: »Die Proben aus der Scheune sind im

Forensiklabor der Highway Patrol. Was wird man wohl finden, wenn man endlich dazu kommt, das Zeug durch die ganzen raffinierten Apparate zu jagen? Irgendwelche Vermutungen?«

»Nach dem, was auf dem Stuhl und dem Teppichboden zu sehen war, schätze ich, dass es hauptsächlich Wasser ist, aber welches mit einem hohen pH-Wert. Wahrscheinlich finden sich außerdem Spuren einer schleimartigen Flüssigkeit, wie sie von der Bulbourethraldrüse produziert wird, auch bekannt als Cowpersche Drüse und benannt nach dem Anatomen William Cowper, der ...«

»Sie meinen also tatsächlich, dass es sich dabei um Sperma handelt.«

»Eher um etwas wie Präejakulat.« In ihre Wangen war eine leichte Röte gestiegen.

»Sie wissen gut Bescheid.«

»Nach Bills Tod habe ich einen Kurs in forensischer Pathologie belegt. Genauer gesagt mehrere Kurse. Damit die Zeit vergeht.«

»Auf den Oberschenkeln von Frank Peterson hat man Sperma gefunden. Ziemlich viel, aber keine abnorme Menge. Die DNA passt zu der von Terry Maitland.«

»Bei den Rückständen aus der Scheune und denen aus Ihrem Haus handelt es sich weder um Sperma noch um Präejakulat, egal wie ähnlich die Substanz dem auch sein mag. Wenn man die Proben aus Canning im Labor untersucht, wird man wahrscheinlich unbekannte Komponenten finden, sie auf Kontamination zurückführen und froh sein, dass man so etwas nicht vor Gericht verwenden muss. Dabei wird man nicht auf die Idee kommen, dass man es mit einer völlig unbekannten Substanz zu tun hat, nämlich mit dem Zeug, das der Outsider verströmt – oder abstreift –, während er eine neue Gestalt annimmt. Das Sperma wiederum, das auf dem kleinen Peterson gefunden wurde – und ich bin mir sicher, dass er auch auf den beiden Mädchen so etwas hinterlassen hat, entweder auf ihren Kleidern oder ihrem Körper –, das war eine weitere Visitenkarte wie die Haare im Bad von Mr. Maitland und all die Fingerabdrücke, die man gefunden hat.«

»Die Augenzeugen nicht zu vergessen.«

»Ja«, stimmte Holly zu. »Diese Kreatur liebt Zeugen. Kein Wunder, wenn sie sich das Gesicht von anderen Menschen aneignen kann.«

Ralph folgte den Schildern zu der Chartergesellschaft, bei der Howard Gold gebucht hatte. »Sie meinen also, dass es sich nicht um wirkliche Sexualverbrechen gehandelt hat? Alles war nur so arrangiert, dass es danach aussah?«

»Diese These würde ich nicht aufstellen, aber …« Sie sah ihn an. »Sperma auf den Beinen von dem Jungen, aber keines … Sie wissen schon … in ihm drin?«

»Nein. Penetriert – vergewaltigt – wurde er mit einem Ast.«

»Bah.« Holly verzog das Gesicht. »Ich glaube, dass man im Körper der Mädchen ebenfalls kein Sperma gefunden hat. Die Morde könnten zwar ein sexuelles Element aufweisen, aber möglicherweise ist der Täter unfähig zu tatsächlichem Geschlechtsverkehr.«

»Das ist auch bei vielen normalen Serienmördern der Fall.« Er lachte über diese Formulierung, die in sich ebenso widersprüchlich war wie ein weiser Narr, nahm sie jedoch nicht zurück. Der einzige Ersatz, der ihm einfiel, war *menschliche* Serienmörder.

»Wenn er Traurigkeit frisst, dann frisst er auch die Schmerzen seiner sterbenden Opfer.« Die Röte war aus ihren Wangen gewichen, und sie sah nun bleich aus. »Wahrscheinlich sind die für ihn besonders köstlich, wie ein Gourmetgericht oder ein guter alter Scotch. Ja, das könnte ihn sexuell erregen. An so was denke ich nicht gerne, aber ich finde es wichtig, den Feind zu kennen. Wir ... Ich glaube, da sollten Sie links abbiegen, Detective Anderson.« Sie hob deutend die Hand.

»Ralph.«

»Ja. Biegen Sie links ab, Ralph. Das ist die Straße, auf der man zu Regal Air kommt.«

## 7

Howie und Alec waren schon da, und Howie lächelte. »Wir haben den Abflug ein bisschen verschoben«, sagte er. »Sablo ist unterwegs.«

»Wie hat er das denn geschafft?«, sagte Ralph.

»Das hat nicht er geschafft, sondern ich. Na ja, zur Hälfte jedenfalls. Richter Martinez liegt mit einem perforierten Magengeschwür im Krankenhaus, was ein Geschenk Gottes ist. Vielleicht lag es auch nur an zu viel scharfer Soße. Ich bin zwar selbst ein Fan von Texas Pete, aber wenn ich sehe, wie der Bursche sich die Chilisoße aufs Essen kippt, wird mir ganz anders. Was den anderen Fall angeht, in dem Lieutenant Sablo aussagen sollte, war der stellvertretende Bezirksstaatsanwalt mir einen Gefallen schuldig.«

»Sollte ich fragen, warum?«, fragte Ralph.

»Nein«, sagte Howie, der jetzt so breit grinste, dass die Backenzähne sichtbar wurden.

Um die Zeit totzuschlagen, setzten die vier sich in den kleinen Warteraum – von einer Abflughalle konnte man wirklich nicht sprechen – und sahen zu, wie die Flugzeuge abhoben und landeten. »Als ich gestern Abend heimgekommen bin, habe ich mich im Internet über das Thema Doppelgänger informiert«, sagte Howie. »So etwas ist der Outsider doch, meinen Sie nicht auch?«

Holly zuckte die Achseln. »Der Ausdruck passt so gut wie jeder andere.«

»Das berühmteste literarische Beispiel findet sich in einer Geschichte von Edgar Allan Poe. ›William Wilson‹ heißt die.«

»Jeannie kannte die auch«, sagte Ralph. »Wir haben darüber gesprochen.«

»Es gibt aber auch viele Beispiele im wirklichen Leben. Hunderte offenbar. Darunter ein Vorkommnis auf der *Lusitania.* Zu den Passagieren in der ersten Klasse gehörte eine Frau namens Rachel Withers, und mehrere Leute haben auf der Reise eine andere Frau gesehen, die genauso aussah wie sie, bis hin zu einer weißen Haarsträhne. Manche haben behauptet, die Doppelgängerin wäre in der dritten Klasse gereist, andere, dass sie zum Personal gehörte. Miss Withers hat gemeinsam mit einem befreundeten Gentleman nach ihr gesucht und sie angeblich erspäht, allerdings wenige Sekunden bevor ein von einem deutschen U-Boot abgeschossener Torpedo an Steuerbord eingeschlagen ist. Withers ist ums Leben gekommen, aber ihr Freund hat überlebt. Er hat ihre Doppelgängerin als Unheilsbotin bezeichnet. Und der französische Schriftsteller Guy de Maupassant ist seinem Doppelgänger eines Tages in Paris beim Flanieren begegnet – dieselbe Größe, dasselbe Haar, dieselben Augen, derselbe Schnurrbart, dieselbe Aussprache.«

»Tja, die Franzosen«, sagte Alec achselzuckend. »Was soll man da anderes erwarten. Wahrscheinlich hat Maupassant ihn zu einem Glas Wein eingeladen.«

»Der bekannteste Fall hat sich 1845 ereignet, in einer lettischen Mädchenschule. Eine Lehrerin dort hat gerade etwas an die Tafel geschrieben, da ist ihre exakte Doppelgängerin ins Klassenzimmer gekommen, hat sich neben sie gestellt und jede ihrer Bewegungen nachgeahmt, nur ohne die Kreide. Dann ging sie wieder hinaus. Das haben neunzehn Schülerinnen beobachtet. Ist das nicht erstaunlich?«

Niemand erwiderte etwas. Ralph dachte an eine verwurmte Zuckermelone, an verschwindende Fußspuren und an etwas, was der tote Freund von Holly gesagt hatte: *Das Universum hat kein Ende.* Wahrscheinlich war das eine Vorstellung, die manche Leute erhebend, wenn nicht gar schön fanden. Ralph, der sich in seinem ganzen Berufsleben ausschließlich an die Fakten gehalten hatte, fand sie Furcht einflößend.

»Also, *ich* finde es erstaunlich«, sagte Howie leicht gekränkt.

»Ich will Sie mal was fragen, Holly«, sagte Alec. »Wenn der Kerl sich die Gedanken und Erinnerungen seiner Opfer einverleibt, während er deren Gesicht annimmt – durch eine Art geheimnisvolle Bluttransfusion offenbar –, wieso wusste er dann nicht, wo die nächste Notfallpraxis war? Und was ist mit Willow Rainwater, der Taxifahrerin? Die kannte Maitland vom Basketballtraining am YMCA her, aber der Mann, der mit ihr nach Dubrow gefahren ist, hat sich so verhalten, als hätte er sie noch nie gesehen. Hat sie nicht mit Willow oder mit Ms. Rainwater angesprochen, sondern mit *Ma'am.*«

»Dazu kann ich wirklich nichts sagen«, antwortete Holly ziemlich mürrisch. »Alles, was ich weiß, habe ich mir im Flug angeeignet, und das meine ich wörtlich, denn beim Lesen habe ich im Flugzeug gesessen. Deshalb kann ich nur Vermutungen anstellen, und das habe ich satt.«

»Vielleicht ist es wie beim Schnelllesen«, sagte Ralph. »Schnellleser sind sehr stolz darauf, in kürzester Zeit dicke Bücher zu verschlingen, aber dabei kriegen sie nur das Wesentliche mit. Wenn man sie nach Einzelheiten fragt, haben sie normalerweise keine Ahnung.« Er machte eine Pause. »Wenigstens sagt das meine Frau. Die ist in einem Lesekreis, und da nimmt auch eine alte Dame teil, die gern mit ihren Lesefertigkeiten angibt. Das bringt Jeannie immer auf die Palme.«

Sie sahen zu, wie die Bodenmannschaft die King Air auftankte und wie die beiden Piloten die Maschine vorschriftsmäßig von außen begutachteten. Holly holte ihr I-Pad heraus und fing an zu lesen (ebenfalls ziemlich schnell, fand Ralph). Um Viertel vor zehn bog ein Subaru Forester auf den kleinen Parkplatz von Regal Air ein, und Yunel Sablo stieg aus. Das Handy am Ohr, schlang er sich einen Rucksack mit Tarnmuster über eine Schulter. Während er durch die Tür trat, beendete er den Anruf.

»¡Amigos! ¿Cómo estáis?«

»Gut«, sagte Ralph und erhob sich. »Brechen wir auf!«

»Das war übrigens gerade Claude Bolton. Er erwartet uns am Flugplatz von Plainville. Der ist etwa sechzig Meilen von Marysville entfernt, wo seine Mutter wohnt.«

Alec hob die Augenbrauen. »Wie kommt er denn auf die Idee?«

»Er macht sich Sorgen. Meint, er hätte heute Nacht nicht gut geschlafen und wäre mehrfach aufgewacht. Er hatte das Gefühl, dass jemand das Haus beobachtet. Das hätte ihn an manche Tage im Bau erinnert, wenn alle wussten, dass irgendwas passieren würde, ohne genau zu wissen, was, nur dass es was Schlimmes sei. Seiner Mutter wäre auch ganz unheimlich geworden, hat er gesagt. Er wollte wissen, was eigentlich los ist, aber ich habe ihm gesagt, das würden wir ihm nach unserer Ankunft erklären.«

Ralph sah Holly an. »Wenn dieser Outsider wirklich existiert und wenn er sich in der Nähe von Bolton aufhält, könnte der seine Gegenwart dann spüren?«

Anstatt abermals zu protestieren, dass sie schon wieder eine Vermutung anstellen solle, antwortete sie sanft, aber entschlossen: »Da bin ich mir sicher.«

# Bienvenidos a Tejas

## 26. JULI

# I

Jack Hoskins überquerte am 26. Juli gegen zwei Uhr morgens die Grenze zu Texas. Als sich im Osten gerade das erste Tageslicht zeigte, nahm er sich ein Zimmer in einer Absteige namens Indian Motel. Bei dem schläfrigen Mann an der Rezeption bezahlte er für eine ganze Woche – mit seiner Mastercard, der einzigen, bei der das Limit noch nicht erschöpft war – und verlangte ein Zimmer am hinteren Ende des baufälligen Schuppens.

Im Zimmer roch es nach reichlich konsumiertem Schnaps und altem Zigarettenrauch. Der Bettbezug war fadenscheinig, und die Kissenhülle auf der durchhängenden Matratze war gelb von Alter, Schweiß oder beidem. Jack setzte sich auf den einzigen Stuhl im Zimmer, um eilig und ohne großes Interesse die Text- und Sprachnachrichten auf seinem Handy durchzugehen (Letztere endeten gegen vier Uhr morgens, weil die Mailbox ihre Kapazität erreicht hatte). Alle stammten von seiner Behörde, viele von Chief Geller persönlich. Im Westen der Stadt habe sich ein Doppelmord ereignet. Da sowohl Ralph Anderson als auch Betsy Riggins nicht im Dienst seien, sei er der einzige verfügbare Detective, wo er sich eigentlich befinde, er werde sofort am Tatort gebraucht, bla, bla, bla.

Jack legte sich aufs Bett, zuerst rücklings, was dem Sonnenbrand gar nicht guttat. Als er sich auf die Seite drehte, ächzten die Sprungfedern unter seinem beträchtlichen Gewicht.

*Wenn der Krebs sich festsetzt, wiege ich bald weniger,* dachte er. *Am Ende war Mama bloß noch Haut und Knochen. Ein schreiendes Skelett.*

»Dazu wird es nicht kommen«, verkündete er dem leeren Zimmer. »Ich brauche bloß ein bisschen Schlaf. Das Ganze wird schon klappen.«

Vier Stunden würden ausreichen. Wenn er Glück hatte, würden es fünf sein. Aber sein Gehirn schaltete nicht ab; es verhielt sich wie ein im Leerlauf hochgejagter Motor. Cody, die kleine Dealerratte von der Tankstelle, hatte nicht etwa nur die kleinen weißen Pillen im Angebot gehabt, sondern auch einen anständigen Vorrat an Koks, das angeblich fast rein war. So wie Jack sich jetzt fühlte, während er auf dem beschissenen Bett lag (er zog nicht einmal in Betracht, sich unter die Decke zu legen, wer wusste schon, was da auf dem Laken herumkroch), hatte diese Behauptung gestimmt. In den Stunden nach Mitternacht, als ihm die Fahrt schier unendlich vorgekommen war, hatte er einige Male ein bisschen von dem Zeug geschnupft, und jetzt fühlte er sich, als würde er nie wieder einschlafen – genauer gesagt fühlte er sich, als könnte er erst ein ganzes Dach decken und dann fünf Meilen joggen. Irgendwann überkam ihn dann doch der Schlaf, der aber fadenscheinig war und durchsetzt von Träumen über seine Mutter.

Als er aufwachte, war es Nachmittag, und im Zimmer herrschte trotz der miserablen Klimaanlage eine Bullenhitze. Er ging ins Bad, pinkelte und versuchte, einen Blick auf den pochenden Nacken zu werfen. Das gelang ihm nicht, was vielleicht auch besser war. Dann ging er ins Zimmer zurück und setzte sich aufs Bett, um die Schuhe anzuziehen, konnte jedoch nur einen finden. Als er auf dem Boden nach dem anderen herumtastete, wurde der ihm in die Hand geschoben.

»Jack.«

Er erstarrte. Seine Arme überzogen sich mit Gänsehaut, die Nackenhärchen stellten sich auf. Der Mann, der in Flint City in seiner Dusche gestanden hatte, lag jetzt unter dem Bett, genau wie die Monster, vor denen er sich als kleiner Junge gefürchtet hatte.

»Hör mir zu, Jack. Ich werde dir genau sagen, was du tun musst.«

Als die Stimme endlich aufhörte, ihm Anweisungen zu erteilen, spürte Jack, dass die Schmerzen im Nacken verschwunden waren. Na ja … beinahe. Was er tun sollte, kam ihm unkompliziert, wenn auch einigermaßen drastisch vor. Das war aber in Ordnung, weil er sich ziemlich sicher war, dass er damit ungestraft davonkommen konnte, und Anderson kaltzumachen würde ein echtes Vergnügen sein. Schließlich war der die eigentliche Landplage – keine Meinung, ha! – und hatte sich das alles selbst eingebrockt. Um die anderen war es zwar schade, aber das war nicht seine Schuld. Schließlich war es Anderson, der sie in die Sache mit reingezogen hatte.

»Dumm gelaufen, Leute«, murmelte er.

Sobald er die Schuhe angezogen hatte, kniete Jack sich hin, um einen Blick unters Bett zu werfen. Da gab es eine Menge Staub, der teilweise aufgewirbelt aussah, aber sonst war nichts zu sehen. Was gut war. Eine Erleichterung. Daran, dass er sich seinen Besucher nicht nur eingebildet hatte, zweifelte Jack nicht, auch nicht daran, was auf die Finger tätowiert war, die ihm den Schuh in die Hand geschoben hatten: CANT.

Da der Schmerz in seinem Nacken nur noch leise vor sich hin murmelte und Jack relativ klar im Kopf war, kam er auf die Idee, etwas zu essen. Steak mit Eiern vielleicht. Schließlich hatte er ein schönes Stück Arbeit vor sich und sollte sich da um seinen Energiepegel kümmern. Der Mensch lebte ja nicht von Koks und Aufputschmitteln allein. Ohne etwas zu essen, fiel er in der heißen Sonne womöglich in Ohnmacht, und dann verbrannte er.

Ach ja, die Sonne ... Als er ins Freie trat, traf sie ihn wie ein Schlag ins Gesicht, und der Nacken gab ein warnendes Pochen von sich. Bestürzt wurde ihm klar, dass sein Sonnenblocker aufgebraucht war und er die Aloecreme vergessen hatte. Möglicherweise verkauften sie so was in dem zum Hotel gehörenden Café, neben dem üblichen Kram, der in solchen Schuppen immer an der Kasse lag: T-Shirts, Baseballmützen, Country-CDs und in Kambodscha hergestellte Navajo-Souvenirs. Abgesehen von solchem Scheiß mussten sie einfach ein paar Bedarfsartikel anbieten, war die nächste Stadt doch ...

Abrupt blieb er stehen, eine Hand schon fast an der Tür des Cafés, und spähte durch die staubige Glasscheibe. Da saßen sie. Anderson und seine fröhliche Schar von Arschlöchern, darunter die dürre Frau mit dem ergrauten Pony. Dabei waren außerdem eine alte Schachtel im Rollstuhl und ein muskulöser Mann mit kurzem, schwarzem Haar und einem Bart rund um den Mund. Die alte Schachtel fing über irgendwas zu lachen an, dann hustete sie los. Das hörte Jack selbst hier draußen; es klang wie ein verfluchter Bagger im ersten Gang. Der Mann mit dem Bart schlug ihr ein paarmal auf den Rücken, worauf alle lachten.

*Wenn ich mit euch fertig bin, wird euch das Lachen schon vergangen sein,* dachte Jack, aber eigentlich war es gut, dass sie lachten. Sonst hätten sie ihn vielleicht bemerkt.

Er wandte sich ab und versuchte zu begreifen, was er gerade gesehen hatte. Nicht das Gelächter von diesen Trotteln, das war ihm schnuppe, aber als der Bärtige die Hand gehoben hatte, um der Rollstuhlfahrerin auf den Rücken zu klopfen, hatte Jack die Tattoos auf seinen Fingern erblickt. Die Glasscheibe war staubig, und die blaue Farbe war verblasst, aber er wusste genau, was darauf stand: CANT. Wie dieser Mann es so schnell unter dem Bett hervor und ins Café geschafft hatte, war ein Rätsel, über das Jack Hoskins lieber nicht nachdachte. Er hatte eine Aufgabe zu erledigen, das reichte ihm völlig aus, und die bestand nur zur Hälfte darin, den in seiner Haut wachsenden Krebs loszuwerden. Bei der anderen Hälfte ging es darum, Ralph Anderson loszuwerden, was ein Vergnügen sein würde.

Den Kerl, der keine Meinung gehabt hatte.

## 2

Der Flugplatz von Plainville lag in einer mit Sträuchern bewachsenen Einöde am Rand der öden kleinen Stadt, zu der er gehörte. Er verfügte über eine einzige Landebahn, die Ralph fürchterlich kurz vorkam. Sobald die Räder den Boden berührten, bremste der Pilot so brutal ab, dass allerhand nicht gesicherte Gegenstände in der Kabine herumflogen. Am Ende des schmalen Asphaltstreifens kamen sie an einer gelben Linie zum Halten, nicht mehr als zehn Schritte von einem mit Unkraut, stehendem Wasser und Bierdosen gefüllten Graben entfernt.

»Willkommen irgendwo im Nirgendwo«, bemerkte Alec, während die King Air auf einen aus Fertigteilen errichteten

Terminal zurollte, der aussah, als könnte ihn der nächste Sturm davonblasen. Dort wartete ein mit Straßenstaub bedeckter Dodge-Van. Noch bevor Ralph das Behindertenkennzeichen sah, erkannte er ihn als das für Rollstühle geeignete Modell Companion. Daneben stand Claude Bolton, hochgewachsen und muskulös in seinen ausgeblichenen Jeans, einem blauen Arbeitshemd, ramponierten Cowboystiefeln und einer Baseballmütze mit dem Emblem der Texas Rangers.

Als Erster stieg Ralph aus der Maschine und streckte Bolton die Hand hin, die dieser nach kurzem Zögern ergriff. Unwillkürlich starrte Ralph auf die verblassten Buchstaben, die er auf den Fingern sah: CANT.

»Danke, dass Sie es uns so leicht machen«, sagte er. »Das ist nicht selbstverständlich, und deshalb weiß ich es sehr zu schätzen.« Er stellte die anderen vor.

Holly schüttelte Bolton als Letzte in der Reihe die Hand. »Die Tätowierungen auf Ihren Fingern«, sagte sie. »Geht es da ums Trinken?«

*Genau,* dachte Ralph. *Das ist eines von den Puzzleteilen, die ich versehentlich nicht aus der Schachtel genommen habe.*

»Ja, Ma'am, das stimmt. Um Sucht überhaupt.« Bolton sprach wie jemand, der eine gut gelernte und lieb gewordene Lektion weitergab. »Bei den AA-Meetings hier unten sprechen sie vom großen Paradox. Zuerst habe ich im Gefängnis davon gehört. *Man muss* trinken, aber das *darf man nicht.*«

»So geht es mir mit den Zigaretten«, sagte Holly.

Bolton grinste, und Ralph dachte, wie merkwürdig es doch war, dass ausgerechnet die Person in der kleinen Gruppe mit den geringsten sozialen Fertigkeiten es geschafft hatte, Bolton die Befangenheit zu nehmen. Wobei der ohnehin nicht richtig beunruhigt wirkte, sondern eher wie jemand, der auf der Hut war. »Tja, Ma'am, Zigaretten sind 'ne harte Sache. Wie geht es Ihnen damit?«

»Hab schon seit fast einem Jahr keine mehr geraucht, aber jeder Tag ist eine neue Herausforderung«, sagte Holly. »*Muss* und *darf nicht*. Das gefällt mir.«

Ob sie wohl von Anfang an gewusst hatte, was die Tattoos auf den Fingern bedeuteten? Das war Ralph nicht ganz klar.

»Das Paradox durchbrechen kann man bloß mit der Hilfe von einer höheren Macht, deshalb hab ich mir eine besorgt. Außerdem hab ich immer meine Nüchternheitsmedaille dabei. Man hat mir beigebracht, dass man erst mal die Medaille in den Mund steckt, wenn man Gelüste auf ein Glas kriegt. Wenn sie schmilzt, darf man sich einen hinter die Binde kippen.«

Auf Hollys Gesicht trat ein Lächeln – das strahlende, das Ralph allmählich richtig gern mochte.

Die Seitentür des Wagens ging auf, eine rostige Rampe klappte heraus, und ein Rollstuhl mit einer fülligen alten Dame rumpelte herab. Ihr Kopf war von einem üppigen Strahlenkranz aus weißen Haaren umgeben; in ihrem Schoß lag eine kleine, grüne Sauerstoffflasche, von der ein Plastikschlauch zu der Kanüle in ihrer Nase führte. »Claude! Wieso stehst du mit den Leuten in der Hitze herum? Wenn wir losfahren wollen, dann sollten wir das jetzt tun. Es ist bald Mittag.«

»Das ist meine Mutter«, sagte Claude. »Ma, das ist Detective Anderson, der mich zu der Sache befragt hat, von der ich dir erzählt hab. Die anderen kannte ich vorher noch nicht.«

Howie, Alec und Yunel stellten sich der alten Dame selbst vor. Als Letzte kam Holly. »Es freut mich sehr, Sie kennenzulernen, Mrs. Bolton.«

Lovie Bolton lachte. »Na, sehen wir mal, ob das noch zutrifft, wenn Sie mich richtig kennengelernt haben.«

»Ich will mich mal um unseren Mietwagen kümmern«, sagte Howie. »Das dürfte der sein, der da am Eingang steht.« Er deutete auf einen mittelgroßen, dunkelblauen SUV.

»Ich fahre voraus«, sagte Claude. »Ihr werdet mir problemlos folgen können, auf der Straße nach Marysville ist nicht gerade viel Verkehr.«

»Wie wäre es, wenn Sie bei uns einsteigen, meine Liebe?«, sagte Lovie Bolton zu Holly. »Alte Damen haben bekanntlich gern Gesellschaft.«

Ralph hätte erwartet, dass Holly ablehnte, aber die stimmte sofort zu. »Nur einen kleinen Moment noch.«

Sie gab Ralph mit den Augen ein Zeichen, worauf er mit ihr zu der King Air zurückging, während Claude seine Mutter dabei beobachtete, wie sie sich mit ihrem Rollstuhl umdrehte und die Rampe wieder hinauffuhr. Weil gerade ein kleines Flugzeug startete, hörte Ralph zuerst nicht, was Holly ihn fragte. Er beugte sich zu ihr.

»Was soll ich denen erzählen, Ralph? Die fragen doch bestimmt, was wir hier wollen.«

Er überlegte kurz. »Wie wär's, wenn Sie einfach die Hauptpunkte wiedergeben?«

»Die werden mir bestimmt nicht glauben!«

Das brachte ihn zum Grinsen. »Holly, ich habe den Eindruck, dass Sie mit Ungläubigkeit ganz gut umgehen können.«

Wie viele frühere Gefängnisinsassen (zumindest jene, die nicht noch einmal im Bau landen wollten) fuhr Claude Bolton den Dodge Companion mit exakt fünf Stundenmeilen unter dem Tempolimit. Nach einer halben Stunde stoppte er am Indian Motel & Café, stieg aus und ging zu Howie, der am Steuer des Mietwagens saß. »Hoffentlich haben Sie nichts dagegen, wenn wir uns einen Bissen genehmigen«, sagte er. »Wenn meine Ma nicht regelmäßig was zu sich nimmt, kriegt sie manchmal Probleme, und sie hatte vorhin keine Zeit, Sandwiches zu machen. Ich hatte Angst, sonst nicht rechtzeitig am Flugplatz zu sein.« Er senkte die Stimme, als würde er ein beschämendes Geheimnis verraten. »Das liegt an ihrem Blutzucker. Wenn der zu niedrig ist, wird sie dösig.«

»Was zu essen brauchen wir bestimmt alle«, sagte Howie.

»Die Geschichte, die uns die Lady da gerade erzählt hat ...«

»Wie wär's, wenn wir darüber sprechen, wenn wir bei Ihnen zu Hause angekommen sind, Claude?«, sagte Ralph.

Claude nickte. »Ja, ist vielleicht besser.«

Im Lokal roch es – nicht unangenehm – nach Fett, Bohnen und gebratenem Fleisch. In der Jukebox sang Neil Diamond auf spanisch »I Am ... I Said«. Die nicht sehr speziellen Spezialitäten waren hinter der Theke aufgelistet. Über dem Durchgang zur Küche hing ein verunstaltetes Foto von Donald Trump. Man hatte sein blondes Haar schwarz gefärbt, außerdem hatte er eine Stirnlocke und einen Schnurrbart erhalten. Darunter hatte jemand in Druckschrift gekritzelt: *Yanqui vete a casa* – Yankee go home. Zuerst war Ralph überrascht, schließlich war Texas der republikanischste aller

Bundesstaaten, aber so nahe an der Grenze zu Mexiko waren Angloamerikaner zwar wahrscheinlich nicht in der Minderheit, aber doch beinahe.

Sie ließen sich im hinteren Teil des Raums nieder, Alec und Howie an einem Zweiertisch, die anderen an dem größeren Tisch daneben. Ralph bestellte einen Burger, Holly einen Salat, der hauptsächlich aus verwelkten Eisbergblättern bestand; Yunel und die Boltons entschieden sich für das mexikanische Menü, das aus einem Taco, einem Burrito und einer Empanada bestand. Ungefragt knallte die Kellnerin außerdem einen Krug mit gesüßtem Eistee auf den Tisch.

Lovie Bolton musterte Yunel, ihre Augen so strahlend wie die eines Vogels. »Sie heißen Sablo, stimmt's? Lustiger Name.«

»Ja, von uns gibt es nicht viele«, sagte Yunel.

»Stammen Sie von drüben, oder sind Sie hier geboren?«

»Hier geboren, Ma'am«, sagte Yunel. Die Hälfte seines gut gefüllten Tacos verschwand mit einem einzigen Happen. »Zweite Generation.«

»Tja, gut für Sie! Made in the USA! Als ich ganz im Süden gelebt hab, vor meiner Heirat war das, kannte ich einen Augustin Sablo. Der ist mit einem Bäckerwagen durch Laredo und Nuevo Laredo gezogen. Wenn er an unserem Haus vorbeikam, haben meine Schwestern und ich immer unsere Mutter genervt, sie soll uns Churros kaufen. Mit dem sind Sie wohl nicht verwandt, oder?«

Das olivfarbene Gesicht von Yunel wurde minimal dunkler, ohne richtig zu erröten, und er warf Ralph einen amüsierten Blick zu. »Ja, Ma'am, das dürfte mein *papi* gewesen sein.«

»Na, ist die Welt nicht klein?«, sagte Lovie und lachte. Aus ihrem Lachen wurde Husten, und das Husten verwandelte sich in Würgen. Claude schlug ihr so fest auf den Rücken, dass ihr die Kanüle aus der Nase flog und auf ihrem Teller landete. »Ach, Junge, schau dir das bloß an«, sagte sie, als sie wieder zu Atem kam. »Jetzt hab ich meinen Burrito angespuckt.« Sie setzte die Kanüle wieder ein. »Aber was soll's. Die Spucke ist schließlich aus mir rausgekommen, also kann sie auch gleich wieder rein. Schadet nicht.« Sie mampfte weiter.

Ralph musste lachen, die anderen ebenfalls. Selbst Howie und Alec stimmten mit ein, obwohl sie die vorhergehende Szene nur teilweise mitbekommen hatten. Einen Moment lang hatte Ralph Zeit, darüber nachzudenken, wie verbindend Lachen doch wirkte, und er war froh, dass Claude seine Mutter mitgebracht hatte. Die war ein echtes Original.

»Ja, die Welt ist klein«, wiederholte sie. »Wirklich wahr.« Sie beugte sich vor, bis ihr voluminöser Busen ihren Teller ein Stück vorwärtsschob. Wieder betrachtete sie Yunel mit ihren leuchtenden Vogelaugen. »Die Geschichte, die sie uns erzählt hat, kennen Sie doch, oder?«, fragte sie mit einem Seitenblick auf Holly, die mit leicht gerunzelter Stirn in ihrem Salat stocherte.

»Ja, Ma'am.«

»Und glauben Sie die?«

»Ich weiß nicht recht. Ich …« Yunel senkte die Stimme. »Ich neige dazu.«

Lovie nickte und senkte ebenfalls die Stimme. »Haben Sie mal den Umzug in Nuevo gesehen? Die Procesión de los Pasos? Als Junge vielleicht?«

»Sí, Señora.«

Sie sprach noch leiser weiter. »Was ist mit *ihm*? Dem *Farnicoco*? Haben Sie den auch gesehen?«

»Sí«, sagte Yunel. Obwohl Lovie Bolton eindeutig keinen

hispanischen Einschlag hatte, war er irgendwie ins Spanische verfallen.

Sie senkte die Stimme noch weiter. »Hat der Ihnen Albträume verursacht?«

Yunel zögerte, dann sagte er: »*Sí. Muchas pesadillas.*«

Zufrieden, aber ernst richtete sie sich wieder auf. Sie sah Claude an. »Hör auf die Leute, Junge. Ich glaube, du hast echte Probleme am Hals.« Sie zwinkerte Yunel zu, aber nicht im Scherz; ihr Gesicht war ernst. »*Muchos.*«

# 4

Als die kleine Kolonne wieder auf den Highway einbog, fragte Ralph, was es mit der Procesión de los Pasos auf sich habe.

»Das ist ein Umzug in der Karwoche«, sagte Yunel. »Den heißt die Kirche zwar nicht gut, übersieht ihn aber geflissentlich.«

»Und der Farnicoco? Ist der dasselbe wie el Cuco, von dem Holly spricht?«

»Schlimmer«, sagte Yunel. Er blickte düster drein. »Noch schlimmer als der Mann mit dem Sack. Der Farnicoco ist der Sensenmann. Er ist der Tod persönlich.«

## 5

Als sie das Haus von Lovie Bolton in Marysville erreichten, war es kurz vor drei, und die Hitze wirkte wie ein Hammer. Sie drängten sich in das kleine Wohnzimmer, wo die Klimaanlage – ein lärmender Kasten, der die Fensterscheiben klirren ließ und nach Ralphs Meinung reif für die Rente war – ihr Bestes tat, mit so vielen warmen Körpern fertigzuwerden. Claude ging in die Küche und holte eine mit Coladosen gefüllte Kühlbox. »Wenn Sie Hoffnung auf ein Bier hatten, haben Sie Pech«, sagte er. »So was gibt's hier nämlich nicht.«

»Alles gut«, sagte Howie. »Ich glaube nicht, dass einem von uns nach Alkohol ist, solange die Angelegenheit nicht nach besten Kräften erledigt ist. Erzählen Sie uns doch mal von heute Nacht.«

Claude warf seiner Mutter einen Blick zu. Die verschränkte die Arme und nickte.

»Tja, wie sich herausgestellt hat, ist eigentlich gar nichts passiert«, sagte er. »Ich bin wie immer nach den Spätnachrichten ins Bett gegangen und hab mich ganz gut gefühlt, aber dann ...«

»Quatsch mit Soße«, unterbrach ihn Lovie. »Seit du hier angekommen bist, ist irgendwas los mit dir. Du bist ständig unruhig ...« Sie ließ den Blick in die Runde schweifen. »Er hat keinen Appetit ... spricht im Schlaf ...«

»Soll das jetzt eigentlich ich erzählen, Ma, oder willst doch lieber du?«

Sie wedelte mit der Hand und nahm einen Schluck von ihrer Cola.

»Ganz unrecht hat sie nicht«, gab Claude zu. »Allerdings möchte ich nicht, dass man in meiner Arbeit was davon erfährt. Wenn man in einem Laden wie dem Gentlemen, Please als Security angestellt ist, sollte man sich eigentlich von nichts nervös machen lassen. Das war ich aber in letzter Zeit irgendwie, wenn auch bislang noch nicht so wie heute Nacht. Da war es anders. Ich bin gegen zwei aus einem üblen Traum aufgewacht und aufgestanden, um die Türen zu verriegeln. Das tue ich sonst nie, wenn ich hier bin, obwohl ich Ma sage, wenn sie allein ist, soll sie abschließen, sobald die Haushaltshilfe aus Plainville um sechs gegangen ist.«

»Was war das für ein Traum?«, fragte Holly. »Erinnern Sie sich noch daran?«

»Jemand lag unter dem Bett und hat zu mir hochgeschaut. Mehr weiß ich nicht mehr.«

Mit einem Nicken ermunterte sie ihn weiterzusprechen.

»Bevor ich die Vordertür abgeschlossen habe, bin ich kurz rausgegangen, um mich umzuschauen, und da ist mir aufgefallen, dass kein einziger Kojote geheult hat. Normalerweise heulen die wie wild, wenn der Mond am Himmel steht.«

»Das tun sie nur, solange niemand in der Nähe ist«, sagte Alec. »Sonst hören sie auf. Wie die Grillen.«

»Wenn ich's mir recht überlege, hab ich von denen auch keine gehört. Obwohl die sonst massenhaft im Garten hinten hocken. Ich hab mich wieder ins Bett gelegt, konnte aber nicht einschlafen. Dann ist mir eingefallen, dass ich die Fenster nicht verriegelt habe, und ich bin aufgestanden, um das nachzuholen. Die Riegel haben gequietscht, und davon ist Ma aufgewacht. Sie hat mich gefragt, was ich da tue, und ich hab ihr gesagt, sie soll wieder einschlafen. Dann bin ich ins Bett gestiegen und beinahe auch weggeklappt – inzwischen war es bestimmt kurz vor drei –, da ist mir eingefallen, dass ich prompt das Fenster im Bad vergessen habe, das über der Wanne. Irgendwie hab ich mir vorgestellt, dass da gerade jemand einsteigt, deshalb bin ich aufgesprungen und hingerannt. Ich weiß, jetzt hört sich das bescheuert an, aber ...«

Er blickte in die Runde und sah, dass niemand grinste oder skeptisch dreinblickte.

»Na gut. Na gut. Wenn ihr den weiten Weg hierher auf euch genommen habt, meint ihr wahrscheinlich *nicht,* dass sich das bescheuert anhört. Jedenfalls bin ich über den verfluchten Fußschemel von Ma gestolpert, und da ist sie aufgestanden. Sie hat mich gefragt, ob jemand versucht, ins Haus einzudringen, und ich hab gesagt, nein, das nicht, aber sie soll lieber in ihrem Zimmer bleiben.«

»Was ich allerdings nicht getan habe«, sagte Lovie selbstzufrieden. »Auf Männer hab ich noch nie gehört, bloß auf meinen eigenen, und der ist schon lange tot.«

»Im Bad war niemand«, fuhr Claude fort. »Und es war auch niemand gerade dabei, durchs Fenster einzusteigen, aber ich hatte das Gefühl – ich kann euch gar nicht sagen, wie stark das war –, dass sich draußen jemand versteckt und nur auf seine Chance wartet.«

»Nicht unter Ihrem Bett?«, fragte Ralph.

»Nein, da habe ich als Erstes nachgesehen. Völlig verrückt, klar, aber ...« Claude stockte. »Ich bin erst eingeschlafen, als es schon hell wurde. Dann hat Ma mich aufgeweckt und gesagt, jetzt müssen wir zum Flugplatz, um euch abzuholen.«

»Ich hab ihn so lange schlafen lassen, wie es ging«, sagte Lovie. »Deshalb bin ich ja auch nicht dazu gekommen, Sandwiches zu machen. Das Brot liegt nämlich oben auf dem Kühlschrank, und wenn ich da raufgreifen will, krieg ich Atemnot.«

»Und wie fühlen Sie sich jetzt?«, erkundigte sich Holly bei Claude.

Er seufzte, und als er sich mit der Hand über die Wange

fuhr, hörte man das Kratzen seiner Bartstoppeln. »Nicht besonders. An so was wie den bösen Butzemann glaube ich nicht mehr, seit ich aufgehört habe, an den Weihnachtsmann zu glauben, aber ich fühle mich total durcheinander und paranoid, so wie es mir früher ging, wenn ich auf Koks war. Ist der Kerl denn hinter mir her? Glaubt ihr das wirklich?«

Er blickte von einem Gesicht zum anderen. Die Antwort gab ihm Holly. »Also, *ich* glaube es«, sagte sie.

## 6

Für eine Weile herrschte nachdenkliches Schweigen. Dann ergriff Lovie das Wort. »El Cuco, so haben Sie ihn genannt«, sagte sie zu Holly.

»Ja.«

Die alte Frau nickte und klopfte mit ihren arthritisch geschwollenen Fingern auf die Sauerstoffflasche. »Als ich klein war, haben die mexikanischen Kinder ihn Cucuy genannt, und die Anglos nannten ihn Kookie oder Chookie oder einfach den Chook. Ich hatte sogar ein Bilderbuch über das Scheusal.«

»Bestimmt hatte ich das gleiche«, sagte Yunel. »Meine Oma hat es mir geschenkt. Über einen Riesen mit einem einzelnen großen, roten Ohr?«

»*Sí, mi Amigo.*«

Lovie holte ihre Zigaretten hervor und steckte sich eine an. Sie blies den Rauch aus, hustete kurz und sprach dann weiter. »In der Geschichte geht es um drei Schwestern. Die jüngste kocht und putzt und erledigt alle anderen Arbeiten im Haus. Die beiden älteren sind faul und machen sich über die Kleine lustig. Da kommt el Cucuy. Die Haustür ist abgeschlossen, aber er sieht wie ihr *papi* aus, darum lässt sie ihn rein. Die bösen Schwestern nimmt er mit, um ihnen eine Lektion zu erteilen. Die gute, die so fleißig für den Vater arbeitet, der die Mädchen alleine aufgezogen hat, lässt er da. Erinnern Sie sich noch daran?«

»Klar«, sagte Yunel. »Geschichten, die man als Kind hört, vergisst man nicht. In dem Buch sollte el Cucuy eigentlich eine positive Figur sein, aber ich erinnere mich gut, wie viel Angst es mir gemacht hat, als er die Mädchen den Berg hinauf in seine Höhle zerrt. *Las niñas lloraban y le rogaban que las soltara.* Die Mädchen weinten und flehten ihn an, sie gehen zu lassen.«

»Ja«, sagte Lovie. »Und am Ende hat er das auch getan, worauf die beiden bösen Mädchen sich gebessert haben. Das ist die Bilderbuchversion. Aber der echte Cucuy lässt die Kinder nicht gehen, und wenn sie noch so heulen und betteln. Das wisst ihr doch alle, nicht wahr? Ihr habt ja gesehen, was er anrichtet.«

»Also glauben Sie auch an ihn«, sagte Howie.

Lovie zuckte die Achseln. »*Quién sabe,* wie man so sagt. Aber habe ich je geglaubt, dass es den Chupacabra gibt, den die alten Indios den Ziegenaussauger nennen?« Sie schnaubte. »An den glaube ich genauso wenig wie an Bigfoot. Trotzdem gibt es seltsame Dinge. Einmal – das war am Karfreitag in der Kirche in der Galveston Street, Blessed Sacrament heißt sie – hab ich gesehen, wie eine Statue der Jungfrau Maria blutige Tränen geweint hat. Alle haben das gesehen. Später hat Pfarrer Joaquim zwar behauptet, das wäre bloß Rost gewesen, der vom Dach auf ihr Gesicht getropft ist, aber wir wussten es besser. Der Pfarrer ebenfalls. Das haben seine Augen verraten.« Sie richtete den Blick wieder auf Holly. »Sie haben erzählt, dass Sie selbst so was erlebt haben.«

»Ja«, sagte Holly leise. »Und deshalb glaube ich, dass wir es mit irgendetwas in der Richtung zu tun haben. Vielleicht ist es nicht der herkömmliche el Cuco, aber könnte es nicht die Kreatur sein, auf der die Geschichten über ihn beruhen? Ich glaube schon.«

»Der Junge und die beiden Mädchen, von denen Sie erzählt haben … er hat ihr Blut getrunken und ihr Fleisch gefressen? Dieser Outsider, meine ich?«

»Eventuell«, sagte Alec. »So wie es an den Tatorten ausgesehen hat, ist das durchaus möglich.«

»Und jetzt sieht er aus wie ich«, sagte Claude Bolton. »Das meinen Sie doch, oder? Dazu hat er bloß etwas von meinem Blut gebraucht. Ob er das wohl getrunken hat?«

Niemand gab eine Antwort, aber Ralph konnte sich tatsächlich vorstellen, wie das Ding, das wie Terry Maitland ausgesehen hatte, genau das tat. Das sah er mit erschreckender Klarheit vor sich. So stark hatte sich der Wahnsinn also schon in seinem Kopf festgesetzt.

»War er dann auch derjenige, der heute Nacht hier rumgeschlichen ist?«

»Vielleicht war er nicht körperlich da«, sagte Holly. »Außerdem könnte es sein, dass er noch nicht ganz so ist wie Sie. Dass er noch dabei ist, sich in Sie zu verwandeln.«

»Möglicherweise hat er das Haus ausgekundschaftet«, sagte Yunel.

*Oder er hat versucht, etwas über uns herauszufinden,* dachte Ralph. *Wenn dem so war, ist ihm das gelungen. Claude wusste ja, dass wir kommen.*

»Und was wird dann jetzt passieren?«, wollte Lovie wissen.

»Wird er in Plainville oder in Austin wieder ein, zwei Kinder umbringen und es meinem Jungen in die Schuhe schieben?«

»Das glaube ich nicht«, sagte Holly. »Ich bezweifle, dass er schon genügend Kraft dafür hat. Zwischen der Sache mit Heath Holmes und der mit Terry Maitland liegen mehrere Monate. Außerdem war er inzwischen … aktiv.«

»Dazu kommt noch was anderes«, sagte Yunel. »Ein praktischer Aspekt. In der hiesigen Region ist ihm der Boden zu heiß geworden. Wenn er clever ist – und das wird er wohl sein, sonst hätte er nicht so lange überlebt –, will er weiterziehen.«

Das klang plausibel. Ralph stellte sich vor, wie der Outsider, von dem Holly sprach, mit dem Gesicht und dem muskulösen Körper von Claude Bolton in Austin einen Bus oder einen Zug bestieg, um in den goldenen Westen zu fahren. Nach Las Vegas vielleicht. Oder nach Los Angeles. Wo es vielleicht eine weitere zufällige Begegnung mit einem Mann (oder einer Frau, wer konnte das wissen) gäbe, bei der wieder ein bisschen Blut vergossen wurde. Ein weiteres Glied in der Kette.

Aus der Brusttasche von Yunel kamen die ersten Takte von Selenas »Baila esta cumbia«. Er blickte verdutzt drein.

Claude grinste. »Aber ja. Sogar hier draußen haben wir ein Netz. Das ist das 21. Jahrhundert, Mann.«

Yunel zog sein Handy hervor und warf einen Blick aufs Display. »Das sind die Kollegen in Montgomery County«, sagte er. »Da gehe ich lieber ran. Entschuldigt mich.«

Holly sah verblüfft, ja erschrocken drein, während er den Anruf entgegennahm und mit den Worten: »Hallo, hier Lieutenant Sablo«, auf die Veranda hinaustrat. Sie entschuldigte sich ebenfalls und folgte ihm.

»Vielleicht geht es um …«, sagte Howie.

Ralph schüttelte den Kopf, ohne zu wissen, warum. Zumindest an der Oberfläche seines Bewusstseins.

»Wo liegt Montgomery County?«, fragte Claude.

»In Arizona«, sagte Ralph, bevor Howie oder Alec antworten konnten. »Da geht es um was anderes. Mit dem hier hat es nichts zu tun.«

»Aber was sollen wir wegen *dem hier* unternehmen?«, fragte Lovie. »Habt ihr irgendeine Ahnung, wie man den Burschen fassen kann? Mein Sohn ist nämlich alles, was ich habe, wisst ihr?«

Holly kam wieder herein. Sie ging zu Lovie, beugte sich zu ihr und flüsterte ihr etwas ins Ohr. Als Claude sich zur Seite neigte, um zu lauschen, scheuchte seine Mutter ihn mit einer Handbewegung weg. »Geh mal in die Küche, Junge, und hol die Schokoladenkekse, falls die in der Hitze noch nicht geschmolzen sind.«

Claude, offensichtlich gut erzogen, marschierte in die Küche. Während Holly weiterflüsterte, bekam Lovie immer größere Augen. Sie nickte. Claude erschien gerade mit einem Beutel Kekse, als Yunel gleichzeitig von draußen hereinkam und sein Handy wieder verstaute.

»Das war …«, hob er an, dann stockte er. Holly hatte sich zur Seite gedreht, sodass sie Claude den Rücken zuwandte, den Finger an die Lippen gelegt und leicht den Kopf geschüttelt.

»Das war nichts Besonderes«, sagte er. »Man hat jemand verhaftet, aber nicht den, nach dem wir suchen.«

Claude legte die Kekse, die in ihrer Zellophanhülle ziemlich schlapp aussahen, auf den Tisch und blickte argwöhnisch in die Runde. »Ich hab den Eindruck, dass Sie eigentlich was anderes sagen wollten. Was geht hier vor sich?«

Das war eine gute Frage, fand Ralph. Auf der Landstraße

draußen ratterte ein Pick-up vorüber. Der Kasten auf der Ladefläche reflektierte die Sonnenstrahlen so grell, dass Ralph die Augen zusammenkniff.

»Junge, steig mal in deinen Wagen, und fahr nach Tippit, um uns beim Highway Heaven ein paar Hähnchenmenüs zu holen«, sagte Lovie. »Das ist ein ziemlich gutes Lokal. Wir bewirten die Leute noch, dann können sie zurückfahren und die Nacht im Indian verbringen. Das ist zwar nichts Besonderes, aber immerhin ein Dach über dem Kopf.«

»Bis Tippit sind es vierzig Meilen!«, protestierte Claude. »Essen für sieben Leute kostet ein Vermögen, und wenn ich wieder da bin, ist das Essen völlig kalt!«

»Wenn ich alles im Backofen aufwärme, ist es so gut wie frisch zubereitet«, sagte sie ruhig. »Und jetzt ab mit dir!«

Amüsiert beobachtete Ralph, wie Claude die Hände in die Hüften stemmte und seine Mutter mit einem Ausdruck humorvoller Verzweiflung ansah. »Du versuchst doch bloß, mich loszuwerden!«

»Genau«, sagte sie und drückte ihre Zigarette in einem Aschenbecher aus, in dem sich die Kippen schon häuften. »Miss Holly hier hat nämlich recht: Was *du* weißt, weiß auch *er*. Vielleicht kommt es darauf nicht an, weil schon alle Katzen aus dem Sack sind, aber das wissen wir nicht. Sei also ein guter Junge, und hol uns was zu essen.«

Howie zog sein Portemonnaie aus der Tasche. »Darf ich die Rechnung übernehmen?«

»Ist schon in Ordnung«, sagte Claude mürrisch. »Bezahlen kann ich selbst. Bin ja nicht pleite.«

Howie setzte sein strahlendes Anwaltslächeln auf. »Aber ich bestehe darauf!«

Claude nahm das Geld entgegen und steckte es in die Börse, die mit einer Kette an seinem Gürtel befestigt war. Er gab sich alle Mühe, weiterhin mürrisch zu wirken, aber dann musste er lachen. »Normalerweise kriegt meine Ma doch immer, was sie will«, sagte er. »Das habt ihr inzwischen wohl kapiert.«

## 7

Die Nebenstraße, an der Lovie Bolton wohnte, Rural Star Route 2, mündete irgendwann in einen richtigen Highway: die Nr. 190 nach Austin. Vorher zweigte nach rechts jedoch eine unbefestigte Straße ab, mit zwei Fahrspuren in jeder Richtung, aber dringend sanierungsbedürftig. Gekennzeichnet war sie mit einer ebenfalls sanierungsbedürftigen Reklametafel, auf der eine glückliche Familie eine Wendeltreppe hinabstieg. In der Hand hielten die Familienmitglieder Gaslaternen, deren Licht auf die ehrfürchtige Miene fiel, mit der sie die hoch über ihnen hängenden Tropfsteine betrachteten. Der Werbespruch darunter lautete: BESUCHT DIE MARYSVILLE-HÖHLE, EIN WAHRES NATURWUNDER. Das wusste Claude von früher her, wo er in seiner ruhelosen Jugendzeit in Marysville festgesessen hatte, denn jetzt war nur noch BESUCHT DIE MARYSV und URWUNDER zu lesen. Über den Rest hatte man einen breiten Streifen mit der ebenfalls schon verblassten Aufschrift BIS AUF WEITERES GESCHLOSSEN geklebt.

Eine leichte Benommenheit überkam ihn, als er an der *Startbahn zum Loch* vorüberkam, wie die einheimischen Kids die Straße (mit vielsagendem Kichern) nannten, aber als er die Klimaanlage etwas höher drehte, verging das Gefühl. Obgleich er protestiert hatte, war er eigentlich froh, nicht mehr bei sich im Haus zu sein. Das Gefühl, beobachtet zu werden, hatte seither nachgelassen. Er schaltete das Radio an, stellte Outlaw Country ein, bekam Waylon Jennings zu hören (den besten!) und sang mit.

Hähnchen vom Highway Heaven zu holen war vielleicht gar keine schlechte Idee. Dann konnte er eine ganze Portion Zwiebelringe nur für sich allein bestellen und sie auf der Heimfahrt futtern, während sie noch heiß und fettig waren.

## 8

Während Jack in seinem Zimmer im Indian Motel wartete, spähte er durch die zugezogenen Vorhänge, bis er sah, wie ein Van mit Behindertenkennzeichen auf die Straße einbog. Das musste die Karre der alten Schachtel sein. Es folgte ein blauer SUV, zweifellos mit den Wichtigtuern besetzt, die aus Flint City eingeflogen waren.

Als die Fahrzeuge außer Sicht waren, ging Jack ins Café, wo er eine Mahlzeit verzehrte und dann die zum Verkauf angebotenen Waren begutachtete. Es gab weder Aloecreme noch Sonnenblocker, weshalb er wenigstens zwei Flaschen Wasser und zwei empörend überteuerte Halstücher erstand. Letztere würden ihm zwar keinen großen Schutz vor der heißen Sonne von Texas bieten, waren jedoch besser als gar nichts. Er stieg in seinen Pick-up und fuhr nach Südwesten, in die Richtung, in der die Wichtigtuer verschwunden waren, bis er zu der riesigen Reklametafel an der Straße kam, die zur Marysville-Höhle führte. Hier bog er ab.

Nach etwa vier Meilen kam er zu einem verwitterten Häuschen, das mitten auf der Straße stand. Hier waren wohl die Eintrittskarten verkauft worden, als die Schauhöhle noch in Betrieb gewesen war. Die einst rote Farbe hatte nun das blasse Rosa von verwässertem Blut angenommen. Davor stand ein Schild mit der Aufschrift SEHENSWÜRDIG-KEIT GESCHLOSSEN – HIER WENDEN. Hinter dem Kartenhäuschen war die Straße mit einer Kette versperrt. Jack lenkte den Wagen darum herum, darauf bedacht, den Beifußsträuchern auszuweichen. Die Räder holperten über den ausgedörrten, mit Steppenläufern übersäten Boden, bevor der Wagen mit einem letzten Ruckeln wieder auf die Straße gelangte … falls man von einer Straße sprechen konnte. Auf dieser Seite der Kette bestand sie aus mit Unkraut überwucherten Schlaglöchern und Rinnen, die man nicht aufgefüllt hatte. Mit seinem Vierradantrieb überwand der hochbeinige Pick-up die Unebenheiten mit Leichtigkeit. Dreck und Steinchen spritzten unter den überdimensionierten Reifen hervor.

Zwei langsame Meilen und zehn Minuten später kam er zu einem riesigen, leeren Parkplatz mit gelben, kaum noch sichtbaren Markierungen. In dem rissigen Asphalt hatten sich einzelne Platten hochgewölbt. Links stand an einem steilen, mit Sträuchern bedeckten Abhang ein verlassener Andenkenladen, dessen umgestürztes Schild verkehrt herum gelesen werden musste: SOUVENIRS UND AUTHENTISCHES INDIANISCHES KUNSTHANDWERK. Direkt geradeaus sah man die Reste eines breiten, betonierten Weges, der zu einer Öffnung im Hang führte. Genauer gesagt hatte sich dort früher eine Öffnung befunden; jetzt war sie

mit Brettern verrammelt und mit Schildern bepflastert: ZU-
TRITT VERBOTEN, PRIVATGRUND und GELÄNDE
WIRD VOM COUNTY-SHERIFF ÜBERWACHT.

*Genau,* dachte Jack. *Der fährt hier an jedem 29. Februar
mal kurz vorbei.*

Eine weitere marode Straße führte vom Parkplatz am Andenkenladen vorbei nach oben. Jack fuhr sie den Abhang hinauf und an der anderen Seite wieder hinunter. Zuerst kam
er zu einem Haufen baufälliger Ferienhäuschen (ebenfalls
mit Brettern vernagelt) und dann zu einer Art Schuppen, wo
man früher wohl Betriebsfahrzeuge und Geräte untergebracht hatte. Hier wurde wieder mehrfach der ZUTRITT
VERBOTEN, dazu kam ein aufmunterndes Schild mit der
Aufschrift ACHTEN SIE AUF KLAPPERSCHLANGEN.

Jack stellte seinen Wagen in den spärlichen Schatten des
Gebäudes. Bevor er ausstieg, band er sich eines der Halstücher um den Schädel (womit er dem Mann, den Ralph am
Tag von Terry Maitlands Tod vor dem Gericht gesehen hatte,
verblüffend ähnlich sah). Das andere legte er sich locker um
den Nacken, damit der verfluchte Sonnenbrand nicht noch
schlimmer wurde. Er schloss den Kasten auf der Ladefläche
auf und hob ehrfürchtig den Waffenkoffer heraus, der seinen
ganzen Stolz enthielt: eine Winchester .300 mit Kammerver-
schluss, dieselbe Waffe, mit der Chris Kyle die ganzen Ka-
meltreiber erschossen hatte (Jack hatte *American Sniper* insgesamt acht Mal gesehen). Mit dem VX-1-Zielfernrohr von
Leupold konnte er ein achtzehnhundert Meter entferntes
Ziel treffen. Okay, an einem guten Tag und ohne Wind
schaffte er das bei vier von sechs Versuchen, aber er erwartete ohnehin nicht, aus einer solchen Entfernung schießen
zu müssen, wenn es so weit war. Falls es überhaupt dazu
kam.

Im Gestrüpp sah er einige vergessene Werkzeuge liegen und griff sich eine rostige Heugabel, falls er tatsächlich auf Klapperschlangen stieß. Hinter dem Schuppen führte ein Fußpfad die Rückseite des Hügels hinauf, in der sich der Eingang zur Höhle befand. Diese Seite war felsiger und sah weniger wie ein Hügel als wie eine erodierte Felswand aus. Auf dem Weg lagen ab und an Bierdosen, und mehrere Felsen waren mit Aufschriften wie SPANKY 11 und DADDY WAR HIER verziert.

Auf halber Höhe zweigte ein weiterer Pfad ab, auf dem man offenbar wieder zu dem verlassenen Andenkenladen und dem Parkplatz gelangte. Hier stand ein verwittertes, von Schüssen durchsiebtes Holzschild, auf dem ein Indianerhäuptling mit vollem Federschmuck abgebildet war. Unter ihm war ein Pfeil mit der kaum noch lesbaren Information ZU DEN BESTEN STEINZEICHNUNGEN. In neuerer Zeit hatte ein Witzbold mit Filzstift eine Sprechblase gemalt, die aus dem Mund des großen Häuptlings kam. Darin stand CAROLYN ALLEN LUTSCHT MIR DEN GROSSEN ROTEN SCHWANZ.

Der Pfad hier war gangbarer, aber Jack war nicht hierhergekommen, um die Kunst der amerikanischen Ureinwohner zu bewundern, weshalb er weiter nach oben marschierte. Besonders gefährlich war die Kletterei nicht, doch was sportliche Betätigung anging, hatte sich Jack in den letzten paar Jahren hauptsächlich darauf beschränkt, in diversen Kneipen den Ellbogen zu beugen. Als er es zu drei Vierteln geschafft hatte, ging ihm die Luft aus. Sein T-Shirt und die beiden Halstücher waren dunkel vor Schweiß. Jack legte den Waffenkoffer und die Heugabel auf den Boden, dann beugte er sich vor und stützte sich auf die Knie, bis die dunklen Flecken verschwanden, die ihm vor den Augen tanzten, und sein

Herzschlag sich einigermaßen normalisiert hatte. Er war hergekommen, um einem furchtbaren Tod durch den gierigen, die Haut auffressenden Krebs zu entgehen, der seine Mutter ins Jenseits befördert hatte. Bei dieser Mission an einem Herzinfarkt zu sterben wäre ein bitterer Scherz gewesen.

Er wollte sich gerade aufrichten, stockte dann aber und kniff die Augen zusammen. Im Schatten eines Felsüberhangs und dadurch weitgehend vor Wind und Wetter geschützt, befanden sich weitere Graffiti. Falls die jedoch von Jugendlichen stammten, dann waren die schon viele Jahrhunderte tot. Eines stellte Strichmännchen mit Strichspeeren dar, die etwas umringten, was eventuell ein Gabelbock war – ein Ding mit Hörnern jedenfalls. Auf einem anderen standen Strichmännchen vor etwas, was nach einem Tipi aussah. Auf einem dritten, das beinahe zu stark verblasst war, als dass man es noch richtig erkennen konnte, stand ein Strichmännchen über dem hingestreckten Körper eines anderen Strichmännchens und hob triumphierend seinen Speer.

*Steinzeichnungen,* dachte Jack, *und laut dem Schild mit dem Indianerhäuptling da unten nicht mal die besten. Jedes Kindergartenkind könnte das besser. Allerdings werden die Dinger noch da sein, wenn ich schon längst hinüber bin. Vor allem wenn der Krebs mich erwischt.*

Diese Vorstellung machte ihn zornig. Er hob einen scharfkantigen Felsbrocken auf und hämmerte auf die Zeichnungen ein, bis sie ausgelöscht waren.

*Geschieht euch recht,* dachte er. *Geschieht euch recht, ihr toten Arschlöcher. Ihr seid futsch, und ich hab gewonnen.*

Worauf ihm der Gedanke kam, dass er womöglich verrückt wurde ... oder es schon geworden war. Er schob ihn weg und stieg weiter hinauf. Als er die Hügelkuppe erreicht hatte, stellte er fest, dass er von dort einen guten Blick auf den Parkplatz, den Andenkenladen und den verrammelten Eingang zur Marysville-Höhle hatte. Sein Besucher mit den Tattoos auf den Fingern war sich nicht sicher, ob die Wichtigtuer überhaupt hierherkommen würden, aber wenn sie das taten, sollte Jack sie erledigen. Was er mit seiner Winchester schaffen würde, da hegte er keinerlei Zweifel. Aber auch wenn sie nicht auftauchten – wenn sie einfach nach Flint City zurückkehrten, nachdem sie mit dem Mann gesprochen hatten, dessentwegen sie angereist waren –, war Jacks Werk getan. So oder so, hatte sein Besucher ihm versichert, würde es ihm dann wieder bestens gehen. Kein Krebs mehr.

*Aber was ist, wenn er lügt? Wenn er einem den Krebs zwar verpassen, ihn aber nicht wieder wegnehmen kann? Oder wenn der Krebs in Wirklichkeit gar nicht da ist? Wenn dieser Kerl selbst nicht da ist? Was, wenn ich schlicht verrückt geworden bin?*

Auch diese Gedanken schob er von sich weg. Er klappte den Waffenkoffer auf, holte die Winchester heraus und montierte das Zielfernrohr. Damit konnte er den Parkplatz und den Eingang zur Höhle direkt vor sich sehen. Wenn diese Typen tatsächlich kamen, würden sie so groß wie das Ticket-Häuschen sein, um das er herumgefahren war.

Jack kroch in den Schatten eines Felsüberhangs (nachdem er sich nach Schlangen, Skorpionen und anderem Getier umgesehen hatte) und schluckte ein paar Muntermacherpillen, die er mit Wasser hinunterspülte. Dann zog er sich eine Linie aus dem mit vier Gramm gefüllten Fläschchen rein, das Cody ihm verkauft hatte (wenn es um Koks ging, gab es nichts umsonst). Jetzt war es ein ganz gewöhnlicher Observierungsauftrag wie haufenweise andere, die er in seiner Laufbahn bei der Polizei ausgeführt hatte. Die Winchester quer über dem Schoß, wartete er und döste dabei gelegentlich ein, blieb aber immer wach genug, jedwede Bewegung wahrzunehmen. Als die Sonne tief am Himmel stand, erhob er sich und verzog das Gesicht, weil seine Muskeln steif geworden waren.

»Die kommen nicht«, sagte er. »Zumindest nicht heute.«

*Nein, heute nicht,* stimmte ihm der Mann mit den tätowierten Fingern zu. (Falls Jack sich das nicht nur einbildete.) *Aber morgen kommst du wieder her, nicht wahr?*

Natürlich würde er das tun. Eine ganze Woche, falls das nötig war. Sogar einen Monat lang.

Vorsichtig machte er sich auf den Rückweg; nach Stunden in der heißen Sonne war ein kaputter Knöchel das Letzte, was er brauchte. Er verstaute das Gewehr in dem Kasten auf der Ladefläche, genehmigte sich etwas Wasser aus der Flasche, die er im Führerhaus gelassen hatte (es war jetzt lauwarm, wenn nicht gar heiß), und fuhr zum Highway zurück. Diesmal steuerte er Tippit an, wo er ein paar Sachen kaufen wollte, auf jeden Fall Sonnencreme. Und Wodka. Nicht zu viel, schließlich hatte er einen Auftrag zu erledigen, aber genug, dass er sich auf sein beschissenes, durchhängendes Bett legen konnte, ohne daran zu denken, wie ihm der Schuh in die Hand geschoben worden war. Du lieber Himmel, wieso war er bloß zu dieser verfluchten Scheune in Canning rausgefahren?

Nach einer Weile kam ihm der Wagen von Claude Bolton entgegen. Keiner von beiden nahm den anderen wahr.

## 9

»Jetzt aber«, sagte Lovie Bolton, als Claude nicht mehr in Sicht war. »Worum geht es eigentlich? Was sollte mein Junge nicht mitkriegen?«

Yunel ignorierte sie erst einmal und wandte sich an die anderen. »Der Sheriff von Montgomery County hat ein paar Deputys an den Ort geschickt, den Holly fotografiert hat. In der verlassenen Fabrikhalle, auf die jemand ein Hakenkreuz gesprüht hat, haben die einen Haufen blutige Klamotten entdeckt. Unter anderem eine Krankenpflegerjacke, in die ein Etikett vom Pflegeheim in Dayton eingenäht ist.«

»Na also«, sagte Howie. »Wenn man das Blut auf den Sachen analysiert, wird sich bestimmt herausstellen, dass es von einem der ermordeten Mädchen stammt. Oder von beiden.«

»Und falls man irgendwelche Fingerabdrücke findet, werden die von Heath Holmes stammen«, ergänzte Alec. »Wenn auch möglicherweise verschwommene, falls der Kerl schon mit seiner Umwandlung angefangen hatte.«

»Oder auch nicht«, sagte Holly. »Wir wissen ja nicht, wie lange eine solche Umwandlung dauert, falls das überhaupt jedes Mal der gleiche Zeitraum ist.«

»Der Sheriff da oben hat allerhand Fragen«, sagte Yunel. »Ich habe ihn abgewimmelt. Im Hinblick darauf, womit wir es womöglich zu tun haben, kann ich ihn hoffentlich für immer abwimmeln.«

»Leute, ihr müsst jetzt aufhören, euch untereinander zu unterhalten, und mich einweihen«, sagte Lovie. »Bitte. Ich mach mir Sorgen um meinen Jungen. Der ist genauso unschuldig wie diese anderen zwei Männer, und die sind beide tot.«

»Ich verstehe Ihre Besorgnis«, sagte Ralph. »Eine Minute nur noch. Holly, als Sie die Boltons auf der Fahrt vom Flugplatz hierher eingeweiht haben, haben Sie da auch von den Friedhöfen erzählt? Das nicht, oder?«

»Nein. Ich soll mich auf die Hauptpunkte beschränken, haben Sie gesagt. Deshalb habe ich das auch getan.«

»Ach, Moment mal!«, sagte Lovie. »Einen Augenblick! Als kleines Mädchen, damals in Laredo, habe ich einen Film gesehen, einen von diesen Filmen mit catchenden Frauen …«

»*Mexikanische Catcherinnen im Angesicht des Monsters*«, sagte Howie. »Wir haben ihn uns gestern angeschaut. Zumindest teilweise. Ms. Gibney hat ihn auf DVD mitgebracht. Nicht gerade oscarwürdig, aber doch ziemlich interessant.«

»Das war einer von denen, wo Rosita Muñoz mitgespielt hat«, sagte Lovie. »*La cholita luchadora.* Wir wollten alle wie sie sein, ich und meine Freundinnen. An Halloween hab ich mich sogar einmal als sie verkleidet. Meine Mutter hat mir ein Kostüm genäht. Dieser Film über el Cuco war wirklich gruselig. Da kam ein Professor drin vor … oder ein Wissenschaftler … das weiß ich nicht mehr genau, aber el Cuco hat ihm sein Gesicht gestohlen, und als die *luchadoras* ihn endlich aufgespürt haben, hat er in einer Krypta oder einem Mausoleum auf dem Friedhof vor der Stadt gehaust. So geht doch ungefähr die Handlung, oder?«

»Ja, weil das zu der Legende gehört, zumindest zu der spanischen Version«, sagte Holly. »El Cuco schläft bei den Toten, wie es angeblich auch Vampire tun.«

»Wenn das Ding tatsächlich existiert, dann *ist* es ein Vampir«, sagte Alec. »Wenigstens mehr oder weniger. Es braucht Blut, um das nächste Glied in der Kette herzustellen. Um weiterzuleben.«

Wieder dachte Ralph: *Hört ihr eigentlich, was ihr da redet?* Er mochte Holly sehr, wünschte sich jedoch, sie nie getroffen zu haben. Dank ihr tobte in seinem Kopf ein Krieg, und er sehnte sich mächtig nach einem Waffenstillstand.

Holly wandte sich an Lovie. »Die leere Fabrikhalle in Ohio, wo die Polizei blutige Kleidung gefunden hat, steht in der Nähe des Friedhofs, auf dem Heath Holmes und seine Eltern begraben wurden. Weitere Kleidungsstücke hat man in einer Scheune nicht weit von einem alten Friedhof entdeckt, wo mehrere Vorfahren von Terry Maitland begraben sind. Deshalb die Frage: Gibt es hier in der Nähe einen Friedhof?«

Lovie dachte nach. Die anderen warteten. »In Plainville gibt's tatsächlich einen«, sagte Lovie schließlich. »Aber in Marysville nicht. Verdammt, wir haben noch nicht mal eine Kirche. Früher gab's eine, Unsere Liebe Frau der Vergebung, aber die ist vor zwanzig Jahren abgebrannt.«

»Scheiße«, murmelte Howie.

»Wie steht es mit einem Privatfriedhof?«, sagte Holly. »Manchmal bestatten die Leute ihre Angehörigen doch auf ihrem Grundstück, oder nicht?«

»Tja, was andere Leute angeht, hab ich keine Ahnung«, sagte die alte Dame. »Aber *wir* hatten jedenfalls nie einen. Meine Mama und mein Papa sind in Laredo begraben, und die Eltern von denen ebenfalls. Noch ältere Gräber müssten in Indiana sein, von wo meine Leute nach dem Bürgerkrieg hier runtergekommen sind.«

»Was ist mit Ihrem Mann?«, fragte Howie.

»Mit George? Dem seine Leute kamen alle aus Austin, und da ist er auch begraben, direkt neben seinen Eltern. Früher bin ich ab und zu mit dem Bus hingefahren, um ihn zu besuchen, normalerweise an seinem Geburtstag, um ihm

Blumen zu bringen und so, aber seit ich diese verfluchte COPD hab, war ich nicht mehr dort.«

»Tja, das wär's dann wohl«, sagte Yunel.

Lovie schien ihn nicht zu hören. »Als ich noch anständig Luft bekam, konnte ich ganz gut singen, wisst ihr? Außerdem hab ich Gitarre gespielt. Wegen der Musik bin ich nach der Highschool auch von Austin nach Laredo gezogen. Man nennt es das Nashville des Südens. Während ich auf meinen großen Durchbruch im Carousel oder im Broken Spoke oder wer weiß wo gewartet hab, hab ich mir einen Job in der Papierfabrik in der Brazos Street besorgt. Da hab ich Umschläge geklebt. Den großen Durchbruch in der Musik hab ich nie geschafft, aber dafür hab ich den Vorarbeiter geheiratet. Das war George. Bis er in Rente gegangen ist, hab ich das nie bereut.«

»Ich glaube, wir kommen vom Thema ab«, sagte Howie.

»Lassen Sie sie reden«, sagte Ralph. Er spürte ein leichtes Kribbeln, das Gefühl, dass gleich etwas Interessantes kam. Es war noch hinter dem Horizont, aber es war im Anmarsch, ganz eindeutig. »Nur weiter, Mrs. Bolton.«

Lovie warf einen zweifelnden Blick auf Howie, doch als Holly nickte und lächelte, erwiderte sie das Lächeln, steckte sich eine weitere Zigarette an und fuhr fort.

»Also, sobald George seine dreißig Jahre im Sack hatte und Rente bekam, ist er mit uns hierher in die Pampa gezogen. Claude war damals erst zwölf; wir haben ihn spät bekommen, als wir schon lange dachten, Gott würde uns keine Kinder schenken. Ihm hat es in Marysville nie gefallen, er hat den Trubel und seine Freunde, diese Taugenichtse, vermisst – es war immer der schlechte Umgang, der meinen Jungen in die Klemme gebracht hat –, und ich hab mich anfangs auch nicht besonders wohlgefühlt. Inzwischen genieße ich allerdings den Frieden hier; wenn man alt wird, will man eigentlich nur noch Frieden haben. Das könnt ihr jetzt vielleicht nicht nachvollziehen, aber das kommt schon noch. Übrigens, wenn ich darüber nachdenke, ist ein Privatfriedhof gar keine schlechte Idee. Mir würde es da draußen im Garten ganz gut gefallen, aber Claude wird das, was von mir übrig ist, wohl nach Austin schaffen lassen, damit ich neben meinem Mann liegen kann, so wie es im Leben war. Lange wird es jetzt sowieso nicht mehr dauern.«

Sie hustete, betrachtete angeekelt ihre Zigarette und vergrub sie bei den anderen in dem überfüllten Aschenbecher, wo das Ding beleidigt weiterqualmte.

»Wisst ihr, wieso wir schließlich in Marysville gelandet sind? George hatte die Idee, Alpakas zu züchten. Als die gestorben sind, was nicht lange gedauert hat, hat er sich auf Goldendoodles verlegt. Falls ihr von denen nie was gehört haben solltet, der Goldendoodle ist eine Kreuzung zwischen Golden Retriever und Pudel. Meint ihr, die Effa-Lution hätte so eine Mischung gutgeheißen? Ich hab da meine gottverdammten Zweifel. Den Floh ins Ohr gesetzt hat ihm übrigens sein Bruder Roger. Der war der größte Trottel aller Zeiten, aber George hat gedacht, mit so was könnte man reich werden. Worauf Roger mit seiner Familie hier runtergezogen ist, und die beiden haben zusammen ein Geschäft gegründet. Natürlich sind die Goldendoodle-Welpen genauso krepiert wie die Alpakas. George und ich waren anschließend zwar etwas knapp dran, aber wir hatten genug, dass wir damit durchkamen. Roger hingegen hatte seine gesamten Ersparnisse in diesen Schwachsinn gesteckt. Deshalb hat er sich nach Arbeit umgesehen und …«

Sie hielt inne. Ein Ausdruck des Erstaunens trat auf ihr Gesicht.

»Was war mit Roger?«, fragte Ralph.

»Verdammt«, sagte Lovie Bolton. »Ich bin zwar alt, aber das ist keine Entschuldigung. Es war direkt vor meinen Augen!«

Ralph beugte sich vor und fasste sie an der Hand. »Wovon sprechen Sie da, Lovie?« Womit er zu ihrem Vornamen überging, wie er es auch im Vernehmungsraum immer nach einer Weile tat.

»Roger Bolton und seine zwei Söhne – die Cousins von Claude – sind keine vier Meilen von hier entfernt begraben, zusammen mit vier weiteren Männern. Vielleicht sind es auch fünf. Und natürlich mit den Kindern, den Zwillingen.« Sie schüttelte bedächtig den Kopf. »Ich war so wütend, als sie Claude wegen Diebstahl sechs Monate in Gatesville aufgebrummt haben. Geschämt hab ich mich außerdem. Da hat er mit den Drogen angefangen, wisst ihr? Später wurde mir allerdings klar, dass das ein Geschenk Gottes war, denn wenn er damals hier gewesen wäre, würde er jetzt bei den anderen liegen. Sein Vater ist nicht dort gelandet, weil der schon zwei Herzanfälle gehabt hatte und nicht mitmachen konnte, aber Claude … Ja, der wäre auch dort gewesen.«

»Wo denn?«, fragte Alec. Auch er hatte sich jetzt vorgebeugt und sah Lovie gespannt an.

»In der Marysville-Höhle«, sagte sie. »Da sind sie alle gestorben, und da liegen sie noch heute.«

## 10

Lovie erzählte, es sei wie die Szene in *Tom Sawyer* gewesen, in der Tom und Becky sich in einer Höhle verirren, nur wären Tom und Becky irgendwann wieder herausgekommen. Die Jamieson-Zwillinge, gerade mal elf Jahre alt, hätten das hingegen ebenso wenig geschafft wie jene, die versucht hatten, sie zu retten. Die Marysville-Höhle habe sie alle verschlungen.

»Hat da Ihr Schwager Arbeit gefunden, nachdem die Sache mit der Hundezucht gescheitert war?«, fragte Ralph.

Sie nickte. »Er hatte sich da vorher schon als Höhlenforscher betätigt – nicht in dem öffentlichen Teil, sondern da, wo's zum Ahiga-Eingang geht –, und deshalb haben sie ihn ohne Weiteres genommen, als er sich als Führer beworben hat. Er und seine Kollegen haben früher Touristengruppen runtergebracht, jeweils ein Dutzend Leute oder so. Es ist die größte Höhle in ganz Texas, aber der beliebteste Teil, den die Leute hauptsächlich sehen wollten, war der große Saal. Der war tatsächlich ziemlich eindrucksvoll. Wie eine Kathedrale. Sie nannten ihn den Saal der Töne wegen der – wie sagt man noch – Akustik. Einer von den Führern hat sich ganz unten hingestellt, hundertzwanzig oder hundertfünfzig Meter tiefer als die anderen, und einen patriotischen Spruch geflüstert, den Pledge of Allegiance zum Beispiel, und die Leute oben haben jedes Wort verstanden. Das Echo hat sich scheinbar unendlich fortgesetzt. Außerdem waren die Wände mit Indianerbildern bedeckt. Ich hab vergessen, wie man die nennt ...«

»Steinzeichnungen«, sagte Yunel.

»Genau. Am Eingang hat man eine Gaslampe bekommen, damit man sich die Bilder anschauen kann und die Tropfsteine, die von oben runterhängen. Es gab eine eiserne Wendeltreppe, die bis ganz nach unten geführt hat, vierhundert oder noch mehr Stufen hatte die, und es ging immer noch mal rundherum. Tät mich nicht wundern, wenn die noch vorhanden ist, wobei ich mich der heute nicht mehr anvertrauen würde. Da unten ist es nämlich feucht, und Eisen rostet. Ich bin bloß ein einziges Mal runtergestiegen, und das hat mich total schwindlig gemacht, obwohl ich nicht mal zu den Tropfsteinen raufgeschaut hab wie die meisten anderen. Zurück hab ich den Aufzug genommen, das könnt ihr mir glauben. Runtergehen ist ja ganz nett, aber wer freiwillig vierhundert Stufen hochklettert, ist nicht recht bei Trost.

Am Boden war die Höhle bestimmt zwei-, dreihundert Meter breit. Man hatte farbige Scheinwerfer aufgestellt, um die ganzen Mineralienadern zu beleuchten, die im Fels waren, es gab eine Imbissbude, und außerdem konnte man sieben oder acht Gänge erforschen. Die hatten Namen. An alle kann ich mich nicht mehr erinnern, aber da war die Navajo-Kunstgalerie mit noch mehr Steinzeichnungen, die Teufelsrutsche und der Schlangenbauch, wo man sich bücken und manchmal sogar kriechen musste. Könnt ihr euch das vorstellen?«

»Ja«, sagte Holly. »Bah.«

»Das waren die Hauptgänge, und von denen sind weitere abgezweigt, aber die waren verbarrikadiert, weil das Loch nicht bloß eine einzige Höhle ist. Es gibt Dutzende davon, und es geht immer tiefer. Manches ist noch gar nicht erforscht.«

»Da kann man sich leicht verirren«, sagte Alec.

»Und ob. So, jetzt kommt das, was passiert ist. Vom Schlangenbauch sind zwei oder drei Gänge abgezweigt, die nicht verbarrikadiert waren, weil man dachte, die wären zu eng zum Reinkriechen.«

»Für die Zwillinge waren sie allerdings nicht zu eng«, riet Ralph.

»Das ist der Nagel, Sir, und den haben Sie auf den Kopf getroffen. Carl und Calvin Jamieson. Zwei Knirpse, die auf Scherereien aus waren, und die haben sie auch bekommen. Sie waren bei einer Gruppe, die in den Schlangenbauch geführt wurde, ganz am Ende direkt hinter ihren Eltern, aber als die Gruppe wieder rauskam, waren sie nicht mehr da. Die Eltern ... Tja, ich brauche euch nicht zu sagen, wie die reagiert haben, oder? Mein Schwager hat die Gruppe, zu der die Jamiesons gehörten, zwar nicht geführt, aber er war bei dem Suchtrupp dabei, der hinter den Kindern her ist. Wahrscheinlich war er ganz vorn an der Spitze, was ich allerdings nicht weiß.«

»Und seine Söhne waren auch dabei?«, fragte Howie. »Die Cousins von Claude?«

»Richtig. Die beiden haben auch in der Höhle gearbeitet, in Teilzeit natürlich, und sobald sie von der Sache Wind bekommen hatten, sind sie schleunigst angekommen. Überhaupt sind massenhaft Leute gekommen, weil sich die Nachricht wie ein Lauffeuer verbreitet hat. Zuerst sah es so aus, als gäbe es keinerlei Probleme. Man hat die Stimmen von den Jungen aus allen Öffnungen gehört, die vom Schlangenbauch abgingen, und man wusste genau, in welchem Gang sie verschwunden waren, denn als einer von den Führern mit seiner Taschenlampe reingeleuchtet hat, konnte man die kleine Plastikfigur von Häuptling Ahiga sehen, die Mr. Jamieson einem von den Jungen im Andenkenladen gekauft hatte. Ist dem offenbar aus der Tasche gefallen, als er reingekrochen ist. Wie schon gesagt, man hat sie rufen hören, aber keiner von den Erwachsenen hat durch die Öffnung gepasst. Man ist noch nicht mal bis zu der Plastikfigur gekommen.

Deshalb hat man den Jungen zugerufen, sie sollen in die Richtung gehen, wo die Stimmen herkommen, und wenn nicht genügend Platz zum Umdrehen wäre, sollten sie einfach rückwärtskriechen. Außerdem hat man mit den Taschenlampen reingeleuchtet und die Lampen geschwenkt, und zuerst hat es sich angehört, als würden die Jungen näher kommen, aber dann sind denen ihre Stimmen leiser geworden, immer leiser, bis sie schließlich nicht mehr zu hören waren. Wenn ihr mich fragt, waren die von Anfang an ziemlich weit weg gewesen.«

»Akustik kann ganz schön vertrackt sein«, sagte Yunel.

»Sí, Señor. Daraufhin hat Roger vorgeschlagen, zum Ahiga-Eingang zu gehen, den er von seinen Ausflügen her ziemlich gut kannte. Ein richtiger Höhlenforscher war der. Sobald sie da hingekommen sind, haben sie wieder klar und deutlich gehört, wie die Jungen geheult und geschrien haben, deshalb haben sie aus dem Geräteschuppen Seile und Lampen geholt und sind reingestiegen, um die beiden rauszuholen. Das schien das Richtige zu sein, aber stattdessen war es ihr Ende.«

»Was ist passiert?«, fragte Yunel. »Wissen Sie das? Hat man das je rausgekriegt?«

»Tja, wie ich euch schon gesagt hab, ist es da unten wie in einem verfluchten Labyrinth. Sie haben einen von ihnen oben postiert, damit er langsam das Seil runterlassen und notfalls ein weiteres dranbinden konnte, falls das nötig wurde. Das war Ev Brinkley. Der ist kurze Zeit später von hier weggezogen. Nach Austin. Er war untröstlich, aber er … war immerhin am Leben und konnte das Sonnenlicht sehen. Die anderen …« Lovie seufzte. »Für die gab es kein Sonnenlicht mehr.«

Ralph stellte sich vor, was für ein Grauen das gewesen sein

musste. Den anderen konnte er am Gesicht ablesen, dass sie dasselbe empfanden wie er.

»Ev hatte bloß noch dreißig Meter Seil zur Hand, als es geknallt hat, wie wenn ein Kind in der Kloschüssel 'nen Böller gezündet hätte, und zwar bei runtergeklapptem Deckel. So hat er's jedenfalls ausgedrückt. Offenbar hat irgendein Volltrottel seine Pistole abgefeuert, damit die beiden Jungen hörten, wo die Rettungsmannschaft ist, und daraufhin ist ein Stück von der Höhle eingestürzt. Roger war das bestimmt nicht, da würde ich tausend Dollar drauf setzen. Der alte Roger war zwar in vielerlei Hinsicht bescheuert, vor allem was die Sache mit den Hunden angeht, aber er war nicht so bescheuert, dass er da einen Schuss abgegeben hätte – mitten in einer Höhle, wo der Querschläger wer weiß wo gelandet wäre.«

»Oder wo der Knall die Decke zum Einsturz bringen konnte«, sagte Alec. »Das muss so gewesen sein, wie wenn man in den Bergen eine Schrotflinte abfeuert, um eine Lawine auszulösen.«

»Das heißt, die Männer wurden verschüttet«, sagte Ralph.

Lovie seufzte wieder und rückte ihre Kanüle zurecht, die sich verschoben hatte. »Nee. Vielleicht wäre das besser gewesen. Auf jeden Fall wär's schneller gegangen. Denn die Leute in der großen Höhle, dem Saal der Töne, haben sie um Hilfe rufen hören, genau wie die zwei verirrten Jungen. Inzwischen waren sechzig bis siebzig Männer und Frauen da draußen, um zu tun, was immer sie konnten. Mein George wollte auch unbedingt hin, schließlich waren sein Bruder und seine Neffen bei den Vermissten, weshalb ich es schließlich irgendwann aufgegeben hab, ihn zu Hause zu halten. Ich bin allerdings mitgefahren, um dafür zu sorgen, dass er nicht irgendwas Beklopptes macht, zum Beispiel mit anpackt. Das hätte ihn nämlich mit Sicherheit umgebracht.«

»Und als sich dieser Unfall ereignet hat, war Claude in der Erziehungsanstalt?«, sagte Ralph.

»Der offizielle Name war Ausbildungszentrum, glaube ich, aber es war eine Erziehungsanstalt, ja.«

Holly saß vorgebeugt da. Aus ihrer Schultertasche hatte sie einen Notizblock gezogen und schrieb mit.

»Als ich mit George zur Höhle kam, war es schon dunkel. Obwohl der Parkplatz ziemlich groß ist, war er praktisch ganz voll. Man hatte Pfosten mit Scheinwerfern aufgestellt, und mit den ganzen Trucks und den Leuten, die durcheinanderliefen, sah es aus, als würde man einen Hollywoodfilm drehen. Sie sind durch den Ahiga-Eingang eingestiegen, mit starken Taschenlampen, Helmen und dicken Schutzjacken. Sind dem Seil bis zu der Einsturzstelle gefolgt, ganz weit, zum Teil durch stehendes Wasser hindurch. Dann sind sie zu massenhaft Geröll gekommen. Sie haben die ganze Nacht und den halben Morgen gebraucht, um es so weit beiseitezuräumen, dass sie durchkamen. Inzwischen hat man in der großen Höhle schon nicht mehr gehört, wie die Vermissten gerufen haben.«

»Das heißt, Ihr Schwager und seine Leute haben nicht auf der anderen Seite auf die Rettung gewartet«, sagte Yunel.

»Nein, die waren verschwunden. Vielleicht hat Roger oder einer von den anderen gemeint, er wüsste einen Weg zur großen Höhle, vielleicht hatten sie auch Angst, dass die Decke noch weiter einstürzen würde. Wer weiß das schon. Aber sie haben eine Spur hinterlassen, wenigstens am Anfang, Zeichen an den Wänden und kleine Sachen auf dem Boden, zum Beispiel Münzen und Papierkügelchen. Einer hat sogar seine Mitgliedskarte vom Bowlingcenter liegen lassen. Noch ein Besuch, dann hätte er ein Freispiel gekriegt. Das stand in der Zeitung.«

»Wie Hänsel und Gretel, die eine Fährte aus Brotkrumen hinterlassen«, sagte Alec nachdenklich.

»Dann war plötzlich Schluss«, sagte Lovie. »Direkt in der Mitte von einem Gang. Keine Zeichen, keine Münzen, keine Papierkügelchen mehr. Hat einfach aufgehört.«

*Wie die Fußspuren in der Geschichte von Bill Samuels,* dachte Ralph.

»Die Leute von der Rettungsmannschaft sind noch eine Weile weiter vorgedrungen, sie haben gerufen und ihre Taschenlampen geschwenkt, aber niemand hat geantwortet. Der Bursche, der für die Zeitung in Austin darüber berichtet hat, hat mehrere von denen, die dabei waren, interviewt, und die haben alle dasselbe gesagt – es gab einfach zu viele Gänge, die man nehmen konnte, alle führten nach unten, in manchen ging es plötzlich nicht mehr weiter, und in anderen kam man zu Kaminen, die so finster wie Brunnen waren. Wegen der Einsturzgefahr hätten sie eigentlich nicht laut rufen sollen, aber einer von ihnen hat trotzdem was gebrüllt, und da ist tatsächlich ein Stück von der Decke runtergekommen. Da haben sie beschlossen, sich schleunigst da rauszuscheren.«

»Man hat die Suche doch bestimmt nicht nach einem einzigen Versuch abgebrochen«, sagte Howie.

»Nein, natürlich nicht.« Lovie angelte eine weitere Dose Cola aus der Kühlbox, öffnete sie und schüttete die Hälfte in einem Zug hinunter. »Bin nicht daran gewöhnt, so viel zu reden, daher bin ich total ausgetrocknet.« Sie überprüfte ihre Sauerstoffflasche. »Das Zeug ist auch gleich zu Ende, aber in meinem Bad da drüben ist noch eine, bei dem anderen verfluchten Medizinkram. Will die vielleicht jemand holen?«

Diese Aufgabe übernahm Yunel Sablo, und Ralph war erleichtert, dass Lovie sich nicht gerade dann eine neue Zigarette ansteckte, während Yunel die Flaschen tauschte. Sobald der Sauerstoff wieder strömte, fuhr sie mit ihrer Geschichte fort.

»Über die Jahre sind bestimmt ein *Dutzend* Suchtrupps da reingestiegen, jedenfalls bis zu dem Erdbeben zwotausendsieben. Danach war man der Meinung, dass es zu gefährlich wäre. Das Beben war bloß drei oder vier auf der Richterskala, aber so Höhlen sind empfindlich, wissen Sie? Der Saal der Töne hat's ganz gut überstanden, bloß ein paar von den Tropfsteinen sind von der Decke gekracht. Allerdings sind manche von den Gängen eingestürzt, zum Beispiel der, den man die Kunstgalerie nannte. Deshalb ist die Marysville-Höhle seit dem Erdbeben geschlossen. Der Haupteingang ist verrammelt, und ich glaube, der Ahiga-Eingang auch.«

Einen Moment lang sagte niemand etwas. Ralph hatte keine Ahnung, was die anderen dachten, er jedenfalls stellte sich vor, wie es gewesen sein musste, tief unter der Erdoberfläche im Dunkeln einen langsamen Tod zu sterben. Er hätte lieber nicht daran gedacht, konnte jedoch nichts dagegen tun.

»Wisst ihr, was Roger mal zu mir gesagt hat?«, fuhr Lovie fort. »Das war nicht mehr als sechs Monate, bevor er gestorben ist. Er hat gesagt, dass die Marysville-Höhle wahrscheinlich bis runter in die Hölle reicht. Und damit wär's ein Ort, an dem der Outsider, von dem ihr redet, sich richtig zu Hause fühlen würde, meint ihr nicht?«

»Kein Wort darüber, wenn Claude wiederkommt«, sagte Holly.

»Ach, der weiß sowieso Bescheid«, sagte Lovie. »Es waren ja seine Leute. Seine Cousins hat er zwar nicht besonders gemocht – die waren älter als er und haben ihn immer mächtig schikaniert –, aber zur Familie haben sie trotzdem gehört.«

Holly lächelte, aber es war nicht ihr strahlendes Lächeln,

es drang nicht bis zu ihren Augen vor. »Das bezweifle ich nicht, aber er weiß nicht, dass *wir* Bescheid wissen. Und dabei muss es bleiben.«

## II

Lovie, die inzwischen müde und erschöpft aussah, sagte, die Küche sei zu klein, als dass sie zu siebt bequem darin essen könnten. Deshalb müssten sie das hinten im Garten tun, in ihrem Pavi-Long, wie sie es nannte. Den habe Claude eigenhändig für sie gebaut, erzählte sie stolz, mit einem Bausatz aus dem Baumarkt.

»Zuerst ist es vielleicht ein bisschen heiß, aber um die Tageszeit weht normalerweise ein Lüftchen, und durch das Fliegengitter kommt kein Ungeziefer rein.«

Holly schlug der alten Dame vor, sich eine Weile hinzulegen. Ihre Besucher könnten ja inzwischen alles für das Essen draußen vorbereiten.

»Aber ihr wisst doch überhaupt nicht, wo die Sachen sind!«

»Machen Sie sich darum keine Sorgen«, sagte Holly. »Dinge zu finden ist sozusagen mein Beruf. Außerdem werden die Herren da mich sicher unterstützen.«

Lovie gab nach und rollte in ihr Schlafzimmer, wo man sie vor Anstrengung grunzen hörte. Es folgte das Ächzen von Bettfedern.

Ralph trat auf die vordere Veranda hinaus, um Jeannie anzurufen, die sich auch schon beim ersten Läuten meldete. »E. T. nach Hause telefonieren«, sagte sie munter.

»Alles ruhig bei euch?«

»Ja, bis auf den Fernseher. Deine Kollegen Ramage und Yates haben sich ein NASCAR-Rennen angeschaut. Dass sie dabei Wetten abgeschlossen haben, kann ich bloß vermuten, aber die Brownies haben sie definitiv aufgefuttert.«

»Wie schade.«

»Ach, und Betsy Riggins ist vorbeigekommen, um ihr Baby vorzuführen. Ihr gegenüber würde ich das zwar nie äußern, aber der Kleine sieht ein bisschen so aus wie Winston Churchill.«

»Aha. Hör mal, ich glaube, entweder Troy oder Tom sollte über Nacht dableiben.«

»Ich hab eigentlich an beide gedacht. Bei mir im Bett. Dann können wir kuscheln. Vielleicht sogar knutschen.«

»Prima Idee. Vergesst nicht, ein paar Fotos zu machen.« Ein Auto näherte sich – Claude Bolton, der mit dem Abendessen aus Tippit zurückkehrte. »Vergiss nicht, abzuschließen und die Alarmanlage einzuschalten.«

»Das hat das letzte Mal bekanntlich nichts geholfen.«

»Sei lieb und tu es trotzdem.« Der Mann, der exakt so aussah wie der nächtliche Besucher von Ralphs Frau, stieg in diesem Moment aus seinem Wagen. Während Ralph ihn beobachtete, hatte er das merkwürdige Gefühl, etwas doppelt zu sehen.

»Na gut. Habt ihr schon irgendwas herausgefunden?«

»Schwer zu sagen.« Das entsprach nicht ganz der Wahrheit; sie hatten seiner Meinung nach eine ganze Menge herausgefunden, nur nichts Gutes. »Also, ich versuche, dich später noch mal anzurufen, aber jetzt muss ich leider Schluss machen.«

»Okay. Pass auf dich auf.«

»Mach ich. Ich liebe dich.«

»Ich dich auch. Und das ist ganz ernst gemeint: *Pass auf dich auf!*«

Er ging die Stufen hinunter, um beim Tragen zu helfen. Claude hatte vom Highway Heaven etwa ein halbes Dutzend Plastiktüten mitgebracht.

»Das Essen ist kalt, genau wie ich's vorhergesehen hab«, sagte Claude. »Aber hört sie auf mich? Das hat sie noch nie getan, und daran wird sich auch nie was ändern.«

»Es wird schon schmecken.«

»Wenn man Hähnchen wieder aufwärmt, wird es immer zäh. Ich hab Kartoffelpüree genommen, aufgewärmte Fritten kann man nämlich komplett vergessen.«

Sie gingen aufs Haus zu. Vor der Treppe blieb Claude stehen.

»Habt ihr euch gut mit meiner Mutter unterhalten?«

»Haben wir«, sagte Ralph und fragte sich, wie er mit dieser Lage umgehen sollte. Wie sich herausstellte, übernahm Claude das für ihn.

»Erzählen Sie mir lieber nichts. Womöglich ist der Kerl ja tatsächlich in der Lage, meine Gedanken zu lesen.«

»Also glauben Sie, dass es ihn gibt?« Ralph war aufrichtig neugierig.

»Ich glaube, dass diese Frau das glaubt. Holly, meine ich. Und ich glaube, dass heute Nacht vielleicht jemand hier gewesen ist. Deshalb will ich nicht hören, worüber ihr gesprochen habt.«

»Wahrscheinlich ist das wirklich besser. Und, Claude … ich glaube, einer von uns sollte über Nacht hier bei Ihnen und Ihrer Mutter bleiben. Dabei habe ich an Lieutenant Sablo gedacht.«

»Erwarten Sie hier Probleme? Momentan spüre ich nämlich nichts, außer dass ich hungrig bin.«

»Hier eigentlich nicht«, sagte Ralph. »Ich dachte bloß, falls in der Gegend etwas Schlimmes passiert und jemand später angibt, der Täter hätte wie Claude Bolton ausgesehen, ist die Zeugenaussage von einem Polizisten vielleicht ganz nützlich, dass Sie sich die ganze Zeit im Haus von Ihrer Mutter aufgehalten haben.«

Claude dachte nach. »Keine schlechte Idee. Bloß haben wir kein Gästezimmer oder so was. Man kann zwar das Sofa ausklappen, aber manchmal steht Ma nachts auf, wenn sie nicht mehr einschlafen kann, und geht ins Wohnzimmer zum Fernsehen. Sie steht auf diese bekloppten Prediger, die ständig lautstark am Spendensammeln sind.« Seine Miene hellte sich auf. »Aber draußen im Hintereingang steht eine Extramatratze, und heute Nacht soll es warm bleiben. Da könnte er wahrscheinlich draußen schlafen.«

»Im Pavi-Long?«

Claude grinste. »Genau. Das Ding habe ich übrigens selbst gebaut.«

## 12

Holly legte die Hähnchenteile in den Backofen und stellte die Grillfunktion ein, worauf sie wieder schön knusprig wurden. Zum Essen setzten sich die sieben in den Pavillon, der mit einer Rampe für Lovies Rollstuhl ausgestattet war. Die Unterhaltung war ebenso angenehm wie lebhaft. Claude entpuppte sich als begabter Erzähler, der allerhand Geschichten über seine abwechslungsreiche Karriere als »Sicherheitsbeamter« im Gentlemen, Please in petto hatte. Die Geschichten waren lustig, aber weder fies noch anzüglich, und niemand lachte herzhafter darüber als seine Mutter. Ihr Lachen steigerte sich zu einem Hustenanfall, als Howie erzählte, wie einmal einer von seinen Klienten versucht habe, sich als prozessunfähig darzustellen, indem er vor Gericht seine Hose ausgezogen und sie vor dem Richter geschwenkt hatte.

Über den Grund für die Reise nach Marysville wurde nicht gesprochen.

Das Nickerchen, das Lovie vor dem Essen gemacht hatte, war kurz gewesen, und als alle fertig waren, erklärte sie, jetzt müsse sie wieder ins Bett. »Wenn man nicht selbst gekocht hat, gibt es ja nicht viel abzuspülen«, sagte sie. »Und das bisschen hat bis morgen früh Zeit. Das kann ich nämlich vom Rollstuhl aus machen, muss bloß auf die verfluchte Sauerstoffflasche aufpassen.« Sie wandte sich an Yunel. »Wollen Sie wirklich im Freien schlafen, Officer Sablo? Was ist, wenn jemand hier aufkreuzt wie letzte Nacht?«

»Ich bin bewaffnet, Ma'am«, sagte Yunel. »Und es ist richtig schön hier draußen.«

»Na gut … aber Sie können jederzeit reinkommen. Nach Mitternacht wird's unter Umständen ziemlich windig. Wir schließen die Hintertür ab, aber der Schlüssel liegt unter dem *olla de barro* da.« Sie deutete auf einen alten Tontopf, dann kreuzte sie die Hände über ihrem üppigen Busen und machte eine kleine Verbeugung. »Ihr seid wirklich nette Leute, und ich danke euch dafür, dass ihr hergekommen seid, um meinem Jungen zu helfen.« Damit rollte sie davon. Die sechs anderen blieben noch ein bisschen sitzen.

»Das ist eine sehr sympathische Frau«, sagte Alec.

»Ja«, sagt Holly. »Das ist sie.«

Claude steckte sich einen Tiparillo an. »Cops, die auf meiner Seite stehen«, sagte er. »Das ist eine ganz neue Erfahrung. Gefällt mir.«

»Gibt es in Plainville eigentlich einen Walmart, Mr. Bolton?«, fragte Holly. »Ich muss nämlich was kaufen, und ich liebe Walmart.«

»Nein, was auch gut so ist. Ma nämlich auch, und ich kriege sie deshalb nie wieder raus. Was dem hier in der Gegend am nächsten kommt, ist der Baumarkt in Tippit.«

»Der müsste ausreichen«, sagte sie und stand auf. »Bevor wir starten, spülen wir noch ab, damit Lovie das nicht morgen früh tun muss. Wir kommen morgen wieder, um Lieutenant Sablo abzuholen, und dann fliegen wir zurück. Ich glaube, hier haben wir alles getan, was möglich war. Meinen Sie nicht auch, Ralph?«

Ihre Augen teilten ihm mit, was er antworten sollte, und das tat er. »Klar.«

»Mr. Gold? Mr. Pelley?«

»Ja, ich glaube, das war's«, sagte Howie.

Alec stimmte zu. »Alles mehr oder weniger erledigt.«

## 13

Obwohl sie, schon etwa eine Viertelstunde nachdem Lovie sich verabschiedet hatte, ins Haus gingen, konnte man aus dem Schlafzimmer bereits ihr raues Schnarchen hören. Yunel ließ Wasser ins Spülbecken laufen und krempelte die Ärmel hoch, um die paar Sachen zu reinigen, die sie verwendet hatten. Ralph trocknete ab, Holly stellte alles weg. Im noch ziemlich hellen Abendlicht inspizierten Claude, Howie und Alec draußen das Grundstück und suchten nach Spuren, die der Eindringling in der vergangenen Nacht möglicherweise hinterlassen hatte … falls wirklich einer da gewesen war.

»Ich hätte meine Waffe gut zu Hause lassen können«, sagte Yunel. »Um in das Bad zu kommen, wo Mrs. Bolton die Sauerstoffflaschen aufbewahrt, musste ich durch ihr Schlafzimmer, und sie ist bestens ausgerüstet. Auf dem Nachttisch liegt eine Ruger American zehn-plus-eins mit einem Extramagazin direkt daneben, und in der Ecke lehnt eine Remington Kaliber zwölf, direkt neben dem Staubsauger. Was der gute Claude hat, weiß ich zwar nicht, aber irgendwas hat er bestimmt.«

»Ist er nicht vorbestraft?«, sagte Holly.

»Das ist er«, antwortete Ralph. »Aber wir sind ja in Texas. Außerdem ist er rehabilitiert, finde ich.«

»Ja«, sagte sie. »Das ist er wohl.«

»Das denke ich auch«, sagte Yunel. »Sieht ganz so aus, dass er sein Leben umgekrempelt hat. Ich hab so was früher schon erlebt, wenn jemand zu den AA oder den NA gefunden hat. Wenn das klappt, ist es wie ein Wunder. Trotzdem hätte dieser Outsider kein besseres Gesicht finden können, um sich dahinter zu verstecken, meint ihr nicht auch? Wer würde Claude mit seiner Vergangenheit als Drogen-User und Dealer, ganz zu schweigen von seiner Mitgliedschaft in einer Gang, schon groß glauben, wenn er sagt, jemand hätte ihm was in die Schuhe geschoben.«

»Nicht einmal Terry Maitland hat jemand geglaubt«, sagte Ralph bedrückt. »Und Terry war völlig unbescholten.«

## 14

Es dämmerte, als sie den Baumarkt erreichten, und es war schon nach neun, als sie am Indian Motel vorfuhren (beobachtet von Jack Hoskins, der wieder durch die Vorhänge seines Zimmers lugte und sich dabei wie besessen den Nacken rieb).

Sie trugen ihre Einkäufe ins Zimmer von Ralph, wo sie sie auf dem Bett auslegten: fünf kurzstielige UV-Taschenlampen (mit extra Batterien) und fünf gelbe Schutzhelme.

Howie nahm eine Taschenlampe in die Hand und kniff beim Blick in das grelle, violette Licht die Augen zusammen. »Kann das Ding da wirklich seine Spur sichtbar machen? Seine Fährte?«

»Wenn eine vorhanden ist, ja«, sagte Holly.

»Hm.« Howie warf die Lampe wieder aufs Bett, setzte einen Schutzhelm auf und trat vor den Spiegel über der Kommode, um sich zu betrachten. »Ich sehe lächerlich aus«, sagte er.

Dem widersprach niemand.

»Sollen wir das wirklich tun, was wir vorhaben? Übrigens ist das keine rhetorische Frage. Ich versuche nur selbst, es als Tatsache zu akzeptieren.«

»Jedenfalls würde es uns schwerfallen, die Texas Highway Patrol zum Eingreifen zu motivieren«, sagte Alec bedächtig. »Was würden wir denen erzählen? Dass wir meinen, in der Marysville-Höhle hätte sich ein Monster versteckt?«

»Wenn wir nichts unternehmen, wird er weitere Kinder umbringen«, sagte Holly. »Dadurch lebt er.«

Howie sah sie beinahe anklagend an. »Aber wie sollen wir dort reinkommen? Die alte Dame sagt, der Eingang sei so hermetisch abgeriegelt wie die Unterwäsche einer Nonne. Und selbst wenn wir es schaffen, bräuchten wir ein Seil. Gibt es im Baumarkt so was? Die müssen da doch Seile verkaufen.«

»Wahrscheinlich brauchen wir gar keins«, sagte Holly ruhig. »Wenn er sich da drin aufhält – was ich ziemlich sicher annehme –, dann nicht in großer Tiefe. Zum einen hat er bestimmt Angst, sich zu verirren oder verschüttet zu werden, und zum anderen glaube ich, dass er geschwächt ist. Eigentlich sollte er sich jetzt in der Überwinterungsphase seines Zyklus befinden, aber stattdessen musste er sich anstrengen.«

»Weil er sich an entfernte Orte projiziert hat«, sagte Ralph. »Das glauben Sie doch, oder?«

»Ja. Was Grace Maitland und Ihre Frau gesehen haben ... das waren Projektionen, glaube ich. Allerdings war wohl auch ein kleiner Teil seines physischen Selbst an Ort und Stelle. Deshalb hat er in Ihrem Wohnzimmer Spuren hinterlassen, deshalb konnte er den Stuhl verrücken und das Licht über dem Herd einschalten. Allerdings war der Teil wiederum nicht so groß, dass er auf dem Teppichboden Eindrücke hinterlassen hätte. Trotzdem erschöpft es ihn bestimmt, so etwas zu tun. Im eigentlichen Sinne körperlich aufgetaucht ist er wahrscheinlich nur ein einziges Mal, vor dem Gerichtsgebäude an dem Tag, an dem Terry Maitland erschossen wurde. Weil er hungrig war und wusste, dass es da viel Nahrung für ihn geben würde.«

»Er war körperlich anwesend, ist aber auf keiner einzigen Fernsehaufnahme zu sehen?«, sagte Howie. »Wie ein Vampir, der in einem Spiegel kein Bild hinterlässt?«

Das sagte er, als würde er erwarten, dass Holly es verneinte, doch das tat sie nicht.

»Genau«, sagte sie.

»Dann meinen Sie, dass er übernatürlich ist. Ein übernatürliches Wesen.«

»Ich weiß nicht, was er ist.«

Howie nahm den Schutzhelm ab und warf ihn aufs Bett. »Vermutungen. Mehr haben wir nicht.«

Holly blickte verletzt drein und machte den Eindruck, dass ihr darauf keine Antwort einfiel. Abgesehen davon schien sie nicht wahrzunehmen, was Ralph sah und was sicher auch Alec bemerkte: Howie Gold hatte Angst. In dieser Sache gab es keinen Richter, bei dem er Einspruch erheben könnte, wenn etwas schiefging. Hier würde er sich nicht durch das Pochen auf Verfahrensfehler herauswinden können.

»Es fällt mir immer noch schwer, das ganze Zeug über Gestaltwandler und el Cuco zu glauben«, sagte Ralph. »Aber so einen Outsider gibt es wohl tatsächlich, das akzeptiere ich jetzt. Wegen der Sache in Ohio und weil Terry Maitland einfach nicht zur selben Zeit an zwei Orten gewesen sein kann.«

»In der Hinsicht hat der Outsider es vermasselt«, sagte Alec. »Er wusste offenbar nicht, dass Terry an der Tagung in Cap City teilnehmen würde. Die meisten Sündenböcke, die er sich aussucht, dürften Leute wie Heath Holmes sein, deren Alibi so löchrig ist wie ein Schweizer Käse.«

»Das ist nicht ganz logisch«, sagte Ralph.

Alec hob die Augenbrauen.

»Was er sich angeeignet hat, waren Terrys ... Ich weiß nicht, wie ich es ausdrücken soll. Seine Erinnerungen, klar, aber nicht nur das. Eine Art ...«

»Eine Art Landkarte seines Bewusstseins«, sagte Holly leise.

»Okay, nennen wir es eben so«, sagte Ralph. »In dem Sinne leuchtet es mir ein, dass ihm manches entgangen ist, so wie man beim Schnelllesen etwas übersieht, aber dafür war die Tagung für Terry eigentlich zu wichtig.«

»Aber wieso hätte el Cuco dann trotzdem ...«, fing Alec an.

»Vielleicht musste er es tun.« Holly hatte nach einer der UV-Lampen gegriffen und richtete den Lichtstrahl nun auf die Wand, wo er den gespenstischen Handabdruck eines früheren Hotelgasts enthüllte. Darauf hätte Ralph gern verzichten können. »Vielleicht war er so hungrig, dass er nicht auf eine bessere Gelegenheit warten konnte.«

»Oder er hat sich nicht darum geschert«, sagte Ralph. »Serientäter kommen oft an diesen Punkt, normalerweise kurz bevor sie erwischt werden. Bundy, Speck, Gacy ... irgendwann haben sie alle geglaubt, für sie würden eigene Gesetze gelten. Sie haben sich für gottähnlich gehalten, sind arrogant geworden und haben den Bogen überspannt. Wobei unser Outsider es gar nicht besonders übertrieben hat, oder? Denkt mal darüber nach. Trotz allem, was wir wussten, wollten wir Terry vor Gericht bringen. Wir waren uns sicher, dass sein Alibi fingiert war, auch wenn es noch so wasserdicht aussah.«

*Irgendetwas in mir will das immer noch glauben*, dachte er. *Die Alternative stellt nämlich alles, was ich mir über die Welt zurechtgelegt habe, völlig auf den Kopf.*

Er fühlte sich fiebrig, und ihm war ein bisschen flau im Magen. Wie konnte ein normaler Mensch im 21. Jahrhundert akzeptieren, dass es ein Monster gab, das seine Gestalt verändern konnte? Wenn man an die Existenz eines Outsiders glaubte, wie Holly Gibney ihn beschrieb, an ihren el Cuco, dann stellte man alles infrage. Dann hatte das Universum wirklich kein Ende.

»Jetzt ist er nicht mehr so überheblich«, sagte Holly.

»Er ist gewohnt, sich nach dem Töten monatelang an einem Ort aufzuhalten, während seine Umwandlung vor sich geht. Erst wenn dieser Prozess abgeschlossen oder fast abgeschlossen ist, zieht er weiter. Nach dem, was ich gelesen und in Ohio erfahren habe, nehme ich das jedenfalls an. Jetzt ist das übliche Muster durchbrochen worden. Er musste aus der Gegend um Flint City fliehen, sobald jemand sein Versteck in der Scheune entdeckt hatte, weil er wusste, dass die Polizei auftauchen würde. Deshalb ist er verfrüht hierhergekommen, um in der Nähe von Claude Bolton zu sein, und er hat einen perfekten Unterschlupf gefunden.«

»Die Marysville-Höhle«, sagte Alec.

Holly nickte. »Aber er weiß nicht, dass wir das wissen. Das ist unser Vorteil. Claude weiß zwar, dass sein Onkel und seine Cousins dort verschüttet wurden, aber er weiß nicht, dass der Outsider in der Nähe von Orten überwintert, an denen Tote begraben sind, und zwar vorzugsweise Blutsverwandte der Person, deren Gestalt er annimmt oder vorher angenommen hat. Ich bin mir sicher, dass es so abläuft. Das muss einfach so sein.«

*Weil du das willst,* dachte Ralph. Dennoch fand er in ihrer Logik keine Lücken. Vorausgesetzt, man akzeptierte die Grundannahme, dass es ein übernatürliches Wesen gab, das bestimmte Regeln befolgen musste, entweder aus der Tradition heraus oder aufgrund eines unbekannten Gebots, das niemand von ihnen je begreifen würde.

»Ob wir uns darauf verlassen können, dass Lovie ihm nichts verrät?«, sagte Alec.

»Ich glaube schon«, antwortete Ralph. »Die wird schon ihm zuliebe den Mund halten.«

Howie griff wieder nach einer der Taschenlampen und

richtete sie auf die rasselnde Klimaanlage, auf der daraufhin eine Vielzahl von unheilvoll leuchtenden Fingerabdrücken sichtbar wurde. »Was ist, wenn er einen Helfershelfer hat?«, sagte er, während er die Lampe ausschaltete. »Was dann? Graf Dracula hat diesen Typen namens Renfield, Dr. Frankenstein hat diesen Buckligen, Igor ...«

»Das ist ein weitverbreiteter Irrtum«, sagte Holly. »In dem ersten Frankenstein-Film heißt der Assistent des Doktors Fritz und wird von Dwight Frye gespielt. Später hat Bela Lugosi ...«

»Ich lasse mich gerne korrigieren«, sagte Howie. »Aber die Frage bleibt: Was ist, wenn unser Outsider einen Komplizen hat? Jemand mit dem Auftrag, uns zu beobachten. Wäre das nicht einleuchtend? Selbst wenn der Outsider dann nicht weiß, dass wir von der Marysville-Höhle erfahren haben, wäre ihm doch bekannt, dass wir ihm gefährlich nahe gekommen sind.«

»Mir ist klar, worauf du hinauswillst, Howie«, sagte Alec. »Aber Serientäter sind normalerweise Einzelgänger, und die unter ihnen, die besonders lange nicht gefasst werden, ziehen von Ort zu Ort. Natürlich gibt es Ausnahmen, aber ich glaube nicht, dass unser Mann dazugehört. Er hat die weite Strecke von Dayton nach Flint City zurückgelegt. Würde man seine Spur von Ohio aus rückwärts verfolgen, dann würde man vielleicht feststellen, dass er davor ein Kind in Tampa, Florida, oder in Portland, Maine, ermordet hat. Ein afrikanisches Sprichwort lautet: Alleine reist man am schnellsten. Abgesehen davon stellt sich in praktischer Hinsicht die Frage, wen er wohl als Gehilfen anheuern könnte.«

»Einen Irren«, sagte Howie.

»Okay«, sagte Ralph. »Aber wo sollte er den finden? Ist er

einfach zum Spinner-Discount gefahren und hat sich einen ausgesucht?«

»Na gut«, sagte Howie. »Dann hockt er also ganz alleine in der Höhle und wartet darauf, dass wir ihn holen kommen. Um ihn ins Sonnenlicht zu zerren, ihm einen Holzpflock ins Herz zu jagen oder beides.«

»In dem Roman von Bram Stoker schlägt man Dracula den Kopf ab, nachdem man ihn aufgespürt hat, und stopft ihm Knoblauch in den Mund«, sagte Holly.

Howie warf die Taschenlampe aufs Bett und schlug die Hände über dem Kopf zusammen. »Wunderbar! Dann fahren wir bei Shopwell vorbei und kaufen ein paar Knollen Knoblauch. Außerdem ein Fleischerbeil, weil wir vergessen haben, im Baumarkt eine Handsäge mitzunehmen.«

»Ich glaube, eine Kugel in den Kopf sollte den Zweck erfüllen«, sagte Ralph.

Darüber dachten alle einen Weile schweigend nach, dann sagte Howie, er wolle jetzt ins Bett gehen. »Aber vorher wüsste ich gerne, wie der Plan für morgen lautet.«

Ralph wartete darauf, dass Howie von Holly entsprechend aufgeklärt wurde, aber die richtete den Blick auf ihn. Erschrocken und voll Mitgefühl sah er die Ringe unter ihren Augen und die Fältchen, die sich an ihren Mundwinkeln gebildet hatten. Er war zwar müde, das waren sie wohl alle, aber Holly Gibney war offensichtlich so erschöpft, dass sie momentan nur noch von ihren Nerven in Gang gehalten wurde. Angesichts ihrer angespannten Persönlichkeit musste das für sie so sein, wie auf Dornen zu gehen. Oder auf Glasscherben.

»Vor neun findet nichts statt«, sagte Ralph. »Wir brauchen alle mindestens acht Stunden Schlaf, möglichst mehr. Dann packen wir, checken aus und fahren zu den Boltons, um

Yunel abzuholen. Von dort geht es zur Höhle von Marysville.«

»Wenn Claude denken soll, dass wir nach Hause fliegen, ist das die falsche Richtung«, sagte Alec. »Dann fragt er sich nämlich, wieso wir nicht nach Plainville fahren.«

»Gut, dann sagen wir Claude und Lovie, wir müssten zuerst nach Tippit, weil … hm, weiß auch nicht … weil wir noch was im Baumarkt besorgen müssen.«

»Ziemlich durchsichtig«, sagte Howie.

»Wer war der texanische Polizist, der rausgefahren ist, um mit Claude zu sprechen?«, fragte Alec. »Wissen Sie das noch?«

Aus dem Stegreif konnte Ralph das nicht sagen, aber er hatte sich auf seinem I-Pad Notizen gemacht. Routine war Routine, selbst wenn man hinter einer Schreckgestalt her war. »Der hieß Owen Sipe. Corporal Owen Sipe.«

»Okay. Dann sagen Sie Claude und seiner Mama doch, dass Corporal Sipe Sie angerufen hat, weil jemand, dessen Beschreibung in etwa auf Claude passt, verdächtigt wird, in Tippit heute Nacht einen Überfall, einen Autodiebstahl oder einen Einbruch begangen zu haben. Wenn der Outsider wirklich in Claudes Gedanken eindringen kann, ist das so, als würde man es ihm selbst erzählen. Yunel wiederum kann bestätigen, dass Claude die ganze Nacht zu Hause war und …«

»Nicht, wenn Yunel draußen im Pavillon geschlafen hat«, sagte Ralph.

»Wollen Sie behaupten, er hätte nicht gehört, wenn Claude seinen Wagen angelassen hätte? Die Mühle braucht schon seit gut zwei Jahren einen neuen Auspuff.«

Ralph grinste. »Einspruch angenommen.«

»Okay, dann sagen wir also zu Claude, wir würden nach Tippit fahren, um das zu klären, und wenn sich nichts weiter ergibt, würden wir anschließend nach Flint City zurückfliegen. Hört sich das plausibel an?«

»Durchaus«, sagte Ralph. »Wir müssen bloß dafür sorgen, dass Claude die Taschenlampen und die Schutzhelme nicht zu Gesicht bekommt.«

## 15

Um elf Uhr lag Ralph auf dem durchhängenden Bett in seinem Zimmer immer noch wach. Ihm war bewusst, dass er das Licht ausschalten sollte, tat es jedoch nicht. Er hatte Jeannie angerufen und fast eine halbe Stunde lang mit ihr geplaudert, teils über die Ereignisse und teils über Derek, aber hauptsächlich über Belanglosigkeiten. Danach hatte er es mit Fernsehen versucht, weil er dachte, einer der von Lovie Bolton so geschätzten Prediger könnte wie ein Schlafmittel wirken – oder wenigstens das unablässige Hamsterrad seiner Gedanken beruhigen –, aber als er das Gerät einschaltete, begrüßte ihn lediglich die Mitteilung UNSER SAT-EMP-FANG IST MOMENTAN AUSSER FUNKTION, WIR DANKEN FÜR IHR VERSTÄNDNIS.

Er griff gerade nach dem Lampenschalter, da klopfte es leise an der Tür. Er ging durchs Zimmer, griff nach dem Knauf, überlegte es sich anders und lugte erst einmal durch den Türspion. Was sich als sinnlos erwies, weil der mit Dreck oder irgendetwas anderem zugekleistert war.

»Wer ist da?«

»Ich«, sagte Holly. Ihre Stimme war so leise wie ihr Klopfen.

Er öffnete die Tür. Hollys T-Shirt steckte nicht im Hosenbund, und die Jacke ihres Hosenanzugs, die sie wegen der nächtlichen Kühle angezogen hatte, hing merkwürdig schief. Ihre kurzen, grauen Haare flatterten im allmählich auffrischenden Wind. In den Händen hielt sie ihr I-Pad. Ralph wurde plötzlich bewusst, dass er nur seine Boxershorts trug, deren knopfloser Schlitz zweifellos leicht offen stand. Dabei fiel ihm ein Spruch aus seiner Kindheit ein: *Sag mal, seit wann hast du die Lizenz, Hotdogs zu verkaufen?*

»Ich habe Sie aufgeweckt«, sagte Holly.

»Keineswegs. Kommen Sie rein.«

Sie zögerte, dann trat sie ins Zimmer und setzte sich auf den einzigen Stuhl, während er seine Hose anzog.

»Sie müssen etwas Schlaf bekommen, Holly. Sie sehen sehr müde aus.«

»Das bin ich auch. Aber manchmal kommt es mir vor, als könnte ich umso schlechter einschlafen, je müder ich bin. Besonders wenn ich mir Sorgen mache und nervös bin.«

»Haben Sie es mal mit Zolpidem versucht?«

»Wenn man Antidepressiva nimmt, wird das nicht empfohlen.«

»Verstehe.«

»Ich habe ein bisschen recherchiert, davon kann ich manchmal einschlafen. Angefangen habe ich mit der Suche nach Zeitungsartikeln über die Tragödie, von der Claudes Mutter uns erzählt hat. Es gibt viele Berichte mit einer Menge Hintergrundinformation. Ich dachte, Sie wollen vielleicht was davon erfahren.«

»Bringt es uns weiter?«

»Ich glaube schon.«

»Dann will ich es hören.«

Er setzte sich aufs Bett, während Holly auf dem Stuhl ganz nach vorn rutschte und die Knie zusammenstellte.

»Also gut. Lovie hat mehrfach von einem Ahiga-Eingang gesprochen und außerdem gesagt, einer von den beiden Jungen hätte eine Plastikfigur von Häuptling Ahiga verloren.« Sie klappte ihr I-Pad auf. »Das wurde 1888 aufgenommen.«

Das sepiagetönte Foto zeigte einen edel aussehenden amerikanischen Ureinwohner im Profil. Er trug einen Federschmuck, der hinten bis ins Kreuz reichte.

»Eine Weile hat der Häuptling mit einer kleinen Schar Navajos in der Tigua-Reservation nahe El Paso gelebt, dann hat er eine Weiße geheiratet und ist zuerst nach Austin gezogen, wo er schlecht behandelt wurde, und dann nach Marysville, wo er als Mitglied der Gemeinschaft akzeptiert wurde, nachdem er sich die Haare geschnitten und zum Christentum bekannt hat. Seine Frau hatte ein bisschen Geld, mit dem die beiden den Marysville Trading Post eröffnet haben. Daraus wurde später das Indian Motel and Café.«

»Trautes Heim, Glück allein«, sagte Ralph und ließ den Blick durch das schäbige Zimmer schweifen.

»Ja. Das ist Chief Ahiga 1926, zwei Jahre vor seinem Tod. Inzwischen hatte er seinen Namen in Thomas Higgins geändert.« Sie zeigte ihm ein zweites Foto.

»Ach du Schande!«, rief Ralph aus. »Der hat sich ja ganz schön verändert.«

Es war dasselbe edle Profil, doch nun war die der Kamera zugewandte Wange von tiefen Fältchen durchzogen und der Federschmuck verschwunden. Der einstige Navajo-Häuptling trug eine randlose Brille und ein weißes Hemd mit Krawatte.

»Abgesehen davon, dass er das einzige erfolgreiche Geschäft in Marysville betrieben hat, war es Häuptling Ahiga alias Thomas Higgins, der die Höhle entdeckt und die ersten Besichtigungstouren durchgeführt hat«, sagte Holly. »Die waren ziemlich beliebt.«

»Trotzdem hat man die Höhle nach der Ortschaft benannt und nicht nach ihm«, sagte Ralph. »Was kein Wunder ist. Auch wenn er ein Christ und ein erfolgreicher Geschäftsmann war, hat man ihn als Rothaut gesehen. Immerhin haben ihn die Leute hier offenbar besser behandelt als die Christen in Austin. Das muss man ihnen anrechnen. Was kommt als Nächstes?«

Holly rief das nächste Foto auf. Es zeigte eine Holztafel, auf die Häuptling Ahiga mit seinem Federschmuck gemalt war. Darunter stand: ZU DEN BESTEN STEINZEICHNUNGEN. Als sie die Ansicht verkleinerte, sah Ralph einen Pfad, der durch die Felsen führte.

»Die Höhle trägt den Namen der Stadt«, sagte sie. »Aber etwas hat man doch nach dem Häuptling benannt – den Ahiga-Eingang, der wesentlich weniger imposant war als der Saal der Töne, damit jedoch direkt verbunden. Hier hat man das unten benötigte Material reingeschafft, und außerdem diente es als Notausgang.«

»Das ist der, wo die Rettungsmannschaften eingestiegen sind, um nach den vermissten Kindern zu suchen?«

»Richtig.« Sie beugte sich mit leuchtenden Augen vor. »Der Haupteingang ist nicht nur verbarrikadiert, Ralph, man hat ihn zubetoniert, weil man nicht noch mehr Kinder verlieren wollte. Auch der Ahiga-Eingang – sozusagen die Hintertür – wurde verschlossen, aber in keinem von den Artikeln, die ich gelesen habe, stand irgendwas darüber, dass man dabei Beton verwendet hätte.«

»Was nicht bedeutet, dass sie es auch nicht getan haben.«

Sie warf ungeduldig den Kopf zur Seite. »Das ist mir klar, aber falls *nicht* …«

»Dann ist er dort hineingelangt. Der Outsider. Das nehmen Sie jedenfalls an.«

»Wir sollten uns zuerst dort umsehen, und falls es irgendwelche Anzeichen dafür gibt, dass jemand eingedrungen ist …«

»Hab kapiert«, sagte er. »Und das hört sich tatsächlich nach einem Plan an. Gut gemacht! Sie sind eine wirklich tolle Detektivin, Holly.«

Sie dankte ihm mit gesenktem Blick und mit der zaghaften Stimme einer Frau, die nicht recht mit Komplimenten umzugehen wusste. »Das ist nett von Ihnen.«

»Mit Nettigkeit hat das nichts zu tun. Sie sind besser als Betsy Riggins und *wesentlich* besser als Jack Hoskins, dieser Tagedieb. Der geht übrigens bald in Pension, und wenn ich seinen Posten vergeben dürfte, würden Sie ihn bekommen.«

Holly schüttelte den Kopf, strahlte jedoch. »Kautionsflüchtlinge, gestohlene Autos und vermisste Hunde reichen mir völlig aus. In einer weiteren Mordsache ermitteln will ich nie wieder.«

Er erhob sich. »Jetzt ist es aber Zeit, dass Sie wieder in Ihr Zimmer gehen und sich eine Weile aufs Ohr legen. Wenn Ihre Vermutungen auch nur teilweise stimmen, wird das morgen ein Tag für jemand wie John Wayne.«

»Gleich. Ich hatte noch einen anderen Grund herzukommen. Setzen Sie sich lieber wieder hin.«

## 16

Obwohl Holly jetzt eine wesentlich stärkere Person war als an dem Tag, wo sie das große Glück gehabt hatte, auf Bill Hodges zu treffen, war sie es nicht gewohnt, anderen Leuten zu sagen, sie sollten ihr Verhalten ändern oder hätten schlicht unrecht. Früher war sie wie ein erschrecktes, wuseliges Mäuschen gewesen und hatte manchmal gedacht, das beste Mittel gegen ihre Angst, ihre Minderwertigkeitsgefühle und ihre ungebremste Neigung, sich zu schämen, wäre es, sich umzubringen. Als Bill an jenem Tag auf sie zugekommen war, hatte sie hinter einem Bestattungsinstitut gesessen und sich nicht überwinden können, es zu betreten. Damals hatte sie vor allem das Gefühl gehabt, etwas Entscheidendes verloren zu haben – nicht nur etwas wie ihre Handtasche oder ihre Kreditkarte, sondern das Leben, das sie hätte führen können, wenn die Lage nur ein klein wenig anders gewesen wäre oder wenn Gott es für angebracht gehalten hätte, ein klein wenig mehr von irgendeinem wichtigen chemischen Stoff in ihren Körper zu stecken.

*Ich glaube, Sie haben das hier verloren*, hatte Bill gesagt, ohne es laut auszusprechen. *Da, stecken Sie es lieber wieder in die Tasche.*

Jetzt war Bill tot, und da war dieser Mann, der Bill in vielem so ähnelte: in seiner Intelligenz, seinem gelegentlich aufblitzenden Humor und vor allem in seiner Beharrlichkeit. Bill hätte ihn bestimmt gemocht, denn Detective Ralph Anderson konnte einem Fall mit der gleichen Begeisterung wie er hinterherjagen.

Es gab allerdings auch Unterschiede, die sich nicht nur darauf beschränkten, dass Ralph dreißig Jahre jünger war als

Bill bei seinem Tod. Sein schrecklicher Fehler, Terry Maitland in aller Öffentlichkeit zu verhaften, ohne die wahren Dimensionen des Falles zu begreifen, war nur einer von diesen Unterschieden und wahrscheinlich nicht einmal der wichtigste, auch wenn ihn das noch so sehr quälte.

*Gott, bitte hilf mir, ihm zu sagen, was ich ihm sagen muss. Jetzt ist die einzige Chance, die ich haben werde. Und mach, dass er mich versteht. Bitte, lieber Gott, mach, dass er mich versteht!*

»Jedes Mal wenn Sie und die anderen über den Outsider sprechen, geschieht das unter Vorbehalt«, sagte sie.

»Ich weiß nicht recht, ob ich Sie verstehe, Holly.«

»Ich glaube schon. *Wenn er existiert,* sagen Sie. *Angenommen,* er existiert. *Vorausgesetzt,* er existiert.«

Ralph schwieg.

»Die anderen sind mir egal, aber *Sie* müssen an seine Existenz glauben, Ralph. *Sie müssen unbedingt daran glauben.* Dass ich daran glaube, reicht nicht aus.«

»Holly …«

»Nein«, sagte sie scharf. »*Nein.* Hören Sie mir zu. Ich weiß, wie verrückt das alles klingt. Aber ist die Vorstellung, dass es el Cuco gibt, wirklich unbegreiflicher als manche von den furchtbaren Dingen, die auf der Welt geschehen? Damit meine ich keine Naturkatastrophen oder Unfälle, sondern das, was manche Menschen anderen antun. War Ted Bundy nicht nur eine Variante von el Cuco, ein Gestaltwandler mit einem bestimmten Gesicht für die Leute, die er kannte, und einem anderen für die Frauen, die er ermordet hat? Das Letzte, was diese Frauen gesehen haben, war sein anderes, inneres Gesicht, das Gesicht von el Cuco. Und es gibt weitere wie ihn. Sie leben mitten unter uns, das wissen Sie genau. Es sind Fremdlinge, Monster jenseits unseres Verstehens.

Daran, dass *die* existieren, glauben Sie trotzdem. Sie haben sogar welche von denen hinter Schloss und Riegel gebracht oder gesehen, wie sie hingerichtet wurden.«

Wieder schwieg er nachdenklich.

»Ich will Ihnen eine Frage stellen«, sagte sie. »Angenommen, es wäre wirklich Terry Maitland gewesen, der diesen Jungen umgebracht, ihm Fleischfetzen herausgerissen und ihm einen Ast in den Körper gesteckt hat. Wäre das dann weniger unbegreiflich gewesen als das Ding, das sich womöglich in dieser Höhle versteckt hält? Könnten Sie dann sagen: ›Ich begreife die Finsternis und Bosheit, die sich hinter der Maske dieses Jugendtrainers und braven Bürgers verborgen hat. Ich weiß genau, was ihn dazu getrieben hat‹?«

»Nein. Ich habe zwar Männer verhaftet, die schreckliche Dinge getan haben – und eine Frau, die ihre kleine Tochter in der Badewanne ertränkt hat –, aber begriffen habe ich so etwas nie. In den meisten Fällen begreifen solche Leute sich selbst nicht.«

»Ebenso wenig, wie ich begriffen habe, wieso Brady Hartsfield geplant hat, sich bei einem Konzert umzubringen und dabei tausend oder mehr unschuldige Jugendliche in den Tod zu reißen. Das, worum ich Sie bitte, ist ganz einfach: Glauben Sie daran, und wenn auch nur für die nächsten vierundzwanzig Stunden. Schaffen Sie das?«

»Können Sie ein bisschen Schlaf finden, wenn ich ja sage?«

Sie nickte, ohne den Blick von ihm abzuwenden.

»Dann glaube ich daran. Mindestens für die nächsten vierundzwanzig Stunden glaube ich, dass el Cuco existiert. Ob er sich in der Höhle von Marysville versteckt hat oder nicht, werden wir ja sehen, aber er existiert.«

Holly atmete tief durch und erhob sich. Ihre Haare waren vom Wind zerzaust, ihre Jacke hing schief herab, ihr T-Shirt hing ihr über den Hosenbund. Ralph fand, dass sie zugleich bezaubernd und furchtbar zerbrechlich aussah. »Gut«, sagte sie. »Dann gehe ich jetzt ins Bett.«

Er brachte sie zur Tür. Als sie hinaustrat, sagte er: »Das Universum hat kein Ende.«

Sie sah ihn ernst an. »Stimmt. Dieses verflixte Ding ist endlos. Gute Nacht, Ralph.«

# Die Höhle von Marysville

## 27. JULI

## I

Jack erwachte um vier Uhr morgens.

Draußen wehte der Wind, er wehte stark, und Jack schmerzte alles. Nicht nur der Nacken, sondern auch die Arme, die Beine, der Bauch, der Hintern. Es fühlte sich wie Sonnenbrand an. Er schlug die Decke zurück, setzte sich auf die Bettkante und schaltete die Nachttischlampe ein, die einen fahlen Sechzigwattschein verströmte. Als er an sich hinunterblickte, sah er auf seiner Haut absolut nichts, aber die Schmerzen waren da. Sie waren *in ihm drin*.

»Ich tue, was du willst«, erklärte er dem Besucher. »Ich halte diese Typen auf. Das verspreche ich.«

Er vernahm keine Antwort. Entweder erwiderte der Besucher nichts, oder er war gar nicht da. Jetzt zumindest nicht. Da gewesen war er allerdings, draußen an dieser gottverdammten Scheune. Nur eine leichte, kitzlige Berührung, fast eine Liebkosung, aber das hatte ausgereicht. Jetzt war Jack vollgepumpt mit Gift. Mit *Krebsgift*. Während er lange vor der Morgendämmerung hier in diesem beschissenen Motelzimmer hockte, war er sich nicht mehr sicher, ob der Besucher das, was er ihm gegeben hatte, überhaupt zurücknehmen konnte, aber hatte Jack eine andere Wahl? Er musste es versuchen. Wenn es nicht klappte …

»Dann muss ich mich wohl erschießen.« Bei diesem Gedanken fühlte er sich ein bisschen besser. Das war eine Wahlmöglichkeit, die seine Mutter nicht gehabt hatte. Er sagte es noch einmal, und zwar entschiedener. »Dann erschieße ich mich.«

Kein verkaterter Morgen mehr. Keine Heimfahrt exakt am Tempolimit, bei der er an jeder Ampel hielt, um nicht angehalten zu werden, weil er wusste, dass sich beim Pusten ins Röhrchen mindestens ein Promille, wenn nicht gar eins Komma zwei ergeben würden. Keine weiteren Anrufe von seiner Ex, die ihn daran erinnerte, dass er mit dem monatlichen Scheck wieder mal im Verzug war. Als ob er das nicht gewusst hätte. Was sie wohl tun würde, wenn die Schecks gar nicht mehr eintrafen? Dann musste sie arbeiten gehen und würde merken, wie die andere Hälfte der Menschheit lebte, schluchz, schluchz, o weh. Tja, dann konnte sie nicht mehr den ganzen Tag zu Hause vor der Kiste hocken und Ellen oder Judge Judy glotzen. Was für eine Schande.

Er zog sich an und trat ins Freie. Obwohl der Wind eigentlich nicht kalt war, kam er Jack so vor und schien direkt durch ihn hindurchzuwehen. Als er Flint City verlassen hatte, war es sehr warm gewesen, weshalb er nicht daran gedacht hatte, eine Jacke mitzunehmen. Oder Klamotten zum Wechseln. Oder auch nur eine Zahnbürste.

*Typisch, mein Lieber,* hörte er die alte Giftnudel sagen. *So bist du eben. Nie pünktlich und dafür immer knapp bei Kasse.*

Personenwagen, Pick-ups und einige Wohnmobile drängten sich an das Motelgebäude wie nuckelnde Welpen. Jack ging den überdachten Gang entlang bis dorthin, wo er sich vergewissern konnte, dass der blaue SUV, mit dem die Wichtigtuer gekommen waren, noch dastand. Das tat er. Zweifellos lagen alle in ihren Zimmern und träumten angenehme, schmerzfreie Träume. Jack gab sich kurz der Fantasie hin, wie er von Zimmer zu Zimmer ging, um alle zu erschießen. So anziehend der Gedanke auch war, er war lächerlich. Jack wusste nicht einmal, in welchen Zimmern diese Typen steckten, und irgendwann würde jemand – wenn auch nicht unbedingt der Oberwichtigtuer – das Feuer erwidern. Schließlich war man hier in Texas, wo die Leute glaubten, sie lebten noch in der Zeit der Cowboys und Revolverhelden.

Es war also besser, dort auf die Wichtigtuer zu warten, wohin sie laut dem Besucher wahrscheinlich kommen würden. Da konnte er sie erschießen und hatte sogar eine gute Chance, anschließend unerkannt davonzukommen, weil meilenweit niemand in der Gegend war. Wenn der Besucher das Gift wegnehmen konnte, sobald das erledigt war, würde alles gut enden. Andernfalls würde Jack sich den Lauf seiner Dienstwaffe in den Mund stecken und abdrücken. Sich vorzustellen, wie seine Ex kellnerte oder die nächsten zwanzig Jahre in der Handschuhfabrik ackerte, war zwar unterhaltsam, aber nicht der wichtigste Grund. Er würde nicht so enden wie seine Mutter, deren Haut bei jedem Versuch, sich zu bewegen, aufgeplatzt war. Das war der wichtigste Grund.

Fröstelnd setzte er sich in seinen Pick-up und brach zur Marysville-Höhle auf. Der Mond stand wie ein kalter Stein direkt über dem Horizont. Aus dem Frösteln wurde ein so schlimmes Zittern, dass Jack mehrfach die durchbrochene weiße Mittellinie überfuhr. Das war okay, da alle großen Lastwagen entweder den Highway 190 oder die Schnellstraße nahmen. Zu dieser nachtschlafenden Zeit fuhr auf der Rural Star Route außer ihm niemand.

Sobald der Motor warmgelaufen war, stellte Jack die Heizung hoch. Es wurde sofort besser. Die Schmerzen im Unterleib ließen allmählich nach. Allerdings pochte es im Nacken weiterhin teuflisch, und wenn er daran rieb, blieben Flocken aus toter Haut an seiner Handfläche haften. Dabei dachte er, dass es sich bei den Schmerzen da oben vielleicht doch um einen ganz normalen Sonnenbrand handelte, während sich alles andere nur in seinem Kopf abspielte. Dass es sich um etwas Psychosomatisches handelte wie die Migräne, an der die alte Giftnudel angeblich litt. Konnte man durch psychosomatische Schmerzen tatsächlich aus dem Tiefschlaf geweckt werden? Das konnte er nicht sagen, aber wohl, dass der hinter dem Duschvorhang verborgene Besucher wirklich da gewesen war, und so jemand wollte man nicht hinters Licht führen. Bei so jemand wollte man genau das tun, was einem gesagt wurde.

Außerdem war da dieser verfluchte Ralph Anderson, der ihm schon immer auf die Nerven gegangen war. Der Mann ohne Meinung, der die Schuld daran trug, dass Jack aus dem Urlaub zurückgerufen worden war, weil man Anderson suspendiert hatte ... und der kleine Ralphie *war* suspendiert, scheiß auf den Schwachsinn mit der Beurlaubung. Der verfluchte Ralph Anderson war der Grund, weshalb er, Jack Hoskins, draußen in Canning gewesen war, anstatt in seiner kleinen Blockhütte zu sitzen, sich DVDs anzuschauen und Wodka Tonic zu trinken.

Als er an der Reklametafel (BIS AUF WEITERES GESCHLOSSEN) abbog, durchzuckte ihn ein Gedankenblitz: Womöglich hatte der verfluchte Ralph Anderson ihn *absichtlich* da rausgeschickt! Weil er gewusst hatte, dass dort der Besucher wartete und was der tun würde! Schließlich hatte er Jack schon jahrelang loswerden wollen, und sobald man das berücksichtigte, fügte sich alles zusammen. Die Logik ließ sich nicht leugnen. Nur hatte der kleine Ralphie mit einem nicht gerechnet – dass der Mann mit den Tattoos ein doppeltes Spiel treiben könnte.

Was die Entwicklung des ganzen Fiaskos anging, sah Jack drei Möglichkeiten. Unter Umständen konnte der Besucher das Gift, das jetzt durch Jacks Körper strömte, tatsächlich wieder entfernen. Das war Möglichkeit Nummer eins. Wenn es sich um etwas Psychosomatisches handelte, würde es irgendwann von selbst weggehen. Das war Nummer zwei. Oder das Gift war tatsächlich in seinem Körper, und der Besucher würde es *nicht* wieder entfernen können. Das war Nummer drei.

Egal welche dieser drei Möglichkeiten sich als korrekt erwies, war der Mann ohne Meinung erledigt. Das war ein Versprechen, das Jack nicht dem Besucher gab, sondern sich selbst. Anderson würde ins Gras beißen und die anderen ebenfalls. Aus die Maus. Jack Hoskins als American Sniper.

Er kam zu dem verlassenen Kartenhäuschen und fuhr um die Kette herum. Wahrscheinlich legte sich der Wind, sobald die Sonne aufging und die Temperatur in die Höhe schoss, aber jetzt wehte er noch und peitschte Staubfahnen in die Luft. Das war gut, denn so musste Jack sich keine Sorgen machen, dass die Wichtigtuer seine Reifenspuren sahen. Falls sie überhaupt anrollten.

»Wenn sie nicht kommen, kannst du mich dann trotzdem heilen?«, fragte er. Obwohl er keine Antwort erwartete, kam eine.

*Aber ja doch, dann wirst du wieder gesund und munter sein.*

War das eine echte Stimme oder bloß die eigene?

Scheißegal.

Als Jack an den baufälligen Ferienhäuschen vorüberkam, fragte er sich, weshalb jemand wohl gutes Geld hatte ausgeben wollen, um in der Nähe von etwas zu übernachten, was eigentlich bloß ein Loch im Boden war (wie die Kids aus der Gegend die Höhle wahrheitsgetreu bezeichnet hatten). Gab es denn keine interessanteren Reiseziele? Yosemite? Den Grand Canyon? Selbst das größte Garnknäuel der Welt wäre besser als ein Loch hier draußen im Staubtrockenen Arsch, Texas.

Wie bei seinem ersten Besuch parkte er neben dem Schuppen. Er nahm seine Taschenlampe aus dem Handschuhfach und holte dann die Winchester und eine Schachtel Patronen aus dem verschlossenen Kasten auf der Ladefläche. Er stopfte sich die Taschen mit Patronen voll und ging auf den Pfad zu, drehte sich jedoch gleich wieder um und leuchtete mit seiner Lampe durch eines der staubigen Fenster im Rolltor des Schuppens. Vielleicht fand sich da drin ja was Brauchbares. Dem war zwar nicht so, aber was er sah, machte ihm trotzdem Freude. Es war ein mit Staub bedeckter Kleinwagen, wahrscheinlich ein Honda oder ein Toyota. Auf dem Rückfenster klebte ein Sticker mit der Aufschrift: MEIN SOHN IST JAHRGANGSBESTER DER FLINT CITY HIGH-SCHOOL. Ob vergiftet oder nicht, die rudimentären detektivischen Fähigkeiten von Jack waren intakt. Der Besucher war also tatsächlich vor Ort; er war mit diesem gestohlenen Wagen von Flint City hierhergefahren.

Da Jack sich nun besser fühlte – und sogar zum ersten Mal, seit die tätowierte Hand hinter dem Duschvorhang hervorgekrochen war, richtig Hunger hatte –, ging er zu seinem

Pick-up zurück, um im Handschuhfach zu kramen. Darin entdeckte er eine Packung Erdnussbuttercracker und eine halbe Rolle Pastillen gegen Sodbrennen. Nicht gerade ein Frühstück für Helden, aber besser als gar nichts. Während er den Pfad hinaufging, mampfte er einen Cracker. Die Winchester trug er in der linken Hand. Das Gewehr hatte zwar einen Riemen, aber wenn er den über die Schulter legte, würde der vielleicht scheuern. Vielleicht sogar bis der Nacken blutete. Seine mit Patronen vollgepackten Hosentaschen hingen schwer herab und schlugen ihm an die Beine.

An dem verblassten Schild, auf dem der alte Häuptling der Indianer bezeugte, dass Carolyn Allen ihm seinen roten Schwanz lutschte, blieb er stehen, weil ihm urplötzlich etwas eingefallen war. Jeder, der die Nebenstraße zu den Ferienhäuschen entlangfuhr, würde seinen Pick-up neben dem Schuppen stehen sehen und sich fragen, was der da wohl machte. Er überlegte, ob er zurückgehen und den Wagen woanders hinstellen sollte, dachte dann jedoch, dass er sich unnötig Sorgen machte. Wenn die Wichtigtuer kamen, würden sie in der Nähe vom Haupteingang parken. Sobald sie ausstiegen, um sich umzusehen, würde er von seinem Hochsitz auf dem Felsen aus das Feuer eröffnen und zwei oder sogar drei von ihnen ausschalten, bevor sie überhaupt kapierten, was geschah. Die anderen würden durch die Gegend irren wie Hühner bei Gewitter, weshalb er sie ebenfalls erwischen würde, bevor sie in Deckung gehen konnten. Jack brauchte sich also keine Sorgen zu machen, was man von den Ferienhäuschen aus sehen konnte, weil der Mann ohne Meinung und seine Kumpane den Parkplatz nicht mehr verlassen würden.

Im Dunkeln war der Pfad den steilen Hang hinauf selbst mit der Taschenlampe sehr riskant, weshalb Jack sich Zeit ließ. Auch ohne dass er jetzt hinfiel und sich etwas brach, hatte er schon genug Probleme. Als er seinen Ausguck erreichte, sickerte zögerlich das erste Licht in den Himmel. Er richtete seine Lampe auf die Heugabel, die er am Vortag dagelassen hatte, und wollte schon danach greifen, zuckte jedoch zurück. Hoffentlich war das kein böses Omen dafür, wie sich der restliche Tag entwickeln würde. Allerdings entbehrte die Situation nicht einer gewissen Ironie, was Jack trotz allem zu schätzen wusste.

Er hatte die Heugabel zum Schutz gegen Schlangen mitgebracht, und jetzt lag eine Schlange neben und teilweise auf dem Ding. Es war eine Klapperschlange, und zwar keine kleine, sondern ein echtes Monstrum. Darauf schießen konnte er nicht, weil er das verfluchte Biest womöglich nur verwunden würde. Dann würde es ihn wahrscheinlich angreifen, und er trug Sneakers, weil er in Tippit nicht daran gedacht hatte, sich Stiefel zu kaufen. Außerdem bestand die Gefahr, durch einen Querschläger getroffen zu werden.

Jack hielt seine Flinte ganz hinten am Kolben und streckte den Lauf langsam so weit von sich weg, wie es ging. Dann schob er das Ende unter das dösende Tier und schleuderte es hoch über die Schulter, bevor es sich wegschlängeln konnte. Das Mistvieh landete sechs Meter hinter ihm auf dem Pfad, rollte sich zusammen und gab ein Geräusch von sich, das sich wie Holzperlen anhörte, die man in einem hohlen Kürbis schüttelte. Jack schnappte sich die Heugabel, machte einen

Schritt vorwärts und stach nach der Schlange. Die glitt in einen Spalt zwischen zwei überhängenden Felsen und war verschwunden.

»Recht so«, sagte Jack. »Komm bloß nicht wieder. Das ist *mein* Platz.«

Er legte sich auf den Bauch und spähte durchs Zielfernrohr. Da war der Parkplatz mit seinen geisterhaften gelben Linien; da war der marode Andenkenladen; da war der verrammelte Höhleneingang mit einem verblassten, aber noch lesbaren Schild: WILLKOMMEN AN DER MARYSVILLE-HÖHLE.

Jetzt gab es nichts mehr zu tun, als zu warten. Jack machte es sich gemütlich.

## 4

*Vor neun findet nichts statt,* hatte Ralph gesagt, aber um Viertel nach acht saßen schon alle im Lokal vom Indian Motel. Ralph, Howie und Alec bestellten sich Steak mit Spiegelei; Holly verzichtete auf das Steak, ließ sich jedoch ein Omelett aus drei Eiern und Pommes bringen, und Ralph freute sich, dass sie es komplett verzehrte. Sie trug wieder die Jacke ihres Hosenanzugs, aber darunter T-Shirt und Jeans.

»Es wird später ganz schön heiß werden«, sagte Ralph.

»Ja, und das Ding ist total verknittert, aber es hat schön große Taschen für mein ganzes Zeug. Meine Schultertasche nehme ich auch mit; allerdings lasse ich die im Auto, wenn wir eine Wanderung machen müssen.« Sie beugte sich vor und senkte die Stimme. »In solchen Motels stehlen die Zimmermädchen manchmal.«

Howie hielt sich die Hand vor den Mund, vielleicht um ein Rülpsen zu unterdrücken, vielleicht auch, um ein Lächeln zu kaschieren.

## 5

Sie fuhren zum Haus von Lovie Bolton, wo Yunel mit Claude auf der Treppe zur vorderen Veranda saß und Kaffee trank. Lovie jätete in dem kleinen Garten an der Seite Unkraut, was sie von ihrem Rollstuhl aus schaffte. Sie hatte die Sauerstoffflasche auf dem Schoß, eine Zigarette im Mund und einen großen Strohhut auf dem Kopf.

»Ist heute Nacht irgendwas passiert?«, fragte Ralph.

»Nicht das Geringste«, sagte Yunel. »Der Wind war da hinten ziemlich laut, aber sobald ich eingeschlafen bin, hab ich geschlummert wie ein Baby.«

»Was ist mit Ihnen, Claude? Alles okay?«

»Wenn Sie meinen, ob ich das Gefühl hatte, dass draußen wieder jemand durch die Gegend schleicht, dann war das nicht der Fall. Ma hat auch nichts bemerkt.«

»Tja, dafür könnte es einen Grund geben«, sagte Alec. »In Tippit hat man die Polizei zu einem Hauseinbruch gerufen. Der Hausherr hat Glas splittern hören, nach seiner Schrotflinte gegriffen und den Täter verscheucht. Wie er später ausgesagt hat, hatte der Mann schwarze Haare, einen Bart rund um den Mund und massenhaft Tattoos.«

Claude war außer sich. »Ich hab mein Zimmer die ganze Nacht nicht verlassen!«

»Das bezweifeln wir nicht«, sagte Ralph. »Möglicherweise war das der Kerl, nach dem wir suchen. Deshalb fahren wir jetzt nach Tippit und überprüfen das. Falls er verschwunden ist – und das ist er wahrscheinlich –, fliegen wir nach Flint City zurück und überlegen uns dort, wie wir weiter vorgehen.«

»Wobei ich nicht recht weiß, was wir noch groß tun könnten«, ergänzte Howie. »Wenn er nicht hier herumlungert und auch nicht in Tippit, kann er wer weiß wo sein.«

»Keine weiteren Anhaltspunkte?«, fragte Claude.

»Kein einziger«, sagte Alec.

Lovie kam angerollt. »Falls ihr beschließt, nach Hause zu fliegen, schaut auf der Fahrt zum Flugplatz doch noch mal bei uns herein. Ich mache von dem, was gestern übrig geblieben ist, ein paar Sandwiches. Wenn ihr nichts dagegen habt, zweimal das Gleiche zu essen.«

»Klar kommen wir«, sagte Howie. »Und danke Ihnen beiden.«

»Eigentlich sollte ich *Ihnen* danken«, sagte Claude.

Er schüttelte allen die Hand, während Lovie die Arme ausbreitete, um Holly an sich zu drücken. Die blickte zwar erschrocken drein, ließ es jedoch zu. »Ihr kommt doch noch mal vorbei, oder?«, flüsterte Lovie ihr ins Ohr.

»Bestimmt«, antwortete Holly und hoffte, dass sie das Versprechen halten konnte.

Howie saß am Steuer, Ralph daneben, die anderen drei auf dem Rücksitz. Die Sonne war höher gestiegen, und ein heißer Tag kündigte sich an.

»Ich frage mich bloß, wie die Polizei in Tippit euch kontaktiert hat«, sagte Yunel. »Soweit ich weiß, hatte niemand von denen dort eine Ahnung, dass wir hier runtergekommen sind.«

»Das stimmt«, erwiderte Alec. »Aber für den Fall, dass dieser Outsider tatsächlich existiert, sollten die Boltons sich nicht wundern, weshalb wir in die falsche Richtung fahren.«

Ralph musste nicht Gedanken lesen können, um zu wissen, was Holly in diesem Augenblick dachte: *Jedes Mal wenn diese Leute über den Outsider sprechen, geschieht das unter Vorbehalt.*

Er drehte sich nach hinten um. »Jetzt hört mir mal zu. Schluss mit *falls* oder *vielleicht*. Für heute gilt, dass der Outsider existiert. Dass er die Gedanken von Claude Bolton lesen kann, wann immer er will, und dass er in der Marysville-Höhle steckt, sollten wir nichts anderes herausfinden. Keine Vermutungen mehr, nur noch echter Glaube. Kriegt ihr das hin?«

Eine Weile erwiderte niemand etwas. Dann sagte Howie: »Junger Mann, ich bin Strafverteidiger. Ich kann alles glauben.«

Sie kamen zu der Reklametafel, auf der die Familie ehrfürchtig ihre Gaslaternen in die Höhe hob. Während Howie den Wagen langsam über den rissigen Asphalt der Stichstraße lenkte, wich er den Schlaglöchern aus, so gut es ging. Die Temperatur, die morgens etwa dreizehn Grad betragen hatte, war inzwischen auf über zwanzig gestiegen, und dabei würde es nicht blieben.

»Seht ihr den Hügel da?« Holly hob deutend die Hand. »Der Haupteingang zur Höhle befindet sich am Fuß davon. Das heißt, da war er, bis man ihn zubetoniert hat. Trotzdem sollten wir ihn uns als Erstes anschauen. Wenn der Outsider versucht hat, dort einzudringen, hat er vielleicht Spuren hinterlassen.«

»Soll mir recht sein.« Yunel blickte sich um. »Mensch, ist das eine öde Gegend.«

»Der Verlust der beiden Jungen und des Rettungstrupps war schrecklich für die Angehörigen«, sagte Holly. »Aber auch für ganz Marysville war es eine Katastrophe. Arbeit gab es nämlich nur in der Höhle. Nachdem die geschlossen wurde, haben viele Einwohner die Stadt verlassen.«

Howie bremste. »Das muss das Kartenhäuschen gewesen sein. Und da hinten sehe ich eine Kette, die über die Straße gespannt ist.«

»Fahren Sie einfach drum herum«, sagte Yunel. »Das halten die Stoßdämpfer schon aus.«

Während Howie dem Hindernis auswich, wurden seine Fahrgäste in ihren Gurten auf und ab geschleudert. »Okay, Leute, jetzt ist es offiziell: Wir betreten widerrechtlich ein fremdes Privatgrundstück.«

Vor ihnen brach ein Kojote aus seinem Versteck und flitzte davon. Sein schlanker Schatten rannte neben ihm. Als Ralph die Überreste verwehter Reifenspuren sah, nahm er an, dass irgendwelche jungen Leute – ein paar mussten ja doch in Marysville geblieben sein – mit ihren Quads hier durch die Gegend gebrettert waren. Vor allem beschäftigte ihn der Felshügel ein Stück weiter vorn, wo sich die einzige Touristenattraktion der Ortschaft befunden hatte. Deren Daseinszweck, wenn man es philosophisch formulieren wollte.

»Bewaffnet sind wir ja alle«, sagte Yunel. Er saß kerzengerade da und hatte den Blick wachsam geradeaus gerichtet. »Das stimmt doch, oder?«

Die Männer bejahten das. Holly Gibney sagte nichts.

## 8

Von seinem Ausguck auf dem Hügel aus sah Jack sie kommen, lange bevor sie den riesigen Parkplatz erreicht hatten. Er überprüfte seine Waffe – vollständig geladen, eine Patrone in der Kammer. An der Kante des steil abfallenden Hanges hatte er einen flachen Stein platziert. Jetzt legte er sich flach auf den Bauch und stützte den Lauf darauf. Er spähte durchs Zielfernrohr und richtete das Fadenkreuz auf die Fahrerseite der Windschutzscheibe aus. Einen Moment lang reflektierte das Glas die Sonne so grell, dass er geblendet wurde. Er zuckte und rieb sich das Auge, bis der darin schwebende Fleck verschwunden war. Dann lugte er wieder durchs Fernrohr.

*Kommt nur,* dachte er. *Kommt, und haltet mitten auf dem Parkplatz, das wäre ideal. Haltet da an, und steigt schön aus.*

Anstatt das zu tun, rumpelte der SUV quer über den Platz und hielt vor dem mit Brettern verbarrikadierten Höhleneingang. Die Türen gingen auf, und fünf Leute stiegen aus, vier Männer und eine Frau. Fünf kleine Wichtigtuer, alle in einer Reihe, wunderbar. Leider gaben sie ein absolut beschissenes Ziel ab. So, wie die Sonne gerade stand, lag der Höhleneingang im Schatten. Trotzdem hätte Jack es eventuell riskiert – das Leupold-Fernrohr war verdammt gut –, aber der SUV stellte ein echtes Problem dar. Von dem wurden mindestens drei von den fünfen abgeschirmt, darunter der Mann ohne Meinung.

Die Wange am Gewehrkolben, lag Jack da und spürte in Brust und Hals, wie sein Puls langsam und regelmäßig schlug. Den pochenden Nacken nahm er gar nicht mehr wahr. Das Einzige, was ihn noch kümmerte, war die kleine Schar von Wichtigtuern, die unter dem Schild mit der Aufschrift WILLKOMMEN AN DER MARYSVILLE-HÖHLE standen.

»Los, weg von da«, flüsterte er. »Kommt, und seht euch ein bisschen um. Das wollt ihr doch bestimmt.«

Er lauerte darauf, dass sie genau das taten.

## 9

Der gewölbte Eingang zur Höhle war mit etwa zwei Dutzend Brettern versperrt, die mit großen, verrosteten Bolzen an der Betonplatte darunter befestigt waren. Mit diesem doppelten

Schutz gegen unbefugte Eindringlinge wären Verbotsschilder eigentlich gar nicht nötig gewesen, aber ein paar waren trotzdem angebracht worden. Daneben sah man mehrere verblasste Tags, gesprayt wahrscheinlich von denselben Kids, die sich hier mit ihren Quads getummelt hatten.

»Sieht das eurer Meinung nach so aus, wie wenn sich jemand da zu schaffen gemacht hätte?«, fragte Yunel.

»Nee«, sagte Alec. »Mir ist nicht mal klar, wieso man sich solche Mühe mit den Brettern gegeben hat. Um ein Loch in die Betonplatte da zu sprengen, bräuchte man eine anständige Ladung Dynamit.«

»Was das Zerstörungswerk, das mit dem Erdbeben begonnen hat, wahrscheinlich vollenden würde«, ergänzte Howie.

Holly drehte sich um und zeigte über die Kühlerhaube des SUVs hinweg. »Seht ihr den Fahrweg neben dem Andenkenladen? Da geht es zum Ahiga-Eingang. Durch den durften die Touristen die Höhle zwar nicht betreten, aber da gibt es viele interessante Steinzeichnungen zu sehen.«

»Woher wissen Sie das alles?«, fragte Yunel.

»Der Umgebungsplan, den man an die Besucher verteilt hat, ist im Internet immer noch verfügbar. Wie man da heutzutage praktisch alles findet.«

»Das nennt man Recherchieren, Amigo«, sagte Ralph. »Sollten Sie auch mal versuchen.«

Sie stiegen wieder ein, wobei Howie sich wie zuvor ans Lenkrad setzte und Ralph daneben. Langsam ließ Howie den Wagen über den Parkplatz rollen. »Der Weg da drüben sieht ziemlich übel aus«, sagte er.

»Das schaffen Sie schon«, sagte Holly. »Auf der anderen Seite vom Hang stehen mehrere Ferienhäuschen. Laut den Zeitungsberichten hat die zweite Rettungsmannschaft sie als

Sammelplatz verwendet. Außerdem haben sich dort sicher scharenweise Journalisten und besorgte Angehörige versammelt, sobald das Unglück bekannt wurde.«

»Ganz zu schweigen von den üblichen Gaffern«, sagte Yunel. »Die sind wahrscheinlich ...«

»Augenblick, Howie«, sagte Alec. »Halt mal an.« Inzwischen hatten sie etwas mehr als den halben Parkplatz überquert. Die bullige Schnauze des SUVs war auf den Fahrweg gerichtet, der zu den Ferienhäuschen führte. Und zum vermutlichen Hintereingang der Höhle.

Howie bremste. »Was ist?«

»Vielleicht machen wir es uns schwerer als nötig. Der Outsider muss sich nämlich nicht unbedingt in der Höhle aufhalten – schließlich hat er sich in Canning auch bloß in einer Scheune versteckt.«

»Womit du was sagen willst?«

»Womit ich sagen will, dass wir uns den Andenkenladen anschauen sollten. Um festzustellen, ob da jemand versucht hat einzubrechen.«

»Das übernehme ich«, sagte Yunel.

Howie öffnete die Fahrertür. »Wir können uns ja alle mal da umschauen.«

## 10

Die Wichtigtuer wandten sich von dem verbarrikadierten Eingang ab und gingen zu ihrem Wagen zurück, wobei der gedrungene Typ mit Halbglatze um die Kühlerhaube herummarschierte, weil er sich wohl wieder hinters Steuer klemmen wollte. Dadurch hatte Jack eine klare Schusslinie. Er zentrierte das Fadenkreuz auf den Kopf seines Ziels, holte Luft, hielt sie an und betätigte den Abzug. Der bewegte sich nicht. Einen albtraumhaften Moment lang dachte Jack, mit seiner Winchester sei etwas nicht in Ordnung, dann fiel ihm ein, dass er vergessen hatte, die Sicherung zu lösen. Wie dämlich konnte man eigentlich sein? Er versuchte, den Hebel zu drücken, ohne das Auge vom Fernrohr zu nehmen, aber sein schweißnasser Daumen glitt ab, und als es ihm endlich gelungen war, die Waffe zu entsichern, saß der Mann mit Halbglatze schon auf dem Fahrersitz und schlug die Tür zu. Die anderen waren ebenfalls bereits eingestiegen.

»Scheiße!«, flüsterte Jack. »Scheiße, Scheiße, *Scheiße!*«

Mit zunehmender Panik beobachtete er, wie der SUV über den Parkplatz auf den Fahrweg zurollte, wo sich die Wichtigtuer nicht mehr in der Schusslinie befänden. Sie würden die Kuppe erreichen und von dort aus die Ferienhäuschen und den Schuppen sehen, neben dem sein Pick-up stand. Ob Ralph Anderson wohl erkennen würde, wem dieser Pick-up gehörte? Natürlich würde er das. Wenn nicht an den Stickern auf der Seite (sie stellten springende Fische dar), dann an dem auf der hinteren Stoßstange: ALS NÄCHSTES ANGLE ICH MIR DEINE MAMI.

*Die dürfen auf keinen Fall den Weg da raufkommen.*

Er konnte nicht sagen, ob das die Stimme des Besuchers oder die eigene war, aber das war egal, denn es traf so oder so zu. Er musste den SUV aufhalten, was zwei oder drei gut gezielte Schüsse in den Motorblock zuwege bringen würden. Anschließend konnte er durch die Fenster schießen. Da sich die Sonne in den Scheiben spiegelte, würde er wahrscheinlich nicht alle erwischen, aber die Überlebenden würden auf den leeren Parkplatz taumeln, verwundet oder wenigstens völlig verwirrt.

Er krümmte den Finger um den Abzug, doch bevor er den ersten Schuss abgeben konnte, blieb der SUV neben dem verlassenen Andenkenladen und dem umgestürzten Schild stehen. Die Türen gingen wieder auf.

»Danke, lieber Gott«, murmelte Jack. Er legte das Auge wieder ans Zielfernrohr und wartete darauf, dass der Mann ohne Meinung zum Vorschein kam. Erledigt werden mussten alle, aber der Oberwichtigtuer kam als Erster dran.

## II

Die Diamantklapperschlange kam aus dem Felsspalt hervor, in den sie sich geflüchtet hatte. Sie kroch auf die leicht gespreizten Beine von Jack zu, hielt inne und kostete mit ihrer zuckenden Zunge die warme Luft, bevor sie weiterkroch. Sie hatte keinerlei Absicht, ihn anzugreifen, sondern wollte lediglich die Lage erkunden, aber als Jack den ersten Schuss abfeuerte, hob sie ihr hinteres Ende und begann zu rasseln. Jack, der nicht nur seine Zahnbürste vergessen hatte, sondern auch Ohrstöpsel oder Watte zum Schutz gegen den Knall, hätte sie nie und nimmer gehört.

## 12

Als Erster stieg Howie aus dem SUV. Er stemmte die Hände in die Hüften, während er das umgestürzte Schild mit der Aufschrift SOUVENIRS UND AUTHENTISCHES INDIANISCHES KUNSTHANDWERK betrachtete. Alec und Yunel kamen aus der linken Fondtür, Ralph stieg auf der anderen Seite aus und wollte Holly, die Probleme mit dem Griff hatte, die rechte Fondtür öffnen. Als er das tat, fiel ihm etwas auf dem rissigen Asphalt ins Auge.

»Verdammt«, sagte er. »Sehen Sie sich das mal an.«

»Was ist das?«, fragte Holly, während er sich bückte. »Was, was?«

»Ich glaube, das ist eine Pfeilspi…«

Ein Schuss krachte, der fast fließende Peitschenknall eines leistungsstarken Gewehrs. Ralph spürte das Geschoss vorbeisausen, was bedeutete, dass es seinen Scheitel nur fingerbreit verfehlt hatte. Der rechte Seitenspiegel zerbarst, flog davon und schlitterte Funken sprühend über den Boden.

»*Gewehrfeuer!*«, brüllte Ralph, packte Holly an den Schultern und drückte sie auf die Knie. »*Runter mit euch, runter!*«

Howie sah sich mit zugleich erschrockener und verblüffter Miene nach ihm um. »*Was* ist? Haben Sie …«

Der zweite Schuss kam, und die Schädeldecke von Howie Gold verschwand. Einen Moment lang blieb er stehen, während ihm das Blut über Stirn und Wangen strömte. Dann fiel er um. Alec rannte auf ihn zu, doch da kam der dritte Schuss und schleuderte Alec an die Kühlerhaube des SUVs. Unmittelbar über dem Gürtel spritzte Blut aus seinem Hemd. Yunel wollte zu ihm, da krachte der vierte Schuss. Ralph sah, wie eine Seite von Alecs Hals weggerissen wurde, dann fiel der Ermittler hinter den Wagen und war nicht mehr zu sehen.

»*Runter!*«, brüllte Ralph Yunel zu. »*Los, runter, er ist auf dem Hügel da!*«

Yunel ließ sich auf Hände und Knie fallen und krabbelte davon. In rascher Folge krachten drei weitere Schüsse. Einer der Reifen zischte. Die Windschutzscheibe verwandelte sich in ein milchiges Spinnennetz und sackte um ein Loch über dem Lenkrad herum ein. Das dritte Geschoss durchschlug das linke hintere Seitenteil des Wagens und blies auf der Beifahrerseite ein tennisballgroßes Loch in die Karosserie, nicht weit von der Stelle, wo Ralph und Yunel jetzt neben Holly kauerten. Eine Pause entstand, bevor die nächste Salve folgte, diesmal aus vier Schüssen bestehend. Die hinteren Seitenfenster zersplitterten zu einem Regen aus Sicherheitsglas. An der Heckklappe hatte sich ein weiteres gezacktes Loch gebildet.

»Hier können wir nicht bleiben«, sagte Holly. Ihre Stimme klang völlig ruhig. »Selbst wenn er uns nicht trifft, wird er den Tank treffen.«

»Sie hat recht«, sagte Yunel. »Was ist mit Alec und Howie? Meinen Sie, da gibt's noch eine Chance?«

»Nein«, sagte Ralph. »Die sind …«

Wieder ein heller Peitschenknall. Die drei zuckten zusammen, während ein weiterer Reifen zischte.

»… nicht mehr zu retten«, vollendete Ralph seinen Satz. »Wir müssen zu dem Andenkenladen da rennen. Ihr beide zuerst. Ich gebe euch Deckung.«

»Das übernehme ich«, sagte Yunel. »Ihr beide rennt.«

Dort, wo der Schütze sich postiert hatte, ertönte ein Schrei. Ob der von Schmerzen oder von Wut herrührte, konnte Ralph nicht entscheiden.

Yunel sprang auf, stellte sich mit gespreizten Beinen hin, hielt seine Pistole mit beiden Händen und fing an, die Hügelkuppe mit schnell aufeinanderfolgenden Schüssen einzudecken. »*Los!*«, brüllte er. »*Sofort! Los, los, los!*«

Ralph stand auf, Holly ebenfalls. Wie an dem Tag, an dem Terry Maitland erschossen worden war, hatte Ralph das Gefühl, alles ringsum wahrnehmen zu können. Er hatte Holly den Arm um die Taille gelegt. Am Himmel kreiste mit ausgebreiteten Flügeln ein Vogel. Weitere Reifen zischten; der SUV neigte sich zur Fahrerseite hin. Auf der Hügelkuppe sah er etwas aufblitzen, was sich ruckhaft bewegte. Das musste das Zielfernrohr von diesem Dreckskerl sein. Ralph hatte keine Ahnung, weshalb es so herumzuckte, und er scherte sich auch nicht darum. Man hörte einen zweiten Schrei, dann einen dritten, der beinahe ein Kreischen war. Holly packte Yunel am Arm und zerrte daran. Yunel sah sie so erstaunt an, als hätte man ihn unsanft aus einem Traum gerissen, und Ralph wusste, dass er bereit gewesen war zu sterben. Das hatte er sogar erwartet. Zu dritt rannten sie auf den schützenden Andenkenladen zu, und obwohl der kaum sechzig Meter von dem schwer getroffenen SUV entfernt war, schienen sie in Zeitlupe dahinzulaufen wie ein Trio aus guten Freunden am Ende einer dämlichen Filmkomödie. Nur rannte man in solchen Filmen nicht an den verstümmelten Leichen von zwei Männern vorüber, die noch neunzig Sekunden zuvor gesund und munter gewesen waren. In solchen Filmen trat man nicht in eine Lache aus frischem Blut und hinterließ hellrote Fußspuren. Ein weiterer Schuss krachte, und Yunel schrie auf.

»Ich bin getroffen! Der Scheißkerl hat mich erwischt!« Er stürzte zu Boden.

## 13

Jack war mit dröhnenden Ohren gerade beim Nachladen, als die Klapperschlange genug von diesem lästigen Eindringling in ihrem Revier hatte. Sie peilte seine obere rechte Wade an. Ihre Zähne bohrten sich problemlos durch Jacks dünne Baumwollhose, und ihre Giftdrüsen waren gut gefüllt. Jack drehte sich auf den Rücken, das Gewehr hoch in der rechten Hand, und schrie auf – nicht vor Schmerzen, die gerade erst einsetzten, sondern beim Anblick der Schlange, die züngelnd an seinem Bein heraufkroch. Die schwarzen Knopfaugen glänzten gierig, und das schlüpfrige Gewicht fühlte sich grässlich an. Wieder biss sie zu, diesmal am Oberschenkel, bevor sie sich rasselnd weiter nach oben schlängelte. Beim nächsten Mal würde sie ihn wahrscheinlich in die Eier beißen.

*»Runter da! Runter von mir, verdammt noch mal!«*

Mit dem Gewehrlauf konnte er das Biest sicher nicht erwischen, dem würde es ausweichen, weshalb Jack die Waffe fallen ließ und die Schlange mit beiden Händen packte. Sie stieß nach seinem rechten Handgelenk, das sie beim ersten Mal verfehlte, doch beim zweiten Mal traf. Die entstehenden Löcher waren so groß wie der Doppelpunkt einer Zeitungsschlagzeile, aber die Giftdrüsen waren erschöpft. Das konnte Jack allerdings nicht wissen, und er dachte auch nicht darüber nach. Er drehte die Schlange in seinen Händen, als würde er einen Waschlappen auswringen, bis er sah, dass ihre Haut aufplatzte. Unter ihm gab jemand mehrere Schüsse ab – dem Geräusch nach mit einer Pistole –, aber die Entfernung war so groß, dass kein Geschoss auch nur in seine Nähe kam. Jack schleuderte die Klapperschlange weg und sah sie auf dem Geröll landen, von wo sie wieder in Deckung kroch.

*Mach sie alle, Jack!*

»Ja, okay, schon kapiert.«

Sagte er das, oder dachte er es nur? Das war ihm absolut nicht klar. Das Dröhnen in den Ohren war zu einem hohen Summen geworden. Es hörte sich an wie ein Stahldraht, über den man strich, bis er vibrierte.

Er griff nach dem Gewehr, drehte sich auf den Bauch, legte den Lauf wieder auf den flachen Stein und spähte durch das Zielfernrohr. Die restlichen drei rannten auf den schützenden Andenkenladen zu, die Frau in der Mitte. Er versuchte, das Fadenkreuz auf Anderson auszurichten, aber seine Hände – von denen eine einen Schlangenbiss erlitten hatte – zitterten, weshalb er sich stattdessen den etwas dunkelhäutigeren Kerl am Ende vornahm. Dazu brauchte er zwei Versuche, schaffte es aber schließlich doch. Der Kerl warf den Arm nach hinten wie ein Pitcher, der seinen besten Fastball werfen wollte, dann stürzte er seitlich auf den Boden. Die anderen beiden blieben stehen, um ihm beizustehen. Das war Jacks beste Chance und vielleicht seine letzte. Wenn er die beiden jetzt nicht erwischte, würden sie hinter dem Laden in Deckung gehen.

Von der ersten Bissstelle strömten Schmerzen an seinem Bein herauf, und er spürte seine Wade anschwellen, aber das war nicht das Schlimmste. Das Schlimmste war die Hitze, die sich jetzt wie ein plötzlicher Fieberanfall ausbreitete. Oder wie dieser Sonnenbrand aus der Hölle. Er drückte erneut ab und dachte zuerst, er hätte die Frau getroffen, aber die war nur kurz zusammengezuckt. Sie ergriff den Gestürzten an seinem unverletzten Arm, während Anderson ihm die Arme um die Taille legte und ihn auf die Beine zerrte. Jack drückte wieder ab, hörte jedoch nur ein nüchternes Klicken. Er tastete in seiner Tasche nach weiteren Patronen, lud zwei ins Magazin und ließ den Rest fallen. Allmählich wurden seine Hände ebenso taub wie das Bein, das gebissen worden war. Seine Zunge fühlte sich an, als würde sie im Mund anschwellen. Er stieß einen Schrei aus, diesmal vor Frustration. Als er das Auge wieder ans Fernrohr brachte, waren die drei auf und davon. Einen Moment lang sah er noch ihre Schatten, dann waren auch die verschwunden.

## 14

Mit Holly an einer Seite und Ralph an der anderen schaffte Yunel es neben den morschen Andenkenladen, wo er sich mit dem Rücken an die Wand lehnte und keuchend zu Boden sackte. Sein Gesicht war aschfahl, die Stirn mit Schweißperlen bedeckt. Der linke Hemdsärmel war bis zum Handgelenk hin blutig.

Er stöhnte. »Scheiße, tut das weh!« Auf der Hügelkuppe krachte der nächste Schuss. Das Geschoss prallte pfeifend vom Asphalt ab.

»Wie schlimm ist es?«, fragte Ralph. »Lassen Sie mich mal sehen.«

Er löste den Manschettenknopf, und obwohl er den Ärmel ganz behutsam nach oben zog, stieß Yunel einen leisen Schrei aus und bleckte die Zähne. Holly beschäftigte sich mit ihrem Mobiltelefon.

Als die Wunde zum Vorschein kam, sah sie nicht so schlimm aus, wie Ralph befürchtet hatte; der Schuss hatte den Arm nur gestreift. In einem Film hätte Yunel sich damit wieder ins Gefecht werfen können, aber das hier war das wirkliche Leben, und da lief es anders. Das Hochleistungsgeschoss hatte den Ellbogen in Mitleidenschaft gezogen, und das umgebende Gewebe schwoll bereits an und war so purpurrot, als hätte man es mit einem Knüppel bearbeitet.

»Hoffentlich ist der Ellbogen bloß verrenkt«, sagte Yunel.

»Das wäre gut, aber ich glaube, er ist gebrochen«, sagte Ralph. »Trotzdem haben Sie Riesenglück gehabt, Mann. Wenn der Typ nur minimal besser getroffen hätte, hätte er Ihnen den Unterarm amputiert. Keine Ahnung, womit er da schießt, aber es muss was Großes sein.«

»Die Schulter hab ich mir auf jeden Fall ausgekugelt«, sagte Yunel. »Das ist passiert, als es mir den Arm nach hinten gerissen hat. *Scheiße!* Was sollten wir jetzt tun, Amigo? Wir sitzen in der Falle.«

»Holly?« sagte Ralph. »Geht was?«

Sie schüttelte den Kopf. »Bei den Boltons hatte ich vier Balken, aber hier hab ich nicht mal einen. Hat der Mann da oben nicht *runter von mir* gerufen? Was sollte das …«

Der Schütze feuerte erneut. Der Körper von Alec Pelley zuckte einmal und lag dann wieder reglos da. »*Ich kriege dich, Anderson!*«, schwebte es von der Hügelkuppe herab. »*Ich kriege dich, mein kleiner Ralphie! Ich kriege euch alle!*«

Yunel warf Ralph einen verblüfften Blick zu.

»Wir haben es vermasselt«, sagte Holly. »Der Outsider hat doch jemand wie Draculas Renfield. Und wer immer das ist, er kennt Sie, Ralph. Wissen Sie, wer das ist?«

Ralph schüttelte den Kopf. Der Schütze hatte laut gebrüllt, ja fast gejault, und es gab Echos. Die Stimme hätte jedem gehören können.

Yunel betrachtete seinen verwundeten Arm. Das Bluten hatte aufgehört, die Schwellung nicht. Bald würde er keinen sichtbaren Ellbogen mehr haben.«»Das tut noch mehr weh als damals, als meine Weisheitszähne sich verabschiedet haben. Denken Sie sich was aus, Ralph!«

Ralph lief zum anderen Ende des Gebäudes, legte die Hände als Schalltrichter an den Mund und hob die Stimme. *»Die Polizei ist unterwegs, du Arschloch! Die Highway Patrol! Die werden dich erst gar nicht fragen, ob du dich ergibst, sondern dich gleich wie einen tollwütigen Hund erschießen! Wenn du am Leben bleiben willst, solltest du zusehen, dass du wegkommst!«*

Einen Moment lang herrschte Stille, dann hörte man etwas, was nach einem Schmerzensschrei, einem Lachen oder beidem klang. Es folgten zwei weitere Schüsse. Einer schlug über Ralphs Kopf in der Wand ein und riss ein Brett heraus. Splitter flogen durch die Luft.

Ralph zog sich ein Stück zurück und blickte zu den beiden hinüber, die dem Hinterhalt entkommen waren.»Ich schätze, das ist ein Nein.«

»Er hört sich hysterisch an«, sagte Holly.

»Ja, völlig außer sich«, stimmte Yunel zu und lehnte den Hinterkopf an die Wand. »Mensch, ist das heiß auf dem Asphalt hier. Gegen Mittag wird es noch heißer werden. *Muy caliente.* Wenn wir dann noch hier sind, werden wir gebraten.«

Holly sah ihn an. »Schießen Sie mit der rechten Hand, Lieutenant Sablo?«

»Ja. Und da wir gerade von einem Irren mit einer Flinte in Schach gehalten werden, könnten Sie mich eigentlich Yunel nennen, wie es el Jefe da tut.«

»Sie müssen an die andere Seite gehen, wo jetzt Ralph steht. Und Sie, Ralph, müssen zu mir kommen. Sobald Lieutenant Sablo zu schießen anfängt, rennen wir zu der Straße, die zu den Ferienhäuschen und dem Ahiga-Eingang führt. Ich

671

schätze, wir werden nicht mehr als fünfzig Meter weit in der Schusslinie sein. Die Strecke schaffen wir in fünfzehn Sekunden. Vielleicht sogar in zwölf.«

»Zwölf Sekunden könnten ihm reichen, um einen von uns zu erwischen, Holly.«

»Ich glaube, wir können es schaffen.« Immer noch so cool wie die Luft eines Ventilators, der über eine Schale mit Eiswürfeln hinwegblies. Es war erstaunlich. Als sie vor zwei Tagen den Konferenzraum von Howie Gold betreten hatte, war sie so angespannt gewesen, dass sie bei einem lauten Husten an die Decke gesprungen wäre.

*Sie hat solche Situationen ja schon erlebt,* dachte Ralph. *Und vielleicht sind es gerade solche Situationen, in denen die wahre Holly Gibney zum Vorschein kommt.*

Ein weiterer Schuss, gefolgt von einem metallischen Schlag. Dann noch einer.

»Er schießt auf den Tank«, sagte Yunel. »Das wird die Leute von der Autovermietung aber gar nicht freuen.«

»Wir müssen los, Ralph.« Holly sah ihm direkt in die Augen – noch etwas, was ihr zuvor schwergefallen war, jetzt aber wohl nicht mehr. Nein, jetzt nicht mehr. »Denken Sie an all die Kinder wie Frank Peterson, die er ermorden wird, wenn wir ihn davonkommen lassen. Die werden mit ihm mitgehen, weil sie meinen, sie würden ihn kennen. Oder weil er ihnen freundlich vorkommt, wie es wohl bei den beiden Mädchen der Fall war. Ich meine jetzt nicht den da oben, sondern den, den der beschützt.«

Wieder drei Schüsse in rascher Abfolge. Ralph sah, dass sich tief am hinteren Kotflügel des SUVs Löcher gebildet hatten. Ja, der Kerl zielte tatsächlich auf den Tank.

»Und was, wenn dieser Mr. Renfield da oben uns entgegenkommt?«, sagte Ralph.

»Vielleicht wird er das gar nicht tun. Vielleicht bleibt er, wo er ist, um den Überblick zu behalten. Abgesehen davon müssen wir nur den Pfad erreichen, der zum Ahiga-Eingang führt. Falls er doch runterkommt, bevor wir das schaffen, können Sie ihn erschießen.«

»Gern, falls er nicht zuerst mich erschießt.«

»Ich glaube, dass ihm irgendetwas zugestoßen ist«, sagte Holly. »Die Schreie vorhin …«

Yunel nickte. »*Runter von mir.* Das hab ich auch gehört.«

Das nächste Geschoss schlug einen Riss in den Tank des Wagens. Benzin strömte auf den Asphalt. Es gab zwar keine sofortige Explosion, aber wenn der Kerl auf dem Hügel den Tank noch einmal traf, würde der Wagen höchstwahrscheinlich in die Luft fliegen.

»Na gut«, sagte Ralph. Die einzige Alternative, die ihm einfiel, bestand darin, an Ort und Stelle hocken zu bleiben und darauf zu warten, dass der Komplize des Outsiders damit anfing, seine Hochgeschwindigkeitsgeschosse direkt durch den Andenkenladen zu feuern, um sie womöglich so zu erwischen. »Yunel? Geben Sie uns so viel Deckung wie irgend möglich.«

Yunel schob sich zur Ecke des Gebäudes, nicht ohne bei jeder gleitenden Bewegung vor Schmerz zu zischen. Mit der rechten Hand drückte er seine Glock an die Brust. Holly und Ralph schlichen zur anderen Seite, von der aus Ralph den Fahrweg sehen konnte, der hangaufwärts zu den Ferienhäuschen führte. Flankiert wurde er von zwei großen Felsbrocken. Auf den einen hatte man die amerikanische Flagge gemalt, auf den anderen die von Texas mit ihrem einzelnen Stern.

*Sobald wir den mit der amerikanischen Flagge erreicht haben, müssten wir in Sicherheit sein.*

Das stimmte höchstwahrscheinlich, aber fünfzig Meter waren ihm noch nie so sehr wie fünfhundert vorgekommen. Er dachte daran, dass Jeannie zu Hause jetzt vielleicht Yoga machte oder zum Einkaufen in die Stadt gefahren war. Er dachte an Derek, der im Sommerlager vielleicht mit seinen neuen Freunden im Werkraum saß und sich über TV-Serien, Videogames oder Mädchen unterhielt. Er hatte sogar Zeit, sich zu fragen, woran Holly gerade dachte.

Offenbar an ihn. »Sind Sie bereit?«, fragte sie.

Bevor er etwas erwidern konnte, feuerte der Schütze erneut, und der Tank des SUVs explodierte mit einem orangeroten Feuerball. Yunel lehnte sich ein Stück zur Seite und nahm die Hügelkuppe unter Beschuss.

Holly rannte los. Ralph folgte ihr.

## 15

Als Jack sah, wie der SUV in Flammen aufging, stieß er einen Triumphschrei aus, obwohl er eigentlich keinen Grund dafür hatte; es war ja nicht so, dass jemand dringesessen hätte. Dann nahm er eine Bewegung wahr und sah zwei von den Wichtigtuern auf den Fahrweg zurennen. Die Frau war vorn, Anderson direkt hinter ihr. Jack schwenkte sein Gewehr herum und spähte durchs Zielfernrohr, aber bevor er abdrücken konnte, hörte er ein Geschoss heranzischen. An seine Schulter prallten Felssplitter. Das war der Kerl, den die beiden zurückgelassen hatten, und obwohl er zu weit weg war, als dass er auf diese Entfernung exakt zielen könnte, hatte der letzte

Schuss in gefährlicher Nähe eingeschlagen. Jack kauerte sich zusammen, und als er dabei das Kinn an die Kehle presste, spürte er die angeschwollenen Drüsen dort pochen, als wären sie mit Eiter gefüllt. Der Kopf tat ihm weh, seine Haut brannte, und seine Augen waren irgendwie zu groß für ihre Höhlen geworden.

Er spähte gerade rechtzeitig wieder ins Fernrohr, dass er sah, wie Anderson hinter einem von den großen Felsbrocken da unten verschwand. Die beiden waren ihm entwischt, und das war noch nicht alles. Aus dem brennenden SUV stieg schwarzer Rauch auf, und da es jetzt mitten am Tag war, wehte kein Wind, der ihn auseinandertrieb. Wenn den nun jemand sah und die freiwillige Feuerwehr rief, die sie selbst in diesem miesen Kaff haben mussten?

*Geh ihnen entgegen.*

Diesmal war es nicht nötig zu fragen, wessen Stimme das war.

*Du musst sie erwischen, bevor sie den Ahiga-Pfad erreichen.*

Jack hatte keine Ahnung, was ein Ahiga sein sollte, aber ihm war völlig klar, wovon der Besucher in seinem Kopf da redete: von dem Pfad, der an dem Schild mit dem alten Indianerhäuptling abzweigte. Er zuckte zusammen. Ein Schuss von dem Arschloch da unten hatte Splitter aus einem nahen Felsen geschlagen. Dann machte er den ersten Schritt in die Richtung, aus der er gekommen war, stürzte jedoch sofort zu Boden. Einen Moment lang löschten die Schmerzen sämtliche Gedanken aus, dann klammerte er sich an einen zwischen zwei Felsen wachsenden Strauch und zog sich hoch. Als er an sich hinabblickte, konnte er zuerst gar nicht glauben, was aus ihm geworden war. Das Bein, in das die Schlange gebissen hatte, sah jetzt zweimal so groß aus wie das andere. Der Hosenstoff spannte sich eng darum. Schlimmer noch, auch seine Weichteile beulten sich aus. Es war, als hätte er sich ein kleines Kissen in den Schritt gestopft.

*Geh ihnen entgegen, Jack. Mach sie kalt, dann nehme ich den Krebs wieder weg.*

Schön und gut, aber momentan hatte er dringendere Sorgen, oder etwa nicht? Schließlich schwoll er gerade an wie ein mit Wasser vollgesogener Schwamm.

*Auch das Schlangengift. Ich kann dich wieder gesund machen.*

Jack wusste nicht recht, ob er dem Tattoo-Mann glauben konnte, aber ihm war klar, dass er keine andere Wahl hatte. Außerdem ging es um Anderson. Der Mann ohne Meinung durfte nicht lebend davonkommen. Der war an allem schuld, und deshalb durfte er nicht davonkommen.

Watschelnd trottete Jack den Pfad hinunter, wobei er den Lauf der Winchester umklammerte und den Kolben als Gehstock einsetzte. Er schlug ein zweites Mal hin, weil das Geröll unter seinem linken Fuß wegrutschte und sein geschwollenes, pulsierendes rechtes Bein das nicht ausgleichen konnte. Beim nächsten Mal platzte das rechte Hosenbein auf und entblößte Haut, die bereits schwarzviolett und brandig wurde. Keuchend und mit schweißtriefendem Gesicht krallte er sich an den Felsen fest, um wieder hochzukommen. Er war sich ziemlich sicher, dass er auf diesem gottverlassenen, von Gestrüpp überwucherten Felshaufen sterben würde, aber der Teufel sollte ihn holen, wenn er das alleine tat!

## 16

Gebückt und mit eingezogenem Kopf rannten Ralph und Holly den Fahrweg hinauf. Erst an der Kuppe blieben sie stehen, um Atem zu schöpfen. Links unter sich sahen sie einen Kreis aus verfallenen Ferienhäuschen, rechts stand ein langes Gebäude, in dem früher, als die Marysville-Höhle noch geöffnet gewesen war, wohl Gerätschaften und Vorräte gelagert wurden. Daneben parkte ein Pick-up. Ralph beäugte ihn kurz, bevor er woanders hinsah, aber dann zuckte sein Blick zurück.

»Ach du Schande!«

»Was? Was ist denn?«

»Kein Wunder, dass der mich kennt. Das ist der Wagen von Jack Hoskins.«

»Hoskins? Ist das nicht Ihr Kollege aus Flint City?«

»Genau.«

»Weshalb sollte der ...« Holly schüttelte so heftig den Kopf, dass ihre Haare flogen. »Ist ja egal. Jedenfalls hat er aufgehört zu schießen, und das bedeutet wahrscheinlich, dass er herunterkommt. Wir müssen weiter.«

»Vielleicht hat ihn ja auch Yunel erwischt«, sagte Ralph, aber als sie ihm einen ungläubigen Blick zuwarf, fügte er hinzu: »Okay, okay.«

Sie hasteten an dem Geräteschuppen vorüber. Auf der anderen Seite sahen sie einen Pfad, der die Rückseite des Felshügels hinaufführte. »Ich gehe voran«, sagte Ralph. »Schließlich bin ich der mit der Waffe.«

Holly widersprach nicht.

Mit schnellen Schritten gingen sie den schmalen, gewundenen Pfad hinauf. Unter ihren Sohlen knirschte Geröll, auf dem sie auszurutschen drohten. Keine drei Minuten später hörte Ralph irgendwo über sich Steine kullern. Hoskins kletterte also tatsächlich herunter, um sie abzufangen.

Sie kamen um einen Felsvorsprung herum. Ralph hielt die Glock schussbereit in der Hand, Holly ging rechts ein Stück hinter ihm. Von hier aus verlief der Pfad etwa fünfzehn Meter weit in gerader Richtung. Die Geräusche, die Hoskins machte, waren jetzt lauter, doch in dem Labyrinth aus Felsen konnte man unmöglich beurteilen, wie weit er noch entfernt war.

»Wann kommt endlich diese verfluchte Abzweigung, wo es zum Hintereingang geht?«, sagte Ralph. »Der Kerl rückt immer näher. Ich komme mir vor wie bei der Mutprobe in diesem James-Dean-Film.«

»*Denn sie wissen nicht, was sie tun,* ja. Ich weiß auch nicht, aber weit kann es nicht mehr sein.«

»Wenn wir ihm begegnen, bevor wir den Weg hier verlassen, gibt es eine Schießerei. Mit Querschlägern. Sobald Sie ihn sehen, werfen Sie sich sofort zu Boden und ...«

Sie hieb ihm auf den Rücken. »Wenn wir die Abzweigung vor ihm erreichen, gibt es keine Schießerei, und ich muss mich nicht hinschmeißen. *Los, weiter!*«

Während Ralph das gerade Wegstück hinauftrabte, redete er sich ein, dass er noch mehr als genug Energie hatte. Das stimmte zwar nicht, aber es war gut, positiv zu denken. Holly hielt sich hinter ihm und schlug ihm immer wieder auf die Schulter, entweder um ihn anzutreiben oder um ihm mitzuteilen, dass sie noch da war. Sie erreichten die nächste Biegung. Als Ralph um die Ecke lugte, erwartete er, in eine Gewehrmündung zu blicken. Die sah er nicht, aber dafür ein Holzschild mit dem verblassten Porträt von Häuptling Ahiga.

»Kommen Sie«, sagte er. »Schnell!«

Sie liefen auf das Schild zu, und jetzt hörte er, wie Hoskins irgendwie schluchzend nach Luft schnappte. Steine rasselten, dann erscholl ein Schmerzensschrei. Das klang ganz so, wie wenn Hoskins hingefallen wäre.

*Gut! Bleib nur liegen!*

Doch dann ertönten die polternden, rutschenden Schritte von Neuem. Gar nicht mehr weit entfernt. Sie kamen immer näher. Ralph packte Holly und schob sie auf den Pfad zum Ahiga-Eingang. Über ihr schmales Gesicht strömte der Schweiß. Sie hatte die Lippen fest zusammengepresst und die Hände in den Taschen ihrer Jacke vergraben, die nun voller Staub und Blutflecken war.

Ralph legte den Zeigefinger an die Lippen. Holly nickte. Er trat hinter das Schild. Durch die trockene texanische Hitze waren die Bretter leicht geschrumpft, weshalb er durch einen Spalt blicken konnte. Er sah Hoskins stolpernd auftauchen. Zuerst dachte er, Yunel hätte Glück gehabt und doch getroffen, aber das erklärte nicht, weshalb das rechte Bein von Hoskins in der aufgeplatzten Hose grotesk angeschwollen war. *Kein Wunder, dass er hingefallen ist,* dachte Ralph. Es war erstaunlich, dass der Mann es mit dem Bein auf dem steilen Pfad überhaupt so weit heruntergeschafft hatte. Das Gewehr, mit dem er Gold und Pelley erschossen hatte, hatte er zwar noch dabei, verwendete es jedoch als Gehstock. Seine Finger waren nicht einmal in der Nähe vom Abzug, und so, wie seine Hände zitterten, hätte er wahrscheinlich selbst auf kurze Distanz nichts getroffen. Die blutunterlaufenen Augen lagen tief in ihren Höhlen. Der Felsstaub hatte sein Gesicht in eine Kabuki-Maske verwandelt, und da, wo der Schweiß sich einen Weg hindurchgebahnt hatte, war die Haut so rot wie bei einer furchtbaren Entzündung.

Ralph trat hinter dem Schild hervor, die Glock mit beiden Händen gepackt. »Stehen bleiben, Jack, und lass das Gewehr fallen!«

Etwa zehn Schritte entfernt, kam Hoskins rutschend und taumelnd zum Stehen, hielt das Gewehr jedoch weiterhin am Lauf fest. Das war zwar nicht in Ordnung, doch damit konnte Ralph leben. Falls Hoskins allerdings die Waffe hob, wäre *dessen* Leben zu Ende.

»Du hast hier nichts zu suchen«, sagte Hoskins. »Wie mein Opa immer gesagt hat: Bist du schon dumm auf die Welt gekommen oder erst so geworden?«

»Den Schwachsinn kannst du dir sparen. Du hast zwei Männer erschossen und einen weiteren verwundet. Aus dem Hinterhalt.«

»Die hatten hier auch nichts zu suchen«, sagte Hoskins. »Aber da sie trotzdem hergekommen sind, haben sie gekriegt, was sie verdienen, weil sie sich in Sachen eingemischt haben, die sie nichts angehen.«

»Und worum handelt es sich dabei genau, Mr. Hoskins?«, fragte Holly.

Hoskins grinste, wobei ihm die Lippen aufplatzten. Winzige Blutstropfen traten hervor. »Um den Tattoo-Mann. Wie du wahrscheinlich schon weißt, du penetrantes Weibsstück.«

»Okay, da du dich nun ausgesprochen hast, kannst du das Gewehr ja loslassen«, sagte Ralph. »Du hast damit schon genug Schaden angerichtet. Lass es einfach los. Wenn du dich vorbeugst, fällst du doch nur auf die Schnauze. Hat dich etwa eine Schlange erwischt?«

»Die Schlange war bloß ein kleines Extra. Du musst hier schleunigst weg, Ralph. Ihr beide müsst hier weg, sonst vergiftet er euch, wie er mich vergiftet hat. Hört auf meinen klugen Rat.«

Holly trat einen Schritt auf Hoskins zu. »Wie hat er Sie denn vergiftet?« Ralph legte ihr warnend die Hand auf den Arm.

»Er hat mich bloß berührt. Am Nacken. Mehr war nicht nötig.« Verwundert legte er den Kopf schräg. »Draußen in Canning vor dieser Scheune.« Seine Stimme wurde lauter und zitterte vor Empörung. »Wo *du* mich hingeschickt hast!«

Ralph schüttelte den Kopf. »Das muss der Chef gewesen sein, Jack. Ich hatte keine Ahnung davon. Und ich werde dir nicht noch mal sagen, dass du die Waffe loslassen sollst. Du hast keine andere Chance mehr.«

Jack überlegte … jedenfalls hatte es den Anschein. Dann hob er ganz langsam das Gewehr. Seine Hände bewegten sich am Lauf entlang auf den Abzugshebel zu. »Ich werde nicht wie meine Mutter sterben. Nein, das werde ich nicht. Zuerst erschieße ich deine Freundin da, Ralph, und dann dich. Falls du mich nicht daran hinderst.«

»Lass das, Jack. Letzte Warnung.«

»Die kannst du dir in den …«

Er richtete die Waffe auf Holly, die sich nicht rührte. Ralph trat vor sie und drückte dreimal ab. Die Schüsse hallten ohrenbetäubend zwischen den Felsen hin und her. Ein Schuss für Howie, einer für Alec, einer für Yunel. Für eine Pistole war die Entfernung ein bisschen zu groß, aber die Glock war eine gute Waffe, und er hatte nie Probleme gehabt, auf dem Schießstand genügend Punkte zu erzielen. Hoskins stürzte zu Boden. Der Ausdruck des Sterbens auf seinem Gesicht sah nach Erleichterung aus.

## 17

Schnaufend ließ sich Ralph gegenüber dem Schild auf einem Felsvorsprung nieder. Holly ging zu Hoskins, kniete sich hin und drehte ihn auf die Seite. Sie betrachtete ihn, dann kam sie zurück. »Er wurde mehr als einmal gebissen.«

»Muss eine Klapperschlange gewesen sein, und zwar eine große.«

»Aber zuerst hat ihn tatsächlich etwas anderes vergiftet. Etwas Schlimmeres als eine Schlange. Er hat es als Tattoo-Mann bezeichnet, wir nennen es den Outsider. El Cuco. Wir müssen dem ein Ende bereiten.«

Ralph musste an Howie und Alec denken, die tot auf der anderen Seite dieses gottverlassenen Felshügels lagen. Sie hatten Angehörige. Und Yunel – noch am Leben, aber verwundet und inzwischen wahrscheinlich im Schockzustand – hatte ebenfalls eine Familie.

»Das stimmt. Wollen Sie die Pistole da? Wenn ja, nehme ich sein Gewehr.«

Holly schüttelte den Kopf.

»Na gut. Machen wir uns ans Werk.«

Nach der ersten Biegung wurde der Ahiga-Pfad breiter und führte allmählich abwärts. Auf beiden Seiten sah man Steinzeichnungen. Manche der uralten Bilder waren mit gesprayten Tags verschönert oder vollständig überdeckt worden.

»Er wird wissen, dass wir kommen«, sagte Holly.

»Garantiert. Wir hätten eine Taschenlampe mitbringen sollen.«

Holly griff in eine ihrer voluminösen, durchhängenden Seitentaschen und zog eine von den kurzstieligen Lampen aus dem Baumarkt hervor.

»Sie sind ja wirklich erstaunlich«, sagte Ralph. »Zwei Schutzhelme haben Sie da aber nicht auch noch drin, oder?«

»Nichts für ungut, aber Ihr Humor ist ein bisschen lahm, Ralph. Da sollten Sie dran arbeiten.«

Nach der nächsten Biegung gelangten sie zu einer natürlichen Höhlung im Fels, die sich gut einen Meter über dem Boden befand. Darüber war in verblasster schwarzer Farbe zu lesen: WIR WERDEN EUCH NIE VERGESSEN. In der Nische stand eine staubige Vase, aus der dünne Zweige ragten wie Skelettfinger. Die Blütenblätter, die einst die Zweige geschmückt hatten, waren schon lange verschwunden, aber etwas anderes war übrig geblieben. Rund um die Vase waren ein halbes Dutzend Spielzeugausführungen von Häuptling Ahiga verstreut. So musste die Figur ausgesehen haben, die die zwei Jungen verloren hatten, als sie auf Nimmerwiedersehen in den Bauch der Erde gekrochen waren. Inzwischen war das Plastik vergilbt und von der Sonne rissig geworden.

»Hier hat sich jemand herumgetrieben«, sagte Holly. »Wahrscheinlich die Jugendlichen, die auch die ganzen Graffiti hinterlassen haben. Das da haben sie aber nicht verwüstet.«

»So wie es aussieht, haben sie es nicht mal angerührt«, sagte Ralph. »Kommen Sie. Unten liegt Yunel mit einer Schusswunde und einem kaputten Ellbogen.«

»Ja, und er hat bestimmt großes Schmerzen. Trotzdem müssen wir vorsichtig sein, und das heißt, wir müssen langsam weitergehen.«

Ralph fasste sie am Arm. »Wenn dieser Kerl uns beide erwischt, ist Yunel auf sich allein gestellt. Vielleicht sollten Sie lieber zurückgehen.«

Sie deutete auf den Himmel, in den der schwarze Rauch aus dem brennenden SUV stieg. »Das wird jemand sehen, und dann kommt Hilfe. Und falls uns etwas zustößt, ist Yunel der Einzige, der weiß, was los war.«

Sie schüttelte seine Hand ab und ging weiter. Ralph warf noch einen letzten Blick auf den kleinen Altar, der so viele Jahre unberührt überdauert hatte, dann folgte er ihr.

## 19

Gerade als Ralph dachte, der Ahiga-Pfad würde sie nirgendwohin führen als hintenherum zurück zum Andenkenladen, kam eine scharfe Biegung nach links, beinahe eine Spitzkehre, bevor der Weg dann an etwas endete, was ein unbedarfter Betrachter für den Eingang eines Werkzeugschuppens hätte halten können. Die grüne, matt gewordene Farbe blätterte ab, und die fensterlose Tür in der Mitte stand einen Spaltbreit offen. Flankiert wurde sie von Warnschildern, deren Kunststoffhülle im Lauf der Zeit trübe geworden war. Dennoch waren sie noch lesbar. Links stand ZUTRITT STRENGSTENS VERBOTEN, rechts LEBENSGEFAHR! DER STADTRAT VON MARYSVILLE.

Ralph ging auf die Tür zu, die Glock schussbereit in der Hand. Er wies Holly mit einer Geste an, sich an die Felswand zu drücken. Dann riss er die Tür ganz auf, ging leicht in die Knie und hob die Waffe. Im Innern sah er einen schmalen Durchgang, der bis auf einige am Boden liegende Bretter leer war. Die hatte offenbar jemand von der knapp zwei Meter breiten Öffnung gerissen, die ins Dunkel führte. Ihre zersplitterten Enden waren noch mit großen, verrosteten Bolzen am Fels befestigt.

»Ralph, sehen Sie sich das mal an. Das ist interessant.«

Holly hielt sich an der Türkante fest und beugte sich vor, um das Schloss zu untersuchen, das praktisch vollständig zerstört war. Es sah nicht so aus, als hätte man sich mit einer Brechstange oder einem Reifenmontiereisen daran zu schaffen gemacht, sondern eher so, als hätte jemand mit einem Felsbrocken darauf herumgehämmert, bis es schließlich nachgegeben hatte.

»Was denn, Holly?«

»Das Schloss war einseitig schließbar, sehen Sie? Die Tür war nur verschlossen, wenn man draußen stand. Jemand hat offenbar gehofft, dass die beiden Jungen oder die Leute von der ersten Rettungsmannschaft noch am Leben sind, und falls die hierherfänden, sollten sie rauskommen können.«

»Aber es ist nie jemand gekommen.«

»Nein.« Sie trat zu dem Spalt im Fels. »Riechen Sie das?«

Das tat Ralph und wusste, dass sie am Eingang zu einer anderen Welt standen. Er roch dumpfe Feuchtigkeit und noch etwas anderes – den feinen, süßlichen Geruch von verwestem Fleisch. Der war zwar schwach, aber doch vorhanden. Ralph musste an die Zuckermelone denken und an die Maden, die sich darin getummelt hatten.

Sie traten in die Finsternis. Ralph war ziemlich groß, aber

der Spalt war so hoch, dass er den Kopf nicht einziehen musste. Holly schaltete die Taschenlampe ein und richtete sie zuerst in einen nach unten führenden Felsgang und dann auf den Boden vor ihr. Dort sahen sie eine Reihe von Tröpfchen leuchten, die tiefer ins Dunkel führten. Freundlicherweise verzichtete Holly darauf, Ralph zu erklären, dass es sich um dasselbe Zeug handelte, das sie mithilfe ihrer provisorischen Schwarzlichtlampe in seinem Wohnzimmer entdeckt hatte.

Nebeneinander gehen konnten sie nur etwa zwanzig Meter weit, dann verengte sich der Gang, und Holly reichte Ralph die Lampe, die er mit der linken Hand entgegennahm. In der rechten hielt er seine Pistole. An den Wänden funkelten merkwürdige mineralische Adern, teils rot, teils lavendelfarben, teils grünlich gelb. Gelegentlich richtete Ralph den Lichtstrahl nach oben, um sich zu vergewissern, dass el Cuco nicht zwischen den Tropfsteinstummeln über die zerklüftete Decke kroch. Obwohl die Luft eigentlich nicht kalt war – er hatte irgendwo gelesen, dass die Temperatur in Höhlen beständig ungefähr der Durchschnittstemperatur der Gegend entsprach, in der man sich befand –, fühlte sie sich nach der Hitze draußen so an, und natürlich waren sie beide mit Angstschweiß bedeckt. Von innen her kam ein Luftzug, der ihnen ins Gesicht wehte und den schwachen Fäulnisgeruch herbeitrug.

Ralph blieb so abrupt stehen, dass Holly auf ihn auflief, worauf er zusammenzuckte. »Was ist?«, flüsterte sie.

Anstatt zu antworten, richtete er die Lampe auf einen Felsspalt an der linken Seite. Daneben hatte man zwei Wörter gesprüht: ÜBERPRÜFT und NICHTS.

Langsam, ganz langsam gingen sie weiter. Wie es Holly ging, konnte Ralph nicht sagen, er jedoch spürte eine zunehmende Furcht, eine immer deutlichere Gewissheit, dass er seine Frau und seinen Sohn nie wiedersehen würde. Ebenso wenig wie das Tageslicht. Es war verblüffend, wie schnell man die Helligkeit vermissen konnte. Wenn sie hier doch wieder herauskamen, würde er das Tageslicht einschlürfen wie Wasser.

»Es ist einfach grauenvoll hier drin, oder?«, flüsterte Holly.

»Ja. Sie sollten umkehren.«

Ihre einzige Antwort war, dass sie ihm ins Kreuz stupste.

Sie kamen an mehreren weiteren Öffnungen in den Wänden des abwärts führenden Gangs vorbei, die jeweils mit denselben beiden Wörtern gekennzeichnet waren. Wie lange es wohl her war, dass man sie dort hingesprüht hatte? Wenn Claude Bolton damals ein Teenager gewesen war, mussten es mindestens fünfzehn, wenn nicht gar zwanzig Jahre sein. Und wer war seither hier gewesen – vom Outsider abgesehen natürlich? Wahrscheinlich niemand, denn weshalb hätte jemand herkommen sollen? Holly hatte recht, es war grauenvoll. Mit jedem Schritt fühlte er sich mehr wie jemand, der lebendig begraben wurde. Er zwang sich, an die Lichtung im Figgis-Park zu denken. Und an Frank Peterson. An einen mit blutigen Fingerabdrücken bedeckten Ast, der so brutal gehandhabt worden war, dass die Rinde sich abgeschält hatte. Und an Terry Maitland, der gefragt hatte, wie Ralph sein eigenes Gewissen entlasten wolle. Das hatte er gefragt, als er im Sterben lag.

Ralph ging weiter.

Auf einmal verengte sich der Gang noch mehr, nicht weil die Wände näher zusammentraten, sondern weil auf beiden Seiten Schutt lag. Als Ralph die Lampe nach oben richtete, erblickte er eine tiefe Höhlung in der Decke. Vor seinem geistigen Auge sah er ein Loch, das nach dem Ziehen eines Zahns zurückgeblieben war.

»Holly – das muss die Stelle sein, wo die Decke eingestürzt ist. Wahrscheinlich hat die zweite Rettungsmannschaft die größeren Bruchstücke ins Freie geschafft. Das Zeug da …« Er ließ den Lichtkegel über die Schutthaufen wandern. Wieder wurden mehrere jener gespenstisch leuchtenden Flecken sichtbar.

»Das ist das Zeug, um das man sich nicht weiter gekümmert hat«, vollendete Holly den Satz. »Man hat es einfach aus dem Weg geschoben.«

»Genau.«

Sie gingen weiter, zuerst nur schrittweise. Ralph, der ziemlich breitschultrig war, musste sich zur Seite drehen. Er reichte Holly die Taschenlampe und hob die Pistole neben den Kopf. »Leuchten Sie unter meinem Arm hindurch, und zwar immer ganz geradeaus. Damit es keine Überraschungen gibt.«

»O-okay.«

»Sie hören sich an, wie wenn Ihnen kalt ist.«

»Mir *ist* auch kalt. Sie sollten still sein. Sonst hört er uns noch.«

»Na und? Er weiß ja, dass wir kommen. Sie glauben doch wirklich, dass man ihn mit einer Pistole umbringen kann, oder? Sie …«

»*Stopp, Ralph, stopp!* Sonst treten Sie hinein!«

Sofort blieb er mit hämmerndem Herzen stehen. Holly richtete die Lampe ein kleines Stück weit vor seine Füße. Bevor der Gang wieder breiter wurde, kam ein letzter Schutthaufen, und darauf lag der Kadaver eines Hundes oder eines Kojoten. Wahrscheinlich war es ein Kojote, doch das konnte man nicht mit Sicherheit sagen, weil der Kopf fehlte. Man hatte dem Tier den Bauch aufgerissen und die Eingeweide herausgeholt.

»Das ist es, was wir die ganze Zeit gerochen haben«, sagte Holly.

Ralph trat behutsam über den Kadaver. Drei Meter weiter blieb er wieder stehen. Es war tatsächlich ein Kojote. Hier lag der Kopf und starrte sie beide mit irgendwie übertriebener Verblüffung an. Zuerst kapierte Ralph nicht, warum.

Holly war ein bisschen schneller von Begriff. »Keine Augen mehr«, sagte sie. »Es hat ihm nicht gereicht, die Eingeweide zu fressen. Er hat dem armen Tier auch noch die Augen aus dem Kopf genagt. Bah.«

»Der Outsider ernährt sich also nicht nur von menschlichem Fleisch und Blut.« Ralph stockte. »Oder Traurigkeit.«

Holly sprach leise weiter. »Wegen uns, und vor allem wegen Ihnen und Lieutenant Sablo, war er in einer Zeit, in der er sonst quasi seine Winterruhe halten würde, sehr aktiv. Außerdem hat er seine bevorzugte Nahrung nicht bekommen. Daher muss er sehr hungrig sein.«

»Und schwach. Sie haben gesagt, er muss schwach sein.«

»Hoffentlich«, sagte Holly. »Hier ist es wirklich furchterregend. Ich hasse es, so eingesperrt zu sein.«

»Sie können jederzeit …«

Holly schlug ihm wieder leicht auf den Rücken. »Gehen Sie weiter. Und passen Sie auf, wo Sie hintreten.«

## 20

Die Spur aus schwach leuchtenden Tröpfchen setzte sich fort. Inzwischen hielt Ralph sie für den Schweiß, den das Ding absonderte. War es Angstschweiß wie bei ihm selbst und Holly? Das hoffte er jedenfalls. Er hoffte, dass sie diesem

Monster einen ordentlichen Schrecken eingejagt hatten und der Schrecken nicht gewichen war.

Es kamen weitere Öffnungen in der Wand, die man jedoch nicht mehr gekennzeichnet hatte; es waren kaum mehr als Risse, in die nicht einmal ein Kind hätte kriechen können. Oder herauskriechen. Obwohl es eng war, konnte Holly jetzt wieder neben Ralph gehen. Irgendwo weit entfernt hörten sie Wasser tropfen, und einmal spürte Ralph wieder einen Luftzug, diesmal an der linken Wange. Es war, als würde er von geisterhaften Fingern liebkost. Der Luftzug aus einem der Risse erzeugte ein hohles, beinahe gläsernes Stöhnen, so ähnlich, wie wenn man über die Öffnung einer Bierflasche blies. Es war ein furchterregender Ort, wohl wahr. Ralph konnte kaum glauben, dass Leute Geld dafür bezahlt hatten, diese steinerne Krypta zu erforschen, aber natürlich hatten diese Leute nicht gewusst, was er jetzt wusste – und was er glaubte. Irgendwie erstaunlich, wie der Aufenthalt im Bauch der Erde einem half, etwas zu glauben, was man zuvor nicht nur für unmöglich, sondern gar für schlicht lächerlich gehalten hatte.

»Achtung«, sagte Holly. »Da liegt wieder etwas.«

Diesmal handelte es sich um zwei Taschenratten, die in Stücke gerissen worden waren. Dahinter lagen die Überreste einer Klapperschlange, die beinahe nur noch aus Fetzen der mit Rauten geschmückten Haut bestand.

Ein Stückchen weiter kamen sie an eine steil abwärts führende Passage, deren Boden so glatt poliert war wie eine Tanzfläche. Geschaffen worden war sie wohl von einem unterirdischen Strom, der hier im Zeitalter der Dinosaurier geflossen und versiegt war, bevor Jesus die Erde betreten hatte. An einer Seite war ein stählernes Geländer befestigt, das nun von Rost überkrustet war. Als Holly den Lichtkegel daran entlangführte, sahen sie nicht nur einzelne leuchtende Tröpfchen, sondern auch Hand- und Fingerabdrücke. Ralph hatte keinerlei Zweifel daran, dass die denen von Claude Bolton entsprachen.

»Da war der Dreckskerl ja ausgesprochen vorsichtig, was? Wollte nicht auf die Schnauze fallen.«

Holly nickte. »Ich glaube, das ist der Gang, den Lovie als Teufelsrutsche bezeichnet hat. Passen Sie auf, wohin Sie tre…«

Irgendwo hinter und unter sich hörten sie sekundenlang Steine rollen, gefolgt von einer leichten Erschütterung, die Ralph unter den Sohlen spürte. Das erinnerte ihn daran, wie eine eigentlich stabile Eisdecke sich manchmal verlagerte. Holly sah ihn mit weit aufgerissenen Augen an.

»Wahrscheinlich hat das nichts zu bedeuten«, sagte er. »Die alte Höhle führt schon seit Urzeiten Selbstgespräche.«

»Mag sein, aber seit dem Erdbeben, von dem Lovie uns erzählt hat, sind die bestimmt lebhafter geworden. Und das ist erst zehn Jahre her.«

»Sie können jederzeit …«

»Hören Sie auf damit. Ich muss das durchziehen.«

Das stimmte wohl.

Während sie den steilen Gang hinabgingen, hielten sie sich am Geländer fest, achteten aber sorgfältig darauf, nicht die Handabdrücke zu berühren, die ihr Vorgänger hinterlassen hatte. Ganz unten empfing sie ein Schild:

**WILLKOMMEN AN DER TEUFELSRUTSCHE
BITTE AM GELÄNDER FESTHALTEN!**

Nun wurde der Gang noch etwas breiter. Davor hatte man einen gewölbten Durchgang gezimmert, dessen Bretter teilweise heruntergefallen waren und entblößten, was die Natur geschaffen hatte: nichts als ein zerklüftetes Maul.

Holly legte die Hände an den Mund und rief leise: »Hallo?«

Ihr Stimme kam als Reihe von sich überlagernden Echos beinahe unverändert zurück: *Allo … allo … allo …*

»Das habe ich mir gedacht«, sagte sie. »Jetzt kommt der Saal der Töne. Das ist die große Höhle, von der Lovie …«

»Hallo.«

*Allo … lo … lo …*

Das hatte jemand leise gesprochen, und Ralph hielt mitten in einem Atemzug inne. Er spürte, wie Holly sich in seinen Unterarm krallte.

»Da ihr nun hier seid …«

*Nun hier … hier … eid …*

»… und euch so viel Mühe gemacht habt, mich aufzuspüren, tretet doch ein!«

**21**

Seite an Seite traten sie durch den Torbogen. Holly hielt sich am Arm von Ralph fest wie eine Braut mit Lampenfieber. Sie hatte die Taschenlampe in der Hand, er seine Glock, die er verwenden würde, sobald er ein Ziel im Blick hatte. Ein Schuss sollte genügen. Allerdings war da zunächst kein Ziel zu sehen.

Hinter dem Bogen trafen sie auf einen Felsvorsprung, der wie ein Balkon etwa zwanzig Meter über dem Boden der Höhle aus der Wand ragte. Eine eiserne Wendeltreppe führte nach unten. Als Holly nach oben blickte, wurde ihr schwindlig. Die Treppe stieg mindestens weitere sechzig Meter in die

Höhe, an einer Öffnung vorüber, wo früher wohl der Haupteingang gewesen war. Sie endete erst an der Decke, von der Stalaktiten hingen. Holly wurde klar, dass der gesamte Hügel so hohl war wie eine Kuchenattrappe im Schaufenster einer Konditorei. Der nach unten führende Teil der Treppe sah einigermaßen vertrauenswürdig aus; weiter oben hatte sie sich an manchen Stellen von den faustgroßen Bolzen gelöst, mit denen sie befestigt war, und hing windschief über dem Abgrund.

Am Boden, im Licht einer ganz gewöhnlichen Stehlampe, wie man sie in gutbürgerlichen Wohnzimmern sah, erwartete sie – der Outsider. Das Lampenkabel schlängelte sich zu einem leise summenden, roten Kasten, auf dem in Druckbuchstaben HONDA stand. Am äußersten Rand des Lichtkegels stand ein Feldbett mit einer zusammengelegten Decke.

In seiner Dienstzeit hatte Ralph schon viele Flüchtige erwischt, und das Ding, das sie hier gesucht hatten, sah ganz genauso aus wie sie: hohläugig, abgemagert, erschöpft. Der Outsider trug Jeans, eine Rohlederweste über einem schmutzigen weißen Hemd und abgewetzte Cowboystiefel. Er schien unbewaffnet zu sein und blickte mit dem Gesicht von Claude Bolton zu den beiden hoch: schwarzes Haar, hohe Wangenknochen, die auf einen indianischen Einschlag vor einigen Generationen hinwiesen, ein schwarzer Bart rund um den Mund. Die Tätowierungen auf den Fingern konnte Ralph aus dieser Entfernung nicht sehen, aber er wusste, dass sie da waren.

Schließlich hatte Hoskins von dem Tattoo-Mann gesprochen.

»Wenn ihr wirklich mit mir sprechen wollt, müsst ihr euch auf die Treppe wagen. Mich hat sie getragen, aber um ehrlich zu sein – besonders stabil ist sie nicht.« Das sagte er im Plauderton, aber die Worte überlappten sich; sie ertönten verdoppelt und verdreifacht, als gäbe es nicht nur einen Outsider, sondern viele, eine ganze Meute, die sich dort in den Schatten und Spalten verbarg, wo das Licht der einzelnen Stehlampe sie nicht erreichte.

Holly wandte sich zur Treppe, aber Ralph hielt sie zurück. »Ich gehe als Erster.«

»Das sollte lieber ich tun. Ich bin leichter.«

»Ich gehe als Erster«, wiederholte er. »Sobald ich unten angekommen bin – falls ich das schaffe –, kommen Sie nach.« Er sprach leise, nahm jedoch an, dass der Outsider durch die akustischen Bedingungen jedes Wort mitbekam. *Wenigstens hoffe ich das,* dachte Ralph. »Aber bleiben Sie dann mindestens zehn Stufen vom unteren Ende entfernt stehen. Ich muss erst mit ihm sprechen.«

Er sah sie scharf an, während er das sagte. Sie warf einen Blick auf die Glock, und er nickte beinahe unmerklich. Nein, es würde kein Gespräch geben, kein langatmiges Frage-und-Antwort-Spiel. Damit war es vorbei. Ein Schuss in den Kopf, und dann nichts wie raus hier. Falls ihnen das Dach nicht auf den Kopf fiel.

»Na gut«, sagte sie. »Seien Sie vorsichtig.«

Das war schön gesagt, aber entweder hielt die alte Wendeltreppe oder nicht. Immerhin versuchte er beim Betreten, sich in Gedanken leichter zu machen, als er in Wirklichkeit war. Die Stufen ächzten, quietschten und zitterten.

»Nicht schlecht so weit«, sagte der Outsider. »Halten Sie sich nah an der Wand, das dürfte am sichersten sein.«

*Ichersten … ersten … ten …*

Ralph erreichte den Boden. Der Outsider stand reglos neben seiner merkwürdig häuslichen Lampe. Hatte er die –

samt Generator und Feldbett – im Baumarkt von Tippit gekauft? Ralph hielt das durchaus für möglich, war der Laden doch offenbar die einzige Shopping-Attraktion in diesem gottverlassenen Teil von Texas. Nicht dass es von Bedeutung gewesen wäre. Hinter ihm quietschten und ächzten die Treppenstufen, weil Holly jetzt herunterkam.

Da Ralph sich nun auf gleicher Höhe mit dem Outsider befand, beäugte er ihn mit beinahe wissenschaftlicher Neugier. Was da vor ihm stand, sah menschlich aus und war trotzdem merkwürdig schwer fassbar, so als würde man mit leicht schielendem Blick ein Bild betrachten. Man wusste, was man sah, aber alles war minimal verzogen. Es war das Gesicht von Claude Bolton, aber mit dem Kinn stimmte etwas nicht; es war nicht rundlich, sondern eckig und etwas gespalten. Die linke Kieferpartie war länger als die rechte, was dem ganzen Gesicht einen schiefen, beinahe grotesken Ausdruck verlieh. Die Haare waren die von Claude, so schwarz und glänzend wie ein Krähenflügel, aber von helleren, rötlich braunen Strähnen durchzogen. Am auffälligsten waren die Augen. Das eine war braun wie die von Claude, das andere hingegen blau.

Das gespaltene Kinn, den langen Kiefer und die rötlich braunen Haare kannte Ralph. Und das blaue Auge, vor allem das. Er hatte gesehen, wie es erlosch, als Terry Maitland vor nicht allzu langer Zeit an einem heißen Julimorgen auf der Straße gestorben war.

»Sie sind offenbar noch in der Umwandlung begriffen. Die Projektion, die meine Frau gesehen hat, mag exakt wie Claude ausgesehen haben, aber Ihre wirkliche Gestalt ist noch nicht so weit. Stimmt doch, oder? Sie sind noch nicht ganz fertig.«

Eigentlich hätten das die letzten Worte sein sollen, die der Outsider hörte. Die Treppenstufen ächzten nicht mehr, also war Holly hoch genug stehen geblieben, dass sie in Sicherheit war. Er hob die Glock und umfasste mit der linken Hand sein rechtes Handgelenk.

Der Outsider hob opferbereit beide Arme. »Töten Sie mich ruhig, wenn Sie wollen, Detective, aber dann bringen Sie sich und Ihre Freundin ebenfalls um. Ich habe zwar keinen Zugang zu Ihren Gedanken wie zu denen von Claude, doch womit Sie rechnen, kann ich mir trotzdem gut vorstellen: Sie meinen, ein einzelner Schuss wäre ein akzeptables Risiko. Liege ich da richtig?«

Ralph schwieg.

»Tja, ich bin mir sicher, dass ich da richtig liege, aber ich will Ihnen verraten, das wäre sogar ein *großes* Risiko.« Er hob die Stimme und rief: »*CLAUDE BOLTON IST MEIN NAME!*«

Das Echo wirkte noch lauter als der Ruf. Holly schrie überrascht auf. Hoch oben hatte sich ein möglicherweise schon zuvor angebrochener Tropfstein gelöst und schoss nun wie ein steinerner Dolch herab. Eine Gefahr stellte er nicht dar, da er weit außerhalb der kreisrunden Lichtfläche aufprallte, aber Ralph hatte verstanden.

»Da ihr schon so viel wusstet, dass ihr mich aufspüren konntet, wisst ihr ja vielleicht auch hier Bescheid«, sagte der Outsider und ließ die Arme sinken. »Aber falls nicht: In den Höhlen und Gängen weiter unten haben sich zwei Jungen verirrt, und als eine Rettungsmannschaft versucht hat, sie zu finden …«

»Hat jemand einen Schuss abgefeuert, wodurch ein Stück Decke eingestürzt ist«, sagte Holly von der Treppe her. »Doch, das wissen wir.«

»Das hat sich in dem Gang nahe der Teufelsrutsche ereignet, wo der Knall sicherlich gedämpft wurde.« Der Outsider lächelte. »Wer weiß, was geschehen wird, wenn Detective Anderson hier seine Waffe abfeuert. Bestimmt werden einige von den größeren Tropfsteinen herunterstürzen. Vielleicht könntet ihr denen ja ausweichen, aber falls nicht, werdet ihr zermalmt. Ganz zu schweigen von der Möglichkeit, dass die gesamte Oberseite des Hügels zusammenbricht und uns alle mit einem Erdrutsch begräbt. Wollen Sie das wirklich riskieren, Detective? Auf dem Weg die Treppe runter hatten Sie das bestimmt vor, aber ich muss Ihnen sagen, dass Ihre Chancen nicht zum Besten stehen.«

Die Treppe quietschte kurz, weil Holly offenbar eine Stufe weiter herabstieg. Vielleicht auch zwei.

*Bleib in sicherer Entfernung,* dachte Ralph, aber dazu zwingen konnte er sie beim besten Willen nicht. Die Frau hatte ihren eigenen Kopf.

»Wir wissen übrigens auch, wieso Sie sich ausgerechnet hier versteckt haben«, sagte sie. »Weil der Onkel und die Cousins von Claude hier vergraben liegen.«

»In der Tat.« Er – es – lächelte nun noch breiter. Der Goldzahn in seinem Gebiss stammte von Claude, genau wie die Buchstaben auf den Fingern. »Zusammen mit einigen anderen, darunter die beiden Kinder, die sie retten wollten. Ich spüre sie in der Erde. Manche sind ganz in der Nähe. Zum Beispiel liegen Roger Bolton und seine Söhne dort drüben, keine sechs Meter unter dem Schlangenbauch.« Er zeigte die Richtung an. »Die spüre ich am stärksten, nicht weil sie so nah sind, sondern wegen der Blutsverwandtschaft, der ich immer mehr angehöre.«

»Essen kann man sie allerdings nicht mehr, nehme ich an«, sagte Ralph. Er warf einen Blick auf das Feldbett. Dort stand auf dem Felsboden eine Kühlbox aus Styropor, und daneben lag ein unordentlicher Haufen aus Knochen und Haut.

»Nein, natürlich nicht.« Der Outsider sah ihn ungehalten an. »Aber ihre Überreste geben so ein Schimmern von sich. So als ... ich weiß nicht recht, über so etwas spreche ich sonst nicht ... als würden sie etwas aussenden. Selbst die beiden törichten Jungen tun das, wenn auch nur ganz schwach. Sie liegen sehr weit unten. Man könnte sagen, sie sind gestorben, als sie die unbekannten Regionen der Marysville-Höhle erforscht haben.« Bei diesen Worten lächelte er wieder, wobei er nicht nur den Goldzahn, sondern fast alle Zähne zeigte. Ralph fragte sich, ob er Frank Peterson mit einem solchen Lächeln im Gesicht ermordet hatte, um anschließend von seinem Fleisch zu fressen und zusammen mit seinem Blut seine Todesqualen zu trinken.

»Ein Schimmer wie von einem Nachtlicht?«, fragte Holly. Sie klang ernsthaft neugierig. Die Treppe ächzte, während sie ein, zwei weitere Stufen herunterkam. Ralph wäre es wesentlich lieber gewesen, wenn sie in die andere Richtung gegangen wäre, hinauf und hinaus, zurück in den heißen Sonnenschein von Texas.

Der Outsider zuckte nur die Achseln.

*Geh zurück,* dachte Ralph, als würde er mit Holly sprechen. *Kehr um und geh zurück. Wenn ich mir sicher bin, dass du genügend Zeit hattest, den Ahiga-Eingang hinter dir zu lassen, schieße ich. Selbst wenn meine Frau dadurch zur Witwe wird und mein Sohn seinen Vater verliert, wage ich den Schuss. Das bin ich Terry und allen, die vor ihm gekommen sind, schuldig.*

»Ein Nachtlicht«, wiederholte sie, während sie auf die nächste Stufe trat. »So etwas gibt Geborgenheit. Als ich klein war, hatte ich so eins.«

Der Outsider blickte über Ralphs Schulter hinweg zu ihr hinauf. Da er der Stehlampe den Rücken zugekehrt hatte und sein Gesicht im Schatten lag, sah Ralph in den nicht zusammenpassenden Augen einen seltsamen Schein. Nur dass das nicht ganz stimmte. Der Schein war nicht *in* den Augen, sondern kam aus ihnen *heraus,* weshalb Ralph jetzt begriff, was Grace Maitland damit gemeint hatte, ihrem Besucher seien Strohhalme aus den Augen gesprossen.

»Geborgenheit?« Über diesen Ausdruck schien der Outsider nachzudenken. »Ja, wahrscheinlich, obwohl ich das nie so empfunden habe. Aber die Boltons strahlen auch Dinge aus ihrem Leben aus. Obwohl längst tot, sind sie noch voller *Bolton-Kram.*«

»Meinen Sie Erinnerungen?« Holly kam noch einen Schritt näher. Ralph löste die linke Hand vom rechten Handgelenk, um sie zurückzuwinken, obwohl er wusste, dass sie nicht gehorchen würde.

»Nein, so etwas nicht.« Der Outsider sah sie wieder ungehalten an, doch in seinem Blick lag noch etwas anderes. Ein gewisser Eifer, den Ralph von vielen Vernehmungen her kannte. Nicht alle Verdächtigen wollten reden, aber die meisten doch, weil sie sich im geschlossenen Raum ihrer Gedanken bisher allein befunden hatten. Und dieses Ding da musste schon sehr lange mit seinen Gedanken allein sein. Ganz allein. Das sah man auf den ersten Blick.

»Was ist es dann?« Sie stand noch am selben Ort wie vorher. Dafür war Ralph schon dankbar.

»Blutsverwandtschaft. Darin ist etwas, was über Erinnerungen und die körperliche Ähnlichkeit hinausgeht, die von einer Generation an die andere weitergegeben wird. Es ist eine Daseinsart. Eine bestimmte Sichtweise. Nahrung ist das nicht, aber es ist Kraft. Ihre Seele, ihr Ka ist dahingegangen, aber etwas ist übrig, selbst in ihren toten Gehirnen und Körpern.«

»Eine Art DNA«, sagte sie. »Wie bei einem Stamm oder einer Rasse.«

»Möglicherweise. Wenn Sie so wollen.« Er tat einen Schritt auf Ralph zu und streckte die Hand aus, auf deren Fingern MUST geschrieben stand. »Es ist wie bei Tätowierungen. Sie sind zwar nicht lebendig, enthalten jedoch bestimmte …«

»*Halt!*«, rief Holly, und Ralph dachte: *Mein Gott, jetzt ist sie noch näher gekommen. Wie hat sie das geschafft, ohne dass ich es gehört habe?*

Das Echo stieg in die Höhe und schien sich auszudehnen, dann stürzte wieder etwas herab. Diesmal war es kein Tropfstein, sondern ein Felsbrocken aus einer der rauen Wände.

»Tun Sie das lieber nicht«, sagte der Outsider. »Heben Sie nicht so die Stimme, wenn Sie nicht das Risiko eingehen wollen, dass uns alles auf den Kopf fällt.«

Als Holly weitersprach, war ihre Stimme leise, aber dennoch eindringlich. »Denken Sie daran, was er Detective Hoskins angetan hat, Ralph. Seine Berührung ist giftig.«

»Nur wenn ich mich im Zustand der Umwandlung befinde«, sagte der Outsider milde. »Das ist so eine Art natürlicher Schutz und wirkt nur selten tödlich. Eher wie Giftefeu als wie irgendeine Strahlung. Freilich war Detective Hoskins recht … empfänglich, könnte man sagen. Und sobald ich jemand berührt habe, kann ich oft – nicht immer, aber oft – in seine Gedanken eindringen. Oder in die von seinen Angehörigen. Das habe ich bei der Familie von Frank Peterson getan. Nur ein bisschen, was aber ausgereicht hat, sie in die Richtung zu schieben, in die sie bereits gegangen sind.«

»Bleiben Sie, wo Sie sind«, sagte Ralph.

Der Outsider hob seine tätowierten Hände. »Gern. Bekanntlich sind Sie der Mann mit der Waffe. Aber ich kann Sie nicht entkommen lassen. Ich bin für einen Ortswechsel einfach zu entkräftet. Ich musste viel zu früh hierherfahren, und außerdem musste ich einige Dinge kaufen, was mich noch mehr erschöpft hat. Daher sieht es ganz nach einer Pattsituation aus.«

»In die haben Sie sich selbst gebracht«, sagte Ralph. »Das wissen Sie doch, oder?«

Der Outsider sah ihn aus einem Gesicht heraus an, in dem noch letzte, schwindende Reste von Terry Maitland enthalten waren, sagte jedoch nichts.

»Bei Heath Holmes lief es gut. Bei denen vor ihm ebenfalls. Aber Maitland war ein Fehler.«

»Mag wohl sein.« Der Outsider blickte leicht verwundert, aber weiterhin selbstgefällig drein. »Allerdings habe ich schon andere genommen, die ein starkes Alibi und einen tadellosen Ruf hatten. Wenn es Beweismaterial und Augenzeugen gibt, sind Alibi und Ruf bedeutungslos. Die Leute sind blind für Erklärungen, die außerhalb davon liegen, wie sie die Realität wahrnehmen. Deshalb hätten Sie eigentlich niemals nach mir suchen sollen. Sie hätten mich nicht einmal *wahrnehmen* sollen, egal wie stark Maitlands Alibi war. Dennoch haben Sie genau das getan. War es, weil ich zum Gericht gekommen bin?«

Ralph schwieg wieder. Holly war die letzte Stufe herabgestiegen und stand nun neben ihm.

Der Outsider seufzte. »Das war ein Fehler. Ich hätte die Fernsehkameras ernster nehmen sollen, aber ich war noch hungrig. Trotzdem hätte ich wegbleiben können, wenn ich nicht so gierig gewesen wäre.«

»Und außerdem allzu selbstsicher«, sagte Ralph. »Das führt zu Sorglosigkeit. In meinem Beruf sieht man das oft.«

»Tja, vielleicht war ich das wirklich alles. Aber ich glaube, ich hätte damit dennoch durchkommen können.« Nachdenklich betrachtete er die bleiche, grauhaarige Frau neben Ralph. »Offenbar habe ich es Ihnen zu verdanken, dass ich mich jetzt in einer solchen Lage befinde. Stimmt's, Holly? Claude sagt, Sie heißen Holly. Was hat es Ihnen möglich gemacht zu glauben? Wie ist es Ihnen gelungen, gleich mehrere moderne Männer davon zu überzeugen, hierherzukommen? Männer, die wahrscheinlich an nichts glauben, was über ihre fünf Sinne hinausgeht. Haben Sie denn irgendwo noch so jemand wie mich gesehen?« Die Sehnsucht in seiner Stimme war unüberhörbar.

»Wir sind nicht hier, um Ihre Fragen zu beantworten«, sagte Holly. Sie hatte eine Hand in die Tasche ihrer zerknitterten Jacke gesteckt. In der anderen hielt sie die UV-Lampe, die momentan aber nicht eingeschaltet war; das einzige Licht kam von der Stehlampe. »Wir sind hier, um Sie zu töten.«

»Ich weiß nicht recht, wie Sie das anstellen wollen … Holly. Wenn ich mit Ihrem Freund alleine wäre, würde er vielleicht wagen, seine Waffe abzufeuern, aber ich glaube nicht, dass er Ihr Leben mit aufs Spiel setzen will. Abgesehen davon könnte einer von Ihnen oder Sie beide versuchen, mich anzugreifen, aber dann würden Sie feststellen, dass ich erstaunlich kräftig und nebenbei ein bisschen giftig bin. Selbst in dem erschöpften Zustand, in dem ich mich derzeit befinde.«

»Vorläufig ist es tatsächlich ein Patt«, sagte Ralph. »Aber dabei wird es nicht lange bleiben. Hoskins hat Lieutenant Yunel Sablo von der Highway Patrol zwar verwundet, aber nicht getötet. Inzwischen wird der das längst gemeldet haben.«

»Ein netter Versuch, aber hier draußen geht das nicht«, sagte der Outsider. »In östlicher Richtung hat man sechs Meilen weit keinen Empfang, und in westlicher sind es sogar zwölf Meilen. Dachten Sie etwa, ich würde das nicht überprüfen?«

Das hatte Ralph tatsächlich gehofft, aber es war eine schwache Hoffnung gewesen. Glücklicherweise hatte er einen weiteren Trumpf in der Hand. »Außerdem hat Hoskins das Fahrzeug, mit dem wir gekommen sind, in Brand gesetzt. Es qualmt, und zwar gewaltig.«

Zum ersten Mal sah er im Gesicht des Outsiders echte Besorgnis.

»Das ändert die Lage. Ich werde fliehen müssen. In meinem derzeitigen Zustand wird das schwierig und schmerzhaft sein. Falls Sie mich zornig machen wollten, Detective, dann ist Ihnen das gelungen, und …«

»Sie haben mich gefragt, ob ich so jemand wie Sie schon einmal gesehen habe«, unterbrach ihn Holly. »Das habe ich nicht, na ja, jedenfalls nicht exakt, aber Ralph bestimmt. Wenn man nämlich außer Acht lässt, dass Sie Ihre Gestalt verändern, anderen Leuten die Erinnerung heraussaugen und Ihre Augen leuchten lassen können, sind Sie bloß ein sexueller Sadist und ein gewöhnlicher Pädophiler.«

Der Outsider zuckte zurück, als hätte sie ihn geschlagen. Einen Moment lang schien er völlig zu vergessen, dass der brennende SUV von dem verlassenen Parkplatz aus Rauchsignale in den Himmel sandte. »Das ist beleidigend, lächerlich und unwahr. Ich ernähre mich, um zu leben, mehr nicht. Ihr tut genau dasselbe, wenn ihr Schweine und Rinder schlachtet. Mehr seid ihr für mich nämlich nicht – Fleischlieferanten.«

»Das ist gelogen.« Holly tat einen Schritt vorwärts, und als Ralph sie am Arm fassen wollte, schüttelte sie ihn ab. Auf ihren blassen Wangen flammten rote Blüten auf. »Mit Ihrer Fähigkeit, wie jemand auszusehen, der Sie nicht sind – wie *etwas*, was Sie nicht sind – wecken Sie Vertrauen. Da hätten Sie auch irgendeinen Freund von Mr. Maitland auswählen können oder seine Frau. Aber stattdessen haben Sie ein Kind gewählt. Sie nehmen *immer* Kinder.«

»Sie bieten einfach die kräftigste, köstlichste Nahrung! Haben Sie noch nie Kalbfleisch gegessen? Oder Kalbsleber?«

»Aber Sie fressen Sie nicht nur, Sie ejakulieren auf sie.« Holly verzog angeekelt den Mund. »Sie wichsen auf sie *ab*. Bah!«

»Um DNA zu hinterlassen!«, brüllte er.

»Das könnten Sie auch auf andere Weise tun«, brüllte sie zurück, worauf sich wieder etwas von der instabilen Decke hoch oben löste. »Aber Ihr Ding stecken Sie nicht rein, oder? Liegt es daran, dass Sie impotent sind?« Sie hob den Zeigefinger und knickte ihn dann ab. »So ist es doch, oder? Oder etwa nicht?«

»Halt den Mund!«

»Sie wählen Kinder aus, weil Sie ein Kinderschänder sind, der einfach seinen Schwanz nicht hochkriegt und stattdessen …«

Während er auf sie zurannte, verzerrte sich sein Gesicht zu einer hasserfüllten Grimasse, die nichts von Claude Bolton oder Terry Maitland an sich hatte; es war etwas Ureigenes, so schwarz und grässlich wie die Tiefen der Höhle, in denen die beiden Jungen ihr Leben ausgehaucht hatten. Ralph hob seine Waffe, aber Holly trat in die Schusslinie, bevor er abdrücken konnte.

*»Nicht schießen, Ralph, nicht schießen!«*

Wieder stürzte etwas herunter, diesmal etwas Großes. Es zerschmetterte das Feldbett des Outsiders. Mineralisch funkelnde Steinsplitter schlitterten über den glatten Boden.

Aus der Jackentasche, die ein Stück herunterhing, zog Holly etwas Langes, Weißes, was sich dehnte, als würde es etwas Schweres enthalten. Im selben Moment schaltete sie die

UV-Lampe ein und leuchtete dem Outsider damit geradewegs ins Gesicht. Er zuckte zusammen, gab ein knurrendes Geräusch von sich und drehte den Kopf zur Seite, griff dabei jedoch weiterhin mit den tätowierten Händen von Claude Bolton nach ihr. Sie führte das weiße Ding quer über ihren kleinen Brüsten bis zu ihrer Schulter, dann schwang sie es mit aller Kraft. Das gefüllte Ende traf den Outsider an der Schläfe direkt unter dem Haaransatz.

Was Ralph dann sah, suchte ihn noch jahrelang in seinen Träumen heim. Die linke Kopfhälfte des Outsiders gab nach, als wäre sie aus Pappmaschee statt aus Knochen. Das braune Auge hüpfte in seiner Höhle. Während er auf die Knie sank, schien sein Gesicht sich zu verflüssigen. Innerhalb von Sekunden sah Ralph hundert verschiedene Merkmale darübergleiten: einer hohen Stirn folgte eine niedrige, buschige Augenbrauen verwandelten sich in kaum sichtbare blonde, tief liegende Augen wechselten sich mit hervorquellenden ab, die Lippen waren breit und dann wieder schmal. Hasenzähne ragten heraus, um gleich wieder zu verschwinden, das Kinn sprang vor und zog sich zurück. Das letzte Gesicht jedoch, das am längsten anhielt und wahrscheinlich das *wahre* Gesicht des Outsiders darstellte, war völlig unscheinbar. Es war das Gesicht von irgendjemand, dem man auf der Straße begegnete, von jemand, den man im einen Moment sah und im nächsten schon vergessen hatte.

Holly schlug abermals zu. Diesmal traf sie den Backenknochen und verlieh dem unscheinbaren Gesicht eine scheußliche Sichelform. Nun sah es wie ein Bild aus einem verrückten Kinderbuch aus.

*Am Ende ist es nichts,* dachte Ralph. *Niemand. Was wie Claude ausgesehen hat, wie Terry und wie Heath Holmes, ist … nichts. Eine bloße Fassade. Eine Bühnenkulisse.*

Aus dem Loch im Kopf des Outsiders, aus seiner Nase und dem verdrehten, tropfenförmigen Überrest des Mundes quollen rötliche, wurmähnliche Dinger. Als wimmelnde Flut fielen sie auf den steinernen Höhlenboden. Der Körper von Claude Bolton begann erst zu zittern und dann zu zucken, bevor er in seiner Kleidung schrumpfte.

Holly ließ die Taschenlampe fallen und hob das weiße Ding (es war eine Männersocke, sah Ralph jetzt, eine lange weiße Sportsocke) mit beiden Händen über den Kopf. Als sie es ein letztes Mal nach unten schwang, traf sie den Schädel des Outsiders an der Oberseite, worauf das Gesicht sich mittig spaltete wie ein verfaulter Flaschenkürbis. In der Höhlung, die dadurch zum Vorschein kam, befand sich kein Gehirn, sondern nur ein Nest aus wuselnden Würmern, bei denen Ralph unweigerlich an die Maden denken musste, die er vor langer Zeit in einer Zuckermelone entdeckt hatte. Einige schlängelten sich bereits über den Boden auf die Füße von Holly zu.

Sie wich vor ihnen zurück, prallte gegen Ralph und gab in den Knien nach. Ralph packte sie und hielt sie fest. Aus ihrem Gesicht war alle Farbe gewichen, und an ihren Wangen liefen Tränen herab.

»Lassen Sie die Socke fallen«, sagte er ihr ins Ohr.

Sie sah ihn benommen an.

»Da sind welche von diesen Dingern drauf.«

Weil sie nichts tat, als ihn weiter verwundert anzuschauen, versuchte er, ihr die Socke aus der geballten Faust zu ziehen. Zuerst gelang ihm das nicht, so fest war ihr Klammergriff. Er zerrte an ihren Fingern und hoffte, dass er die nicht brechen musste, damit sie losließ, aber wenn es nötig war, würde er es tun. Wenn diese Dinger sie berührten, würden sie eine wesentlich schlimmere Wirkung haben als Giftefeu. Und wenn sie ihr unter die Haut krochen …

Holly schien wieder zu sich zu kommen, ein bisschen jedenfalls, und öffnete ihre Hand. Die Socke fiel mit einem dumpfen Schlag auf den Felsboden. Ralph entfernte sich rückwärts von den Würmern, die immer noch blind nach etwas suchten (oder vielleicht doch nicht blind, immerhin glitten sie schnurstracks auf die beiden zu). Dabei zog er Holly an ihrer immer noch leicht geballten Hand mit sich. Sie blickte nach unten, sah die Gefahr und sog scharf die Luft ein.

»Nicht schreien!«, sagte er. »Wir dürfen nicht riskieren, dass noch etwas von der Decke fällt. Kommen Sie einfach mit nach oben.«

Er machte sich daran, sie die Treppe hinaufzuziehen. Nach den ersten vier oder fünf Stufen war sie in der Lage, allein weiter hochzusteigen, aber beide gingen rückwärts, um die Würmer im Blick zu behalten, die immer noch aus dem gespaltenen Schädel des Outsiders strömten. Und aus seinem tropfenförmigen Mund.

»Stopp!«, flüsterte Holly. »Stopp! Sehen Sie doch, die wuseln nur herum. Die Treppe kommen sie nicht rauf. Außerdem fangen sie an zu krepieren.«

Damit hatte sie recht. Die Würmer bewegten sich jetzt langsamer, und ein großer Haufen nahe dem Outsider regte sich überhaupt nicht mehr. Dessen Körper hingegen schon, irgendetwas darin, eine Lebenskraft, die weiterbestehen wollte. Das Bolton-Ding buckelte und ruckte, die Arme wedelten, als wollten sie ein Zeichen geben. Während Ralph und Holly hinstarrten, wurde der Hals kürzer. Was vom Kopf geblieben war, wurde in den Hemdkragen gesaugt. Einen Moment lang ragten noch die schwarzen Haare von Claude Bolton heraus, dann waren auch sie verschwunden.

»Was ist das nur?«, flüsterte Holly. »Was sind *die da?*«

»Ich habe nicht den blassesten Schimmer, aber es ist mir auch egal«, sagte Ralph. »Ich weiß nur, dass Sie im ganzen Leben nie mehr einen Drink bezahlen müssen, jedenfalls nicht, wenn Sie mit mir zusammensitzen.«

»Ich trinke kaum Alkohol«, sagte sie. »Der verträgt sich nicht gut mit meinen Medikamenten. Ich glaube, das habe ich Ihnen ...«

Unvermittelt lehnte sie sich übers Geländer und erbrach sich. Ralph hielt sie dabei fest.

»Tut mir leid«, sagte sie.

»Muss es nicht. Machen wir lieber ...«

»Dass wir hier *rauskommen*«, vollendete sie seinen Satz.


## 22


Das Sonnenlicht hatte sich noch nie so gut angefühlt.

Sie kamen bis zu dem Schild mit Häuptling Ahiga, dann sagte Holly, ihr sei schwindlig, weshalb sie sich hinsetzen müsse. Ralph fand einen flachen Felsen, der groß genug für beide war, und setzte sich neben sie. Holly warf einen Blick auf die ausgestreckt daliegende Leiche von Jack Hoskins, gab ein trostloses Fiepen von sich und fing an zu weinen. Zuerst kam das als eine Reihe von unterdrückten, zögerlichen Schluchzern heraus, als hätte man ihr gesagt, es sei furchtbar falsch, vor jemand anderes zu weinen. Ralph legte ihr den Arm um die Schultern, die sich kläglich schmal anfühlten. Holly vergrub das Gesicht an seiner Brust, und dann heulte sie hemmungslos. Sie mussten dringend zu Yunel zurück, der ja vielleicht schwerer verwundet war als zunächst gedacht; schließlich waren sie unter Beschuss gewesen und hatten keine Zeit gehabt, eine exakte Diagnose zu stellen. Selbst im günstigsten Fall war der Ellbogen gebrochen und die Schulter ausgekugelt. Aber trotzdem sollte Holly eine kurze Ruhepause vergönnt sein. Die hatte sie sich verdient, indem sie getan hatte, was ihm, dem großen Detective, nicht gelungen war.

Schon nach fünfundvierzig Sekunden hatte der Wolkenbruch nachgelassen, und nach einer Minute war er vorüber. Holly war tapfer. Stark. Mit roten, tränennassen Augen sah sie zu Ralph hoch, aber der war sich nicht ganz sicher, ob sie gerade wusste, wo sie war. Oder wer er war.

»Ich kann es nicht noch einmal tun, Bill. Nie mehr. Nie, nie, nie mehr! Und wenn der da wiederkommt wie Brady, bringe ich mich um. Hast du mich verstanden?«

Ralph schüttelte sie sanft. »Der kommt nicht wieder, Holly. Versprochen.«

Sie blinzelte. »Ralph. Ich wollte Ralph sagen. Haben Sie gesehen, was da rausgekommen ist aus seinem … Haben Sie die Würmer gesehen?«

»Ja.«

»Bah! *Bah!*« Sie gab ein würgendes Geräusch von sich und schlug sich die Hand vor den Mund.

»Wer hat Ihnen eigentlich erzählt, wie man aus einer Socke eine Waffe bastelt? Und wie hart man damit zuschlagen kann, wenn man eine lange Socke nimmt? War das Bill Hodges?«

Holly nickte.

»Womit war das Ding denn gefüllt?«

»Mit Kugellagerkugeln, genau wie das von Bill. Die Kugeln hab ich noch in Flint City gekauft, in der Autozubehörabteilung vom Walmart. Schusswaffen kann ich nämlich nicht verwenden. Ich hab nicht mal erwartet, dass ich den Totschläger verwenden muss. Das war bloß so ein Impuls.«

»Oder eine Intuition.« Ralph lächelte, nahm das jedoch kaum wahr; er fühlte sich am ganzen Körper taub und sah sich immer noch ständig um, um sich zu vergewissern, dass keiner von den Würmern angekrochen kam. Nicht dass die weiterhin einen neuen Wirt suchten. »So nennen Sie das Ding? Einen Totschläger?«

»So hat Bill es genannt. Ralph, wir müssen weiter. Yunel …«

»Ich weiß. Aber zuerst muss ich noch was erledigen. Bleiben Sie einfach sitzen.«

Er ging zur Leiche von Hoskins und zwang sich, die Taschen des Toten zu filzen. Nachdem er die Schlüssel für den Pick-up gefunden hatte, kehrte er zu Holly zurück. »Erledigt.«

Gemeinsam gingen sie den Pfad hinunter. Als Holly unterwegs stolperte, hielt er sie fest. Dann wäre er beinahe selbst hingefallen, und sie hielt ihn fest.

*Wie zwei Invaliden,* dachte er. *Aber nach allem, was wir gesehen haben …*

»Es gibt so vieles, was wir nicht wissen«, sagte sie. »Woher er gekommen ist. Ob die Würmer eine Krankheit waren oder vielleicht eine außerirdische Lebensform. Wer seine Opfer waren – nicht bloß die Kinder, die von ihm getötet wurden, sondern auch die, denen man die Schuld daran gegeben hat. Von denen muss es viele gegeben haben. *Sehr* viele. Haben Sie am Ende sein Gesicht gesehen? Wie es sich verändert hat?«

»Ja«, sagte Ralph. Den Anblick würde er nie vergessen.

»Wir wissen nicht, wie lange er gelebt hat. Wie er sich projizieren konnte. Was er *war*.«

»Doch, das wissen wir«, sagte Ralph. »Er – *es* – war el Cuco. Ach, und noch etwas: Der Dreckskerl ist tot.«

## 23

Sie hatten bereits den größten Teil des Pfades hinter sich, als sie eine Autohupe hörten, die immer wieder kurz gedrückt wurde. Holly blieb stehen und biss sich auf ihre Lippen, die schon ziemlich malträtiert waren.

»Nur die Ruhe«, sagte Ralph. »Ich glaube, das ist Yunel.«

Der Pfad war nun breiter und weniger steil, weshalb sie schneller vorwärtskamen. Als sie um die Ecke des Schuppens traten, sahen sie, dass es tatsächlich Yunel war. Er saß halb im Pick-up von Hoskins und betätigte mit der rechten Hand die Hupe. Sein geschwollener, blutiger linker Arm lag wie ein Holzklotz auf seinem Schoß.

»Sie können jetzt aufhören«, sagte Ralph. »Mama und Papa sind zurück. Wie geht es Ihnen?«

»Mein Arm tut höllisch weh, aber sonst geht's einigermaßen. Habt ihr ihn erwischt? El Cuco?«

»Haben wir«, sagte Ralph. »Das heißt, Holly hat ihn erwischt. Er war nicht menschlich, aber gestorben ist er trotzdem. Seine Tage als Kindermörder sind vorüber.«

»*Holly* hat ihn erwischt?« Yunel sah sie an. »Und wie?«

»Darüber können wir uns später unterhalten«, sagte sie. »Momentan mache ich mir mehr Sorgen, was mit Ihnen ist. Sind Sie in Ohnmacht gefallen? Haben Sie derzeit Schwindelgefühle?«

»Als ich hierhermarschiert bin, ist mir ein bisschen schwummerig geworden. Außerdem habe ich ewig gebraucht und musste mich ein paarmal ausruhen. Dann habe ich den Wagen hier gesehen. Der gehört wohl dem Schützen. Laut Fahrzeugschein heißt er John P. Hoskins. Ist das der, an den ich denke?«

Ralph nickte. »Von der Flint City Police. Bei der *war* er. Er ist nämlich auch tot. Ich habe ihn erschossen.«

Yunel riss die Augen auf. »Was zum Teufel hat er denn hier getrieben?«

»Der Outsider hat ihn hergeschickt. Keine Ahnung, wie ihm das gelungen ist.«

»Ich dachte, er hat da drin vielleicht den Schlüssel vergessen, aber da haben wir kein Glück. Im Handschuhfach ist nicht mal irgendein Schmerzmittel. Bloß die Papiere und ein Haufen Mist.«

»Den Schlüssel habe ich«, sagte Ralph. »Den hatte er in seiner Tasche.«

»Und ich hab etwas gegen Schmerzen«, sagte Holly. Sie griff in eine der voluminösen Seitentaschen ihrer Jacke und holte ein großes, braunes Arzneifläschchen hervor, wie man es für verschreibungspflichtige Medikamente verwendete. Ein Etikett klebte nicht darauf.

»Was haben Sie denn sonst noch alles da drin?«, sagte Ralph. »Einen Campingkocher? Eine Kaffeekanne?«

»Wie ich schon sagte: Arbeiten Sie an Ihrem Humor, Ralph.«

»Das war nicht scherzhaft gemeint, sondern echte Bewunderung.«

»Der ich mich von Herzen anschließe«, sagte Yunel.

Holly schraubte ihre Reiseapotheke auf, schüttete sich eine Auswahl an Pillen auf die Handfläche und stellte das Fläschchen behutsam auf das Armaturenbrett des Pick-ups. »Das ist Zoloft … Paroxetin … Valium, das ich kaum mehr nehme … und das da.« Sorgfältig schüttete sie die Pillen wieder in das Fläschchen, behielt jedoch zwei orangefarbene in der Hand. »Ibuprofen. Das nehme ich gegen Spannungskopfschmerzen. Und gegen Schmerzen vom Zähneknirschen, wobei die besser geworden sind, seit ich nachts eine Schiene trage. Ich habe die mit Hybridbearbeitung. Die ist zwar teuer, aber die beste auf dem …« Sie merkte, dass die beiden sie anschauten. »Was ist?«

»Nur ein weiterer Ausdruck der Bewunderung, *querida*«, sagte Yunel. »Ich liebe Frauen, die auf alle Eventualitäten vorbereitet sind.« Er nahm die Tabletten entgegen, schluckte sie einfach so und schloss die Augen. »Danke. Vielen Dank. Möge Ihre Schiene Sie nie im Stich lassen!«

Sie sah ihn skeptisch an, während sie das Fläschchen wieder in die Tasche steckte. »Ich habe noch zwei, wenn Sie die brauchen. Haben Sie schon irgendwelche Feuerwehrsirenen gehört?«

»Nein«, sagte Yunel. »Ich glaube allmählich, dass die doch nicht kommen.«

»Das werden sie schon irgendwann, aber dann sind Sie nicht mehr hier«, sagt Ralph. »Sie müssen ins Krankenhaus. Plainville ist etwas näher als Tippit, außerdem kommt man da bei den Boltons vorbei. Da müssen Sie eine Rast einlegen. Holly, ist es okay, dass Sie fahren, damit ich hier bleiben kann?«

»Schon, aber wieso …« Sie schlug sich mit der Hand leicht an die Stirn. »Mr. Gold und Mr. Pelley.«

»Ja. Ich will sie nicht da liegen lassen, wo sie gestorben sind.«

»An einem Tatort herumzupfuschen wird normalerweise

nicht so gern gesehen«, sagte Yunel. »Wie Sie wahrscheinlich wissen.«

»So ist es, aber ich kann nicht zulassen, dass zwei gute Menschen in der heißen Sonne neben einem brennenden Fahrzeug schmoren. Haben Sie was dagegen?«

Yunel schüttelte den Kopf. Auf den Borsten seines Bürstenhaarschnitts glänzten Schweißtröpfchen. »*Por supuesto que no.*«

»Ich fahre uns zum Parkplatz, dort kann Holly übernehmen. Hilft Ihnen das Ibuprofen denn, Amigo?«

»Ja, tatsächlich. Toll geht's mir zwar nicht, aber schon etwas besser.«

»Gut. Bevor wir losfahren, müssen wir uns nämlich noch unterhalten.«

»Worüber?«

»Darüber, wie wir das alles erklären sollen«, sagte Holly.

## 24

Sobald sie den Parkplatz erreicht hatten, stieg Ralph aus. Er ging auf Holly zu, die um die Kühlerhaube herumkam, und diesmal war sie es, die ihn umarmte – kurz, aber kräftig. Inzwischen war der Mietwagen praktisch ausgebrannt, weshalb der Rauch allmählich dünner wurde.

Yunel rutschte vorsichtig auf den Beifahrersitz, nicht ohne mehrfach eine Grimasse zu ziehen und vor Schmerz zu zischen. Als Ralph sich zu ihm hineinbeugte, sagte er: »Sind Sie sich sicher, dass er tot ist?« Damit war nicht Hoskins gemeint, das wusste Ralph. »Ganz sicher?«

»Ja. Er ist zwar nicht geschmolzen wie die Böse Hexe des Westens, aber beinahe. Wenn alle hier aufkreuzen, werden sie nichts finden als seine Klamotten und vielleicht einen Haufen tote Würmer.«

»Würmer?« Yunel runzelte die Stirn.

»So schnell, wie die gestorben sind, werden sie sich wohl sehr schnell zersetzen«, sagte Holly. »Aber auf den Kleidungsstücken wird DNA sein, und wenn man auf die Idee kommt, die mit der von Claude zu vergleichen, wird sie möglicherweise damit übereinstimmen.«

»Oder es ist eine Mischung aus der DNA von Claude und der von Terry, weil die Umwandlung noch nicht abgeschlossen war. Das haben Sie doch gesehen, oder?«

Holly nickte.

»Wodurch das Testergebnis wertlos wäre. Ich glaube, Claude ist aus dem Schneider.« Ralph zog sein Handy aus der Tasche und legte es Yunel in die unverletzte Hand. »Sie schaffen es doch, die Anrufe zu machen, sobald Sie Verbindung haben?«

»*Claro.*«

»Und Sie erinnern sich noch an die Reihenfolge?«

Während Yunel die Anrufe aufzählte, hörten sie aus Richtung Tippit leise Sirenen. Offenbar hatte doch jemand den Rauch bemerkt, war aber nicht hergekommen, um die Ursache selbst zu erforschen. Was wahrscheinlich gut war. »Staatsanwalt Bill Samuels. Dann Ihre Frau. Anschließend Chief Geller. Am Ende Captain Horace Kinney von der Texas Highway Patrol. Die Nummern sind alle im Adressbuch von Ihrem Handy. Mit den Boltons sprechen wir persönlich.«

»*Ich* werde mit denen sprechen«, sagte Holly. »Sie sitzen einfach da und ruhen Ihren Arm aus.«

»Es ist sehr wichtig, dass Claude und Lovie mitmachen«,

sagte Ralph. »Und jetzt los. Wenn ihr noch hier seid, wenn die Feuerwehr kommt, steckt ihr fest.«

Nachdem Holly den Sitz und den Spiegel zu ihrer Zufriedenheit eingestellt hatte, wandte sie sich Yunel und Ralph zu, der sich noch durch die Beifahrertür lehnte. Sie wirkte jetzt zwar müde, aber nicht völlig ausgelaugt. Die Tränen waren versiegt. Auf ihrem Gesicht sah Ralph nichts als Konzentration und Entschlossenheit.

»Es muss *einfach* klingen«, sagte sie. »So einfach und so nah an der Wahrheit, wie es geht.«

»Offenbar haben Sie so etwas schon mal durchexerziert«, sagte Yunel. »Oder so was Ähnliches. Stimmt doch, oder?«

»Ja. Man wird uns bestimmt glauben, selbst wenn Fragen bleiben, die nie beantwortet werden können. Und Sie wissen beide, warum. Ralph, die Sirenen kommen immer näher, und wir müssen los.«

Ralph schlug die Beifahrertür zu und sah die beiden im Pick-up seines toten Kollegen davonfahren. Er dachte an das holprige Gelände, durch das Holly fahren musste, um die Kette zu umrunden, und wusste, dass sie das wunderbar schaffen würde. Dabei würde sie den schlimmsten Löchern und Rinnen ausweichen, um Yunels Arm zu schonen. Gerade als er gedacht hatte, er könnte sie nicht noch mehr bewundern … tat er es doch.

Zuerst ging er zur Leiche von Alec, weil die schwerer wegzuschaffen war. Der SUV brannte kaum noch, strahlte jedoch eine brutale Hitze ab. Alecs Gesicht und Arme waren verrußt, die Haare waren bis zur Kopfhaut versengt, und als Ralph ihn am Gürtel packte, um ihn zum Andenkenladen zu ziehen, bemühte er sich, nicht an die verbrannten Fetzen und geschmolzenen Tröpfchen zu denken, die zurückblieben. Oder daran, wie sehr Alec nun dem Mann ähnelte, der keine zwei Wochen her vor dem Gerichtsgebäude gewesen war. *Ihm fehlt nur noch ein gelbes T-Shirt um den Kopf,* dachte er trotzdem, und das war zu viel. Ralph ließ den Gürtel los und konnte gerade noch zwanzig Schritte von dort wegstolpern, bevor er sich vornüberbeugte, die Hände auf die Knie stützte und den gesamten Mageninhalt ausspie. Nachdem das erledigt war, ging er zurück, um zu beenden, was er angefangen hatte, indem er zuerst Alec und dann Howie Gold in den Schatten des Andenkenladens zerrte.

Er ruhte sich kurz aus, um zu Atem zu kommen, bevor er die Tür des Ladens untersuchte. Die war zwar mit einem Vorhängeschloss gesichert, sah jedoch verwittert und klapprig aus. Als er zum zweiten Mal dagegentrat, gaben die Angeln nach. Im Innern war es düster und unerträglich heiß. Die Regale waren nicht vollständig leer, da lagen noch einige wenige T-Shirts mit dem Aufdruck ICH WAR IN DER MARYSVILLE-HÖHLE. Er nahm sich zwei davon und schüttelte den Staub aus, so gut es ging. Das Jaulen der Sirenen draußen war nun ganz nahe. Die Feuerwehrleute würden mit ihren teuren Fahrzeugen allerdings kaum durchs Gelände fahren; bestimmt hielten sie an, um die Kette zu zertrennen. Er hatte also noch ein bisschen Zeit.

Er kniete sich hin und bedeckte beiden Männern das Gesicht. Es waren gute Männer gewesen, die erwartet hatten, noch viele Lebensjahre vor sich zu haben. Männer mit Angehörigen, die um sie trauern würden. Das einzig Gute (falls man von so etwas sprechen konnte) bestand darin, dass deren Trauer nicht einem Monster als Mahlzeit dienen würde.

Ralph hockte sich neben die beiden, die Unterarme auf den Knien und das Kinn auf der Brust. War er auch für den Tod dieser beiden Menschen verantwortlich? Teilweise vielleicht schon, weil die Ereigniskette an jedem Punkt zu jener öffentlichen Festnahme von Terry Maitland zurückführte, die katastrophal unklug gewesen war. Aber trotz seiner Erschöpfung hatte er das Gefühl, nicht alles, was geschehen war, auf sich nehmen zu müssen.

*Man wird uns bestimmt glauben,* hatte Holly gesagt. *Und Sie wissen beide, warum.*

Ja, das wusste Ralph. Man würde selbst eine fadenscheinige Geschichte glauben, weil Fußspuren nicht einfach endeten und Maden unmöglich in einer reifen Zuckermelone wimmeln konnten, deren harte Schale unversehrt war. Man würde alles glauben, denn irgendeine andere Möglichkeit zuzulassen würde bedeuten, die Realität selbst infrage zu stellen. Ironischerweise würde gerade das, was den Outsider in seinem langen, mörderischen Leben geschützt hatte, nun Holly, Yunel und Ralph schützen.

*Das Universum hat eben kein Ende,* dachte Ralph, während er im Schatten des Andenkenladens auf das Eintreffen der Feuerwehr wartete.

## 25

Auf der Fahrt zu den Boltons saß Holly kerzengerade da. Die eine Hand bei zehn, die andere bei vierzehn Uhr auf dem Lenkrad, hörte sie zu, während Yunel die Anrufe erledigte. Bill Samuels war entsetzt darüber, dass Howie Gold und Alec Pelley tot waren, aber Yunel blockte seine Fragen ab. Für Fragen und Antworten war später noch Zeit, aber nicht jetzt. Samuels sollte sich alle Zeugen, die schon einmal befragt wurden, erneut vornehmen, angefangen mit Willow Rainwater. Ihr sollte er gleich zu Anfang zu verstehen geben, dass die Identität des Mannes, den sie vom Stripclub zum Bahnhof von Dubrow gebracht habe, ernsthaft infrage stehe. Ob sie sich immer noch sicher sei, dass es sich um Terry Maitland gehandelt habe.

»Versuchen Sie, so mit ihr umzugehen, dass sie Zweifel bekommt«, sagte Yunel. »Schaffen Sie das?«

»Klar«, sagte Samuels. »Unter den Geschworenen säe ich bereits seit fünf Jahren erfolgreich Zweifel. Und wenn man sich die Aussage von Ms. Rainwater so anschaut, hegt sie ohnehin schon ein paar Zweifel. Die anderen Zeugen ebenfalls, vor allem seit die Aufnahmen von Terry bei diesem Vortrag in der Hauptstadt veröffentlicht wurden. Allein auf Youtube wurden die inzwischen eine halbe Million Mal aufgerufen. Aber jetzt erzählen Sie mir endlich, was mit Howie und Alec passiert ist.«

»Später. Die Zeit ist knapp, Mr. Samuels. Sprechen Sie mit den Zeugen, angefangen mit Rainwater. Und noch etwas – die Besprechung, die wir vorgestern Abend hatten. Das ist extrem wichtig, also hören Sie gut zu.«

Samuels hörte und stimmte zu, worauf Yunel die Nummer von Jeannie Anderson wählen konnte. Dieser Anruf dauerte länger, weil Jeannie eine ausführlichere Erklärung sowohl brauchte als auch verdiente. Als er geendet hatte, hörte er sie weinen, aber wohl hauptsächlich vor Erleichterung. Es war schrecklich, dass Menschen gestorben waren und dass Yunel verwundet worden war, aber ihrem Mann – dem Vater ihres Sohnes – war nichts geschehen. Yunel erklärte ihr, was sie nun zu tun habe, und Jeannie war sofort dazu bereit.

Er bereitete sich gerade auf den dritten Anruf vor, den mit Rodney Geller, dem Polizeichef von Flint City, als sie weitere

Sirenen anrücken hörten. Zwei Wagen der Texas Highway Patrol kamen ihnen mit hoher Geschwindigkeit entgegen, auf dem Weg zur Marysville-Höhle.

»Wenn wir Glück haben, sitzt in einem von den Wagen der Typ, der mit den Boltons gesprochen hat«, sagte Yunel. »Stape hieß er, soweit ich mich erinnere.«

»Sipe«, korrigierte ihn Holly. »Owen Sipe. Wie geht es Ihrem Arm?«

»Tut immer noch höllisch weh. Ich nehme lieber noch die anderen zwei Ibuprofen.«

»Nein. Zu viel auf einmal kann die Leber schädigen. Machen Sie die anderen Anrufe. Aber klicken Sie erst auf die Anrufliste und löschen Sie die mit Mr. Samuels und Mrs. Anderson.«

»Sie würden wirklich eine fantastische Kriminelle abgeben, Señorita.«

»Ich bin bloß umsichtig. *Prudente.*« Sie wandte den Blick keinen Moment von der Straße ab. Die war zwar leer, aber das gehörte nun mal zu ihrer Fahrweise. »Erledigen Sie das, dann können Sie die restlichen Anrufe machen.«

## 26

Wie sich herausstellte, hatte Lovie Bolton einige alte Percocet-Tabletten gegen Rückenschmerzen. Von denen nahm Yunel zwei anstelle von Ibuprofen, und Claude – der bei seinem dritten und letzten Gefängnisaufenthalt an einem Erste-Hilfe-Kurs teilgenommen hatte – verband die Wunde, während

Holly alles erzählte. Das tat sie schnell, aber nicht nur, weil sie Lieutenant Sablo bald ins Krankenhaus schaffen wollte. Die Boltons mussten ihren Part begriffen haben, bevor irgendjemand von der Polizei auftauchte. Das würde nicht lange auf sich warten lassen, denn die Beamten der Highway Patrol würden Ralph Fragen stellen, die er beantworten musste. Immerhin hatte sie es hier nicht mit Ungläubigkeit zu tun; schließlich hatten Lovie und Claude vor zwei Nächten die Anwesenheit des Outsiders gespürt, und Claude hatte ihn bereits vorher wahrgenommen, als er sich unruhig, abwesend und beobachtet gefühlt hatte.

»Natürlich haben Sie ihn gespürt«, sagte Holly grimmig. »Er hat ja Ihre Gedanken ausgeplündert.«

»Aber *Sie* haben ihn gesehen«, sagte Claude. »Er hat sich in der Höhle versteckt, und Sie haben ihn gesehen.«

»Ja.«

»Und er sah aus wie ich.«

»Beinahe exakt.«

Lovie mischte sich mit ängstlicher Stimme ein. »Hätte ich den Unterschied wohl erkannt?«

Holly lächelte. »Auf den ersten Blick, da bin ich mir sicher. Lieutenant Sablo – Yunel –, sind Sie abfahrbereit?«

»Klar.« Er erhob sich. »Eines ist an harten Drogen wirklich toll. Es tut zwar alles weiterhin weh, aber das ist einem scheißegal.«

Claude prustete los und richtete die Fingerpistole auf ihn. »Genauso ist es, Alter!« Als er sah, dass Lovie ihm einen bösen Blick zuwarf, fügte er hinzu: »Sorry, Ma.«

»Die Geschichte, die Sie erzählen sollen, haben Sie doch verstanden, oder?«, sagte Holly.

»Ja, Ma'am«, antwortete Claude. »Die ist so einfach, dass man nichts verbocken kann. Die Staatsanwaltschaft von

Flint City hat vor, den Fall Maitland noch einmal aufzurollen, und deshalb sind Sie alle hier runtergekommen, um mich zu befragen.«

»Und Sie haben *was* gesagt?«, fragte Holly.

»Je mehr ich darüber nachdenke, desto sicherer bin ich mir, dass ich an dem Abend nicht Coach Terry gesehen habe, sondern bloß jemand ihm Ähnliches.«

»Was sonst noch?«, sagte Yunel. »Sehr wichtig!«

Diesmal antwortete Lovie. »Ihr seid heute Morgen vorbeigekommen, um euch zu verabschieden und nachzufragen, ob Claude vielleicht was vergessen hätte. Als ihr gerade abfahren wolltet, kam ein Anruf für euch.«

»Auf Ihrem Festnetztelefon«, ergänzte Holly und dachte: *Gott sei Dank haben die noch eins.*

»Das stimmt, auf dem Festnetz. Der Anrufer hat gesagt, er ist ein Kollege von Detective Anderson.«

»Der dann mit ihm gesprochen hat«, sagte Holly.

»Genau. Der Mann hat Detective Anderson erklärt, dass der Bursche, nach dem ihr sucht, der echte Mörder, sich in der Marysville-Höhle versteckt hat.«

»Halten Sie sich daran, ja?«, sagte Holly. »Und noch einmal vielen Dank Ihnen beiden.«

»Bedanken sollten wie gesagt eher wir uns«, sagte Lovie und breitete die Arme aus. »Her zu mir, Miss Holly Gibney, damit die alte Lovie Sie ordentlich drücken kann!«

Holly trat zum Rollstuhl und bückte sich. Nach den Ereignissen in der Höhle fühlten die Arme von Lovie Bolton sich richtig gut an. Sogar notwendig. Holly ließ sich von ihnen halten, solange es ging.

## 27

Seit der öffentlichen Verhaftung ihres Mannes und erst recht seit dessen öffentlicher Hinrichtung reagierte Marcy Maitland ausgesprochen misstrauisch auf Besucher, und als es jetzt an ihrer Haustür klopfte, trat sie erst zum Fenster, um die Vorhänge einen Spaltbreit zur Seite zu ziehen und hinauszuspähen. Auf der Veranda stand die Frau von Detective Anderson, und die sah aus, als hätte sie geweint. Marcy eilte zur Tür und öffnete sie. Ja, das waren Tränen, und sobald Jeannie das besorgte Gesicht von Marcy sah, stiegen sie wieder hoch.

»Was ist denn? Was ist passiert? Ist denen da unten etwas zugestoßen?«

Jeannie trat ins Haus. »Wo sind die Mädchen?«

»Hinten im Garten unter dem großen Baum. Sie spielen Cribbage, mit dem Brett von Terry. Das haben sie schon gestern Abend die ganze Zeit getan, und heute Morgen haben sie ganz früh wieder damit angefangen. Aber was ist denn nun passiert?«

Jeannie nahm sie am Arm und führte sie ins Wohnzimmer. »Vielleicht wollen Sie sich lieber hinsetzen.«

Marcy blieb stehen. »Jetzt sagen Sie schon!«

»Es gibt gute Nachrichten, aber auch schreckliche. Ralph und dieser Frau – Gibney – ist nichts passiert. Lieutenant Sablo wurde angeschossen, aber offenbar nicht lebensbedrohlich. Howie Gold und Mr. Pelley allerdings ... die sind tot. Aus dem Hinterhalt erschossen von jemand, der ein Kollege von meinem Mann war. Von einem Detective. Jack Hoskins heißt er.«

»Tot. *Tot?* Wie ist das möglich?« Marcy ließ sich in den

Sessel plumpsen, der früher der von Terry gewesen war. Vielleicht fiel sie auch einfach nur hinein. Verständnislos starrte sie zu Jeannie hoch. »Weshalb sollen das dann gute Nachrichten sein? Wie kann es da überhaupt ... Mein Gott, es wird nur immer *schlimmer*.« Sie schlug die Hände vors Gesicht.

Jeannie ließ sich neben dem Sessel auf die Knie nieder und zog Terrys Frau die Hände sanft, aber beharrlich wieder weg. »Sie müssen sich zusammennehmen, Marcy.«

»Das kann ich nicht. Mein Mann ist tot, und jetzt auch noch das. Ich glaube nicht, dass ich mich je wieder zusammennehmen kann. Selbst für Grace und Sarah nicht.«

»Schluss jetzt.« Jeannie hatte die Stimme nicht erhoben, aber Marcy blinzelte, als hätte man ihr eine Ohrfeige verpasst. »Nichts kann Terry wieder lebendig machen, aber zwei gute Männer sind gestorben, um seinen Ruf wiederherzustellen und dafür zu sorgen, dass Ihre Töchter in dieser Stadt eine Chance haben. Auch diese Männer haben Angehörige, und wenn ich hier fertig bin, muss ich zu Elaine Gold fahren. Das wird schrecklich werden. Yunel ist verwundet worden, und mein Mann hat sein Leben aufs Spiel gesetzt. Ich weiß, dass Sie leiden, aber momentan geht es nicht um Sie. Ralph braucht Ihre Hilfe und die anderen ebenfalls. Also reißen Sie sich zusammen, und hören Sie mir zu.«

»Na gut. In Ordnung.«

Jeannie ergriff wieder eine von Marcys Händen und hielt sie fest. Die Finger waren kalt, aber auch nicht viel kälter als ihre.

»Alles, was Holly Gibney uns erzählt hat, hat sich als wahr herausgestellt. Es hat wirklich einen Outsider gegeben, und der war kein Mensch. Er war ... etwas anderes. Es kommt nicht darauf an, ob man ihn el Cuco nennen will oder Dracula, Son of Sam oder Satan. Er hatte sich dort in einer Höhle versteckt, in der sie ihn gefunden und dann erledigt haben. Man hat mir gesagt, er hätte wie Claude Bolton ausgesehen, obwohl der echte Claude Bolton ganz woanders war. Bevor ich hergekommen bin, habe ich mit Bill Samuels telefoniert. Der meint, wenn wir alle dieselbe Geschichte erzählen, gibt es keine Probleme, und wir können den guten Namen von Terry wahrscheinlich wiederherstellen. *Wenn wir wirklich alle dieselbe Geschichte erzählen.* Geht das?«

Jeannie sah, dass Hoffnung in die Augen von Marcy Maitland strömte wie Wasser in einen Brunnen.

»Ja. Ja, das kriege ich hin. Und wie lautet die Geschichte?«

»An dem Abend, an dem wir uns getroffen haben, ging es *ausschließlich* darum, den Ruf von Terry wiederherzustellen. Um nichts anderes.«

»Nur darum, seinen Ruf wiederherzustellen.«

»Dabei hat Bill Samuels sich einverstanden erklärt, noch einmal mit sämtlichen Zeugen zu reden, die von Ralph und den anderen Beamten befragt wurden. Howie wiederum hat vorgeschlagen, mit Alec, Holly und meinem Mann nach Texas zu fliegen, um Claude Bolton zu befragen. Yunel hat gesagt, er würde mitfliegen, wenn das möglich wäre. Erinnern Sie sich?«

»Ja.« Marcy nickte eifrig. »Das haben wir alle für eine ausgezeichnete Idee gehalten. Aber ich kann mich nicht mehr daran erinnern, weshalb Ms. Gibney an dem Treffen teilgenommen hat.«

»Die war von Alec Pelley damit beauftragt worden, in Ohio zu recherchieren, was Terry dort gemacht hat. Der Fall hat ihr Interesse geweckt, weshalb sie hergekommen ist, um ihre weitere Unterstützung anzubieten. Erinnern Sie sich jetzt daran?«

»Ja.«

Jeannie hielt weiterhin die Hand von Marcy fest und blickte ihr in die Augen, während sie ihr den letzten und wichtigsten Teil der Geschichte einrichtete. »Wir haben nie über irgendwelche Gestaltwandler, weder über el Cuco noch über geisterhafte Projektionen, noch irgendetwas anderes gesprochen, was man als übernatürlich bezeichnen könnte.«

»Nein, mit keinem Wort, das ist uns nicht mal in den Sinn gekommen. Wieso auch.«

»Wir dachten, dass jemand, der wie Terry aussah, den kleinen Peterson umgebracht hat und dann Terry alles in die Schuhe schieben wollte. Diese Person haben wir den Outsider genannt.«

»Ja«, sagte Marcy und drückte Jeannies Hand. »So haben wir ihn genannt. Den Outsider.«

# Flint City

## SPÄTER

# I

Das vom inzwischen verstorbenen Howard Gold gecharterte Flugzeug landete kurz nach elf Uhr vormittags auf dem Flugplatz von Flint City. Weder Howie noch Alec waren an Bord. Sobald der Gerichtsmediziner mit seiner Arbeit fertig gewesen war, hatte man die beiden in einem Leichenwagen vom Bestattungsinstitut in Plainville nach Flint City transportiert. Die Kosten hatten sich Ralph, Yunel und Holly geteilt, ebenso jene für einen zweiten Leichenwagen, in dem der tote Jack Hoskins befördert wurde. Mit der Bemerkung, der Dreckskerl solle auf keinen Fall mit den von ihm ermordeten Männern nach Hause zurückkehren, brachte Yunel zum Ausdruck, was alle drei dachten.

Schon auf dem Rollfeld wurden sie von Jeannie Anderson erwartet, die neben der Frau und den beiden Söhnen von Yunel stand. Die Jungen drängten sich an ihr vorbei (wobei der eine, ein kräftiger Zwölfjähriger namens Hector, sie beinahe umriss) und rannten auf ihren Vater zu, der seinen Arm in einem Gips mit Schlinge trug. Nachdem er sie, so gut es ging, mit seinem heilen Arm an sich gedrückt hatte, löste er sich von ihnen und winkte seiner Frau. Die kam ebenso angelaufen wie Jeannie, deren Rock hinter ihr flatterte. Sie schlang die Arme um Ralph und drückte ihn ganz fest.

Lachend und sich umarmend, standen die beiden Familien vor dem kleinen Privatterminal, bis Ralph sich umblickte und sah, dass Holly allein neben dem Flügel der King

Air wartete und die Szene beobachtete. Sie trug einen neuen Hosenanzug, den sie im Damenmodegeschäft von Plainville hatte kaufen müssen, da sich der nächste Walmart vierzig Meilen weit entfernt am Stadtrand von Austin befunden hätte.

Als Ralph ihr winkte, kam sie ein bisschen schüchtern herbei. In einem Meter Abstand blieb sie stehen, doch das ließ Jeannie nicht zu. Sie griff nach Hollys Hand, zog sie zu sich heran und umarmte sie. Ralph legte die Arme um beide.

»Danke«, flüsterte Jeannie Holly ins Ohr. »Danke, dass Sie ihn zu mir zurückgebracht haben.«

»Eigentlich hatten wir vor, gleich nach Abschluss der Ermittlungen zurückzufliegen, aber die Ärzte wollten, dass Lieutenant Sablo – Yunel – noch einen Tag dableibt«, sagte Holly. »Der hatte ein Blutgerinnsel im Arm, das man erst auflösen wollte.« Mit gerötetem, aber zufriedenem Gesicht löste sie sich aus der Umarmung. Ein Stück weit weg ermahnte Gabriela Sablo ihre Söhne, *papi* in Frieden zu lassen, damit er sich den Arm nicht noch einmal breche.

»Was weiß Derek eigentlich darüber?«, fragte Ralph seine Frau.

»Er weiß, dass sein Vater in Texas an einer Schießerei beteiligt war und dass dir dabei nichts passiert ist. Dass zwei andere Männer gestorben sind, weiß er auch. Er hat gefragt, ob er früher nach Hause kommen darf.«

»Und was hast du da gesagt?«

»Ich habe zugestimmt. Er ist nächste Woche wieder hier. Ist das in Ordnung?«

»Ja.« Es würde gut sein, seinen Sohn wiederzusehen: gebräunt, gesund, mit ein paar neuen Muskeln vom Schwimmen, Rudern und Bogenschießen. Und lebendig. Das war das Wichtigste.

»Wir essen heute Abend bei uns zu Hause«, sagte Jeannie

zu Holly. »Und übernachten werden Sie auch wieder bei uns. Keine Widerrede, das Gästezimmer ist schon vorbereitet.«

»Das ist aber nett«, sagte Holly und lächelte. Als sie sich Ralph zuwandte, schwand das Lächeln. »Es wäre schöner, wenn Mr. Gold und Mr. Pelley sich mit uns zum Abendessen hinsetzen könnten. Dass sie tot sind, ist so ungerecht. Es kommt mir einfach …«

»Ich weiß«, sagte Ralph und legte den Arm um sie. »Mir kommt es auch so vor.«

## 2

Ralph legte Steaks auf einen Grill, der dank seiner Beurlaubung porentief rein war. Außerdem gab es Salat, Maiskolben und zum Nachtisch Apple Pie mit Eiscreme. »Eine sehr amerikanische Mahlzeit, Señor«, hatte Yunel bemerkt, während seine Frau ihm sein Steak in mundgerechte Stücke geschnitten hatte.

Nach dem Essen sagte Holly: »Es war köstlich.«

Bill Samuels tätschelte sich den Bauch. »Eventuell kann ich übermorgen wieder was essen, aber sicher bin ich mir da nicht.«

»So ein Blödsinn«, sagte Jeannie. Sie nahm eine Flasche Bier aus der Kühlbox neben dem Picknicktisch, um sie halb in das Glas von Samuels und halb in ihr eigenes zu gießen. »Sie haben doch nichts auf den Rippen. Eigentlich brauchen Sie eine Frau, die Sie wieder aufpäppelt.«

»Wenn ich meine Kanzlei aufmache, überlegt meine Ex es sich vielleicht anders. Hier in der Stadt braucht man einen guten Anwalt, jetzt wo Howie ...« Als ihm plötzlich klar wurde, was er da sagte, stockte er und strich abwesend über seinen Haarzipfel (der dank einem frischen Haarschnitt nicht vorhanden war). »Ein guter Anwalt findet immer Arbeit, habe ich gemeint.«

Einen Moment lang schwiegen alle, dann hob Ralph seine Bierflasche. »Auf alle abwesenden Freunde!«

Darauf tranken sie. Mit leiser, kaum hörbarer Stimme sagte Holly: »Manchmal kann das Leben ziemlich bekackt sein.« Niemand lachte.

Die drückende Julihitze hatte nachgelassen, die schlimmsten Stechmücken hatten sich verzogen, und der Garten der Andersons war ein angenehmer Aufenthaltsort. Sobald alle aufgegessen hatten, verzogen sich die beiden Söhne von Yunel und die beiden Töchter von Marcy Maitland zu dem Basketballkorb an der Seite der Garage, um Horse zu spielen.

»Also«, sagte Marcy. Obwohl die Kids ein gutes Stück entfernt und ganz in ihr Spiel vertieft waren, senkte sie die Stimme. »Die Ermittlungen da unten. Hat eure Geschichte standgehalten?«

»Hat sie«, sagte Ralph. »Hoskins hat bei den Boltons angerufen, um uns zur Marysville-Höhle zu locken. Dort hat er uns aufs Korn genommen, wobei er Howie und Alec erschossen hat, während Yunel verwundet wurde. Ich habe die Ansicht geäußert, er wäre eigentlich hinter mir her gewesen. Im Lauf der Jahre habe es allerhand Konflikte zwischen uns gegeben, und je mehr er getrunken habe, desto mehr müsse sich das in ihn hineingefressen haben. Man nimmt an, dass er einen noch nicht identifizierten Komplizen hatte, der ihn mit Alkohol und Drogen versorgt hat – der Gerichtsmediziner hat in seinem Blut Spuren von Kokain entdeckt –, wodurch seine Paranoia noch gesteigert worden sei. Die Leute

von der Highway Patrol sind bis in den Saal der Töne vorgedrungen, haben den Komplizen aber nicht gefunden.«

»Nur ein paar Kleidungsstücke«, sagte Holly.

»Und ihr seid euch sicher, dass er tot ist?«, sagte Jeannie.
»Der Outsider. Da seid ihr euch *ganz* sicher?«

»Ja«, sagte Ralph. »Wenn du es selbst gesehen hättest, wärst
du das auch.«

»Seien Sie froh, dass Sie es nicht gesehen haben«, sagte
Holly.

»Also ist es vorüber?«, fragte Gabriela Sablo. »Das ist alles,
worauf es mir ankommt. Ist es wirklich vorüber?«

»Nein«, sagte Marcy. »Für mich und meine Töchter nicht.
Nicht, bis der gute Ruf von Terry wiederhergestellt ist. Und
wie könnte es jemals dazu kommen? Schließlich ist Terry ermordet worden, bevor er vor Gericht seine Unschuld beweisen konnte.«

»Daran arbeiten wir schon«, sagte Samuels.

*(1. AUGUST)*

### 3

Als der Morgen des ersten ganzen Tags nach seiner Rückkehr
nach Flint City dämmerte, stand Ralph wieder an seinem
Schlafzimmerfenster. Die Hände hinter dem Rücken verschränkt, blickte er auf Holly Gibney hinab, die wieder auf
einem der Gartenstühle saß. Nachdem er festgestellt hatte,
dass Jeannie schlief und leise schnarchte, ging er nach unten.
Er war nicht überrascht, dass Hollys Reisetasche in der Küche

stand, bereits fertig gepackt für den Flug Richtung Norden. Abgesehen davon, dass sie ihren eigenen Kopf hatte, war sie eine Frau, die nicht gern Wurzeln schlug, und wahrscheinlich war sie froh, Flint City schleunigst verlassen zu können.

Als er beim letzten Mal mit Holly frühmorgens im Garten gewesen war, hatte der Geruch von Kaffee Jeannie aufgeweckt, weshalb er diesmal Orangensaft mitnahm. Er liebte seine Frau und schätzte ihre Gesellschaft, aber jetzt wollte er mit Holly allein sein. Zwischen ihm und ihr bestand eine Verbindung, die immer erhalten bleiben würde, selbst wenn sie sich nie wiedersehen sollten.

»Danke«, sagte sie. »Es gibt nichts Besseres als Orangensaft am Morgen.« Sie betrachtete das Glas zufrieden, dann trank sie es halb aus. »Der Kaffee kann warten.«

»Wann geht Ihr Flug?«

»Um Viertel nach elf. Ich breche hier um acht auf.« Als sie seinen erstaunten Blick sah, trat ein verlegenes Lächeln auf ihr Gesicht. »Ich bin gerne früh dran. Weiß schon, dass das leicht zwanghaft ist. Das Zoloft hilft in vieler Hinsicht, aber dabei offensichtlich nicht.«

»Haben Sie denn schlafen können?«

»Ein bisschen. Und Sie?«

»Ein bisschen.«

Die beiden schwiegen eine Weile. Der erste Vogel sang, zart und anmutig. Ein anderer antwortete.

»Schlecht geträumt?«, fragte er.

»Ja. Und Sie?«

»Ebenso. Diese Würmer.«

»Nach Brady Hartsfield hatte ich auch schlechte Träume. Beide Male.« Sie berührte ganz leicht seine Hand, dann zog sie die Finger wieder zurück. »Zuerst waren es viele, aber mit der Zeit sind es weniger geworden.«

»Meinen Sie, die werden irgendwann ganz aufhören?«

»Nein. Und ich bin mir auch nicht sicher, ob ich das wollen würde. In Träumen kommen wir in Berührung mit der unsichtbaren Welt, das glaube ich wenigstens. Sie sind eine besondere Gabe.«

»Selbst die schlechten?«

»Selbst die schlechten.«

»Werden Sie mit mir in Kontakt bleiben?«

Sie blickte überrascht drein. »Natürlich. Schließlich will ich wissen, wie sich alles entwickelt. Ich bin eine sehr neugierige Person. Auch wenn es mich manchmal in Schwierigkeiten bringt.«

»Aber manchmal hilft es Ihnen aus welchen heraus.«

Holly lächelte. »Das denke ich mir auch immer.« Sie leerte ihr Glas Saft. »Mr. Samuels wird Sie unterstützen, glaube ich. Er erinnert mich ein bisschen an Ebenezer Scrooge, nachdem der die drei Geister gesehen hat. Eigentlich tun Sie das auch.«

Das brachte ihn zum Lachen. »Bill wird für Marcy und ihre Töchter alles unternehmen, was er kann. Ich helfe ihm dabei. Wir haben beide viel gutzumachen.«

Sie nickte. »Tun Sie, was Sie können, auf jeden Fall. Aber dann … lassen Sie das verflixte Ding los. Wenn man die Vergangenheit nicht loslassen kann, fressen einen die Fehler, die man gemacht hat, bei lebendigem Leib auf.« Sie wandte sich ihm zu und sah ihm so direkt in die Augen, wie sie es selten tat. »Ich bin eine Frau, die das weiß.«

In der Küche ging das Licht an. Jeannie war aufgestanden. Bald würden sie zu dritt hier draußen am Picknicktisch Kaffee trinken, aber solange sie zu zweit waren, hatte er noch etwas zu sagen, was ihm wichtig war.

»Danke, Holly. Danke, dass Sie gekommen sind, und

danke, dass Sie an das geglaubt haben, was war. Danke, dass Sie mich auch dazu gebracht haben zu glauben. Ohne Sie würde er immer noch sein Unwesen treiben.«

Sie lächelte. Es war das strahlende Lächeln. »Gern geschehen, aber ich werde vollauf zufrieden damit sein, jetzt wieder säumige Unterhaltszahler, Kautionsflüchtlinge und vermisste Haustiere aufzuspüren.«

Von der Tür her rief Jeannie: »Wer will Kaffee?«

»Wir beide!«, rief Ralph zurück.

»Kommt gleich! Haltet einen Platz für mich frei!«

Holly sprach so leise, dass er sich vorbeugen musste, um sie zu verstehen. »Er war das Böse schlechthin. Das reine Böse.«

»Das will ich nicht bestreiten«, sagte Ralph.

»Aber mir geht ständig etwas anderes im Kopf herum – dieser Papierfetzen, den man im Lieferwagen gefunden hat. Der von Tommy and Tuppence. Wir haben ja über mögliche Erklärungen darüber gesprochen, wie er dort gelandet ist. Erinnern Sie sich noch?«

»Klar.«

»Diese ganzen Erklärungen kommen mir unwahrscheinlich vor. Eigentlich hätte der Papierfetzen nicht da sein dürfen, aber das war er. Und ohne ihn – ohne die Verbindung zu dem, was sich in Ohio abgespielt hat – würde sich dieses Monster vielleicht tatsächlich noch herumtreiben.«

»Womit Sie was sagen wollen?«

»Ganz einfach«, sagte Holly. »Dass es auf der Welt außerdem eine Kraft des Guten gibt. Das ist auch etwas, woran ich glaube. Zum Teil wahrscheinlich, damit ich nicht verrückt werde, wenn ich an all die furchtbaren Dinge denke, die geschehen, aber auch … tja … Die Indizien scheinen es zu bestätigen, meinen Sie nicht? Nicht nur in diesem Fall, sondern überhaupt. Es gibt eine Kraft, die versucht, das Gleichgewicht wiederherzustellen. Wie wär's, wenn Sie an diesen kleinen Papierfetzen denken, Ralph, wenn die schlechten Träume kommen?«

Zuerst erwiderte er nichts, weshalb sie fragte, worüber er gerade nachdenke. Dann schlug die Fliegengittertür zu: Jeannie kam mit dem Kaffee. Die Zeit, die die beiden allein für sich hatten, würde gleich vorüber sein.

»Ich habe an das Universum gedacht. Es hat wirklich kein Ende, nicht wahr? Und man kann es nicht erklären.«

»Das stimmt«, sagte sie. »Schon der Versuch ist sinnlos.«

*(10. AUGUST)*

## 4

William Samuels, Bezirksstaatsanwalt von Flint County, schritt mit einem dünnen Aktenordner in der Hand zum Podium des Sitzungssaals im Gerichtsgebäude. Er stellte sich hinter einen Strauß von Mikrofonen. Fernsehscheinwerfer flammten auf. Samuels strich sich über den Hinterkopf (kein Haarzipfel) und wartete darauf, dass die versammelten Journalisten sich beruhigten. Ralph saß in der vordersten Reihe. Samuels nickte ihm kurz zu, bevor er anfing.

»Guten Morgen, meine Damen und Herren. Ich möchte zum Mord an Frank Peterson eine kurze Stellungnahme abgeben, dann werde ich Ihre Fragen beantworten.

Wie viele von Ihnen wissen, existieren Fernsehaufnahmen, auf denen zu sehen ist, dass Terrence Maitland zu derselben Zeit, wo Frank Peterson hier in Flint City entführt und anschließend ermordet wurde, eine Tagung in der Hauptstadt besucht hat. An der Authentizität dieser Aufnahmen besteht keinerlei Zweifel. Ebenso wenig anzuzweifeln sind die Aussagen der Kollegen von Mr. Maitland, die ihn zu der Tagung begleitet haben und seine Anwesenheit dort bezeugen. Im Laufe unserer Ermittlungen haben wir zudem die Fingerabdrücke von Mr. Maitland in dem Hotel entdeckt, wo die Tagung stattfand. Diese Abdrücke wurden laut Zeugenaussagen in einem Moment hinterlassen, der zu nah am Zeitpunkt des Mordes liegt, als dass Mr. Maitland als tatverdächtig einzustufen wäre.«

Unter den Journalisten entstand Gemurmel. Einer rief: »Wie erklären Sie sich dann, dass am Tatort die Fingerabdrücke von Maitland gefunden wurden?«

Samuels bedachte den Mann mit einem Stirnrunzeln, wie es nur ein Staatsanwalt zustande brachte. »Warten Sie mit Ihren Fragen, bitte; dazu wollte ich gerade kommen. Nach weiteren forensischen Untersuchungen sind wir inzwischen zu der Einschätzung gelangt, dass die Fingerabdrücke in dem zur Entführung des Jungen verwendeten Lieferwagen und im Figgis-Park manipuliert waren. Das ist ungewöhnlich, aber beileibe nicht unmöglich. Verschiedene Techniken zum Hinterlassen gefälschter Fingerabdrücke finden sich im Internet, das für Kriminelle ebenso eine wertvolle Quelle darstellt wie für die Strafverfolgungsbehörden.

Allerdings weist dies darauf hin, dass der Mörder nicht nur pervers, sondern auch ausgesprochen listig und extrem gefährlich ist. Zudem könnte es darauf hinweisen, dass er einen Groll gegen Mr. Maitland hegte. Das ist eine Ermittlungsrichtung, die wir weiterhin verfolgen werden.«

Während Samuels nüchtern den Blick über sein Publikum schweifen ließ, war er heilfroh, dass er sich in Flint County nie mehr zur Wiederwahl stellen würde; nach dieser Sache hätte ihn wahrscheinlich jeder Winkeladvokat mit einem drittrangigen Juraabschluss problemlos geschlagen.

»Die Frage, weshalb wir angesichts der Fakten, die ich Ihnen gerade vorgestellt habe, trotzdem weiter gegen Mr. Maitland vorgegangen sind, ist absolut berechtigt. Es gab dafür zwei Gründe. Vor allem hatten wir an dem Tag, an dem Mr. Maitland festgenommen wurde, und an dem Tag, an dem er dem Haftrichter vorgeführt werden sollte, noch nicht alle diese Fakten zur Verfügung.«

*Ja, aber die meisten schon, nicht wahr, Bill,* dachte Ralph, während er in seinem besten Anzug dasaß und das Geschehen mit seinem besten kriminalistischen Pokerface beobachtete.

»Der zweite Grund für unser Vorgehen waren die am Tatort vorgefundenen DNA-Spuren, die mit der DNA von Mr. Maitland übereinzustimmen schienen«, fuhr Samuels fort. »Man nimmt gemeinhin an, ein übereinstimmendes DNA-Profil ließe keinen Raum für Zweifel, doch wie der Rat für verantwortungsvolle Genetik in einem wissenschaftlichen Aufsatz mit dem Titel ›Das Potenzial für Irrtum in der forensischen DNA-Analytik‹ festgestellt hat, ist das eine Fehlannahme. Sind Proben verunreinigt, kann man den Ergebnissen nicht trauen, und die am Tatort im Figgis-Park entnommenen Proben waren tatsächlich verunreinigt, da sie DNA sowohl vom Täter als auch vom Opfer enthielten.«

Er wartete, bis die Journalisten nicht mehr kritzelten, bevor er weitermachte.

»Außerdem waren die Proben im Laufe eines anderen, separaten Untersuchungsverfahrens ultraviolettem Licht ausgesetzt. Leider sind sie dadurch so stark beschädigt, dass sie nach Ansicht meiner Behörde vor Gericht nicht mehr zulässig wären. Im Klartext: Diese Proben sind wertlos.«

Samuels machte eine Pause, bevor er sich dem nächsten

Blatt in seinem Ordner zuwandte. Das tat er nur der dramatischen Wirkung wegen. Sämtliche Blätter darin waren leer.

»Auf die Ereignisse, die sich nach dem Mord an Terence Maitland in Marysville, Texas, abgespielt haben, will ich nur kurz eingehen. Unserer Meinung nach hat sich Detective Jack Hoskins von der Polizei von Flint City in einer ebenso perversen wie kriminellen Komplizenschaft mit der Person befunden, die Frank Peterson ermordet hat. Offenbar hat Hoskins dieser Person geholfen, sich zu verstecken, während die beiden womöglich planten, erneut ein ähnliches furchtbares Verbrechen zu begehen. Dank den heroischen Anstrengungen von Detective Ralph Anderson und seinen Begleitern sind diese Pläne vereitelt worden.« Wieder sah er sein Publikum nüchtern an. »Howard Gold und Alec Pelley sind in Marysville, Texas, ums Leben gekommen, und wir betrauern ihren Tod. Wir und ihre Angehörigen finden jedoch Trost in der Tatsache, dass es in diesem Augenblick irgendwo ein Kind gibt, das nicht das Schicksal von Frank Peterson erleiden wird.«

*Gut formuliert,* dachte Ralph. *Genügend Pathos, aber ohne rührselig zu werden.*

»Bestimmt haben viele von Ihnen Fragen zu den Ereignissen, die sich in Marysville abgespielt haben, aber ich bin nicht befugt, sie zu beantworten. Die Ermittlungen, die gemeinsam von der Texas Highway Patrol und dem Flint City PD durchgeführt werden, sind noch nicht abgeschlossen. Lieutenant Yunel Sablo von der hiesigen Highway Patrol fungiert als Verbindungsmann zwischen diesen beiden Behörden, und er wird Ihnen zu gegebener Zeit sicherlich mit entsprechenden Informationen zur Verfügung stehen.«

*Das kann er wirklich toll,* dachte Ralph mit echter Bewunderung. *Er trifft jeden verdammten Ton.*

Samuels klappte seinen Ordner zu und senkte den Kopf,

um ihn gleich wieder zu heben. »Meine Damen und Herren, da ich mich nicht zur Wiederwahl stelle, habe ich die seltene Gelegenheit, Ihnen gegenüber vollkommen aufrichtig zu sein.«

*Jetzt wird es noch besser,* dachte Ralph.

»Hätte meine Behörde mehr Zeit gehabt, die Beweismittel auszuwerten, so hätte sie die Anschuldigungen gegen Mr. Maitland mit großer Sicherheit fallen lassen. Hätten wir das nicht getan und ihn vor Gericht gebracht, so hätte man ihn gewiss für unschuldig befunden. Und wie ich kaum hinzufügen muss, *war* er zum Zeitpunkt seines Todes aus juristischer Sicht unschuldig. Dennoch schwebt die Wolke des Verdachts weiterhin über ihm und daher über seiner Familie. Ich stehe heute hier, um diese Wolke zu zerstreuen. Nach Ansicht der Bezirksstaatsanwaltschaft – und nach meiner persönlichen Meinung – hatte Terry Maitland absolut nichts mit dem Tod von Frank Peterson zu tun. Infolgedessen gebe ich hiermit bekannt, dass die Ermittlungen wiederaufgenommen werden. Momentan konzentrieren sie sich zwar auf Texas, werden jedoch auch in Flint City, Flint County und Canning durchgeführt. Und jetzt werde ich gerne alle Fragen beantworten, die Sie haben.«

Davon gab es viele.

## 5

Später am selben Tag suchte Ralph Samuels in seinem Büro auf. Der bald nicht mehr im Amt befindliche Bezirksstaatsanwalt hatte eine Flasche Bushmills auf seinem Schreibtisch stehen. Er schenkte beiden einen Schluck ein und hob dann

sein Glas. »Wenn der Wirrwarr ist zerronnen, Schlacht verloren und gewonnen. In meinem Fall hauptsächlich verloren, aber was soll's. Trinken wir auf den Wirrwarr!«

Das taten sie.

»Mit den Fragen sind Sie wirklich gut umgegangen«, sagte
Ralph. »Vor allem wenn man bedenkt, wie viel Bullshit Sie
vorher durch die Gegend geschmissen haben.«

Samuels zuckte die Achseln. »Bullshit gehört zum Inven-
tar jedes guten Anwalts. Der Ruf von Terry ist in der Stadt
weiterhin angeschlagen, und dabei wird es auch bleiben. Das
weiß Marcy, aber die Leute beruhigen sich allmählich. Zum
Beispiel hat Marcy mich angerufen, um mir zu erzählen, dass
ihre Freundin Jamie Mattingly vorbeigekommen ist, um sich
zu entschuldigen. Dabei haben die beiden sich ordentlich
ausgeweint. Die größte Wirkung hatten die Fernsehaufnahmen von Terry in Cap City, aber was ich über die Fingerabdrücke und die DNA gesagt habe, wird auch seinen Teil tun.
Marcy wird versuchen, hierzubleiben und durchzuhalten.
Ich glaube, sie schafft das.«

»Was die DNA angeht, hat bekanntlich Ed Bogan von der
Serologieabteilung im Krankenhaus den Abgleich durchgeführt«, sagte Ralph. »Da nun sein Ruf auf dem Spiel steht,
sollte er eigentlich Rabatz machen.«

Samuels lächelte. »Sollte er, nicht wahr? Allerdings ist die
Wahrheit noch unangenehmer – ein weiterer Fall von Fußspuren, die einfach aufhören, könnte man sagen. Irgendwelchem
UV-Licht waren die Proben zwar nicht ausgesetzt, aber sie haben unerklärlicherweise zuerst weiße Flecken bekommen und
sind inzwischen völlig unbrauchbar. Bogan hat Kontakt mit
den Forensikern der Ohio Highway Patrol aufgenommen, und
stellen Sie sich vor – mit den Proben von Heath Holmes ist
dasselbe passiert. Ich habe eine Fotoreihe gesehen, auf der man

die Zersetzung praktisch nachverfolgen kann. Da hätte wohl jeder Verteidiger seine Freude dran, meinen Sie nicht auch?«

»Und die Zeugen?«

Bill Samuels lachte und goss sich noch einen Schluck irischen Whiskey ein. Als er Ralph die Flasche anbot, schüttelte der den Kopf – er müsse noch Auto fahren.

»Die waren der leichteste Teil der Sache. Sie haben alle beschlossen, dass sie unrecht hatten, mit zwei Ausnahmen: Arlene Stanhope und June Morris. Die beiden bleiben bei ihrer Aussage.«

Das wunderte Ralph nicht. Stanhope war die alte Dame, die beobachtet hatte, wie der Outsider Frank Peterson auf dem Parkplatz des Supermarkts angesprochen hatte und mit ihm weggefahren war. June Morris war das Mädchen, das den Outsider mit blutigem Hemd im Figgis-Park gesehen hatte. Wenn man sehr alt oder sehr jung war, sah man die Dinge immer am klarsten.

»Und was jetzt?«

»Jetzt trinken wir aus und gehen unserer Wege«, sagte Samuels. »Ich habe nur noch eine Frage.«

»Bitte sehr.«

»War er der Einzige? Oder gibt es noch andere?«

Ralph dachte an die Konfrontation in der Höhle und an den gierigen Ausdruck in den Augen des Outsiders, als der eine ähnliche Frage gestellt hatte: *Haben Sie denn irgendwo noch so jemand wie mich gesehen?*

»Ich glaube nicht, aber ganz sicher werden wir das nie wissen«, sagte er. »Auf dieser Welt kann es alles geben. Das immerhin weiß ich jetzt.«

»Du meine Güte, hoffentlich nicht!«

Ralph erwiderte nichts. In seinem Kopf hörte er Holly sagen: *Das Universum hat kein Ende.*

# 6

Ralph nahm seinen Kaffee mit ins Badezimmer, um sich dort zu rasieren. Während er zwangsweise in Urlaub gewesen war, hatte er diese tägliche Pflicht vernachlässigt, aber nun war es schon zwei Wochen her, seit er sich wieder im aktiven Dienst befand. Jeannie war unten und machte Frühstück. Er roch Bacon und hörte das Schmettern der Trompeten, mit dem die *Today*-Show begann. Als Erstes würde man die tägliche Dosis an schlechten Nachrichten bringen, um anschließend zum Promi der Woche und diversen Werbespots für verschreibungspflichtige Medikamente überzugehen.

Er stellte seinen Kaffeebecher auf das Tischchen und erstarrte, weil sich unter seinem Daumennagel ein roter Wurm hervorschlängelte. Als er in den Spiegel blickte, sah er, wie sich sein Gesicht in das von Claude Bolton verwandelte. Er öffnete den Mund, um zu schreien. Eine Flut aus Maden und roten Würmern strömte über seine Lippen und an seinem Hemd herab.

# 7

Als er erwachte, saß er aufrecht im Bett. In seiner Kehle, den Schläfen und der Brust spürte er das Herz hämmern, und er hatte die Hände auf den Mund gepresst, als wollte er verhindern, dass ein Schrei herauskam ... oder etwas noch Schlimmeres. Jeannie schlief neben ihm weiter, also hatte er nicht geschrien. So weit, so gut.

*An dem Tag ist keiner von denen in dich reingekommen. Es hat dich noch nicht mal einer berührt. Das weißt du doch!*

Ja, das wusste er. Schließlich hatte er ja alles miterlebt, und außerdem hatte er sich einer vollständigen (und lange überfälligen) Vorsorgeuntersuchung unterzogen, bevor er in den Dienst zurückgekehrt war. Bis auf ein leichtes Übergewicht und einen ebenfalls leicht erhöhten Cholesterinspiegel hatte ihn Dr. Elway für gesund und fit erklärt.

Ralph warf einen Blick auf den Wecker und sah, dass es Viertel vor vier war. Er ließ sich zurücksinken und blickte an die Decke. Es war noch viel Zeit bis zum Morgengrauen. Viel Zeit zum Nachdenken.

## 8

Ralph und Jeannie waren wie üblich früh aufgestanden, Derek hingegen würde schlafen, bis man ihn um sieben aus dem Bett holte. Länger konnte man ihn definitiv nicht liegen lassen, wenn er es noch zum Schulbus schaffen sollte. Ralph saß in seinem Schlafanzug am Küchentisch, während Jeannie die Kaffeemaschine anwarf und mehrere Sorten Frühstücksflocken auf den Tisch stellte, unter denen Derek auswählen konnte, wenn er herunterkam. Sie fragte Ralph, wie er geschlafen habe. Gut, sagte er. Sie fragte, wie die Suche nach dem Ersatz für Jack Hoskins laufe. Die sei beendet, sagte er. Wie er und Betsy Riggins empfohlen hätten, habe Chief

Geller beschlossen, Officer Troy Ramage zu befördern und in die dreiköpfige Kriminalabteilung der Stadt zu versetzen.

»Er ist nicht die hellste Birne im Leuchter, aber er ist fleißig und teamfähig. Ich glaube, der schafft das schon.«

»Gut. Freut mich zu hören.« Sie füllte seinen Becher, dann strich sie ihm über die Wange. »Du bist ganz kratzig, mein Lieber. Musst dich mal wieder rasieren.«

Er griff nach seinem Kaffee, ging nach oben, machte die Schlafzimmertür zu und nahm sein Handy vom Ladegerät. Die Nummer, die er brauchte, war im Adressbuch gespeichert, und obwohl es noch früh war – die Trompetentöne von *Today* waren erst in einer guten halben Stunde zu erwarten –, wusste er, dass sie auf sein würde. An vielen Tagen nahm sie schon beim ersten Läuten ab. Heute war so ein Tag.

»Hallo, Ralph.«

»Hallo, Holly.«

»Wie haben Sie geschlafen?«

»Nicht so gut. Ich hatte wieder den Traum von den Würmern. Und Sie?«

»Heute Nacht war alles prima. Ich habe mir auf meinem Computer einen Film angeschaut und bin danach gleich eingenickt. *Harry und Sally.* Der bringt mich immer zum Lachen.«

»Gut. Das ist gut. Woran arbeiten Sie gerade?«

»Hauptsächlich an demselben alten Käse.« Ihre Stimme hellte sich auf. »Aber ich habe eine Ausreißerin aus Tampa aufgespürt. In einer Jugendherberge. Ihre Mutter hatte sechs Monate lang nach ihr gesucht. Ich habe mit ihr gesprochen, und sie wird nach Hause fahren. Sie versucht es noch mal, hat sie gesagt, obwohl sie den Freund ihrer Mutter hasst.«

»Ich nehme an, Sie haben ihr Geld für den Bus gegeben.«

»Na ja …«

»Ihnen ist schon klar, dass sie das wahrscheinlich gerade in einer Bude in irgendeinem abgelegenen Kaff in Rauch aufgehen lässt, oder?«

»So verhalten die sich durchaus nicht immer, Ralph. Sie müssen einfach daran …«

»Ich weiß. Ich muss es glauben.«

»Ja.«

In der Verbindung zwischen seinem und ihrem Ort auf der Welt herrschte vorübergehend Schweigen.

»Ralph …«

Er wartete.

»Diese … diese Dinger, die aus ihm rausgekommen sind … die haben keinen von uns beiden auch nur berührt. Das wissen Sie doch, nicht wahr?«

»Das weiß ich«, sagte er. »Ich glaube, meine Träume haben hauptsächlich mit einer Zuckermelone zu tun, die ich als Kind aufgeschnitten habe, und mit dem, was sich darin getummelt hat. Davon habe ich Ihnen doch erzählt, oder?«

»Ja.«

In ihrer Stimme hörte er ein Lächeln, das er erwiderte, als wäre sie mit ihm im selben Raum. »Natürlich habe ich das, wahrscheinlich sogar mehr als einmal. Manchmal denke ich, dass ich den Verstand verliere.«

»Aber nicht doch. Wenn wir uns das nächste Mal unterhalten, habe *ich* angerufen, weil ich geträumt habe, dass er in meinem Kleiderschrank sitzt und das Gesicht von Brady Hartsfield hat. Und *Sie* werden mir sagen, dass Sie gut geschlafen haben.«

Er wusste, dass das stimmte, weil es bereits vorgekommen war.

»Was Sie empfinden … und was ich empfinde … ist *normal*. Die Wirklichkeit ist eine dünne Eisschicht, aber die meisten Leute laufen darauf ihr Leben lang Schlittschuh und fallen erst ganz am Ende hindurch. Wir beide sind jetzt schon hindurchgefallen, aber wir haben uns gegenseitig herausgeholfen. Und das tun wir immer noch.«

*Du hilfst mir mehr als umgekehrt,* dachte Ralph. *Du magst zwar deine Probleme haben, Holly, aber mit dem hier gehst du besser um als ich. Wesentlich besser.*

»Und Ihnen geht es gut?«, fragte er. »Ganz ehrlich, meine ich.«

»Ja. Ganz ehrlich. Das wird bei Ihnen irgendwann auch so sein.«

»Hab verstanden. Rufen Sie mich an, wenn Sie das Eis unter Ihnen knacken hören.«

»Natürlich«, sagte sie. »Sie aber auch. So halten wir durch.«

Von unten rief Jeannie: »Frühstück in zehn Minuten, Schatz!«

»Ich muss auflegen«, sagte Ralph. »Danke, dass Sie für mich da sind.«

»Gern geschehen«, sagte sie. »Kümmern Sie sich gut um sich. Passen Sie auf sich auf. Warten Sie darauf, dass diese Träume aufhören.«

»Das werde ich.«

»Adieu, Ralph.«

»Adieu.«

Er machte eine Pause und fügte hinzu: »Ich mag dich unheimlich gern, Holly!« Allerdings erst, nachdem er aufgelegt hatte. Das tat er jedes Mal, weil er wusste, dass es sie verlegen und sprachlos machen würde, wenn er es wirklich zu ihr sagte. Dann ging er ins Bad, um sich zu rasieren. Er war jetzt ein Mann im mittleren Alter, und in den Bartstoppeln, die er einschäumte, war das erste Grau aufgetaucht, aber es war sein Gesicht, dasjenige, das seine Frau und sein Sohn kannten und liebten. Es würde für immer sein Gesicht sein, und das war gut.

Das war gut.

# Nachbemerkung des Autors

Dank schulde ich Russ Dorr, meinem tüchtigen Rechercheassistenten, und außerdem Warren und Daniel Silver, einem Team aus Vater und Sohn, das mich bei den juristischen Aspekten dieser Geschichte beraten hat. Dazu waren die beiden bestens qualifiziert, da Warren einen Großteil seines Lebens in Maine als Strafverteidiger verbracht hat, und sein Sohn ist jetzt zwar für eine Kanzlei tätig, hat aber in New York jahrelang erfolgreich als Staatsanwalt gearbeitet. Ich danke Chris Lotts, der über el Cuco und die Luchadoras Bescheid wusste, und meiner Tochter Naomi, die das Kinderbuch über el Cucuy aufgetrieben hat. Und ich danke Nan Graham, Susan Moldow und Roz Lippel bei Scribner ebenso wie Philippa Pride bei Hodder & Stoughton. Mein besonderer Dank gilt Katherine »Katie« Monaghan, die die ersten circa hundert Seiten dieser Geschichte im Flugzeug gelesen hat, während wir auf Tournee waren, und die mehr davon lesen wollte. Derart ermutigende Worte hört jeder Romanautor gern.

Wie immer danke ich meiner Frau. Ich liebe dich, Tabby.

Ein letztes Wort über den Schauplatz. Oklahoma ist ein großartiger Staat, und ich habe dort großartige Leute kennengelernt. Manche von diesen großartigen Leuten werden sagen, dass ich allerhand falsch beschrieben habe, was wahrscheinlich stimmt; man muss jahrelang an einem Ort leben, um die Atmosphäre richtig aufzusaugen. Ich habe mein Bestes gegeben, alles andere müsst ihr mir verzeihen. Flint City und Cap City sind natürlich fiktive Orte.

*Stephen King*

# Werkverzeichnis der im Heyne Verlag
von Stephen King
erschienenen Titel

© by Shane Leonard

**HEYNE ‹**

# 1. Romane

## Brennen muss Salem *(Salem's Lot)*

Ben Mears kehrt in seine Heimatstadt Salem's Lot zurück und begegnet einem unheimlichen Fremden: einem Vampir, der die Einwohner des Städtchens selbst in Vampire verwandelt. Mears stellt sich der Übermacht.

## Dead Zone – Das Attentat *(Dead Zone)*

Johnny besitzt hellseherische Fähigkeiten. Als er einem Politiker die Hand schüttelt, hat er die Vision, dass dieser als zukünftiger US-Präsident den Dritten Weltkrieg auslösen wird. Johnny beschließt ein Attentat ...

## Feuerkind *(Firestarter)*

Das Mädchen Charlie kann allein mit Gedanken Feuersbrünste entfachen. Ihre Eltern verlangen von ihr, dass sie diese paranormale Fähigkeit niemals einsetzt. Aber gilt das auch, wenn das eigene Leben, das Leben der ganzen Familie bedroht wird?

## Cujo *(Cujo)*

Der Bernhardiner Cujo ist der Liebling von ganz Castle Rock, einer verträumten amerikanischen Kleinstadt. Eines Tages wird er von einer Fledermaus mit einem teuflischen Virus infiziert. Die Idylle verwandelt sich fortan in eine wahre Hölle, die von einem mordgierigen vierbeinigen Monster beherrscht wird ...

## Christine *(Christine)*

Eine verhängnisvolle Dreiecksbeziehung: Arnie liebt seine Freundin Leigh und »Christine«, seinen 1958er Plymouth. Aber das Auto lebt. Und es ist tödlich eifersüchtig. *Verfilmt von John Carpenter.*

**Friedhof der Kuscheltiere** *(Pet Sematary)*
Hinter dem kleinen Tierfriedhof liegt eine verwünschte indianische Grabstätte. Ob Katze oder Mensch: Wer hier beerdigt wird, erwacht wieder zum Leben – mit tödlichen Folgen für die Hinterbliebenen. *Der weltweit erfolgreichste Horrorroman.*

**Es** *(It)*
In Derry, Maine, lauert das Grauen in der Kanalisation: 28 Jahre lang hat das Böse geschlummert – jetzt taucht es wieder empor und mordet Kinder. Stephen Kings Meisterwerk über die Mysterien der Kindheit und den Horror des Erwachsenseins.

**Die Augen des Drachen** *(The Eyes of the Dragon)*
König Roland von Delain wird ermordet, und man bezichtigt seinen Sohn und Erben Peter der Tat. Hinter dem Ränkespiel steckt der mächtige Hofzauberer Flagg. Der Kampf um den Thron beginnt ...

**Sie – Misery** *(Misery)*
Schriftsteller Paul will seine Serienheldin Misery sterben lassen. Nach einem Autounfall hält die »treue« Leserin Annie den verletzten Autor gefangen und zwingt ihn weiterzuschreiben. *Oscar für Kathy Bates in der Verfilmung* Misery.

**Das Monstrum – Tommyknockers** *(Tommyknockers)*
Haven ist eine verschlafene Kleinstadt. Bis zu dem Tag, an dem Bobbi Anderson im Wald ein seltsames Ding entdeckt, das die Bürger auf unheimliche Art verwandelt. Sie verlieren ihre Menschlichkeit. Das Grauen hält Einzug ...

**Stark – The Dark Half** *(The Dark Half)*

Der Schriftsteller Thad Beaumont legt sein Pseudonym George Stark ab. Doch so einfach lässt sich sein Alter Ego nicht abspeisen. George hat sich selbständig gemacht, und Thad muss gegen ihn antreten.

**The Stand – Das letzte Gefecht** *(The Stand)*

In einem entvölkerten Amerika versucht eine Handvoll Überlebender die Zivilisation zu retten. Ihr Gegenspieler ist der mythische Dunkle Mann, Verkörperung des absolut Bösen. In der Wüste Nevada kommt es zum Entscheidungskampf. *Eine Neuverfilmung als Kino-Vierteiler ist in Planung.*

**In einer kleinen Stadt – Needful Things** *(Needful Things)*

In Castle Rock eröffnet Leland Gaunt einen Laden, in dem sich jeder seine geheimsten Wünsche erfüllen kann. Er verlangt horrende Preise, und seine Machenschaften versetzen ganz Castle Rock in Angst und Schrecken.

**Das Spiel – Gerald's Game** *(Gerald's Game)*

Ein friedliches Landhaus in Maine wird zum Schauplatz des Schreckens. Jessie Burlingame will aus dem Sexspielchen mit ihrem Mann Gerald aussteigen. Ans Bett gefesselt, erlebt sie Gewalt und das blanke Entsetzen.

**Dolores** *(Dolores Claiborne)*

Die Haushälterin Dolores wird verdächtigt, ihre Arbeitgeberin umgebracht zu haben. Beim Polizeiverhör legt sie schonungslos ihre Lebensbeichte ab. *Der Psychothriller wurde mit Kathy Bates und Jennifer Jason Leigh verfilmt.*

## Schlaflos – Insomnia *(Insomnia)*

Ralph schläft von Tag zu Tag weniger. Bei seinen nächtlichen Wanderungen durch Derry sieht er unheimliche Dinge, die er erst für Halluzinationen hält. Bis er in Ereignisse von kosmischer Bedeutung verstrickt ist …

## Das Bild *(Rose Madder)*

Nach 14 Jahren Ehehölle bringt Rosie Daniels endlich die Kraft auf, vor ihrem brutalen Mann zu fliehen. Aber der, ein rachelüsterner Cop, ist ihr dicht auf den Fersen …

## The Green Mile *(The Green Mile)*

»The Green Mile« – so nennt sich der Todestrakt des Staatsgefängnisses Cold Mountain. John Coffey wurde zum Tode verurteilt, weil er zwei Mädchen ermordet hat. Dem Hünen wohnt aber auch eine übernatürliche Heilungskraft inne … *Vier Oscarnominierungen für die Verfilmung mit Tom Hanks.*

## Desperation *(Desperation)*

Im Ort Desperation, Nevada, ist das Gewebe zwischen den Welten dünn. Bergleute sind hier versehentlich in eine andere Dimension durchgebrochen und haben damit einen schrecklichen Dämon freigesetzt …

## Sara *(Bag of Bones)*

Seit dem Tod seiner Frau bringt der Bestsellerautor Michael Noonan keine Zeile mehr aufs Papier. In seinem Sommerhaus in Maine will er die Schreibblockade überwinden. Doch auf dem Haus liegt ein Fluch. Gerät Michael in den Bann des Bösen?

**Atlantis** *(Hearts in Atlantis)*

Ein Episodenroman vor dem zeitgeschichtlichen Hintergrund der Sechzigerjahre und des Vietnamkriegs. Ein Epos über Verrat, Gewalt und Schrecken ... *Grundlage für die Verfilmung* Hearts of Atlantis *mit Anthony Hopkins.*

**Duddits – Dreamcatcher** *(Dreamcatcher)*

Vier Männer planen einen Jagdausflug in die Wälder von Maine, der schließlich in einer bizarren tödlichen Bedrohung endet. Kann ihr alter Freund Duddits mit seinen telepathischen Fähigkeiten sie aus dem nicht enden wollenden Albtraum retten?

**Der Buick** *(From a Buick 8)*

Eines Morgens taucht an einer Tankstelle ein alter Buick auf. Der geheimnisvolle Fahrer verschwindet, und schließlich zeigt es sich, dass der Straßenkreuzer genauso wenig ein Buick ist wie der schwarz gekleidete Fahrer ein Mensch. Der Wagen entwickelt ein ungewöhnliches Eigenleben ...

**Colorado Kid** *(The Colorado Kid)*

Auf einer Insel vor der Küste Maines wird eine Leiche gefunden. Hartnäckige Lokaljournalisten recherchieren den Fall, aber je mehr Spuren sie verfolgen, desto geheimnisvoller wird alles. Handelt es sich um ein schier unmögliches Verbrechen?

**Puls** *(Cell)*

Unheil bricht über die Welt herein. Alle, die gerade ein Handy am Ohr hatten, laufen wie ferngesteuert Amok und schlachten sich gegenseitig ab. Clayton muss schnell mit seiner Familie Kontakt aufnehmen, bevor ein anderer es per Handy tut.

**Love** *(Lisey's Story)*
Lisey ist seit zwei Jahren Witwe. Vor seinem Tod hat ihr Mann
Scott für sie eine Spur mit Hinweisen ausgelegt, die sie immer
tiefer in seine von Dämonen bevölkerte Vergangenheit führt.

**Wahn** *(Duma Key)*
Nach einem schrecklichen Unfall sucht Edgar Freemantle auf
einer einsamen Insel Trost in der Malerei. Die Insel aber übt
eine dämonische Macht aus, und bald schon entwickeln Edgars
Bilder ein tödliches Eigenleben …

**Die Arena – Under the Dome** *(Under the Dome)*
Ein unsichtbares Kraftfeld stülpt sich wie eine Kuppel über
Chester's Mill. Für die Einwohner der Kleinstadt gibt es kein
Entrinnen – und je mehr die Vorräte zur Neige gehen, desto stär-
ker tobt ein bestialischer, gesetzloser Kampf ums Überleben …

**Der Anschlag** *(11/22/63)*
Jake Epping gelangt durch ein Zeitportal in die Vergangenheit.
Dort will er das Attentat auf John F. Kennedy verhindern. Aber
je näher er seinem Ziel kommt, umso vehementer wehrt sich
die Vergangenheit gegen jede Änderung.

**Joyland** *(Joyland)*
Auf verhängnisvolle Weise kreuzen sich in einem kleinen Vergnügungspark die Wege eines untergetauchten Mörders und
eines Kindes. Und mitten im sich überschlagenden Geschehen
steht ein junger, unschuldiger Student und weiß: Irgendwann
ist es mit der Unschuld vorbei. Irgendwann hört jeder Spaß auf.

**Doctor Sleep** *(Doctor Sleep)*
Stephen King kehrt zu *Shining* zurück: Der Dreirad fahrende Danny, der im Hotel Overlook so unter seinem besessenen Vater hat leiden müssen, ist erwachsen geworden.


**Mr. Mercedes** *(Mr. Mercedes)* – Band 1 der Bill-Hodges-Trilogie
Ein Mercedes rast in eine Menschenmenge. Monate später droht der Massenmörder ein Inferno mit Tausenden Opfern an. Einblicke in den Geist eines besessenen Mörders bar jeglichen Gewissens. *Ausgezeichnet mit dem »Edgar Award«.*


**Revival** *(Revival)*
Ein bildgewaltiger, verstörender Roman über Sucht, Fanatismus und das, was jenseits des Lebens existiert. Die Geschichte schildert das Leben des mit seinen Dämonen kämpfenden Jamie Morton und steuert auf einen erschreckenden Schluss zu.


**Finderlohn** *(Finders Keepers)* – Band 2 der Bill-Hodges-Trilogie
Ein Junge findet die nachgelassenen Werke eines ermordeten Starautors in einem vergrabenen Koffer. Jahre später wird der Mörder aus der Haft entlassen. Sein Schatz ist verschwunden. Die Jagd beginnt. Fortsetzung von *Mr. Mercedes* mit Ex-Detective Bill Hodges.


**Mind Control** *(End of Watch)* – Band 3 der Bill-Hodges-Trilogie
Brady Hartsfield, der Mercedes-Killer, liegt seit Jahren im Wachkoma. Doch hinter all der Geistesabwesenheit ist er bei Bewusstsein – und besitzt tödliche neue Kräfte.

## Der Outsider *(The Outsider)*

Die geschändete Leiche eines Elfjährigen im Park – der Täter ist schnell gefunden. Sein Alibi ist aber wasserdicht. Konnte er zur selben Zeit an zwei Orten sein? Die Antwort ist schrecklich.

## Das Institut *(The Institute)*

Der zwölfjährige Luke wird gekidnappt und wacht im »Institut« wieder auf. Es beherbergt weitere Kinder, die wie er paranormal veranlagt sind und einem mysteriösen Zweck dienen. Noch nie konnte eines der Kinder den Menschenexperimenten entkommen.

## Später *(Later)*

Der neunjährige Jamie kann mit den Geistern kürzlich Verstorbener reden, die dabei alle seine Fragen wahrheitsgemäß beantworten müssen. Als Erwachsene sich seiner Gabe bedienen, um an die Geheimnisse der Toten zu gelangen, werden unabsehbare Ereignisse losgetreten.

## Billy Summers *(Billy Summers)*

Billy ist Auftragskiller. Bei seinem letzten Job steht er plötzlich selbst im Fadenkreuz. Auf der Flucht rettet er die junge Alice, Opfer einer Gruppenvergewaltigung. Billy muss sich entscheiden. Geht er den Weg der Rache oder der Gerechtigkeit?

## Fairy Tale *(Fairy Tale)*

Charlie Reade hat kein leichtes Leben. Seine Mutter starb früh, und sein Vater ist Alkoholiker. Eines Tages offenbart ihm der mysteriöse Nachbar ein Geheimnis, das Charlie auf eine abenteuerliche Reise in ein fantastisches Märchenland voller Unwesen führt.

**Holly** *(Holly)*
Die Privatermittlerin Holly Gibney wird auf den Fall einer verschwundenen Tochter angesetzt. Die Ermittlungen führen zu weit zurückreichenden ungelösten Vermisstenfällen. Alle spielen im Umfeld eines emeritierten Ernährungswissenschaftlers.

**Kein Zurück** *(Never Flinch)*
Unschuld und Rache, Schuld und Sühne – Privatermittlerin Holly Gibney im Wettlauf mit zwei verrückten Tätern, die Selbstjustiz üben.

## 2. Kurzromane und Erzählungen

**Frühling, Sommer, Herbst und Tod** *(Different Seasons)*
Vier Kurzromane: *Pin-Up* erzählt von einem ungewöhnlichen Gefängnisausbruch. Verfilmt als *Die Verurteilten*. *Der Musterschüler*: Ein Junge beginnt zu morden. *Die Leiche* folgt vier Jungen bei ihren Abenteuern. Verfilmt als *Stand by Me*. *Atemtechnik*: Eine Frau will ihr Kind gebären, koste es, was es wolle.

**Blut – Skeleton Crew** *(Skeleton Crew)*
Stephen Kings Erzählband versammelt die Einzelbände *Im Morgengrauen*, *Der Gesang der Toten* und *Der Fornit*.

**Vier nach Mitternacht** *(Four Past Midnight)*
Was erlebt der aufmerksame Beobachter, wenn die Trennscheibe zwischen Wirklichkeit und Unwirklichkeit zerschellt? Stephen King gibt in den hier versammelten vier Kurzromanen – *Langoliers*, *Das heimliche Fenster, der heimliche Garten*, *Der Bibliothekspolizist* und *Zeitraffer* – einige beunruhigende Antworten.

**Albträume** *(Nightmares and Dreamscapes)*
Geschichten, wie nur Stephen King sie erzählen kann. Ganze Schulklassen verwandeln sich in kleine Monster, Banker entpuppen sich als Zombies, Vampire steuern Flugzeuge.

**Im Kabinett des Todes** *(Everything's Eventual)*
14 düstere Überraschungen, blutige und unblutige, darunter die Erzählung »Achterbahn«, ausgezeichnet mit dem O.-Henry-Preis.

**Sunset** *(Just After Sunset)*
Wozu der vermeintliche normale Mensch fähig ist, wenn sein Leben eine unerwartete Wendung nimmt: Stephen King zeigt uns das in dreizehn unheimlichen Geschichten.

**Zwischen Nacht und Dunkel** *(Full Dark, No Stars)*
Vier Kurzromane mit dem Thema Vergeltung. Es gibt Situationen, die uns eine Entscheidung abverlangen: Wie weit muss ich gehen, bis mir Gerechtigkeit widerfährt? Manchmal sehr weit ...

**Basar der bösen Träume** *(The Basar of Bad Dreams)*
21 neue Storys: Nicht immer blanker Horror, aber immer psychologisch packend. Es geht dabei um Themen wie Sünde und Moral, Schwäche und Schuld, das Jenseits und das Ende allen Lebens, das Allzumenschliche an den menschlichen Abgründen.

**Erhebung** *(Elevation)*
Scott wird immer leichter, ohne dass sein Körper sich verändert. Trotz der mysteriösen Heimsuchung setzt er alles daran, gegen himmelschreiendes Unrecht in der entzweiten Kleinstadt Castle Rock vorzugehen.

**Blutige Nachrichten** *(If It Bleeds)*

Die Geschichte »Blutige Nachrichten« ist eine Stand-alone-Fortsetzung von *Der Outsider*. Daneben drei weitere Kurzromane, die uns an so fürchterliche wie faszinierende Orte entführen: »Mr. Harrigans Telefon«, »Chucks Leben« und »Ratte«. Mit einem Nachwort des Autors.

**Ihr wollt es dunkler** *(You Like It Darker)*

12 neue Storys – über das gegenwärtige Amerika, über finstere Mächte und existenzielle Fragen. Darunter »Klapperschlangen«, eine Fortsetzung zum Horrorklassiker *Cujo*.

## 3. Der Dunkle Turm (Serie)

### Band I: Schwarz *(The Dark Tower – Gunslinger)*

Im ersten Band von Stephen Kings epischer Fantasyserie durchstreift Roland, der letzte Revolvermann, auf der Suche nach dem mysteriösen Dunklen Turm eine sterbende Welt.

### Band II: Drei *(The Dark Tower – The Drawing of the Three)*

Roland hat das Meer erreicht. Dort tun sich gleichsam aus dem Nichts drei Türen in unsere reale Welt auf und lenken seinen Blick auf drei Menschen unserer Tage, auserwählt, ihm bei der Suche nach dem Dunklen Turm zu helfen.

### Band III: tot. *(The Dark Tower – The Waste Lands)*

Die sterbende Welt, die Roland auf der Suche nach dem Dunklen Turm durchquert, nimmt immer groteskere Formen und Gestalten an. Am Rande des Wahnsinns träumt Roland von dem Schlüssel, der aus dem Nichts des wüsten Landes auftaucht, um ihm die Geheimnisse des Dunklen Turms zu offenbaren.

**Band IV: Glas** *(The Dark Tower – Wizard and Glass)*
In *Glas* erzählt Roland erstmals aus seiner eigenen Biografie: eine tragische Geschichte von jugendlicher Liebe, Betrug, Intrigen und Mord, in der eine mysteriöse Glaskugel eine verhängnisvolle Rolle spielt.

**Band V: Wolfsmond** *(The Dark Tower – Wolves of the Calla)*
Mit seinen Gefährten gelangt Roland in den Ort Calla Bryn Sturgis, wo die Farmer häufig Zwillinge bekommen. Seit Generationen überfallen Wolfsreiter das Dorf und rauben jeweils einen der Zwillinge. Nun hat Andy, der Boten-Roboter, einen weiteren Überfall der Wölfe angekündigt.

**Band VI: Susannah** *(The Dark Tower – Song of Susannah)*
Als ein Balken des Turms einstürzt und in Mittwelt ein Erdbeben auslöst, müssen Roland und Eddie erkennen, dass ihnen die Zeit wegläuft. In ihrer Verzweiflung beschließen sie, ihren Schöpfer aufzusuchen, während Susannah in New York Rolands Sohn zur Welt bringt. Der Kreis beginnt sich zu schließen …

**Band VII: Der Turm** *(The Dark Tower – The Dark Tower)*
Das grandiose Finale des Zyklus um den Dunklen Turm. Sein Held Roland, der Revolvermann, und dessen Gefährten sind am Ende eines langen Weges angekommen.

**Band VIII: Wind** *( The Wind Through the Keyhole)*
Ein Sturm zieht auf – Stephen King kehrt nach Mittwelt zurück, in jene unheimliche Region, wo der Dunkle Turm im Zentrum aller Dinge steht. Er erzählt Märchen und Begebnisse aus Rolands Jugend. Die Rahmenhandlung ist chronologisch zwischen *Glas* und *Wolfsmond* anzusiedeln.

## 4. Unter dem Pseudonym Richard Bachman

### Todesmarsch *(The Long Walk)*

Staatschef »Major« organisiert zur allgemeinen Belustigung einen »Todesmarsch«, einen Marathon auf Leben und Tod, an dem 100 Jugendliche teilnehmen. Nur einer kann siegen, die Überlebenschancen stehen also 1:100. Die Verlierer erwartet der Tod.

### Sprengstoff *(Roadwork)*

Ein Mann blickt ohne Hoffnung auf sein verpfuschtes Leben zurück. In quälenden Albträumen und verrückten Ausbrüchen bahnt sich sein Zerstörungstrieb einen Weg nach außen ...

### Menschenjagd *(The Running Man)*

Ben Richards lässt sich für eine Fernsehshow gegen Honorar von professionellen Menschenjägern verfolgen. Das ganze Land ist aufgerufen, ihn zu hetzen und, wenn möglich, zu töten.

### Der Fluch *(Thinner)*

Der übergewichtige Anwalt Billy Halleck überfährt eine Zigeunerin, wird dann aber vor Gericht freigesprochen. Der Vater der Toten belegt Billy mit einem Fluch: Fortan nimmt er von Tag zu Tag ab.

### Regulator *(Regulators)*

Ohne Vorwarnung tauchen in der Kleinstadt Wentworth sogenannte Regulatoren auf und erschießen alles und jeden, der sich ihnen nähert. Aber das Massaker ist erst der Anfang. *Ein Parallelroman zu Stephen Kings* Desperation.

**Qual** *(Blaze)*

Ein großer Coup soll den geistig zurückgebliebenen Blaze aller Sorgen entledigen. Er entführt das Baby einer reichen Familie. Was wird er dem Kleinen antun? Während alle Welt ihn jagt, um den Horror zu beenden, geht in Blaze eine Verwandlung vor.

## 5. Kollaborationen

*mit Peter Straub*
**Der Talisman** *(The Talisman)*

Der zwölfjährige Jack Sawyer begibt sich auf eine abenteuerliche Reise, in der Idylle und Entsetzen nahe beieinanderliegen. Um seine Mutter vor dem Tod zu bewahren, muss Jack einen geheimnisvollen Talisman finden, der in einer märchenhaften Parallelwelt verborgen ist.

*mit Peter Straub*
**Das schwarze Haus** *(Black House)*

Zwanzig Jahre nach *Der Talisman* haben sich die beiden Meister ihres Faches erneut zusammengetan, um die Geschichte des damals zwölfjährigen Jack Sawyer weiterzuführen. Um einen unheimlichen Serienmörder zu stellen, muss Jack das schwarze Haus betreten – es ist der Eingang zu einer anderen Welt.

*mit Owen King*
**Sleeping Beauties** *(Sleeping Beauties)*

Sobald Frauen einschlafen, umhüllt sie am ganzen Körper ein spinnwebartiger Kokon. Wenn man sie weckt, werden sie zu barbarischen Bestien. Die mysteriöse Evie scheint immun zu sein. Ist sie eine genetische Anomalie? Oder eine Dämonin?

*mit Richard Chizmar*
**Gwendys Wunschkasten** *(Gwendy's Button Box)*
Die Stadt Castle Rock erlebt die seltsamsten Dinge, so auch die junge Gwendy. Ein mysteriöser Unbekannter schenkt ihr einen Holzkasten mit lauter Schaltern. Wozu er dient? Gwendy probiert es aus, und ihr Leben verändert sich vollends.

*mit Richard Chizmar*
**Gwendys letzte Aufgabe** *(Gwendy's Final Task)*
Der Wunschkasten ist zu Gwendy zurückgekehrt, mächtiger und zerstörerischer denn je. Sie begibt sich in geheimer Mission auf die Erdumlaufbahn. Die Aufgabe, die Welt zu retten, könnte für sie zu einer Reise ohne Rückkehr werden.

## 6. Sachbücher

**Danse Macabre – Die Welt des Horrors** *(Danse Macabre)*
Der Meister des Horrors reicht uns die Hand zum Totentanz. Das Grundlagenwerk über die Geschichte des Horrors in Literatur und Film vom Viktorianischen Zeitalter bis heute. Mit einem neuen Essay: »Über das Unheimliche«.

**Das Leben und das Schreiben** *(On Writing)*
Stephen Kings persönlichstes Buch. Hier gibt King Einblick in sein Leben und die Entstehung seiner Werke. Ein unverzichtbares Werk für alle angehenden Schriftsteller und für Leser, die mehr über den Autor wissen möchten.